A MENINA QUE CONTAVA HISTÓRIAS

JODI PICOULT

A MENINA QUE CONTAVA HISTÓRIAS

Tradução
Cecília Camargo Bartalotti

2ª edição
Rio de Janeiro-RJ / Campinas-SP, 2015

VERUS
EDITORA

Editora
Raïssa Castro

Coordenadora editorial
Ana Paula Gomes

Copidesque
Katia Rossini

Projeto gráfico
André S. Tavares da Silva

Capa
Adaptação da edição americana (© Jeanne Lee)
(foto © Ayal Ardon/Arcangel Images)

Título original: *The Storyteller*

ISBN: 978-85-7686-398-4

Copyright © Jodi Picoult, 2013
Todos os direitos reservados.
Edição publicada mediante acordo com Emily Bestler Books/Atria Books, divisão da Simon & Schuster, Inc.

Tradução © Verus Editora, 2015
Direitos reservados em língua portuguesa, no Brasil, por Verus Editora. Nenhuma parte desta obra pode ser reproduzida ou transmitida por qualquer forma e/ou quaisquer meios (eletrônico ou mecânico, incluindo fotocópia e gravação) ou arquivada em qualquer sistema ou banco de dados sem permissão escrita da editora.

Verus Editora Ltda.
Rua Benedicto Aristides Ribeiro, 41, Jd. Santa Genebra II, Campinas/SP, 13084-753
Fone/Fax: (19) 3249-0001 | www.veruseditora.com.br

CIP-BRASIL. CATALOGAÇÃO NA FONTE
SINDICATO NACIONAL DOS EDITORES DE LIVROS, RJ

P666m

Picoult, Jodi, 1966-
    A menina que contava histórias / Jodi Picoult ; tradução Cecília Camargo Bartalotti. - 2. ed. - Campinas, SP : Verus, 2015.
    23 cm.

Tradução de: The Storyteller
ISBN 978-85-7686-398-4

1. Romance americano. I. Bartalotti, Cecília Camargo. II. Título.

15-21645   CDD: 813
                              CDU: 821.111(73)-3

Revisado conforme o novo acordo ortográfico

Impresso no Brasil pelo Sistema Cameron da Divisão Gráfica da
DISTRIBUIDORA RECORD DE SERVIÇOS DE IMPRENSA S.A.

*Para minha mãe, Jane Picoult, porque você me ensinou que não há nada mais importante que a família.
E porque, depois de vinte anos, é a sua vez de novo.*

Meu pai me confiou os detalhes de sua morte. "Ania", ele dizia, "nada de uísque no meu funeral. Quero o melhor vinho de amoras. Nada de choros, preste atenção. Só danças. E, quando me baixarem no chão, quero uma fanfarra de trombetas, e borboletas brancas." Meu pai era uma figura e tanto. Era o padeiro da aldeia e, todos os dias, além dos pães que fazia para a cidade, ele criava um especial para mim, tão exclusivo quanto delicioso: uma trança semelhante a uma coroa de princesa, a massa misturada com canela doce e o chocolate mais puro. O ingrediente secreto, dizia ele, era seu amor por mim, e isso o fazia mais saboroso do que qualquer outra comida que eu já tivesse provado na vida.

Morávamos nos subúrbios de uma aldeia tão pequena que todos se conheciam pelo nome. Nossa casa era feita de pedras do rio, com telhado de palha; a lareira onde meu pai assava os pães aquecia a cabana inteira. Eu me sentava à mesa da cozinha, descascando ervilhas que plantava no pequeno jardim nos fundos, enquanto meu pai abria a porta do forno de tijolos, deslizava a pá para dentro e tirava pães arredondados e crocantes. As brasas vermelhas brilhavam, delineando os músculos fortes das costas dele, suadas sob a roupa. "Não quero um funeral no verão, Ania", ele dizia. "Cuide para que eu morra em um dia fresco, quando houver uma brisa agradável. Antes que os pássaros voem para o sul, assim eles poderão cantar para mim."

Eu fingia tomar nota de suas exigências. Não me incomodava com a conversa macabra; meu pai era forte demais para que eu acreditasse que alguma daquelas instruções tivesse de ser seguida um dia. Alguns habitantes da aldeia achavam estranha a relação que eu tinha com ele, o fato de podermos brincar com aquilo, mas minha mãe morrera quando eu era bebê, e tudo que tínhamos era um ao outro.

Os problemas começaram em meu aniversário de dezoito anos. A princípio, eram apenas os fazendeiros que reclamavam; que saíam para alimentar suas galinhas e encontravam uma explosão de penas ensanguentadas no galinheiro, ou um bezerro quase virado do avesso, com moscas zumbindo em volta da carcaça. "Uma raposa", disse Baruch Beiler, o coletor de impostos, que morava em uma mansão no fundo da praça da aldeia, como uma joia no pescoço de alguém da realeza. "Talvez um gato selvagem. Pague o que deve e, em troca, você será protegido."

Ele veio a nossa casa um dia em que não estávamos preparados, ou seja, não deu tempo de fazermos barricadas nas portas e apagarmos o fogo para parecer que não estávamos em casa. Meu pai estava modelando pãezinhos em forma de coração, como sempre fazia no meu aniversário, para que toda a cidade soubesse que aquele era um dia especial. Baruch Beiler invadiu a cozinha, ergueu sua bengala de ponta dourada e a desceu com força sobre a mesa de trabalho. A farinha subiu em uma nuvem e, quando assentou, olhei para a massa entre as mãos de meu pai, para aquele coração quebrado.

"Por favor", disse meu pai, que nunca implorava. "Eu sei o que prometi. Mas os negócios andam mal. Se me der só um pouquinho mais de tempo..."

"Você está com os pagamentos atrasados, Emil", disse Beiler. "Eu tenho o direito de penhora sobre este cubículo." Inclinou-se para mais perto. Pela primeira vez em minha vida, não achei que meu pai fosse invencível. "Como eu sou um homem generoso, um homem magnânimo, vou lhe dar até o fim da semana. Mas, se você não aparecer com o dinheiro, não sei o que pode acontecer." Ele levantou a bengala e a deslizou entre as mãos como uma arma. "Houve muitos... infortúnios recentemente."

"É por isso que há tão poucos clientes", eu disse com a voz fraca. "As pessoas não vão ao mercado porque têm medo do animal solto aí fora."

Baruch Beiler se virou, como se só então tivesse percebido que eu estava presente. Seus olhos me esquadrinharam, dos cabelos escuros arranjados em uma única trança até as botas de couro, cujos furos tinham sido remendados com flanela grosseira. Seu olhar me fez estremecer, não do mesmo jeito de quando Damian, o capitão da guarda, me observava passar pela praça da aldeia, como se eu fosse o leite e ele o gato. Não, era algo mais mercenário. Senti como se Baruch Beiler estivesse tentando avaliar quanto eu poderia valer.

Ele estendeu o braço por cima de meu ombro, até a estante de metal onde a fornada mais recente de pães estava esfriando, pegou um pão em formato de coração da prateleira e o enfiou embaixo do braço.

"Garantia", declarou e saiu da casa, deixando a porta totalmente aberta simplesmente porque quis.

Meu pai o viu sair, depois deu de ombros. Pegou mais um punhado de massa e começou a modelá-la.

"Ignore-o. Ele é um homenzinho que se acha grande coisa. Um dia eu vou dançar sobre seu túmulo." Então se voltou para mim com um sorriso que lhe suavizava o rosto. "O que me faz lembrar, Ania. No meu funeral, quero uma procissão. Primeiro as crianças, jogando pétalas de rosas. Depois as senhoras mais finas, com sombrinhas pintadas para que pareçam flores de estufa. Em seguida, claro, meu caixão, puxado por quatro... não... cinco cavalos brancos. E, por fim, eu queria que Baruch Beiler estivesse no final do cortejo, limpando a sujeira dos cavalos." Ele inclinou a cabeça para trás e riu. "A menos, claro, que ele morra primeiro. De preferência, e quanto antes melhor."

Meu pai me confiou os detalhes de sua morte... Mas, no fim, eu cheguei tarde demais.

PARTE I

É impossível acreditar em qualquer coisa em um mundo
que deixou de ver o homem como homem,
que prova repetidamente que não se é mais homem.

— Simon Wiesenthal, *Os girassóis*

SAGE

Na segunda quinta-feira do mês, a sra. Dombrowski traz seu marido morto para nosso grupo de terapia.

Passa um pouco das três horas da tarde, e a maioria de nós ainda está enchendo copinhos de papel com café ruim. Eu trouxe um prato de petiscos, porque, na semana passada, Stuart me disse que a razão de ele continuar vindo à Mãos Dadas não é a terapia de luto, mas meus muffins de caramelo e nozes, e, no momento em que o estou colocando sobre a mesa, a sra. Dombrowski faz um gesto tímido com a cabeça em direção à urna que carrega.

— Este é Herb — ela me diz. — Herbie, esta é Sage. Foi dela que eu lhe falei, a padeira.

Fico paralisada, abaixando a cabeça de modo que meus cabelos cubram o lado esquerdo do rosto, como costumo fazer. Tenho certeza de que deve haver um protocolo para ser apresentada a um esposo cremado, mas estou totalmente perdida. Devo dizer "oi"? Apertar a alça da urna?

— Uau — digo por fim, porque, embora haja poucas regras neste grupo, as que temos são firmes: ser um bom ouvinte, não julgar e não estabelecer limites para o luto dos outros. Eu sei disso melhor do que qualquer pessoa. Afinal, já venho aqui há quase três anos.

— O que você trouxe? — a sra. Dombrowksi pergunta, e eu entendo por que ela está carregando a urna do marido. Na última reunião, nossa facilitadora, Marge, sugeriu que compartilhássemos uma lembrança daquilo que havíamos perdido. Vejo que Shayla segura um par de sapatinhos de tricô cor-de-rosa, com tanta força que os nós dos dedos estão brancos. Ethel traz um controle remoto de televisão. Stuart segura, de novo, a máscara mortuária de bronze do rosto de sua primeira esposa. Ela já apareceu algumas vezes em nosso grupo e era uma das coisas mais macabras que eu já tinha visto... até agora, quando a sra. Dombrowski trouxe Herb.

Antes de eu ter de gaguejar uma resposta, Marge chama nosso pequeno grupo. Cada um puxa uma cadeira dobrável para o círculo, suficientemente próximo para dar um tapinha no ombro do vizinho, ou alcançar sua mão em apoio. No centro, há uma caixa de lenços de papel que Marge traz a todas as sessões, para um caso de necessidade.

Marge costuma começar com uma pergunta genérica, do tipo: "Onde você estava no 11 de Setembro?" Isso faz as pessoas falarem sobre uma tragédia comunitária e, às vezes, torna mais fácil referir-se a tragédias pessoais. Mesmo assim, sempre há pessoas que não falam. Às vezes, meses se passam antes que eu saiba como é a voz de um novo participante.

Hoje, porém, Marge pergunta diretamente sobre as lembranças que trouxemos. Ethel levanta a mão.

— Isto era de Bernard — diz ela, acariciando o controle remoto de televisão com o polegar. — Eu não queria que fosse. Deus sabe como tentei tirá-lo dele... um milhão de vezes. Nem tenho mais a televisão em que isto funcionava. Mas não consigo me desfazer dele.

O marido de Ethel ainda está vivo, mas tem Alzheimer e não faz mais ideia de quem ela seja. Há todos os tipos de perdas que as pessoas sofrem, das pequenas às grandes. Podem-se perder as chaves, os óculos, a virgindade. Pode-se perder a cabeça, pode-se perder o coração, pode-se perder a noção. Pode-se ter que deixar o próprio lar para se mudar para uma casa de repouso, ou ter um filho que se mudou para o exterior, ou ver um esposo desaparecer na demência. Perda é mais que apenas morte, e o luto é a metamorfose cinzenta da emoção.

— Meu marido monopoliza o controle remoto — Shayla comenta. — Ele diz que é porque as mulheres controlam todo o resto.

— Na verdade, é instinto — diz Stuart. — A parte do cérebro que é territorial é maior nos homens que nas mulheres. Ouvi isso no programa do John Tesh.

— E isso faz com que seja uma verdade inquestionável? — Jocelyn revira os olhos. Como eu, ela tem vinte e poucos anos. Diferente de mim, ela não tem nenhuma paciência com alguém com mais de quarenta anos.

— Obrigada por compartilhar sua lembrança — Marge intervém depressa. — Sage, o que você trouxe hoje?

Sinto as faces esquentarem quando todos os olhos se voltam para mim. Embora eu conheça todos no grupo, embora tenhamos formado um círculo de confiança, ainda é doloroso para mim me abrir ao escrutínio deles. A pele de minha cicatriz, uma estrela-do-mar enrugada que cruza a pálpebra e a face esquerdas, fica ainda mais rígida do que de hábito.

Sacudo a franja longa sobre o olho e puxo de dentro da blusa regata a corrente que uso, da qual pende a aliança de casamento de minha mãe.

Claro que eu sei por que, três anos depois da morte de minha mãe, ainda parece que uma espada foi atravessada em minhas costelas cada vez que penso nela. É a mesma razão pela qual sou a única pessoa de meu grupo de luto original que ainda continua aqui. Enquanto a maioria das pessoas vem buscar terapia, eu venho buscar punição.

Jocelyn levanta a mão.

— Eu tenho realmente um problema com isso.

Fico ainda mais vermelha, pressupondo que ela está falando de mim, mas então percebo que tem os olhos fixos na urna sobre o colo da sra. Dombrowski.

— É repugnante! — Jocelyn diz. — Não era para trazermos algo morto. Era para trazermos uma lembrança.

— Ele não é *algo*, ele é *alguém* — a sra. Dombrowski corrige.

— Eu não quero ser cremado — Stuart reflete. — Tenho pesadelos sobre morrer em um incêndio.

— Notícia de última hora: você já está *morto* quando o colocam no fogo — diz Jocelyn, e a sra. Dombrowski começa a chorar.

Alcanço a caixa de lenços de papel e passo para ela. Enquanto Marge lembra a Jocelyn as regras do grupo, gentilmente, mas com firmeza, eu vou até o banheiro no final do corredor.

Cresci pensando na perda como um resultado positivo. Minha mãe costumava dizer que fora essa a razão de ter conhecido o amor de sua vida. Ela esquecera a bolsa em um restaurante, e um subchefe, tendo encontrado, a procurou. Quando ele telefonou, ela não estava em casa e sua colega de apartamento anotou o recado. Uma mulher atendeu quando minha mãe ligou de volta e chamou meu pai ao telefone. Quando eles se encontraram para a devolução da bolsa, ela percebeu que ele era tudo que sempre quisera... mas também sabia, pelo telefonema inicial, que ele vivia com uma mulher.

Que, por acaso, era irmã dele.

Meu pai morreu de ataque cardíaco quando eu tinha dezenove anos, e o único modo de eu encontrar algum sentido em perder minha mãe três anos depois foi dizer a mim mesma que eles estavam juntos outra vez.

No banheiro, afasto o cabelo do rosto.

A cicatriz é prateada agora, em pregas, ondeando pelo rosto e pela sobrancelha como um tecido de seda enrugado. Exceto por minha pálpebra ser caída, por causa da pele repuxada demais, talvez não se percebesse à primeira vista que há algo errado comigo. Pelo menos, isso é o que minha amiga Mary diz. Mas as pessoas percebem. Elas apenas são educadas demais para dizer alguma coisa, a não ser que tenham menos de quatro anos e ainda sejam brutalmente sinceras, apontando e perguntando para a mãe o que é aquilo no rosto daquela moça.

Embora a lesão tenha esmaecido, eu ainda a vejo do jeito como era logo depois do acidente: aberta e vermelha, um raio serrilhado rompendo a simetria de meu rosto. Nisso, imagino que eu seja como uma menina com um transtorno alimentar, que pesa quarenta e cinco quilos, mas vê uma pessoa gorda olhando de volta para si do espelho. Para mim, nem é de fato uma cicatriz. É um mapa que sinaliza onde minha vida deu errado.

Quando saio do banheiro, quase atropelo um homem idoso. Sou mais alta que ele, o bastante para ver seu couro cabeludo rosado entre o redemoinho de cabelos brancos.

— Estou atrasado outra vez — diz ele, em uma voz com sotaque. — Eu estava perdido.

Todos nós estamos, imagino. É por isso que estamos aqui: para continuar atados ao que nos falta.

Esse homem é um membro novo do grupo de luto; só está vindo há duas semanas. Ainda não disse uma palavra sequer durante a sessão. No entanto, na primeira vez em que o vi, eu o reconheci, só não conseguia me lembrar de onde.

Agora eu sei. A padaria. Ele vem com frequência com sua cadelinha, uma pequena dachshund, e pede um pãozinho fresco com manteiga e café preto. Passa horas escrevendo em um caderninho preto enquanto o cachorro dorme a seus pés.

Quando entramos na sala, Jocelyn está compartilhando sua lembrança: algo que parece um fêmur retorcido e mutilado.

— Isso era da Lola — diz ela, girando gentilmente o osso de couro nas mãos. — Eu encontrei embaixo do sofá depois da eutanásia.

— O que você está fazendo aqui, afinal? — Stuart diz. — Era só uma droga de um cachorro!

Jocelyn aperta os olhos.

— Pelo menos eu não fiz um *bronze* dela.

Eles começam a discutir enquanto o homem idoso e eu nos instalamos no círculo. Marge aproveita a oportunidade.

— Sr. Weber — diz ela —, seja bem-vindo. Jocelyn estava agora mesmo nos contando como seu bichinho de estimação era importante para ela. O senhor já teve um animal que lhe despertasse amor?

Penso na cadelinha que ele leva à padaria. Ele divide o pão com ela, meio a meio.

Mas o homem fica em silêncio. Ele abaixa a cabeça, como se estivesse sendo pressionado contra a cadeira. Reconheço essa postura, esse desejo de desaparecer.

— Pode-se amar um animal mais do que se ama algumas pessoas — digo de repente, surpreendendo até a mim mesma. Todos se viram, porque, ao contrário de outros, eu quase nunca chamo atenção para mim voluntariamente. — Não importa o que foi que deixou um buraco dentro de você. Só importa que ele está lá.

O velho levanta os olhos lentamente. Posso sentir o calor de seu olhar através da cortina de meus cabelos.

— Sr. Weber — diz Marge, percebendo a reação —, será que trouxe alguma lembrança para compartilhar conosco hoje?

Ele meneia a cabeça, com os olhos azuis neutros e sem expressão.

Marge deixa que o silêncio dele paire no ar, uma oferenda em um pedestal. Eu sei que isso acontece porque algumas pessoas vêm aqui para falar, enquanto outras vêm apenas para ouvir. Mas a ausência de som ressoa como um batimento cardíaco. É ensurdecedora.

Este é o paradoxo da perda: Como pode algo que se foi pesar tanto sobre nós?

Terminado o horário, Marge nos agradece pela participação e nós dobramos as cadeiras e recolhemos pratos e guardanapos de papel para reciclagem. Embrulho os muffins que sobraram e os entrego a Stuart. Levá-los de volta à padaria seria como transportar um balde de água para as cataratas do Niágara. Então saio para ir ao trabalho.

Quando se viveu em New Hampshire a vida toda, como eu, pode-se sentir o cheiro da mudança de tempo. Está opressivamente quente, mas há uma tempestade escrita no céu com tinta invisível.

— Com licença.

Eu me volto ao ouvir o som da voz do sr. Weber. Ele está de costas para a igreja episcopal onde fazemos nossas reuniões. Embora esteja pelo menos uns trinta graus aqui fora, ele usa uma camisa de mangas compridas abotoada até a garganta, com uma gravata estreita.

— Foi gentil de sua parte defender aquela mocinha.

Noto outra vez o sotaque em sua pronúncia.

Desvio o olhar.

— Obrigada.

— Você é Sage?

Bem, essa é a pergunta capciosa. Sim, esse é meu nome, mas o duplo sentido, de que eu sou cheia de sabedoria — já que a palavra significa "sábia" em inglês —, nunca se aplicou de fato. Houve muitos momentos em minha vida em que quase saí dos trilhos, mais sobrecarregada de emoção do que equilibrada pela razão.

— Sim — respondo.

O silêncio incômodo cresce entre nós como massa fermentada.

— Esse grupo... Faz tempo que você frequenta.

Eu não sei se devo ficar na defensiva.

— Sim, faz.

— Então você acha que ele de fato ajuda?

Se de fato ajudasse, eu não estaria mais vindo.

— Todos são boas pessoas, de verdade. É só que, às vezes, cada um pensa que sua própria dor é maior que a de qualquer outra pessoa.

— Você não fala muito — o sr. Weber comenta. — Mas, quando fala... é uma poetisa.

Sacudo a cabeça.

— Sou padeira.

— Uma pessoa não pode ser duas coisas ao mesmo tempo? — ele pergunta e vai embora caminhando lentamente.

*   *   *

Entro correndo na padaria, sem fôlego e corada, e encontro minha chefe dependurada no teto.

— Desculpe o atraso — digo. — O santuário está lotado, e algum imbecil com um carrão enorme estacionou na minha vaga.

Mary está elevada em uma plataforma ao estilo Michelangelo, para poder ficar deitada de costas enquanto pinta o teto da padaria.

— Esse imbecil por acaso é o bispo — ela responde. — Ele parou aqui antes de subir a ladeira. Disse que seu pão de azeitonas é celestial, o que é um elogio e tanto, vindo dele.

Em sua vida anterior, Mary DeAngelis era a irmã Mary Robert. Tinha jeito com plantas e era muito conhecida por fazer a manutenção dos jardins em seu convento, em Maryland. Em uma Páscoa, quando ouviu o padre dizer: "Ele ressuscitou", ela se levantou do banco e caminhou para fora da catedral. Saiu da ordem, pintou os cabelos de cor-de-rosa e subiu a trilha dos Apalaches. Foi em algum lugar na cordilheira Presidencial que Jesus lhe apareceu em uma visão e lhe disse que havia muitas almas para alimentar.

Seis meses mais tarde, Mary abriu a Pão Nosso de Cada Dia na base da encosta do Santuário de Nossa Senhora da Misericórdia, em Westerbrook, New Hampshire. O santuário cobre uma extensão de sete hectares, com uma gruta de meditação, um anjo da paz, a Via Crúcis e a Escada Santa. Há também uma loja cheia de cruzes, crucifixos, livros sobre catolicismo e teologia, CDs de música cristã, medalhas de santos e presépios. Mas os visitantes geralmente vêm para ver o rosário de duzentos e trinta metros, feito de pedras de granito de New Hampshire ligadas por correntes.

Era um santuário para tempo bom; os negócios caíam drasticamente durante os invernos da Nova Inglaterra. E então Mary teve uma ideia: o que poderia ser mais secular do que pão assado na hora? Por que não dar um impulso na receita do santuário acrescentando uma padaria que atrairia tanto fiéis como não fiéis?

O único problema era que ela não sabia fazer pão.

E é aí que eu entro.

Comecei a fazer pães quando tinha dezenove anos e meu pai morreu inesperadamente. Eu estava na faculdade e fui para casa, para o enterro. Quando retornei, percebi que nada era como antes. Eu olhava para as palavras nos livros como se estivessem escritas em uma língua que eu não sabia ler. Não conseguia sair da cama para ir às aulas. Faltei em um exame, depois em outro. Parei de entregar os trabalhos. Então, um dia, acordei em meu quarto, no dormitório, e senti cheiro de farinha — tanta farinha que era como se eu estivesse rolando nela. Tomei um banho, mas não conseguia me livrar do cheiro. Fazia-me lembrar das manhãs de domingo, quando eu era criança e acordava com o perfume de pães e rosquinhas recém-assados, feitos por meu pai.

Ele sempre tentara ensinar a mim e a minhas irmãs, mas quase sempre estávamos ocupadas demais com a escola e jogos de hóquei, ou meninos, para ouvi-lo. Ou pelo menos era o que eu pensava, até que comecei a me esgueirar todas as noites em direção à cozinha do refeitório da faculdade para assar pães.

Deixava-os como bebês abandonados na entrada da sala dos professores que eu admirava e na soleira dos quartos de garotos com sorrisos tão lindos que me atordoavam em silêncio confuso. Deixava uma fila ornamental de pãezinhos de massa lêveda sobre um pedestal de palestra e deslizava uma broa para dentro da enorme bolsa da senhora do refeitório que me enchia de panquecas e bacon, dizendo que eu era muito magrinha. No dia em que minha orientadora acadêmica me disse que eu estava indo mal em três de meus quatro cursos, não tive nada a dizer em minha defesa, mas lhe dei uma baguete de mel com sementes de anis, mescla de amargo e doce.

Minha mãe chegou inesperadamente um dia. Ela se instalou em meu quarto e começou a cuidar de minha administração pessoal, a garantir que eu estivesse alimentada, me acompanhar até as classes e me fazer perguntas sobre minhas leituras de lição de casa.

— Se eu não desisti — ela me disse —, você não vai desistir também.

Acabei ficando um ano a mais na faculdade, mas me formei. Minha mãe se levantou e assobiou entre os dentes quando atravessei o palco para receber o diploma. E, então, tudo desmoronou.

Pensei muito sobre isso: *Como se pode passar de um momento em que se está no topo do mundo para outro em que se está rastejando no fundo rochoso?* Pensei em todas as coisas que poderia ter feito diferente, e se isso teria levado a outro resultado. Mas pensar não muda nada, não é? E assim, depois, com o olho ainda vermelho-sangue e os pontos de Frankenstein curvando-se por minha têmpora e face como a costura de uma bola de beisebol, dei a minha mãe o mesmo conselho que ela havia me dado. *Se eu não desisti, você não vai desistir também.*

E ela não desistiu, a princípio. Levou quase seis meses, um sistema corporal falindo após o outro. Eu me sentava ao lado dela no hospital todos os dias e, à noite, ia para casa descansar. Mas não descansava. Em vez disso, começava novamente a fazer pães — minha terapia mais eficiente. Levava pães caseiros para os médicos dela. Fazia pretzels para as enfermeiras. E, para minha mãe, preparava seus favoritos: rolinhos de canela com uma cobertura espessa de glacê. Eu os fazia diariamente, mas ela nunca pôde dar sequer uma mordida.

Foi Marge, a facilitadora do grupo de luto, que sugeriu que eu arrumasse um emprego para me ajudar a ter alguma espécie de rotina. "Force até conseguir que seja natural", ela disse. Mas eu ainda não suportava a ideia de trabalhar durante o dia, quando todos estariam olhando para meu rosto. Antes, eu era tímida; agora, me transformara numa reclusa.

Mary diz que foi uma intervenção divina ter me encontrado. (Ela chama a si mesma de "freira em recuperação", mas na verdade largou o hábito, não a fé.) Quanto a mim, não acredito em Deus; acho que foi pura sorte que a primeira seção de classificados que li depois da sugestão de Marge incluísse um anúncio pedindo um mestre padeiro, que pudesse trabalhar sozinho à noite e fosse embora quando os clientes começassem a entrar na loja. Na entrevista, Mary não comentou o fato de eu não ter experiência, ou trabalhos significativos nas férias, ou referências. Mas, mais importante, deu uma olhada rápida para minha cicatriz e disse: "Imagino que, quando quiser me falar sobre isso, você o fará". E só. Mais tarde, quando a conheci melhor, percebi que, ao cuidar dos jardins, ela nunca vê as sementes. Já está imaginando a planta em que se tornarão. Acredito que pensou o mesmo ao me conhecer.

Minha salvação por trabalhar na Pão Nosso de Cada Dia era que minha mãe não estava viva para ver. Ela e meu pai eram judeus. Minhas irmãs, Pepper e Saffron, ambas fizeram o bat mitzvá. Embora vendêssemos bagels e chalás, além dos pãezinhos doces de Páscoa; embora o café anexo à padaria se chamasse HanuChá, eu sabia que minha mãe teria dito: "De todas as padarias do mundo, o que fez você decidir trabalhar para uma *shiksa*, uma não judia?"

Mas ela também teria sido a primeira a me dizer que pessoas boas são pessoas boas; a religião não tem nada a ver com isso. Acho que minha mãe sabe, onde quer que esteja agora, quantas vezes Mary me encontrou na cozinha, aos prantos, e atrasou a abertura da padaria para me ajudar até que eu melhorasse. Acho que ela sabe que, no aniversário de sua morte, Mary doa toda a receita do dia da padaria para a Hadassah, a Organização das Mulheres Sionistas da América. E que Mary é a única pessoa de quem eu não escondo ativamente minha cicatriz. Ela não é só minha empregadora, mas também minha melhor amiga, e gosto de acreditar que isso importaria mais para minha mãe do que o lugar em que Mary prefere prestar seu culto.

Uma pelota de tinta roxa cai no chão ao lado do meu pé e eu olho para cima. Mary está pintando outra de suas visões. Ela as tem tido com perturbadora regularidade, pelo menos três por ano, e isso geralmente leva a alguma mudança na composição de nossa loja ou do cardápio. O café foi uma das visões de Mary. Assim como a vitrine de estufa, com as fileiras de orquídeas delicadas, as flores espalhadas como contas de pérolas sobre a rica folhagem verde. Houve um inverno em que ela criou um círculo de tricô na Pão Nosso de Cada Dia; em outro ano, foi uma classe de ioga. Fome, ela sempre me diz, não tem a ver com a barriga, mas com a mente. O que Mary administra, de fato, não é uma padaria, mas uma comunidade.

Alguns dos aforismos de Mary estão pintados nas paredes: "Procure e encontrará", "Nem tudo que vagueia está perdido", "Não são os anos em sua vida que contam, mas a vida em seus anos". Eu às vezes me pergunto se Mary realmente sonha esses lugares-comuns, ou se simplesmente memoriza frases de efeito de camisetas do tipo "A vida é boa". Mas acho que não importa muito, já que nossos clientes parecem gostar de lê-las.

Hoje, Mary está pintando seu mantra mais recente. "All you need is love & cupcakes", leio.

— O que acha? — pergunta ela.

— Que Yoko Ono vai processar você por violação de direitos autorais — respondo.

Rocco, nosso barista, está limpando o balcão.

— Lennon era um gênio — diz ele. — Se estivesse vivo ainda/ *Imagine* só!

Rocco tem vinte e nove anos, dreadlocks prematuramente grisalhos e só fala na forma de haicais. É o *lance* dele, como ele disse a Mary quando se candidatou ao emprego. Ela se dispôs a relevar esse pequeno tique verbal por causa de seu prodigioso talento para criar arte em espuma: as espirais decorativas sobre os mochas e cappuccinos. Ele sabe fazer samambaias, corações, unicórnios, Lady Gaga, teias de aranha e, uma vez, no aniversário de Mary, o papa Bento XVI. Quanto a mim, gosto dele por causa de um dos outros *lances* de Rocco: ele não olha as pessoas nos olhos. Diz que é assim que alguém pode roubar sua alma.

Amém a isso.

— Não tem mais baguetes — Rocco me informa. — Dei café grátis aos bravos. — Ele faz uma pausa, contando as sílabas mentalmente. — Faça mais à noite.

Mary começa a descer da plataforma.

— Como foi sua reunião?

— Como sempre. Aqui esteve assim tranquilo o dia todo?

Ela atinge o chão com uma batida suave.

— Não, tivemos o movimento do horário de saída da pré-escola e um bom almoço. — Ela se levanta, limpa as mãos no jeans e me segue para a cozinha. — A propósito, Satã ligou.

— Vou adivinhar. Ele quer um bolo de aniversário especial para algum criminoso de guerra?

— Por Satã — Mary continua, como se eu não tivesse falado nada — eu quero dizer Adam.

Adam é meu namorado. Só que não, porque já é marido de outra pessoa.

— Adam não é *tão* ruim assim.

— Ele é bonito, Sage, e é emocionalmente destrutivo. Mas se você não se importa... — Mary dá de ombros. — Vou deixar Rocco cuidando do forte enquanto subo ao santuário para dar um trato nas plantas. — Embora ela não seja funcionária de lá, ninguém parece se incomodar com o fato de a ex-freira com mãos de jardineira manter as flores e plantas em forma. A jardinagem, o suor de cortar ervas, cavar raízes, transplantar mudas, são, para Mary, algo relaxante. Às vezes, acho que ela nem dorme, apenas fotossintetiza, como suas amadas plantas. Ela parece funcionar com mais energia e velocidade do que o restante de nós, mortais comuns; faz a fada Sininho parecer um bicho-preguiça.

— As hostas estão armando uma invasão.

— Divirta-se — digo, amarrando as tiras do avental e concentrando-me no trabalho da noite.

Na padaria, tenho uma amassadeira espiral gigante, porque faço muitos pães de uma só vez. Tenho pré-fermentos em várias temperaturas, armazenados em recipientes cuidadosamente etiquetados. Uso uma planilha de Excel para calcular o percentual do padeiro, uma matemática maluca que sempre dá mais de cem por cento. Mas meu tipo favorito de preparo de pão é simplesmente uma vasilha, uma colher de pau e quatro elementos: farinha, água, fermento biológico e sal. Além disso, tudo de que se precisa é tempo.

Fazer pão é um evento atlético. Não só requer o revezamento rápido entre diversas estações da padaria, para checar se os pães estão crescendo bem, misturar ingredientes ou retirar a cuba de mistura de seu apoio, como também exige força muscular para ativar o glúten na massa. Até pessoas que não conseguem distinguir um poolish de um biga sabem que, para fazer pão, é preciso sovar. Empurrar e rolar, empurrar e dobrar, um exercício rítmico sobre um balcão coberto de farinha. Se isso for feito direito, liberará uma proteína chamada glúten, em fios que permitem que bolhas irregulares de dióxido de carbono se formem na massa. Depois de sete ou oito minutos, tempo suficiente para sua mente ter rememorado uma lista de tarefas a fazer em casa, ou para você lembrar a última conversa que teve com a pessoa importante em sua vida e pensar no que ele realmente quis dizer com aquilo, a consistência da massa se transformará. Lisa, maleável, coesa.

Esse é o ponto em que você deve deixar a massa descansar. É bobo antropomorfizar o pão, mas adoro o fato de que ele precisa ficar quieto, afastar-se de todo toque, barulho e drama, para crescer.

Tenho de admitir que, muitas vezes, eu mesma me sinto assim.

* * *

Os horários de trabalho dos padeiros podem fazer coisas estranhas com o cérebro. Quando seu dia de trabalho começa às cinco horas da tarde e vai até o amanhecer, você ouve cada tique do ponteiro dos minutos no relógio sobre o forno, vê movimentos nas sombras. Você não reconhece o eco da própria voz; começa a pensar que é a única pessoa que restou viva na face da Terra. Estou convencida de que há uma razão para que a maioria dos assassinatos aconteça à noite. O mundo parece diferente para aqueles de nós que vêm para a vida quando escurece. Ele é mais frágil e irreal, uma réplica do mundo em que todos os outros moram.

 Tenho vivido no ritmo inverso há tanto tempo que não é uma dificuldade ir para a cama quando o sol está se levantando e acordar quando está baixo no céu. Na maioria dos dias, isso significa que tenho cerca de seis horas de sono antes de voltar para a Pão Nosso de Cada Dia e começar tudo outra vez; mas ser padeiro significa aceitar uma existência à margem, o que eu agradeço de todo o coração. As pessoas que vejo são funcionários de lojas de conveniência, caixas do drive-through do Dunkin' Donuts, enfermeiras trocando de turno. E Mary e Rocco, claro, que fecham a padaria pouco depois que eu chego. Eles me trancam lá dentro, como a rainha em Rumpelstiltskin, não para mudar palha em ouro, mas para transformar farinha, antes do amanhecer, nos bolos de fermento químico e nos pães levedados que enchem as prateleiras e balcões de vidro.

 Nunca fui uma pessoa muito sociável, mas agora procuro ativamente ficar sozinha. Este é o arranjo mais adequado para mim: eu trabalho sem ninguém em volta; Mary é a pessoa responsável por conversar com os clientes e fazê-los querer voltar. Eu me escondo.

 Fazer pão, para mim, é uma forma de meditação. Tenho prazer em fatiar a massa volumosa, calcular a olho a quantidade que uma balança apontaria de forma exata, em quilos, para um pão artesanal perfeito. Adoro como a massa serpenteante de uma baguete se agita entre minhas palmas enquanto eu a enrolo. Adoro o suspiro que um pão crescido solta quando o amasso para tirar o ar. Gosto de dobrar os dedos dos pés dentro dos tamancos e esticar o pescoço de um lado para outro para soltar a tensão. Gosto de saber que não haverá telefonemas, não haverá interrupções.

 Já estou bem avançada na produção dos cinquenta quilos que faço todas as noites quando escuto Mary retornar do trabalho de jardinagem no alto da colina e começar a fechar a loja. Lavo as mãos na pia industrial, tiro a touca que uso para cobrir os cabelos enquanto trabalho e caminho até a frente da padaria. Rocco está puxando o zíper da jaqueta de motocicleta. Pelas janelas, vejo clarões de raios distantes cortando chumbo do céu.

— Vejo-a amanhã — diz Rocco. — Se não morrermos no sono./ Que triste seria.

Ouço um latido e percebo que a padaria não está vazia. O cliente solitário é o sr. Weber, de meu grupo de luto, e sua cadelinha. Mary está sentada com ele, com uma xícara de chá nas mãos.

Ele se levanta com alguma dificuldade quando me vê e faz uma reverência desajeitada.

— Olá outra vez.

— Você conhece Josef? — Mary pergunta.

Um grupo de luto é como o AA: não se "entrega" alguém sem ter sua permissão.

— Já nos vimos — respondo, sacudindo os cabelos para a frente, a fim de cobrir o rosto.

Sua dachshund estica a correia para chegar mais perto de mim e lambe uma mancha de farinha em minhas calças.

— Eva — ele a repreende. — Tenha modos!

— Tudo bem — eu lhe digo, e me agacho com alívio para afagar a cadelinha. Animais nunca olham com surpresa para meu rosto.

O sr. Weber enfia a alça da correia no pulso e se levanta.

— Eu a estou impedindo de ir para casa — ele diz a Mary, desculpando-se.

— De modo nenhum. Eu gosto da companhia. — Ela dá uma olhada para a caneca do homem, que ainda está três quartos cheia.

Não sei o que me faz dizer o que eu digo. Afinal, tenho muito trabalho pela frente. Mas começou a chover agora, uma cortina torrencial de chuva. Os únicos veículos no estacionamento são a Harley de Mary e o carro de Rocco, o que significa que o sr. Weber pretende ir para casa a pé ou esperar o ônibus.

— Pode ficar até a hora do ônibus especial — eu lhe digo.

— Ah, não — o sr. Weber responde. — Eu estaria incomodando.

— Eu insisto — Mary reforça.

Ele acena a cabeça em agradecimento e senta-se outra vez. Enquanto ele envolve com as mãos sua caneca de café, Eva se estica sobre seu pé esquerdo e fecha os olhos.

— Tenha uma boa noite — Mary me diz. — Cozinhe com todo este seu coraçãozinho.

Mas, em vez de ficar com o sr. Weber, sigo Mary até a sala dos fundos, onde ela guarda os apetrechos de chuva para a motocicleta.

— Não vou limpar a bagunça dele.

— Está bem — Mary diz, dando uma pausa no ato de vestir suas calças de couro.

— Eu não atendo clientes. — De fato, quando saio cansada da padaria, às sete horas da manhã, e vejo a loja cheia de homens de terno comprando rosquinhas e donas de casa colocando pães de forma em sacolas de compras recicláveis, sempre fico um pouco surpresa ao lembrar que existe um mundo fora de minha cozinha industrial. Imagino que deve ser assim que um paciente com parada cardíaca se sente quando um choque elétrico lhe traz de volta os batimentos cardíacos e o lança na agitação da vida. Uma sobrecarga sensorial e um excesso de informações.

— *Você* o convidou para ficar — Mary me lembra.

— Não sei nada sobre ele. E se tentar nos roubar? Ou pior?

— Sage, ele tem mais de noventa anos. Acha que vai cortar sua garganta com a dentadura? — Mary meneia a cabeça. — Josef Weber está o mais perto que se pode chegar de ser canonizado em vida. Todos em Westerbrook o conhecem. Ele era técnico do time de beisebol infantil, organizava a limpeza do Parque Riverhead, lecionou alemão no colégio por um zilhão de anos. É o vovozinho adotivo de todo mundo. Não acho que vá se esgueirar até a cozinha e golpeá-la com uma faca de pão enquanto você estiver de costas.

— Nunca ouvi falar dele — murmuro.

— É porque você vive escondida embaixo de uma pedra — Mary diz.

— Ou dentro de uma cozinha. — Quando a gente dorme o dia inteiro e trabalha durante a noite, não tem tempo para coisas como jornais ou televisão. Só descobri três dias depois que Osama bin Laden tinha sido morto.

— Boa noite. — Ela me dá um abraço rápido. — Josef é inofensivo. Sério. O pior que ele pode fazer é falar até você não aguentar mais.

Eu a observo abrir a porta dos fundos da padaria. Ela se encolhe sob o ataque da chuva torrencial e acena sem olhar para trás. Fecho a porta e a tranco.

Quando volta ao salão da padaria, a caneca do sr. Weber está vazia e o cachorro em seu colo.

— Desculpe — digo. — Assuntos de trabalho.

— Você não precisa ficar me fazendo companhia. Sei que tem muito a fazer.

Tenho centenas de pães para modelar, bagels para ferver, bialys para rechear. Sim, dá para dizer que estou ocupada. Mas, para minha surpresa, me ouço dizer:

— Posso esperar alguns minutos.

O sr. Weber indica a cadeira que Mary havia ocupado.

— Então, por favor, sente-se.

Eu me sento, mas olho para o relógio. Meu cronômetro vai soar em três minutos, e terei de voltar à cozinha.

— Então — digo —, que tempo é esse?

— Tempo chuvoso, parece-me — o sr. Weber responde. Suas palavras soam como se ele as estivesse cortando de um fio: precisas, curtas. Ele olha para mim. — O que a levou ao grupo de luto?

Eu o encarei com espanto. Há uma regra no grupo, segundo a qual não somos pressionados a compartilhar se não estivermos prontos. Certamente o sr. Weber não estava pronto; parece rude ele pedir que outra pessoa faça o que não está disposto a fazer. Bem, mas não estamos no grupo.

— Minha mãe — respondo, e lhe digo o que disse a todas as outras pessoas. — Câncer.

Ele acena com a cabeça em solidariedade.

— Sinto muito por sua perda — diz, de forma circunspecta.

— E o senhor? — pergunto.

Ele meneia a cabeça.

— Muitos para contar.

Eu nem sei como responder a isso. Minha avó sempre fala que, na idade em que está, os amigos estão caindo como moscas mortas. Imagino que o mesmo seja verdade para o sr. Weber.

— Faz tempo que você é padeira?

— Alguns anos — respondo.

— É uma profissão estranha para uma jovem. Não é muito sociável. Será que ele *viu* minha aparência?

— É bom para mim.

— Você é muito boa no que faz.

— Qualquer pessoa pode fazer pão — digo.

— Mas nem todos podem fazer bem.

Da cozinha vem o apito do cronômetro; Eva acorda e começa a latir. Quase simultaneamente, há um movimento de luzes se aproximando pelas janelas de vidro da padaria quando o ônibus chega ao ponto, na esquina.

— Obrigado por me deixar esperar aqui — diz ele.

— Nenhum problema, sr. Weber.

Ele sorri.

— Por favor, chame-me de Josef.

Eu o vejo enfiar Eva dentro do casaco e abrir o guarda-chuva.

— Volte logo — digo, porque sei que Mary gostaria que eu dissesse isso.

— Amanhã — ele anuncia, como se tivéssemos marcado um encontro. Ao sair da padaria, semicerra os olhos diante dos faróis brilhantes do ônibus.

Apesar do que disse a Mary, recolho sua caneca e pratos sujos, e então noto que o sr. Weber — Josef — esqueceu o pequeno caderno preto em que está sempre escrevendo quando se senta aqui. Ele está preso por um elástico.

Pego-o e corro para a chuva. Piso diretamente em uma poça gigante, que encharca meu tamanco.

— Josef — chamo, sentindo os cabelos grudados na cabeça. Ele se volta, e os olhinhos de Eva, semelhantes a contas, aparecem entre as pregas de sua capa de chuva. — Você esqueceu isto.

Mostro o caderno preto e caminho até ele.

— Obrigado — diz ele, enfiando-o em segurança no bolso. — Não sei o que teria feito sem isso. — Inclina o guarda-chuva para que me proteja também.

— Seu Grande Romance Americano? — tento adivinhar. Desde que Mary instalou wi-fi gratuito na Pão Nosso de Cada Dia, o lugar tem ficado repleto de pessoas escrevendo com a intenção de ser publicadas.

Ele parece espantado.

— Ah, não. Este é só o lugar onde guardo todos os meus pensamentos. Senão eles fogem de mim. Se não anotar que gosto de seu pão francês, por exemplo, não vou me lembrar de pedi-lo na próxima vez.

— Acho que um caderninho assim seria útil para muita gente.

O motorista do ônibus buzina duas vezes. Ambos nos viramos na direção do som. Faço uma careta quando a luz dos faróis brilha em meu rosto.

Josef dá uma batidinha no bolso.

— É importante lembrar — diz ele.

* * *

Uma das primeiras coisas que Adam me disse foi que eu era bonita, o que deveria ter sido minha primeira pista de que ele era um mentiroso.

Eu o conheci no pior dia de minha vida, o dia em que minha mãe morreu. Ele era o agente funerário que minha irmã Pepper tinha contratado. Tenho uma vaga lembrança de ele ter nos explicado o processo e mostrado os diferentes tipos de caixões. Mas a primeira vez em que realmente o notei foi quando fiz uma cena na cerimônia fúnebre.

Minhas irmãs e eu sabíamos que a música favorita de minha mãe era "Somewhere over the Rainbow". Pepper e Saffron queriam contratar um profissional para cantá-la, mas eu tinha uma ideia diferente. Não era apenas a música que minha mãe amava, mas uma interpretação específica dela. E eu lhe havia prometido que Judy Garland cantaria em seu funeral.

— Novidade para você, Sage — disse Pepper. — Judy Garland não está aceitando apresentações estes dias, a menos que você seja médium.

No fim, minhas irmãs concordaram com o que eu queria depois de eu ter dito que era um dos últimos desejos de nossa mãe. Seria minha tarefa entregar o CD ao agente funerário, ou seja, a Adam. Fiz o download da trilha sonora do *Mágico de Oz* no iTunes. Quando a cerimônia começou, ele a fez tocar no sistema de alto-falantes.

Infelizmente, não era "Somewhere over the Rainbow". Eram os Munchkins cantando "Ding dong! A bruxa morreu".

Pepper começou a chorar. Saffron ficou tão perturbada que se retirou da cerimônia.

E eu... eu comecei a rir.

Não sei por quê. Só saiu de mim, como uma chuva de centelhas. E, de repente, cada uma das pessoas naquela sala estava olhando para mim, com a raivosa linha vermelha cortando meu rosto e a risada imprópria saindo aos borbotões pela boca.

— Meu Deus, Sage — Pepper sibilou. — Como você *pôde*?

Em pânico, acuada, levantei-me do primeiro banco da igreja, dei dois passos e desmaiei.

Voltei a mim no escritório de Adam. Ele estava ajoelhado ao lado do sofá e tinha um pano úmido na mão, que pressionava bem sobre minha cicatriz. Eu me afastei dele imediatamente, cobrindo o lado esquerdo do rosto com uma das mãos.

— Sabe — disse ele, como se estivéssemos no meio de uma conversa —, no meu ramo de trabalho, não há segredos. Eu sei quem fez cirurgia plástica e quem sobreviveu a uma mastectomia. Sei quem tirou o apêndice e quem operou uma hérnia dupla. A pessoa pode ter uma cicatriz, mas isso também significa que teve uma história. E, além disso — continuou —, isso não foi o que notei quando vi você pela primeira vez.

— Ah, sei.

Ele tocou meu ombro.

— Eu notei — disse — que você é bonita.

Ele tinha cabelos castanho-claros e olhos cor de mel. A palma da mão era quente em minha pele. Eu nunca tinha sido muito bonita, mesmo antes que aquilo acontecesse e, certamente, não depois. Sacudi a cabeça para clarear os pensamentos.

— Não comi nada esta manhã... — falei. — Tenho que voltar lá e...

— Relaxe. Sugeri que fizéssemos quinze minutos de intervalo antes de recomeçar. — Adam hesitou. — Talvez você queira usar alguma música do meu iPod.

— Eu poderia jurar que baixei a música certa. Minhas irmãs me odeiam.

— Já vi coisas piores — Adam respondeu.

— Duvido.

— Uma vez vi uma amante bêbada entrar em um caixão com o morto, até a esposa arrastá-la para fora e nocauteá-la com um soco.

Arregalei os olhos.

— Sério?

— Sim. Então, isso...? — Ele deu de ombros. — É mixaria.

— Mas eu *ri*.

— Muitas pessoas riem em funerais — Adam disse. — É porque se sentem pouco à vontade com a morte, e isso é um reflexo. Além disso, aposto que sua mãe preferiria saber que você estava celebrando a vida dela com uma risada e não aos prantos.

— Minha mãe teria achado isso engraçado — murmurei.

— Tome. — Adam me entregou o CD na capa.

Meneei a cabeça.

— Pode ficar com ele. Caso Naomi Campbell se torne sua cliente.

Adam sorriu.

— Também aposto que sua mãe teria achado engraçado — disse ele.

Uma semana depois do funeral, ele me ligou para saber como eu estava. Achei isso estranho por dois motivos: porque nunca tinha ouvido falar desse tipo de serviço ao cliente de uma agência funerária e porque fora Pepper quem o contratara, não eu. Fiquei tão comovida com sua atenção que assei um babka e levei à agência funerária um dia, no meu caminho de casa para o trabalho. Esperava deixá-lo lá sem encontrá-lo, mas aconteceu que ele estava lá.

Ele me perguntou se eu tinha tempo para um café.

Tenho de dizer que, mesmo naquele dia, ele estava usando a aliança de casamento. Em outras palavras, eu sabia no que estava entrando.

Minha única defesa é que nunca esperei ser adorada por um homem, ainda mais depois do que havia acontecido comigo; no entanto, ali estava Adam, atraente e bem-sucedido, fazendo exatamente isso. Todas as fibras de moralidade em mim que diziam que Adam pertencia a outra pessoa eram anuladas pelo sussurro em minha cabeça: *Mendigos não podem escolher; pegue o que está ao seu alcance; quem mais amaria alguém como você?*

Eu sabia que era errado me envolver com um homem casado, mas isso não me impediu de me apaixonar por ele, ou de desejar que ele se apaixonasse por mim. Havia me resignado a viver sozinha, trabalhar sozinha, ser sozinha pelo resto da vida. Mesmo que um dia encontrasse alguém que afirmasse não se importar com o estranho franzido no lado esquerdo do meu rosto, como poderia saber se essa pessoa me amava ou apenas sentia pena de mim? Ambas as coisas podem parecer tão similares, e eu nunca tinha sido muito boa para ler os sentimentos das pessoas. O relacionamento entre mim e Adam era secreto, mantido atrás de portas fechadas. Em outras palavras, eu continuava em minha zona de conforto.

Antes que você comente que é macabro ser tocada por alguém que esteve embalsamando pessoas, deixe-me lhe dizer que você está muito enganado. Qualquer pessoa que tenha morrido, minha mãe incluída, seria uma felizarda de receber um último toque tão suave como o de Adam. Eu às vezes penso que, por ele passar tanto tempo com os mortos, é a única pessoa que realmente aprecia a maravilha de um corpo vivo. Quando fazemos amor, ele se demora sobre a pulsação de minha carótida, nos pulsos, atrás dos joelhos, os locais em que meu sangue pulsa.

Nos dias em que Adam vem à minha casa, eu sacrifico uma hora ou duas de sono para ficar com ele. Ele consegue dar uma escapada a qualquer hora, graças à natureza de seu trabalho, que requer que esteja acessível vinte e quatro horas por dia, sete dias por semana. É por isso também que sua esposa não acha nada suspeito quando ele desaparece.

— Acho que Shannon sabe — Adam diz hoje, quando estou aconchegada seus braços.

— É mesmo? — Tento ignorar como isso me faz sentir, como se estivesse no alto da subida da montanha-russa e não pudesse mais ver os trilhos à frente.

— Havia um adesivo novo no para-choque do meu carro esta manhã, dizendo: "Eu ♥ minha esposa".

— Como sabe que foi ela que pôs ali?

— Porque não fui eu — Adam responde.

Reflito sobre isso por um momento.

— O adesivo pode não ser sarcástico. Pode ser apenas abençoadamente inocente.

Adam se casou com a namorada de colégio, que ele namorou ao longo de toda a faculdade. A agência funerária em que ele trabalha é o negócio de família de sua esposa há cinquenta anos. Pelo menos duas vezes por semana, ele me diz que vai deixar Shannon, mas eu sei que não é verdade. Primeiro, ele teria de abandonar seu trabalho. Segundo, não seria apenas Shannon que ele deixaria, mas seus filhos gêmeos, Grace e Bryan. Quando fala deles, sua voz fica diferente. Fica do jeito que eu espero que fique quando ele fala de mim.

Mas ele provavelmente *não* fala de mim. Para quem ele falaria que está tendo um caso? A única pessoa a quem contei é Mary e, embora nós dois estejamos errados por nos envolvermos, ela age como se fosse ele que tivesse me seduzido.

— Vamos viajar neste fim de semana — sugiro.

Eu não trabalho aos domingos; a padaria fecha às segundas-feiras. Poderíamos desaparecer por gloriosas vinte e quatro horas em vez de nos esconder em meu quarto de cortinas fechadas, contra o sol, e em seu carro, com o novo adesivo no para-choque, estacionado diante de um restaurante chinês na outra rua.

Uma vez, Shannon veio à padaria. Eu a vi pela janela aberta entre a cozinha e a loja. Sabia que era ela porque tinha visto fotografias no Facebook de Adam. Tive certeza de que tinha vindo para acabar comigo, mas ela só comprou uns pãezinhos integrais de centeio e foi embora. Depois disso, Mary me encontrou sentada no chão da cozinha, com o corpo mole de alívio. Quando lhe contei sobre Adam, ela me fez uma única pergunta: "Você o ama?"

"Sim", respondi.

"Não, você não o ama", disse Mary. "Você ama a ideia de que ele precisa se esconder tanto quanto você."

Os dedos de Adam resvalaram minha cicatriz. Mesmo depois de todo esse tempo, embora seja clinicamente impossível, ainda sinto a pele formigar.

— Você quer viajar — ele repete. — Quer andar na rua em pleno dia comigo, para que todos nos vejam juntos?

Formulado dessa maneira, eu me dou conta de que não é isso que quero. Quero me esconder com ele atrás das portas fechadas de um hotel de luxo nas montanhas Brancas, ou em um chalé em Montana. Mas não quero que ele esteja certo, então respondo:

— Talvez.

— Certo — diz Adam, enrolando meu cabelo nos dedos. — Maldivas.

Eu me ergo sobre um cotovelo.

— Estou falando sério.

Adam olha para mim.

— Sage, você nem se olha no espelho.

— Procurei no Google voos para o Sudoeste. Por quarenta e nove dólares, dá para irmos a Kansas City.

Adam desce o dedo pelo xilofone de minhas costelas.

— Por que íamos querer ir para Kansas City?

Afasto a mão dele.

— Pare de me distrair — digo. — Porque não é aqui.

Ele rola para cima de mim.

— Reserve os voos.

— Mesmo?

— Mesmo.

— E se chamarem você do trabalho? — pergunto.

— Ninguém vai ficar mais morto se tiver que esperar um pouco — Adam observa.

Meu coração começa a bater erraticamente. É excitante a ideia de sair em público. Se eu andar pela rua de mãos dadas com um homem bonito que, evidentemente, quer estar comigo, isso faz de mim alguém normal, por associação?

— O que você vai dizer a Shannon?

— Que estou louco por você.

Às vezes me pergunto o que teria acontecido se eu tivesse conhecido Adam quando era mais nova. Estivemos no mesmo colégio, mas com dez anos de diferença. Ambos acabamos voltando à nossa cidade natal. Trabalhamos sozinhos, em profissões que a maioria das pessoas comuns jamais pensaria em seguir.

— Que eu não consigo parar de pensar em você — Adam acrescenta, passando os dentes pelo lóbulo de minha orelha. — Que estou perdidamente apaixonado.

Tenho de dizer que o que mais adoro em Adam é exatamente o que o impede de estar comigo o tempo todo: que, quando ele ama, é infalivelmente, completamente, irresistivelmente. É como ele se sente com os gêmeos, e é por isso que permanece em casa todas as noites, para ouvir como foi a prova de biologia de Grace, ou ver a pontuação de Bryan no primeiro jogo de beisebol da temporada.

— Você conhece Josef Weber? — pergunto, lembrando-me de repente do que Mary me contara.

Adam gira o corpo e deita de costas.

— "Estou perdidamente apaixonado..." — ele repete. — "Você conhece Josef Weber?" Que resposta normal a sua...

— Ele deu aula no colégio, não é? Ensinava alemão.

— Os gêmeos fazem francês... — De repente, ele estala os dedos. — Ele foi árbitro na liga infantil. Acho que Bryan tinha seis ou sete anos na época. Lembro de pensar que o cara já devia estar passando dos noventa, mesmo naquele tempo, e que o departamento de esportes estava ficando louco... Mas ele era cheio de energia.

— O que sabe sobre ele? — pergunto, virando de lado.

Adam me abraça.

— Weber? Era um cara legal. Sabia o jogo de trás para frente e jamais cometia erros. Isso é tudo que eu lembro. Por quê?

Um sorriso se alarga em meu rosto.

— Vou deixar você por ele.

Ele me beija, lenta e amorosamente.

— Há alguma coisa que eu possa fazer para você mudar de ideia?

— Tenho certeza de que você vai pensar em algo — digo e envolvo seu pescoço com os braços.

* * *

Em uma cidade do tamanho de Westerbrook, que deriva dos descendentes ianques do *Mayflower*, sermos judias fazia de mim e minhas irmãs anomalias, tão diferentes de nossos colegas de classe, como se nossa pele fosse de um tom azul brilhante. "Para dar uma equilibrada na curva média", meu pai costumava dizer quando eu lhe perguntava por que tínhamos de parar de comer pão por uma semana mais ou menos na mesma época em que todos na escola traziam ovos cozidos para a Páscoa na lancheira. Ninguém me incomodava com isso. Ao contrário, quando os professores de nossa escola fundamental ensinaram sobre feriados alternativos ao Natal, eu me tornei uma celebridade, assim como Julius, o único menino afro-americano de minha escola, cuja avó comemorava o Kwanzaa. Fui para uma escola hebraica porque minhas irmãs foram, mas, quando chegou a hora de meu bat mitzvá, implorei para sair. Quando meus pais não permitiram, fiz greve de fome. Já era suficiente que minha família não fosse como as outras; eu não tinha a menor vontade de chamar atenção sobre mim mais do que o necessário.

Meus pais eram judeus, mas não seguiam dieta kosher nem iam aos cultos (exceto nos anos antes dos bat mitzvás de Pepper e Saffron, quando era obrigatório. Eu ficava sentada, nos cultos de sexta-feira à noite, ouvindo o cantor cantar em hebraico e me perguntava por que a música judaica era cheia de tons graves. Para o Povo Escolhido, os compositores não pareciam muito felizes). Mas eles jejuavam no Yom Kippur e se recusavam a montar uma árvore de Natal.

A mim, parecia que estavam seguindo uma versão resumida do judaísmo, então quem eram eles para me dizer como e em que acreditar? Eu disse isso a meus pais quando estava tentando convencê-los a não fazer um bat mitzvá. Meu pai ficou muito quieto. "A razão pela qual é importante acreditar em algo", disse ele, "é o fato de *poder* fazer isso." Então ele me mandou para o quarto sem jantar, o que foi realmente chocante, porque, em nossa casa, éramos encorajadas a expressar nossas opiniões, mesmo que fossem controversas. Foi minha mãe que subiu disfarçadamente as escadas, trazendo-me um sanduíche de geleia e pasta de amendoim.

— Seu pai pode não ser um rabino — disse ela —, mas ele acredita na tradição. Isso é o que os pais transmitem aos filhos.

— Está bem — argumentei. — Prometo fazer minhas compras de volta à escola em julho; e sempre farei torta de batata-doce com marshmallow no Dia de Ação de Graças. Não tenho problemas com a tradição, mamãe. Meu problema é ir para a escola hebraica. Religião não é algo que está no DNA. A gente não acredita só porque nossos pais acreditam.

— A vovó Minka está sempre de casaco — minha mãe disse. — O tempo todo.

Tratava-se de uma observação aparentemente aleatória. A mãe de meu pai morava em um condomínio para idosos. Nascera na Polônia e ainda tinha um sotaque que fazia parecer que estava sempre cantando. E, sim, vovó Minka estava sempre de casaco, mesmo quando fazia mais de trinta graus, mas também usava blush em excesso e estampas de oncinha.

— Muitos sobreviventes removeram suas tatuagens cirurgicamente, mas ela disse que ver aquilo todas as manhãs a faz lembrar que venceu.

Levei um momento para me dar conta do que minha mãe estava falando. A mãe de meu pai estivera em um campo de concentração? Como eu havia chegado aos doze anos sem saber disso? Por que meus pais tinham escondido de mim essa informação?

— Ela não gosta de falar sobre isso — minha mãe disse simplesmente. — E não gosta de mostrar o braço em público.

Havíamos estudado o Holocausto na aula de estudos sociais. Era difícil imaginar uma correspondência entre as fotografias de esqueletos vivos do meu livro e a mulher gordinha que sempre cheirava a lilás, que nunca faltava a seu horário semanal na cabeleireira, que deixava bengalas coloridas em todos os cômodos da casa para que sempre tivesse acesso fácil a uma. Ela não fazia parte da história. Era somente minha avó.

— Ela não vai ao templo — minha mãe disse. — Acho que, depois de tudo isso, a relação com Deus fica um pouco complicada. Mas seu pai começou a ir. Acho que essa é a maneira que ele tem de processar o que aconteceu com ela.

Ali estava eu, tentando desesperadamente me livrar de minha religião para poder me integrar com os outros, e descobria que ser judia estava de fato em meu sangue, que eu era descendente de uma sobrevivente do Holocausto. Sentindo-me frustrada, zangada e egoísta, eu me joguei para trás, sobre os travesseiros.

— Isso é com o papai. Não tem nada a ver comigo.

Minha mãe hesitou.

— Se ela não tivesse sobrevivido, Sage, você não existiria.

Essa foi a primeira e única vez que falamos sobre o passado de vovó Minka, embora, quando a trouxemos para casa aquele ano para o Hanukkah, eu a tenha examinado discretamente para ver se encontrava alguma sombra da verdade em seu rosto. Mas ela era a mesma de sempre, puxando a pele do frango assado para comer quando minha mãe não estava olhando, esvaziando a bolsa das amostras de perfume e maquiagem que havia juntado para minhas irmãs, falando dos personagens de *All My Children* como se fossem amigos que costumava visitar para tomar um café. Se ela havia estado em um campo de concentração durante a Segunda Guerra Mundial, devia ter sido uma pessoa completamente diferente na época.

Na noite em que minha mãe me contou sobre a história de minha avó, sonhei com um momento de que não havia me lembrado, de quando eu era muito pequena. Estava sentada no colo de vovó Minka enquanto ela virava as páginas de um livro e lia a história para mim. Percebo agora que não era a história certa. O livro ilustrado era sobre Cinderela, mas ela devia estar pensando em outra coisa, porque a narrativa versava sobre uma floresta escura e sobre monstros, uma trilha de aveia e grãos.

Também lembro que eu não estava prestando muita atenção, porque observava, fascinada, o bracelete dourado no pulso de minha avó.

Ficava o tempo todo esticando a mão para ele, puxando a manga da blusa dela. A certo momento, a lã subiu o bastante para que eu me distraísse com os números azuis, meio apagados, no lado interno de seu braço.

"O que é isso?"

"O número do meu telefone."

Eu havia memorizado o número de meu telefone no ano anterior, na pré-escola, para que, se me perdesse, a polícia pudesse ligar para minha casa.

"E se você se mudar?", perguntei.

"Ah, Sage." Ela deu uma risada. "Estou aqui para ficar."

* * *

No dia seguinte, Mary entra na cozinha enquanto estou trabalhando.

— Tive um sonho na noite passada — diz ela. — Você estava assando baguetes com Adam. Você disse a ele para colocar os pães no forno, mas, em vez disso, ele enfiou o seu braço lá dentro. Eu gritei e tentei puxar você para fora do fogo, mas não fui rápida o suficiente. Quando você se afastou, não tinha mais a mão direita. Só um braço feito de massa de pão. "Tudo bem", Adam disse, e pegou uma faca e cortou seu pulso. Ele fatiou seu polegar, seu dedinho, cada dedo, e todos eles estavam ensopados de sangue.

— Boa tarde para você também — digo. Abro a geladeira e tiro uma bandeja de pãezinhos.

— Só isso? Você não quer nem pensar no que pode significar?

— Que você tomou café antes de ir dormir — sugiro. — Lembra quando você sonhou que o Rocco se recusava a tirar os sapatos porque tinha pés de galinha? — Olho para ela. — Você por acaso já *viu* o Adam? Sabe como é a aparência dele?

— Mesmo as coisas mais bonitas podem ser tóxicas. Acônito, lírio-do-vale... Ambos estão no jardim de Monet de que você gosta tanto, no alto da Escada Santa, mas não dá para se aproximar deles sem luvas.

— Isso não é um risco para o santuário?

Ela meneia a cabeça.

— A maioria dos visitantes se abstém de comer o cenário. Mas essa não é a questão, Sage. A questão é que esse sonho foi um sinal.

— Lá vamos nós — murmuro.

— Não cometerás adultério — Mary faz seu sermão. — Não é possível ser mais claro do que nesse mandamento. E, se você comete, coisas ruins acontecem. Você é apedrejado pelos vizinhos. Você se torna um proscrito.

— Suas mãos se tornam comestíveis — digo. — Ouça, Mary, não venha dar uma de freira comigo. O que eu faço com meu tempo livre é problema meu. E você sabe que eu não acredito em Deus.

Ela se movimenta, bloqueando minha passagem.

— Isso não significa que Ele não acredite em você — diz.

Minha cicatriz coça. Meu olho esquerdo começa a lacrimejar, do jeito que ficou durante meses depois da cirurgia. Naquela época, era como se eu estivesse chorando por tudo que estaria perdendo no futuro, mesmo que não soubesse ainda. Talvez seja arcaico e, ironicamente, bíblico acreditar que feio é quem age mal, que uma cicatriz, ou uma marca de nascença, é o sinal exterior de uma deficiência interior; mas, no meu caso, isso é verdadeiro. Eu fiz algo horrível; toda vez que vejo meu reflexo, sou lembrada disso. É errado para a maioria das mulheres dormir com um homem casado? Claro, mas eu não sou a maioria das mulheres. Talvez seja por isso que, mesmo sabendo que a pessoa que eu era antes jamais teria se apaixonado por Adam, a nova eu fez exatamente isso. Não que eu me sinta no direito, ou que eu mereça estar com o marido de outra. É que eu não acredito que mereça nada melhor.

Não sou uma sociopata. Não tenho orgulho de meu relacionamento. Mas, na maior parte do tempo, posso encontrar desculpas para ele. O fato de Mary ter me irritado hoje significa que estou cansada, ou mais vulnerável do que pensei, ou ambos.

— E aquela pobre mulher, Sage?

Aquela pobre mulher é a esposa de Adam. Aquela pobre mulher tem o homem que eu amo, e dois filhos maravilhosos, e um rosto liso e sem cicatrizes. Aquela pobre mulher tem tudo que deseja, e que lhe foi entregue em uma bandeja de prata.

Pego uma faca afiada e começo e cortar o topo dos pãezinhos que levariam recheio.

— Se você quer sentir pena de si mesma — Mary prossegue —, faça isso de maneira que não destrua a vida de outras pessoas.

Indico a cicatriz com a ponta da faca.

— Você acha que eu quis isso? — pergunto. — Acha que eu não desejo, todos os dias de minha vida, ter as mesmas coisas que todos têm: um emprego em horário normal, e passear pela rua sem que as crianças fiquem olhando com ar de espanto, e um homem que ache que eu sou bonita?

— E poderia ter todas essas coisas — diz Mary, abraçando-me. — Você é a única que diz que não pode. Você não é uma má pessoa, Sage.

Quero acreditar nela. Quero tanto acreditar nela.

— Então acho que, às vezes, pessoas boas fazem coisas ruins — digo e me afasto.

Na frente da padaria, ouço o sotaque das sílabas entrecortadas de Josef Weber perguntando por mim. Enxugo os olhos na barra do avental e pego um pão que separei e um pequeno pacote; deixo Mary em pé na cozinha, sem mim.

— Olá! — exclamo com alegria. Com alegria demais. Josef parece assustado com meu falso entusiasmo. Passo para as mãos dele o pacote de biscoitos de cachorro caseiros para Eva e um pão cilíndrico. Rocco, que não está acostumado a me ver confraternizando com os clientes, faz uma pausa no ato de guardar as canecas limpas.

— Espantos sem fim/ Das mais escuras profundezas/ A reclusa chega — diz ele.

— Passou uma sílaba no verso do meio — digo bruscamente e conduzo Josef a uma mesa vazia. Qualquer hesitação que eu ainda sentisse quanto a puxar conversa com ele tornou-se o menor de dois males: prefiro estar aqui a ser interrogada por Mary.

— Guardei para você o melhor pão da noite.

— Um bâtard — Josef diz.

Estou impressionada; a maioria das pessoas não conhece o termo francês para esse formato.

— Sabe por que ele se chama assim? — pergunto, enquanto corto algumas fatias, fazendo o máximo de esforço para não pensar em Mary e seu sonho. — Porque não é um boule e não é uma baguete. Literalmente, é um "bastardo".

— Quem diria que até no mundo da panificação existe uma estrutura de classes? — Josef comenta.

Eu sei que é um bom pão. Sente-se pelo cheiro quando um pão artesanal sai do forno: o perfume forte, terroso, como se a gente estivesse em um bosque fechado. Olho com orgulho para os furinhos de tamanhos variados no miolo. Josef fecha os olhos de prazer.

— Tenho sorte de conhecer a padeira pessoalmente.

— Falando nisso... você foi juiz do jogo da liga infantil de beisebol do filho de um amigo. Bryan Lancaster.

Ele franze a testa e meneia a cabeça.

— Faz anos. Eu não sabia o nome de todos eles.

Conversamos. Sobre o tempo, sobre Eva, sobre minhas receitas preferidas. Conversamos, enquanto Mary fecha a padaria a nossa volta, depois de ela me abraçar com força e me dizer que não só Deus me ama, como ela também. Conversamos, mesmo enquanto eu corro entre a loja e a cozinha para atender aos chamados de meus vários cronômetros. Isso é extraordinário para mim, porque não costumo conversar. Há até momentos, durante nossa conversa, em que me esqueço de esconder o lado defeituoso do rosto baixando a cabeça, ou deixando os cabelos caírem sobre ele. Mas Josef, por educação ou constrangimento, não menciona a cicatriz. Ou talvez, apenas talvez, haja outras coisas em mim que ele considere mais interessantes. É isso que deve tê-lo feito o professor, árbitro, avô adotivo favorito de todos: ele age como se não houvesse nenhum outro lugar na Terra onde preferisse estar naquele momento. E ninguém mais com quem preferisse estar conversando. É tão embriagante ser o objeto da atenção de alguém de uma maneira *boa*, não como uma aberração, que a toda hora esqueço de me esconder.

— Há quanto tempo você mora aqui? — pergunto, depois de já estarmos conversando há mais de uma hora.

— Vinte e dois anos — Josef responde. — Antes eu morava no Canadá.

— Bem, se estava procurando algum lugar onde nada nunca acontece, acho que acertou.

Josef sorri.

— Acho que sim.

— Você tem família por aqui?

A mão dele treme ao pegar a caneca de café.

— Não tenho ninguém — Josef responde e começa a se levantar. — Preciso ir.

Sinto o estômago revirar imediatamente, porque o deixei constrangido, e ninguém melhor do que eu sabe o que é isso.

— Desculpe — falo depressa. — Não quis ser indelicada. Eu não converso com muita gente. — Ofereço-lhe um sorriso aberto e compenso minha falta da única maneira que sei: revelando um pedaço de mim mesma que geralmente mantenho bem trancado, de modo a também ficar exposta. — Eu também não tenho ninguém — confesso. — Tenho vinte e cinco anos e meus pais morreram. Eles não vão me ver casar. Eu não vou poder preparar um jantar de Ação de Graças para eles, ou visitá-los com netos. Minhas irmãs são totalmente diferentes de mim. Elas têm minivans, treinos de futebol para levar os filhos e uma carreira. E me odeiam, embora digam que não. — As palavras estão jorrando de mim; só de dizê-las, estou me afogando. — Mas, acima de tudo, eu não tenho ninguém por causa disso.

Com a mão trêmula, afasto o cabelo do rosto.

Eu sei cada detalhe do que ele está vendo. O cordão irregular de pele formando uma prega no canto do olho esquerdo. As linhas brancas cortando a sobrancelha. O quebra-cabeça de retalhos de pele enxertada, que não combinam muito bem e não encaixam muito bem. O jeito como o canto da boca é repuxado para cima, por causa do modo como o osso da face se consolidou. O entalhe em meu couro cabeludo, onde não cresce mais cabelo e que cubro cuidadosamente com a franja. O rosto de um monstro.

Não sei justificar por que escolhi me revelar a Josef, praticamente um estranho. Talvez porque a solidão seja um espelho e se reconheça. Minha mão cai, deixando a cortina de cabelos cobrir as cicatrizes outra vez. Eu só queria que fosse tão fácil assim camuflar aquelas que estão dentro de mim.

Para seu crédito, Josef não se sobressalta nem se encolhe. Sustenta meu olhar com firmeza.

— Talvez agora — ele responde — tenhamos um ao outro.

* * *

Na manhã seguinte, no caminho do trabalho para casa, passo de carro diante da casa de Adam. Estaciono na rua, abro a janela e observo as redes de futebol no pátio na frente, o capacho de boas-vindas, a bicicleta verde-limão deitada ao sol na entrada.

Imagino como seria sentar-me à mesa de jantar, ver Adam temperar a salada enquanto eu sirvo a massa. Imagino se as paredes da cozinha são amarelas ou brancas; se ainda há um pão de forma — *Provavelmente comprado em supermercado*, penso, fazendo um leve julgamento — no balcão, depois de alguém ter feito torradas para o café da manhã.

Quando a porta se abre, murmuro um palavrão e me abaixo no assento, embora não haja razão para imaginar que Shannon me veja. Ela sai da casa ainda fechando o zíper da bolsa e apertando o controle remoto para destravar as portas do carro.

— Depressa — ela chama. — Vamos nos atrasar para a consulta.

Um momento depois, Grace aparece, tossindo violentamente.

— Cubra a boca — sua mãe diz.

Percebo que estou segurando a respiração. Grace parece uma Shannon em miniatura: os mesmos cabelos dourados, os mesmos traços delicados, até o mesmo balanço no andar.

— Eu vou perder o acampamento? — Grace pergunta, com a voz sofrida.

— Sim, se estiver com bronquite — diz Shannon, e elas entram no carro e saem pela rua.

Adam não me contou que a filha dele estava doente.

Mas por que contaria? Eu não pertenço a essa parte da vida dele.

Enquanto me afasto dali, percebo que não vou comprar aquelas passagens para Kansas City. Isso nunca vai acontecer.

Em vez de ir para casa, porém, eu me vejo procurando o endereço de Josef em meu iPhone. Ele mora no final de uma rua sem saída, e estou estacionada junto à guia, tentando pensar em alguma razão para estar aqui, quando ele bate na janela de meu carro.

— É você mesmo — diz Josef.

Está segurando a correia de Eva. Ela dança em círculos em volta de seus pés.

— O que a traz para estes lados? — pergunta.

Penso em dizer que é uma coincidência, que virei na rua errada. Ou que tenho uma amiga que mora ali perto. Mas, em vez disso, acabo dizendo a verdade.

— Você — respondo.

Um sorriso se abre no rosto dele.

— Então você tem que ficar para um chá — ele convida.

A casa não é decorada do modo como eu esperaria. Há sofás de chintz com toalhinhas rendadas no encosto, fotografias sobre a moldura empoeirada da lareira, uma coleção de miniaturas de porcelana em uma prateleira. As impressões digitais de uma mulher estão por toda parte.

— Você é casado — murmuro.

— Eu fui — diz Josef. — Com Marta. Por cinquenta e um anos muito bons e um não tão bom.

Essa deve ter sido a razão de ele ter começado a ir ao grupo de luto, percebo.

— Sinto muito.

— Eu também — ele diz, dolorosamente. Tira o saquinho de chá de sua caneca e enrola com cuidado o cordão em volta dele, sobre uma colher. — Toda quarta-feira à noite ela me lembrava de levar o lixo para fora. Em cinquenta anos, não esqueci nenhuma vez, mas ela nunca me deu o benefício da dúvida. Eu ficava louco com isso. Agora, daria qualquer coisa para ouvi-la me lembrar outra vez.

— Eu quase larguei a faculdade — respondo. — Minha mãe se mudou, literalmente, para meu dormitório, me arrancava da cama de manhã e me fazia estudar com ela. Eu me sentia a maior idiota do planeta. E hoje percebo como tive sorte. — Estendo a mão e afago a cabeça sedosa de Eva. — Josef? — pergunto. — Você às vezes sente que a está perdendo? Que não consegue mais ouvir o tom exato da voz dela em sua cabeça, ou lembrar o cheiro do perfume dela?

Ele meneia a cabeça.

— Tenho o problema oposto — diz ele. — Não consigo me esquecer dele.

— Dele?

— Dela — Josef corrige. — Todo esse tempo e eu ainda misturo os pronomes por causa do alemão.

Meu olhar pousa em um tabuleiro de xadrez sobre uma mesinha atrás dele. As peças são todas primorosamente entalhadas: os peões na forma de pequenos unicórnios, torres como centauros, um par de cavaleiros pégasos. A cauda de sereia da rainha enrola-se em torno de sua base; a cabeça do rei vampiro está inclinada para trás, os dentes pontiagudos aparecendo.

— Isso é incrível — comento, aproximando-me para examinar melhor. — Nunca vi nada assim.

Josef ri.

— Porque só existe um. É uma relíquia de família.

Olho com mais admiração ainda para o tabuleiro, com seu mosaico perfeito de quadrados de cerejeira e bordo; para os minúsculos olhos de pedra brilhante da sereia.

— É lindo.

— Sim. Meu irmão era muito artístico — Josef diz docemente.

— Foi ele que *fez* isso?

Pego o vampiro e passo o dedo pelo crânio liso e luzidio da criatura.

— Você joga? — pergunto.

— Não, faz muitos anos. Marta não tinha paciência para o jogo. — Ele olha para mim. — E você?

— Não sou muito boa. É preciso pensar cinco movimentos à frente.

— Tem tudo a ver com estratégia — diz Josef. — E com proteger seu rei.

— E por que as figuras mitológicas?

— Meu irmão acreditava em todo tipo de criaturas mitológicas: elfos, dragões, lobisomens, homens honestos.

Eu me pego pensando em Adam; em sua filha, tossindo enquanto um pediatra ouve seus pulmões.

— Talvez — digo — você possa me ensinar o que sabe.

* * *

Josef torna-se um cliente habitual da Pão Nosso de Cada Dia. Aparece pouco antes da hora de fechar, para podermos passar meia hora conversando antes de ele ir embora para casa e eu começar minha jornada de trabalho. Quando Josef chega, Rocco grita para mim na cozinha, referindo-se a ele como "meu namorado". Mary costuma lhe trazer uma mudinha do santuário, um lírio, e lhe diz como plantá-la em seu quintal. Ela começa a se sentir confiante a respeito de que, mesmo depois de fechar tudo e ir embora, eu me encarregarei de garantir que Josef chegue em casa. Os biscoitos de cachorro que asso para Eva tornam-se um novo item de nosso cardápio.

Falamos sobre os professores que tive no colégio quando Josef ainda trabalhava lá: o sr. Muchnick, cuja peruca um dia desapareceu, quando ele adormeceu enquanto supervisionava um exame; a sra. Fiero, que levava o filho pequeno para a escola quando a babá ficava doente e deixava-o no laboratório de informática, para brincar com jogos da *Vila Sésamo*. Falamos de uma receita de strudel que a avó dele fazia. Ele me conta sobre o antecessor de Eva, um schnauzer chamado Willie, que costumava se mumificar, envolto em papel higiênico, quando a porta do banheiro ficava aberta por acidente. Josef admite que é difícil preencher todas as suas horas, agora que não está trabalhando ou exercendo atividades voluntárias regularmente.

E eu: eu me vejo falando sobre coisas que havia encaixotado há muito tempo, como um baú de enxoval de uma solteirona. Conto a Josef sobre quando minha mãe e eu fomos fazer compras juntas e ela ficou entalada em um vestido de verão que era pequeno demais para ela e tivemos de comprá-lo só para poder rasgá-lo. Conto-lhe como, por muitos anos depois disso, apenas mencionar o termo "vestido de verão" já nos fazia cair na gargalhada. Conto como meu pai lia o Seder todos os anos com uma voz de Pato Donald, não por irreverência, mas porque isso fazia suas filhas pequenas rirem. Conto-lhe como, em nossos aniversários, minha mãe nos deixava comer nossa sobremesa favorita no café da manhã e como ela tocava nossa testa quando tínhamos febre e adivinhava a temperatura com uma precisão de dois décimos de grau. Conto como, quando eu era pequena e estava convencida de que um monstro morava em meu guarda-roupa, meu pai dormiu durante um mês sentado diante das portas de veneziana corrediças, para que a fera não pudesse sair no meio da noite. Conto-lhe como minha mãe me ensinou a fazer as dobras nas pontas do lençol; como meu pai me ensinou a cuspir sementes de melancia entre os dentes. Cada lembrança é como uma flor de papel guardada na manga de um mágico: invisível em um momento, depois tão real e viva no momento seguinte que não dá para entender como permaneceu escondida por tanto tempo. E, como as flores de papel, depois de soltas no mundo, é impossível empacotar as lembranças outra vez.

Eu me vejo cancelando encontros com Adam para poder passar uma hora na casa de Josef, jogando xadrez, antes que minhas pálpebras comecem a baixar e eu tenha de ir para casa descansar um pouco. Ele me ensina a controlar o centro do tabuleiro. A não ceder nenhuma peça, a menos que seja absolutamente necessário, e como atribuir valores arbitrários a cada cavalo, bispo, torre e peão, a fim de conseguir tomar essas decisões.

Enquanto jogamos, Josef me faz perguntas. Minha mãe era ruiva como eu? Meu pai sentiu falta do setor de restaurantes depois que foi para vendas industriais? Algum deles teve a oportunidade de experimentar uma de minhas receitas? Mesmo as respostas mais difíceis de dar, como o fato de eu nunca ter cozinhado para nenhum dos dois, não queimam minha língua com tanta intensidade como teriam feito, um ou dois anos atrás. Na verdade, compartilhar o passado com alguém é diferente de revivê-lo quando se está sozinha. Parece menos com uma ferida, mais com um cataplasma.

Duas semanas mais tarde, Josef e eu vamos juntos no mesmo carro para a próxima reunião do grupo de luto. Sentamo-nos ao lado um do outro, e é como se mantivéssemos uma sutil telepatia entre nós enquanto os outros membros do grupo falam. Às vezes ele me olha e esconde um sorriso, às vezes eu reviro os olhos para ele. Somos, de repente, cúmplices em um crime.

Hoje, estamos falando sobre o que nos acontece depois que morremos.

— Nós ficamos por aqui? — Marge pergunta. — Cuidamos das pessoas que amamos?

— Acho que sim. Às vezes ainda posso sentir Sheila — diz Stuart. — É como se o ar ficasse mais úmido.

— Bom, eu acho que é um pouco egoísta achar que as almas ficam por aqui conosco — Shayla diz imediatamente. — Elas vão para o céu.

— De todos?

— De todos que acreditam — ela esclarece.

Shayla é convertida ao cristianismo, então isso que afirma não é surpresa. Mas, ainda assim, eu me sinto incomodada, como se ela estivesse falando especificamente sobre minha inelegibilidade.

— Quando minha mãe estava no hospital — digo —, o rabino lhe contou uma história. No céu e no inferno, as pessoas sentam-se em mesas de banquete cheias de comidas incríveis, mas ninguém pode dobrar os cotovelos. No inferno, todos ficam famintos, porque não podem alimentar a si mesmos. No céu, todos se fartam de comer, porque não é preciso dobrar o braço para alimentar uns aos outros.

Posso sentir Josef olhando para mim.

— Sr. Weber? — Marge chama.

Imagino que Josef vá ignorar o chamado, ou menear a cabeça, como de hábito. Mas, para minha surpresa, ele se manifesta.

— Quando morremos, morremos. E tudo acaba.

Suas palavras contundentes caem como uma mortalha sobre o restante de nós.

— Com licença — ele diz e sai da sala de reunião.

Encontro-o esperando no saguão da igreja.

— A história que você contou sobre o banquete — diz Josef. — Você acredita nela?

— Acho que eu gostaria de acreditar — digo. — Pela minha mãe.
— Mas seu rabino...
— Não é meu rabino. É o de minha mãe. — Começo a caminhar para a porta.
— Mas você acredita em uma vida após a morte? — Josef indaga, curioso.
— E você não.
— Eu acredito no inferno... mas é aqui na terra. — Ele sacode a cabeça. — Pessoas boas e pessoas más. Se fosse assim tão simples... Todos são essas duas coisas ao mesmo tempo.
— Você não acha que uma prevalece sobre a outra?
Josef se detém.
— O que *você* acha? — diz ele.
Como se suas palavras emitissem calor, minha cicatriz arde.
— Por que você nunca me perguntou — falo quase sem pensar — como isso aconteceu?
— Como o que aconteceu?
Faço um gesto circular diante de meu rosto.
— Ah, bem... Certa vez, muito tempo atrás, alguém me disse que uma história contará a si própria quando estiver pronta. Supus que não estivesse pronta.
É estranha a ideia de que o que aconteceu comigo não seja minha história para ser contada, mas algo completamente separado de mim. Pergunto-me se esse não teria sido meu problema o tempo todo: não ser capaz de separar ambas as coisas.
— Foi um acidente de carro — digo.
Josef acena com a cabeça, aguardando.
— Não fui só eu que me feri — consigo falar, embora as palavras me sufoquem.
— Mas você sobreviveu. — Gentilmente, ele toca meu ombro. — Talvez seja só isso que importe.
Meneio a cabeça.
— Gostaria de poder acreditar nisso.
Josef me fita.
— Todos nós — diz ele.

* * *

No dia seguinte, Josef não aparece na padaria. Não vem no outro dia também. Cheguei à única conclusão viável: Josef está em coma. Ou pior.

Em todos os meus anos de trabalho na Pão Nosso de Cada Dia, nunca deixei a padaria no período noturno. Minhas noites são organizadas com precisão militar, e eu preciso trabalhar com rapidez para dividir a massa e modelá-la em centenas de pães e tê-los no ponto e prontos para assar quando o forno estiver livre. A própria padaria torna-se algo vivo, respirando; cada estação de trabalho é um novo parceiro de dança. Um erro de cálculo e eu me verei de pé sozinha enquanto o caos gira à minha volta. Tento compensar freneticamente, procurando produzir a mesma quantidade de produto em menos tempo. Mas percebo que não vou conseguir fazer nada direito enquanto não for à casa de Josef e me certificar de que ele ainda está respirando.

Dirijo até lá e vejo luz na cozinha. Eva começa a latir de imediato. Josef abre a porta da frente.

— Sage — diz ele, surpreso. Espirra violentamente e limpa o nariz com um lenço de pano branco. — Está tudo bem?

— Você está gripado — digo o óbvio.

— Você veio até aqui para me dizer o que já sei?

— Não, eu pensei... quer dizer, eu quis ver como você estava, já que não aparece há alguns dias.

— Ah, bem... Como pode ver, ainda estou de pé. — Ele faz um gesto. — Quer entrar?

— Não posso — digo. — Tenho que voltar ao trabalho. — Mas não faço nenhum movimento para ir embora. — Eu me preocupei quando você não apareceu na padaria.

Ele hesita, a mão pousada sobre a maçaneta.

— Então veio para ter certeza de que eu estava vivo?

— Vim para ver um amigo.

— Amigos — Josef repete, sorrindo. — Somos amigos agora?

Uma garota desfigurada de vinte e cinco anos e um nonagenário? Acho que já houve duplas mais estranhas.

— Eu ficaria muito satisfeito — Josef diz, formalmente. — Vejo-a amanhã, Sage. Agora você precisa voltar ao trabalho para que eu possa comer um pãozinho com meu café.

Vinte minutos depois, estou de volta à cozinha, desligando meia dúzia de cronômetros furiosos e avaliando os danos causados por minha hora de ausência. Há pães que passaram do ponto; a massa perdeu a forma e afunda de um lado ou de outro. Minha produção da noite inteira será afetada; Mary ficará arrasada. Os clientes de amanhã sairão de mãos vazias.

Começo a chorar.

Não tenho certeza se estou chorando por causa do desastre na cozinha ou porque não tinha me dado conta de como era perturbador pensar que Josef poderia ser tirado de mim, quando eu tinha acabado de encontrá-lo. Não sei quanto mais posso suportar perder.

Eu queria poder fazer pães para minha mãe: boules e pain au chocolat e brioches, empilhados sobre a mesa dela no céu. Queria poder ser aquela que a alimentava. Mas não posso. É como Josef disse: por mais que nós, sobreviventes, gostemos de falar a nós mesmos sobre a vida após a morte, quando alguém morre, tudo acaba.

Exceto *isso*. Olho em volta, para a cozinha da padaria. Nisso eu posso dar um jeito, trabalhando a massa muito rapidamente e deixando-a crescer outra vez.

Então eu amasso. Amasso, amasso.

* * *

No dia seguinte, um milagre acontece.

Mary, que a princípio fechou a cara e ficou brava diante de minha produção noturna reduzida, abre uma ciabatta.

— O que eu devo fazer, Sage? — Suspira. — Dizer aos clientes para descer a rua e ir ao Rudy's?

Rudy's é nosso concorrente.

— Você poderia lhes dar um vale.

— Pasta de amendoim e geleia ficam horríveis em um vale.

Quando ela pergunta o que aconteceu, eu minto. Digo que tive uma enxaqueca e dormi por duas horas.

— Não vai acontecer de novo.

Mary aperta os lábios, o que revela que ainda não me perdoou. Então ela pega uma fatia do pão, pronta para cobri-la de geleia de morango.

Mas não o faz.

— Jesus, Maria e José — ela se sobressalta, largando a fatia como se estivesse queimando seus dedos. Aponta para o miolo.

Pães artesanais são julgados pelos furinhos irregulares no miolo; outros pães, como os industriais (que mal se podem chamar de pães, em termos nutricionais), têm furinhos minúsculos e uniformes.

— Você O vê?

Se apertar os olhos, posso distinguir algo semelhante ao formato de um rosto.

Então fica mais claro: uma barba. Uma coroa de espinhos.

Aparentemente, eu assei o rosto de Deus em meu pão.

* * *

Os primeiros visitantes a nosso pequeno milagre são as mulheres que trabalham na loja do santuário, que tiram uma foto com o pedaço de pão entre elas. Depois, o padre Dupree, o padre do santuário, chega.

— Fascinante — diz ele, espiando sobre a borda de seus bifocais.

A essa altura, o pão já está seco. A metade que Mary ainda não cortou, claro, tem uma imagem correspondente de Jesus. Ocorre-me que, quanto mais finas cortarmos as fatias, mais encarnações de Jesus teríamos.

— A questão real não é que Deus apareceu — o padre Dupree diz a Mary. — Ele está sempre aqui. É por que Ele escolheu aparecer *agora*.

Rocco e eu estamos observando a alguma distância, com os braços cruzados sobre o balcão.

— Senhor — murmuro.

Ele emite um som de desdém.

— Você arrasou./ Assou Pai, Filho e Espírito/ De uma só vez.

A porta se abre e uma repórter de cabelos castanhos e crespos entra, seguida por um câmera corpulento.

— É aqui que está o Pão de Jesus?

Mary se aproxima.

— Sim. Eu sou Mary DeAngelis, dona da padaria.

— Ótimo — diz a repórter. — Sou Harriet Yarrow, da WMUR. Gostaríamos de falar com você e seus funcionários. No ano passado, fizemos uma matéria de interesse humanitário sobre um madeireiro que viu a Virgem Maria em um toco de árvore e se acorrentou a ele, para impedir sua empresa de derrubar o resto daquela floresta. Foi a matéria mais vista de 2012. Estamos filmando? Sim? Perfeito.

Enquanto ela entrevista Mary e o padre Dupree, eu me escondo atrás de Rocco, que registra na caixa três baguetes, um chocolate quente e um pão de semolina. Então, Harriet enfia o microfone na minha cara.

— Esta é a padeira? — ela pergunta a Mary.

A câmera tem uma luz vermelha sobre seu olho ciclópico, que pisca enquanto está filmando. Eu olho fixamente para ela, atordoada pela ideia de que todo o estado vai me ver no noticiário do meio-dia. Baixo o queixo até o peito, escondendo o rosto, enquanto minhas faces queimam de constrangimento. Quanto será que ele já filmou? Apenas um vislumbre da cicatriz antes de eu baixar a cabeça? Ou o suficiente para fazer as crianças derrubarem a colher no prato de sopa; para suas mães desligarem a televisão com receio de pesadelos?

— Tenho que ir — murmuro, e corro para o escritório da padaria e saio pela porta dos fundos.

Subo a Escada Santa de dois em dois degraus. Todos vêm ao santuário para ver o rosário gigante, mas eu gosto da pequena gruta no alto da colina que Mary plantou de para se parecer com um quadro de Monet. É uma área que ninguém visita. E, claro, é exatamente por isso que gosto dela.

Por isso me surpreendo quando ouço passos. Quando Josef aparece, apoiando-se pesadamente no corrimão, eu me apresso para ajudá-lo.

— O que está acontecendo lá embaixo? Alguém famoso veio tomar um café?

— Mais ou menos. Mary acha que viu o rosto de Jesus em um de meus pães.

Espero que ele ria, mas, em vez disso, Josef inclina a cabeça, pensativo.

— Suponho que Deus tenda a aparecer em lugares em que não esperaríamos.

— Você acredita em Deus? — pergunto, sinceramente surpresa. Depois de nossa conversa sobre céu e inferno, pressupus que ele também fosse ateu.

— Sim — Josef responde. — Ele nos julga no final. O Deus do Antigo Testamento. Você deve saber disso, sendo judia.

Sinto aquela pontada de isolamento, de *diferença*.

— Eu nunca disse que era judia.

Agora, é Josef quem parece surpreso.

— Mas sua mãe...

— Eu não sou ela.

Emoções se alternam no rosto dele em rápida sucessão, como se estivesse se debatendo com um dilema.

— O filho de uma mãe judia é judeu.

— Imagino que isso dependa de quem seja. E eu lhe pergunto por que isso importa.

— Não tive intenção de ofender — ele diz, um pouco tenso. — Vim pedir um favor e só precisava me certificar de que você fosse quem eu pensava. — Josef respira fundo e, quando solta o ar, as palavras que pronuncia ficam pairando entre nós. — Eu gostaria que você me ajudasse a morrer.

— O quê? — digo, verdadeiramente chocada. — *Por quê?*

Ele está tendo um momento de senilidade, penso. Mas os olhos de Josef estão brilhantes e focados.

— Sei que é um pedido surpreendente...

— Surpreendente? É *insano*.

— Tenho minhas razões — Josef insiste, teimoso. — Peço que você confie em mim.

Dou um passo para trás.

— Acho que é melhor você ir embora agora.

— Por favor — Josef implora. — É como você disse do xadrez. Estou pensando cinco movimentos à frente.

As palavras dele me detiveram.

— Você está doente?

— Meu médico diz que tenho a constituição de um homem muito mais jovem. Essa é a piada de Deus comigo. Ele me faz tão forte que não consigo morrer, mesmo quando quero. Tive câncer, duas vezes. Sobrevivi a um acidente de carro e a um quadril quebrado. Cheguei até, Deus me perdoe, a engolir um frasco de comprimidos. Mas fui encontrado por uma testemunha de Jeová que, por acaso, estava distribuindo panfletos e me viu pela janela, caído no chão.

— Por que você tentou se matar?

— Porque eu *devia* estar morto, Sage. É o que mereço. E você pode me ajudar. — Ele hesita. — Você me mostrou suas cicatrizes. Só lhe peço para me deixar mostrar as *minhas*.

De repente, me dou conta de que não sei nada sobre esse homem, exceto o que ele decidiu compartilhar comigo. E agora, aparentemente, ele me escolheu para ajudá-lo a concretizar seu suicídio assistido.

— Escute, Josef — digo gentilmente. — Você precisa de ajuda, mas não pela razão que imagina. Eu não ando por aí cometendo assassinatos.

— Talvez não. — Josef enfia a mão no bolso e tira uma pequena fotografia, com as bordas amassadas. Ele a coloca em minha mão.

Na foto, vejo um homem, muito mais jovem que Josef, com a mesma ponta em V de cabelo no meio da testa, o mesmo nariz adunco, uma imagem fantasma de seus traços. Ele está vestindo o uniforme de um guarda da SS e sorri.

— Mas eu andei — diz ele.

Damian levantou a mão bem alto, enquanto seus soldados riam atrás dele. Eu pulei para tentar alcançar as moedas, mas não consegui e perdi o equilíbrio. Embora fosse apenas outubro, havia um início de inverno no ar, e minhas mãos estavam entorpecidas de frio. O braço de Damian se enrolou como uma serpente a minha volta, como um torno, pressionando-me contra seu corpo inteiro. Eu sentia os botões prateados de seu uniforme cortando minha pele.

"Me solte", eu disse entre os dentes.

"Ora, ora", ele falou, sorrindo. "Isso é jeito de falar com um cliente pagante?" Era a última baguete. Assim que eu pegasse o dinheiro, poderia voltar para casa e para meu pai.

Olhei em volta, para os outros vendedores. A velha Sal estava limpando os restos de arenque que haviam ficado no barril; Farouk dobrava suas sedas, evitando cuidadosamente qualquer confronto. Eles não queriam criar inimizade com o capitão da guarda.

"Onde estão seus modos, Ania?", Damian me repreendeu.

"Por favor!"

Ele lançou um olhar para seus soldados.

"Soa bem ouvi-la implorar por mim, não é?"

As outras garotas falavam com incontido entusiasmo de seus notáveis olhos tão claros, de seus cabelos pretos como a noite ou como a asa de um corvo, do sorriso tão cheio de feitiço que era capaz de lhes roubar os pensamentos e a fala, mas eu não via a atração. Damian podia ter sido um dos homens mais desejáveis da aldeia, mas me lembrava as abóboras deixadas tempo demais na varanda, depois da véspera de Todos os Santos: bonitas de olhar, até você tocar uma delas e perceber que estava inteiramente podre.

Infelizmente, Damian gostava de um desafio. E, como eu era a única mulher entre dez e cem anos que não se deixava encantar por seu charme, ele me escolhera como alvo.

Deixou pender a mão, a que segurava as moedas, e me agarrou pela garganta. Eu sentia o metal das moedas pressionado contra a pulsação no pescoço. Ele me prendeu de encontro à madeira do carrinho do vendedor de verduras, como se quisesse me lembrar de como seria fácil me matar, de quanto era mais forte que eu. Mas então ele se inclinou para frente. "Case comigo", sussurrou, "e você nunca mais terá que se preocupar com impostos." Ainda me segurando pela garganta, ele me beijou.

Mordi o lábio dele com tanta força que tirei sangue. Assim que ele me soltou, agarrei o cesto vazio que usava para carregar pão até o mercado e comecei a correr.

Eu não ia contar para meu pai, decidi. Ele já tinha preocupações demais.

Quanto mais me embrenhava no bosque, mais podia sentir o cheiro da turfa queimando na lareira em nossa cabana. Em mais alguns momentos, eu estaria em casa, e meu pai me daria o pão especial que havia assado para mim. Eu me sentaria no balcão e lhe contaria sobre as pessoas da aldeia: a mãe que ficou frenética quando seus gêmeos se esconderam embaixo dos cilindros de seda de Farouk; o gordo Teddy, que insistia em provar os queijos em cada barraca do mercado, enchia a barriga e nunca comprava nada. Eu lhe contaria sobre o homem que eu nunca tinha visto antes, que veio ao mercado com um menino adolescente que parecia ser seu irmão. Mas o menino tinha problemas mentais; ele usava um capacete de couro que cobria o nariz e a boca, deixando apenas buracos para respirar, e uma braçadeira de couro em torno do pulso, com uma correia amarrada que seu irmão mais velho segurava com firmeza para mantê-lo por perto. O homem passou por minha barraca de pão e pelo vendedor de verduras e por outras barracas, concentrado em chegar à barraca de carnes, onde pediu costelas. Ele não tinha moedas suficientes para pagar, então tirou seu casaco de lã. "Pegue isto", disse ele. "É tudo que tenho." Enquanto ele atravessava a praça de volta, tremendo de frio, seu irmão tentou agarrar o pacote embrulhado de carne. "Vou lhe dar daqui a pouco", ele prometeu, e então os perdi de vista.

Meu pai criaria uma história para eles: "Eles fugiram do trem de um circo e acabaram aqui. Eram assassinos, espionando a mansão de Baruch

Beiler". Eu ria e comia meu pão, aquecendo-me na frente do fogo, enquanto meu pai preparava a massa para a próxima fornada.

Havia um riacho antes da cabana, e meu pai tinha colocado uma tábua larga sobre ele para que pudéssemos atravessar. Mas, naquele dia, quando cheguei ali, eu me inclinei para beber, para lavar o gosto amargo de Damian que ainda estava em meus lábios.

A água fluía vermelha.

Pousei o cesto que carregava e segui a margem rio acima, com as botas afundando na terra úmida. E então eu vi.

O homem estava caído de bruços, com a metade inferior do corpo submersa na água. A garganta e o peito tinham sido rasgados. Suas veias eram afluentes, suas artérias mapeavam um lugar para onde eu não queria ir jamais. Comecei a gritar.

Havia sangue, tanto sangue que tingia seu rosto e manchava seus cabelos.

Havia sangue, tanto sangue que vários segundos se passaram antes que eu reconhecesse meu pai.

SAGE

Na foto, o soldado está rindo, como se alguém tivesse acabado de lhe contar uma piada. A perna esquerda está apoiada em um engradado e ele segura um revólver na mão direita. Atrás dele há uma caserna. Faz lembrar fotos que vi, de soldados à véspera de ser despachados, usando um excesso de bravata como uma loção pós-barba enjoativa. Esse não é o rosto de alguém ambivalente quanto a sua função. Trata-se de alguém que gostava do que estava fazendo.

Não há outras pessoas na fotografia, mas, fora das bordas brancas, elas flutuam como fantasmas: todos os prisioneiros que não ficariam visíveis quando um soldado nazista estivesse por perto.

Esse homem na foto tem cabelos claros, ombros fortes e um ar de autoconfiança. É difícil, para mim, conciliar esse homem com aquele que me disse, certa vez, que havia perdido pessoas demais para contar.

Mas por que ele mentiria sobre algo assim? Mente-se para convencer os outros de que *não* se é um monstro... não que se *é* um.

Aliás, se Josef está dizendo a verdade, por que ele teria se tornado um membro tão visível na comunidade, lecionando, treinando beisebol, caminhando pelas ruas em plena luz do dia?

— Então, você está vendo — Josef diz, pegando a fotografia de volta. — Fui da SS-Totenkopfverbände.

— Não acredito em você — falo.

Josef me olha, surpreso.

— Por que eu confessaria a você que fiz coisas horríveis se isso não fosse verdade?

— Não sei — respondo. — Diga você.

— Porque você é judia.

Fecho os olhos, tentando vadear o turbilhão de pensamentos descontrolados na mente. Eu *não* sou judia; há anos não me considero assim, ainda que Josef veja isso como uma tecnicalidade. Mas, se não sou judia, por que me sinto tão visceral e pessoalmente ofendida por essa fotografia dele com um uniforme da SS?

E por que me causa enjoo ouvi-lo me rotular; pensar que, depois de todo esse tempo, Josef ainda sente que um judeu é indistinguível de outro?

Nesse momento, uma onda de repugnância cresce dentro de mim. Nesse momento, eu acho que *poderia* matá-lo.

— Há uma razão para Deus ter me mantido vivo por tanto tempo. Ele quer que eu sinta o que *eles* sentiram. Eles rezavam pela vida, mas não tinham nenhum controle sobre ela; eu rezo pela minha morte, mas não tenho nenhum controle sobre ela. É por isso que quero que você me ajude.

Você perguntou a algum judeu o que ele queria?

Olho por olho; uma vida por muitas.

— Eu não vou matar você, Josef — digo, afastando-me dele, mas sua voz me detém.

— Por favor. É o último desejo de um moribundo — ele implora. — Ou talvez o desejo de um homem que quer morrer. Não é tão diferente.

Ele está delirante. Acha que é alguma espécie de vampiro, como o rei de seu tabuleiro de xadrez, que está preso aqui por causa de seus pecados. Acha que, se eu o matar, a justiça bíblica será feita e uma dívida cármica será paga: uma judia tirando a vida do homem que tirou a vida de outros judeus. Logicamente, eu sei que isso não é verdade. Emocionalmente, não quero lhe dar nem mesmo a satisfação de pensar que eu levaria seu pedido em consideração.

Mas não posso apenas ir embora e fingir que essa conversa nunca aconteceu. Se um homem me parasse na rua e me confessasse um assassinato, eu não o ignoraria. Procuraria alguém que soubesse o que fazer.

Só porque esse assassinato ocorreu quase setenta anos atrás, não significa que seja diferente.

Para mim, tudo ainda está completamente desconectado: olhar para aquela foto de um oficial da SS e tentar entender como ele se tornou o homem parado a minha frente. Esse homem que se escondeu, a plena luz, por mais de meio século.

Eu tinha rido com Josef; tinha me aberto com Josef; tinha jogado xadrez com Josef. Atrás dele está o jardim de Monet de Mary, com as dálias, ervilhas-de-cheiro e rosas, hortênsias, estafisárias e acônitos. Penso no que ela me disse há algumas semanas, que às vezes as coisas mais belas podem ser venenosas.

Dois anos atrás, o caso John Demjanjuk esteve nos jornais. Embora eu não o tenha acompanhado, lembro-me da imagem de um homem muito velho sendo removido de casa em uma cadeira de rodas. Claramente, ainda há pessoas por aí investigando ex-nazistas.

Mas quem?

Se Josef estiver mentindo, preciso saber por quê. Mas, se ele estiver dizendo a verdade, eu acabo de me tornar, inadvertidamente, parte da história.

Preciso de tempo para pensar. E preciso que ele acredite que estou do seu lado.

Viro-me novamente para ele. Penso no jovem Josef em seu uniforme, erguendo sua arma e atirando em alguém. Penso em uma foto em meu livro de história do colégio, em que um judeu muito magro carrega o corpo de outro.

— Antes de decidir se vou ou não ajudá-lo... preciso saber o que você fez — digo lentamente.

Josef solta um suspiro de alívio.

— Então não é um não — diz ele, com cautela. — Isso é bom.

— Isso *não* é bom — corrijo e desço correndo a Escada Santa, deixando-o se virar sozinho.

* * *

Eu caminho. Por horas. Sei que Josef vai descer do santuário e tentar me encontrar na padaria e, quando fizer isso, eu não quero estar lá. Quando volto à loja, aquilo está um caos. Uma fileira de debilitados, de idosos, de cadeirantes serpenteia desde a porta da frente. Um pequeno ajuntamento de freiras ajoelhadas em oração reuniu-se junto ao arbusto de espirradeira, no corredor que dá para o banheiro. De alguma maneira, enquanto eu estive fora, a notícia sobre o Pão de Jesus tinha se espalhado.

Mary está em pé ao lado de Rocco, que prendeu os dreadlocks em um rabo de cavalo comportado e segura o pão em uma bandeja coberta com uma toalha de chá bordô. Na frente deles, há uma mãe empurrando seu filho de uns vinte e poucos anos em uma complicada cadeira de rodas motorizada.

— Veja, Keith — diz ela, erguendo o pão e segurando-o junto ao pulso dobrado do filho. — Consegue tocá-Lo?

Ao me ver, Mary faz um sinal para Rocco assumir. Então me dá o braço e me conduz para a cozinha. Suas faces estão coradas, os cabelos escuros foram escovados até ficar muito brilhantes e... caramba, ela está usando *maquiagem*?

— Por onde andou? — ela me repreende. — Você perdeu toda a emoção!

Isso é o que ela pensa.

— Ah, é?

— Dez minutos depois que o jornal do meio-dia foi ao ar, eles começaram a chegar. Os velhos, os doentes, qualquer pessoa que quer simplesmente tocar o pão.

Penso na colônia de bactérias que aquele pão deve ser agora, se tantas mãos já passaram sobre ele.

— Talvez seja uma pergunta boba — digo —, mas por quê?

— Para serem curados — Mary responde.

— Certo. Porque, claro, por todo este tempo, os pesquisadores deveriam estar procurando a cura do câncer em uma fatia de pão.

— Diga isso para os cientistas que descobriram a penicilina — diz Mary.

— Mary, e se isso não tiver nada a ver com um milagre? E se for só o jeito como aconteceu de o glúten se aglutinar?

— Não acredito nisso. Mas, de qualquer modo, *ainda* seria um milagre — responde Mary —, porque dá alguma esperança a pessoas desesperadas.

Minha mente se volta para Josef, para os judeus no campo de concentração. Quando se é escolhido para ser torturado por causa de sua fé, pode a religião ainda ser vista como um farol? A mulher cujo filho tinha deficiências profundas acreditava no Deus desse pão idiota, que poderia ajudá-la, ou no Deus que havia permitido que ele nascesse daquele jeito?

— Você deveria estar entusiasmada. Todos que passaram por aqui para ver o pão compraram mais alguma coisa que você fez — diz Mary.

— Tem razão — murmuro. — Só estou muito cansada.

— Então vá para casa. — Mary olha o relógio. — Porque amanhã acho que vamos ter o dobro de clientes.

Mas, quando saio da padaria, passando por alguém que está filmando um encontro com o pão com uma câmera digital, já sei que vou ter de encontrar um substituto para meu próximo turno.

* * *

Adam e eu temos um acordo tácito de não aparecer no local de trabalho um do outro. Nunca se sabe quem vai passar, quem vai reconhecer seu carro. Além disso, o chefe dele, por acaso, é o pai de Shannon.

Quando estaciono meu carro a um quarteirão de distância da agência funerária, exatamente por essa razão, penso outra vez em Josef. Será que algum novo conhecido já havia balançado um dedo para ele, dizendo jovialmente: "Eu conheço você de algum lugar...", e o feito banhar-se de suor? Será que ele olhava em todas as janelas, não para ver o próprio reflexo, mas para se assegurar de que ninguém o observava?

E, claro, isso me faz pensar se nossa ligação foi puro acaso, ou se ele vinha mesmo procurando alguém como eu. Não só uma garota descendente de uma família judaica, em uma cidade com muito poucos judeus, mas com o bônus adicional de um rosto danificado, tímida demais para chamar a atenção sobre si saindo em público para revelar sua história. Eu não contei a Josef sobre Adam, mas será que ele havia reconhecido, também em mim, uma consciência culpada como a dele?

Felizmente, não há nenhum funeral acontecendo. O negócio de Adam é estável, ele sempre terá clientes, mas, se estivesse em meio a uma cerimônia, eu não seria mal-educada de incomodá-lo. Mando uma mensagem para Adam enquanto caminho pela calçada nos fundos do prédio, perto das latas de lixo reciclável e da caçamba de lixo. "Estou aqui nos fundos. Preciso conversar."

Um momento depois, ele aparece, vestido como um cirurgião.

— O que está fazendo aqui, Sage? — sussurra, embora estejamos sozinhos. — Robert está *lá em cima*.

Robert, o sogro.

— Tive um dia muito ruim — digo, à beira das lágrimas.

— E eu estou tendo um dia muito cansativo. Isso não pode esperar?

— Por favor — imploro. — Cinco minutos?

Antes que ele possa responder, um homem alto de cabelos grisalhos aparece à porta ao lado dele.

— Talvez você queira me dizer, Adam, por que a porta da sala de embalsamamento está aberta, com um cliente sobre a mesa? Achei que você havia largado o vício dos cigarros... — Ao me ver, ele registra a metade estilo Picasso de meu rosto e força um sorriso. — Desculpe, posso ajudá-la?

— Robert — diz Adam —, esta é Sage...

— McPhee — interrompo, virando-me ligeiramente para que minha cicatriz fique mais escondida. — Sou repórter do *Maine Express*. — Percebo tarde demais que esse parece mais o nome de um trem que de um jornal. — Estou escrevendo uma matéria sobre um dia na vida de um agente funerário.

Adam e eu ficamos esperando enquanto Robert me examina. Ainda estou com a roupa da padaria: uma camiseta solta, calças largas, sapatos confortáveis. Tenho certeza de que nenhuma repórter que se preze apareceria para uma entrevista desse jeito, nem morta.

— Ela me telefonou na semana passada para marcar um horário para acompanhar meu trabalho — Adam mente.

Robert concorda com um gesto de cabeça.

— Claro. Sra. McPhee, será um prazer responder às dúvidas que Adam não puder esclarecer.

Adam relaxa visivelmente.

— Vamos entrar? — Ele me segura pelo braço e me conduz para dentro do prédio. Sinto um choque quando sua mão toca minha pele nua.

Quando ele me leva pelo corredor, eu estremeço. É frio no subsolo da agência funerária. Adam entra em uma sala à direita e fecha a porta.

Sobre a mesa, há uma mulher idosa, nua embaixo de um lençol.

— Adam — digo, engolindo em seco. — Ela está...?

— Bem, eu garanto a você que ela não está tirando um cochilo — ele responde, rindo. — Ora, Sage, você sabe qual é meu trabalho.

— Eu não pretendia *ver* você fazendo isso.

— Foi *você* que veio com a história de repórter. Poderia ter dito a ele que era da polícia e precisava me levar até a delegacia.

Tem cheiro de morte aqui, e de frio, e de antisséptico. Quero me aconchegar nos braços de Adam, mas há uma janela na porta, e Robert ou outra pessoa pode passar a qualquer momento.

Ele hesita.

— Não olhe, se preferir, está bem? Porque eu tenho que fazer o trabalho logo, principalmente neste calor.

Aceno afirmativamente com a cabeça e mantenho o olhar fixo na parede. Escuto Adam procurar entre instrumentos metálicos, depois ligar algum aparelho.

Estou segurando a história de Josef como uma semente, guardada. Não quero compartilhá-la ainda. Mas também não quero que ela crie raízes.

A princípio, acho que Adam deve estar usando uma serra, mas então dou uma espiadinha com o canto do olho e percebo que está barbeando a mulher morta.

— Por que está fazendo isso?

A lâmina elétrica zumbe enquanto ele contorna seu queixo.

— Todos são barbeados. Até as crianças. A penugem torna a maquiagem mais perceptível, e espera-se que a "fotografia de lembrança", aquela última imagem de uma pessoa amada, seja natural.

Estou fascinada por seus movimentos hábeis, por sua eficiência. Esta é uma parte de sua vida que eu conheço muito pouco, e estou faminta por qualquer pedaço dele que eu possa absorver.

— Quando o embalsamamento acontece?

Ele me olha, surpreso com meu interesse.

— Depois de arrumarmos o rosto. Quando o fluido entra nas veias, o corpo se firma. — Adam enfia um pedaço de algodão entre o olho esquerdo e a pálpebra, depois ajusta sobre ela uma pequena tampa de plástico, como uma lente de contato gigante. — Por que você está aqui, Sage? Não é por causa de um desejo incontrolável de ser agente funerária. O que aconteceu hoje?

— Acontece de pessoas lhe contarem coisas que você gostaria que não tivessem contado? — pergunto

— A maioria das pessoas que encontro não pode mais falar. — Observo Adam enfiar um fio de sutura em uma agulha curva. — Mas os parentes falam muito. Geralmente o que deveriam ter dito à pessoa amada antes que ela morresse. — Ele passa a agulha pela mandíbula, sob as gengivas, e a faz subir através do maxilar superior até uma narina. — Acho que eu sou a última parada, sabe? O repositório dos lamentos. — Adam sorri. — Parece o nome de uma banda gótica, não é?

A agulha atravessa o septo até a outra narina e volta para a boca.

— Por que a pergunta? — ele indaga.

— Tive uma conversa com alguém hoje que me perturbou muito. Não sei o que fazer.

— Talvez ele não queira que você faça nada. Talvez só precisasse que você o ouvisse.

Mas não é tão simples. As confissões que Adam ouve dos parentes dos mortos são *deveria-ter-feito* e *gostaria-de-ter-feito*, não *eu-fiz*. Quando se recebe uma granada com o pino arrancado, é preciso agir. É preciso passá-la a alguém que saiba como desarmá-la, ou jogá-la de volta para as mãos da pessoa que a lançou. Porque, se você não fizer isso, vai explodir.

Adam amarra as suturas com cuidado, para que a boca não se abra, mas pareça estar naturalmente fechada. Imagino Josef morrendo, sua boca costurada para ficar fechada, todos os seus segredos presos lá dentro.

* * *

No caminho para a delegacia, ligo para Robena Fenetto, uma italiana de setenta e seis anos que se aposentou em Westerbrook. Embora ela não tenha mais energia para ser padeira em tempo integral, eu já a chamei uma ou duas vezes para me substituir, quando alguma gripe me nocauteou. Digo-lhe quais pré-fermentos usar e onde estão minhas planilhas com os percentuais do padeiro que produzirão o suficiente para que Mary não me demita.

Peço a ela para avisar a Mary que me atrasarei um pouco.

Não vou a uma delegacia desde que minha bicicleta foi roubada, quando eu estava no último ano do colégio. Minha mãe me levou para prestar queixa. Lembro que, na mesma hora, o pai de uma das meninas mais populares da escola estava sendo trazido, descabelado e cheirando a álcool, às quatro horas da tarde. Ele era o chefe de uma companhia de seguros local, e eles eram uma das poucas famílias na cidade que podiam ter uma piscina de verdade. Foi a primeira vez que percebi que as pessoas nunca são quem parecem ser.

A atendente no pequeno guichê de vidro tem piercing no nariz e cabelo quase raspado, e talvez seja por isso que nem pisca quando eu me aproximo.

— Pois não?

Como se chega e se fala "Eu acho que meu amigo é um nazista" sem parecer insana?

— Eu gostaria de falar com um investigador — digo.

— Sobre?

— É complicado.

Ela pisca.

— Tente.

— Tenho informações sobre um crime que foi cometido.

Ela hesita, como se pesasse se estou ou não dizendo a verdade. Então anota meu nome.

— Sente-se.

Há uma fileira de cadeiras, mas, em vez de sentar, eu fico em pé e leio nos cartazes de "Procurados", em um enorme quadro de avisos, os nomes dos pais em atraso com a pensão alimentícia. Um folheto anuncia uma aula de segurança contra incêndios.

— Sra. Singer?

Eu me viro e vejo um homem alto, de cabelos grisalhos muito curtos e a pele da cor de um dos cafés mocha de Rocco. Ele tem uma arma no coldre no cinto e um crachá pendurado no pescoço.

— Sou o detetive Vicks — diz, olhando só um pouquinho demais para meu rosto. — Poderia me acompanhar?

Ele digita um código, abre uma porta e me conduz por um corredor estreito até uma sala de reunião.

— Sente-se. Gostaria de tomar um café?

— Estou bem, obrigada — eu lhe digo. Embora saiba que não estou sendo interrogada, sinto-me encurralada quando ele fecha a porta.

O calor sobe por meu pescoço e começo a suar. E se o detetive achar que estou mentindo? E se ele começar a me fazer perguntas demais? Talvez eu não devesse me envolver. Não sei nada, de fato, sobre o passado de Josef, e, mesmo que ele esteja dizendo a verdade, o que poderia ser feito depois de quase setenta anos?

E ainda assim...

Quando minha avó estava sendo levada pelos nazistas, quantos outros alemães fingiram não ver, usando o mesmo tipo de desculpas?

— Então — diz o detetive Vicks —, o que tem para me contar?

Respiro fundo.

— Um homem que eu conheço pode ser um nazista.

O detective aperta os lábios.

— Um neonazista?

— Não, um da Segunda Guerra Mundial.
— Quantos anos ele tem? — pergunta Vicks.
— Não sei exatamente. Mais de noventa. A idade certa, de qualquer modo, para o cálculo do tempo fazer sentido.
— E o que a levou a acreditar que ele é um nazista?
— Ele me mostrou uma fotografia dele de uniforme.
— Você sabe se era autêntica?
— Você acha que eu estou inventando — digo, tão surpresa que encaro o detetive de cabeça erguida. — Por que eu faria isso?
— Por que mil pessoas malucas ligam para um número de telefone de denúncias que aparece em uma notícia sobre uma criança desaparecida? — Vicks diz, dando de ombros. — Longe de mim tentar entender a psique humana.

Incomodada, sinto minha cicatriz queimar.
— Estou dizendo a verdade. — Só estou deixando de fora, convenientemente, o fato de que esse mesmo homem pediu que eu o matasse. E que decidi deixá-lo pensar que estava considerando a possibilidade.

Vicks inclina a cabeça e posso ver que ele já está fazendo um julgamento; não de Josef, mas de *mim*. Estou claramente tentando ao máximo esconder meu rosto; ele deve estar se perguntando se há mais coisas que estou escondendo.

— Há algo no comportamento desse homem que indicaria que ele esteve de fato envolvido em atividades nazistas?
— Ele não tem uma suástica na testa, se é isso que está perguntando — digo. — Mas tem sotaque alemão. Na verdade, ele já foi professor de alemão no colégio.
— Ei, espere aí. Você está falando de Josef *Weber*? — diz Vicks. — Ele frequenta a minha igreja. Canta no coral. Abriu o desfile de Quatro de Julho no ano passado, como Cidadão do Ano. Nunca vi aquele homem matar sequer um mosquito.
— Talvez ele goste mais de insetos do que gostava de judeus — digo, sem alterar a voz.

Vicks se reclina na cadeira.

— Sra. Singer, o sr. Weber disse alguma coisa que a perturbou pessoalmente?

— Sim — respondo. — Ele me disse que foi um nazista!

— Eu me refiro a alguma discussão. Algum mal-entendido. Talvez um comentário desajeitado sobre sua... aparência. Algo que possa justificar... uma acusação dessas.

— Nós somos amigos. Foi por isso que ele me confidenciou essa história.

— Pode ser, sra. Singer. Mas não temos o hábito de prender alguém por supostos crimes sem ter uma razão válida para acreditar que a prisão possa ser justificável. Sim, o cara fala com sotaque alemão e é velho. Mas nunca percebi nenhuma atitude de preconceito racial ou religioso nele.

— Mas não é assim que funciona? Eu achei que matadores em série costumavam ser totalmente agradáveis em público; é por isso que ninguém adivinha que eles são matadores em série. Você vai simplesmente pressupor que eu sou louca? Não vai nem investigar o que ele fez?

— O que ele fez?

Baixo os olhos para a mesa.

— Não sei exatamente. É por isso que estou aqui. Achei que você poderia me ajudar a descobrir.

Vicks olha para mim por um longo momento.

— Anote para mim suas informações de contato, sra. Singer — sugere, passando-me um papel e uma caneta. — Vou examinar a situação e lhe darei notícias.

Sem dizer uma palavra, escrevo minhas informações. Por que alguém acreditaria em mim, Sage Singer, um fantasma deformado que só sai à noite? Especialmente depois que Josef passou os últimos vinte e dois anos lustrando sua reputação como um membro querido e humanitário da comunidade de Westerbrook?

Entrego o papel ao detetive Vicks.

— Sei que você não vai me contatar — digo friamente. — Sei que vai jogar este papel na lata de lixo assim que eu sair por aquela porta.

Mas não é como se eu tivesse vindo aqui para dizer que encontrei um óvni no meu quintal. O Holocausto *aconteceu*. Os nazistas *existiram*. E eles não evaporaram todos no ar quando a guerra acabou.

— O que foi quase setenta anos atrás — lembra o detective Vicks.

— Eu achei que não houvesse prescrição para assassinatos — digo e saio da sala de reunião.

* * *

Minha avó só serve chá em copo. Desde que me lembro, ela diz que essa é a única maneira de bebê-lo adequadamente, do jeito que seus pais serviam quando ela era pequena. Enquanto fico sentada à mesa de sua cozinha, observando-a se movimentar pela área com a bengala para pegar a chaleira e arrumar os rugelach em uma bandeja, eu me dou conta de que, embora ela conte abertamente e com desenvoltura sobre sua infância e sobre a vida com meu avô, há uma interrupção em sua linha do tempo, um intervalo de anos, uma saída dos trilhos.

— É uma surpresa e tanto — diz vovó. — Muito boa, mas uma surpresa mesmo assim.

— Eu estava por perto — minto. — Como poderia não parar?

Minha avó coloca a bandeja na mesa. Ela é bem pequena, talvez um metro e meio, embora antes eu pensasse nela como alta. Sempre usava o conjunto de pérolas mais lindo do mundo, que meu avô lhe tinha dado como presente de casamento, e, na foto antiga da cerimônia que ficava sobre a lareira, ela parecia uma estrela de cinema, com os cabelos escuros em rolinhos no alto da cabeça e o corpo esguio envolto em renda e cetim.

Ela e meu avô tinham uma loja de livros antigos, um lugarzinho pequeno com corredores estreitos entulhados de centenas de volumes. Minha mãe, que sempre comprava livros novos, detestava as edições antigas de capa dura, com lombada rachada e capa de tecido puída. É verdade que não se podia entrar lá e encontrar o mais recente best-seller, mas, quando se tinha um daqueles volumes nas mãos, estava-se folheando a vida de outra pessoa. Outro alguém já havia amado aquela história também. Outro alguém carregara aquele livro em uma mochila, devorara-o com o café da manhã, limpara aquela mancha de café em um bistrô em Paris, chorara até adormecer depois daquele último capítulo. O cheiro da loja era peculiar: um pouquinho de bolor úmido mesclado a uma camada de pó. Para mim, era o cheiro da história.

Meu avô tinha sido editor em uma pequena editora acadêmica antes de comprar a livraria; parece que minha avó queria ser escritora, embora, em minha infância, eu nunca a tenha visto escrever nada mais longo que uma carta. Mas ela adorava histórias, isso é verdade. Ela me sentava sobre um balcão de vidro ao lado da caixa registradora, pegava os livros de A. A. Milne e J. M. Barrie da vitrine trancada e mostrava-me as ilustrações. Mais tarde, quando eu já era um pouco maior, deixava que eu embrulhasse as compras dos clientes no papel marrom que vinha em um rolo enorme, e ensinou-me a amarrar o pacote com um barbante, do mesmo jeito que ela fazia.

Meus pais acabaram vendendo a livraria para uma incorporadora que estava derrubando uma fileira de lojas familiares para abrir espaço para um hipermercado. Qualquer que tenha sido o valor que eles conseguiram, foi suficiente para sustentar minha avó, mesmo por todos esses anos depois da morte de meu avô.

— Você não estava *mesmo* por perto — ela diz agora. — Você faz a mesma cara do seu pai quando mentia para mim.

Eu rio.

— E como é?

— Como se você tivesse engolido um limão. Uma vez, quando seu pai tinha uns cinco anos, ele roubou meu removedor de esmalte. Quando lhe perguntei sobre isso, ele mentiu. Acabei encontrando em sua gaveta de meias e contei a ele. Ele ficou histérico. O que aconteceu foi que ele só entendeu pelo rótulo que aquilo era para remover alguma coisa e ficou com medo que eu desaparecesse, por isso o escondeu. — Vovó sorri. — Eu amava aquele garoto. — Suspira. — Nenhuma mãe deveria sobreviver a um filho.

— Também não é nada bom sobreviver aos pais — respondo.

Por um momento, seu rosto se anuvia. Então ela se inclina e me abraça.

— Viu? Agora você não está mentindo. Sei que veio aqui porque se sente solitária, Sage. Não há nada para se envergonhar nisso. Talvez agora nós tenhamos uma à outra.

São as mesmas palavras, percebo, que Josef disse para mim.

— Você devia cortar o cabelo — minha avó determina. — Ninguém consegue vê-la direito.

Um pequeno som de pouco caso me escapa dos lábios. Acho que preferiria correr nua pela rua a cortar o cabelo e deixar meu rosto exposto.

— A ideia é justamente essa — digo.

Ela inclina a cabeça.

— Eu me pergunto que mágica poderia fazê-la ver a si mesma como o resto de nós a vê. Talvez então você parasse de viver como um monstro, que só sai depois que escurece.

— Sou padeira. Eu *tenho* que trabalhar à noite.

— É mesmo? Ou você escolheu essa profissão *por causa* do horário? — minha avó pergunta.

— Eu não vim aqui para ser interrogada sobre minha escolha de profissão...

— Claro que não. — Ela estende o braço e dá uma palmadinha em meu rosto, no lado ruim. Deixa que o polegar se demore sobre a carne sulcada, para deixar claro para mim que aquilo não a incomoda e que eu não deveria me incomodar. — E suas irmãs?

— Não tenho falado com elas nos últimos tempos — murmuro.

Isso não é bem a verdade. Eu evito propositalmente as ligações delas.

— Você sabe que elas te amam, Sage — minha avó diz, e eu dou de ombros. Não há nada que ela possa me dizer que me convença de que Pepper e Saffron não me consideram responsável por nossa mãe não estar viva.

Um cronômetro toca no forno, e minha avó tira dele uma trança de chalá. Ela pode ter abandonado a religião formal, mas ainda segue a cultura do judaísmo. Não há mal que sua sopa de bolas de matzá não possa curar; não há sexta-feira em que ela não tenha pão fresco.

Daisy, a cuidadora que vovó chama de "minha menina", é quem mistura a massa na cozinha comunitária e a coloca para crescer antes de vovó trançá-la. Demorou dois anos até que vovó confiasse em Daisy o suficiente para lhe dar a receita da família, a mesma que eu uso na Pão Nosso de Cada Dia.

— Que cheiro bom — digo, desesperada para mudar o rumo da conversa.

Minha avó coloca a primeira chalá no balcão e volta para pegar as outras três, uma de cada vez.

— Sabe o que eu acho? — diz. — Acho que, mesmo quando eu não lembrar mais meu próprio nome, ainda vou saber fazer esta chalá. Meu pai se empenhou muito nisso. Ele costumava me testar, quando eu entrava no apartamento depois da escola, quando estava estudando com uma amiga, quando estávamos caminhando juntos pelo centro da cidade. "Minka", perguntava, "quanto açúcar? Quantos ovos?" Ele queria saber a temperatura em que a água deveria estar, mas essa era uma pergunta capciosa.

— Morna para dissolver o fermento, fervendo para misturar os ingredientes molhados, fria para equilibrar depois.

Minha avó olha por sobre o ombro e faz um movimento de aprovação com a cabeça.

— Meu pai ficaria muito feliz de saber que sua chalá está em boas mãos.

Esta, percebo, é minha oportunidade. Espero até vovó ter trazido uma das tranças para a mesa, em uma tábua de pão. Enquanto ela a fatia, o vapor sobe como uma alma de passagem.

— Por que você e o vovô não montaram uma padaria, em vez de uma livraria?

Ela ri.

— Seu avô não sabia nem ferver água, quanto mais assar um bagel. Para fazer pão, é preciso ter o dom. Como meu pai. Como você.

— Você quase nunca fala de seus pais — comento.

Sua mão treme muito levemente enquanto ela segura a faca, tão de leve que, se eu não estivesse observando com tanta atenção, talvez nem tivesse notado.

— O que há para falar? — Ela dá de ombros. — Minha mãe, ela cuidava da casa. E meu pai era padeiro em Łódź. Você sabe disso.

— O que aconteceu com eles, vovó?

— Eles morreram há muito tempo — ela diz, como se não tivesse importância, e me dá um pedaço do pão sem manteiga, porque, se a chalá estiver realmente boa, não precisa de mais nada. — Ah, olhe para isso. Poderia ter crescido mais. Meu pai dizia que um bom pão a gente pode comer no dia seguinte. Mas um pão ruim precisa ser comido na hora.

Pego sua mão. A pele é como um papel de seda, os ossos pronunciados.

— O que aconteceu com eles? — repito.

Ela força uma risada.

— Por que as perguntas, Sage? Você está escrevendo um livro?

Em resposta, eu viro o braço dela e puxo gentilmente a manga de sua blusa para cima, até expor a borda borrada da tatuagem azul.

— Eu não sou a única na família com uma cicatriz, vovó — murmuro.

Ela se afasta e baixa a manga depressa.

— Eu não quero falar sobre isso.

— Vovó — digo. — Não sou mais criança...

— Não — ela diz abruptamente.

Quero lhe contar sobre Josef. Quero lhe perguntar sobre os soldados da SS que ela conheceu. Mas sei que não vou fazer isso.

Não porque minha avó não quer falar sobre o assunto, mas porque tenho vergonha de pensar que o homem com quem fiz amizade, para quem cozinhei, com quem me sentei para conversar, com quem eu ri, possa ter sido, no passado, alguém que a aterrorizou.

— Quando cheguei aqui, nos Estados Unidos, é que minha vida começou — minha avó diz. — Tudo antes... Bem, tudo aconteceu com uma pessoa diferente.

Se minha avó pôde se reinventar, por que não Josef Weber?

— Como você faz isso? — pergunto docemente, e não estou mais pensando somente nela e em Josef, mas em mim também. — Como você se levanta todas as manhãs e não se lembra?

— Eu nunca disse que não me lembro — minha avó me corrige. — Disse que prefiro esquecer. — De repente, ela sorri, cortando a fita entre esta conversa e a que vem em seguida. — Mas minha linda neta não veio até aqui para conversar sobre história antiga, não é? Conte-me sobre a padaria.

Deixo passar o "linda" do comentário.

— Assei um pão que ficou com o rosto de Jesus — anuncio; é a primeira coisa que me vem à mente.

— É mesmo? — Minha avó ri. — De acordo com quem?

— Com pessoas que acreditam que Deus pode aparecer em um pão artesanal, imagino.

Ela aperta os lábios.

— Houve uma época em que eu podia ver Deus até em uma simples migalha.

Percebo que ela está me fazendo uma oferenda, uma lasquinha de seu passado. Fico muito quieta, esperando para ver se ela vai continuar.

— Sabe, isso era o que mais fazia falta. Não eram nossas camas, ou nossas casas, nem mesmo nossas mães. Nós falávamos de comida. Batatas assadas e peito bovino, pierogi, babka. Se fosse para dar a minha vida por algo, naquela época, seria pela chalá do meu pai, fresquinha, recém-saída do forno.

Então é por isso que minha avó assa quatro chalás todas as semanas, embora não consiga comer nem uma inteira. Não é porque pretende comer, mas porque quer ter o luxo de dar o restante para aqueles que ainda sentem fome.

Quando meu celular começa a tocar, faço uma careta. Provavelmente é Mary, me dando uma bronca porque Robena chegou para começar o trabalho da noite em meu lugar. Mas, quando o retiro do bolso, vejo que o número é desconhecido.

— Aqui é o detetive Vicks. Queria falar com Sage Singer.

— Uau — digo, reconhecendo a voz. — Eu não esperava que você fosse me ligar.

— Andei fazendo umas pesquisas — ele responde. — Ainda não podemos ajudá-la. Mas, se você quiser levar sua denúncia a algum lugar, sugiro o FBI.

O FBI. Parece um passo grande demais se comparado a uma delegacia local. O FBI é a organização que capturou John Dillinger e os Rosenberg. Eles encontraram a impressão digital que incriminou o assassino de Martin Luther King Jr. Seus casos são assuntos relevantes de segurança nacional, não algo que ficou encoberto por décadas. Eles provavelmente vão rir de mim ao telefone, antes que eu termine minha explicação.

Levanto os olhos e vejo minha avó junto ao balcão da cozinha, enrolando uma das chalás em papel-alumínio.

— Qual é o número? — peço.

* * *

É um milagre eu ter conseguido voltar a Westerbrook sem sair da estrada, de tão cansada que estou. Entro na padaria com minhas chaves e encontro Robena dormindo, sentada sobre um saco gigante de farinha, com a face pressionada contra o tampo de madeira da mesa. O lado bom, porém, é que há pães nas estantes de resfriamento e o cheiro de algo cozinhando no forno.

— Robena — digo, sacudindo-a gentilmente para acordá-la. — Estou de volta.

Ela se endireita de imediato.

— Sage! Só cochilei por um minuto...

— Tudo bem. Obrigada por me ajudar. — Visto um avental e o amarro em volta da cintura. — Como Mary ficou, em uma escala de um a dez?

— Uns doze. Ela ficou muito agitada, porque está esperando um grande movimento amanhã, graças ao Pão de Jesus.

— Aleluia — digo, sem entusiasmo.

Eu tinha tentado discar para o escritório local do FBI enquanto dirigia para casa, e fiquei sabendo que a divisão com a qual eu *realmente* precisava falar era parte do Departamento de Justiça, em Washington, D.C. Eles me deram um número diferente, mas aparentemente a Seção de Direitos Humanos e Procedimentos Especiais segue horários bancários. Caí em uma gravação de voz me dizendo para ligar para outro número, se fosse uma emergência.

É difícil justificar isso como emergência, em vista do longo tempo em que Josef havia mantido o segredo para si.

Então, em vez disso, decidi terminar de assar os pães, arrumá-los nas vitrines de vidro e ir embora antes de Mary chegar para abrir a loja. Vou telefonar outra vez da privacidade de minha própria casa.

Robena me mostra os cronômetros que ativou pela cozinha, alguns medindo tempos no forno, outros para a massa que está descansando, a fim de ativar o fermento, outros para os pães modelados descansando antes de ir ao forno. Quando sinto que estou pronta para retomar o controle, acompanho-a até a frente da padaria, agradeço e tranco a porta.

Imediatamente, meu olhar recai sobre o Pão de Jesus.

Em retrospecto, não serei capaz de dizer a Mary por que fiz isso.

O pão está podre, duro como pedra, com as variações de sementes e pigmento que criaram o rosto já esmaecendo. Pego a pá que uso para colocar e tirar os pães do forno a lenha e lanço o Pão de Jesus pela boca escancarada do forno, nas chamas vermelhas e ardentes de sua barriga.

Robena fez baguetes e pães franceses; há uma variedade de outros pães para ser terminada antes do amanhecer. Mas, em vez de fazer as misturas de acordo com meu cronograma habitual, altero o cardápio do dia. Fazendo os cálculos de cabeça, meço o açúcar, a água, a levedura e o óleo. O sal e a farinha.

Fecho os olhos e respiro o trigo doce. Imagino uma loja com um sininho sobre a porta, que toca quando um cliente entra; o som de moedas caindo como uma escala de notas musicais na caixa registradora, o que poderia fazer uma garota levantar os olhos do livro em que tem o nariz enterrado. Pelo resto da noite, asso apenas uma receita; assim, quando o sol se incendeia sobre o horizonte, as prateleiras da Pão Nosso de Cada Dia estão repletas dos nós e volutas das chalás de meu avô, tantas que jamais se poderia imaginar o que seja sentir fome.

Eu ficava cochilando no mercado. Não dormia desde que enterrara meu pai; não com os sinos, apitos e fanfarra com cuja ideia ele brincava, mas em um pequeno pedaço de terra atrás da cabana. Minha falta de sono, porém, não acontecia devido ao luto. Era por necessidade.

Eu não tinha dinheiro para os impostos. Não tínhamos economias, e nossa única renda vinha do mercado onde vendíamos os pães diários. No passado, meu pai assava enquanto eu ia para a praça da aldeia. Mas, agora, havia apenas eu.

Passei a viver em atividade vinte e quatro horas por dia. À noite, arregaçava as mangas e modelava a massa em pães; preparava mais enquanto os anteriores cresciam; tirava a última remessa do forno de tijolos quando o sol transbordava, como um acidente, sobre o horizonte de manhã. Então enchia meu cesto e dirigia-me ao mercado, onde lutava para permanecer acordada enquanto anunciava meus produtos.

Eu não sabia por quanto tempo poderia continuar assim. Mas não ia deixar que Baruch Beiler levasse a única coisa que me restava: a casa e o negócio de meu pai.

No entanto, menos clientes estavam vindo para a cidade. Era perigoso demais. O corpo de meu pai fora um dos três encontrados naquela semana na proximidade da aldeia; entre eles, uma criança pequena que entrara no bosque despercebida e nunca mais voltara. Todos tinham sido desfigurados e devorados da mesma maneira, como se fosse por um animal faminto. Assustadas, as pessoas da cidade estavam preferindo viver da produção das próprias hortas e de artigos enlatados. No dia anterior, eu vira apenas uma dúzia de clientes; no seguinte, foram apenas seis. Até alguns dos comerciantes tinham decidido permanecer seguros atrás de portas trancadas. O mer-

cado era um espaço cinzento e fantasmagórico, com o vento soprando sobre os paralelepípedos como um aviso.

Abri os olhos e dei de cara com Damian, que me sacudia para me acordar.

"Sonhando comigo, querida?", ele perguntou. Passou o braço por trás de mim, roçando meu rosto, partiu um pedaço de uma baguete e enfiou-o na boca. "Humm. Você está quase tão boa quanto seu pai." Apenas por um momento, a compaixão transformou seus traços. "Sinto muito por sua perda, Ania."

Outros clientes haviam me dito o mesmo.

"Obrigada", murmurei.

"Eu, por outro lado, não sinto", Baruch Beiler anunciou, detendo-se atrás do capitão. "Uma vez que isso diminui muito minhas chances de receber os impostos devidos."

"Ainda não é fim da semana", falei, em pânico.

Para onde eu iria se ele me jogasse na rua? Já tinha visto mulheres que se vendiam, que ficavam pelas vielas da aldeia como sombras e tinham os olhos mortos. Poderia aceitar a oferta de casamento de Damian, mas isso seria apenas um tipo diferente de pacto com o Diabo. Mas, se eu ficasse ao relento, quanto tempo demoraria até que a fera que vinha atacando as pessoas de nossa aldeia me encontrasse?

Pelo canto do olho, vi alguém se aproximando. Era o homem novo na cidade, conduzindo seu irmão pela correia de couro. Ele passou por mim sem nem olhar para o pão e parou na frente da tábua de madeira vazia onde o açougueiro geralmente estendia as carnes. Quando ele se virou para mim, senti como se um fogo tivesse se acendido entre minhas costelas.

"Onde está o açougueiro?", ele perguntou.

"Ele não veio vender hoje", murmurei.

Percebi que ele era mais jovem do que eu havia imaginado, talvez apenas alguns anos mais velho que eu. Seus olhos eram da cor mais impossível que eu já tinha visto: dourados, mas brilhantes, como se tivessem uma luz interior. Sua pele era corada, as faces vivamente rosadas. Os cabelos castanhos caíam, irregulares, sobre a testa.

Ele vestia apenas aquela camisa branca, a que estava embaixo do casaco na última vez em que ele viera à praça da aldeia. Perguntei-me o que estaria disposto a dar em troca da comida daquele dia.

Ele não disse nada, apenas apertou os olhos enquanto me observava.

"Os comerciantes estão fugindo de medo", Baruch Beiler disse. "Como todos os outros desta cidade maldita."

"Nem todos nós temos portões de ferro para manter os animais do lado de fora", respondeu Damian.

"Ou de dentro", murmurei bem baixinho, mas Beiler me ouviu.

"Dez zloty", ele sibilou. "Até sexta-feira."

Damian levou a mão ao bolso da jaqueta militar e tirou um porta-moedas de couro. Contou as moedas de prata na palma da mão e as jogou sobre Beiler.

"Considere a dívida paga", disse ele.

Beiler se ajoelhou para recolher o dinheiro. Depois se levantou e deu de ombros.

"Até o mês que vem." Caminhou empertigado até sua mansão e fechou os portões atrás de si antes de desaparecer no interior da enorme casa de pedra.

Na frente da barraca de carne vazia, eu via o homem e seu irmão nos observando.

"E então?" Damian olhou para mim. "Seu pai não lhe ensinou boas maneiras?"

"Obrigada."

"Talvez você queira demonstrar seu agradecimento", disse ele. "Sua dívida com Beiler está paga. Mas agora você tem uma comigo."

Engolindo em seco, eu me ergui nas pontas dos pés e dei um beijo em seu rosto.

Ele agarrou minha mão e a pressionou contra o meio de suas pernas. Quando tentei me afastar, apertou a boca de encontro à minha.

"Você sabe que eu poderia pegar o que quero a qualquer hora", ele disse com suavidade, envolvendo meu rosto com as mãos e apertando minhas têmporas com tanta força que eu não podia pensar, mal podia ouvir. "Estou lhe oferecendo a escolha por bondade de meu coração."

Em um minuto ele estava lá, no próximo não estava mais. Eu caí, sentindo os paralelepípedos frios contra as pernas, quando o homem de olhos dourados puxou Damian de mim e o lançou ao chão.

"Ela já escolheu", ele disse entre os dentes, pontuando as palavras com socos no rosto do capitão.

Enquanto eu me arrastava para longe da briga, o garoto de máscara de couro olhava fixamente para mim.

Acho que nós dois nos demos conta ao mesmo tempo de que a correia dele estava balançando, solta.

O menino inclinou a cabeça para trás e começou a correr, seus passos ecoando como tiros de revólver enquanto ele se afastava pela praça deserta da aldeia.

Seu irmão parou, distraindo-se. Foi a hesitação que faltava para que Damian o acertasse com um soco violento. A cabeça do homem oscilou para trás, mas ele se levantou, cambaleante, e correu atrás do menino.

"Pode correr", Damian disse, limpando o sangue da boca. "Você não vai me escapar."

LEO

A mulher ao telefone está sem fôlego.
— Estou tentando falar com vocês há *anos* — diz ela.
Este é meu primeiro sinal de alerta. Não somos tão difíceis assim de encontrar. É só ligar para o Departamento de Justiça e dizer por que está telefonando e você será encaminhado ao setor de Direitos Humanos e Procedimentos Especiais. Mas atendemos todas as ligações e as levamos a sério. Então pergunto o nome da mulher.
— Miranda Coontz — diz ela. — Mas é meu nome de casada. Meu nome de solteira era Schultz.
— Sra. Coontz — digo —, não estou conseguindo ouvi-la direito.
— Tenho que sussurrar — diz ela. — Ele está ouvindo. Sempre entra no quarto quando começo a tentar contar a alguém quem ele realmente é...
Enquanto ela fala e fala, fico esperando ouvir a palavra "nazista" ou mesmo "Segunda Guerra Mundial". Somos a divisão que leva à Justiça casos de pessoas que cometeram violações dos direitos humanos: genocídios, tortura, crimes de guerra. Somos os verdadeiros caçadores de nazistas, nem um pouco tão glamorosos quanto nos mostram nos filmes e na televisão. Não sou Daniel Craig ou Vin Diesel ou Eric Bana, apenas o comum Leo Stein. Não ando com um revólver na cintura; minha arma preferida é uma historiadora chamada Genevra, que fala sete idiomas e nunca deixa de me avisar quando estou precisando cortar o cabelo, ou

quando minha gravata não combina com a camisa. Tenho um trabalho que fica mais difícil a cada dia, à medida que a geração que cometeu os crimes do Holocausto vai morrendo.

Durante quinze minutos, escuto Miranda Coontz explicar como alguém em sua própria casa a está espreitando e como, a princípio, ela achou que o FBI o tivesse enviado como um drone para matá-la. Este é o sinal de alerta número dois. Em primeiro lugar, o FBI não sai por aí matando pessoas. Segundo, se eles quisessem matá-la, ela já estaria morta.

— Sra. Coontz — digo, quando ela faz uma pausa para respirar —, acho que talvez a senhora não tenha ligado para o departamento certo...

— Se você continuar ouvindo a história — ela promete —, tudo vai fazer sentido.

Não pela primeira vez, eu me pergunto como um cara feito eu, trinta e sete anos, primeiro da classe na faculdade de direito de Harvard, recusou uma sociedade segura e um salário estratosférico em uma firma de advocacia em Boston por um emprego governamental com escala de salários e uma carreira como subchefe do Departamento de Direitos Humanos. Em um universo paralelo, eu estaria julgando criminosos de colarinho branco, em vez de estar montando um processo contra um antigo guarda da SS que morreu pouco antes de conseguirmos extraditá-lo. Ou conversando com a sra. Coontz.

No entanto, não demorei muito tempo no mundo do direito corporativo para perceber que a verdade é secundária no tribunal. De fato, a verdade é secundária na maioria dos julgamentos. Mas houve seis milhões de pessoas que foram vítimas de mentiras, durante a Segunda Guerra Mundial, e alguém lhes deve a verdade.

— ... e o senhor ouviu falar de Josef Mengele?

Nisso, meus ouvidos se aguçam. Claro que ouvi falar de Mengele, o famoso Anjo da Morte em Auschwitz-Birkenau, o oficial médico chefe que fez experiências com seres humanos e recebia os prisioneiros que chegavam e os encaminhava para a direita, para o trabalho, ou para a esquerda, em direção às câmaras de gás. Embora, historicamente, saibamos que Mengele não poderia ter recepcionado todos os transportes, quase todos os sobreviventes de Auschwitz com quem conversei insistem que foi Mengele quem recebeu seu transporte, qualquer que tenha sido a hora da chegada. Esse é um exemplo de quanto foi escrito sobre Auschwitz e de como os sobreviventes às vezes combinam esses relatos com as próprias experiências pessoais. Não tenho dúvida, em minha mente, de que eles realmente acreditam que foi Mengele quem viram quando chegaram a Auschwitz, mas, por mais que o sujeito fosse um monstro, ele tinha de dormir em algum momento. O que significa que havia *outros* monstros que também os recebiam.

— As pessoas acreditam que Mengele fugiu para a América do Sul — a sra. Coontz diz.

Reprimo um suspiro. Na verdade, eu *sei* que ele viveu, e morreu, no Brasil.

— Ele está vivo — ela sussurra. — Reencarnou no meu gato. E não posso lhe dar as costas nem dormir, porque acho que ele vai me matar.

— Meu Deus — murmuro.

— Pois é — a sra. Coontz concorda. — Eu achei que estava trazendo para casa um doce gatinho e, uma manhã, acordo e encontro marcas de arranhões sangrando em meu peito...

— Com todo o respeito, sra. Coontz, é um pouco excessivo pensar que Josef Mengele agora é um gato.

— Aquelas marcas de arranhões — ela diz, em um tom muito sério — tinham a forma de uma suástica.

Fecho os olhos.

— Talvez a senhora só precise de um bichinho de estimação diferente — sugiro.

— Eu tinha um peixinho dourado. Precisei jogá-lo no vaso sanitário e dar descarga.

Quase tenho medo de perguntar.

— Por quê?

Ela hesita.

— Digamos apenas que tenho provas de que Hitler havia reencarnado também.

Consigo fazê-la desligar o telefone dizendo que entrarei em contato com uma historiadora, para que investigue seu caso. E isso é verdade: eu o passarei a Genevra na próxima vez em que ela fizer algo para me irritar e eu quiser me vingar dela. Mas, assim que consigo me livrar de Miranda Coontz, minha secretária me chama outra vez.

— Sua lua está fora de alinhamento ou algo assim? — ela pergunta.

— Porque tenho outra para você, na linha dois. Um escritório local do FBI a encaminhou para cá.

Olho para as pilhas de documentos sobre a mesa, relatórios que Genevra entregou. Levar um suspeito a julgamento é um processo longo e trabalhoso e, em meu caso, muitas vezes infrutífero. O último caso que conseguimos levar à Justiça foi em 2008, e o réu morreu no fim do julgamento. Fazemos o oposto do que faz a polícia; em vez de chegar a um crime e descobrir quem fez, começamos com um nome e esquadrinhamos bancos de dados para ver se encontramos uma correspondência, uma pessoa que esteja viva e tenha aquele nome, para depois descobrir o que ele fez durante a guerra.

Não temos escassez de nomes.

Torno a pegar o fone.

— Alô, aqui é Leo Stein — digo.

— Hã... — uma mulher responde. — Não tenho certeza se este é o lugar certo...

— Diga-me por que está ligando e eu a informarei.

— Alguém que eu conheço pode ter sido um oficial da SS.

Em nosso escritório, temos uma categoria para essas ligações: Meu Vizinho é um Nazista. Tipicamente, é o vizinho horrível que chuta seu cachorro quando ele atravessa o limite das propriedades e chama a prefeitura quando as folhas de seu carvalho caem no quintal dele. Ele tem sotaque europeu, usa um casaco longo de couro e tem um pastor alemão.

— O seu nome é?

— Sage Singer — a mulher diz. — Moro em New Hampshire, e ele também.

Isso me faz sentar um pouco mais reto na cadeira. New Hampshire é um ótimo lugar para se esconder quando se é um nazista. Ninguém jamais pensa em procurar em New Hampshire.

— Como é o nome dessa pessoa? — pergunto.

— Josef Weber.

— E você acha que ele foi um oficial da SS porque...?

— Ele me contou — a mulher responde
Recosto-me na cadeira.
— Ele lhe *contou* que foi um nazista? — Ao longo de toda a década em que venho fazendo isso, essa é nova para mim. Meu trabalho tem envolvido desfazer os disfarces de criminosos, que acham que, depois de quase setenta anos, devem escapar das acusações de assassinato. Nunca vi um réu confessar até eu ter conseguido encurralá-lo a tal ponto com provas que sua única opção acaba sendo contar a verdade.
— Somos... conhecidos — Sage Singer responde. — Ele quer que eu o ajude a morrer.
— Como Jack Kevorkian, o Doutor Morte? Ele está com uma doença terminal?
— Não. Ao contrário. É muito saudável para um homem de sua idade. Ele acha que há algum tipo de justiça em me pedir para ser parte disso... porque minha família era judia.
— E você é?
— Isso importa?
Não, não importa. Eu sou judeu, mas metade dos funcionários de nosso departamento não é.
— Ele mencionou em que campo esteve?
— Ele usou uma palavra alemã... Toten... ou Oten alguma coisa?
— *Totenkopfverbände?* — sugiro.
— Sim!
Traduzido, isso significa Unidade da Cabeça da Morte. Não é um local em si, mas a divisão da SS que administrava os campos de concentração para o Terceiro Reich.
Em 1981, meu escritório ganhou um caso seminal, Fedorenko contra os Estados Unidos. A Suprema Corte decidiu, sabiamente, em minha humilde opinião, que qualquer pessoa que tenha sido guarda em um campo de concentração nazista foi, necessariamente, parte da perpetração de crimes nazistas contra a humanidade naquele local. Os campos operavam como cadeias de funções e, para que funcionassem, todos na cadeia precisavam executar sua função. Se uma pessoa não o fizesse, o aparato de extermínio acabaria parando. Então, na realidade, o que quer

que esse homem em particular tenha ou não feito — quer ele tenha ou não puxado um gatilho ou descarregado o gás Zyklon B dentro de uma das câmaras —, a simples confirmação de seu papel como membro da SS-TV em um campo de concentração seria suficiente para montar um processo contra ele.

Claro que, mesmo assim, os resultados são muito incertos.

— Como é mesmo o nome dele? — pergunto de novo.

— Josef Weber.

Peço-lhe para soletrar, anoto em um bloco de papel e sublinho duas vezes.

— Ele disse mais alguma coisa?

— Ele me mostrou uma fotografia em que estava usando um uniforme.

— Como era?

— Um uniforme da SS — diz ela.

— E você sabe disso porque...?

— Bom, é como os que a gente vê nos filmes — ela admite.

Há dois problemas aqui. Eu não conheço Sage Singer; ela pode ser uma fugitiva de um hospital psiquiátrico que está inventando toda essa história. Também não conheço Josef Weber, que pode, ele próprio, ser um fugitivo de um hospital psiquiátrico em busca de atenção. Além disso, há o fato de que, em uma década, eu nunca recebi uma ligação como essa, de uma cidadã comum sobre um nazista na sua vizinhança, que tenha procedido. A maioria das pistas que investigamos vem de advogados que representam mulheres em processos de divórcio e desejam alegar que os maridos delas, que têm uma certa idade e vêm da Europa, são criminosos de guerra nazistas. Imagine quanto renderia conseguir levar um juiz a acreditar que o sujeito foi extremamente cruel com sua cliente. E essas alegações sempre acabavam se revelando uma perda total de tempo.

— Você está com a foto? — pergunto.

— Não — ela admite. — Está com ele.

Claro.

Coço a testa.

— Tenho que lhe perguntar... ele tem um pastor alemão?

— Um dachshund — ela responde.

— Essa seria minha segunda opção — murmuro. — Escute, há quanto tempo você conhece Josef Weber?

— Cerca de um mês. Ele começou a ir ao grupo de terapia de luto que eu frequento desde que minha mãe morreu.

— Sinto muito por isso — digo automaticamente, mas posso afirmar que é uma gentileza que ela não está esperando. — Bem, então você não pode ter de fato um bom entendimento do caráter dele, ou de por que ele diria que fez algo que não fez realmente...

— Meu Deus, qual é o *problema* de vocês? — ela explode. — Primeiro os policiais, depois o FBI. Vocês não deveriam *pelo menos* me dar o benefício da dúvida? Como *você* sabe que ele não está dizendo a verdade?

— Porque não faz sentido, sra. Singer. Por que alguém que conseguiu permanecer escondido por mais de meio século simplesmente derruba o disfarce assim, de uma hora para outra?

— Eu não sei — ela diz com sinceridade. — Culpa? Medo do Juízo Final? Ou talvez ele apenas esteja cansado. De viver uma mentira, entende?

Quando diz isso, ela me pega. Porque é tão terrivelmente humano. O maior erro que as pessoas cometem quando pensam em criminosos de guerra nazistas é pressupor que sempre tenham sido monstros; antes, durante e depois da guerra. Eles não eram assim. Já foram pessoas comuns, com a consciência totalmente funcional, que fizeram más escolhas e tiveram de fabricar desculpas para si mesmos pelo resto da vida, depois que voltaram para a existência mundana.

— Por acaso você sabe a data de nascimento dele? — pergunto.

— Sei que tem mais de noventa anos...

— Bem — eu lhe digo —, podemos tentar verificar o nome dele e ver se encontramos alguma correspondência. Os registros que temos não são completos, mas é um dos melhores bancos de dados do mundo, com mais de trinta anos de pesquisas em arquivos.

— E depois?

— Supondo que consigamos confirmação ou, por alguma outra razão, consideremos que essa pode ser uma alegação legítima, eu pediria a você que conversasse com nossa historiadora chefe, Genevra Astanopoulos. Ela poderia lhe fazer várias perguntas que nos ajudariam a investigar mais. Mas eu tenho que alertá-la, sra. Singer, de que, embora meu escritório tenha recebido milhares de ligações do público, nenhuma denúncia foi adiante. Na verdade, houve um telefonema, antes da criação deste escritório, em 1979, que levou a Procuradoria-Geral da República em Chicago a processar o suposto criminoso, o qual acabou se revelando não só inocente, como uma *vítima* dos nazistas. De todas as pistas que recebemos desde então provenientes de cidadãos, nenhuma se tornou um caso passível de ação penal.

Sage Singer fica em silêncio por um momento.

— Então eu diria que você pode se preparar para um — diz ela.

* * *

Considerando todas as circunstâncias, Michel Thomas foi um dos felizardos. Prisioneiro de um campo de concentração judeu, ele escapou dos nazistas e uniu-se à resistência francesa, depois a uma unidade de comando, antes de auxiliar a Divisão de Contrainteligência do Exército dos Estados Unidos. Durante a última semana da Segunda Guerra Mundial, ele recebeu uma pista sobre um comboio de caminhões perto de Munique, que se acreditava estar transportando alguma carga importante. Ao chegar ao depósito de uma fábrica de papel em Freimann, na Alemanha, ele descobriu pilhas de documentos que os nazistas planejavam destruir: as fichas de filiação mundiais de mais de dez milhões de membros do Partido Nazista.

Esses documentos foram usados nos julgamentos de Nuremberg e, depois disso, para identificar, localizar e levar ao tribunal criminosos de guerra. Eles são a primeira parada para os historiadores que trabalham comigo no setor de Direitos Humanos e Procedimentos Especiais. Isso não quer dizer que, se não encontrarmos um nome, o indivíduo não fosse um nazista, mas sem dúvida facilita muito a montagem de um processo.

Encontro Genevra em sua mesa.

— Preciso que você procure um nome — digo.

Depois que a Alemanha foi unificada, na década de 90, os Estados Unidos devolveram o Centro de Documentação de Berlim, o repositório central dos registros da SS/Partido Nazista, que estava sob controle do exército americano desde depois da Segunda Guerra Mundial... mas não sem antes microfilmar aquilo tudo. Entre o Centro de Documentação de Berlim e as informações que vieram à luz depois da dissolução da URSS, sei que Genevra deve conseguir desencavar alguma coisa.

Isto é, se houver algo a ser desencavado.

Ela levanta os olhos em minha direção.

— Você derrubou café na gravata — diz, puxando um lápis do ninho de cabelos loiros encaracolados no alto da cabeça. — Melhor trocar antes do seu encontro.

— Como *você* sabe que eu tenho um encontro? — pergunto.

— Porque sua mãe me ligou hoje de manhã e pediu que eu o empurrasse porta afora com força bruta se você ainda estivesse aqui às seis e meia da tarde.

Isso não me surpreende. Nem cabo, nem Ethernet, nem sistema FiOS são tão vertiginosamente rápidos para espalhar notícias quanto uma família judia.

— Lembre-me de matá-la — digo a Genevra.

— Não posso. Não quero ser envolvida como cúmplice. — Ela sorri para mim sob os óculos. — Além disso, Leo, sua mãe é uma lufada de ar fresco. Eu passo o dia inteiro lendo sobre pessoas que desejaram dominação do mundo e superioridade racial. Em comparação, querer netos é muito meigo.

— Ela *tem* netos. Três, por cortesia da minha irmã.

— Ela não gosta de ver você casado com seu trabalho.

— Ela também não gostava quando eu era casado com Diana — digo. Faz cinco anos que meu divórcio foi concluído, e tenho que reconhecer que a pior coisa em toda aquela experiência foi ter de admitir para minha mãe que ela estava certa: a mulher que eu acreditava ser a garota dos meus sonhos não era, na verdade, certa para mim.

Recentemente, encontrei Diana no metrô. Ela casou-se de novo, tem um filho e outro a caminho. Estávamos trocando amabilidades quando meu celular tocou: minha irmã, perguntando se eu ia poder ir à festa de aniversário de meu sobrinho naquele fim de semana. Ela me ouviu dizer "tchau" para Diana e, em questão de uma hora, minha mãe me ligou para avisar que tinha me arrumado um encontro com uma pessoa que eu nem conhecia.

Como eu disse, a rede familiar judaica.

— Preciso que você procure um nome — repito.

Genevra pega o papel de minha mão.

— São seis e trinta e seis — diz ela. — Não me faça ligar para sua mãe.

Paro em minha mesa para pegar a pasta e o laptop, porque ir embora sem eles seria tão estranho para mim quanto sair sem um braço ou uma perna. Levo a mão instintivamente ao coldre em meu cinto, para me certificar de que o BlackBerry está lá. Sento-me por um segundo e procuro no Google o nome de Sage Singer.

Eu uso ferramentas de busca o tempo todo, claro. Essencialmente para ver se alguém (Miranda Coontz, por exemplo?) é um pirado total. Mas a razão pela qual quero encontrar informações sobre Sage Singer é a voz dela.

É aconchegante. Soa como a primeira noite do outono, quando se acende uma lareira, toma-se uma taça de vinho do porto e adormece-se com um cachorro no colo. Não que eu tenha um cachorro ou vinho do porto, mas acho que deu para entender.

Isso, no mínimo, é prova de que eu deveria estar saindo correndo por aquela porta para ir ao meu encontro arranjado. A voz de Sage Singer soou jovem, mas ela provavelmente já é idosa. Afinal, não disse que esse Josef Weber era seu amigo? Sua mãe morreu recentemente, provavelmente de velhice. E aquele tom meio rouco na fala poderia ser a marca de uma vida inteira de vício em cigarros.

A única Sage Singer em New Hampshire que aparece, no entanto, é padeira em um pequeno café de pães artesanais. Sua receita de torta de amoras está em uma revista local como parte de uma matéria sobre comidas de verão. Seu nome aparece na seção de negócios do jornal, que anuncia a abertura da nova padaria de Mary DeAngelis.

Clico no link de notícias e encontro um vídeo de um canal de televisão local, postado ontem mesmo. "Sage Singer", diz a repórter em off, "é a padeira que fez o Pão de Jesus."

O quê?

O clipe é um vídeo amador que mostra uma mulher com um rabo de cavalo mal feito e o rosto desviado da câmera. Posso ver uma marca de farinha em seu rosto, um momento antes de ela escapar totalmente da imagem.

Ela não é o que eu esperava. Quando cidadãos comuns ligam para o meu setor, isso geralmente conta mais sobre eles do que sobre as pessoas que estão acusando: eles querem resolver um conflito, querem se vingar, querem atenção. Mas meu instinto me diz que esse não é o caso aqui.

Talvez Genevra encontre alguma coisa, afinal. Se Sage Singer me surpreendeu uma vez, talvez possa fazê-lo de novo.

* * *

Meu carro tem, com certeza, o último toca-fitas do mundo. Enquanto espero no trânsito do anel viário, escuto Bread e Chicago. Gosto de fingir que todas as pessoas em todos os carros a minha volta estão ouvindo fitas cassete também, que os anos retrocederam para um tempo mais simples. Entendo como isso é estranho, em vista do quanto o mundo ficou menor como resultado da tecnologia e de como meu próprio escritório se beneficiou com isso. Melhor ainda, ter um toca-fitas não é mais estranho; é vintage.

Estou pensando nisso, e se devo contar à pessoa desconhecida que vou encontrar agora que sou tão tragicamente cult que compro música no eBay e não no iTunes. Na última vez em que saí (um colega arranjou para que eu saísse com a prima de sua esposa), passei o jantar inteiro falando sobre o caso Aleksandras Lileikis, e a mulher alegou uma dor de cabeça antes da sobremesa e voltou para casa de metrô. A verdade é que sou péssimo em conversas superficiais. Posso discutir em minúcias o genocídio de Darfur, mas a maioria dos americanos provavelmente nem sabe em que país isso está acontecendo. (Aliás, é no Sudão.) Por outro lado, não sei conversar sobre futebol, ou contar o enredo do último romance que li. Não sei quem está saindo com quem em Hollywood. E não me importo. Há tantas coisas no mundo consideravelmente mais importantes.

Confiro o nome do restaurante anotado no calendário do BlackBerry e entro. Já percebo de cara que é um daqueles lugares que servem comida "preciosa", ou seja, entradas do tamanho de uma cabeça de cogumelo e ingredientes impronunciáveis listados para cada item do cardápio, que o fazem pensar se há alguém designado para inventá-los: sêmen de bacalhau e pólen de funcho-silvestre; bochechas bovinas, polenta de merengue, cinzas a vinagrete.

Quando digo meu nome ao maître, ele me conduz a uma mesa no fundo do salão, um lugar tão escuro que duvido que vá conseguir sequer distinguir se minha companhia de jantar é atraente. Ela já está sentada e, quando meus olhos se ajustam à falta de luz, percebo que, sim, ela é bonita, exceto pelo cabelo, que está penteado com uma grande elevação no alto, como se estivesse tentando disfarçar estilosamente uma encefalite.

— Você deve ser o Leo — ela diz, sorridente. — Sou Irene.

Está usando muitas joias de prata, boa parte das quais entra na fenda entre os seios.

— Brooklyn? — indago.

— Não. — E ela repete, mais devagar. — I-re-ne.

— Não, quero dizer, seu sotaque... Você é do Brooklyn?

— De Jersey — Irene responde. — Newark.

— A capital mundial de roubos de carros. Sabia que mais carros são roubados lá do que em Los Angeles e Nova York juntas?

Ela ri. Soa como um chiado.

— E minha mãe se preocupa por eu morar em Prince George County.

Um garçom se aproxima para recitar os pratos especiais e anotar nosso pedido de bebidas. Peço vinho, de que não entendo nada. Escolho um com base no fato de não ser o mais caro da lista e também não o mais barato, porque isso pareceria muito pão-durismo.

— Hum... isso é estranho, não é? — diz ela. Ou está piscando para mim ou tem alguma coisa no olho. — Nossos pais se conhecerem?

Pelo modo como me foi explicado, o podólogo de minha mãe é irmão do pai de Irene. Não que tenham crescido em casas vizinhas.

— Estranho — concordo.

— Eu me mudei para cá por causa de um emprego, então ainda não conheço quase ninguém.

— É uma boa cidade — digo automaticamente, embora não acredite de fato nisso. O trânsito é insano e há um protesto a cada dois dias por alguma causa, o que logo deixa de ser idealista e começa a se tornar uma amolação quando se precisa chegar a algum lugar na hora e todas as ruas estão bloqueadas. — Minha mãe com certeza me disse, mas eu esqueci. O que você faz?

— Sou consultora de sutiãs certificada — Irene diz. — Estou trabalhando na Nordstrom.

— Certificada — repito. Imagino qual deve ser o órgão certificador de sutiãs. E se a pessoa recebe notas: A, B, C, D e DD. — Parece um emprego bem... peculiar.

— É um emprego de mão cheia — Irene diz e então ri. — Entendeu?

— Hum. Sim.

— Estou fazendo consultoria de sutiãs agora para poder cursar a faculdade e fazer o que *realmente* quero.

— Mamografia? — chuto.

— Não, ser repórter de tribunal. Elas são sempre tão cheias de estilo nos filmes. — Ela sorri para mim. — Eu sei o que você faz. Minha mãe me contou. É muito Humphrey Bogart.

— Nem tanto. Nosso departamento não é Casablanca, só o filho postiço e bastardo do Departamento de Justiça. Nós não temos Paris. Mal temos uma máquina de café.

Ela pisca.

— Deixa pra lá — digo.

— Então, quantos nazistas você já pegou?

— Bem, é um pouco complicado — digo. — Já ganhamos casos no tribunal contra cento e sete criminosos nazistas. Sessenta e sete foram removidos dos Estados Unidos até o momento. Mas não são sessenta e sete em cento e sete, porque nem todos eles eram cidadãos americanos. É preciso ter cuidado com a matemática. Infelizmente, poucas das pessoas que deportamos, ou conseguimos extraditar, responderam a um processo penal, o que, em minha opinião, é vergonhoso para a Europa. Três réus foram julgados na Alemanha, um na Iugoslávia e um na URSS. Desses, três foram condenados, um foi absolvido e um teve o julgamento suspenso por razões médicas e morreu antes que se pudesse prosseguir. Antes de nosso departamento ser criado, uma outra criminosa nazista foi enviada dos Estados Unidos para a Europa e processada lá. Foi condenada e presa. Atualmente temos cinco casos em ação judicial, e muitas outras pessoas estão sob investigação ativa, e... Seus olhos estão ficando vidrados.

— Não — diz Irene. — São as lentes de contato. Sério. — Ela hesita. — Mas as pessoas que vocês estão caçando não são... tipo... muito *velhas* agora?

— Sim.

— Então elas não podem estar se movendo tão depressa.

— Não é uma caçada literal — explico. — E elas fizeram coisas horríveis para outros seres humanos. Isso não pode ficar sem punição.

— Sim, mas faz *tanto* tempo.

— Ainda é importante — eu lhe digo.

— Por você ser judeu?

— Os nazistas não miravam só os judeus. Eles também mataram ciganos, poloneses, homossexuais e deficientes mentais e físicos. Todos deveriam se interessar pelo que meu departamento faz. Porque, caso contrário, que mensagem os Estados Unidos estão enviando para as pessoas que cometem genocídio? Que elas podem escapar se transcorrer tempo suficiente? Elas podem se esconder dentro de nossas fronteiras sem punição nenhuma? Deportamos, rotineiramente, centenas de milhares de imigrantes ilegais todos os anos, cujo único crime foi ter ficado além do limite do visto ou ter vindo sem a documentação certa. Mas pessoas que estiveram envolvidas em crimes contra a humanidade podem ficar? E morrer em paz aqui? E ser enterradas em solo americano?

Não percebo como estou falando alto e exaltadamente até que um homem sentado à mesa ao lado começa a aplaudir, devagar, mas com vigor. Algumas outras pessoas em mesas a nossa volta juntam-se a ele. Constrangido, encolho-me em minha cadeira, tentando ficar invisível.

Irene estende a mão e enlaça os dedos aos meus.

— Tudo bem, Leo. Na verdade, acho isso muito sexy.

— O quê?

— O jeito como você consegue fazer sua voz se agitar, como se fosse uma bandeira.

Sacudo a cabeça.

— Não sou nenhum grande patriota. Sou um cara que está fazendo o seu trabalho. Só estou cansado de ter que defender o que faço. Não é algo obsoleto.

— Bem, de certa forma é. Quer dizer, esses nazistas não estão escondidos à luz do dia.

Levo um momento para me dar conta de que ela está confundindo as palavras "obsoleto" e "obscuro". Ao mesmo tempo, penso em Josef Weber, que, de acordo com Sage Singer, tem feito exatamente isso há décadas.

O garçom chega com a garrafa de vinho e serve um pouco, para que eu o experimente. Giro-o na boca e faço um sinal de aprovação. A esta altura, sinceramente, eu teria aprovado até aguardente, bastando que tivesse um teor válido de álcool.

— Espero que nossa conversa não seja sobre história a noite toda — Irene diz, com ar jovial. — Porque eu sou bem ruim nisso. O que importa, na verdade, se Colombo descobriu a América e não Indiana...

— Índias Ocidentais — murmuro.

— Que seja. Os nativos provavelmente eram mais legais.

Torno a encher minha taça de vinho e me pergunto se sobreviverei até a sobremesa.

* * *

Ou minha mãe tem sexto sentido ou implantou um microchip em mim, quando nasci, que lhe permite saber minhas idas e vindas o tempo todo. É a única maneira de explicar o fato de ela cronometrar seus telefonemas para o momento exato em que entro pela porta da frente, sem falhar nunca.

— Oi, mãe — digo, apertando o botão de viva-voz sem nem me preocupar em conferir o número no identificador de chamadas.

— Leo. Custava muito ter sido simpático com aquela pobre menina?

— Aquela pobre menina é completamente capaz de cuidar de si mesma. E ela não precisa nem quer alguém como eu, aliás.

— Não dá para saber se vocês são compatíveis depois de um único jantar ruim — minha mãe diz.

— Mãe. Ela pensou que baía dos Porcos fosse um açougue.

— Nem todos tiveram as mesmas oportunidades de estudo que você, Leo.

— A gente estuda isso no ginásio! — exclamo. — E eu fui gentil com ela.

Há uma pausa do outro lado da linha.

— Certo. Quer dizer que você estava sendo gentil quando recebeu um telefonema e disse a ela que era do escritório e você precisava ir embora porque John Dillinger tinha sido capturado.

— Em minha defesa, o jantar já durava duas horas e os pratos ainda não haviam sido recolhidos.

— Só porque você é advogado, não significa que pode torcer a história toda. Sou sua mãe, Leo. Eu já podia ler seus pensamentos no útero.

— Bem, em primeiro lugar, isso é sinistro. E, em segundo lugar, talvez você e Lucy devessem me deixar encontrar minhas próprias namoradas daqui por diante.

— Sua irmã e eu só queremos que você seja feliz. Isso é algum crime? — diz ela. — E, se fôssemos esperar você encontrar suas próprias namoradas, seu convite de casamento para mim teria que ser enviado para o Filhos de Abraão.

Trata-se do cemitério em que meu pai já está enterrado.

— Perfeito — digo. — Só não esqueça de avisar seu novo endereço. — Afasto o fone do ouvido e dou uma batidinha nele. — Estou recebendo outra ligação — minto.

— A esta hora?

— É um serviço de acompanhantes — brinco. — Não quero deixar Peaches esperando...

— Você ainda vai acabar comigo, Leo — diz minha mãe, num suspiro.

— Cemitério Filhos de Abraão. Anotado — digo. — Eu te amo, mãe.

— Eu amei você primeiro — ela responde. — Então, o que digo a meu podólogo sobre Irene?

— Que, se ela continuar usando salto alto, vai acabar com joanete — falo e desligo o telefone.

Minha casa é toda estilosa. Os balcões são de granito preto, os sofás são cobertos por uma espécie de flanela cinza. A mobília é escassa e moderna. Há luzes azuis sob os armários da cozinha que fazem o lugar parecer uma sala de controle da NASA. É o tipo de lugar em que um jogador de futebol americano solteirão ou um advogado corporativo se sentiriam bem. Minha irmã Lucy, que é designer de interiores, é responsável pelo visual. Ela fez isso para me arrancar da depressão pós-divórcio, então não posso lhe dizer que o lugar me parece estéril. É como se eu fosse um organismo em uma placa de Petri, não um cara que se sente culpado quando coloca os pés sobre a mesa de centro preta laqueada.

Tiro a gravata e desabotoo a camisa, em seguida penduro com cuidado meu terno no armário. Constatação número um sobre a vida de solteiro: ninguém vai levar seus ternos ao tintureiro por você. O que significa que, se você deixá-los amarfanhados em uma bola ao pé da cama e trabalhar até as dez todas as noites, está ferrado.

Visto bermuda e camiseta, ligo o som — esta é uma noite Duke Ellington — e pego o laptop.

Sim, talvez fosse mais excitante se eu tivesse ficado em Boston trabalhando com direito corporativo (e, quem sabe, talvez esta decoração fosse exatamente o meu estilo). Neste exato momento, eu estaria na rua batendo papo com clientes em vez de lendo o relatório de Genevra sobre um de nossos suspeitos. Poderia estar guardando dinheiro para a aposentadoria. Talvez até tivesse uma garota chamada Peaches aconchegada no canto do sofá. Mas, apesar do que minha mãe pensa, eu *sou* feliz. Não posso me imaginar fazendo nenhuma outra coisa de que pudesse gostar mais.

Quando consegui um estágio no setor de Direitos Humanos e Procedimentos Especiais, ele ainda se chamava Escritório de Investigações Oficiais. Meu avô, um veterano da Segunda Guerra Mundial, havia me deliciado com histórias de combate a vida inteira; quando menino, meu objeto mais precioso era um capacete de aço M35 Heer que ele tinha me dado de presente, com uma mancha escura do lado de dentro que ele jurava que era massa encefálica. (Minha mãe, achando aquilo repulsivo, tirou-o do meu quarto uma noite, enquanto eu dormia, e até hoje não me contou o que fez com ele.) Na faculdade, na esperança de melhorar meu currículo antes de começar o curso de direito, arrumei um emprego no escritório. Esperava adquirir experiência jurídica para acrescentar a meu histórico. O que ganhei, em vez disso, foi paixão. Todos naquele escritório estavam ali porque queriam estar, porque realmente acreditavam que o que faziam era importante, o que quer que os Pat Buchanans da vida dissessem sobre o dinheiro desperdiçado pelo governo americano para caçar pessoas velhas demais para ser uma ameaça à população em geral.

Entrei em direito em Harvard e tive várias propostas de firmas de Boston quando me formei. A que escolhi pagou-me o suficiente para comprar ternos elegantes e um belo Mustang conversível, que nunca tive tempo de usar com prazer, porque estava trabalhando furiosamente na meta de me tornar sócio júnior. Eu tinha dinheiro, tinha uma noiva, e noventa e cinco por cento dos meus casos haviam resultado em um veredicto favorável ao réu que eu representava. Mas eu sentia falta de realmente me importar.

Escrevi para o diretor do Escritório de Investigações Oficiais e me mudei para Washington um mês depois.

Sim, eu sei que minha cabeça está com frequência atolada mais na década de 1940 que na de 2010. E é verdade que, quando ficamos tempo demais vivendo no passado, nunca nos movemos adiante. Mesmo assim, não é possível dizer que o que eu faço não seja necessário. Se a história tem o hábito de se repetir, alguém não tem que ficar na retaguarda para dar o grito de alerta? Se não for eu, quem será?

A faixa de Duke Ellington termina. Para preencher o silêncio, ligo a televisão. Deixo no Stephen Colbert por uns dez minutos, mas ele é divertido demais para servir de ruído de fundo para mim. Toda hora eu me vejo levantando os olhos do relatório de Genevra para ouvir suas falas.

Quando o laptop emite um som avisando a chegada de um e-mail, olho para a tela. Genevra.

> Espero não estar interrompendo uma adorável sexcapadela com a próxima sra. Stein. Mas, no caso de você estar sentado em casa sozinho, assistindo a episódios antigos de *Rin Tin Tin*, como eu (sem julgamentos), achei que poderia querer saber que o nome de Josef Weber não retornou nenhuma correspondência. Bola pra frente, chefia.

Fico olhando para o e-mail por um longo momento.

Eu disse a Sage Singer que as chances eram pequenas. Por alguma razão, Josef Weber está mentindo para ela sobre seu passado. Mas esse é um problema de Sage Singer, não meu.

Interroguei dezenas de suspeitos ao longo dos anos, em meu trabalho no setor de Direitos Humanos e Procedimentos Especiais. Mesmo quando apresentava a algum deles provas inquestionáveis de que haviam sido guardas em um campo de extermínio, eles sempre diziam que não tinham ideia de que pessoas estavam sendo mortas ali. Insistiam que só viam os prisioneiros nos grupos de trabalho e que se lembram deles em boas condições. Lembram-se de ver fumaça e de escutar boatos sobre corpos sendo queimados, mas nunca testemunharam isso pessoalmente e não acreditaram na época. É o que eu chamo de memória seletiva. E, vá entender, isso é completamente diferente das histórias dos sobreviventes que entrevistei, que podem descrever o mau cheiro das chaminés dos crematórios: nauseante, ácido e sulfuroso, gorduroso e espesso, quase que mais um gosto que um cheiro. Eles dizem que não havia como não senti-lo, em todos os lugares para onde se fosse. Que, mesmo agora, às vezes acordam com o odor de carne queimada nas narinas.

Zebras não mudam suas listras, e criminosos de guerra não se arrependem.

Não me surpreenderia que Josef Weber, que confessou ter sido um nazista, não o seja. Afinal é o que eu esperava. O que me surpreende é quanto eu realmente queria que Sage Singer provasse que eu estou errado.

Quando se pode prolongar o inevitável, é sempre melhor.

É por isso que, para um predador, a diversão começa com uma caçada. Não é brincar com a comida, como algumas pessoas pensam. É levar a adrenalina ao mesmo nível que a sua.

Chega um ponto, porém, em que esperar não é mais possível. Você ouve o coração da presa batendo dentro da sua cabeça e esse é o último pensamento consciente que será capaz de ter. Depois que cede ao instinto primordial, você é um observador, assistindo à outra parte de si banquetear-se, rasgando a carne para encontrar a ambrosia. Você bebe o medo da vítima, mas ele tem gosto de excitação. Você não tem passado, nem futuro, nem compaixão, nem alma.

Mas você já sabia isso antes mesmo de começar, não é?

SAGE

Quando apareço no trabalho na noite seguinte, há outra pessoa trabalhando em minha cozinha. É um homem grandão, mais de um metro e oitenta, com tatuagens no estilo maori nos dois braços. Quando entro, ele está cortando pedaços de massa e jogando-as com incrível precisão em uma balança.

— Oi — diz ele, em uma voz meio aguda que não combina com seu corpo. — E aí?

Minha mente é uma peneira, e todas as palavras de que preciso para continuar essa conversa estão escoando rapidamente através dela. Estou tão surpresa que me esqueço de esconder a cicatriz.

— Quem é você?

— Clark.

— O que está fazendo?

Ele olha para a mesa, a parede, qualquer lugar, menos para mim.

— Os pãezinhos doces.

— Não, acho que não — digo. — Eu trabalho sozinha.

Antes que Clark possa responder, Mary entra na cozinha. Ela sem dúvida foi alertada quanto à minha chegada por Rocco, que havia me cumprimentado na frente da padaria com este comentário cifrado: "Sonha com viagens?/ Quer aprender a bordar?/ Pode ser a hora."

— Vejo que já conheceu Clark. — Ela sorri para o homenzarrão que agora está modelando pães de forma em uma velocidade alucinante. Eu me pergunto se ele mexeu nos meus pré-fermentos e xereteou em minhas planilhas. Sinto-me como se alguém tivesse remexido minha gaveta de roupas íntimas. — Clark trabalhava na King Arthur Flour, em Norwich, Vermont.

— Que bom. Então ele pode voltar para lá.

— Sage! Clark está aqui para ajudá-la. Para aliviar um pouco o estresse.

Pego Mary pelo braço e a viro para que Clark não possa ouvir o que digo.

— Mary — sussurro —, eu não quero ajuda.

— Talvez — diz ela. — Mas você precisa. Por que não vamos dar uma volta?

Estou lutando contra as lágrimas e contra a vontade incontrolável de ter um acesso de raiva; sinto-me brava e magoada em partes iguais. Sim, eu tirei a noite de folga sem avisar minha chefe, mas enviei uma substituta. E talvez tenha alterado o cardápio sem consultá-la, mas aquelas chalás que assei estavam úmidas, doces e perfeitas. Mas, principalmente, estou aborrecida porque achei que Mary fosse minha amiga, não apenas chefe, o que torna sua política de tolerância zero ainda mais devastadora.

Ela me conduz em meio aos últimos clientes da loja, que estão sendo atendidos por Rocco. Quando passamos pela caixa registradora, evito olhar para ele. Será que Mary contou a Rocco que estava se livrando de mim? É ele o seu novo confidente sobre as coisas da padaria, do jeito que eu costumava ser?

Eu a sigo pelo estacionamento, através dos portões do santuário e pelos degraus da Escada Santa, até estarmos na mesma gruta em que Josef me confessou ter sido um nazista.

— Você vai me demitir? — pergunto, sem rodeios.

— Por que você acha isso?

— Ah, não sei. Talvez porque o sr. Veloz está na minha cozinha assando *meus* pãezinhos doces. Não acredito que você me substituiu por um robô de fábrica...

— A King Arthur Flour não é exatamente uma fábrica, e Clark não é um substituto. Ele só está aqui para lhe dar um pouco de flexibilidade. — Mary senta-se em um banco de granito. Seus olhos são de um azul penetrante, com todo aquele acônito por trás. — Só estou tentando ajudar, Sage. Não sei se é estresse, ou culpa, ou alguma outra coisa, mas você não anda bem ultimamente. Tornou-se imprevisível.

— Ainda estou fazendo meu trabalho. Eu *tenho* feito meu trabalho — protesto.

— Você assou duzentas e vinte roscas de chalá ontem à noite.

— Você experimentou alguma delas? Confie em mim, nenhum cliente encontraria uma melhor em nenhum outro lugar.

— Mas teriam que ir a outro lugar se quisessem pão de centeio. Ou pão levedado. Ou um pão branco comum. Ou qualquer outro de nossos produtos habituais que você escolheu não fazer. — A voz dela fica macia como musgo. — Sei que foi você que jogou fora o Pão de Jesus, Sage.

— Ah, por favor...

— Eu rezei diante dele. Aquele pão era um chamado para salvar alguém, e agora eu percebo que essa pessoa é *você*.

— Isso é porque eu faltei? — pergunto. — Tive que ir ver minha avó. Ela não estava se sentindo bem. — É incrível, percebo, a rapidez com que as mentiras se somam. Elas vão se acumulando, como uma camada de tinta sobre a outra, até que a gente não lembre mais com que cor começou.

Talvez Josef tivesse de fato começado a acreditar que era a pessoa que todos achavam que ele fosse. E talvez tenha sido *isso* que finalmente o fez contar a verdade.

— Olhe só para você, Sage, a um milhão de quilômetros de distância. Por acaso está me ouvindo? Você está horrível. Seu cabelo parece um ninho de passarinhos; provavelmente não tomou banho hoje; tem círculos tão escuros sob os olhos que parece estar com deficiência renal. Você está dobrando sua jornada, trabalhando aqui a noite inteira e depois cometendo adultério durante o dia com aquele biscate. — Mary franze a testa. — Qual é a versão masculina de biscate?

— Vagabundo — digo. — Escute, sei que eu e você temos opiniões diferentes sobre Adam, mas você não ficou enchendo o saco do Rocco quando ele lhe perguntou qual era o melhor fertilizante para sua plantação de maconha...

— Porque ele nunca veio trabalhar drogado — Mary insiste. — Você pode não acreditar, mas eu não a considero imoral por dormir com Adam. Na verdade, acho que, no fundo, isso a incomoda tanto quanto incomoda a mim. E talvez seja por isso que esse fato vem tomando conta da sua vida de uma maneira que está afetando seu trabalho.

Começo a rir. Sim, estou obcecada por um homem. Só que ele tem noventa anos.

De repente, uma ideia se acende em minha mente, delicada como uma borboleta batendo as asas. *E se eu contar a ela?* E se essa carga que venho carregando, essa confissão de Josef, não precisasse ficar só comigo?

— É verdade, talvez eu tenha andado um pouco perturbada. Mas não é por causa de Adam. É Josef Weber. — Olho-a nos olhos. — Descobri algo sobre ele. Algo terrível. Ele é um nazista, Mary.

— Josef Weber. O mesmo Josef Weber que eu conheço? O que sempre deixa vinte e cinco por cento de gorjeta e dá metade de seu pão para o cachorro? O Josef Weber que recebeu o prêmio de Bom Samaritano da Câmara de Comércio no ano passado? — Mary meneia a cabeça. — É exatamente disso que estou falando, Sage. Você está muito cansada. Seu cérebro está batendo pino. Josef Weber é um senhor gentil que conheço há uma década. Se ele é um nazista, querida, então eu sou a Lady Gaga.

— Mas, Mary...

— Você contou isso para mais alguém?

Penso imediatamente em Leo Stein.

— Não — minto.

— Ótimo, porque eu acho que não existe uma novena para calúnia e difamação.

Sinto como se o mundo todo estivesse olhando pelo lado errado do telescópio e só eu pudesse enxergar com clareza.

— Não estou acusando Josef — digo, desesperadamente. — Ele me *contou*.

Mary aperta os lábios.

— Poucos anos atrás, alguns acadêmicos traduziram um texto antigo que acreditavam ser o Evangelho de Judas. Disseram que as informações, contadas da perspectiva de Judas, iam revolucionar o cristianismo. Em vez de Judas ser o maior traidor do mundo, ele aparentemente foi o único em quem Jesus confiou para realizar a tarefa. E é por isso que Jesus, sabendo que teria de morrer, escolheu Judas como confidente.

— Então você acredita em mim!

— Não — Mary diz sem rodeios. — Não acredito. E não acreditei naqueles acadêmicos também. Porque tenho dois mil anos de história me contando que Jesus, que por acaso era um dos caras bons, Sage, como Josef Weber, foi traído por Judas.

— A história nem sempre está certa.

— Mas é preciso começar por ela mesmo assim. Se você não sabe de onde veio, como, em nome dos céus, vai descobrir para onde vai? — Mary me envolve em um abraço. — Estou fazendo isso porque amo você. Vá para casa. Durma por uma semana. Faça uma massagem. Escale uma montanha. Desanuvie a cabeça. E depois volte. Sua cozinha estará aqui à sua espera.

Sinto-me perigosamente perto de chorar.

— Por favor — imploro. — Não tire isso de mim. É a única coisa na vida que não faço errado.

— Não estou tirando nada de você. Ainda é o seu pão. Fiz Clark prometer que usará as suas receitas.

Mas o que estou pensando é nas incisões.

Na época dos fornos comunitários, no passado, as pessoas traziam a própria massa de casa para assar com o restante da aldeia. Então, como era possível diferenciar os pães depois que eles saíam do forno? Pelo modo como eram cortados por cada um dos padeiros. Quando se fazem incisões no lado externo da massa, isso tem duas funções: dizer ao pão onde ele deve abrir e ajudar a estrutura interior, por lhe dar espaço para se expandir. Mas também permite que o padeiro deixe a própria marca. Eu sempre faço cinco incisões na baguete, por exemplo, com o corte mais longo em uma das extremidades.

Clark não fará isso.

É uma coisa boba, que talvez nossos clientes nem notem, mas é minha assinatura. É minha marca em cada pão.

Enquanto Mary desce a Escada Santa, eu me pergunto se essa teria sido mais uma razão para Josef Weber me escolher como confessora. Quando alguém se esconde por muito tempo, como um fantasma entre os homens, pode desaparecer para sempre sem ninguém notar. É da natureza humana assegurar que alguém veja a marca que se deixou atrás de si.

* * *

— Não sei o que deu em você hoje — Adam diz, enquanto rolo de cima dele e fico olhando para o teto do quarto. — Mas, seja o que for, agradeço.

Eu não chamaria o que tivemos agora de fazer amor; foi mais como tentar me enfiar sob a pele de Adam, dissolver-me por osmose. Eu queria me perder nele, até que não restasse mais nada.

Corro os dedos pelas costelas dele.

— Eu pareço diferente para você nos últimos tempos?

Ele sorri.

— Sim, especialmente na última meia hora. Mas sou totalmente a favor da nova você. — Ele olha para o relógio. — Preciso ir.

Hoje Adam vai presidir um funeral budista japonês e vem fazendo pesquisas para ter certeza de que todas as práticas estejam certas. Noventa e nove vírgula nove por cento dos japoneses são cremados, incluindo o falecido de quem ele vai cuidar hoje. Ontem foi o velório.

— Não pode ficar um pouco mais? — pergunto.

— Não, tenho milhões de coisas para fazer — Adam responde. — Estou morrendo de medo de me atrapalhar.

— Você já cremou centenas de pessoas — lembro.

— Sim, mas, para os japoneses, há todo um *processo*. Em vez de triturar os resíduos dos ossos, como normalmente fazemos, há um ritual. Os familiares recolhem os fragmentos de osso com um par de pauzinhos especiais e os colocam na urna. — Ele levanta os ombros.

— Além disso, você precisa de seu sono da beleza. Só tem algumas horas antes de começar a fazer rosquinhas outra vez.

Puxo a coberta até o queixo.

— Na verdade, tirei alguns dias de folga do trabalho — digo, como se a ideia tivesse sido minha. — Testando novas receitas. Reavaliando as coisas.

— Como Mary vai manter a padaria aberta se você estiver aqui?

— Arrumei um rapaz para me substituir — respondo, novamente surpresa com a suavidade com que uma mentira se desprega de minha garganta e com o gosto ruim que deixa para trás. — Clark. Acho que ele vai se sair bem. Mas isso também significa que vou viver como uma pessoa normal, com horários normais. Então, sei lá, quem sabe você possa passar a noite... Seria muito bom dormir com você.

— Você dorme comigo sempre — Adam comenta.

Mas é diferente. Ele espera até que eu apague como uma luz, depois toma um banho e sai da casa na ponta dos pés. O que eu quero é o que é normal para as outras pessoas: a chance de sentir a noite se apertar em torno de nós como um nó. Perguntar: "Você ligou o alarme?" Dizer: "Lembre-me amanhã que nossa pasta de dentes está acabando". Quero que o tempo que passamos juntos não seja tão cheio de carga romântica, mas simplesmente comum.

Abraço Adam e enfio o rosto na curva de seu pescoço.

— Não seria divertido fingir que somos um velho casal casado?

Ele se solta de meu abraço.

— Eu não preciso fingir — diz ele, e se levanta da cama em direção ao banheiro.

Como se eu precisasse ser lembrada disso. Espero até ouvir a água do chuveiro, então me levanto e vou para a cozinha. Sirvo-me um copo de suco de laranja e sento diante do laptop. Na tela, há uma planilha que usei para fazer um poolish quando cheguei da padaria. Só porque não estou trabalhando na Pão Nosso de Cada Dia, não quer dizer que não possa aperfeiçoar minhas receitas em casa, na minha cozinha.

O poolish está fermentando no balcão, ainda restam algumas horas antes de ficar utilizável, mas o fermento espumou no alto, como o colarinho de um copo de cerveja. Fecho a planilha e abro o YouTube no navegador.

Sou como muitas meninas de vinte e cinco anos neste país, imagino. Meu conhecimento da Segunda Guerra Mundial foi moldado pelas aulas de história do colégio, meu entendimento do Holocausto é uma combinação de leituras obrigatórias: O *diário de Anne Frank* e *A noite*, de Elie Wiesel. Mesmo sabendo que havia uma conexão pessoal com minha avó, ou talvez *por causa* disso, eu tendia a ver o Holocausto como algo abstrato, do jeito como via a escravidão: uma série de horrores que haviam acontecido muito tempo atrás, em um mundo muito diferente daquele em que eu vivia. Sim, foram tempos ruins, mas, sério, o que tinham a ver comigo?

Digito "campo de concentração nazista" na barra de busca e minha tela se enche de pequenas imagens: o rosto tenso de Hitler, um amontoado de corpos em uma vala, uma sala cheia de sapatos até as vigas do teto. Escolho um vídeo que é um noticiário de 1945, depois da libertação. Enquanto ele carrega, leio os comentários abaixo.

O HOLOCAUSTO FOI UMA FARSA. FODAM-SE OS JUDEUS.

ESSA MERDA DE HOLOCAUSTO FOI UMA MENTIRA DOS JUDEUS.

A fazenda do meu tio era lá e a Cruz Vermelha elogiou as condições do campo. Leiam o relatório.

Fodam-se vocês, porcos nazistas. Parem de choramingar e comecem a admitir.

Então as testemunhas eram mentirosas também?

Isso ainda acontece no mundo todo enquanto olhamos para o outro lado, como os alemães fizeram 70 anos atrás. Nós não aprendemos nada.

Clico em um ponto qualquer no meio do filme de cinquenta e sete minutos. Não tenho ideia de qual é o campo que estão mostrando, mas vejo corpos empilhados do lado de fora dos crematórios, uma visão tão horripilante que é praticamente impossível acreditar que aquilo não seja apenas uma criação de Hollywood, que sejam mesmo pessoas reais que estou vendo, com ossos tão claramente salientes que se poderia mapear o esqueleto sob a pele; que o rosto com o olho removido pertencia a alguém que tinha uma esposa, uma família, outra vida. Estas eram as instalações para remoção dos corpos, a narração me informa. Fornos capazes de queimar mais de cem corpos por dia. Estas são as macas usadas para deslizar o corpo para dentro, do mesmo modo como eu uso uma pá para colocar um pão dentro do forno a lenha. Vejo uma imagem rápida de um esqueleto dentro da caverna de um dos fornos; outra de uma pilha de fragmentos de ossos. Vejo a placa dos orgulhosos fabricantes das fornalhas: Topf & Söhne.

Penso nos clientes de Adam, recolhendo das cinzas os ossos de seu ente querido.

Então penso em minha avó e sinto que vou vomitar.

Quero fechar o computador, mas não consigo. Em vez disso, assisto a desfiles de alemães nas melhores roupas de domingo sendo conduzidos para uma visita aos campos, sorrindo como se estivessem em férias. Os rostos mudam e se ensombrecem, alguns até choram, quando são levados para conhecer as instalações. Vejo homens de negócios de Weimar, de terno, sendo forçados a trabalhar para remover e reenterrar os mortos.

Essas eram as pessoas que talvez soubessem o que estava acontecendo, mas não admitiam para si mesmas. Ou que fingiam não ver, para não se envolver. O tipo de pessoa que eu seria se ignorasse o que Josef me contou.

— Então — diz Adam, entrando na cozinha com o cabelo ainda úmido do banho e a gravata já ajustada. Ele começa a massagear meus ombros. — Mesma hora na quarta-feira?

Eu fecho o laptop.

— Talvez — ouço-me responder — a gente devesse dar um tempo.

Ele olha para mim.

— Dar um tempo?

— É. Acho que preciso ficar um pouco sozinha.

— Você não me pediu cinco minutos atrás para agir como se fôssemos casados?

— E você não me disse cinco minutos atrás que *já é*?

Penso no que Mary disse, sobre como estar com Adam poderia me incomodar mais do que eu queria admitir. Penso em ser o tipo de pessoa que defende aquilo em que acredita, em vez de negar o que está bem diante de seus olhos.

Adam parece atordoado, mas logo remove do rosto o ar de surpresa.

— Dê o tempo que achar necessário, baby. — Ele me beija com tanta suavidade que parece uma promessa, uma oração. — Só lembre — ele murmura — que ninguém nunca vai amar você como eu amo.

Ocorre-me, quando Adam vai embora, que suas palavras poderiam ser interpretadas como um juramento ou como uma ameaça.

De repente, lembro-me de uma menina em minha aula de religiões do mundo, na faculdade, uma estudante estrangeira de Osaka. Quando estávamos estudando o budismo, ela falou de corrupção: quanto dinheiro sua família teve de pagar a um sacerdote pelo *kaimyo* de seu avô falecido, um nome especial que era dado ao morto para que ele o levasse consigo para o céu. Quanto mais se pagava, mais caracteres havia no nome póstumo e mais prestígio a família ganhava. "Você acha que isso importa para a vida após a morte de um budista?", o professor perguntou.

"Provavelmente não", a garota respondeu. "Mas o impede de voltar para este mundo toda vez que o nome dele é chamado."

Em retrospectiva, percebo que deveria ter contado essa história para Adam.

O anonimato, imagino, sempre tem um preço.

* * *

Quando o telefone toca, estou tendo um pesadelo. Mary está em pé atrás de mim, na cozinha, dizendo-me que não estou trabalhando com rapidez suficiente. Mas, embora eu esteja modelando os pães e colocando-os no forno tão depressa que tenho bolhas nos dedos e sangue assado com a massa, toda vez que tiro um pão acabado há apenas ossos, esbranquiçados como as velas de um barco. "Até que enfim", Mary resmunga e, antes que eu possa detê-la, pega um dos ossos com pauzinhos e o morde com força, quebrando todos os dentes, transformados em pequenas pérolas que caem pelo chão e rolam sob meus sapatos.

Estou em um sono tão profundo, na verdade, que, embora estique o braço para o fone e diga "alô", ele cai e rola para baixo da cama.

— Desculpe — digo, após recuperá-lo. — Alô?
— Sage Singer?
— Sim, sou eu.
— É Leo Stein.

Sento-me na cama, repentinamente desperta.

— Desculpe.
— Você já disse isso... Será que eu... Parece que a acordei.
— Hum... sim.
— Então sou eu quem devia pedir desculpas. Achei que, como já são onze horas...
— Sou padeira — interrompo. — Trabalho à noite e durmo de dia.
— Pode me ligar de volta em um horário mais conveniente...
— Pode falar — digo. — O que descobriu?
— Nada — Leo Stein responde. — Não há nenhum registro de Josef Weber nos arquivos de membros da SS.
— Deve ter havido algum erro. Você tentou usar mais de uma grafia?
— Minha historiadora é muito cuidadosa, sra. Singer. Sinto muito, mas acho que talvez não tenha compreendido bem o que ele queria lhe dizer.
— Não. — Afasto o cabelo do rosto. — Você mesmo disse que os arquivos não eram completos. Não é possível que simplesmente ainda não tenham encontrado o arquivo certo?
— É possível, mas sem isso não há mais nada que possamos fazer.
— Vai continuar procurando?

Ouço a hesitação na voz dele, a compreensão de que estou lhe pedindo para encontrar uma agulha invisível em um palheiro.

— Eu não sei parar — diz Leo. — Faremos verificações em dois centros de registros de Berlim e em nossos próprios bancos de dados. Mas o fato é que, se não houver nenhuma informação válida para usarmos...

— Dê-me até a hora do almoço — peço.

* * *

No fim, é o jeito como conheci Josef, em um grupo de luto, que me faz pensar se Leo Stein estaria certo, se Josef estaria mentindo. Afinal, ele viveu com Marta por cinquenta e dois anos. É tempo demais para guardar um segredo.

Está chovendo forte quando chego à casa dele, e não tenho guarda-chuva. Estou pingando depois de correr até a varanda coberta, onde Eva late por quase meio minuto até Josef vir à porta. Tenho uma visão dupla, não uma visão embaçada, mas uma superposição desse homem idoso com um rapaz mais jovem e forte usando o uniforme dos soldados que vi no YouTube.

— Sua esposa — digo. — *Ela* sabia que você é um nazista?

Josef abre mais a porta.

— Entre. Essa não é uma conversa para termos na rua.

Sigo-o até a sala de estar, onde o jogo de xadrez que estávamos jogando dias antes continua no tabuleiro, unicórnios e dragões congelados em meu último movimento.

— Eu nunca contei a ela — Josef admite.

— Impossível. Ela deve ter perguntado onde você estava durante a guerra.

— Eu disse que meus pais me enviaram para estudar em uma universidade na Inglaterra. Marta nunca questionou isso. Você se surpreenderia ao ver até que ponto se vai para acreditar no melhor sobre alguém, se você realmente o ama — Josef diz.

Isso, claro, me faz pensar em Adam.

— Deve ser difícil, Josef — digo com frieza —, não se enrolar nas próprias mentiras.

Minhas palavras caem como golpes; Josef se encolhe na cadeira.

— Foi por isso que lhe contei a verdade.
— Mas... você não contou, não é?
— Como assim?

Não posso lhe dizer que a razão de eu saber que ele está mentindo é o fato de um caçador de nazistas do Departamento de Justiça ter checado sua história falsa.

— Tem algo que não encaixa. Uma esposa que nunca percebeu a verdade, em cinquenta e dois anos. Essa história de ser um monstro, sem nenhuma prova. Claro que a maior incoerência disso tudo é por que, depois de mais de sessenta e cinco anos guardando um segredo, você resolve remover o disfarce.

— Eu lhe disse. Quero morrer.
— Por que agora?
— Porque não tenho ninguém por quem viver — Josef responde. — Marta era um anjo. Ela viu algo bom em mim quando eu não podia nem me olhar no espelho. Eu queria tanto ser o homem com quem ela pensava que tinha se casado que me tornei esse homem. Se ela soubesse o que eu fiz...

— Ela o teria matado?
— Não — Josef diz. — Ela teria *se* matado. Eu não me importava com o que acontecesse a mim, mas não podia suportar a ideia de como seria para ela, saber que havia sido tocada por mãos que jamais estariam realmente limpas. — Ele olha para mim. — Eu sei que ela está no céu agora. Prometi a mim mesmo que eu seria quem ela queria que eu fosse até ela ir embora. E, agora que isso aconteceu, eu fui até você. — Josef junta as mãos entre os joelhos. — Posso esperar que isso signifique que você está refletindo sobre meu pedido?

Ele fala com formalidade, como se tivesse me pedido para dançar com ele em uma festa. Como se fosse uma proposta de negócios.

Mas eu lhe dou corda.

— Você entende como está sendo egoísta, não é? Quer que eu me arrisque a ser presa. Basicamente, eu abdico do resto de minha vida para que você possa deixar a sua.

— Não é assim. Ninguém vai nem pensar duas vezes se um velho aparecer morto.

— Assassinato não é legal, caso você tenha se esquecido disso nos últimos sessenta e oito anos.

— Ah, mas veja, é por isso que estive esperando por alguém como você. Se você fizer isso, não é assassinato, é compaixão. — Ele me encara. — Antes de você me ajudar a morrer, Sage, preciso de mais um favor. Peço que me perdoe primeiro.

— Perdoá-lo?

— Pelas coisas que fiz no passado.

— Não é a *mim* que você deveria estar pedindo perdão.

— Não — ele concorda. — Mas eles estão todos mortos.

Lentamente, as engrenagens se movem, até que a imagem se forme com clareza diante de mim. Agora entendo por que ele recorreu a mim para sua grande confissão. Josef não sabe sobre minha avó; no entanto, eu sou o mais próximo de um judeu que ele conseguiu encontrar nesta cidade. Seria, percebo, como os parentes da vítima em um caso de corredor da morte. Eles têm o direito de buscar justiça? Meus bisavós tinham morrido nas mãos dos nazistas. Isso fazia de mim, por tabela, a pessoa mais próxima com esse direito?

Ouço a voz de Leo, como um eco em minha mente. *Eu não sei parar.* Será que o trabalho dele é vingança? Ou justiça? Há uma linha muito tênue entre as duas e, quando tento focar, ela fica cada vez menos nítida.

O arrependimento talvez traga paz para o matador, mas e quanto aos que foram mortos? Posso não me considerar judia, mas ainda tenho responsabilidades para com meus parentes que *eram* religiosos e foram assassinados por isso?

Josef me contou seu segredo porque me considera uma amiga. Porque confia em mim. Mas, se suas afirmações forem legítimas, o homem que considerei meu amigo e em quem confiei é um personagem de um teatro de sombras, um produto da imaginação. Um homem que enganou milhares de pessoas.

Isso faz com que eu me sinta suja, como se devesse ter sido melhor ao julgar seu caráter.

Nesse momento, faço a mim mesma uma promessa: vou descobrir se Josef Weber foi um soldado da SS. Mas, se ele *de fato* tiver sido um nazista, não vou matá-lo como ele quer. Em vez disso, vou traí-lo como ele traiu outros. Vou extrair o máximo de informações dele e transmiti-las para Leo Stein, para que Josef morra em uma cela de cadeia em algum lugar.

Mas *ele* não precisa saber disso.

— Não posso perdoá-lo — digo, sem alterar a voz — se não souber o que você fez. Antes de eu concordar com qualquer coisa, você vai ter que me dar provas reais de seu passado.

O alívio no rosto de Josef é palpável, quase doloroso. Seus olhos se enchem de lágrimas.

— A fotografia...

— Não significa nada. Para mim, pode nem ser você. Ou pode ter vindo do eBay.

— Entendo. — Josef ergue os olhos para mim. — Então, a primeira coisa que você precisa saber — diz ele — é meu nome verdadeiro.

* * *

Se Josef acha estranho quando me levanto de repente, momentos depois, e peço para usar o banheiro, ele não diz nada. Apenas me indica o corredor e um pequeno lavabo que tem um papel de parede cheio de rosas e um pratinho de sabonetes decorativos, ainda no embrulho plástico.

Abro a torneira e pego o celular no bolso.

Leo Stein atende ao primeiro toque.

— O nome dele não é Josef Weber — digo, ofegante.

— Alô?

— Sou eu, Sage Singer.

— Por que está sussurrando?

— Porque estou escondida no banheiro de Josef — digo.

— Pensei que o nome dele não era Josef...

— Não é. É Reiner Hartmann. Com dois "n" no final. E eu tenho a data de nascimento também: 20 de abril de 1918.

A mesma do Führer, ele me disse.

— Isso lhe dá noventa e cinco anos — diz Leo, fazendo o cálculo.

— Achei que você tinha dito que nunca é tarde para ir atrás deles.

— Não é. Noventa e cinco é melhor que morto. Mas como você sabe que ele está dizendo a verdade?

— Eu não sei — respondo. — Mas você vai saber. Jogue em um banco de dados e veja o que acontece.

— Não é assim tão fácil.

— Não pode ser tão difícil. Onde está sua historiadora? Peça a ela para fazer isso.

— Sra. Singer...

— Escute, eu estou escondida no banheiro de um velho. Você me disse que, com um nome e uma data de nascimento, fica mais fácil encontrar os registros.

Ele suspira.

— Vou ver o que consigo aqui.

Enquanto estou esperando, aperto a descarga. Duas vezes. Estou certa de que Josef, ou Reiner, ou seja como for que ele deseje ser chamado agora, está se perguntando se eu caí dentro do vaso sanitário; ou talvez ache que estou tomando um banho de esponja na pia.

Depois de uns dez minutos, escuto a voz de Leo.

— Reiner Hartmann era membro do Partido Nazista — diz ele.

Sinto-me estranhamente eufórica, sabendo que há uma correspondência, mas também pesada, porque isso significa que o homem do outro lado desta porta esteve envolvido em assassinatos em massa. Solto todo o ar que estive prendendo.

— Então eu estava certa.

— Só porque o nome dele apareceu no Centro de Documentação de Berlim, não significa que seja uma bola na rede em termos jurídicos — diz Leo. — Isto é só o começo.

— O que acontece agora?

— Depende — responde Leo. — O que mais você consegue descobrir?

A sensação era de uma lâmina na lateral de meu pescoço.

Ouvi minha própria pele sendo rasgada; senti o sangue, pegajoso e quente, escorrendo pelo peito. Uma vez mais, ele mergulhou sobre mim, arrebentando minhas cordas vocais. Tudo o que eu podia fazer era esperar a navalha de seus dentes, sabendo que viria de novo.

Eu tinha ouvindo histórias de upiory que ressuscitavam dos mortos e cortavam com os dentes sua mortalha de linho, para sair em busca do sangue que iria mantê-los, porque não tinham mais o seu. Eles eram insaciáveis. Eu tinha ouvido as histórias, e agora sabia que elas eram verdadeiras.

Aquilo não era um penetrar de presas, não era um escoar de sangue. Ele me devorava e me levava à beira da morte, à borda pela qual ele próprio deslizava pela eternidade. Então era assim o inferno: um grito lento e silencioso. Nenhuma força para se mover, nenhuma voz para falar. Apenas meus outros sentidos aguçados: tato e olfato e audição, enquanto ele retalhava minha carne. Ele bateu minha cabeça contra o chão: uma vez, duas vezes. Meus olhos se embaçaram; a escuridão caiu como uma guilhotina...

De repente, eu me levantei de um pulo. Estava banhada em suor e tinha o rosto empoeirado de farinha, onde caíra adormecida enquanto esperava a massa crescer. Mas aquelas batidas permaneciam em minha cabeça. Levei a mão à garganta, aliviada por senti-la lisa e inteira, e ouvi de novo: alguém batia à porta da cabana.

O homem de olhos dourados estava ali parado, com a silhueta iluminada pelo luar.

"Posso assar para você", ele disse. Sua voz era profunda, suave. Com um sotaque forte. Eu me perguntei de onde ele teria vindo.

Ainda estava parcialmente em estado onírico; não entendi bem.

"Meu nome é Aleksander Lubov", ele me falou. "Vi você na aldeia. Sei sobre seu pai." Ele olhou sobre meu ombro para as baguetes acomodadas sobre o tecido, alinhadas como soldados de prontidão. "Durante o dia, tenho que olhar meu irmão. Ele não é muito bom da cabeça e se machuca se ficar sozinho. Mas tenho que encontrar trabalho também. Um trabalho que eu possa fazer à noite, quando ele dorme."

"E quando você vai dormir?", indaguei, a primeira pergunta que cortou como uma flecha a névoa de minha mente.

Ele sorriu e, de repente, não consegui respirar.

"Quem disse que eu durmo?"

"Não posso pagar..."

"Eu aceito o que você puder dar", ele respondeu.

Pensei em como estava cansada. Pensei no que meu pai diria se eu deixasse um estranho entrar em sua cozinha. Pensei em Damian e Baruch Beiler e no que cada um deles queria de mim.

Dizem que se está mais seguro com o diabo que se conhece do que com o diabo que não se conhece. Eu não sabia nada sobre Aleksander Lubov. Então por que aceitaria sua proposta?

"Porque", disse ele, como se pudesse ler minha mente, "você precisa de mim."

JOSEF

Não vou atender pelo outro nome. Aquela pessoa é alguém que gosto de pensar que nunca fui.

Mas isso não é verdade. Dentro de cada um de nós há um monstro; dentro de cada um de nós há um santo. A questão real é qual dos dois nutrimos mais, qual derrubará o outro.

Para entender o que me tornei, é preciso saber de onde eu vim. Minha família morava em Wewelsburg, que era parte da cidade de Büren, no distrito de Paderborn. Meu pai era maquinista por profissão e minha mãe cuidava da casa. Minha lembrança mais antiga é de meu pai e minha mãe brigando por causa de dinheiro. Depois da Primeira Grande Guerra, a inflação fugiu ao controle. Suas economias, que eles vinham juntando diligentemente durante anos, de repente não valiam mais nada. Meu pai tinha acabado de resgatar uma apólice de seguro de dez anos, e o valor não cobriu nem mesmo o preço de um jornal. Uma xícara de café custava cinco mil marcos. Um pão de forma, duzentos bilhões de marcos. Ainda menino, lembro-me de ir apressado, com minha mãe, encontrar meu pai no dia do pagamento e, em seguida, começava a corrida louca às lojas para comprar mercadorias. Muitas vezes, as lojas já estavam com as prateleiras vazias. Então, meu irmão Franz e eu éramos mandados ao anoitecer para os campos de fazendeiros nos arredores de Wewelsburg, para roubar maçãs das árvores e batatas do chão.

Nem todos sofriam, claro. Alguns haviam investido em ouro logo no começo. Alguns especulavam com tecidos, ou carne, ou sabão, ou produtos agrícolas. Mas a maior parte dos alemães de classe média, como minha família, estava arruinada. A República de Weimar, reluzente e nova depois da guerra, foi um desastre. Meus pais tinham feito tudo certo, trabalharam duro, pouparam bem, para quê? Eleição após eleição, ninguém parecia ter a resposta.

A razão por que conto isso é que todos sempre perguntam: Como os nazistas puderam chegar ao poder? Como Hitler pôde ter tanta liberdade de ação? Pois bem, eu lhe digo: pessoas desesperadas, com frequência, fazem coisas que normalmente não fariam. Se você fosse ao médico e ele lhe dissesse que você tem uma doença terminal, era provável que saísse do consultório se sentindo muito deprimido. No entanto, se você contasse essa notícia para amigos e um deles lhe dissesse: "Sabe, tenho um amigo que também foi diagnosticado com isso e o doutor X o curou de imediato". Bem, talvez ele seja o maior charlatão, talvez cobre dois milhões de dólares por uma consulta, mas aposto que, ainda assim, você ligaria para ele na mesma hora. Por mais instruído que você seja, por mais irracional que isso pareça, você perseguirá um brilho de esperança.

O Partido Nacional-Socialista dos Trabalhadores Alemães foi esse raio de luz. Nada mais estava funcionando para consertar a Alemanha. Então por que não tentar isso? Eles prometiam devolver os empregos para as pessoas. Livrar-se do Tratado de Versalhes. Recuperar o território que havíamos perdido na guerra. Colocar a Alemanha de volta em seu lugar de direito.

Quando eu tinha cinco anos de idade, Hitler tentou dar um golpe de Estado em uma cervejaria, o Putsch de Munique, e, ao que consta, foi um fracasso total. Mas ele aprendeu que a maneira de liderar uma revolução não era pela violência, mas legalmente. E em seu julgamento, em 1924, cada palavra dita por Hitler foi impressa nos jornais alemães, e essa acabou sendo a primeira grande investida em propaganda do Partido Nacional-Socialista.

Você notará que não digo nada sobre os judeus. Isso porque a maioria de nós não conhecia um único judeu. Dos sessenta milhões de alemães, apenas quinhentos mil eram judeus, e mesmo eles teriam chamado a si próprios de alemães, não de judeus. Mas o antissemitismo estava vivo e ativo na Alemanha muito antes de Hitler tornar-se poderoso. Era parte do que aprendíamos na igreja, sobre como, dois mil anos antes, os judeus haviam matado Nosso Senhor. Era evidente no modo como os víamos: bons investidores, que pareciam ter dinheiro em uma economia ruim, quando ninguém mais tinha. Vender a ideia de que os judeus eram culpados por todos os problemas da Alemanha não foi tão difícil.

Qualquer militar lhe dirá que o modo de unir um grupo dividido é lhe oferecer um inimigo comum. Isso foi o que Hitler fez quando subiu ao poder como chanceler, em 1933. Ele fez com que o Partido Nazista fosse permeado dessa filosofia, direcionando suas diatribes contra aqueles que pendiam para a esquerda política. No entanto, os nazistas apontaram para a ligação entre os judeus e a esquerda; os judeus e a criminalidade; os judeus e o comportamento não patriótico. Se as pessoas já odiavam os judeus por razões religiosas ou econômicas, dar-lhes mais uma razão para odiá-los não ia ser tão difícil. Assim, quando Hitler disse que a maior ameaça ao Estado alemão era um ataque à pureza do povo alemão e que, por isso, essa exclusividade deveria ser resguardada a qualquer custo... Bem, isso nos deu algo de que nos orgulharmos outra vez. A ameaça dos judeus estava na matemática. Eles se misturariam aos alemães étnicos a fim de elevar o próprio status e, ao fazê-lo, rebaixariam a predominância alemã. Nós, alemães, precisávamos de *Lebensraum* — espaço vital — para ser uma grande nação. Sem espaço para nos expandirmos, havia pouca escolha: ir à guerra para conquistar territórios e nos livrar das pessoas que constituíam uma ameaça à Alemanha, ou que não eram alemães puros como nós.

Em 1935, quando eu já era um rapaz, a Alemanha tinha deixado a Liga das Nações. Hitler anunciou que o país ia reconstruir seu exército, o que tinha sido proibido depois da Primeira Grande Guerra. Claro que, se outros países, como a França e a Inglaterra, tivessem intervindo para detê-lo, o que aconteceu poderia não ter acontecido. Mas quem queria voltar à guerra tão depressa? Era mais fácil simplesmente racionalizar o que estava ocorrendo, dizer que ele só estava retomando o que antes pertencera à Alemanha. E, enquanto isso, em meu país, havia empregos outra vez: fábricas de munições, armamento e aviões. As pessoas não ganhavam tanto dinheiro como antes e trabalhavam mais horas, mas conseguiam sustentar a família. Em 1939, o *Lebensraum* alemão estendeu-se pelo Saar, Renânia, Áustria, os sudetos e territórios tchecos. E, por fim, quando os alemães se moveram para Danzig, na Polônia, os ingleses e os franceses declararam guerra.

Vou lhe contar um pouco sobre mim quando criança. Meus pais queriam desesperadamente que seus filhos tivessem uma vida melhor que a deles, e a resposta, eles acreditavam, estava na educação. Com certeza, as pessoas que houvessem aprendido a investir melhor não estariam em tantas dificuldades financeiras. Embora eu não fosse particularmente inteligente, meus pais quiseram que eu fizesse um teste para o *Gymnasium*, a educação mais acadêmica possível na Alemanha, cujos graduados iam para a universidade. Claro que, depois de entrar lá, eu sempre arrumava brigas ou ficava fazendo palhaçadas, qualquer coisa para esconder o fato de que aquilo estava bem acima de minha capacidade. Meus pais eram chamados à escola toda semana para falar com o diretor, porque eu tinha ido mal em mais um exame, ou porque havia brigado aos socos com outro aluno no corredor por causa de alguma bobagem.

Felizmente, eles tinham outra pessoa em quem despejar seus sonhos: meu irmão Franz. Dois anos mais novo que eu, Franz era estudioso e estava sempre com a cabeça enfiada em um livro. Fazia anotações em cadernos que escondia embaixo do colchão e que eu sempre roubava para constrangê-lo. As páginas eram cheias de imagens que eu não entendia: uma moça flutuando em uma lagoa de outono, afogada por causa de um amor perdido; um veado muito magro de fome remexendo a neve à procura de uma única bolota; um incêndio que começou em uma alma e consumiu o corpo, a roupa de cama e a casa em volta. Ele sonhava estudar poesia em Heidelberg, e meus pais sonhavam com ele.

Então, um dia, as coisas começaram a mudar. No *Gymnasium*, houve uma disputa para ver qual classe chegaria primeiro a cem por cento de participação na *Hitlerjugend*, a Juventude Hitlerista. Em 1934, entrar para a Juventude Hitlerista ainda não era obrigatório, veja bem. Era um clube social, como os escoteiros, exceto que também jurávamos lealdade a Hitler, como seus futuros soldados. Sob a orientação de líderes adultos, nós nos encontrávamos depois da escola e acampávamos aos fins de semana. Usávamos uniformes semelhantes aos da SS, com a runa *sigel* na lapela. Eu, que aos quinze anos me irritava por ter de ficar sentado em uma carteira, adorava estar ao ar livre. Destacava-me nas competições esportivas. Tinha a fama de ser briguento, mas isso não era necessariamente justo: metade do tempo eu estava socando alguém por ter chamado Franz de mariquinhas.

Eu queria desesperadamente que minha classe ganhasse. Não por causa de alguma grande lealdade ao Führer, mas porque o líder local da HJ *Kameradschaft* era Herr Sollemach, cuja filha, Inge, era a garota mais bonita que eu já tinha visto. Parecia uma rainha do gelo, com seus cabelos muito loiros e olhos azul-claros; e ela e suas amigas nem sabiam que eu existia. Percebi que aquela era uma oportunidade para mudar a situação.

Para a competição, o professor pôs o nome de todos na lousa e foi apagando os dos meninos que entravam para a HJ, um por um. Houve alguns que entraram por pressão dos colegas; outros, porque seus pais mandaram. Houve mais de uma dúzia, porém, que entraram porque eu ameacei esmurrá-los no pátio do colégio se não o fizessem.

Meu irmão se recusou a entrar para a Juventude Hitlerista. Em sua classe, ele e mais um menino foram os únicos que não aderiram. Todos sabíamos por que Artur Goldman não tinha entrado: ele não *podia*. Quando perguntei a Franz por que ele tinha se alinhado a um judeu, ele disse que não queria que seu amigo Artur se sentisse excluído.

Algumas semanas depois, Artur deixou de ir à escola e nunca mais voltou. Meu pai incentivou Franz a entrar para a Juventude Hitlerista também, para fazer novos amigos. Minha mãe me fez prometer que ia tomar conta dele em nossas reuniões.

— Franz não é forte como você — ela dizia.

Ela tinha receio de ele acampar na floresta, ficar doente com muita facilidade, não se integrar aos outros meninos.

Mas, pela primeira vez na vida, ela não precisava se preocupar comigo. Porque, na verdade, eu era o próprio garoto modelo da Juventude Hitlerista.

Nós caminhávamos, cantávamos e fazíamos ginástica. Aprendíamos a nos alinhar em formações militares. Minha atividade favorita era o *Wehrsport*: marcha militar, exercícios com baionetas, lançamento de granadas, cavação de trincheiras, rastejamento sob arame farpado. Isso fazia com que eu me sentisse já um soldado. Tinha tanto entusiasmo pela Juventude Hitlerista que Herr Sollemach disse a meu pai que eu poderia ser um excelente membro da SS um dia. Haveria maior elogio?

Para encontrar o mais forte entre nós, havia também o *Mutproben*, uma bateria de testes de coragem. Mesmo os meninos que estivessem com medo sentiam-se compelidos a fazer o que nos mandavam, porque, caso contrário, o estigma de covarde ficaria colado como um cheiro ruim. Nosso primeiro teste foi escalar uma parede de pedra no castelo, sem equipamento de segurança. Alguns dos meninos mais velhos correram para a frente da fila, mas Franz se manteve atrás e eu fiquei com ele, seguindo as ordens de minha mãe. Quando um dos meninos caiu e quebrou a perna, o treinamento foi interrompido.

Uma semana depois, como parte de nossos testes de coragem, Herr Sollemach vendou nosso grupo. Franz, sentado ao meu lado, apertou minha mão com força.

— Reiner — sussurrou. — Estou com muito medo.

— É só fazer o que eles disserem — eu lhe falei —, e logo vai acabar.

Eu passara a ver uma bela libertação nesse novo modo de pensar — que era, ironicamente, não ter de pensar por mim mesmo. No *Gymnasium*, eu não era inteligente o bastante para encontrar a resposta certa. Na Juventude Hitlerista, a resposta certa era dita para mim, e bastava repeti-la como um papagaio para ser considerado um gênio.

Ficamos sentados naquele escuro artificial, aguardando instruções. Herr Sollemach e alguns dos meninos mais velhos faziam patrulha à nossa frente.

— Se o Führer pedir que lutem pela Alemanha, o que vocês fazem?

— *Lutamos!* — gritamos todos.

— Se o Führer pedir que morram pela Alemanha, o que vocês fazem?
— *Morremos!*
— O que vocês temem?
— *Nada!*
— De pé! — Herr Sollemach ordenou. Os meninos mais velhos nos fizeram levantar e ficar em fila. — Vocês serão conduzidos para dentro do prédio até uma piscina sem água, dirão o juramento da Juventude Hitlerista e pularão do trampolim. — Herr Sollemach fez uma pausa. — Se o Führer pedir que pulem de um penhasco, o que vocês fazem?
— *Pulamos!*

Estávamos vendados, então não sabíamos qual de nós quinze seria levado para o trampolim primeiro. Isto é, até que senti a mão de Franz sendo arrancada da minha.

— Reiner! — ele gritou.

Suponho que, naquele momento, só pensei em minha mãe me alertando para cuidar de meu irmão. Arranquei minha venda e corri como louco, passando pelos garotos que estavam arrastando meu irmão para o prédio.

— *Ich gelobe meinem Führer Adolf Hitler Treue* — gritei, passando a toda por Herr Sollemach. — *Ich verspreche ihm und den Führern, die er mir bestimmt, jederzeit Achtung und Gehorsam entgegen zu bringen...*

Prometo ser fiel a meu Führer, Adolf Hitler. Prometo a ele, e aos líderes que me forem designados, dar-lhes minha incondicional obediência e respeito. Na presença desta bandeira de sangue, que representa nosso Führer, juro devotar todas as minhas energias e forças ao salvador de nosso país, Adolf Hitler. Estou disposto e pronto a dar minha vida por ele, com a ajuda de Deus.

E, sem olhar, eu pulei.

* * *

Envolto em um cobertor marrom áspero, com as roupas ainda ensopadas, eu disse a Herr Sollemach que tinha ficado com inveja de meu irmão por ele ter sido escolhido para ser o primeiro a provar sua lealdade e coragem. E que fora por isso que eu tinha passado na frente dele na fila.

Havia água na piscina. Não muita, mas o suficiente. Eu sabia que eles não podiam nos deixar pular e nos matarmos. No entanto, como cada um de nós era levado ao prédio individualmente, não podíamos ouvir o barulho da água.

Mas eu sabia que Franz podia, porque ele já estava quase na beira da piscina. E que, então, ele conseguiria pular.

Mas Herr Sollemach estava menos convencido.

— É admirável amar o seu irmão — ele me disse. — Mas não mais que o seu Führer.

Tive cuidado o resto do dia para evitar Franz. Em vez disso, brinquei de caçador e índio com entusiasmo. Nós nos dividíamos em batalhões com base nas cores das faixas do braço e caçávamos os inimigos para arrancar a faixa *deles*. Com frequência, esses jogos acabavam em lutas corporais violentas; a ideia era nos endurecer. Em vez de proteger meu irmão, eu o ignorei. Se ele fosse pisoteado no chão, eu não iria levantá-lo. Herr Sollemach estava observando com muita atenção.

Franz acabou com um lábio partido, hematomas por toda a perna esquerda e um arranhão feio no rosto. Minha mãe ia me responsabilizar, eu sabia. Ainda assim, quando estávamos caminhando de volta para casa, ao anoitecer, ele bateu o ombro de leve contra o meu. Lembro que os paralelepípedos da rua ainda estavam quentes do calor do dia; havia uma lua cheia subindo no céu, naquela noite.

— Reiner — ele disse apenas. — *Danke*.

* * *

No domingo seguinte, nós nos encontramos em um centro esportivo e começamos direto com lutas de boxe. A ideia era coroar um vencedor de nosso grupo de quinze meninos. Herr Sollemach havia trazido Inge e suas amigas para assistir, porque sabia que os meninos iam querer se mostrar ainda mais se houvesse meninas presentes. O vencedor, disse ele, receberia uma medalha especial.

— O Führer diz que um indivíduo fisicamente saudável, com um caráter sólido, é mais valioso para a comunidade *völkisch* do que um intelectual fracote — Herr Sollemach falou. — Vocês são esse indivíduo saudável?

Uma parte de mim era saudável, isso eu sabia. Podia senti-la toda vez que olhava para Inge Sollemach. Seus lábios eram rosados como confeitos, e aposto que igualmente doces. Quando ela sentou na arquibancada, observei a ondulação dos botões de sua blusa. Pensei em afastar aquelas camadas para tocar a pele, como ela devia ser branca feito leite, macia feito...

— Hartmann — Herr Sollemach vociferou, e eu e Franz nos levantamos. Isso o surpreendeu por um momento, e então um sorriso se espalhou por seu rosto. — Sim, sim, por que não? — ele murmurou. — Os dois para o ringue.

Olhei para Franz, para os ombros estreitos e o estômago delicado, para os sonhos em seus olhos, que se dispersaram quando ele percebeu o que Herr Sollemach queria que fizéssemos. Passei entre as cordas e vesti o capacete almofadado e as luvas de boxe. Quando passei por meu irmão, sussurrei:

— Bata em mim.

Inge soou o gongo para que começássemos e correu de volta para as amigas. Uma delas apontou para mim, e ela me olhou. Por um extraordinário momento, o mundo ficou totalmente imóvel enquanto nossos olhares se encontraram.

— Vamos — Herr Sollemach nos incitou. Os outros meninos estavam gritando, e eu ainda circulava Franz com as mãos levantadas.

— Bata em mim — murmurei entre os dentes outra vez.

— Não consigo.

— *Schwächling!* — um dos meninos mais velhos gritou. Pare de agir como uma menina!

Um pouco hesitante, golpeei o peito de meu irmão com o pulso direito. Todo o ar saiu de seu corpo enquanto ele se curvava para a frente. Houve gritos animados dos meninos atrás de mim.

Franz me olhou com medo.

— Revide! — gritei em sua direção. Eu investia com minhas luvas e segurava o golpe antes de fazer contato com seu corpo outra vez.

— O que está esperando? — Herr Sollemach berrou.

Então eu golpeei Franz, com força, nas costas. Ele caiu de joelhos e houve um som de susto, que partiu das meninas na arquibancada.

Então ele conseguiu se levantar. Levou o punho esquerdo para trás e acertou um golpe em meu queixo.

Eu não sei o que foi que acionou o interruptor em mim. Imagino que tenha sido o fato de eu ser atingido e estar sentindo dor. Ou talvez o fato de as meninas, que eu queria impressionar, estarem assistindo. Talvez fosse apenas o som dos outros meninos me incentivando. Comecei a bater em Franz, no rosto, na barriga, nos rins. Em toda parte, ritmicamente, até seu rosto ser uma massa sangrenta e a saliva escorrer da boca, borbulhante, e ele desabar no chão.

Um dos meninos mais velhos pulou para dentro do ringue e levantou minha luva, o campeão. Herr Sollemach me deu um tapinha nas costas.

— Esta — ele disse aos outros — é a cara da bravura. Esta é a cara do futuro da Alemanha. Adolf Hitler, *Sieg Heil!*

Repeti a saudação. O mesmo fizeram todos os outros meninos. Exceto meu irmão.

Com a adrenalina pulsando nas veias, eu me sentia invencível. Enfrentei competidor atrás de competidor, e todos caíram. Depois de anos sofrendo castigos na escola por perder o controle de meu temperamento, agora eu estava sendo elogiado por isso. Não, estava sendo *enaltecido*.

Naquela noite, Inge Sollemach me deu uma medalha e, quinze minutos depois, atrás do centro esportivo, meu primeiro beijo de verdade. No dia seguinte, meu pai procurou Herr Sollemach. Ele estava muito perturbado pelos ferimentos de Franz.

— Seu filho é talentoso — Herr Sollemach explicou. — Especial.

— Sim — meu pai respondeu. — Franz sempre foi um excelente aluno.

— Estou falando de Reiner — Herr Sollemach disse.

Eu sabia que aquela brutalidade era errada? Mesmo nesta primeira vez, quando meu irmão fora a vítima? Perguntei isso a mim mesmo mil vezes, e a resposta é sempre a mesma: *Claro*. Aquele dia foi o mais difícil, porque eu poderia ter dito "não". A cada vez depois daquela, tornava-se mais fácil, porque, se eu não o fizesse de novo, lembraria aquela primeira vez em que não me recusei a fazer. Repita sempre a mesma ação e ela acaba parecendo certa. Chega um momento em que não há nem mesmo culpa.

O que eu quero lhe dizer é que, agora, a mesma verdade se aplica. Poderia ter sido qualquer um. Você pensa: *Nunca*. Pensa: *Eu não*. Mas, a qualquer momento, podemos ser capazes de fazer o que menos esperávamos. Eu sempre soube o que estava fazendo e a quem estava fazendo. Eu sabia muito bem. Porque, naqueles terríveis, maravilhosos momentos, eu era a pessoa que todos queriam ser.

Aleksander estava trabalhando para mim havia uma semana. Trocávamos gentilezas, mas, de modo geral, ele chegava para cozinhar no momento em que eu estava indo dormir; quando eu acordava para levar os pães ao mercado, ele estava desamarrando o avental branco.

Algumas vezes, porém, ele ficava até um pouco mais tarde e eu saía um pouco mais tarde. Ele me contou que seu irmão tinha nascido com uma membrana fetal sobre o rosto; que não tivera ar suficiente. Seus pais tinham morrido em uma epidemia em Humenne, na Eslováquia; ele cuidava de Casimir havia uma década. Explicou-me que o distúrbio de Casimir, como ele dizia, levava-o a comer coisas que não devia, como pedras, terra, gravetos, e era por isso que precisava ser vigiado durante todo o tempo em que estava acordado. Ele me contou dos lugares onde havia morado, alguns com castelos de pedra que perfuravam as nuvens e outros com cidades movimentadas em que havia carruagens sem cavalos que se moviam como se fossem puxadas por fantasmas. Não ficava muito tempo em nenhum lugar, disse-me, porque as pessoas se sentiam incomodadas perto de seu irmão.

Aleks assava pães como se tivesse nascido para aquilo, algo que meu pai sempre acreditara ser a marca de uma alma satisfeita. "Não se pode alimentar os outros quando se está sempre com fome", ele me dizia, e, quando contei isso a Aleksander, ele riu. "Seu pai não me conheceu", disse. Apresentava-se sempre recatado em sua camisa branca de mangas compridas, por mais quente que a cozinha ficasse, ao contrário de meu pai, que costumava ficar apenas com uma camiseta regata no calor sufocante. Eu o elogiei por seu ritmo. Ele se movia com graça, como se o ato de assar pão fosse uma dança. Aleksander admitiu que já havia sido padeiro uma vez, uma vida atrás.

Falávamos, também, dos casos dos mortos. Aleks me perguntou o que os aldeões estavam dizendo, onde os novos corpos tinham sido encontrados. Recentemente, os ataques haviam acontecido dentro do perímetro dos muros da aldeia, não só nos arredores. Uma das damas da noite foi encontrada com a cabeça quase arrancada do corpo, na frente das portas da taverna; os restos de um professor que estava caminhando para a escola foram deixados nos degraus da estátua do fundador da aldeia. Algumas pessoas diziam que era como se a fera responsável por aquilo estivesse brincando conosco.

"Estão dizendo", eu lhe contei um dia, "que talvez não seja um animal."

Aleks me olhou sobre o ombro. Ele estava com a pá enfiada no fundo na barriga do forno.

"Como assim? O que mais poderia ser?"

Dei de ombros.

"Algum tipo de monstro."

Em vez de rir, como eu esperava, Aleks sentou-se a meu lado. Ficou cutucando com o polegar em uma lasca da mesa de madeira.

"Você acredita nisso?"

"Os únicos monstros que eu já conheci eram homens", respondi.

SAGE

— Tome — digo, entregando a Josef um copo de água.
Ele bebe. Depois de quase três horas falando sem parar, sua voz está grossa, rouca.
— É muita gentileza sua.
Não respondo.
Josef olha para mim sobre a borda do copo.
— Ah — diz ele. — Você está começando a acreditar em mim.
O que devo dizer? Ouvir Josef contar sobre sua infância, sobre a Juventude Hitlerista, com um nível de detalhes que só poderia ser obtido por alguém que tivesse vivido aquilo, me deixa certa de que, sim, ele está dizendo a verdade. Mas, a meu ver, ainda há uma profunda desconexão entre o Josef que esta comunidade conhece e ama e este alguém completamente diferente que ele descreve em seu relato. É como se madre Teresa confessasse que, na infância, havia ateado fogo em gatos.
— É um pouco conveniente, não é, dizer que a razão de você ter feito algo horrível foi que alguém o mandou fazer — ressalto. — Isso não faz com que seja menos errado. Por mais pessoas que lhe digam para pular de uma ponte, você sempre tem a opção de virar e ir embora.
— Por que eu não disse "não"? — Josef pondera. — Por que muitos de nós não disseram? Porque queríamos tanto acreditar no que Hitler nos dizia. Que o futuro seria melhor que o nosso presente.

— Pelo menos vocês tiveram um futuro — murmuro. — Sei de seis milhões de pessoas que não tiveram. — Sinto o estômago se revolver enquanto observo Josef na cadeira, bebendo sua água como se não tivesse acabado de me contar o início de uma história de horror abjeto. Como alguém pode ter sido tão cruel com outros e depois não sentir os efeitos disso jorrando em lágrimas, em pesadelos, em tremores? — Como você pode querer morrer? — digo numa explosão. — Você diz que é religioso. Não tem medo de ser julgado?

Josef meneia a cabeça, perdido dentro de si mesmo.

— Havia uma expressão nos olhos deles, às vezes... Eles não tinham medo de que o gatilho fosse puxado, mesmo que a arma já estivesse apontada para eles. Era como se corressem na direção daquilo. Eu não conseguia compreender, a princípio. Como alguém poderia não querer respirar mais um dia? Como a própria vida podia se transformar numa mercadoria tão barata? Mas então comecei a entender: quando sua existência é o inferno, a morte deve ser o paraíso.

Minha avó, será que ela havia sido uma dessas que caminhavam na direção da arma? Seria essa uma marca de fraqueza ou de coragem?

— Estou cansado — Josef suspira. — Vamos conversar mais um outro dia?

O que eu quero é arrancar informações dele, até ele ficar seco e quebradiço como um osso. Quero que ele fale até criar bolhas na garganta, até seus segredos emporcalharem todo o chão a nossa volta. Mas ele é velho, então lhe digo que passarei amanhã para pegá-lo, a fim de irmos ao grupo de luto.

No carro, voltando para casa, telefono para Leo e conto tudo o que Josef acabou de me falar.

— Humm — diz ele quando termino. — Isso é um começo.

— Um começo? Isso é uma tonelada de informações para você trabalhar.

— Não necessariamente — diz Leo. — Depois de dezembro de 1936, todas as crianças alemãs não judias eram obrigadas a entrar para a Juventude Hitlerista. As informações que ele lhe deu confirmam outras coisas que ouvi de suspeitos, mas não o incriminam.

— Por que não?

— Porque nem todos os membros da Juventude Hitlerista tornaram-se homens da SS.

— Bem, e o que *você* descobriu? — pergunto.

Ele ri.

— Faz só três horas que falei com você no banheiro — Leo diz. — Além disso, mesmo que eu *tivesse* informações detalhadas, não poderia compartilhá-las com você, uma civil.

— Ele diz que quer que eu o perdoe antes de ele morrer.

Leo assobia, uma nota baixa e longa.

— Então agora você deve ser a assassina *e* o padre dele?

— Acho que, nesse caso, ele preferiria uma judia, ainda que uma judia renunciada, a um padre.

— É um belo toque macabro — diz Leo. — Pedir que os descendentes das pessoas que você matou o livrem da responsabilidade antes de abandonar este corpo mortal. — Ele hesita. — Você não pode, sabe disso, não é? Só para constar.

— Eu sei — digo. Há dezenas de razões pelas quais não posso, a começar pelo fato muito básico de que não sou a pessoa que ele prejudicou.

Mas...

Se virarmos o pedido só um pouquinho, se o deixarmos ser atingido pela luz da razão por outro ângulo, o que Josef solicitou não é o pedido vazio de um assassino. É o desejo de um moribundo.

E, se eu não atendê-lo, isso não me faz tão impiedosa quanto ele?

— Quando você vai falar com ele outra vez? — Leo pergunta.

— Amanhã. Vamos ao grupo de luto.

— Certo — diz ele. — Depois me ligue.

Quando desligo, percebo que passei a rua de casa. E, mais precisamente, que já sei para onde estou indo.

* * *

A palavra *babka* vem de *baba*, que em iídiche e em polonês significa "avó". Nunca vi uma única celebração de Hanukkah que não incluísse esses pães doces. Era um pressuposto tácito que minha mãe compraria um peru do tamanho de uma criança, que minha irmã Pepper amassaria as batatas e minha avó traria três de seus famosos babkas. Mesmo quando pequena, eu me lembro de ralar o chocolate meio amargo, morrendo de medo de retalhar os nós dos dedos no ralador.

Hoje, mando Daisy para casa mais cedo. Digo-lhe que estou aqui para cozinhar com minha avó, mas, na verdade, quero privacidade. Minha avó unta a primeira forma de pão enquanto eu abro a massa e pincelo as bordas com ovo batido. Depois salpico parte do recheio de chocolate e começo a enrolar a massa bem apertada. Tranço os rolos rapidamente, cinco voltas inteiras, e pincelo o alto com ovo outra vez.

— Fermento biológico — minha avó diz — é um milagre. Uma pitadinha, um pouco de água e veja o que acontece.

— Não é um milagre, é química — digo. — O verdadeiro milagre é o momento em que alguém olhou para o fungo pela primeira vez e disse: "Humm, vamos ver o que acontece se usarmos isso na cozinha".

Minha avó me passa a forma de pão para que eu possa pôr a massa dentro e comprimir sobre ela a cobertura de farofa doce.

— Meu pai costumava mandar mensagens para minha mãe por meio do babka — diz ela.

Eu sorrio.

— É mesmo?

— Sim. Se o recheio fosse de maçã, queria dizer que a padaria tinha tido um dia bom, cheio de clientes. Se fosse de amêndoas, significava "Estou com muita saudade de você".

— E chocolate?

Minha avó ri.

— Que ele pedia desculpas pelo que quer que fosse que os tivesse feito brigar. Nem preciso dizer que comíamos muitos babkas de chocolate.

Limpo as mãos em um pano de prato.

— Vovó — pergunto —, como ele era? O que ele fazia quando não estava trabalhando? Ele a chamava de algum apelido especial, ou levou você a algum lugar inesquecível?

Ela aperta os lábios.

— *Ach*, outra vez com a biografia.

— Eu sei que ele morreu na guerra — digo suavemente. — Como?

Ela unta furiosamente a segunda forma de pão. Então, finalmente, fala.

— Todos os dias, depois da escola, eu ia à padaria e havia um pãozinho esperando por mim. Meu pai o chamava de *minkele* e só fazia um por dia. A massa era folhada, e o centro de chocolate e canela era tão morno que deslizava pela garganta, e eu sei que ele podia ter vendido centenas daquilo. Mas não, ele dizia que era especial, só para mim.

— Ele foi morto pelos nazistas, não foi? — pergunto baixinho.

Vovó desvia o olhar.

— Meu pai me confiou os detalhes de sua morte. "Minka", ele dizia, quando minha mãe me lia a história da Branca de Neve, "tome nota: eu não quero acabar em uma caixa de vidro com as pessoas me olhando", ou: "Minka, tome nota: eu quero fogos de artifício em vez de flores. Minka, cuide para que eu não morra no verão. Moscas demais para perturbar os enlutados, não acha?" Para mim, era um jogo, uma brincadeira, porque meu pai nunca ia morrer. Todos nós sabíamos que ele era invencível. — Ela pega uma de suas bengalas penduradas no balcão, caminha até a mesa e senta-se pesadamente em uma das cadeiras. — Meu pai me confiou os detalhes de sua morte, mas, no fim, eu não pude atender nenhum deles.

Ajoelho-me no chão, na frente dela, e apoio o rosto em seu colo. Sua mão, pequena e leve com um passarinho, aninha-se em meus cabelos.

— Você guarda isso dentro de si há tanto tempo — murmuro. — Não seria melhor falar a respeito?

Ela toca o lado de meu rosto que tem a cicatriz.

— Seria? — pergunta.

Eu me afasto.

— Isso é diferente. Não posso fingir que nunca aconteceu, por mais que queira. Está escrito em mim.

— Exatamente — minha avó diz, e puxa para cima a manga da blusa para revelar os números gravados no braço. — Falei uma vez sobre isso, quando era muito mais nova, com meu médico, que viu isto. Ele me perguntou se eu concordava em falar na sala de aula de sua esposa. Ela era professora de história em uma universidade — diz ela. — Tudo correu bem. Superei o medo do palco, o suficiente para contar a história sem vomitar, pelo menos. E então a professora perguntou se havia alguma pergunta. Um rapaz se levantou. Verdade seja dita, eu achei que era uma moça: havia tanto cabelo, até aqui embaixo. Ele se levantou o falou: "O Holocausto nunca aconteceu". Eu não sabia o que fazer, o que dizer. Pensava: *Como você ousa me dizer isso, quando eu o vivi? Como ousa apagar minha vida desse jeito?* Fiquei tão perturbada que mal podia enxergar direito. Murmurei um pedido de desculpas, desci do tablado e saí pela porta, com a mão comprimindo a boca. Achei que, se eu não segurasse, começaria a gritar. Entrei no carro e fiquei sentada ali, até que soube o que deveria ter dito. A história nos conta que seis milhões de judeus desapareceram durante aquela guerra. Se não houve Holocausto, para onde eles foram? — Ela meneia a cabeça. — Tudo aquilo, e o mundo não aprendeu nada. Olhe em volta. Ainda há limpeza étnica. Há discriminação. Há jovens como aquele rapaz tolo na aula de história. Eu tinha certeza de que a razão de eu ter sobrevivido era garantir que algo assim nunca mais acontecesse, mas, sabe, devo ter me enganado. Porque, Sage, ainda acontece. Todos os dias.

— Só porque um neonazista se levantou naquela classe, não significa que não seja importante você contar sua história — digo. — Conte para *mim*.

Ela me olha por um longo momento, depois, em silêncio, levanta-se com sua bengala e sai da cozinha. Do outro lado do corredor, na saleta que converteu em quarto para não ter de subir escadas, ouço-a movendo coisas, remexendo em gavetas. Eu me levanto e coloco os pães no forno. Eles já estão crescendo de novo.

Minha avó está sentada na cama quando entro. O quarto recende a talco e rosas, como ela. Segura um pequeno caderno com capa de couro e a lombada rachada.

— Eu era escritora — diz ela. — Uma criança que acreditava em contos de fadas. Não os bobos da Disney que sua mãe lia para você, mas os que tinham sangue e espinhos, com garotas que sabiam que o amor podia matar com tanta frequência quanto podia libertar. Eu acreditava nas maldições de bruxas e na loucura de lobisomens. Mas também acreditava, equivocadamente, que as histórias mais aterrorizantes vinham da imaginação, não da vida real. — Alisa a capa com uma das mãos. — Comecei a escrever isto quando tinha treze anos. Era o que eu fazia enquanto as outras meninas estavam arrumando o cabelo e tentando flertar com os meninos. Em vez disso, eu criava personagens e diálogos. Escrevia um capítulo e levava-o para Darija, minha melhor amiga, ler e me dizer o que achava. Nós tínhamos um plano. Eu me tornaria uma escritora de sucesso e ela seria minha editora, e nos mudaríamos para Londres e beberíamos sloe gin fizz. *Ach*, nós nem sabíamos o que era isso. Mas era o que eu fazia quando a guerra começou. E não parei. — Ela me entrega o caderno. — Não é o original, claro. Não o tenho mais. Mas, assim que pude, reescrevi de memória. Eu *precisava* fazer isso.

Abro a capa. Dentro, em letras cursivas pequenas e espremidas, as palavras se estendem pela página, cheia de ponta a ponta, sem nenhum espaço em branco, como se deixá-los fosse um luxo. Talvez, na época, fosse mesmo.

— Esta é a minha história — minha avó continua. — Não é a que você está procurando, sobre o que aconteceu durante a guerra. Isso não é nem de perto tão importante. — Ela me olha nos olhos. — Porque *esta* história foi a que me manteve viva.

* * *

Minha avó poderia ter competido de igual para igual com Stephen King.

Sua história é sobrenatural, sobre um *upiór*, a versão polonesa do vampiro. Mas o que a faz tão aterrorizante não é o monstro, que é algo conhecido, mas os homens comuns que se revelam monstros também. É como se ela soubesse, mesmo ainda tão jovem, que não se podem separar com precisão o bem e o mal, que eles são gêmeos siameses que compartilham um único coração. Se as palavras tivessem gosto, as dela seriam de amêndoas amargas e borra de café. Há momentos em que estou lendo sua história e esqueço que foi ela que escreveu. É realmente boa.

Leio o caderno até o fim, depois releio, para não perder nem uma única palavra. Tento absorver a história, até o ponto de poder reproduzi-la para mim mesma sílaba por sílaba, do jeito que minha avó deve ter feito. Vejo-me recitando parágrafos quando estou tomando banho, lavando os pratos, tirando o lixo.

A história de minha avó é um mistério, mas não da maneira como ela pretendeu. Tento esmiuçar os personagens e seus diálogos, para ver o esqueleto abaixo que deve ter sido a vida real dela. Todos os escritores começam com uma camada de verdade, não é? Se não fosse assim, suas histórias não seriam nada além de cones de algodão doce, um sabor fugaz envolvendo apenas ar.

Leio sobre Ania, a narradora, e seu pai, e ouço a voz de minha avó; imagino o rosto de meu bisavô. Quando ela descreve a cabana nos arredores de Łódź, a praça da aldeia cruzada por carroças puxadas por cavalos, a floresta por onde Ania caminhava com o musgo afundando sob as botas, consigo sentir o cheiro de turfa queimando e o gosto da cinza na base do pão. Posso ouvir os passos de crianças soando nos paralelepípedos, quando brincam de correr umas atrás das outras, muito antes de sequer terem tido algo ou alguém de quem realmente precisassem correr.

Estou tão envolvida na história que me atraso para pegar Josef, a fim de irmos ao grupo de luto.

— Dormiu bem? — ele pergunta, e eu respondo que sim. Enquanto ele se senta no carro, penso nos paralelos entre a história de minha avó, o monstro que caça os aldeões e mata o pai de Ania, e a SS, que entrou na vida dela sem ser anunciada e destruiu sua família. A infância de minha avó, com aqueles pãezinhos assados apenas para ela, as longas tardes preguiçosas em que ela e a melhor amiga sonhavam com o futuro, até mesmo as paredes do apartamento de sua família, desenrola-se em uma linha paralela à história de Josef sobre a Juventude Hitlerista. No entanto, elas estão se aproximando; sei que estão destinadas a se cruzar.

Isso me faz odiar Josef neste momento.

Mas mordo a língua, porque Josef nem sabe que tenho uma avó, muito menos que se trata de alguém que sobreviveu ao genocídio em que ele esteve envolvido. Não sei bem por que quero que ele não tenha essa informação. Talvez porque ele ficaria entusiasmado ao saber que estava um passo mais perto de encontrar a pessoa certa para perdoá-lo. Talvez porque eu ache que ele não merece saber.

Talvez porque eu não goste da ideia de que minha avó e alguém como Josef ainda coexistam neste mundo.

— Você está muito quieta hoje — Josef comenta.

— Só pensando.

— Sobre mim?

—- Não se ache tão importante — digo.

Como me atrasei para pegar Josef, somos os últimos a chegar ao grupo de luto. Stuart se aproxima de imediato, à procura de minha sempre presente bandeja de guloseimas assadas, mas eu não trouxe nada. Estava ocupada demais lendo o caderno de minha avó e não cozinhei.

— Desculpe — eu lhe digo. — Vim de mãos vazias.

— Se ao menos Stuart pudesse dizer o mesmo — Jocelyn murmura, e percebo que ele trouxe a máscara mortuária da esposa outra vez.

Minka, tome nota, penso, lembrando-me de meu bisavô. *Quando eu morrer, nada de máscara, está bem?*

Marge toca o sininho que sempre me faz pensar que estamos em uma classe de ioga e não em um grupo de terapia de luto.

— Vamos começar? — pergunta.

Eu não sei o que há na morte que a faz tão difícil. Suponho que seja a comunicação unilateral; o fato de nunca podermos perguntar à pessoa amada se ela sofreu, se está feliz onde se encontra agora... se ela *está* em algum lugar. É a interrogação que vem com a morte que não conseguimos enfrentar, não o ponto-final.

De repente, percebo que há uma cadeira vazia. Ethel não veio. Eu sei, mesmo antes de Marge nos dar a notícia, que seu marido, Bernie, morreu.

— Aconteceu na segunda-feira — a sra. Dombrowski diz. — Recebi um telefonema da filha mais velha de Ethel. Bernie está em um lugar melhor agora.

Dou uma olhada para Josef, que está mexendo em um fio do tecido das calças, imperturbável.

— Você acha que ela vai voltar aqui? — Shayla pergunta. — Ethel?

— Espero que sim — Marge responde. — Acho que, se algum de vocês quiser procurá-la, ela gostaria disso.

— Vou mandar flores ou algo assim — Stuart diz. — Bernie deve ter sido um sujeito muito bom, para ter uma mulher como ela cuidando dele por tanto tempo.

— Você não tem como saber — digo devagar, e todos olham para mim em choque. — Nenhum de nós nunca sequer o viu. De repente ele podia bater nela todos os dias e nem termos ideia disso.

— Sage! — Shayla se sobressalta.

— Não estou querendo falar mal do morto — acrescento depressa, baixando a cabeça. — Imagino que Bernie fosse um ótimo sujeito, que ia jogar boliche toda semana e punha a louça no lava-louças depois de todas as refeições que Ethel preparava. Mas vocês acham que só caras bons deixam para trás pessoas como nós? Até Jeffrey Dahmer tinha mãe.

— Esse é um ponto interessante — diz Marge. — Nós sofremos porque a pessoa que perdemos foi uma luz no mundo? Ou sofremos por quem ela foi para nós?

— Talvez um pouco dos dois — responde Stuart, alisando com uma das mãos os contornos da máscara mortuária da esposa, como se fosse cego e estivesse conhecendo os traços dela pela primeira vez.

— Então isso significa que não devemos nos sentir mal quando alguém horrível morre? — pergunto.

Posso sentir o olhar de Josef me perfurar a têmpora.

— Sem dúvida, há pessoas que tornam este planeta melhor quando vão embora — Jocelyn comenta. — Bin Laden. Charles Manson.

— Hitler — digo, inocentemente.

— Eu li um livro uma vez sobre uma mulher que foi secretária pessoal dele, e ela o fez parecer um chefe como outro qualquer. Disse que ele costumava fofocar com elas sobre os namorados das secretárias — diz Shayla.

— Se eles não lamentaram matar pessoas, por que alguém deveria lamentar quando *eles* morrem? — opina Stuart.

— Então você acha que, uma vez nazista, sempre nazista? — pergunto.

Ao meu lado, Josef tosse.

— Espero que haja um lugar especial no inferno para pessoas como essas — Shayla diz, com ar digno.

Marge recomenda um intervalo de cinco minutos. Enquanto ela conversa em voz baixa com Shayla e Stuart, Josef bate em meu ombro.

— Posso falar com você em particular?

Eu o sigo até o corredor e cruzo os braços.

— Como você ousa? — ele sibila, aproximando-se tanto que recuo um passo. — O que eu lhe contei foi em confiança. Se eu quisesse que o mundo soubesse quem fui, poderia ter me entregado às autoridades há muito tempo.

— Então você quer absolvição total sem penitência nenhuma — digo.

Os olhos dele faíscam, o azul quase obliterado pelo preto das pupilas.

— Você não vai mais falar disso em público — ele ordena, tão alto que várias pessoas na sala adjacente se voltam em nossa direção.

Sua raiva se despeja sobre mim, uma onda enorme. Embora minha cicatriz esteja em fogo, embora eu me sinta como se tivesse sido pega pelo professor passando um bilhetinho durante a aula, forço-me a encará-lo. Permaneço rígida, nada além da respiração entre nós, uma trégua vazia.

— Nunca mais fale comigo desse jeito — sussurro. — Eu *não* sou uma de suas vítimas.

Então me viro e vou embora. Por um breve momento, quando Josef deixou a própria mascara mortuária escorregar, pude ver o homem que ele era antes: aquilo que esteve enterrado sob o exterior gentil por tantas décadas, como uma raiz se abrandando sob a calçada, mas ainda capaz de fender o concreto.

* * *

Não posso sair do grupo de luto mais cedo sem chamar atenção para mim e, como trouxe Josef à reunião, tenho de levá-lo de volta para casa ou enfrentar as perguntas de Marge. Mas não falo com ele, nem quando estamos nos despedindo dos outros ou caminhando para o estacionamento.

— Desculpe — Josef diz, cinco minutos depois de termos saído. Estamos parados em um sinal vermelho.

— Essa é uma declaração bem ampla.

Ele continua a olhar direto pela janela.

— Pelo que eu lhe disse. No intervalo.

Não respondo. Não quero que ele pense que está desculpado. E, apesar do que ele me disse, não posso simplesmente largá-lo na calçada e partir para sempre. Devo isso a minha avó. Além disso, prometi a Leo que não o faria. Na verdade, ouvir Josef explodir daquele jeito me deixou ainda mais determinada a juntar provas suficientes para processá-lo. Este, claramente, é um homem que, em um ponto de sua vida, pôde fazer tudo o que queria sem medo de represálias. De certa maneira, ao me pedir que o mate, ele está apenas fazendo mais do mesmo.

Penso que já está mais do que na hora de ele receber o que de fato merece.

— Acho que estou nervoso — Josef continua.

— Por quê? — pergunto, sentindo o couro cabeludo formigar. Será que ele percebeu? Será que sabe que eu planejo dar-lhe corda e depois entregá-lo?

— Com medo que você ouça tudo o que eu tenho a dizer e, mesmo assim, não queira fazer o que eu pedi.

Eu me volto para ele.

— Comigo ou sem mim, Josef, você vai morrer.

Ele enfrenta meu olhar.

— Você já ouviu falar do *Der Ewige Jude?* O Judeu Errante?

A palavra "judeu" me faz estremecer, como se tal termo não devesse ter autorização para estar nem de passagem em seus lábios. Meneio a cabeça.

— É uma antiga história europeia. Um judeu, Ahsverus, zombou de Jesus quando este parou para descansar enquanto carregava a cruz. Quando o judeu disse a Jesus para andar mais depressa, Jesus o amaldiçoou a vagar pelo mundo até a Segunda Vinda. Por centenas de anos, houve quem avistasse Ahsverus, que não pode morrer, por mais que queira.

— Você deve perceber a grande ironia aqui ao se comparar com um judeu — digo.

Ele dá de ombros.

— Digam o que for sobre eles, o fato é que prosperam, apesar de... — ele dá uma olhada para mim — ... tudo. Eu já devia ter morrido, várias vezes. Tive câncer e sofri acidentes de carro. Sou o único idoso que conheço que foi hospitalizado com pneumonia e sobreviveu. Acredite no que quiser, Sage, mas eu sei a razão de ainda estar vivo. Como Ahsverus, cada dia que estou aqui é mais um dia para reviver meus erros.

O sinal ficou verde, e há carros buzinando atrás de mim, mas não pus o pé no acelerador. Josef parece recolher-se em si mesmo, perdido em pensamentos.

— Herr Sollemach, da Juventude Hitlerista, dizia-nos que os judeus eram como ervas daninhas. Arranca-se um e mais dois crescem no lugar...

Pressiono o pedal e saímos com um solavanco. Estou enojada de Josef, por ele ser exatamente quem afirmou ser. Estou enojada de mim mesma por não acreditar nele a princípio; por ter sido iludida a pensar que esse homem era um vovozinho bom samaritano, como todos os outros nesta cidade acreditam.

— ... mas eu achava — Josef diz baixinho — que algumas ervas são tão belas quanto as flores.

Havia algo atrás de mim. Era um sexto sentido, um arrepio na nuca. Eu já virara para trás uma dúzia de vezes desde que entrara na floresta, mas só via as árvores nuas, retas como sentinelas.

Ainda assim, meu coração estava acelerado. Caminhei um pouco mais rápido em direção à cabana, segurando com força o cesto de pão, imaginando se estaria perto o suficiente para Aleks me ouvir se eu gritasse.

Então eu o ouvi. O estalo de um graveto, um rangido na superfície da neve.

Eu podia correr.

Se eu corresse, o que quer que estivesse atrás de mim ia me caçar.

Uma vez mais, acelerei o passo. Lágrimas escorreram pelo canto dos olhos e eu pisquei para afastá-las. Abruptamente, abaixei-me atrás de uma árvore larga o bastante para me esconder. Segurei a respiração, contando os passos que se aproximavam.

Um veado surgiu na clareira e voltou a cabeça para me olhar, antes de mordiscar a casca de uma bétula a alguns passos de distância.

O alívio amoleceu minhas pernas. Recostei-me ao tronco da árvore, ainda trêmula. Isso era o que acontecia quando se deixava o palavrório dos aldeões penetrar sua mente como veneno. Viam-se sombras onde não havia; ouvia-se um rato e imaginava-se um leão. Sacudindo a cabeça diante de minha própria idiotice, afastei-me da árvore e comecei a andar para casa outra vez.

O ataque veio por trás, cobrindo minha cabeça com algo quente e úmido, algum tipo de tecido ou saco que me tirou a visão. Fui segura e presa ao chão pelos pulsos, com um peso sobre a parte baixa das costas, de modo que não podia me levantar. Meu rosto foi empurrado de encontro ao chão. Tentei gritar, mas o que quer que estivesse atrás de mim pressionou minha cabeça para baixo, e minha boca encheu-se de neve. Senti calor e lâminas e garras e dentes, ah, os dentes, afundando-se em uma meia-lua em minha garganta e ardendo como milhares de agulhas, como um enxame de abelhas.

Ouvi o som de cascos de cavalo e, então, senti o ar frio na nuca, senti a ausência de pressão e dor. Como um grande pássaro alado, algo desceu do alto e invocou meu nome. Essa era a última coisa de que me lembrava, porque, quando abri os olhos, estava nos braços de Damian, que me carregava para casa.

A porta se abriu, e Aleks apareceu do lado de dentro.

"O que aconteceu?", ele perguntou, enquanto seus olhos me buscavam apressadamente.

"Ela foi atacada", Damian respondeu. "Precisa de um cirurgião."

"Ela precisa de mim", Aleks declarou e tirou-me dos braços de Damian para os seus. Gritei enquanto era sacudida entre ambos, ao passo que Aleks fechava a porta com o pé.

Ele me carregou para o quarto. Quando me pôs na cama, vi sua camisa encharcada de sangue e minha cabeça começou a girar.

"Shh", ele me acalmou e virou minha cabeça, para poder avaliar o ferimento.

Achei que ele fosse desmaiar.

"Está muito ruim?"

"Não", ele disse, mas eu sabia que estava mentindo. "É que não aguento ver sangue."

Ele me deixou por alguns minutos, prometendo voltar logo, e, quando o fez, trazia uma vasilha de água morna, um pano e uma garrafa de uísque. Esta última, ele segurou junto a meus lábios.

"Beba", mandou, e eu tentei, mas tossi violentamente. "Mais."

Por fim, quando o fogo na garganta se transformou em um calor na barriga, ele começou a limpar meu pescoço, depois derramou uísque na ferida aberta. Quase desmaiei de dor.

"Não se esforce para ficar consciente", disse ele. "Será melhor assim."

Não entendi o que ele quis dizer até vê-lo pondo linha na agulha e perceber o que ia fazer. Quando ele furou minha garganta, eu apaguei.

Era fim da tarde quando acordei de novo. Aleks estava sentado na cadeira ao lado de minha cama, com as mãos unidas à frente, como se estivesse rezando. Ao ver que eu me mexia, uma expressão de alívio perceptível tomou conta de seu rosto.

Sua mão em minha testa era quente. Ele acariciou meu rosto, meus cabelos.

"Se queria minha atenção", Aleks disse, "era só pedir."

JOSEF

Meu irmão vivia pedindo um cachorro quando éramos pequenos. Nossos vizinhos tinham um, acho que um retriever, e ele passava horas no jardim deles ensinando-o a rolar, a sentar, a falar. Mas meu pai não se dava bem com pelos de animais e, por causa disso, eu sabia que, por mais que Franz pedisse, ele não teria seu desejo atendido.

Em uma noite de outono, quando eu tinha, talvez, dez anos e dormia no quarto que dividia com Franz, ouvi sussurros. Acordei e vi meu irmão sentado na cama, com um pequeno pedaço de queijo sobre as cobertas, entre as pernas. Mordiscando o queijo, havia um pequeno ratinho do campo e, enquanto eu observava, meu irmão acariciou o pelo de seu dorso.

Mas, veja bem, minha mãe não mantinha o tipo de casa que atrai bichos indesejáveis. Ela vivia esfregando o chão, ou tirando pó, ou o que se possa imaginar. No dia seguinte, encontrei minha mãe arrancando os lençóis de nossas camas, embora não fosse dia de lavá-los.

— Esses ratos sujos, imundos. Assim que esfria lá fora, eles dão um jeito de entrar. Encontrei cocô — ela me disse, estremecendo. — Amanhã, no caminho para a escola, você vai comprar ratoeiras.

Pensei em Franz.

— Você quer matá-los?

Minha mãe me olhou com ar de surpresa.

— O que mais faríamos com pestes?

Naquela noite, antes de irmos dormir, Franz pegou outro pedacinho de queijo que tinha roubado da cozinha e o colocou a seu lado, na cama.

— Vou chamá-lo de Ernst — ele me disse.

— Como você sabe que ele não é uma Erma?

Mas Franz não respondeu e logo estava dormindo.

Eu, no entanto, fiquei acordado. Escutei com atenção até ouvir o raspar de pequenas patinhas no chão de madeira e observei, ao luar, o camundongo subir no cobertor para pegar o queijo que Franz tinha deixado. Antes que ele conseguisse, porém, eu o agarrei e o esmaguei contra a parede em um único e rápido movimento.

O barulho acordou Franz, que começou a chorar quando viu seu bichinho morto no chão.

Tenho certeza de que o camundongo não sentiu nada. E, afinal, era apenas um camundongo. Além disso, minha mãe deixara muito claro o que deveria ser feito com aquele tipo de criatura.

Eu só estava fazendo o que, em algum momento, ela faria.

Só estava cumprindo ordens.

* * *

Não sei se posso explicar a sensação de ser, de repente, o garoto de ouro. É verdade que meus pais não tinham muita opinião sobre Hitler e a política da Alemanha, mas ficaram orgulhosos quando Herr Sollemach me selecionou como referência para todos os outros meninos em nosso pequeno *Kameradschaft*. Eles não reclamavam muito mais de minhas notas, porque, em vez delas, eu voltava para casa todos os fins de semana com fitas de vencedor e elogios da parte de Herr Sollemach.

Para ser sincero, não sei se meus pais acreditavam na filosofia nazista. Meu pai não poderia lutar pela Alemanha nem que quisesse; ele tinha uma perna coxa por causa de um acidente de trenó na infância. E, mesmo que eles tivessem suas dúvidas quanto à visão de Hitler para a Alemanha, apreciavam seu otimismo e a esperança de que nosso país recuperaria sua grandeza. De qualquer modo, ter-me como o favorito de Herr Sollemach só melhorava a posição deles na comunidade. Eram os bons alemães que haviam produzido um filho como eu. Nenhum vizinho intrometido ia comentar o fato de meu pai não ter se alistado sabendo que eu era o representante mais importante da Juventude Hitlerista local.

Todas as sextas-feiras à noite, eu jantava na casa de Herr Sollemach. Levava flores para sua filha e, em uma noite de verão, quando eu tinha dezesseis anos, perdi a virgindade com ela sobre um velho cobertor de cavalo, em um milharal. Herr Sollemach passou a me chamar de *Sohn*, como se eu já fosse membro de sua família. E, pouco antes de meu aniversário de dezessete anos, ele me recomendou para a HJ-*Streifendienst*. Eram as unidades de patrulha pertencentes à Juventude Hitlerista. Nosso trabalho era manter a ordem em reuniões, informar ocorrências de deslealdade e denunciar qualquer pessoa que falasse mal de Hitler; até, em alguns casos, nossos próprios parentes. Eu tinha ouvido de um garoto, Walter Hess, que entregara o próprio pai para a Gestapo.

É engraçado, os nazistas não gostavam de religião, mas essa é a analogia mais próxima que posso usar para descrever a doutrinação por que passávamos quando crianças. A religião organizada, para o Terceiro Reich, estava em concorrência direta com o serviço à Alemanha, pois quem poderia jurar igual lealdade ao Führer *e* a Deus? Em vez de comemorar o Natal, por exemplo, comemorávamos o solstício de inverno. No entanto, nenhuma criança escolhe de fato sua religião; o tipo de emaranhado de crenças em que se verá envolvido é só uma questão de acaso. Quando você é pequeno demais para pensar por si próprio, é batizado e levado para a igreja e hipnotizado pela fala monótona de um padre e ensinado que Jesus morreu por seus pecados, e, como seus pais assentem com a cabeça e dizem que isso é verdade, por que você não deveria acreditar neles? Mais ou menos semelhante era a mensagem transmitida a nós por Herr Sollemach e outros que nos ensinavam. "O que é ruim é prejudicial", nos diziam. "O que é bom é útil." Era realmente simples assim. Quando nossos professores punham uma caricatura de um judeu na lousa para que víssemos e apontavam os traços associados a espécies inferiores, nós confiávamos neles. Eram mais velhos, então não deveriam saber mais? Que criança não quer que seu país seja o melhor, o maior, o mais forte do mundo?

Um dia, Herr Sollemach levou nosso *Kameradschaft* a uma viagem especial. Em vez de marchar para fora da cidade, como fazíamos em muitas de nossas caminhadas, Herr Sollemach nos conduziu pela curta estrada que levava ao Castelo de Wewelsburg, aquele que o próprio Heinrich Himmler havia requisitado para ser a sede oficial da SS.

Todos nós conhecíamos o castelo, claro, pois havíamos crescido próximos a ele. Suas três torres abrigavam um pátio triangular, empoleirado no alto de um rochedo sobre o vale do Alme; era parte de nossas aulas de história local. Mas nenhum de nós estivera em seu interior depois que a SS iniciou sua reconstrução. Agora, aquele não era mais um lugar para jogar futebol no pátio; destinava-se à a elite.

— Quem pode me dizer por que este castelo é tão importante? — Herr Sollemach perguntou, enquanto subíamos penosamente a colina.

Meu irmão, o intelectual, respondeu primeiro.

— Ele tem relevância histórica porque é perto do local de uma vitória antiga dos alemães, onde Hermann der Cherusker derrotou os romanos no ano 9 d.C.

Os outros meninos deram risinhos abafados. Ao contrário do que acontecia no *Gymnasium*, Franz não ia ganhar nenhum ponto aqui por saber a lição de história.

— Mas por que ele é importante para *nós*? — Herr Sollemach insistiu.

Um menino chamado Lukas, que era membro da HJ-*Streifendienst* como eu, levantou a mão.

— Ele agora pertence ao Reichsführer-SS — disse ele.

Himmler, que, como chefe da SS, havia assumido o controle da polícia alemã e dos campos de concentração, tinha visitado o castelo em 1933 e o arrendara naquele mesmo dia por um período de cem anos, planejando restaurá-lo para a SS. Em 1938, a torre norte ainda estava em construção. Pudemos ver isso quando nos aproximamos.

— Himmler diz que o *Obergruppenführersaal* será o centro do mundo, depois da vitória final — Herr Sollemach anunciou. — Ele já aprofundou os fossos e está tentando melhorar o interior. Há boatos de que estará aqui hoje para conferir o progresso. Ouviram isso, meninos? O próprio Reichsführer-SS, bem aqui em Wewelsburg!

Eu não entendia como Herr Sollemach conseguiria entrar no castelo, já que este era protegido por guardas e nem mesmo o líder do *Kameradschaft* local costumava se misturar ao mais alto escalão de oficiais do Partido Nacional-Socialista. Mas, quando chegamos mais perto, Herr Sollemach fez a saudação e o guarda o saudou de volta.

— Werner — Herr Sollemach disse. — Que dia emocionante, não?

— Você está bem no horário — o soldado respondeu. — Como vai Mary? E as meninas?

Eu deveria ter sabido que Herr Sollemach não deixaria nada para o acaso.

Meu irmão me puxou pelo braço para chamar minha atenção para o homem no centro do pátio, que falava com um grupo de oficiais.

— O sangue fala — o homem dizia. — As leis de seleção ariana favorecem os que são mais fortes, mais inteligentes e mais retos de caráter do que seus inferiores. Lealdade. Obediência. Verdade. Dever. Companheirismo. Estes são os pilares da instituição da cavalaria antiga e o futuro da Schutzstaffel.

Eu não entendi muito bem o que ele estava dizendo, mas soube, pelo respeito que a multidão parecia lhe dedicar, que devia ser o próprio Himmler. No entanto, aquele homem miúdo e empertigado parecia mais um caixa de banco do que o chefe da polícia alemã.

Então percebi que ele estava apontando para mim.

— Você, rapaz — disse ele, me chamando com um gesto.

Dei um passo à frente e o saudei da maneira como nos haviam ensinado em nossas reuniões da Juventude Hitlerista.

— Você é desta região?

— Sim, Reichsführer — respondi. — Sou membro da HJ-*Streifendienst*.

— Então me diga, rapaz. Por que um país que procura a pureza racial e o futuro de um novo mundo escolheria um castelo decrépito como centro de treinamento?

Essa era uma pergunta capciosa. Era evidente que um homem tão importante como Himmler não teria cometido um erro ao escolher um lugar como Wewelsburg. Minha boca ficou seca.

Meu irmão, de pé ao meu lado, tossiu. *Hartmann*, sussurrou.

Eu não sabia o que ele estava tentando me dizer ao falar nosso sobrenome. Talvez achasse que eu deveria me apresentar. Assim, Himmler saberia exatamente quem era o idiota parado a sua frente.

Então me dei conta de que meu irmão não tinha dito *Hartmann*. Ele dissera *Hermann*.

— Porque — respondi — este não é um castelo decrépito.

Himmler sorriu lentamente.

— Continue.

— Este é o mesmo lugar em que Hermann der Cherusker lutou contra os romanos e venceu. Assim, embora outras culturas tenham acabado anexadas ao Império Romano, a identidade alemã permaneceu intacta. Como ficará novamente, agora, quando vencermos a guerra.

Himmler apertou os olhos.

— Como é seu nome, rapaz?

— Kameradschaftsführer Hartmann — respondi.

Ele atravessou a multidão e pôs a mão em meu ombro.

— Um guerreiro, um erudito e um líder, tudo reunido. *Este é o futuro da Alemanha.* — Enquanto a multidão explodia em gritos e aplausos, ele me empurrou para a frente. — Você vem comigo — Himmler disse.

Ele me fez descer um lance de escadas em direção a *die Gruft*, a cripta funerária. No porão da torre que ainda estava em construção havia uma sala redonda. No centro, enterrada no chão, existia uma tubulação de gás. No contorno da sala, havia doze nichos, cada um com seu próprio pedestal.

— Isto é onde tudo acabará — Himmler disse, a voz soando oca na pequena câmara. — Das cinzas às cinzas, do pó ao pó.

— Reichsführer?

— Isto é onde eu estarei, muito depois da vitória final. Este será o lugar de descanso final dos doze principais generais da SS. — Ele se virou para mim. — Talvez haja tempo para um jovem brilhante como você alcançar este potencial.

Foi naquele momento que decidi me alistar.

* * *

Se Herr Sollemach ficou orgulhoso de meu alistamento como um SS-Sturmmann, minha mãe ficou arrasada na mesma medida. Ela se preocupava comigo, ao ver a guerra se ampliando. Mas estava igualmente preocupada com meu irmão, que, aos dezoito anos, ainda vivia com a cara enfiada nos livros e agora ia perder minha proteção.

Ela e meu pai fizeram uma pequena reunião social na véspera do dia em que eu deveria me apresentar no campo de concentração de Sachsenhausen, como parte da SS-Totenkopfverbände, a Unidade da Cabeça da Morte. Nossos amigos e vizinhos compareceram. Um deles, Herr Schefft, que trabalhava no jornal local, tirou uma fotografia minha soprando as velas do bolo de chocolate que minha mãe fizera. Você pode vê-la aqui; ainda tenho o recorte que ela me enviou pelo correio depois. Contemplei muito essa foto. Vê como estou feliz nela? Não só porque estou segurando o garfo sobre o prato, à espera de comer algo delicioso. Não só porque estou bebendo cerveja como um homem, e não um menino. Mas porque, para mim, tudo ainda era possível. Esta é a última fotografia que tenho de mim em que meus olhos não estão cheios de conhecimento, de entendimento.

Um dos amigos de meu pai começou a cantar para mim: "*Hoch soll er leben, hoch soll er leben, dreimal hoch*". Que tenha vida longa, que tenha vida longa, três vivas. De repente, a porta se abriu e o irmão mais novo de meu amigo Lukas entrou correndo, agitado e trêmulo de excitamento.

— Herr Sollemach disse para irmos imediatamente — ele avisou. — E sem uniforme.

Isso era curioso; sempre usávamos nosso uniforme com grande orgulho. E minha mãe não estava especialmente inclinada a nos deixar sair à meia-noite. Mas eu e os outros membros da Juventude Hitlerista, inclusive Franz, o seguimos. Corremos para o centro comunitário, onde fazíamos nossas reuniões, e encontramos Herr Sollemach vestido como nós, com roupas civis. Havia um caminhão estacionado na frente, do tipo usado por militares, com a traseira aberta e bancos para nos sentarmos. Entramos todos e, pelos fragmentos de informação que recebi de outros rapazes, soube que um oficial alemão chamado Vom Rath tinha sido assassinado por um judeu polonês e que o próprio Führer tinha dito que retaliações espontâneas por parte do povo alemão não seriam reprimidas. Quando o caminhão parou em Paderborn, a poucos quilômetros de distância de Wewelsburg, as ruas estavam cheias de gente armada com marretas e machados.

— É aqui que Artur mora — Franz murmurou para mim, referindo-se a seu antigo amigo da escola. Isso não me surpreendeu. A última vez em que eu havia estado em Paderborn fora um ano atrás, quando meu pai tinha ido comprar um par de botas bonitas para minha mãe, de presente de Natal, feito a mão por um sapateiro judeu.

Recebemos instruções:

1. Não colocar em risco a vida ou a propriedade de alemães não judeus.
2. Não saquear os estabelecimentos ou as casas dos judeus, apenas destruí-los.
3. Estrangeiros, mesmo judeus, não deveriam ser objeto de violência.

Herr Sollemach enfiou uma pá pesada em minha mão.

— Vá, Reiner — disse. — Mostre a esses porcos o castigo que eles merecem.

Havia tochas, o único modo de enxergarmos na escuridão da noite. O ar estava cheio de gritos e fumaça. O som de vidro quebrado era uma chuva constante, e os estilhaços se esmigalhavam sob nossas botas enquanto corríamos pela cidade, gritando a plenos pulmões e arrebentando as vitrines das lojas. Éramos garotos selvagens, frenéticos, com o suor e o medo secando sobre a pele. Até mesmo Franz, que, até onde pude ver, não atacou nem uma única vitrine de loja, corria com as faces coradas e os cabelos grudados de transpiração, pego no vórtice da mentalidade de grupo.

Era estranho receber ordens de provocar destruição. Nós éramos bons rapazes alemães, que nos comportávamos bem e éramos repreendidos por nossas mães por quebrar uma lâmpada ou uma xícara de porcelana. Tínhamos crescido suficientemente pobres para reconhecer o valor dos próprios pertences. No entanto, aquele mundo, cheio de fogo e caos, era a prova final de que havíamos caído através do Espelho de Alice. Nada era como havia sido; nada era como parecia ser. A prova estava ali, quebrada e cintilante sob nossos pés.

Por fim, chegamos à loja em que eu havia estado com meu pai, a minúscula sapataria. Pulei e agarrei a placa suspensa, puxando-a do suporte, de modo que ela ficou bebadamente pendurada numa corrente só. Lancei a pá contra a janela da vitrine e enfiei a mão entre as bordas afiadas do vidro quebrado para tirar calçados, uma dúzia de pares de botas, sapatos de salto alto e mocassins, que joguei nas poças da rua. Membros da tropa de assalto SA estavam chutando as portas de casas e arrastando os moradores, em roupa de dormir, para o centro da cidade. Eles se encolhiam em pequenos nós, curvados sobre os filhos. Um pai foi obrigado a ficar apenas com as roupas íntimas e dançar para os soldados. "*Kann ich jetzt gehen?*", o homem suplicava, enquanto girava em círculos. Posso ir agora?

Não sei o que me levou a fazer isso, mas me aproximei da família do homem. Sua esposa, talvez vendo minhas faces lisas e meu rosto jovem, agarrou-se a minha bota. "*Bitte... die sollen aufhören*", ela implorava. Por favor, faça-os parar.

Ela estava soluçando, puxando minha calça, tentando alcançar minha mão. Eu não queria o catarro dela em mim, sua saliva. Sua respiração quente e aquelas palavras vazias caíam na palma de minha mão.

Fiz o que veio naturalmente. Eu a chutei para longe de mim.

Como o Reichsführer-SS tinha dito em Wewelsburg naquele dia: "O sangue fala". Não que eu quisesse machucar aquela mulher judia. Na verdade, nem estava pensando nela. Estava me protegendo.

Naquele instante, percebi o que aquela noite havia significado. Não era a violência, ou o tumulto, ou a humilhação pública. Essas ações eram uma mensagem, para que os judeus soubessem que não tinham nenhum poder sobre nós, alemães étnicos: nem economicamente, nem socialmente, nem politicamente, nem mesmo depois daquele assassinato.

Estava quase amanhecendo quando o caminhão nos levou de volta a Wewelsburg. Os rapazes cochilavam apoiados uns nos ombros dos outros, com as roupas faiscantes do pó mágico resultante do vidro quebrado. Herr Sollemach ressonava. Apenas Franz e eu estávamos acordados.

— Você o viu? — perguntei.

— Artur? — Franz sacudiu a cabeça.

— Talvez ele já tenha ido embora. Soube que muitos deles deixaram o país.

Franz olhou para Herr Sollemach. Seus cabelos loiros caíram sobre o olho quando ele apontou com a cabeça.

— Eu odeio esse homem.

— Shh — alertei. — Acho que ele pode ouvir pelos poros.

— *Arschloch*.

— Ele deve ouvir por aí também.

Meu irmão esboçou um sorriso.

— Você está nervoso? — ele perguntou. — Por ir embora?

Eu estava, mas nunca admitiria isso. Não era próprio de um oficial ter medo.

— Vou ficar bem — respondi, esperando poder convencer a mim mesmo também. Dei uma cutucada nele com o cotovelo. — Não se meta em confusão enquanto eu estiver fora.

— Não se esqueça de onde você veio — Franz disse.

Ele falava assim, às vezes. Como se fosse um velho sábio no corpo de um garoto de dezoito anos.

— O que quer dizer com isso?

Franz deu de ombros.

— Que você não precisa ouvir o que eles dizem. Bom, talvez isso não seja verdade. Mas você não precisa acreditar.

— Acontece, Franz, que eu *acredito*. — Se eu conseguisse lhe explicar como me sentia, talvez ele não se destacasse tanto dos demais nas reuniões da Juventude Hitlerista, quando eu não estivesse por perto. E Deus sabe que, quanto menos ele se destacasse, menos risco teria de sofrer alguma coisa. — Esta noite, a ideia não foi prejudicar judeus. Eles foram um dano colateral. A ideia era *nos* manter seguros. Nós, alemães.

— Ter poder não é fazer algo terrível a alguém que é mais fraco que você, Reiner. É ter a força para fazer algo terrível e escolher não fazer.

— Ele se voltou em minha direção. — Lembra-se daquele rato em nosso quarto, anos atrás?

— O quê?

Franz me encarou.

— Você sabe. Aquele que você matou — disse. — Eu perdoo você.

— Eu não pedi seu perdão — falei.

Meu irmão deu de ombros.

— Isso não quer dizer que não o quisesse.

* * *

A primeira pessoa em que atirei estava correndo de mim.

Eu não estava mais trabalhando em um campo de concentração. Em agosto de 1939, tínhamos sido mobilizados de Sachsenhausen e enviados para seguir as tropas alemãs como parte da SS-Totenkopfstandarte. Era agora 20 de setembro. Lembro-me disso porque era aniversário de Franz e eu não tivera tempo nem maneira de lhe escrever naquele dia. Tínhamos atravessado em direção à Polônia sete dias antes, seguindo atrás do exército. Nossa rota era de Ostrowo, passando por Kalisch, Turek, Żuki, Krosniewice, Kladava, Przedecz, Włocławek, Dembrice, Bydgoszcz, Wirsitz, Zarnikau e, por fim, Chodziez. Deveríamos aniquilar todas as formas de resistência que encontrássemos.

Naquele dia específico, estávamos fazendo o que tínhamos sido enviados para fazer: dando buscas nas casas, juntando os insurgentes e prendendo os suspeitos: judeus, poloneses, ativistas. Outro soldado, Urbrecht, um rapaz com um rosto que parecia massa de pão crescida e estômago sensível, tinha me acompanhado ao conjunto residencial. Era um dia horrível, chuvoso. Tínhamos gritado muito; minha voz estava acabada de tanto dizer aos poloneses estúpidos, que não entendiam meu alemão, para sair e juntar-se aos outros. Havia uma mãe, uma menina de uns dez anos e um menino adolescente. Estávamos procurando o pai, que era um dos líderes da comunidade judaica local. Mas não havia mais ninguém na casa, ou assim Urbrecht disse, depois de revistá-la. Gritei na cara da mulher, perguntando a ela onde estava o marido, mas ela não respondia. Enquanto a chuva a encharcava, ela caiu de joelhos e começou a soluçar e a apontar para a casa. Aquilo já estava me dando uma dor de cabeça insuportável.

Nada que o filho dissesse conseguia acalmá-la. Eu lhe cutuquei as costas com minha carabina, indicando para onde eles deveriam ir, mas a mulher continuava ajoelhada em uma poça de lama. Quando Urbrecht a puxou para cima, o adolescente começou a correr de volta para a casa.

Eu não tinha ideia do que ele pretendia. Poderia estar indo atrás de alguma arma que Urbrecht não tivesse percebido. Fiz o que haviam me mandado fazer: atirei.

O menino estava correndo e, no instante seguinte, não estava mais. O som da bala foi ensurdecedor, oco. De início, não consegui ouvir mais nada por causa disso. E então ouvi.

Os gritos eram agudos e emendados como vagões de trem. Passei por cima do corpo do menino e entrei na cozinha. Não sei como aquele idiota do Urbrecht pôde não ter visto o bebê deitado no cesto de roupas sujas, o mesmo que agora, totalmente acordado, berrava a plenos pulmões.

Digam o que quiserem sobre a desumanidade da SS-TV durante a invasão da Polônia, mas eu entreguei o bebê para aquela mulher antes de a levarmos embora.

*   *   *

Começamos pelas sinagogas.

Nosso comandante, Standartenführer Nostitz, explicou a *Judenaktion* que iríamos empreender em Włocławek. Era mais ou menos o que tínhamos feito com Herr Sollemach em Paderborn, quase um ano antes, mas em maior escala. Juntamos líderes judeus e os obrigamos a limpar vasos sanitários com seus xales de oração e a cavar valas dentro de poças de água. Alguns dos soldados batiam nos velhos que não conseguiam trabalhar suficientemente rápido, ou os feriam com a baioneta, e outros tiravam fotografias. Fizemos os líderes religiosos rasparem a barba e jogarem seus livros sagrados na lama. Tínhamos dinamite e a usamos para explodir as sinagogas e incendiá-las. Quebramos as vitrines das lojas judaicas e reunimos multidões de judeus para ser presas.

Líderes da comunidade judaica foram alinhados na rua e executados. A cena era de caos, com vidro chovendo pelo ar e canos rompidos despejando água na rua, cavalos empinando nas carroças que puxavam, sangue tingindo de vermelho os paralelepípedos. Os civis poloneses nos aclamavam. Eles não queriam os judeus ali mais do que nós, alemães, queríamos.

Dois dias depois do início da *Aktion*, o Standartenführer ordenou que duas unidades *Sturmbanne* se destacassem do batalhão para executar uma tarefa especial. Havia listas de nomes registrados pelo serviço de inteligência, o SD, e pela polícia, nomes de intelectuais e líderes da resistência em Poznań e na Pomerânia. Nós deveríamos encontrar e eliminar essas pessoas.

Foi uma honra ser escolhido. Mas foi só quando chegamos a Bydgoszcz que entendi de fato a abrangência do exercício. A "lista da morte" não era uma folha de nomes. Eram oitocentas pessoas. Um livro.

É verdade que eles eram fáceis de achar. Tratava-se de professores, padres, líderes de organizações nacionalistas polonesas. Alguns eram judeus; muitos não eram. Eles foram localizados e reunidos. Um pequeno grupo foi selecionado para cavar uma vala; acreditavam que era uma trincheira antitanques que estavam criando. Mas então o primeiro grupo de prisioneiros foi conduzido até a vala, e era nossa missão executá-los. Havia seis de nós encarregados da tarefa. Três deveriam mirar a cabeça, e três, o coração. Fiquei com o coração. Nossos tiros soaram, e foi como uma chuva de fogos de artifício feita de sangue, de cérebros. Então o próximo grupo de prisioneiros veio até a borda da vala.

Os que estavam no fim da fila viam o que acontecia. Eles devem ter entendido que, quando se aproximavam de nós, os soldados, estavam vindo para a morte. No entanto, a maioria não corria, não tentava escapar. Não sei se isso significava que eram muito, muito burros, ou muito, muito corajosos.

Um adolescente olhou diretamente para mim quando levei a carabina ao ombro. Ele ergueu a mão e apontou para si mesmo. Em alemão perfeito, disse "Neunzehn". Dezenove.

Depois dos cinquenta primeiros, parei de olhar para o rosto deles.

* * *

Minha firmeza na Polônia resultou em que eu fosse enviado à SS-Junkerschule Bad Tölz, uma escola de treinamento para oficiais. Antes de embarcar, recebi três semanas de licença e fui para casa.

Apenas um ano havia se passado, mas eu estava muito diferente. Quando saí, ainda era uma criança; agora, era um homem. Havia arrancado um bebê aos gritos dos braços da mãe. Havia matado meninos e meninas da minha idade, e muito mais novos também. Havia me acostumado a obter o que queria, quando queria. Estar na casa de meus pais me enervava; eu me sentia grande demais para aquele espaço, muito cheio de eletricidade.

Meu irmão, por outro lado, via nossa pequena casa em Wewelsburg como um paraíso. Ele estava entre os primeiros de sua classe no *Gymnasium*, com a expectativa de ir para a universidade. Ainda queria ser escritor e, se isso não desse certo, professor. Não parecia entender o fato logístico mais simples: a Alemanha estava em guerra; nada era como havia sido. Qualquer sonho de infância se tornara algo do passado, sacrificado pelo bem maior de nosso país.

Franz tinha recebido um documento determinando que comparecesse ao centro de recrutamento, mas ele o jogara no fogo. Como se isso pudesse ser suficiente para impedir a SS de encontrá-lo e obrigá-lo a cumprir a ordem.

— Eles não precisam de pessoas como eu — ele disse durante o jantar.

— Eles precisam de todos os homens fisicamente capazes — respondi.

Minha mãe tinha medo de que Franz fosse apontado como um oponente político do Reich, em vez de ser reconhecido como indiferente. Eu não a culpava por isso. Sei o que acontecia com os que se opunham politicamente ao Reich. Desapareciam.

No primeiro dia depois que vim para casa, acordei com o sol entrando pelas janelas e minha mãe sentada na beirada de minha cama estreita. Franz já tinha ido para o *Gymnasium*; eu tinha dormido até quase meio-dia.

Puxei as cobertas até o queixo.

— Aconteceu alguma coisa?

Minha mãe inclinou a cabeça.

— Eu ficava olhando você dormir quando era recém-nascido — disse. — Seu pai achava que eu era louca. Mas eu acreditava que, se desviasse os olhos, você poderia se esquecer da próxima respiração.

— Eu não sou mais um bebê — falei.

— Não — minha mãe concordou. — Não é. Mas não é por isso que não me preocupo. — Ela mordeu o lábio. — Eles o estão tratando bem?

Como eu poderia explicar a minha própria mãe as coisas que havia feito? Os judeus cujas portas eu havia derrubado a pontapés, para pegarmos rádios, eletrodomésticos, objetos de valor e qualquer outra coisa que pudesse ajudar no esforço de guerra? O rabino idoso que eu havia espancado por ter ficado fora de casa para rezar depois do toque de recolher? Os homens, mulheres e crianças que reunimos no meio da noite e matamos?

Como poderia explicar que bebia para afastar as imagens que tinha visto o dia inteiro? Que ficava tão bêbado que, às vezes, na manhã seguinte, a ressaca era violenta a ponto de não conseguir parar em pé. Que me sentava na beira da vala com as pernas penduradas, o ombro dolorido do coice da arma, entre um grupo e outro. Eu fumava um cigarro e acenava com o cano da arma para direcionar a próxima fila de vítimas, a fim de que elas soubessem onde deveriam se deitar. Então eu atirava. Precisão não era essencial, embora eu tenha aprendido a ser econômico. Duas balas na cabeça era excessivo. A pura força do tiro quase a arrancava do corpo.

— E se você se ferir na Polônia? — ela perguntou.

— Eu poderia me ferir na Alemanha também — lembrei-a. — Eu tomo cuidado, mãe.

Ela tocou meu braço.

— Não quero nenhum sangue de Hartmann derramado.

Eu podia afirmar, pela expressão dela, que estava pensando em Franz.

— Ele também vai ficar bem — respondi. — Há grupos de forças especiais liderados por homens com doutorado. Há espaço para acadêmicos na SS também.

Isso fez minha mãe sorrir.

— Talvez você possa dizer isso a ele.

Ela saiu, prometendo me fazer um almoço digno de um rei, já que eu tinha perdido o café da manhã. Tomei um banho e me vesti com roupas civis, ciente de que até mesmo minha postura, agora, fazia-me parecer um soldado. Quando terminei o prato de comida que minha mãe preparara para mim, a casa estava silenciosa. Meu pai estava no trabalho, minha mãe em seu grupo de voluntárias na igreja. Franz tinha aulas até duas horas da tarde. Eu poderia ter caminhado pela cidade, mas não sentia vontade de ser sociável. Então, em vez disso, voltei para o quarto que dividia com meu irmão.

Sobre sua escrivaninha, havia um pequeno bloco de madeira, entalhado na forma aproximada de um lobisomem. Alinhados diante do mata-borrão, havia mais dois, em estágios diversos de precisão. Havia também um vampiro, com os braços cruzados e a cabeça inclinada para trás. Em minha ausência, meu irmãozinho tinha se tornado um artesão e tanto.

Peguei o vampiro e estava testando as pontas dos dentes pontudos em meu polegar quando ouvi a voz de Franz.

— O que está fazendo?

Virei e dei com ele me olhando com ar zangado.

— Nada.

— Isso é meu — ele declarou, arrancando a escultura de minha mão.

— Desde quando você começou a trabalhar com madeira?

— Desde que decidi que queria fazer um jogo de xadrez — respondeu Franz. Ele se virou e começou a procurar nas estantes. Franz colecionava livros como algumas pessoas colecionam moedas ou selos. Eles cobriam sua mesa e prateleiras; empilhavam-se embaixo da cama. Ele nunca doava um livro para os bazares da igreja porque, dizia, não podia saber se ia querer lê-lo outra vez. Eu o vi puxar uma pilha de histórias de terror do estreito espaço entre a mesa e a parede e olhei os títulos. *O lobo da Crimeia. Sede de sangue. A assombração.*

— Por que você lê essas coisas? — perguntei.

— Por que isso é da sua conta? — Franz esvaziou a mochila sobre a cama e substituiu os livros de escola pelos romances. — Volto mais tarde. Tenho de passear com Otto. O cachorro dos Mueller.

Não me surpreendeu ouvir que Franz estava fazendo esse trabalho temporário, e sim que o cachorro dos Mueller ainda estivesse vivo depois de tanto tempo.

— Está planejando ler para ele também?

Ele não respondeu e saiu apressado outra vez. Dando de ombros, deitei em minha própria cama estreita, com um dos livros dele, e dobrei a lombada. Li a mesma frase três vezes antes de ouvir a porta da frente se fechar e, então, fui até a janela e vi meu irmão atravessar a rua.

Ele passou direto pela casa dos Mueller.

Desci as escadas e saí, usando meu treinamento tático militar para seguir Franz por vários minutos até uma casa que não reconheci. Não sabia quem eram os moradores, mas parecia que não havia ninguém ali. As venezianas estavam fechadas e a casa tinha um aspecto de abandono. No entanto, quando Franz bateu, a porta se abriu para ele entrar.

Esperei por uns quinze minutos, escondido atrás de uma sebe, até meu irmão reaparecer, com a mochila de livros murcha e vazia de encontro ao quadril.

Saí de trás das moitas.

— O que você está aprontando, Franz?

Ele me empurrou e continuou andando.

— Estou trazendo livros para um amigo. Até onde sei, isso não é crime.

— Então por que me disse que ia passear com o cachorro?

Meu irmão não disse nada, mas suas faces ficaram coradas.

— Quem mora aqui que você não quer que eu saiba que está visitando? — Levantei as sobrancelhas, sorrindo, imaginando se de repente meu irmão tinha começado a se envolver com mulheres em minha ausência. — É uma garota? Será que você finalmente se entusiasmou por alguma coisa além da métrica de poemas? — Brincando, eu lhe dei um soquinho no ombro, mas ele se afastou.

— Pare com isso — murmurou.

— Ah, pobre Franz. Se você tivesse me perguntado, eu teria lhe dito para trazer chocolates, não livros...

— Não é uma garota — Franz declarou. — É Artur Goldman. É ele que mora aqui.

Levei um momento para situar o nome. O judeu da classe de Franz no *Gymnasium*.

A maioria dos judeus de nossa cidade tinha ido embora. Eu não sabia para onde, talvez para as cidades grandes, talvez Berlim. Na verdade, nunca havia pensando nisso. Mas, ao que parecia, meu irmão havia.

— Meu Deus. É por isso que você não quer entrar para a SS? Porque gosta de judeus?

— Não seja idiota...

— Não sou eu o idiota aqui, Franz — respondi. — Eu não estou confraternizando com inimigos do Reich.

— Ele é meu amigo. Não pode ir à escola. Então eu lhe trago livros. Só isso.

— Você tem um irmão que é candidato a oficial da SS — eu disse em voz baixa. — Por isso vai parar de confraternizar com um judeu.

— Não — meu irmão respondeu.

Não.

Não.

Eu não me lembrava da última vez em que alguém tinha me dito aquilo.

Agarrei-o pela garganta.

— O que você acha que vai parecer quando a Gestapo descobrir? Você arruinaria minha carreira por causa disso, depois de tudo o que fiz para protegê-lo? — Soltei o pescoço dele, e Franz se engasgou e dobrou o corpo para a frente, tossindo. — Seja homem, Franz. Pelo menos uma vez nessa sua vida idiota, seja homem, cacete!

Ele se afastou de mim, meio cambaleante.

— O que é isso que você se tornou, Reiner?

Remexi o bolso em busca de um cigarro, acendi-o e dei uma tragada.

— Posso ter sido veemente demais — admiti, suavizando a voz. — Talvez tudo que você precise ouvir de mim seja isto. — Soprei um anel de fumaça. — Diga a Artur que não pode mais visitá-lo. Ou eu garantirei que não haja mais ninguém aqui para você visitar.

A compostura do rosto de meu irmão se desfez; ele se virou para mim com uma expressão que eu tinha visto tantas vezes no último ano que aprendera a ficar indiferente a ela.

— Por favor — Franz disse. — Você não faria isso.

— Se você realmente quer salvar seu amigo — respondi —, fique longe dele.

Duas noites depois, fui acordado pelo braço de meu irmão pressionando com força minha traqueia.

— Você mentiu — ele sibilou. — Disse que não faria nada a Artur.

— E *você* também mentiu — respondi. — Ou não saberia que eles foram embora.

Não havia sido difícil espalhar as sementes da intolerância, deixar claro para a família que eles não eram bem-vindos ali. Eu não os fiz ir embora da cidade, na verdade. Foi puro instinto, autopreservação da parte deles. Eu tinha feito isso porque sabia que era forte onde meu irmão era fraco, que ele continuaria a visitar Artur, e ali estava a prova de que eu estivera certo em agir. Se eram livros hoje, amanhã seria comida. Dinheiro. Abrigo. E isso eu não podia deixar acontecer.

— Eu lhe fiz um favor — falei entre dentes, sufocado.

Meu irmão soltou minha garganta. Ao luar, vi uma expressão em seu rosto que nunca tinha visto antes. Seus olhos estavam parados e vazios; o maxilar estava tenso de raiva. Ele parecia capaz, naquele instante, de me matar.

Eu soube, então, que minha mãe podia parar de se preocupar. Mesmo que Franz fosse arrastado para o centro de recrutamento; mesmo que nunca pusesse os pés na universidade e fosse levado embora, como eu, para o treinamento de oficiais; mesmo que tivesse de lutar na linha de frente... ele conseguiria sobreviver àquela guerra.

Nunca mais falamos sobre Artur Goldman.

* * *

Nos meses que passei na *Junkerschule*, estudei o *Mein Kampf*, brinquei de jogos de estratégia de guerra em caixas de areia e fiz intermináveis exames, que eliminavam um em cada três cadetes do programa. Tínhamos aula de tática, leitura de mapas e terrenos, treinamento de combate, atualidades, treinamento em armas. Estudávamos tecnologia de armas, íamos para o estande de tiro e aprendíamos sobre a administração da SS e da polícia. Aprendemos a manobrar um tanque, a sobreviver em áreas inóspitas e a consertar um veículo quebrado. Fomos preparados como soldados acima da média em conhecimento, determinação e resistência. Graduei-me em 1940 como segundo-tenente na Waffen-SS, um Untersturmführer. Fiquei posicionado no governo geral na Polônia, até 24 de abril de 1941, quando a 1ª Brigada de Infantaria SS foi formada.

Éramos uma unidade especial da Waffen-SS, parte do *Kommandostab* do Reichsführer-SS, e atuávamos em situações de fuzilamento de civis. Como Untersturmführer, eu liderava uma das quinze companhias que compunham o 8º Regimento de Infantaria, que fazia parte da Brigada. Movemo-nos pelo norte da Ucrânia, de Dubno a Równo a Zhytomyr. O que fazíamos era o mesmo que eu tinha feito anos antes na Polônia, exceto que agora restavam menos líderes judeus e prisioneiros políticos.

Meu supervisor, Hauptsturmführer Voelkel, tinha nos dado as ordens: recolher todos os indesejáveis políticos e todos os inferiores raciais, como os ciganos e todos os judeus, homens, mulheres e crianças. Deveríamos juntar suas roupas e objetos de valor, fazê-los marchar para campos abertos e ravinas nos arredores das cidades e aldeias que haviam sido conquistadas e matá-los.

A *Reinigungsaktionen* ocorria assim: exigíamos que os judeus comparecessem a um lugar determinado, uma escola, prisão ou fábrica, e depois os levávamos a um local que já havia sido preparado. Alguns desses lugares eram ravinas naturais, alguns eram valas cavadas pelos próprios prisioneiros. Depois de terem entregado as roupas e os bens de valor, nós os conduzíamos para dentro da vala e os fazíamos deitar de bruços. Então, como comandante do regimento, eu dava a ordem. Os suboficiais e voluntários, homens da Waffen-SS, levantavam suas Karabiner 98k e atiravam na nuca dos prisioneiros. Em seguida, alguns soldados despejavam uma carga de terra ou cal, antes que o grupo seguinte fosse trazido à vala.

Eu andava entre os corpos, encontrava os que ainda estavam se movendo e dava o tiro de misericórdia com a pistola.

Eu não pensava no que estava fazendo. Como poderia? Ser totalmente despido, ouvir gritos para se mover mais rápido, mais rápido em direção à vala, com seus filhos correndo ao lado. Olhar para baixo e ver seus amigos e seus parentes, morrendo um instante antes de você. Tomar seu lugar entre os membros ainda espasmódicos dos feridos, deitar-se e esperar sua hora. Sentir o golpe da bala e, depois, o peso de um estranho caindo sobre você. Pensar nisso era pensar que estávamos matando outros seres humanos e, para nós, eles não podiam ser humanos. Porque, nesse caso, o que isso diria sobre *nós*?

E assim, depois de cada *Aktion*, nós nos embebedávamos. Ficávamos tão incrivelmente bêbados que expulsávamos de nossos pesadelos a imagem terrível do chão sangrento, do escoamento vermelho inchando como um gêiser depois de todos os corpos estarem na vala. Bebíamos até não sentir mais o cheiro da merda que cobria os corpos. Até não vermos, impressa no interior de nossas pálpebras, a criança ocasional que escalava até o topo do emaranhado de membros, ferida mas não morta, e corria pela vala gritando pela mãe ou pelo pai, até que eu nos tirasse dessa desgraça e a matasse com uma única bala.

Alguns dos oficiais enlouqueciam. Eu tinha medo de que isso pudesse acontecer comigo também. Um dos homens de outro segundo-tenente havia se levantado no meio da noite, saído do acampamento e dado um tiro na cabeça. No dia seguinte, o segundo-tenente se recusou, simplesmente se recusou a atirar em quem quer que fosse. Voelkel o fez ser transferido para as linhas de frente.

Em julho, Voelkel nos disse que haveria uma *Aktion* na estrada entre Równo e Zhytomyr. Oitocentos judeus tinham sido reunidos.

Embora eu tivesse dado ordens explícitas aos homens sobre como eles deveriam se comportar e quando atirar, no momento em que o terceiro grupo de prisioneiros parou, nus, trêmulos e chorando, na borda da vala, um de meus homens começou a desmoronar. Schultz largou a carabina e desabou no chão.

Ordenei que ele se retirasse e peguei sua arma.

— O que estão esperando? — gritei para os soldados responsáveis por trazer o próximo grupo de prisioneiros. Dessa vez, fui o primeiro a disparar a arma. Tinha de dar o exemplo. Fiz isso nos três grupos seguintes de prisioneiros e, quando sangue e massa cinzenta borrifavam meu uniforme, eu enrijecia o queixo e ignorava. Quanto a Schultz, ele seria remanejado. A SS não queria ninguém nas linhas de frente que talvez não conseguisse atirar.

Naquela noite, meus homens foram se divertir na taverna local. Eu me sentei do lado de fora, sob as estrelas, e fiquei ouvindo o glorioso silêncio. Nenhum festival de tiros, nenhum grito, nenhum choro. Eu tinha uma garrafa de uísque quase vazia depois de duas horas em minha mão. Não entrei na taverna até que meus homens saíram, cambaleando pela rua e equilibrando-se precariamente uns nos outros, como blocos de madeira de uma criança. A essa hora, esperava que a taverna estivesse vazia, mas, em vez disso, havia meia dúzia de oficiais reunidos e, em um canto, Voelkel estava em pé junto a uma das mesas. Sentada diante dele, eu vi Annika Belzer, funcionária de apoio que viajava com o Hauptsturmführer. Ela era secretária executiva e muito mais nova que Voelkel ou que a esposa dele. Também era uma datilógrafa terrível. Todos no 8º Regimento de Infantaria da SS sabiam por que ela havia sido contratada e por que o Hauptsturmführer precisava de uma secretária, embora sua unidade fosse móvel. Annika tinha cabelos absurdamente claros, usava maquiagem em excesso e, no momento, estava soluçando. Enquanto eu observava, Voelkel enfiou o cano do revólver na boca de Annika.

Os outros no bar não estavam prestando atenção, ou pelo menos fingiam que não, porque não se mexia com o líder da Brigada de Infantaria.

— E então — disse Voelkel, armando o gatilho. — Consegue fazer *este* gozar?

— O que está fazendo? — perguntei, espantado.

Voelkel olhou por sobre o ombro.

— Ah, Hartmann. Acha que, só porque fez um soldado obedecer-lhe, pode mandar em mim também?

— Você não consegue levantar e vai atirar *nela*?

Ele se virou para mim com um meio sorriso.

— Por que *você* tem que ficar com toda a diversão?

Era diferente. Um judeu era uma coisa, mas aquela garota era alemã.

— Se puxar esse gatilho — eu disse calmamente, embora meu coração batesse com tanta força que eu o sentia mover a lã grossa de meu uniforme —, o Obersturmbannführer vai ficar sabendo.

— Se o Obersturmbannführer ficar sabendo — Voelkel disse —, eu saberei quem culpar, certo?

Ele retirou o revólver da boca de Annika e bateu com ele no rosto dela. Ela caiu de joelhos, depois se levantou apressada e saiu correndo. Voelkel caminhou para um grupo de oficiais da SS e começou a virar doses de bebida com eles.

De repente, fiquei com dor de cabeça. Não queria estar ali; não queria estar na Ucrânia. Eu tinha vinte e três anos. Queria estar sentado à mesa da cozinha de minha mãe, comendo sua sopa de presunto caseira; queria estar admirando meninas bonitas caminhando pela rua de salto alto; queria beijar uma delas na ruela de tijolos atrás do açougue.

Queria ser um jovem com uma vida à frente, não um soldado que caminhava entre a morte a cada dia e raspava as entranhas dela do uniforme a cada noite.

Cambaleei para fora da taverna e vi um clarão de algo brilhante com o canto do olho. Era a secretária, com os cabelos faiscando sob a luz de uma lâmpada de rua.

— Meu príncipe no cavalo branco — disse ela, segurando um cigarro.

Eu o acendi para ela.

— Ele a machucou?

— Não mais do que de hábito — ela falou, dando de ombros. Como se o tivesse conjurado, a porta da taverna se abriu e Voelkel saiu para o frio da noite. Ele a segurou pelo queixo e beijou-lhe a boca com ímpeto.

— Vamos lá, minha querida — disse, doce e charmoso. — Você não vai ficar brava comigo a noite inteira, não é?

— De jeito nenhum — ela respondeu. — Só vou terminar meu cigarro.

Ele me fitou rapidamente e desapareceu de novo dentro da taverna.

— Ele não é um homem mau — Annika insistiu.

— Então por que você o deixa tratá-la assim?

Annika olhou-me nos olhos.

— Eu poderia lhe perguntar o mesmo — respondeu.

* * *

No dia seguinte, era como se nossa desavença não tivesse acontecido. Quando chegamos a Zwiahel, não estávamos mais usando carabinas, mas metralhadoras para nossa *Aktion*. Os soldados conduziam os judeus em um fluxo interminável para dentro das valas. Havia tantos deles daquela vez. Dois mil. Foram necessários dois dias para matar todos.

Não havia sentido em derramar areia entre as camadas de corpos; em vez disso, outros do regimento simplesmente amontoavam os judeus sobre seus parentes e amigos, alguns dos quais ainda estavam nos estertores da morte. Eu os ouvia sussurrando junto ao pescoço dos outros, palavras de consolo, nos segundos antes de eles próprios receberem seus tiros.

Um dos últimos grupos tinha uma mãe e uma criança pequena. Aquilo não era extraordinário. Eu tinha visto milhares delas. Mas essa mãe, ela carregou a menininha no colo e lhe disse para não olhar, para manter os olhos fechados. Pousou a criança entre dois corpos caídos, como se a estivesse arrumando para dormir. E, então, começou a cantar.

Eu não sabia as palavras, mas conhecia a melodia. Era uma cantiga de ninar que minha mãe cantava para mim e para meu irmão quando éramos pequenos, embora em uma língua diferente. A menininha também cantou. "*Nite farhaltn*", a pequena judia cantava. Sem parar.

Dei a ordem e as metralhadoras soaram e sacudiram o chão em que eu me encontrava. Só depois que os soldados terminaram, meus ouvidos pararam de zumbir.

Foi quando escutei a menininha, ainda cantando.

Ela estava manchada de sangue, e sua voz não passava de um sussurro, mas as notas subiam como bolhas de sabão. Caminhei pela vala e apontei a arma para ela. Seu rosto ainda estava enfiado no ombro da mãe, mas, quando sentiu minha presença, olhou para cima.

Atirei no corpo de sua mãe morta.

Em seguida, soou o estalo de um tiro de pistola e não houve mais música.

A meu lado, Voelkel guardava sua arma no coldre.

— Mire melhor — disse ele.

* * *

Eu havia passado três meses na 1ª Brigada de Infantaria SS, assombrado por meus pesadelos. Sentava-me para o café da manhã e via o fantasma de um homem morto, em pé do outro lado da sala. Olhava para meus uniformes lavados, imaculados, e ainda via os pontos em que o sangue havia penetrado na lã. Bebia à noite para apagar de vez, porque o espaço entre a vigília e o sono era o mais perigoso de pisar.

Mas, mesmo depois que o último judeu em Zwiahel foi executado, mesmo depois que Voelkel nos elogiou oficialmente pelo trabalho bem feito, eu ainda ouvia aquela criança cantando. Ela tinha se ido havia muito tempo, enterrada sob incontáveis camadas de moradores de sua aldeia, no entanto a brisa passava como um arco de violino pelos ramos de uma árvore e eu ouvia outra vez sua cantiga de ninar. Escutava o tilintar de moedas sendo contadas e imaginava sua risada. A voz dela ficara presa na concha de meus ouvidos, como se fosse o som do oceano.

Comecei a beber cedo naquela noite, pulando o jantar. O balcão da taverna flutuava sem amarras a minha frente; eu tinha de imaginar que cada dose que passava por meus lábios me ancorava ao banco em que estava sentado. Achei que talvez pudesse desmaiar ali mesmo, sobre as mesas grudentas que nunca eram suficientemente limpas.

Não sei há quanto tempo estava ali sentado quando ela apareceu. Annika. Quando abri os olhos, com o rosto pressionado contra a madeira da mesa, ela estava inclinada, olhando para mim.

— Você está bem? — perguntou, e eu levantei a cabeça, que era do tamanho do mundo, e a vi endireitar o corpo. — Parece que vai precisar de ajuda para chegar em casa.

E então ela estava me levantando, embora eu não quisesse ir. Estava falando a um milhão de quilômetros por minuto e me arrastando para fora do bar, para um lugar onde eu estaria sozinho com minhas lembranças. Tentei me livrar dela, o que não era difícil, porque ela era miúda e eu, consideravelmente maior. Ela se contraiu de imediato, esperando que eu fosse agredi-la.

Ela achava que eu era como Voelkel.

Isso, pelo menos, penetrou a névoa em minha cabeça.

— Eu não quero ir para casa — falei.

Não lembro como chegamos aos aposentos dela. Havia escadas, e eu não estava em condições de subi-las. Não tenho ideia de quem teve a ideia de tirar nossas roupas. Não tenho ideia do que aconteceu, o que, posso lhe dizer, lamento muito.

Isto é o que lembro com perfeita clareza: acordar com o beijo frio de uma pistola contra a testa e com Voelkel se elevando sobre mim e dizendo que minha carreira como oficial estava acabada.

"Tenho uma surpresa para você", Aleks disse, quando entrei na cozinha. "Sente-se."

Acomodei-me em um banquinho e observei os músculos de suas costas se flexionarem enquanto ele abria a porta do forno de tijolos e puxava algo de dentro.

"Feche os olhos", ele falou. "Não espie."

"Se for uma receita nova, espero que você tenha feito também o resto do pedido habitual..."

"Certo", Aleks interrompeu, tão perto que eu sentia o calor de sua pele junto da minha. "Pode olhar agora."

Abri os olhos. Ele estava com a palma da mão aberta. No centro dela, havia um pãozinho exatamente igual ao que meu pai costumava fazer para mim, e só isso já me deu vontade de chorar.

Eu podia sentir o aroma da canela e do chocolate.

"Como você sabia?", perguntei.

"Naquela noite em que tive de suturar seu pescoço. Você fala muito quando está bêbada." Ele sorriu. "Prometa que vai comer inteiro."

Eu o parti. O vapor subiu entre nós na forma de um segredo. O miolo era levemente rosado, quente, como carne.

"Prometo", eu disse e dei a primeira mordida.

SAGE

Pode-se culpar o criacionista que não acredita em evolução se ele tiver sido alimentado com essa suposta verdade sua vida inteira e a tiver engolido com casca e tudo?
Talvez não.
Pode-se culpar o nazista que nasceu em um país antissemita e recebeu uma educação antissemita, e depois cresce e mata cinco mil judeus?
Sim. Sim, pode-se.
A razão de eu ainda estar sentada à mesa da cozinha de Josef é a mesma pela qual o trânsito fica lento depois de um acidente de carro: as pessoas querem ver os danos; não se pode passar sem essa fotografia mental. Somos atraídos pelo horror ainda que ele nos cause repulsa.
Espalhadas diante de mim sobre a mesa, há fotos: aquela que ele me mostrou dias atrás dele como soldado em um campo; e a foto recortada do jornal tirada na Kristallnacht, com Josef — *Reiner* — sorrindo e comendo o bolo feito pela mãe.
Como podia alguém que assassinara pessoas inocentes parecer tão... tão... comum?
— Eu não entendo como você fez isso — digo, rompendo o silêncio. — Como levou uma vida normal e fingiu que nada disso jamais aconteceu.
— É surpreendente o que a gente pode se convencer a acreditar quando precisa — Josef diz. — Se você ficar repetindo para si mesmo

que é um determinado tipo de pessoa, acabará *se tornando* essa pessoa. Era isso, no fundo, a Solução Final. Primeiro eu me convenci de que era de uma raça pura, ariano. De que merecia coisas que outros não mereciam, por mero acaso de nascença. Veja só que *hybris*, que arrogância. Em comparação, convencer a mim mesmo e aos outros de que eu era um homem bom, um homem honesto, um professor humilde, foi fácil.

— Não sei como você dorme à noite — respondo.

— Quem disse que eu durmo? — Josef diz. — Com certeza, você vê agora que fiz coisas horríveis e que mereço morrer.

— Sim — respondo secamente. — Você merece. Mas, se eu o matar, não serei melhor do que você foi.

Josef reflete sobre isso.

— A primeira vez em que se toma uma decisão como essa, uma decisão que vai contra seus princípios morais, é a mais difícil. A segunda, porém, não é tão difícil. E isso o faz se sentir uma fraçãozinha melhor em relação à primeira vez. E assim por diante. Mas você pode continuar dividindo e dividindo e nunca se livrará inteiramente do amargor no estômago que sente quando pensa naquele momento em que poderia ter dito "não".

— Se está tentando me convencer a ajudá-lo a morrer, essa não parece ser a melhor maneira.

— Ah, sim, mas há uma diferença entre o que eu fiz e o que estou pedindo que *você* faça. Eu *quero* morrer.

Penso naqueles pobres judeus, despidos e humilhados, agarrando-se aos filhos enquanto marchavam para uma vala cheia de corpos. Talvez eles também quisessem morrer, naquele momento. Melhor isso do que viver em um mundo em que aquele tipo de inferno podia acontecer.

Penso em minha avó, que, como Josef, se recusou a falar sobre isso por tanto tempo. Seria porque ela achava que, se não falasse, não teria de reviver tudo aquilo? Ou porque mesmo uma única palavra de recordação seria como abrir uma caixa de Pandora e deixar o mal escapar como um veneno no mundo outra vez?

Penso, também, nos monstros sobre os quais ela escreveu em sua história. Eles se mantinham nas sombras, escondidos dos outros? Ou de si mesmos?

E penso em Leo. Pergunto-me como ele se submete a esse tipo de histórias, voluntariamente, todos os dias. Talvez não tenha tanto a ver com pegar os criminosos, depois de sessenta e cinco anos. Talvez se trate apenas, para ele, de saber que alguém ainda está ouvindo, pelas vítimas.

Forço minha atenção a se voltar para Josef.

— E então, o que aconteceu? Depois que Voelkel o pegou na cama com a namorada dele?

— Ele não me matou, obviamente — Josef diz. — Mas certificou-se de que eu nunca mais pudesse trabalhar dentro de seu regimento. — Ele hesita. — Na época, eu não sabia se isso era uma bênção ou uma maldição.

Ele pega a foto que havia me mostrado, a dele no campo, segurando uma pistola.

— Os que não queriam fazer o trabalho em uma brigada de execução não eram punidos ou obrigados a isso. Ainda era uma escolha. Eles apenas eram transferidos. Depois da audiência disciplinar, fui enviado para a Frente Oriental. Uma *Bewährungseinheit*, uma companhia penal. Eu era um tenente em revogação. Tinha sido rebaixado para sargento e precisava provar meu valor, ou perderia minha patente. — Josef desabotoa a camisa e tira o braço esquerdo de dentro da manga. Há uma pequena marca de queimadura circular sob o braço, na axila. — Eles me fizeram uma tatuagem de *Blutgruppe*, ou tipo sanguíneo, que era aplicada aos membros da Waffen-SS. Todos nós devíamos ter uma dessas, embora nem sempre funcionasse assim. Uma pequena letra em tinta preta. Se eu precisasse de uma transfusão de sangue, ou estivesse inconsciente, ou minha *Erkennungsmarke*, a placa de identificação, se perdesse, o médico saberia meu tipo de sangue e poderia cuidar de mim primeiro. E isso acabou salvando a minha vida.

— Não há nada aí a não ser uma cicatriz.

— Isso porque eu a cortei com um canivete quando me mudei para o Canadá. Muitas pessoas sabiam que a SS tinha essas marcas; eles estavam caçando criminosos de guerra. Eu fiz o que tinha de fazer.

— Então você levou um tiro — digo.

Ele confirma com um aceno de cabeça.

— Não tínhamos comida e o tempo estava terrível, e o Exército Vermelho emboscou nosso pelotão uma noite. Recebi uma bala que era dirigida a meu comandante. Perdi muito sangue e quase morri. O Reich viu isso como um ato de heroísmo. Na época, eu só tinha pensado em suicídio. — Ele sacode a cabeça. — Mas foi o suficiente para me redimir. Sofri um dano nervoso irrecuperável no braço direito; nunca mais poderia segurar uma carabina com firmeza. Mas, àquela altura, em 1942, eles precisavam de mim em outro lugar. Um lugar que não era a linha de frente. E não seria preciso segurar uma arma com firmeza contra um prisioneiro desarmado. — Josef levanta os olhos para mim. — Eu tinha experiência anterior em campos de concentração; foi onde comecei minha carreira na SS. Então, depois de nove meses no hospital, fui enviado de volta para um deles. Dessa vez, como o Schutzhaftlagerführer do campo das mulheres. Eu era responsável pelas prisioneiras sempre que elas estivessem presentes. Anus Mundi, era assim que as prisioneiras chamavam o campo. Lembro-me de descer do transporte e olhar para aqueles portões de ferro, as palavras ondulando entre as barras paralelas de metal. *Arbeit macht frei*. O trabalho liberta. E então ouvi alguém chamar meu nome. — Josef me olha. — Era meu irmão, Franz. Depois de toda aquela resistência em apoiar o Reich, ele agora era um Hauptscharführer, um sargento, trabalhando no mesmo campo, em tarefas administrativas.

— Esse Anus Mundi — digo. — Nunca ouvi falar dele.

Josef ri.

— Era só um apelido. Você entende alguma coisa de latim? Significa "cu do mundo". Mas... você provavelmente o conhece como Auschwitz.

Ele podia ouvir cada batida do coração dela. Quase em sintonia com as botas, enquanto ela corria. Ela devia ter sido mais esperta, ele disse a si mesmo. Era tudo culpa dela.

Quando ela virou a esquina, ele a alcançou por trás. Ela aterrissou com força sobre as pedras enquanto ele agarrava o decote de seu vestido, o rasgava até o meio do corpo e a fazia cair rolando de costas no chão. Um braço pressionado contra a clavícula era tudo de que precisava para mantê-la imobilizada. Ela implorou, elas sempre imploravam, mas ele não ouvia. O coração dela estava muito acelerado agora, e aquilo o deixava louco.

A primeira mordida era a mais gratificante, como uma lâmina afundando-se em argila. O pulso dela oscilava como uma folha de choupo no oco da garganta. A pele era macia; só foi preciso um puxão leve para rompê-la, de modo que ele pudesse ver o músculo exposto, as veias pulsando. Podia ouvir o sangue também, fluindo como um rio caudaloso, e isso fez a saliva se acumular em sua boca. Com anos de destreza, ele lacerou o músculo, arrebentando nervos e tendões como cordas de arco enquanto retalhava a carne, dissecando-a até o doce sangue cor de cobre jorrar da artéria sobre sua língua. O líquido escorreu por seu queixo como o suco de um melão, enquanto ela ficava flácida sob seu corpo, enquanto sua pele murchava. Quando seus dentes alcançaram a coluna vertebral, ele soube que ela não servia mais. Sua cabeça, conectada apenas por uma tripa de ligamento, rolou alguns metros de distância.

Ele limpou a boca. E chorou.

SAGE

Embora Josef tenha falado tanto de morte que as palavras escureceram seus lábios como uma mancha de amora; embora eu não possa tirar da cabeça as imagens de uma menininha cantando e de um rapaz apontando para si mesmo e dizendo sua idade, estou pensando é nos outros. Aqueles sobre os quais Josef não me contou. Os que sequer deixaram uma marca em sua lembrança, o que é infinitamente mais horrível.

Ele esteve em Auschwitz, e minha avó também. Será que ela o conheceu? Será que seus caminhos se cruzaram? Ele a ameaçou, agrediu? Será que ela ficou acordada à noite em seu beliche fétido e redesenhou o monstro de sua história com traços que correspondiam aos dele?

Não mencionei Josef para minha avó por boas razões. Ela passou mais de seis décadas mantendo suas lembranças trancadas. Mas, quando saio da casa dele, não posso deixar de me perguntar se minha avó é uma das pessoas de que ele não se lembra. E se *ele* é um dos que ela se esforçou tanto para esquecer. A desigualdade disso me enjoa o estômago.

Está muito escuro e chovendo quando saio da casa de Josef, trêmula sob a responsabilidade de suas confissões. O que eu quero é alguém para quem possa correr, alguém que possa me abraçar e me dizer que tudo vai ficar bem, alguém que segure minha mão até eu adormecer esta noite. Minha mãe teria feito isso, mas não está mais aqui. Minha avó poderia fazer, mas ela ia querer saber o que me perturbou tão profundamente.

Então vou até a casa de Adam, embora lhe tenha dito que não quero vê-lo, embora seja noite, a parte do gráfico de sua vida que pertence a outra pessoa e não a mim. Estaciono junto à guia e espio pela janela ampla da sala de estar. Há um menino vendo televisão, *Jeopardy!*. E, mais atrás do sofá, uma menina está sentada à mesa da cozinha, lendo. A luz amarelada despeja-se sobre seus ombros como uma capa. A água corre na torneira da pia da cozinha, a esposa de Adam está lavando louça. Enquanto eu observo, ele aparece com um pano de prato limpo e tira a tigela de salada das mãos ensaboadas dela. Ele a enxuga, coloca-a no balcão, depois abraça Shannon por trás.

Começa a chover, o que certamente é uma metáfora e não só um sistema de baixa pressão. Saio correndo e chego ao carro bem no momento em que a noite é fendida por um relâmpago violeta. Afasto-me da guia, dessa família feliz, e dirijo rápido demais em direção à via expressa. As poças no asfalto são enormes e negras. Penso na imagem de Josef, o chão se cobrindo de sangue, e me distraio tanto com isso que não vejo quando o veado sai do meio do bosque na margem da via e pula na frente do carro. Desvio abruptamente, tentando controlar o volante, atinjo o guard-rail e bato a cabeça no vidro. O carro para com um rangido.

Por um momento, eu apago.

Quando abro os olhos, meu rosto está molhado. Penso que devo ter chorado, mas toco a face e minha mão fica suja de sangue.

Por um único instante horrível e assustador, revivo meu passado.

Olho para o banco de passageiro vazio, depois para o para-brisa estilhaçado, e lembro onde estou e o que aconteceu.

O veado está caído na pista, ofuscado pelo véu branco dos faróis. Saio apressadamente do carro. Sob a chuva intensa, ajoelho-me e toco seu rosto, seu pescoço, e começo a soluçar.

Estou tão perturbada que levo um momento para perceber que há outro carro iluminando a noite, e uma mão gentil toca meu ombro.

— A senhora está bem? — pergunta o policial.

Como se houvesse uma resposta fácil. Como se eu pudesse responder com uma só palavra.

* * *

Depois que os policiais ligam para Mary, ela insiste em me levar a um hospital para ser examinada. Quando o médico põe um curativo em minha testa e diz a ela que é bom ficar atenta a sinais de concussão, ela anuncia que vou passar a noite em sua casa e não me dá chance de protestar. Mas o fato é que minha cabeça dói tanto que não estou em condições de discutir, e é assim que acabo na cozinha de Mary, bebendo chá.

As mãos dela estão cobertas de tinta roxa seca. Ela trabalhava em um mural quando recebeu o telefonema da polícia. A pintura me cerca, nas paredes do cantinho do café da manhã: uma paisagem onírica semiacabada do Apocalipse. Jesus — pelo menos estou imaginando que seja Jesus, porque ele tem os cabelos longos e a barba, mas seu rosto parece suspeitamente com o do Bradley Cooper — está estendendo a mão para os que caem em direção a Mefistófeles — que é mulher e assemelha-se a Michele Bachmann. As pobres almas em queda estão nuas ou seminuas, e algumas ainda estão apenas esboçadas, mas posso identificar os traços de uma atriz de reality show, Donald Trump, Joe Paterno. Toco com o dedo um ponto no mural logo atrás de mim.

— Elmo? — digo. — Jura?

— Há quanto tempo ele é um bebê? — Mary pergunta, dando de ombros enquanto me passa o açúcar. — Nunca envelhece. É evidente que fez um pacto com o Diabo. — Ela segura minha mão sobre a mesa. — Significa muito para mim você ter me chamado.

Prefiro não comentar que foi a polícia que a chamou.

— Achei que você estivesse brava comigo, porque eu lhe disse para tirar um tempo de folga. Mas, sério, é para seu próprio bem, Sage. — Ela sorri um pouco. — A madre Immaculata dizia isso para mim o tempo todo quando eu estava no pré-primário, na escola paroquial. Eu nunca parava de falar. Então, um dia, ela me pôs na lata de lixo. Eu era pequena o bastante para caber lá dentro. Cada vez que eu reclamava, ela chutava a lata.

— Imagino que deveria agradecer por você não ter me jogado na caçamba de lixo?

— Não, você deveria agradecer por alguém se preocupar com você o bastante para querer ajudá-la a entrar nos eixos outra vez. Você sabe que isso era o que sua mãe ia querer.

Minha mãe. A razão de eu ter ido a um grupo de luto. Se ela não tivesse morrido, talvez eu nunca tivesse feito amizade com Josef Weber.

— Então, o que aconteceu esta noite? — Mary pergunta.

Bem, é uma pergunta difícil.

— Você sabe. Atropelei um veado e meu carro derrapou e acertou o guard-rail.

— Para onde você estava indo? O tempo estava *horrível*.

— Para casa — respondo, porque não é mentira.

Gostaria de lhe contar tudo sobre Josef, mas ela já me cortou quando tentei falar sobre esse assunto. É como ele disse: acreditamos no que queremos, no que precisamos. O resultado é que escolhemos não ver o que preferimos fingir que não existe. Mary não pode aceitar a ideia de que Josef Weber possa ser um monstro, porque isso implica que ele a enganou.

— Você estava com ele? — Mary pergunta, séria.

A princípio, acho que ela está falando de Josef, mas então percebo que se refere a Adam.

— Na verdade, eu disse a Adam que quero dar um tempo.

Mary fica boquiaberta.

— Amém!

— Mas depois eu fui até a casa dele. — Quando Mary cobre o rosto com as mãos, eu faço uma careta. — Eu não ia entrar. Juro.

— E por que você não veio para cá? — Mary pergunta. — Tenho chá de ervas e sorvete Häagen-Dazs suficientes para compensar qualquer rompimento e estou mais emocionalmente disponível do que Adam jamais esteve.

Concordo com a cabeça.

— Tem razão. Eu devia ter ligado para você. Mas, em vez disso, eu o vi com a esposa e os filhos. Fiquei... abalada, acho. E me distraí, por isso atropelei o veado.

Percebo que construí essa história inteira sem sequer mencionar o nome de Josef. Tenho mais em comum com minha avó do que imaginava.

— Bela tentativa — Mary diz. — Mas você está mentindo.

Eu pisco olhando para ela, com a respiração presa na garganta.

— Eu conheço você. Você foi até a casa dele porque queria lhe dizer que estava arrependida. Se não tivesse espionado toda a cena da família feliz, provavelmente teria trepado por uma treliça e jogado pedregulhos na janela até ele sair para falar com você.

Franzo a testa para ela.

— Você me faz parecer uma derrotada.

Mary dá de ombros.

— Escute, tudo o que estou dizendo é que não lhe faria mal guardar ressentimento por um pouco mais que o tempo de uma respiração.

— Isso não é um pouco Antigo Testamento demais para uma freira?

— Ex-freira. E vou lhe dizer uma coisa, sabe aquela história toda de serenidade de *A noviça rebelde*? Tudo besteira. Dentro do convento, as irmãs são tão mesquinhas quanto as pessoas aqui fora. Há algumas pessoas que você ama e outras que você odeia. Fiz minha parte ao cuspir na fonte de água benta antes que outra freira a usasse. Valeu totalmente os vinte terços de penitência.

Massageio a têmpora esquerda, que está latejando.

— Pode me dar meu telefone?

Ela se levanta, mexe em minha bolsa e o encontra para mim.

— Para quem vai ligar?

— Pepper.

— Mentirosa. Na última vez em que você falou com sua irmã, ela desligou na sua cara porque você disse que pôr uma criança de quatro anos em aulas particulares para entrar em uma pré-escola exclusiva fazia tanto sentido quanto contratar um professor de natação para um peixinho. Você não ligaria para Pepper nem que estivesse presa em um carro prestes a pegar fogo...

— Só quero ver as mensagens. Por favor?

Mary me passa o telefone com uma carranca.

— Vá em frente. Mande uma mensagem para ele. Amanhã de manhã você já vai estar mesmo implorando para que ele a perdoe. É o seu *modus operandi*.

Procuro em meus contatos o número de Leo.

— Não desta vez — prometo.

* * *

Aparentemente, até caçadores de nazistas tiram folga. Embora eu deixe três mensagens de voz para Leo naquela noite e na manhã seguinte, ele não atende e não me liga de volta. Tenho um sono agitado no quarto de hóspedes de Mary, onde uma elaborada imagem de madeira de Jesus carregando sua cruz pende na parede sobre minha cabeça. Sonho que tenho de arrastar uma cruz até o alto do monte de Sísifo e, olhando para baixo quando chego ao pico, vejo os corpos nus de milhares de homens, mulheres e crianças.

Mary me deixa em casa em seu caminho para a padaria, embora eu insista que seria melhor, para mim, ir para lá com ela. Quando entro em casa, porém, sinto-me inquieta. Não acho que consigo suportar mais uma sessão com Josef hoje; de qualquer modo, não quero falar com ele até ter conseguido contatar Leo.

Quero tirar minha mente de Josef, então decido assar alguma coisa que precise de toda a minha atenção: brioche. Esse pão é uma anomalia: cinquenta por cento dele é manteiga, mas, em vez de ser um tijolo, ele é doce, aerado e derrete na boca. Fazê-lo em um dia quente e úmido como este é um desafio adicional, porque a receita requer que todos os ingredientes estejam frios. Refrigero até a tigela e o gancho de massa da batedeira.

Começo a bater a manteiga com um pau de macarrão enquanto a massa está na batedeira. Depois acrescento a manteiga em pequenas porções. Essa é minha parte favorita no brioche. A massa não sabe muito bem o que fazer com toda aquela manteiga e começa a se abrir. Mas, com tempo suficiente, ela consegue voltar ao centro e adquire uma consistência acetinada.

Desligo a batedeira e tiro um pedaço de massa do tamanho de uma ameixa. Segurando-a entre as mãos, puxo-a lentamente para ver formar uma lâmina, ficando transparente conforme se estica. Coloco a massa em um recipiente e o cubro hermeticamente com filme plástico, depois o deixo sobre o balcão e começo a limpar a cozinha.

A campainha toca.

O som me assusta. Geralmente não estou em casa durante o dia, e ninguém jamais toca a campainha à noite. Mesmo Adam, quando vem, tem sua própria chave.

Imagino que seja a moça do correio ou o rapaz do serviço de entregas, mas o homem que vejo parado em minha varanda não está de uniforme. Ele usa um terno amassado e gravata, embora esteja fácil uns trinta graus lá fora. Tem cabelos pretos e barba rala e olhos da cor de nogueira polida. E quase um metro e noventa de altura.

— Sage Singer? — pergunta ele, quando abro a porta. — Sou Leo Stein.

Ele não é como eu imaginava, em vários aspectos. Imediatamente sacudo a franja longa para cobrir o rosto, mas não sei se foi tarde demais. Leo está olhando fixamente para mim, como se pudesse enxergar através da cortina de cabelo.

— Como sabia onde eu moro? — pergunto.

— Está brincando? Nós somos o Departamento de Justiça. Eu sei o que você comeu no café da manhã hoje.

— Mesmo?

— Não. — Ele sorri, e isso me pega de surpresa. Eu imaginaria que uma pessoa como ele não sorri com muita frequência. Imaginaria, por tudo que ele já ouviu, que tivesse esquecido como fazer isso. — Posso entrar?

Não sei se há um protocolo. Se tenho sequer permissão para não deixá-lo entrar. Imagino se fiz algo terrivelmente errado; se havia câmeras escondidas focadas em mim e Josef; se estou encrencada.

— Bom, a primeira coisa que você tem que fazer é respirar — diz Leo. — Estou aqui para ajudá-la, não para prendê-la.

Viro de perfil, para que ele não possa ver o lado ruim de meu rosto.

— Hum — diz ele. — Algum problema?

— Não. Por quê?

— Porque você está com a cabeça torta do jeito que eu fiquei quando dormi em cima da mesa no mês passado. Não consegui endireitar o pescoço por uma semana.

Respiro fundo e olho-o de frente, desafiando-o a olhar para mim.

— Ah — ele diz baixinho. — Não é bem o que eu esperava.

Não sei por que sinto como se tivesse recebido uma bofetada. A maioria das pessoas educadas não diz nada quando vê minhas cicatrizes. Se Leo tivesse feito isso, pelo menos eu poderia fingir que ele não havia notado.

— É bobagem, mas imaginei você com olhos castanhos. Não azuis — diz ele.

Meu queixo cai.

— Mas gosto do azul — Leo acrescenta. — Fica bem em você.

— Isso é tudo que você tem a dizer? — respondo. — Sério?

Ele dá de ombros.

— Se estava achando que eu ia fugir gritando porque você tem umas linhas prateadas de cyborg no rosto, sinto muito por decepcioná-la.

— Cyborg?

— Escute, eu não a conheço muito bem, mas você parece ser um *pouco* fixada em aparências. Isso é bem menos interessante para mim do que o fato de você ter me chamado a atenção para Josef Weber.

Ao ouvi-lo mencionar o nome de Josef, sacudo a cabeça para clarear os pensamentos.

— Falei com ele ontem. Ele fez tantas coisas horríveis.

Leo procura dentro de uma maleta desgastada e tira uma pasta.

— Eu sei — diz ele. — Por isso achei que já era hora de nos encontrarmos pessoalmente.

— Mas você disse que eu teria de conversar com um de seus historiadores.

Ele enrubesce.

— Eu estava por perto — diz.

— Você estava em New Hampshire por acaso?

— Na Filadélfia — ele responde. — É perto.

A Filadélfia fica a oito horas de carro. Recuo e seguro a porta aberta.

— Bom — digo —, então você deve estar com fome.

* * *

Leo Stein não para de comer o brioche. A primeira assadeira saiu do forno impossivelmente leve. Sirvo-o quente, com geleia e chá.

— Mmm — ele murmura, fechando os olhos de prazer. — Nunca provei nada tão bom.

— Não tem padarias em Washington?

— Não sei. Minha nutrição, na verdade, é composta de café ruim e sanduíches que saem prontos de uma máquina.

Passei as duas últimas horas contando a Leo tudo o que Josef me contou. Enquanto isso, modelei o brioche no formato tradicional, arredondado, com uma bolinha menor no alto, pincelei-o com ovo batido e o assei. É mais fácil, para mim, falar quando estou com as mãos ocupadas. A cada palavra que passa por meus lábios, sinto-me menos pesada. É como se eu estivesse lhe dando frases feitas de pedra e, quanto mais tiro de mim, maior é a carga que ele está carregando. Ele toma notas e escreve em seu bloco. Examina o recorte que enfiei no bolso antes de sair da casa de Josef, a foto dele comendo o bolo de sua mãe, que saiu no jornal local em Wewelsburg.

E ele nem demonstra um instante de hesitação quando olha para mim.

— Você vai falar com ele diretamente? — pergunto.

Leo me olha.

— Ainda não. Vocês desenvolveram uma boa relação. Ele confia em você.

— Ele confia em mim para que eu o perdoe — digo. — Não para que eu o entregue.

— Perdão é espiritual. Punição é jurídica — diz Leo. — Um não exclui o outro.

— Então você o perdoaria?

— Eu não disse isso. Se quer saber, essa não é minha função, ou sua. O perdão é a imitação de Deus.

— A punição também — comento.

Ele ergue as sobrancelhas e sorri.

— A diferença é que Deus nunca odeia.

— Estou surpreso de você conseguir acreditar em Deus depois de ter conhecido tantas pessoas más.

— Como eu não acreditaria — pergunta Leo —, depois de ter conhecido tantos sobreviventes? — Ele limpa a boca com um guardanapo. — Então, você viu a tatuagem dele, certo?

— Vi uma marca que pode ter sido uma tatuagem.

— Onde? — Leo levanta o braço. — Mostre-me.

Toco o bíceps esquerdo dele, abaixo da axila. Sinto o calor de sua pele através do algodão da camisa.

— Aqui. Parecia uma queimadura de cigarro.

— Isso é consistente com as tatuagens de *Blutgruppe* da Waffen-SS — diz Leo. — E com os arquivos que temos até agora. Assim como a afirmação de que ele esteve na 1ª Brigada de Infantaria SS em 1941 e trabalhou em Auschwitz II depois de 1943. — Ele abre a pasta sobre mesa entre nós. Vejo uma fotografia granulada de um rapaz de uniforme nazista, com caveiras nas lapelas do casaco. Poderia ser Josef, imagino, mas não tenho certeza. "HARTMANN, REINER", leio enquanto ele retira a foto do clipe de papel que a prende. Há um endereço em uma letra manuscrita pontiaguda, que não consigo ler, e as letras AB, que devem ser seu tipo sanguíneo. Leo fecha a pasta depressa, provavelmente porque são informações confidenciais, e coloca a fotografia ao lado do recorte de jornal. — A questão é: são a mesma pessoa?

Na primeira, Josef é um garoto; na segunda, é um homem. A qualidade de ambas as fotos é bem ruim.

— Não sei dizer. Mas isso importa mesmo? Quer dizer, se todas as outras coisas que ele disse se encaixam?

— Bem — responde Leo —, depende. Em 1981, a Suprema Corte concluiu que todos que foram guardas em um campo de concentração nazista participaram do apoio às atividades que ocorriam lá, incluindo assassinatos, se estamos falando de Auschwitz II. A análise do tribunal lembrou um julgamento na Alemanha, anos antes, em que um suspeito disse que, se as autoridades alemãs o processassem, tinham de processar todos no campo, porque o campo operava como uma cadeia de funções e todos nessa cadeia tinham que cumprir sua função, ou todo o aparato de aniquilação se interromperia. Assim todos, desde os guardas até os contadores em Auschwitz, são responsabilizáveis pelo que aconteceu lá, simplesmente porque tinham ciência do que estava ocorrendo dentro daquelas cercas e continuavam cumprindo suas funções. Pense assim. Vamos supor que você e seu namorado decidam me matar em meu escritório. O trato é que seu namorado vai correr atrás de mim pela sala com uma faca enquanto você fica parada do lado de fora, segurando a porta fechada para que eu não possa escapar. Os dois respondem por homicídio em primeiro grau. É apenas uma divisão de trabalho em que cada um participa de uma maneira.

— Não tenho namorado — digo de repente. Foi mais fácil dizer isso em voz alta do que eu teria esperado, e, em vez de sentir que meu coração era arrancado do peito, é como se eu fosse feita de hélio. — Quer dizer, eu tinha, mas as coisas não... — Dou de ombros. — Enfim, ele não vai matar você no seu escritório nos próximos tempos.

Leo enrubesce.

— Acho que isso significa que posso dormir sossegado esta noite.

Pigarreio.

— Então, tudo o que precisamos fazer é provar que Josef trabalhou em Auschwitz — digo. — Se ele já confessou isso, não é suficiente?

— Depende de quanto a confissão dele é confiável.

— Por que qualquer tribunal acharia que ele ia mentir sobre isso?

— Por que as pessoas mentem? — diz Leo. — Ele é velho. Ele tem problemas mentais. Ele é masoquista. Quem pode saber? Não podemos ter certeza nem de que ele esteve lá. Ele pode ter lido um livro e repetido a história para você; isso não quer dizer que seja a história dele.

— Mesmo você tendo um arquivo com o nome dele?

— Ele já deu um nome falso antes — Leo lembra. — Esse pode ser outro.

— Então, como podemos comprovar que ele é realmente Reiner?

— Há duas maneiras — Leo responde. — Ou ele tem que continuar falando com você e em algum momento revelar alguma informação que esteja dentro deste arquivo, alguma informação específica da SS que não seja algo que se possa descobrir assistindo ao History Channel dia e noite... Ou precisamos de uma testemunha que se lembre dele no campo. — Ele toca o recorte de jornal e a foto de registro no Partido Nazista. — Alguém que pudesse afirmar que esses dois homens são a mesma pessoa.

Olho para o brioche, que não emite mais vapor, mas é cheiroso e quente. Para a geleia, manchando a mesa de bordo. Minha avó me contou que seu pai costumava lhe perguntar uma adivinha: "O que você precisa partir para unir uma família?"

Pão, é claro.

Penso nisso e, embora não seja religiosa, rezo para que ela me perdoe.

— Acho que conheço alguém que pode ajudar — digo.

"Diga o que quiser", Damian argumentou. "Só estou tentando mantê-la em segurança."

Eu tinha aberto a porta, esperando Aleks, e dei de cara com o capitão da guarda em vez dele. Eu havia lhe dito que estava ocupada, e isso era verdade. Naquela semana, os negócios tinham melhorado. Todas as baguetes que produzíamos ainda não eram suficientes para atender a demanda. Os pães de forma, como meus pãezinhos, eram mais doces do que qualquer coisa que meu pai já havia assado. Aleks brincava comigo e dizia que tinha um ingrediente secreto, mas não ia me contar qual era. Porque, nesse caso, não seria mais secreto, dizia ele.

Agora, eu ouvia Damian enquanto ele me fazia uma preleção na cozinha. "Um upiór?", eu disse. "Isso são lendas."

"Há uma razão para lendas serem contadas. O que mais faz sentido? Os animais eram uma coisa, Ania. Mas esse... esse monstro está indo atrás de humanos."

Eu tinha ouvido falar deles, claro. Dos mortos-vivos que se levantavam de seus caixões, insatisfeitos, e se saciavam com o sangue de outros. Um upiór comeria a própria carne, se precisasse.

A velha Sal, que vendia cestas na praça da aldeia, era supersticiosa. Ela nunca passava perto de um gato preto; usava as roupas do avesso na noite de lua cheia. Era ela quem ficava espalhando essa história do upiór que aterrorizava nossa aldeia, sussurrando toda vez que montávamos nossa banca uma ao lado da outra no mercado. "Dá para reconhecê-los no meio de uma multidão", dissera. "Eles vivem entre nós, com suas faces coradas e lábios vermelhos. E, depois da morte, eles completam sua transformação. Se isso já tiver acontecido, é tarde demais. A única maneira de matar um upiór é cortar sua cabeça ou abrir seu coração. E a única maneira de se proteger de um upiór é beber o sangue dele."

Eu não tinha dado atenção às histórias da velha Sal e, agora, não ia dar atenção à de Damian. Cruzei os braços.

"E o que você quer que eu faça?"

"Dizem que podemos pegar um upiór se conseguirmos distraí-lo", ele explicou. "Quando ele vê um nó, tem de desfazê-lo. Se houver uma pilha de sementes, ele tem de contá-las." Damian estendeu o braço sobre minha cabeça, pegou um saco de grãos de cevada e despejou-o sobre o balcão.

"E por que o upiór viria passear pela minha cozinha?"

"É possível", Damian disse, "que ele já esteja aqui."

Levei um momento para entender. E, então, fiquei furiosa.

"Quer dizer que, porque ele é de fora, é um alvo fácil? Porque ele não foi à escola com você, como todos os seus amigos soldados, ou porque tem um modo diferente de pronunciar as palavras? Ele não é um monstro, Damian. Só é diferente."

"Você tem certeza disso?", ele desafiou, fazendo-me recuar até a parede do forno de tijolos. "A chegada dele coincidiu com as mortes."

"Ele fica aqui a noite inteira, e em casa com seu irmão o dia todo. Quando ele teria tempo para fazer essas coisas que você diz?"

"Você fica com ele enquanto ele trabalha, observando-o? Ou vai dormir?"

Abri a boca. A verdade era que eu vinha passando cada vez mais tempo na cozinha com Aleks. Contei a ele sobre meu pai e sobre Baruch Beiler. Ele me contou que queria ser arquiteto e projetar prédios tão altos que dessem tontura em quem estivesse nos últimos andares. Ocasionalmente, eu adormecia reclinada sobre a mesa, mas, quando isso acontecia, sempre descobria, ao acordar, que Aleks havia me carregado para a cama.

Às vezes eu achava que gostava de ficar acordada até tarde com ele porque sabia que ele faria isso.

Comecei a recolher a cevada com as mãos, mas Damian segurou meu pulso.

"Se tem tanta certeza, por que não deixa aí e vê o que acontece?"

Pensei em Aleks, fugindo com seu irmão de cidade para cidade. Pensei em suas mãos em minha garganta, costurando minha ferida. Olhei para Damian de frente.

"Está bem", eu disse.

* * *

Naquela noite, não fui encontrar Aleks na cozinha. Nem estava lá quando ele entrou. Em vez disso, quando ele bateu de leve na porta de meu quarto, eu lhe disse que não estava me sentindo bem e queria descansar.

Mas não pude. Imaginei-o distraído com a cevada, separando-a em pilhas. Imaginei sangue em suas mãos e acumulado em sua boca.

Quando percebi que não conseguia dormir, acendi uma vela e me esgueirei pelo corredor até a cozinha.

Senti o calor através da porta de madeira, irradiando do forno. Se eu ficasse na ponta dos pés, poderia espiar por uma fresta na madeira. Não teria uma vista panorâmica da cozinha, mas talvez pudesse ver Aleks trabalhando como de hábito, e isso dissiparia meus piores medos.

Tive uma visão perfeita da mesa de madeira, com o saco de cevada ainda derramado ao lado.

Mas as pilhas de grãos haviam sido organizadas, semente a semente, em formação militar.

A porta se abriu tão de repente que tombei para dentro, aterrissando de quatro no chão. A vela que eu carregava rolou do suporte e deslizou pelo chão de pedra. Enquanto eu estendia a mão para pegá-la, a bota de Aleks a pisou e apagou a chama.

"Me espionando?"

Levantei-me, apressada, e sacudi a cabeça. Meu olhar foi atraído para a cevada, em filas ordenadas.

"Estou um pouco atrasado com os pães", Aleks disse. "Tive uma desordem para limpar quando cheguei."

Notei que ele estava sangrando. Havia uma bandagem enrolada em torno de seu antebraço.

"Você está ferido."

"Não é nada."

Parecia o mesmo homem com quem eu havia rido na véspera, quando ele imitou o bêbado da cidade. Parecia o homem que me erguera nos braços quando eu vi um camundongo passar pelo chão e recusei-me a andar na cozinha até ter certeza de que havia sido pego.

Agora ele estava tão perto que eu sentia o cheiro de menta em sua respiração, via as linhas verdes no dourado fluido de seus olhos. Engoli em seco.

"Você é o que eu acho que é?"

Aleks nem piscou.

"Isso importa?"

Quando ele me beijou, senti-me como se estivesse sendo consumida. Eu estava subindo, me expandindo de dentro para fora, frustrada por haver pele entre nós, por eu não poder chegar mais perto ainda. Agarrei-me a suas costas, meus dedos deslizaram para dentro de sua camisa. Ele segurou minha cabeça na concha de suas mãos e, gentilmente, tão gentilmente que eu nem senti, mordeu meu lábio.

Havia sangue em minha boca e na dele. Tinha gosto de metal, de dor. Eu me afastei, bebendo o sabor de mim mesma pela primeira vez.

Em retrospecto, só pude pensar que ele estava tão abalado com aquele momento quanto eu. Ou certamente teria ouvido a aproximação de Damian, que abriu a porta com seus soldados, cujas baionetas apontavam em nossa direção.

LEO

A razão de irmos encontrar as pessoas que nos trazem pistas plausíveis sobre nazistas em potencial é ter certeza de que elas não são doidas. Em geral é possível, em poucos minutos, perceber se seu informante é equilibrado e são, ou se está agindo por ressentimento, é paranoico ou simplesmente louco.

Momentos após conhecer Sage Singer, eu sei o seguinte: ela não está tentando armar para esse tal Josef Weber; não tem nada a ganhar entregando-o.

Ela tem vergonha da cicatriz que desce em ondulações da sobrancelha esquerda até a face.

E também: por causa dessa cicatriz, ela não tem a menor ideia de que é incrivelmente sexy.

Eu entendo isso, entendo mesmo. Aos treze anos, eu tinha o pior caso de acne possível; juro que minhas espinhas davam cria a espinhas menores. Eu era chamado de "cara de calabresa", ou de Luigi, porque esse era o nome do dono da pizzaria de minha cidade natal. No dia de fotografia na escola, eu estava tão nervoso com a ideia de ter minha imagem capturada para a eternidade que me forcei a vomitar para poder ficar em casa. Minha mãe me disse que, quando eu fosse mais velho, ensinaria as pessoas a nunca julgar um livro pela capa, e isso é muito do que está envolvido em meu trabalho. Mas, às vezes, quando olho no espelho, mesmo hoje, sinto como se ainda estivesse olhando para aquele menino.

Aposto que o que quer que Sage imagine quando olha para seu reflexo no espelho é muito pior do que o restante de nós realmente vê.

É Genevra quem vai examinar a maioria das pessoas desconhecidas que ligam para nosso departamento; eu só encontrei duas ou três. Todas estavam na faixa dos oitenta anos, judeus que ainda viam o rosto de seus captores sobrepostos ao de qualquer um que lhes aparecesse na frente. Em nenhum desses casos a alegação se mostrou correta.

Sage Singer não está na faixa dos oitenta. E não está mentindo.

— Sua avó? — repito. — Ela é uma sobrevivente?

Sage responde afirmativamente num gesto de cabeça.

— E por que, nas últimas quatro conversas que tive com você... isso nunca foi mencionado?

Ainda estou tentando decidir se isso é uma coisa muito boa ou uma coisa muito ruim. Se a avó de Sage estiver disposta e for capaz de identificar Reiner Hartmann como um oficial em Auschwitz-Birkenau, isso seria uma ligação direta entre o arquivo que Genevra obteve e as informações que Sage conseguiu do suspeito. Mas, se Sage tiver, de alguma maneira, predisposto sua avó contra o suspeito, dizendo, por exemplo, que andou conversando com ele, qualquer testemunho ocular será tendencioso.

— Eu não queria que você pensasse que foi por isso que o procurei. Não tinha nada a ver com minha avó. Ela nunca fala sobre sua experiência, nunca.

Eu me inclino para a frente, apertando as mãos.

— Então você não contou a ela sobre seus encontros com Josef Weber?

— Não — Sage diz. — Ela nem sabe que ele existe.

— E ela nunca falou com você sobre seu tempo em Auschwitz?

Sage nega com um gesto de cabeça.

— Mesmo quando eu perguntei especificamente, ela não quis falar. — Sage olha para mim. — Isso é normal?

— Eu não sei se há algo normal em ser um sobrevivente — digo. — Alguns sentem que, por estarem vivos, é sua responsabilidade contar ao mundo o que aconteceu, para que não aconteça de novo e para que as pessoas não se esqueçam. Outros acham que a única maneira de continuar levando o resto de sua vida é agir como se nunca tivesse acontecido.

— Limpo as migalhas em um guardanapo e levo o prato para a pia. — Bom — digo, pensando alto —, posso dar uma ligada para minha historiadora. Ela pode preparar um conjunto de fotos em algumas horas e então...

— Ela não vai falar com *você* também — Sage diz.

Eu sorrio.

— Vovós me acham especialmente encantador.

Ela cruza os braços.

— Se você a magoar de alguma maneira...

— Nota mental: não ameace um agente federal. E segunda nota mental: não se preocupe. Dou-lhe minha palavra de que não vou forçar se ela não se sentir capaz de falar sobre isso.

— E se ela falar? O que acontece? Você prende Josef?

Sacudo a cabeça.

— Não temos jurisdição criminal sobre nazistas — explico. — Não podemos prender seu homem, nem soltá-lo. Os crimes aconteceram fora dos Estados Unidos muito antes de termos leis de jurisdição extraterritorial. Foi só em 2007 que a Lei do Genocídio americana recebeu emendas para abranger genocídios cometidos por não americanos fora dos Estados Unidos. Antes disso, ela cobria basicamente atos de cidadãos americanos, excetuando o general Custer, contra os nativos americanos. Tudo o que podemos fazer é tentar pegá-lo por acusações de imigração e conseguir que seja deportado. E, mesmo então, tenho tentado há anos convencer os europeus a ter a determinação moral de receber os nazistas de volta e processá-los, mas isso raramente acontece.

— Então estamos fazendo tudo isto para nada? — Sage pergunta.

— Estamos fazendo tudo isto porque sua avó fez a vida nos Estados Unidos e devemos a ela essa paz de espírito.

Sage olha para mim por um longo momento.

— Está bem — diz ela. — Vou levá-lo ao condomínio onde ela mora.

* * *

Há coisas no arquivo de Reiner Hartmann que Sage Singer não sabe.

É meu trabalho contar a ela o mínimo possível e descobrir o que ela pode me contar. E, mesmo assim, não posso ter certeza de que um tribunal conseguirá ligar os pontos e processá-lo. Não posso ter certeza de que Hartmann viverá tempo suficiente para receber seu castigo.

Até aqui, o que Sage me relatou são informações que poderiam ser obtidas nos arquivos do Museu Memorial do Holocausto nos Estados Unidos, ou em consultas a livros. Ações militares e datas; unidades militares, trajetórias de carreira. Até mesmo as tatuagens de tipos sanguíneos são algo que se poderia saber estudando a história do Terceiro Reich. Por mais improvável que pareça alguém estar criando para si uma identidade falsa culpada, coisas mais estranhas já aconteceram.

Mas, no arquivo, há detalhes específicos sobre Reiner Hartmann que apenas Reiner Hartmann e seus superiores, e talvez seus confidentes mais próximos, saberiam.

Sage Singer não mencionou nenhum deles ainda.

O que pode significar que Josef Weber ainda não teve a oportunidade de lhe contar essas histórias. Ou que Josef Weber não é Reiner Hartmann.

Seja como for, obter uma identificação da avó de Sage, Minka, é apenas mais uma peça do quebra-cabeça. E é assim que me vejo guiando de volta na direção de Boston, exatamente a mesma rota que fiz há pouco do Aeroporto Logan para New Hampshire, com Sage sentada a meu lado no carro.

— Essa é nova — digo. — Ninguém no meu departamento nunca ficou tão perturbado por um testemunho a ponto de sair e atropelar um veado.

— Não foi intencional — Sage murmura.

— *A bi gezunt.*

— O quê?

Viro-me para ela.

— Quer dizer "O que importa é que você tenha saúde". Você não fala iídiche, imagino.

— Não sou judia. Já lhe disse isso.

Na verdade, ela tinha me perguntado se isso importava.

— Ah, eu só achei...

— Moralidade não tem nada a ver com religião — diz ela. — A gente pode fazer a coisa certa mesmo sem acreditar em Deus.

— Então você é ateia?

— Não gosto de rótulos.

— Imagino que não, tendo crescido aqui. Não é uma comunidade religiosa muito diversificada, é?

— Provavelmente foi por isso que Josef demorou tanto tempo para encontrar alguém de uma família judia — diz Sage.

— Bem, na verdade não importa, já que você não vai perdoá-lo.

Ela fica em silêncio.

— Você *não* vai — repito, espantado —, não é?

— Eu não quero. Mas há uma parte de mim que diz que ele é apenas um homem velho e frágil.

— Que possivelmente cometeu crimes contra a humanidade — respondo. — Nem que ele se tornasse a madre Teresa ia poder apagar isso. Ele esperou mais de meio século para se confessar? Isso não é bondade inerente. É procrastinação.

— Então você acha que as pessoas não podem mudar? Que, uma vez que tenha feito uma coisa ruim, você é uma má pessoa?

— Não sei — admito. — Mas acho que algumas manchas nunca se apagam. — Eu a olho de relance. — Outras pessoas na cidade sabiam que sua família era judia?

— Sim.

— E Josef escolheu você para fazer suas confissões. Ele não a vê agora como uma pessoa mais do que via um judeu como uma pessoa, sessenta e tantos anos atrás.

— Ou talvez ele tenha me escolhido porque pensa em mim como uma amiga.

— Você acredita mesmo nisso? — pergunto e Sage não responde. — Para ser perdoada, a pessoa precisa estar arrependida. No judaísmo, isso é chamado de teshuvá. Significa "afastar-se do mal". E também não é algo que se faça de uma vez. É um processo. Um único ato de arrependimento faz a pessoa que cometeu o mal se sentir melhor, mas não a pessoa contra quem o mal foi cometido. — Levanto os ombros. — É por isso que, para os judeus, não adianta apenas confessar e rezar um terço.

— Josef diz que ele já está em paz com Deus.

Sacudo a cabeça.

— Não se faz as pazes apenas com Deus. É preciso fazer as pazes com as pessoas. O pecado não é global, é pessoal. Se você age mal com alguém, a única maneira de consertar isso é procurar essa pessoa e compensar o que foi feito. É por isso que o homicídio, para um judeu, é imperdoável.

Ela fica em silêncio por um momento.

— Alguém já entrou no seu escritório e se confessou com você?

— Não.

— Então talvez Josef seja diferente — Sage diz.

— Ele a procurou porque quer se sentir melhor? Ou porque quer que suas vítimas se sintam melhor?

— Isso obviamente não é possível — ela responde.

— E isso faz você se sentir mal por ele?

— Não sei. Talvez.

Foco minha atenção na estrada.

— O povo alemão pagou bilhões de dólares em indenizações. Para pessoas. Para Israel. Mas quer saber? Faz quase setenta anos, e eles nunca organizaram um fórum público para se desculpar com os judeus pelos crimes do Holocausto. Isso aconteceu em outros lugares, na África do Sul, por exemplo. Mas os alemães? Eles tiveram de ser arrastados pelos Aliados para os julgamentos de Nuremberg. Oficiais que haviam ajudado a construir o Terceiro Reich permaneceram no governo depois da guerra, simplesmente negando que tivessem sido nazistas, e o povo alemão aceitou. Hoje, na Alemanha, os jovens que aprendem sobre o Holocausto não dão muita importância, dizendo que é uma história antiga. Então, não, eu não acho que você possa perdoar Josef Weber. Não acho que possa perdoar ninguém que esteve envolvido. Acho que você só pode considerá-los responsáveis pelo que fizeram, e tentar olhar os filhos e netos deles nos olhos sem culpá-los pelos atos de seus antepassados.

Sage balança a cabeça.

— Com certeza havia alguns alemães que eram melhores que outros, alguns que não queriam seguir o que Hitler dizia. Se você não consegue vê-los como indivíduos, se não pode perdoar os que lhe pedem perdão, isso não o faz tão mau quanto qualquer nazista?

— Não — digo. — Isso me faz humano.

* * *

Minka Singer é uma mulher miúda com os mesmos olhos azuis faiscantes da neta. Ela mora em um pequeno condomínio, com assistência para a terceira idade, e tem uma cuidadora em meio período que se move como uma sombra atrás dela, trazendo-lhe óculos de leitura, uma bengala ou um casaco, antes mesmo que ela pareça ter pensado em pedi-los. Ao contrário do que Sage sugeriu, ela fica totalmente *entusiasmada* ao ser apresentada a mim.

— Então, conte-me de novo — diz ela, enquanto nos acomodamos no sofá de sua sala de estar. — Onde conheceu minha neta?

— Por meio do trabalho — respondo com cautela.

— Então você já sabe como ela cozinha, não é? Uma pessoa pode se acostumar a ter esse tipo de comida o tempo todo.

— Seria preciso fazer dieta a vida inteira — respondo, e então me dou conta da razão de Minka ter ficado tão feliz por me conhecer. Ela quer que eu namore sua neta.

Não vou mentir: a ideia me dá a sensação de ser percorrido por uma corrente elétrica.

— Vovó — Sage interrompe. — Leo não veio até aqui para conversar sobre meu pão.

— Sabe o que meu pai dizia? O amor verdadeiro é como o pão. Precisa dos ingredientes certos, um pouco de calor e alguma mágica para crescer.

Sage fica vermelha como um pimentão. Eu tusso na mão fechada.

— Sra. Singer, eu vim até aqui hoje porque gostaria que a senhora me contasse a sua história.

— *Ach*, Sage, não era para mostrar para mais ninguém! Um conto de fadas bobo escrito por uma menina, só isso.

Nem imagino do que ela está falando.

— Eu trabalho para o governo dos Estados Unidos, senhora. Investigo criminosos de guerra.

A luz desaparece dos olhos de Minka Singer.

— Não tenho nada a dizer. Daisy? — ela chama. — Daisy, estou muito cansada, gostaria de me deitar...

— Eu avisei — Sage murmura.

Pelo canto do olho, vejo a cuidadora se aproximando.

— Sage tem sorte — digo. — Meus avós não estão mais vivos. Meu avô veio da Áustria. Todos os anos, em 22 de julho, ele fazia uma grande festa no quintal. Havia cerveja para os adultos e uma piscina inflável para nós, crianças, e o maior bolo que minha avó conseguia fazer. Sempre achei que fosse o aniversário dele. Só aos quinze anos descobri que ele havia nascido em dezembro. Vinte e dois de julho foi o dia em que ele se tornou cidadão americano.

Daisy chegou até Minka e está com a mão sob seu braço frágil para ajudá-la a levantar. Minka fica em pé e dá dois passos arrastados para longe de mim.

— Meu avô lutou na Segunda Guerra Mundial — continuo, levantando-me. — Como a senhora, ele nunca falou sobre nada que tinha visto. Mas, quando eu me formei no colégio, ele me levou à Europa como presente de formatura. Visitamos o Coliseu, em Roma, o Louvre, em Paris, e caminhamos pelos Alpes suíços. O último país que visitamos foi a Alemanha. Ele me levou a Dachau. Vimos os barracões e os crematórios, em que os corpos de prisioneiros que morriam eram queimados. Lembro-me de um muro com uma vala abaixo, com o declive em ângulo, para escoar o sangue de prisioneiros que eram mortos a tiros. Meu avô me disse que, logo depois de visitar o campo de concentração, deixaríamos o país. Isso porque eu ia querer matar o primeiro alemão que visse.

Minka Singer olha para trás por cima do ombro. Há lágrimas em seus olhos.

— Meu pai me prometeu que eu ia morrer com uma bala no coração.

Sage se sobressalta, horrorizada.

O olhar de sua avó se volta para ela.

— Havia pessoas mortas por toda parte. A gente às vezes tinha que passar sobre elas para continuar o caminho. Então víamos coisas. Com balas na cabeça sempre havia cérebro saindo, e aquilo me apavorava. Mas uma bala no coração não parecia tão ruim, em comparação. Então esse foi o acordo que meu pai fez comigo.

Percebo nesse instante que a razão de Minka nunca ter falado de sua experiência durante a guerra não é que ela esqueceu os detalhes. É porque ela se *lembra* de cada um deles e quer garantir que seus filhos e netos não tenham de sofrer essa mesma maldição.

Ela volta e senta-se outra vez no sofá.

— Não sei o que você quer que eu diga.

Inclino-me para frente e seguro sua mão. Está fria e seca, como um lenço de papel.

— Conte-me mais sobre seu pai — sugiro.

PARTE II

Quando eu tiver vinte anos
Explorarei este vasto mundo
Vou me sentar numa ave motorizada
E planar pelo espaço, ah!, tão brilhante
Flutuarei, voarei pelo mundo tão belo, tão longe
Flutuarei, voarei sobre os rios e o mar
A nuvem é minha irmã, o vento um irmão para mim.

— Abraão (Abramek) Koplowicz, "Um sonho"
O autor, nascido em 1930, era uma criança do gueto de Łódź.
Foi levado dali no último transporte para Auschwitz-Birkenau,
em 1944, e morto aos catorze anos.

O que haviam me contado sobre o upiór não podia ser verdade. O chicote brandido por Damian abriu as costas de Aleks, sua pele fendeu-se em tiras e ele estava sangrando. Como isso poderia acontecer com um monstro sem sangue próprio?

Não que isso importasse. A multidão havia se juntado para assistir ao castigo, para deliciar-se com a dor da criatura que lhes causara tanto sofrimento. Ao luar, o suor brilhava no corpo de Aleks, que se contorcia em agonia enquanto tentava se libertar das amarras. Os aldeões jogavam água em seu rosto, vinagre e sal em suas feridas. Uma neve fina caía, cobrindo a praça — uma imagem bucólica de cartão-postal, exceto pela brutalidade no centro.

"Por favor", implorei, abrindo passagem por entre os soldados que mantinham a multidão afastada e agarrando o braço de Damian. "Você precisa parar."

"Por quê? Ele não teria parado. Treze pessoas morreram. Treze."

Num gesto de cabeça, ele sinalizou para um soldado, que me pegou pela cintura e me afastou dele. Damian ergueu o chicote outra vez e o fez zunir pelo ar e estalar na carne de Aleks.

Percebi que não importava, de fato, se Aleks tinha culpa ou não. Damian sabia que a aldeia simplesmente precisava de um bode expiatório.

A tira de couro tinha aberto um talho na face de Aleks. Seu rosto estava irreconhecível. A camisa pendia em tiras da cintura enquanto ele caía de joelhos.

"Ania", ele ofegou. "Vá... embora..."

"Seu cretino!", Damian gritou. Acertou Aleks com tanta força no rosto que o sangue jorrou como uma fonte de seu nariz e a cabeça foi lançada para trás. "Você podia tê-la machucado!"

"Pare!", gritei. Pisei o mais forte que pude no pé do soldado que me segurava e me lancei sobre Aleks. "Você vai matá-lo", solucei.

Aleks estava inerte em meus braços. Um músculo saltou na mandíbula de Damian quando ele me viu tentar amparar o peso.

"Não se pode matar o que já está morto", disse ele, com frieza.

De repente, um soldado surgiu do meio da multidão, deslizando na neve para saudar Damian.

"Capitão? Houve outro assassinato."

Os aldeões abriram espaço, e dois soldados avançaram, carregando o corpo da esposa de Baruch Beiler. A garganta dela tinha sido rasgada. Seus olhos ainda estavam abertos.

"O coletor de impostos está desaparecido", um soldado disse.

Dei um passo à frente quando Damian se ajoelhou ao lado da vítima. O corpo da mulher ainda estava quente, o sangue ainda fumegando. Aquilo havia acontecido momentos atrás. Enquanto Aleks estava ali, sendo açoitado.

Virei para trás, mas as cordas que o seguravam havia um instante estavam soltas, enroladas na neve como víboras. Em um piscar de olhos, todo o tempo necessário para a multidão murmurante perceber que um homem havia sido acusado injustamente, Aleks conseguira escapar.

MINKA

Meu pai me confiou os detalhes de sua morte.

— Minka — ele dizia, no verão quente —, providencie limonada para meu funeral. Limonada gelada para todos!

Quando se vestiu, com um terno emprestado, para o casamento de minha irmã, ele disse:

— Minka, em meu funeral, quero estar tão alinhado quanto hoje.

Isso perturbava imensamente minha mãe.

— Abram Lewin — ela dizia —, você vai fazer a menina ter pesadelos.

Mas meu pai só piscava para mim e respondia:

— Ela tem razão, Minka. Ah, a propósito, nada de ópera em meu funeral. Odeio ópera. Mas danças, isso seria bom.

Eu não ficava traumatizada com essas conversas como minha mãe pensava. Como poderia, conhecendo meu pai? Ele era dono de uma padaria de muito sucesso e eu tinha crescido vendo-o colocar pães em um forno de tijolos vestido apenas com uma camiseta regata, o que permitia apreciar o trabalho dos músculos. Ele era alto, forte e invencível. A verdadeira brincadeira por trás da brincadeira era que meu pai era muito cheio de vida para morrer.

Depois da escola, eu me sentava na loja e fazia a lição de casa, enquanto minha irmã mais velha, Basia, vendia os pães. Meu pai não me deixava trabalhar na caixa registradora, porque considerava a escola mais importante. Ele me chamava de "minha professorinha", porque eu era tão inteligente; havia pulado dois níveis e passado em um exame de três dias, no ano anterior, para entrar no *Gymnasium*. Fora um choque descobrir que, embora eu tivesse me qualificado, não seria aceita na escola. Eles só receberam dois judeus naquele ano. Minha irmã, que sempre tivera um pouco de inveja do valor que era dado a minha inteligência, fingiu ficar aborrecida, mas eu sabia que, bem no fundo, ela estava feliz, porque finalmente eu teria de trabalhar na loja, como ela. No entanto, um dos clientes de meu pai interveio. Meu pai era um padeiro tão bom que, além da chalá, do centeio e dos pães que todas as donas de casa judias compravam diariamente, ele tinha clientes especiais, cristãos que vinham buscar seu babka, seu bolo de sementes de papoula e seu mazurek. Foi um desses clientes, um contador, que interveio para que eu pudesse frequentar o colégio católico. Durante a hora religiosa, eu era dispensada da classe para fazer minha lição de casa no corredor, com a outra menina judia da escola. Depois da aula, eu ia para a padaria de meu pai em Łódź. Quando a loja fechava, Basia, recém-casada, ia para casa com o marido, Rubin, e meu pai e eu caminhávamos pelas ruas até nossa casa, em um bairro misto de cristãos e judeus.

Uma noite, enquanto caminhávamos, uma falange de soldados passou marchando por nós. Meu pai me puxou para a reentrância de uma porta, a fim de deixá-los passar. Eu não sabia se eles eram SS, ou Wehrmacht, ou Gestapo; eu era uma menina boba de catorze anos que não prestava atenção nisso. Tudo o que eu sabia era que eles nunca sorriam e só se moviam em ângulos retos. Meu pai protegeu os olhos do sol poente, mas então se deu conta de que esse gesto parecia um Heil, a saudação deles, e baixou o braço para o lado do corpo.

— No meu funeral, Minka — disse ele, sem nenhum sinal de riso na voz —, nada de desfiles.

***

Eu era mimada. Minha mãe, Hana, limpava meu quarto e cozinhava. Quando não estava cuidando de mim, ela estava insistindo com Basia para que já a fizesse vovó, embora minha irmã tivesse se casado havia apenas seis meses com o rapaz por quem era apaixonada desde que tinha a minha idade.

Eu tinha amigos no bairro. Uma menina, Greta, ia à mesma escola que eu. Às vezes ela me convidava para ir a sua casa ouvir discos, ou rádio, e era muito legal comigo, mas, na escola, se nos cruzássemos no corredor, ela fingia nem me ver. Eram assim as coisas; cristãos poloneses não gostavam de judeus, pelo menos em público. Os Szymanski, que moravam na outra metade de nosso prédio e nos convidavam para o Natal e a Páscoa (quando eu me enchia de comida não kosher), nunca nos menosprezavam por causa de nossa religião, mas minha mãe dizia que isso era porque a sra. Szymanski não era uma polonesa típica, pois nascera na Rússia.

Minha melhor amiga era Darija Horowicz. Estudamos juntas até eu passar nos exames de admissão para o colégio, mas Darija e eu ainda conseguíamos nos ver quase todos os dias e nos atualizar sobre o que acontecia em nossa vida. O pai dela era dono de uma fábrica fora da cidade, e às vezes pegávamos uma carroça com um cavalo e íamos para lá, fazer piqueniques junto ao lago. Sempre havia meninos enxameando em volta de Darija. Ela era muito bonita, uma bailarina alta e graciosa, com longos cílios escuros e uma pequena boca em arco. Eu não era nem de longe tão bonita quanto ela, mas imaginava que os meninos que ficavam a sua volta não poderiam, todos, tê-la como namorada. Haveria algum rapaz de coração partido que sobraria para mim, e talvez ele ficasse tão impressionado com minha inteligência que não notaria meu dente da frente torto, ou o modo como minha barriga sobressaía um pouquinho sob a blusa.

Um dia, Darija e eu estávamos em meu quarto, trabalhando. Tínhamos um Grande Plano, e ele envolvia o livro que eu estava escrevendo. Darija o lia, capítulo por capítulo, e fazia correções com uma caneta vermelha, que era o que achávamos que um editor faria. Íamos nos mudar juntas para Londres e morar em um apartamento, e ela trabalharia em uma editora e eu escreveria romances. Tomaríamos coquetéis elegantes e dançaríamos com homens bonitos.

— Em nosso mundo — disse Darija, jogando de lado o capítulo que revisava —, não haverá ponto e vírgula.

Esse era um de nossos passatempos favoritos: reconstruir um mundo dirigido por mim e Darija, que era perfeito, um lugar onde poderíamos comer tantos pãezinhos doces quanto quiséssemos sem engordar; um lugar em que não se aprendia matemática na escola; um lugar onde gramática era um interesse, não uma necessidade. Levantei os olhos do caderno em que escrevia.

— É meio em cima do muro, não é? Seja um ponto ou uma vírgula, decida-se.

O capítulo em que eu vinha trabalhando durante a última hora tinha poucas frases. Nada me vinha à cabeça, e eu sabia a razão. Estava cansada demais para ser criativa. Meus pais tinham brigado na noite anterior e me acordaram. Eu não consegui ouvir toda a discussão, mas era sobre a sra. Szymanski. Ela tinha se oferecido para esconder minha mãe e a mim, se fosse preciso, mas não poderia acolher todos nós. Eu não entendia por que meu pai estava tão aborrecido. Eu e minha mãe jamais pensaríamos em deixá-lo.

— Em nosso mundo — eu disse —, todos terão um automóvel com rádio.

Darija virou de bruços, com os olhos acesos.

— Nem me lembre.

Na semana anterior, tínhamos visto um automóvel parar no Wodospad, um restaurante chique onde, uma vez, eu vira uma estrela de cinema. Quando o motorista saiu do carro, ouvimos música fluindo lá de dentro, impregnando o ar e pairando como perfume. Era incrível pensar em ter música consigo enquanto se viajava.

Naquele dia, também notei um cartaz novo no restaurante: "Psy i Żydzi nie pozwolone".

Proibida a entrada de cachorros e de judeus.

Tínhamos ouvido histórias da Kristallnacht, a Noite dos Cristais. Minha mãe tinha uma prima cuja loja fora queimada até virar cinzas, na Alemanha. Um de nossos vizinhos havia adotado um menino cujos pais tinham sido mortos em um pogrom. Rubin vivia insistindo com minha irmã para que partissem para a América, mas Basia não queria deixar meus pais. Quando ela lhes disse que deveríamos nos mudar para a área judaica da cidade antes que as coisas piorassem, meu pai falou que ela estava exagerando. Minha mãe apontou para o belo móvel de madeira na sala, que devia pesar uns cento e cinquenta quilos e havia pertencido a minha bisavó.

— Como é possível pegar uma mala e empacotar sua vida? — ela perguntou à minha irmã. — Teríamos que deixar todas as memórias para trás.

Sei que Darija também estava se lembrando do cartaz no restaurante, porque disse:

— Em nosso mundo, não haverá alemães. — Então ela riu. — Ah, pobre Minka. Você parece que vai ficar doente só de pensar. Um mundo sem alemães é um mundo sem Herr Bauer.

Larguei o caderno e me aproximei mais de Darija.

— Hoje ele me chamou três vezes. Eu fui a única que ele chamou mais de uma vez para responder uma pergunta.

— Provavelmente porque você levantou a mão todas as vezes.

Era verdade. Alemão era minha melhor matéria na escola. Podíamos optar por fazer francês ou alemão. A professora de francês, madame Genierre, era uma velha freira com uma verruga gigante e peluda no queixo. Por outro lado, o professor de alemão, Herr Bauer, era jovem e parecia um pouco com o ator Leon Liebgold, se a gente forçasse um pouco ou apenas devaneasse excessivamente, como eu tendia a fazer. Às vezes, quando ele se inclinava sobre meu ombro para corrigir a concordância de gênero em meu trabalho, eu fantasiava que ele poderia me tomar nos braços, me beijar e me propor que fugíssemos juntos. Como se isso fosse algo possível de acontecer entre um professor e uma aluna, ou um cristão e uma judia! Mas ele era bonito, pelo menos, e eu queria que me notasse, então frequentava todas as aulas dele: gramática do alemão, conversação em alemão, literatura alemã. Eu era sua aluna favorita. Encontrava com ele na hora do almoço, só para praticar. "Glauben Sie, dass es regnen wird, Fräulein Lewin?", ele perguntava. Acha que vai chover?

"Ach ja, ich denke wir sollten mit, schlechtem Wetter rechnen."

Ah, sim, acho que devemos esperar tempo ruim.

Às vezes, ele até compartilhava alguma piadinha particular comigo, em alemão. "Noch eine weikere langweilige Besprechung!" Mais uma reunião maçante, ele dizia de passagem, sorrindo agradavelmente, enquanto caminhava atrás do padre Jankowiak pelo corredor, sabendo que este não entenderia nada do que ele dizia, mas eu sim.

— Hoje eu o fiz ficar vermelho — confidenciei, sorrindo. — Disse que estava escrevendo um poema e lhe perguntei como poderia dizer em alemão "Ele a tomou nos braços e a beijou até deixá-la sem fôlego". Queria que ele me *mostrasse*, em vez de me *dizer*.

— Argh — Darija estremeceu. — A ideia de um alemão me beijando me dá calafrios.

— Não fale assim. Herr Bauer é diferente. Ele nunca fala sobre a guerra. É muito intelectual para isso. Além do mais, se você colocar todos no mesmo saco só porque são alemães, não seria diferente do jeito que eles nos tratam, todos como a mesma coisa, só porque somos judeus.

Darija pegou um livro da estante.

— Oh, Herr Bauer — ela me provocou. — Eu o seguirei até o fim do mundo. Até Berlim. Opa, é a mesma coisa, não é? — Ela pressionou o livro contra o rosto e fingiu beijá-lo.

Eu me senti incomodada. Darija era linda, com seu pescoço longo e corpo de bailarina. Eu não fazia piada quando ela enfileirava vários meninos, que se aglomeravam em volta dela nas festas e rivalizavam pela honra de lhe trazer uma bebida ou um doce.

— Pense bem — disse ela, jogando o livro para o lado. — Se você começar a andar por aí com o professor de alemão, vai partir o coração de Josek.

Então foi minha vez de ficar vermelha. Josek Szapiro era o único garoto que não tinha se encantado com Darija. Ele nunca me convidara para passear nem elogiara minha roupa ou meus cabelos, mas, na última vez em que fomos a um piquenique no lago perto da fábrica, passou uma hora inteira conversando comigo sobre meu livro. Ele havia sido contratado recentemente pelo *Chronicle* para escrever e era quase três anos mais velho que eu, mas não parecia me achar boba por acreditar que talvez pudesse, um dia, ser publicada.

— Sabe — disse Darija, apontando para as páginas que estivera lendo —, isso na verdade é só uma história de amor.

— E qual é o problema?

— Bem, uma história de amor não é história nenhuma. As pessoas não querem um final feliz. Elas querem conflitos. Querem que a heroína se apaixone pelo homem que nunca poderá ter. — Ela sorriu para mim. — Só estou dizendo que Ania é sem graça.

Ao ouvir isso, comecei a rir.

— Ela é baseada em você e em mim!

— Então vai ver que *nós* somos sem graça. — Darija se sentou, cruzando as pernas. — Talvez nós precisemos ser mais cosmopolitas. Afinal, eu bem poderia ser o tipo de mulher que chega a um restaurante em um carro com rádio.

Eu revirei os olhos.

— Certo. E eu sou a rainha da Inglaterra.

Darija agarrou minha mão.

— Vamos fazer alguma coisa chocante.

— Está bem — respondi. — Não vou entregar a lição de casa de alemão amanhã.

— Não, não. Algo *mundano*. — Ela sorriu. — Podíamos ir beber schnapps no Grand Hotel.

Num tom de voz cético, respondi:

— Quem iria servir bebida para duas meninas da nossa idade?

— Nós não vamos *parecer* tão meninas. Você não pode roubar alguma coisa do guarda-roupa de sua mãe?

Minha mãe me mataria se descobrisse.

— Se você não contar a ela, eu também não conto — Darija disse, lendo minha mente.

— A gente nem *precisa* contar a ela. — Minha mãe tinha sexto sentido. Sério, ela devia ter olhos na nuca para conseguir me pegar roubando um pedacinho do ensopado da panela antes que o jantar fosse servido, ou para saber quando eu estava trabalhando em minha história no quarto, em vez de fazer a lição de casa. — Quando ela não tem mais nada para se ocupar, ela se ocupa comigo.

De repente, da sala de estar, ouvi um grito. Levantei depressa e corri, com Darija logo atrás de mim. Meu pai estava batendo nas costas de Rubin e minha mãe abraçava Basia.

— Hana! — meu pai exclamou para ela. — Isso pede vinho!

— Minusia — minha mãe disse, usando o nome carinhoso com que me chamava. Ela parecia mais feliz do que nunca. — Sua irmã vai ter um bebê!

Tinha sido estranho quando minha irmã saiu de casa depois do casamento e eu fiquei com o quarto só para mim. Era estranho, agora, pensar nela como mãe de outra pessoa. Abracei Basia e lhe dei um beijo no rosto.

— Há tanta coisa para fazer! — minha mãe disse.

Basia riu.

— Você tem algum tempo, mamãe.

— É preciso pensar em tudo. Vamos sair amanhã para comprar lã. Precisamos começar a tricotar! Abram, você vai ter que se virar sem ela na caixa registradora. Para uma mulher que está esperando bebê, não é bom trabalhar nisso. Ficar ali em pé o dia inteiro, com as costas doendo e os pés inchados...

Meu pai trocou um olhar com Rubin.

— Acho que podem ser umas férias — brincou. — Talvez, pelos próximos cinco meses, ela fique ocupada demais para se lembrar de reclamar de mim...

Dei um olhada para Darija. Que sorriu, levantando as sobrancelhas.

* * *

Parecíamos duas crianças brincando de nos vestir com roupas diferentes. Eu estava com um dos vestidos de seda de minha mãe e um par de sapatos de salto alto da mãe de Darija, os quais ficavam enroscando entre os paralelepípedos da rua. Darija tinha me maquiado para parecermos mais velhas, mas eu me sentia uma palhaça pintada.

O Grand Hotel erguia-se acima de nós como um bolo de noiva, com camadas após camadas de janelas. Imaginei as histórias que aconteciam por trás de cada uma delas. As duas pessoas em silhueta no segundo andar eram recém-casadas. A mulher olhando da suíte de canto, no terceiro andar, estava se lembrando de seu amor perdido, que ela encontraria para um café mais tarde, pela primeira vez em vinte anos...

— E então? — perguntou Darija. — Vamos entrar?

Na verdade, era ainda mais difícil entrar de fato no hotel fingindo ser outra pessoa do que tinha sido juntar coragem para caminhar até lá em nossas roupas elegantes.

— E se encontrarmos alguém que conhecemos?

— Quem vamos encontrar? — Darija zombou. — Os pais estão todos se aprontando para ir ao culto da noite. As mães estão em casa, preparando o jantar.

Dei uma olhada para ela.

— Vá na frente.

Minha mãe achava que eu estava na casa de Darija, e a mãe de Darija, que ela estava na minha casa. Poderíamos facilmente ser pegas, mas esperávamos que nossa aventura compensasse qualquer castigo que, talvez, viéssemos a sofrer. Enquanto eu hesitava, uma mulher passou por mim e subiu os degraus do hotel. Ela cheirava fortemente a perfume e tinha as unhas e os lábios pintados de vermelho-bombeiro. Suas roupas não eram tão finas quanto as da clientela do hotel ou do homem com quem ela estava. Era uma Daquelas Mulheres, das quais minha mãe me afastava com um puxão. Mulheres da noite eram mais comuns em Bałuty, a zona mais pobre da cidade; mulheres que pareciam nunca dormir, com o xale envolvendo os ombros nus enquanto espiavam das janelas. Mas isso não significava que houvesse falta de mulheres de costumes frouxos aqui. O homem que caminhava atrás dessa tinha um pequeno bigode, como Charlie Chaplin, e uma bengala. Enquanto ela passava pelas portas do hotel, ele apertava suas nádegas.

— Que nojento — Darija sussurrou.

— Isso é o que as pessoas vão pensar que somos, se entrarmos! — exclamei. Ela fez beicinho.

— Se você não ia querer levar adiante, Minka, não sei por que disse...

— Eu nunca disse nada! Foi *você* que falou que queria...

— Minka?

Ao som de meu nome, eu congelei. A única coisa pior do que minha mãe descobrir que eu não estava na casa de Darija era alguém me reconhecer e correr para contar a ela.

Com uma careta, eu me virei e vi Josek, elegante de terno e gravata.

— *É* mesmo você — disse ele, sorridente, sem sequer um olhar para Darija. — Não sabia que você vinha aqui.

— Isso quer dizer o quê? — perguntei, cautelosa.

Darija me deu uma cotovelada.

— Claro que a gente vem aqui. Não é onde todos vêm?

Josek riu.

— Bem, não sei nada sobre "todos". O café é melhor em outros lugares.

— O que você está fazendo aqui? — indaguei.

Ele levantou um bloco de notas.

— Uma entrevista. Matéria de interesse humano. Isso é tudo o que me deixam fazer por enquanto. Meu editor diz que tenho que fazer por merecer as grandes notícias. — Ele olhou para meu vestido, preso com alfinetes nas costas, porque era grande demais, e para os sapatos emprestados em meus pés. — Vocês vão a um enterro?

Lá se foi nossa sofisticação.

— Temos um encontro duplo — Darija disse.

— É mesmo? — Josek surpreendeu-se. — Eu não pensei... — ele se interrompeu abruptamente.

— Não pensou o quê?

— Que seu pai deixava você sair com um rapaz — Josek respondeu.

— Pois pensou errado. — Darija sacudiu os cabelos. — Não somos bebês, Josek.

Ele sorriu para mim.

— Então talvez você queira sair *comigo* qualquer hora, Minka. Vou provar a você que o café do Astoria deixa o do Grand Hotel no chinelo.

— Amanhã às quatro — Darija anunciou, como se fosse, de repente, minha secretária. — Ela estará lá.

Quando Josek se despediu e se afastou, Darija me deu o braço.

— Vou matar você — eu disse.

— Por quê? Porque eu lhe arrumei um encontro com um rapaz bonito? Por favor, Minka, se eu não posso me divertir, pelo menos me deixe viver indiretamente, por meio de você.

— Eu não quero sair com Josek.

— Mas Ania precisa que você saia com ele — Darija disse.

Ania, minha personagem, que era muito sem graça. Muito resguardada.

— Pode me agradecer depois — ela declarou, dando uma batidinha em minha mão.

* * *

O Astoria Café era um ponto de encontro muito conhecido na Rua Piotrkowska. A qualquer momento, era possível encontrar intelectuais, dramaturgos e compositores judeus discutindo sobre os aspectos mais sutis do mérito artístico, ao redor de mesas enfumaçadas e de um café amargo; ou divas de ópera sorvendo chá com limão. Embora eu estivesse vestida com o traje emprestado da véspera, estar no mesmo ambiente dessas pessoas fazia minha cabeça girar, como se eu pudesse me tornar mais esclarecida simplesmente por respirar o mesmo ar.

Estávamos sentados perto das portas de vaivém da cozinha e, sempre que elas se abriam, um cheiro delicioso pairava sobre nós. Josek e eu dividíamos um prato de pierogi e bebíamos café, que, como ele havia prometido, era celestial.

— *Upiory* — disse ele, sacudindo a cabeça. — Isso não é o que eu esperava.

Eu estivera lhe contando, timidamente, o enredo de minha história: sobre Ania e seu pai, o padeiro; sobre o monstro que invade a cidade disfarçado de homem comum.

— Minha avó falava deles quando ainda estava viva — expliquei. — À noite, ela deixava grãos sobre a mesa de madeira na padaria, para que, se um *upiór* aparecesse, fosse forçado a contá-los até o nascer do sol. Se eu não fosse para a cama na hora em que me mandavam, minha avó dizia que o *upiór* viria me buscar e beberia meu sangue.

— Bem macabro — Josek falou.

— A questão é que isso não me assustava. Eu costumava me sentir mal pelo *upiór*. Quer dizer, não era culpa dele ser um morto-vivo. Mas boa sorte para quem tentar fazer alguém acreditar nisso, quando havia pessoas como minha avó espalhando o contrário por aí. — Olhei para Josek. — Então eu comecei a imaginar uma história sobre um *upiór*, que pode não ser tão mau quanto todos pensam. Pelo menos se comparado ao ser humano que está tentando destruí-lo. E certamente não tão mau aos olhos da garota que está começando a se apaixonar por ele... até se dar conta de que ele pode ter matado o pai dela.

— Uau — exclamou Josek, impressionado.

Eu ri.

— Você talvez estivesse esperando um romance?

— Mais do que esperava uma história de terror — admitiu ele.

— Darija diz que eu preciso amenizar essa parte, ou ninguém vai querer ler.

— Mas você não acredita nisso, não é?

— Não — eu disse. — As pessoas têm que experimentar coisas que as aterrorizam. Se não o fizerem, como vão apreciar a segurança?

Um sorriso se abriu lentamente no rosto de Josek. Naquele momento, ele parecia bonito. Pelo menos tão bonito quanto Herr Bauer, se não mais.

— Eu não sabia que Łódź tinha a próxima Janusz Korczak em seu meio.

Comecei a brincar com a colher de chá entre os dedos.

— Então você não acha maluco uma menina escrever algo assim?

Josek se inclinou para a frente.

— Eu acho brilhante. Percebo o que você está fazendo. Não é só um conto de fadas, é uma alegoria, certo? Os *upiory*, eles são como os judeus. Para a população em geral, são sugadores de sangue, uma tribo sombria e assustadora. Devem ser temidos e combatidos com armas, cruzes e água benta. E o Reich, que se coloca do lado de Deus, encarregou-se da missão de livrar o mundo dos monstros. Mas os *upiory* são atemporais. O que quer que tentem fazer conosco, nós, judeus, já estamos por aqui há tempo demais para sermos esquecidos ou derrotados.

Uma vez, na aula de Herr Bauer, eu cometi um erro em uma redação e troquei uma palavra alemã por outra. Estava escrevendo sobre os méritos de uma educação religiosa e queria dizer *Achtung*, que significa "atenção, respeito". Em vez disso, usei *Ächtung*, que significa "ostracismo". Claro que isso mudou totalmente o rumo de minha redação. Herr Bauer me pediu para ficar depois da aula, para conversar sobre a separação entre igreja e Estado e sobre como era ser judia em um colégio cristão. Eu não fiquei constrangida na ocasião, porque, de modo geral, nem prestava atenção no que me fazia diferente dos outros alunos, e porque consegui passar meia hora sozinha com Herr Bauer, conversando como se fôssemos iguais. E, claro, foi um erro, não um rasgo de genialidade, que me levara a fazer a observação, na redação que Herr Bauer considerou tão perspicaz... mas eu não ia admitir isso.

Como não ia admitir agora para Josek que, quando escrevia minha história, nunca, nem em um milhão de anos, estava pensando nela como uma alegoria política. Na verdade, quando eu imaginava Ania e seu pai, eles eram judeus como eu.

— Bom — eu disse, tentando não dar muita importância à interpretação de Josek. — Parece que você não perde nada.

— Você é uma figura, Minka Lewin — ele falou. — Nunca conheci uma garota como você. — Ele entrelaçou os dedos nos meus. Depois levantou minha mão e a levou aos lábios, como um súbito cortesão.

Aquilo foi antiquado e cavalheiresco, e me fez estremecer. Tentava me lembrar de cada sensação, do modo como as cores no café de repente pareciam mais brilhantes, da corrente elétrica que dançou pela palma de minha mão como um raio em um campo no verão. Queria conseguir contar a Darija cada mínimo detalhe. Queria escrevê-los, todos, em minha história.

Antes que eu pudesse terminar minha catalogação mental, porém, Josek pôs a mão em minha nuca, puxou-me para mais perto e me beijou.

Era meu primeiro beijo. Eu sentia a pressão dos dedos de Josek em meu couro cabeludo e a lã áspera de seu blusão sob a palma da minha mão. Meu coração se sentia como fogos de artifício devem se sentir quando, depois de finalmente ser acesos, toda aquela pólvora tem algum lugar aonde ir.

— Então — Josek disse, depois de um momento.

Pigarreei e olhei em volta, para os outros clientes. Esperava que todos estivessem olhando para nós, mas não, estavam envolvidos nas próprias conversas, pontuando o ar de gestos que cortavam a névoa da fumaça de cigarros.

Passou rápido por minha mente a imagem de mim e Josek vivendo no exterior e trabalhando juntos sobre a mesa de nossa cozinha. Lá estava ele, com as mangas da camisa branca enroladas até os cotovelos enquanto datilografava furiosamente uma reportagem com prazo curto de entrega. Lá estava eu, mastigando a ponta de um lápis enquanto acrescentava os toques finais a meu primeiro romance.

— Josek Szapiro — eu disse, recostando-me. — O que deu em você?

Ele riu.

— Deve ser toda essa conversa sobre monstros e mocinhas que os amam.

Darija me diria para ser difícil. Para sair e fazer Josek vir atrás de mim. Para ela, cada relacionamento era um jogo. Mas eu estava cansada de ficar desvendando todas as regras.

Antes que eu pudesse responder, porém, as portas do café abriram-se de repente e um bando de soldados da SS irrompeu no salão. Começaram a bater nos clientes com seus cassetetes, a virar cadeiras com pessoas ainda sentadas. Velhos que caíam no chão eram pisoteados ou chutados; mulheres eram jogadas contra as paredes.

Fiquei paralisada. Já estivera perto de soldados da SS quando eles passavam, mas nunca em meio a uma ação como aquela. Todos os homens pareciam ter mais de um metro e oitenta de altura, brutamontes corpulentos com uniformes pesados de lã verde. Tinham punhos fechados e olhos pálidos que cintilavam como mica. Exalavam um cheiro de ódio.

Josek me agarrou e me empurrou para trás dele, através das portas vaivém da cozinha.

— Corra, Minka — ele sussurrou. — Corra!

Eu não queria deixar Josek ali. Segurei na manga da camisa dele, tentando trazê-lo comigo, mas nesse momento um soldado o puxou pelo outro braço. A última coisa que vi, antes de virar e correr, foi o golpe que fez Josek girar em uma lenta pirueta, com o sangue escorrendo da têmpora e do nariz quebrado.

Os soldados estavam arrastando os clientes do café para fora e enfiando-os em caminhões quando pulei a janela da cozinha e saí andando o mais normalmente que pude na direção oposta. Quando senti que estava a uma distância segura, comecei a correr. Torci o tornozelo por causa dos saltos finos, então tirei os sapatos e prossegui descalça, embora fosse outubro e as solas de meus pés estivessem congelando.

Não parei de correr, nem quando a lateral de meu corpo começou a doer, ou quando tive de dispersar um grupo de criancinhas pedintes como se fossem pombas, muito menos quando uma mulher empurrando uma carroça de hortaliças agarrou meu braço para perguntar se eu estava bem. Corri por meia hora, até chegar à padaria de meu pai. Basia não estava na caixa registradora; imaginei que estivesse fazendo compras com minha mãe, mas o sino que ficava sobre a porta soou, avisando a meu pai que alguém tinha entrado.

Ele veio da cozinha, com o rosto largo brilhando de suor por causa do calor dos fornos de tijolos, a barba suja de farinha. Seu prazer ao me ver se desfez quando notou meu rosto, com a maquiagem manchada de lágrimas, os pés descalços, o cabeço solto dos grampos.

— Minusia! — ele gritou. — O que aconteceu?

Eu, no entanto, que me imaginava uma escritora, não consegui encontrar uma única palavra para descrever não só o que eu tinha visto, mas como tudo tinha mudado, como se a Terra tivesse se inclinado ligeiramente em seu eixo, envergonhada do sol, e agora tivéssemos que aprender a viver no escuro.

Com um soluço, lancei-me em seus braços. Eu tentara tanto ser uma mulher cosmopolita... e, na verdade, tudo o que eu queria era permanecer uma menina.

Mas eu havia crescido num instante.

* * *

Se o mundo não tivesse virado de cabeça para baixo naquela tarde, eu teria sido castigada. Teria sido enviada para o quarto sem jantar e proibida de ver Darija, ou de fazer qualquer coisa exceto meu trabalho de escola, por pelo menos uma semana. Em vez disso, quando minha mãe soube o que havia acontecido, ela me abraçou com força e não me deixou mais sair de sua vista.

Antes de caminharmos para casa, com o braço de meu pai firmemente preso em torno de mim e seus olhos perscrutando a rua como se esperasse que uma ameaça fosse pular de uma viela a qualquer minuto (e por que ele pensaria outra coisa depois do que eu lhe contara?), fomos ao escritório onde o pai de Josek trabalhava como contador. Meu pai o conhecia do *shul*.

— Chaim — ele disse, com ar sério. — Temos notícias.

Ele pediu que eu contasse tudo ao pai de Josek, desde a hora em que chegamos ao café até o momento em que vi um soldado atingindo-o com uma barra de ferro. Vi o sangue sumir do rosto de seu pai, vi seus olhos se encherem de lágrimas.

— Eles levaram as pessoas em caminhões — falei. — Não sei para onde.

Uma batalha interna se processou no rosto do homem, enquanto a esperança lutava com a razão.

— Você vai ver — meu pai disse, gentilmente. — Ele vai voltar.

— Sim. — Chaim assentiu num gesto de cabeça, como se precisasse convencer a si mesmo. Então levantou os olhos, como se estivesse surpreso por ainda nos ver ali. — Preciso ir. Tenho que contar à minha mulher.

Quando Darija chegou, depois do jantar, para saber sobre meu encontro com Josek, pedi que minha mãe se desculpasse com ela e dissesse que eu não estava me sentindo bem. E era verdade, afinal. O encontro parecia irreconhecível agora, tão manchado pela tempestade de eventos que eu nem conseguia mais me lembrar da impressão que havia me causado antes.

Meu pai, que mal tocou na comida naquela noite, saiu depois que a mesa foi tirada. Eu estava sentada na cama, com os olhos bem fechados, conjugando verbos alemães. *Ich habe Angst. Du hast Angst. Er hat Angst. Wir haben Angst.*

Nós temos medo. *Wir haben Angst.*

Minha mãe veio ao meu quarto e sentou-se a meu lado.

— Você acha que ele está vivo? — indaguei, fazendo a pergunta que ninguém pronunciara.

— *Ach*, Minusia — minha mãe disse. — Que imaginação a sua.

Mas suas mãos estavam trêmulas, e ela escondeu isso pegando a escova em minha mesinha de cabeceira. Gentilmente, virou-me de costas e começou a escovar meus cabelos em longos e amplos movimentos, como costumava fazer quando eu era pequena.

* * *

O que soubemos, por informações que vazavam pela comunidade em breves erupções pontuais, como rápidos disparos, foi que a SS havia levado cento e cinquenta pessoas do Astoria naquela tarde. Transportaram todas para o quartel-general e interrogaram homens e mulheres individualmente, agredindo-os com barras de ferro e cassetetes de borracha. Quebraram braços e dedos e exigiram pagamentos de resgate de várias centenas de marcos. Quem não trazia dinheiro consigo precisou dar nomes de pessoas da família que poderiam ter. Quarenta e seis pessoas foram mortas a tiros pela SS, cinquenta foram liberadas após o pagamento e as demais foram levadas para uma prisão em Radogoszcz.

Josek fora um dos felizardos. Embora eu não o visse desde aquela tarde, meu pai me disse que ele estava em casa com a família. Chaim, que, como meu pai, tinha clientes cristãos além de judeus, havia conseguido de alguma forma que o dinheiro fosse levado ao quartel-general da SS em troca da liberdade do filho. Disse a todos que, se não fosse a coragem de Minka Lewin, talvez não tivesse acontecido aquele final feliz.

Estive pensando muito em finais felizes. Estive pensando no que Josek e eu conversávamos, momentos antes de Tudo Acontecer. Sobre vilões e sobre heróis. O *upiór* de minha história, será que era ele a aterrorizar os outros? Ou seria ele o perseguido?

Eu estava sentada nos degraus que levavam ao segundo andar do prédio da escola enquanto o restante da classe assistia à aula de estudos religiosos. Embora devesse estar adiantando um trabalho escolar, eu escrevia, em vez disso, minha história. Havia acabado de começar uma cena em que uma multidão furiosa bate à porta de Ania. O lápis não conseguia acompanhar meus pensamentos. Eu sentia o coração bater mais forte enquanto imaginava as batidas, a madeira sendo rachada pelas armas que as pessoas da aldeia haviam trazido para o linchamento. Sentia o suor escorrendo pela espinha de Ania. Ouvia o sotaque alemão das pessoas através da espessa porta da cabana...

Mas o sotaque era na verdade de Herr Bauer. Ele se sentou a meu lado no degrau. Nossos ombros quase se tocavam. Minha língua parecia ter inchado quatro vezes além do tamanho normal; eu não poderia ter falado em voz alta nem que minha vida dependesse disso.

— Fräulein Lewin — disse ele —, queria que você ouvisse a notícia de mim.

Notícia? Que notícia?

— Hoje é meu último dia aqui — ele revelou, em alemão. — Vou voltar para Stuttgart.

— Mas... por quê? — gaguejei. — Precisamos de você aqui.

Ele deu aquele sorriso lindo.

— Meu país aparentemente precisa de mim também.

— Quem vai nos ensinar?

Ele ergueu os ombros.

— O padre Czerniski vai assumir.

O padre Czerniski era um bêbado, e eu não tinha dúvida de que a única palavra alemã que ele conhecia era Lager. Mas não precisava dizer isso em voz alta. Herr Bauer estava pensando a mesma coisa.

— Você continuará a estudar por conta própria — ele insistiu, com decisão. — Continuará a se destacar. — Então, Herr Bauer olhou-me nos olhos e, pela primeira vez desde que nos conhecemos, falou em polonês comigo. — Foi uma honra e um privilégio ser seu professor — disse.

Depois que ele desceu as escadas, corri para o banheiro feminino e desabei em lágrimas. Chorei por Herr Bauer, e por Josek, e por mim. Chorei porque não poderia mais me perder em devaneios sobre Herr Bauer, o que significava que teria de passar mais tempo na realidade. Chorei porque, quando me lembrava de meu primeiro beijo, sentia o estômago enjoado. Chorei porque meu mundo havia se tornado um oceano furioso e eu estava me afogando. Mesmo depois de ter lavado o rosto com água fria, meus olhos continuavam vermelhos e inchados. Quando o padre Jarmyk perguntou se eu estava bem, durante a aula de matemática, eu lhe disse que havíamos recebido notícias tristes, na noite anterior, sobre um primo na Cracóvia.

Naqueles dias, ninguém questionaria esse tipo de resposta.

Quando saí da escola naquela tarde para ir à padaria, como de hábito, pensei que estivesse vendo uma aparição. Recostado em um poste de iluminação do outro lado da rua estava Josek Szapiro. Soltei uma exclamação de surpresa e corri para ele. Quando cheguei mais perto, pude ver que a pele em volta de seus olhos estava amarela e arroxeada, todos os tons variados de um hematoma que está se amenizando; e um corte em cicatrização lhe atravessava o meio da sobrancelha esquerda. Fiz menção de tocar-lhe o rosto, mas ele segurou minha mão. Um de seus dedos estava preso por uma tala.

— Cuidado — disse ele. — Ainda está sensível.

— O que fizeram com você?

Ele abaixou minha mão.

— Aqui não — alertou-me, apontando com o olhar o movimento de pedestres ao redor.

Ainda segurando minha mão, ele me puxou, afastando-me da escola. Para qualquer um que passasse, devíamos parecer um casal comum. Mas eu sabia, pelo jeito como Josek me segurava, com força, como se estivesse se afogando em areia movediça e precisasse ser salvo, que não era bem assim.

Eu o segui, sem dizer nada, em meio a uma feira de rua, passando pelo peixeiro e pela barraca de hortaliças, até uma ruela estreita entre dois prédios. Quando escorreguei em uns restos de repolho no chão, ele me apoiou com a lateral de seu corpo. Eu sentia o calor de seu braço em torno de mim. Era uma sensação de esperança.

Ele não parou até termos percorrido um labirinto de ruas de paralelepípedos, até estarmos atrás da entrada de serviço de um prédio que nem reconheci. O que quer que Josek quisesse me dizer, eu esperava que não envolvesse me deixar ali para encontrar o caminho de volta sozinha.

— Eu estava tão preocupado com você — ele disse por fim. — Não sabia se você tinha conseguido escapar.

— Sou bem mais durona do que pareço — respondi, levantando o queixo.

— Pois eu não sou — Josek disse, sério. — Eles me bateram, Minka. Quebraram meu dedo para que eu dissesse quem era meu pai. Eu não queria que eles soubessem. Achei que iam atrás dele, para machucá-lo também. Mas eles queriam era o dinheiro.

— Por quê? — perguntei. — O que você fez para eles?

Josek olhou para mim.

— Eu *existo* — respondeu baixinho.

Mordi o lábio. Senti vontade de chorar outra vez, mas não queria fazer isso na frente de Josek.

— Sinto muito por isso ter acontecido com você.

— Vim para lhe dar uma coisa — Josek disse. — Minha família vai embora para São Petersburgo na semana que vem. Minha mãe tem uma tia que mora lá.

— Mas... — falei, sem nem saber por quê, só querendo não ter ouvido o que ele acabara de dizer. — E o seu trabalho?

— Há jornais na Rússia. — Ele sorriu um pouquinho. — Talvez um dia eu até leia sua história do *upiór* em um deles. — Enfiou a mão no bolso. — As coisas vão piorar antes de melhorar. Meu pai tem conhecidos de negócios. Amigos que estão dispostos a fazer favores a ele. Vamos viajar para São Petersburgo com documentos cristãos.

Meu olhar se fixou no rosto dele. Com documentos cristãos, era possível ir a qualquer lugar. Eram considerados adequados para que se provasse ser ariano. Isso significava passe livre de todas as restrições, retenções, deportações.

Se Josek tivesse esses papéis uma semana antes, nunca teria sido espancado pela SS. Mas, também, nunca estaria no Astoria Café.

— Meu pai quis garantir que o que aconteceu comigo nunca mais aconteça. — Solenemente, Josek abriu os documentos. Percebi que não eram para um rapaz de sua idade, mas para uma menina adolescente. — Você salvou minha vida. Agora é a minha vez de salvar a sua.

Afastei-me dos papéis, como se pudessem pegar fogo.

— Ele não conseguiu o suficiente para toda a sua família — Josek explicou. — Mas, Minka... você poderia ir conosco. Diríamos que você é minha prima. Meus pais cuidarão de você.

Balancei a cabeça.

— Como eu poderia me tornar parte da sua família sabendo que deixei a minha para trás?

Josek assentiu com a cabeça.

— Eu achei que você fosse dizer isso. Mas pegue os documentos. Um dia você pode mudar de ideia.

Ele pressionou os papéis contra minha mão e eu os segurei. Então ele me abraçou, puxando-me para si. Os papéis ficaram presos entre nossos corpos, um calço a nos separar, como qualquer outra mentira.

— Fique bem, Minka — Josek disse e me beijou novamente. Dessa vez, comprimiu furiosamente meus lábios com os seus, como se estivesse se comunicando em uma linguagem que eu ainda não aprendera.

* * *

Uma hora mais tarde, eu estava no ventre fumegante da padaria de meu pai, comendo o pãozinho que ele fazia para mim todos os dias, com a bolinha torcida no alto e o centro de chocolate e canela. Naquela hora do dia, estávamos sozinhos; seus funcionários chegavam antes do amanhecer para assar os pães e iam embora ao meio-dia. Minhas pernas se enganchavam nas pernas do banco onde eu me sentava, observando meu pai modelar os pães. Ele os deixava repousar dentro das dobras polvilhadas de farinha de um pano de fermentação, dando uma batidinha com a palma da mão na elevação arredondada e fendida de cada um deles, suave como um bumbum de bebê. Dentro do sutiã, as bordas de meus documentos cristãos cutucavam a pele. Imaginei me despir naquela noite e encontrar o nome de uma menina não judia tatuado no peito.

— A família de Josek vai embora — anunciei.

As mãos de meu pai, que estavam sempre se movendo, se imobilizaram sobre a massa.

— Quando você o viu?

— Hoje. Depois da escola. Ele queria se despedir.

Meu pai assentiu com a cabeça e modelou mais um pedaço de massa em um pequeno retângulo.

— Nós vamos embora da cidade? — perguntei.

— Se fôssemos, Minusia — meu pai disse —, quem alimentaria os outros?

— É mais importante estarmos seguros. Ainda mais agora que Basia vai ter um bebê.

Meu pai bateu a mão com força na mesa, criando uma pequena tempestade de farinha.

— Você acha que não posso manter minha família segura? — ele gritou. — Acha que isso não é importante para mim?

— Não, papai — murmurei.

Ele contornou o balcão e me segurou pelos ombros.

— Escute — disse. — A família é tudo para mim. *Você* é tudo para mim. Eu arrebentaria esta padaria tijolo por tijolo, com minhas próprias mãos se fosse preciso, para nada de mal acontecer com você.

Eu nunca o tinha visto assim. Meu pai, sempre tão seguro de si, sempre com uma piada na ponta da língua para dissolver as situações mais difíceis, mal estava conseguindo se controlar.

— Seu nome, Minka, é um diminutivo de Wilhelmina. Sabe o que significa? "Proteção escolhida." Eu *sempre* escolherei proteger *você*. — Ele olhou para mim por um longo momento, depois suspirou. — Eu ia guardar isto para presente de Hanukkah, mas acho que talvez tenha chegado a hora de dar um presente...

Fiquei sentada enquanto ele desaparecia na sala dos fundos, onde mantinha os registros dos carregamentos de cereais, sal e manteiga. Voltou com um saco de estopa bem amarrado no alto por cordões.

— *Freilichen Chanukah* — disse ele. — Embora alguns meses adiantado.

Com mãos impacientes, forcei os nós para abrir o pacote. A estopa caiu em volta de um reluzente par de botas pretas.

Elas eram novas, o que era ótimo. Mas não propriamente bonitas, nada cujo estilo ou corte pudessem fazer uma garota se encantar.

— Obrigada — eu disse, forçando um sorriso e abraçando meu pai pelo pescoço.

— Estas são exclusivas. Ninguém tem um par igual. Você precisa me prometer que vai usar essas botas sempre. Mesmo quando estiver dormindo. Está ouvindo, Minka? — Ele pegou uma delas de meu colo e alcançou a faca que usava para extrair pedaços de massa da enorme ameba informe sobre o balcão. Inseriu a ponta em um sulco no salto, girou-a, e a parte de baixo da sola se soltou. A princípio, não entendi por que ele estava arruinando meu presente novo, até ver que, dentro desse compartimento oculto, havia várias moedas de ouro. Uma fortuna. — Ninguém sabe que elas estão aqui — meu pai explicou —, exceto você e eu.

Pensei no dedo quebrado de Josek, nos soldados da SS exigindo dinheiro dele. Essa era a apólice de seguro de meu pai.

Ele me mostrou como os saltos se abriam, depois os encaixou de volta nas solas, batendo-os algumas vezes sobre o balcão.

— Como novo outra vez — disse e me devolveu as botas. — Falo sério. Quero que você as use em toda parte. Todos os dias. Quando estiver frio, quando estiver calor. Quando for ao mercado e quando for dançar. — Ele sorriu para mim. — Minka, tome nota: quero ver você usando-as em meu funeral.

Sorri de volta, aliviada por estarmos de novo em terreno conhecido.

— Isso vai ser um pouco difícil para você, não acha?

Ele riu, então, sua grande gargalhada em que eu sempre pensava quando pensava em meu pai. Com minhas botas novas aninhadas no colo, refleti sobre o segredo que agora compartilhávamos, e naquele que era só meu. Nunca contei a meu pai sobre meus documentos cristãos; nem na ocasião, nem depois. Principalmente porque eu sabia que ele me forçaria a usá-los.

Enquanto terminava de comer o pãozinho que meu pai assara só para mim, baixei os olhos para meu blusão azul. Nos ombros, havia pó de farinha que ele havia deixado quando me segurara. Tentei limpar, mas não adiantou. Por mais que fizesse, ainda via as tênues impressões digitais, como se tivesse sido alertada por um fantasma.

* * *

Em novembro, houve mudanças. Um dia, meu pai chegou em casa trazendo estrelas amarelas, que deveríamos usar na roupa o tempo todo. Łódź, nossa cidade, estava sendo chamada de Litzmannstadt pelos soldados alemães que a haviam invadido. Mais e mais famílias judias estavam se mudando para a Cidade Velha, ou Bałuty, algumas por escolha, outras porque as autoridades haviam decidido que os apartamentos e casas que elas possuíam ou alugavam havia anos deveriam, agora, ser reservados para os alemães étnicos. Havia ruas na cidade pelas quais não podíamos mais passar e, por causa disso, tínhamos de seguir por rotas indiretas ou atravessar pontes. Não tínhamos autorização para utilizar transporte público ou sair de casa depois de escurecer. A gravidez de minha irmã já era visível. Darija saiu algumas vezes com um rapaz chamado Dawid e, de repente, achou que já sabia tudo que havia para saber sobre histórias de amor.

— Se não gosta do que estou escrevendo — eu disse um dia —, por que não para de ler?

— Não é que eu não goste — Darija respondeu. — Só estou tentando ajudá-la com o realismo.

Realismo, para Darija, significava reviver seus momentos de paixão com Dawid, para que minha personagem, Ania, pudesse ter um beijo igualmente romântico. Pelo modo como Darija falava, dava para imaginar que Dawid fosse uma combinação do ator Michael Goldstein, de *Campos verdes*, com o Messias.

— Teve notícias de Josek? — ela perguntou.

Ela não estava dizendo aquilo por maldade, mas Darija devia imaginar que as chances de eu receber alguma correspondência dele eram muito diminutas. O correio não ia e vinha mais com nenhuma regularidade. Eu preferia imaginar que Josek me escrevera com frequência, talvez até duas ou três vezes por dia, e que as cartas estavam se empilhando em algum lugar, no arquivo morto de algum escritório.

— Bem — disse ela, quando sacudi a cabeça —, imagino que ele esteja muito ocupado.

Estávamos no estúdio onde Darija praticava balé três vezes por semana. Ela era boa, pelo menos tão boa em sua arte quanto eu era em minha escrita. Antes, ela falava em entrar para uma companhia de dança, mas naqueles tempos ninguém mais falava do futuro. Eu a vi vestir o casaco com a estrela amarela na frente do ombro e outra nas costas e enrolar um lenço no pescoço.

— Sabe o trecho em que você escreveu sobre consumir o sangue de um *upiór*? — ela comentou. — Você inventou aquilo?

Meneei a cabeça.

— Era o que minha avó me contava.

Darija estremeceu.

— É macabro.

— Macabro bom, ou macabro ruim?

Ela me deu o braço.

— Macabro bom. Macabro do tipo as-pessoas-vão-querer-ler.

Eu sorri. Essa era a Darija que eu conhecia, a Darija de que sentia falta, porque nos últimos tempos ela andava ocupada demais com o novo namorado.

— Talvez esta noite possamos ficar juntas na minha casa — sugeri enquanto saíamos do prédio, sabendo que, provavelmente, ela estava planejando se encontrar com Dawid. Havia uma grande quantidade de soldados passando quando saímos e, instintivamente, baixamos a cabeça. Antes, quando soldados passavam, eu sentia uma pontada fria na boca do estômago. Agora, isso era tão comum que eu nem notava.

Havia uma movimentação na rua; a certa distância, podíamos ouvir gritos.

— O que está acontecendo? — perguntei, mas Darija já se movia na direção do barulho.

Em uma das praças, três homens estavam pendurados em forcas tão novas que eu ainda podia sentir o cheiro da seiva das árvores de onde a madeira tinha vindo. Um grupo de pessoas havia se reunido; na frente da multidão, uma mulher chorava e tentava chegar a um dos homens mortos, mas os soldados não a deixavam.

— O que eles fizeram? — Darija perguntou.

Uma senhora idosa ao lado dela respondeu:

— Criticaram alemães aqui na cidade.

Os soldados começaram a se mover entre a multidão, dizendo às pessoas para irem para casa. De alguma maneira, Darija acabou se separando de mim. Eu a ouvi me chamando, mas abri caminho pela multidão até estar parada na frente das forcas. Os soldados não prestaram atenção em mim; estavam muito ocupados arrastando de lá a família dos mortos.

Aquilo era o mais próximo que eu já tinha chegado de alguém morto. No funeral de minha avó, eu era pequena e só me lembro do caixão. O homem que agora balançava como uma folha em uma árvore de outono parecia estar dormindo. Seu pescoço inclinava-se em um ângulo estranho, e os olhos estavam fechados. A língua se projetava um pouco da boca. Havia uma sombra escura nas calças, onde ele devia ter urinado. *Antes ou depois?*, perguntei-me.

Pensei em todo o sangue e vísceras na história de terror que eu estava escrevendo, no *upiór* comendo o coração de uma vítima, e percebi que nada daquilo importava. O choque não estava no sangue, mas no fato de que, um minuto atrás, esse homem estava vivo e agora não estava mais.

Naquela tarde, quando meu pai e eu passamos pelas forcas, ele tentou me distrair com uma conversa sobre nossos vizinhos, sobre a padaria, sobre o tempo, como se eu não tivesse notado os vultos rígidos dos homens atrás de mim.

Meus pais discutiram naquela noite. Minha mãe disse que eu não devia mais ficar andando pela cidade. Meu pai disse que isso era impossível: como eu iria para a escola? Adormeci ao som das vozes irritadas e tive um pesadelo. Darija e eu estávamos no enforcamento, mas dessa vez, quando cheguei mais perto do corpo e ele girou lentamente em minha direção de modo que eu pude ver o rosto, era o de Josek.

Na manhã seguinte, corri para a casa de Darija. Quando sua mãe abriu a porta, fiquei atordoada. A casa, que geralmente era um primor de asseio, estava em desordem total.

— Está na hora — a mãe de Darija me disse. — Vamos para a Cidade Velha, onde é mais seguro.

Eu não acreditava que fosse mais seguro na Cidade Velha. Não achava que seria mais seguro até que os britânicos começassem a ganhar a guerra. Afinal, eles nunca haviam perdido uma, então eu sabia que seria apenas questão de tempo até que Hitler e seu Terceiro Reich fossem derrotados.

— Ela está muito aborrecida, Minka — a mãe de Darija me confidenciou. — Talvez você consiga animá-la.

O som de *A Bela Adormecida*, de Tchaikovsky, vazava por baixo da porta fechada do quarto de Darija. Quando entrei, vi que o tapete dela estava enrolado, do jeito que ela às vezes o colocava quando dançava. Mas ela não estava dançando. Estava sentada no chão, de pernas cruzadas, chorando.

Pigarreei.

— Preciso da sua ajuda. Estou totalmente empacada na página cinquenta e seis.

Darija nem olhou para mim.

— É a parte em que Ania vai à casa de Aleksander — eu disse, inventando freneticamente enquanto falava. — Alguma coisa tem que perturbá-la. Só não sei bem o quê. — Olhei para Darija de relance. — Primeiro, pensei em Aleksander com outra mulher, mas não acho mesmo que seja isso.

Não achei que Darija estivesse ouvindo, mas então ela suspirou.

— Leia para mim.

Eu li. Embora não houvesse nada escrito na página, tirei palavra por palavra de dentro de mim, como seda para uma teia de aranha, tecendo uma existência imaginária. É para isso que lemos ficção, não é? Para nos lembrarmos de que, o que quer que soframos, não somos os únicos?

— Morte — Darija disse quando terminei, quando a última frase pairou como um precipício. — Ela precisa ver alguém morrer.

— Por quê?

— Porque o que a apavoraria mais? — Darija perguntou, e eu soube que ela não estava falando mais de minha história.

Peguei um lápis no bolso e tomei nota.

— Morte — repeti. Sorri para minha melhor amiga. — O que eu faria sem você?

Isso, percebi tarde demais, era exatamente a coisa errada para dizer. Darija recomeçou a chorar.

— Eu não quero ir embora.

Sentei ao lado dela e a abracei com força.

— Eu não quero que você vá — concordei.

— Nunca mais vou ver o Dawid — ela soluçou. — Ou você.

Ela estava tão triste que eu nem fiquei com ciúme por ser a segunda parte da frase.

— Você só vai para o outro lado da cidade. Não para a Sibéria.

Mas eu sabia que isso não queria dizer nada. A cada dia, um novo muro aparecia, uma cerca, um desvio. A cada dia, a zona de separação entre os alemães daquela cidade e os judeus ficava maior e maior. Isso acabaria por obrigar todos nós a ir para a Cidade Velha, como a família de Darija, ou por nos empurrar completamente para fora de Łódź.

— Não era assim que deveria ser — Darija disse. — Nós íamos para a universidade e depois nos mudaríamos para Londres.

— Quem sabe iremos um dia? — respondi.

— Ou quem sabe seremos enforcadas como aqueles homens.

— Darija! Não diga isso!

— Você não vai me dizer que não pensou nisso — ela retrucou, e estava certa, claro. Por que eles, quando todos tinham falado mal dos alemães? Será que tinham sido mais veementes que o restante de nós? Ou foram escolhidos ao acaso, só para servir de exemplo?

Sobre a cama de Darija, havia duas caixas, um rolo de barbante e uma faca para cortá-lo. Peguei a faca e fiz um talho no centro carnudo da palma de minha mão.

— Melhores amigas para sempre — jurei e lhe entreguei a faca.

Sem hesitação, ela também cortou a mão.

— Melhores amigas — disse. Pressionamos nossas mãos uma contra a outra, em uma promessa selada a sangue. Eu sabia que não funcionava assim, porque tinha estudado biologia no *Gymnasium*, mas gostava da ideia do sangue de Darija correndo em minhas veias. Ficava mais fácil acreditar que eu estava mantendo um pedaço dela comigo.

Dois dias depois, a família de Darija entrou na longa fila de famílias judias que partiam daquela parte da cidade em direção a Bałuty, a Cidade Velha, com tantas posses quanto pudessem carregar. Naquele mesmo dia, finalmente, foi dada permissão para que os homens enforcados fossem baixados. A intenção de insultar era clara, uma vez que o enterro, em nossa religião, deveria acontecer o mais depressa possível. Durante aquele período de quarenta e oito horas, passei pelas forcas seis vezes: indo para a padaria, para a casa de Darija, para a escola. Depois das duas primeiras, parei de notar. Era como se a morte tivesse se tornado parte da paisagem.

* * *

Meu sobrinho, Majer Kaminski, era um *shayna punim*, uma gracinha. Era março de 1940, ele tinha seis semanas e já sorria de volta quando se sorria para ele; conseguia sustentar o peso da própria cabeça. Tinha olhos azuis e cabelos pretos e um sorriso de gengivas que, como meu pai dizia, poderia derreter até o coração sombrio de Hitler.

Nunca um bebê tinha sido tão amado: por Basia e Rubin, que o olhavam como se ele fosse um milagre toda vez que passavam por seu berço; e por meu pai, que já estava tentando ensinar-lhe receitas; e por mim, que inventava letras doidas de cantigas de ninar para ele. Só minha mãe parecia distante. Claro que ela estava feliz com o neto e brincava com ele quando Basia e Rubin o traziam para nos visitar, mas raramente pegava Majer no colo. Se Basia o passava para seus braços, minha mãe arrumava alguma desculpa para deixá-lo em algum lugar ou para entregá-lo a mim ou a meu pai.

Não fazia sentido a meu ver. Ela sempre quisera ser avó e, agora que era, nem carregava o neto no colo?

Minha mãe sempre guardava a melhor comida para as noites de sexta--feira, porque minha irmã e Rubin vinham para o jantar de Shabbat. Geralmente havia batatas e outros tubérculos em nossa ração, mas, naquela noite, de alguma maneira, minha mãe tinha comprado um frango, alimento que não víamos havia meses, desde que a Alemanha ocupara o país. Havia mercados negros por toda a cidade, onde se podia conseguir quase qualquer coisa, por um preço; a questão era: o que ela havia dado em troca por aquela iguaria?

Mas eu estava salivando tanto que quase não me importava. Fiquei irrequieta durante a oração sobre as velas e o Kiddush sobre o vinho e o Hamotzi sobre a deliciosa chalá de meu pai e então, finalmente, era hora de sentar para comer.

— Hana — meu pai disse num suspiro, mordendo o primeiro pedaço de frango —, você é mesmo uma maravilha.

A princípio, nenhum de nós falou, ocupados que estávamos com a comida deliciosa. Mas então Rubin interrompeu o silêncio.

— Sabem o Herschel Berkowicz, que trabalha comigo? Ele recebeu ordens de deixar sua casa na semana passada.

— Ele foi? — minha mãe perguntou.

— Não...

— E? — meu pai indagou, detendo o garfo no caminho para a boca.

Rubin deu de ombros.

— Por enquanto, nada.

— Está vendo? Hana, eu estava certo. Estou sempre certo. Você se recusa a se mudar, e o céu não cai sobre sua cabeça. Nada acontece. — Em 8 de fevereiro, o chefe de polícia havia feito uma lista de ruas em que os judeus tinham permissão para morar e divulgado um calendário com as datas para que os demais se mudassem. Embora, àquela altura, todos conhecessem uma família que tinha ido para a Rússia ou para a área da cidade destinada aos judeus, outros, como meu pai, resistiam a partir. — O que eles podem fazer? — disse ele, dando de ombros. — Nos chutar para fora? — Limpou a boca com o guardanapo. — Mas não vou deixar esta refeição gloriosa ser arruinada por conversas sobre política. Minka, conte a Rubin o que estava me falando sobre o gás mostarda, outro dia...

Foi algo que eu tinha aprendido na aula de química. A razão pela qual o gás mostarda funcionava era por ser feito em parte de cloro, que tinha uma estrutura atômica tão compacta que sugava elétrons de tudo com que tivesse contato. Inclusive pulmões humanos. Ele rasgava as células do corpo.

— E isso é conversa para o jantar? — minha mãe suspirou. Ela se virou para Basia, que embalava Majer no braço esquerdo. — Como meu anjinho está dormindo? Já a noite inteira?

De repente, soaram batidas à porta.

— Está esperando alguém? — minha mãe perguntou, olhando para meu pai enquanto ia atender. Antes que chegasse à porta, porém, esta se abriu de um golpe e três soldados entraram na sala.

— Saiam — um dos oficiais disse em alemão. — Têm cinco minutos!

— Minka! — minha mãe gritou. — O que eles querem?

Então eu traduzi, com o coração batendo forte. Basia estava escondida no canto, tentando tornar seu bebê invisível. Eram soldados da Wehrmacht. Um deles derrubou o cristal de cima do aparador de carvalho de minha bisavó, e ele se estilhaçou no chão. Outro virou a mesa, com toda a nossa comida em cima e as velas ainda acesas. Rubin pisou nas chamas antes que se espalhassem.

— Vão! — o oficial gritou. — O que estão esperando?

Meu pai, meu corajoso e forte pai, acovardou-se e levou as mãos à cabeça.

— Para fora em cinco minutos. Ou vamos voltar e começar a atirar — o oficial disse, e ele e seus colegas saíram tão depressa quanto haviam entrado.

Eu não traduzi essa parte.

Minha mãe foi quem se moveu primeiro.

— Abram, pegue a prataria da sua mãe no aparador. Minka, pegue fronhas e ande pela casa recolhendo tudo que tenha valor. Basia, Rubin, quanto tempo vocês acham que demoram para ir à sua casa e juntar suas coisas? Ficarei com o bebê até voltarem.

Era o chamado à ação de que precisávamos. Meu pai começou a remexer as gavetas do aparador, depois a mover livros das prateleiras e a pegar jarros nos armários da cozinha para recolher o dinheiro que eu não sabia que ficava escondido ali. Minha mãe colocou Majer no bercinho, embora ele estivesse chorando, e começou a juntar casacos de inverno e cachecóis de lã, gorros e luvas, roupas quentes. Eu corri ao quarto de meus pais e peguei as joias de minha mãe, o talit e os tefilin de meu pai. Em meu quarto, olhei em volta. O que você levaria, se tivesse que embalar sua vida em poucos minutos? Peguei o vestido mais novo que tinha e o casaco combinando, aquele que eu usara nas Grandes Festas, no último outono. Peguei várias trocas de roupas de baixo e uma escova de dentes. Peguei meu caderno, claro, e um estoque de lápis e canetas. Peguei *O diário de uma garota perdida*, de Margarete Böhme, no original em alemão, um romance que eu havia encontrado em um sebo e escondido de meus pais, por causa do tema picante. Peguei um exame em que Herr Bauer havia escrito "aluna excepcional" em alemão.

Peguei os documentos cristãos que Josek havia me dado, escondidos dentro das botas que meu pai me havia feito prometer usar o tempo todo.

Encontrei minha mãe em pé no centro da sala de jantar, cercada pelo cristal quebrado. Ela segurava Majer nos braços e sussurrava para ele:

— Eu rezei para que você fosse menina.

— Mãe? — murmurei.

Quando olhou para mim, ela estava chorando.

— A sra. Szymanski criaria uma menininha como se fosse dela.

Tive a sensação de que minha mente se enchia de lama. Ela queria dar Majer, *nosso* Majer, para ser criado por outra pessoa que não Basia e Rubin? Seria por isso que ela se oferecera para olhar o bebê enquanto eles corriam para casa a fim de fazer as malas? Sim, percebi, em um momento de dolorosa clareza. Porque essa era a maneira de mantê-lo seguro. Era por isso que famílias haviam despachado seus filhos para a Inglaterra e os Estados Unidos. Por isso a família de Josek achara que eu deveria ir com eles para São Petersburgo. Com a sobrevivência, vem o sacrifício.

Olhei para o rostinho de Majer, para suas mãozinhas agitadas.

— Então leve-o para ela agora mesmo — insisti. — Não vou contar para Basia.

Ela sacudiu a cabeça.

— Minka, ele é menino.

Por um momento, apenas olhei para ela, sem entender, e então me dei conta do que minha mãe estava dizendo. Majer, claro, tivera seu *bris*. Ele fora circuncidado. Se os Szymanski dissessem às autoridades que sua menininha era cristã, não haveria como provarem que não era. Mas um menininho... Seria preciso apenas abrir a fralda.

Percebi, também, por que minha mãe não queria carregar o neto no colo. Bem no fundo, ela sabia que não deveria se apegar demais, para o caso de perdê-lo.

Meu pai apareceu, com uma mochila nas costas e fronhas cheias até o topo em cada mão.

— Temos que ir — disse ele, mas minha mãe não se moveu.

Eu ouvia os gritos enquanto os soldados entravam nas casas de nossos vizinhos. Minha mãe estremeceu.

—Vamos esperar por Basia lá fora — sugeri. Só então notei que ela estava sem o relógio. Fora isso que ela trocara pelo frango, adivinhei. O frango que agora estava inacabado no chão da sala; a refeição que ela cozinhara para dar a sua família a ilusão de que tudo ficaria bem.

— Mamãe — eu disse gentilmente. — Venha comigo.

Foi a primeira vez que me lembro de ter agido como a adulta: eu pegando a mão de minha mãe, em vez do contrário.

* * *

Meu pai tinha um primo que morava em Bałuty, e nisso tivemos sorte. As pessoas que eram expulsas e não conheciam ninguém precisavam ficar num quarto designado pelas autoridades. A autoridade, no caso do gueto judeu, era o *Judenrat*, comandado por um único homem, Chaim Rumkowski, o presidente, o Ancião dos Judeus. Minha mãe nunca gostara dos primos de meu pai; eles eram pobres e de classe baixa e isso era um constrangimento para ela. Quando vieram a nossa casa para o jantar de casamento de minha irmã, minha prima Rivka ficava levantando objetos para examiná-los sob a luz, como se fosse uma avaliadora, dizendo: "E quanto você acha que *isso* custa?" Minha mãe ficara de mau humor e resmungando, e fizera meu pai jurar que ela não teria mais de recebê-los em sua casa. Era irônico, portanto, encontrarmo-nos à porta deles, na posição de suplicantes; ver minha mãe com a boca bem fechada, à mercê da compaixão deles.

Nos quatro quilômetros quadrados que os alemães decretaram ser a parte judaica da cidade, havia cento e sessenta mil pessoas. Quatro ou cinco famílias se amontoavam em apartamentos projetados para uma. Metade desses lares tinha banheiro. Estávamos em um deles, e eu agradecia por isso todos os dias.

O gueto era cercado por uma cerca feita de madeira e arame farpado. Um mês depois de chegarmos, ele foi completamente isolado do resto de Łódź. Havia *Fabriken*, fábricas, algumas em armazéns, mas muitas em quartos e porões, nas quais as pessoas trabalhavam fazendo botas, uniformes, luvas, produtos têxteis, peles. Fora ideia do presidente Rumkowski tornar-se indispensável para os alemães, ser um grupo tão útil de trabalhadores que eles passassem a perceber quanto precisavam de nós. Em troca, por produzirmos o que precisavam para as atividades de guerra, eles nos pagavam com comida.

Meu pai arrumou um trabalho fazendo pão para o gueto. Mordechai Lajzerowicz era o chefe das padarias ali e reportava-se ao presidente Rumkowski. Havia ocasiões em que nem farinha nem cereais chegavam em um carregamento, e não havia ingredientes suficientes para assar pão. Meu pai não contratava os próprios padeiros, eles eram designados por Rumkowski. Os alto-falantes, que berravam o dia todo em alemão nas praças, avisavam que as pessoas que precisassem de trabalho deveriam se reunir pela manhã para ser direcionadas a uma *Fabrik* ou outra. Minha mãe, que não havia trabalhado enquanto eu crescia, agora tinha um emprego de costureira em uma fábrica de peles. Até então, eu não sabia que ela fazia nem bainha; nós costumávamos levar nossas roupas a um alfaiate. Em poucas semanas, minha mãe tinha calos nos dedos por causa das agulhas e começara a apertar os olhos para enxergar, devido à iluminação ruim da fábrica. Nós repartíamos com Basia e Rubin a comida que ela recebia como pagamento, porque Basia tinha de ficar em casa com o bebê.

Exceto pelo fato de minha mãe, meu pai e eu dividirmos um quartinho minúsculo agora, eu não me incomodava de viver no gueto. Tinha mais tempo para escrever minha história. Ia para a escola com Darija outra vez, pelo menos no começo, antes de fecharem todas as escolas. À tarde, íamos para o apartamento que ela dividia com outras duas famílias, nenhuma das quais tinha filhos, e jogávamos cartas. Muitas vezes, por causa do toque de recolher, eu passava a noite na casa de Darija. Estar no gueto às vezes dava a sensação de viver em uma gaiola, mas era uma gaiola maravilhosa para quem tinha quinze anos. Meus amigos e familiares me cercavam. Eu me sentia segura. Acreditava que, se ficasse onde deveria ficar, estaria protegida.

No fim do verão, quando não houve pão no gueto porque não tinha sido entregue nenhuma farinha, meu pai ficou frenético. Ele considerava sua responsabilidade pessoal alimentar os vizinhos. Milhares de pessoas marcharam nas ruas, enquanto meu pai fechou as janelas da padaria e se escondeu no fundo, com medo da multidão. "Estamos com fome!", o canto elevava-se no calor, como massa crescendo. A polícia alemã atirou para o alto, a fim de dispersar a manifestação.

Houve mais e mais tiros à medida que mais pessoas iam sendo despejadas no gueto, sem que as fronteiras deste crescessem para acomodá-las. Para onde todas elas iriam? O que comeriam? Embora, no inverno, já houvesse um racionamento rígido, nunca era suficiente. A cada duas semanas, cada um de nós recebia cem gramas de batata, trezentos e cinquenta gramas de beterraba, trezentos gramas de farinha de centeio, sessenta de ervilha, cem de flocos de centeio, cento e cinquenta de açúcar, duzentos de geleia, cento e cinquenta de manteiga e dois quilos e meio de pão de centeio. Por trabalhar em uma padaria, meu pai obtinha uma porção extra de pão durante o dia, que sempre guardava para mim.

Claro que ele não podia mais fazer o meu pãozinho especial.

No inverno, a padaria fechou outra vez. Dessa vez, não foi por ter ficado sem farinha, mas porque não havia combustível. Nenhuma madeira fora enviada ao gueto, e só um pouco de carvão. Meu pai, seu primo e Rubin desmanchavam cercas e prédios arruinados e levavam a madeira para casa, para podermos ter algo para queimar. Uma manhã, encontrei minha prima Rivka arrancando o piso de um armário.

—Quem precisa de piso na despensa? — ela disse, quando me viu olhando.

No entanto, mesmo com todas essas medidas extremas, as pessoas estavam congelando em casa, à noite. O *Chronicle*, jornal que detalhava tudo o que acontecia no gueto, informava sobre as mortes diariamente.

De repente, estar ali não parecia mais seguro.

Uma tarde, Darija e eu caminhávamos da escola para a casa dela. Estava gelado e um vento fustigava vindo do norte, tornando a sensação térmica ainda pior do que o termômetro marcava. Nós nos aconchegamos uma na outra, de braços dados, enquanto atravessávamos a ponte sobre a Rua Zgierska, que os judeus não podiam mais usar. Um bonde ia passando e, de pé na plataforma do veículo, havia uma mulher com um casaco longo de pele e as pernas em meias de seda.

—Quem seria tão idiota de usar meias de seda em um dia como hoje? — murmurei, agradecida pela dupla camada de leggings de lã que estava vestindo. Quando saímos às pressas de casa, eu tinha trazido coisas bobas, como vestidos de festa e lápis de cor, mas meus pais foram previdentes e pegaram casacos e blusões de inverno. Ao contrário de alguns outros no gueto, nós pelo menos tínhamos roupas quentes para enfrentar aquele inverno horrível.

Darija não respondeu; eu a vi olhando fixamente para a mulher enquanto o bonde passava.

— Se eu tivesse meias de seda — disse ela —, usaria. Só por usar.

Apertei seu braço.

— Um dia nós duas vamos usar meias de seda.

Quando chegamos ao apartamento de Darija, estava vazio; todos os outros ainda estavam no trabalho.

— Está congelante aqui dentro — Darija disse, esfregando as mãos uma na outra. Nenhuma de nós tirou o casaco.

— Eu sei — respondi. — Não sinto os dedos dos pés.

— Tenho uma ideia para nos aquecermos. — Darija largou a mochila de livros no chão e ligou a vitrola. Em vez de colocar música popular, porém, procurou um de seus velhos discos clássicos. Começou a dançar, devagar a princípio, para que eu pudesse acompanhá-la. Eu ri enquanto tentava; já era desajeitada nos dias bons, imagine tentando ser graciosa com meu casaco de inverno e muitas camadas de roupa. Impossível. Por fim, desabei no chão.

— Deixo a dança com você — falei, mas havia funcionado; eu estava sem fôlego e com as faces rosadas e quentes. Peguei meu caderno e reli as páginas que havia escrito na noite anterior.

Meu livro estava sofrendo uma reviravolta, agora que eu havia sido realocada para o gueto. De repente, a aldeia charmosa que eu tinha criado era mais sinistra: uma prisão. Eu não sabia mais quem era herói e quem era vilão; as circunstâncias sombrias em que eu ambientara minha história faziam com que todos fossem um pouco de cada. As descrições mais detalhadas eram do cheiro do pão na padaria do pai de Ania. Às vezes, quando eu escrevia sobre passar manteiga fresca em uma fatia, via-me salivando. Não podia conjurar comida para mim e, havia meses, não comia nada além de sopa aguada, mas podia imaginar tão vivamente o que me faltava que minha barriga doía.

Outra coisa sobre a qual eu agora podia escrever era sangue. Deus sabe quanto eu já tinha visto disso. Nos poucos meses em que estava ali, vira três pessoas mortas a tiros por soldados alemães. Uma estava parada muito perto da cerca do gueto, então o soldado atirou. Duas eram mulheres que brigavam ruidosamente por causa de um pão. O oficial que se aproximou para acabar com a briga atirou em ambas, pegou o pão e jogou-o em uma poça de lama.

Isto era o que eu sabia agora sobre sangue: ele é mais brilhante do que se imaginaria, da cor dos rubis mais intensos, até secar e ficar pegajoso e preto.

Tinha cheiro de açúcar e metal.

Era impossível de tirar da roupa.

Eu passara a ver, também, que todos os meus personagens e eu éramos motivados pela mesma inspiração. Se era poder que buscavam, ou vingança, ou amor, tudo isso eram apenas formas diferentes de fome. Quanto maior o buraco dentro de si, mais desesperado se ficava para preenchê-lo.

Enquanto eu escrevia, Darija continuava dançando. Girando, lançando a cabeça no último momento possível, em um círculo de giros chaînés e piqués. Parecia ser capaz de abrir um furo no chão com o formão criado por seus pés. Enquanto ela se movia com estonteante velocidade, baixei o caderno e comecei a aplaudir. Foi quando notei o policial espiando pela janela.

— Darija! — sussurrei, escondendo o caderno sob o blusão. Fiz um sinal com a cabeça na direção da janela, e os olhos dela se arregalaram.

— O que devemos fazer? — ela perguntou.

Havia duas forças policiais no gueto: uma de judeus, que usavam a estrela de Davi, como o restante de nós, e a polícia alemã. Embora ambas fizessem cumprir as regras — o que era um desafio, pois elas mudavam diariamente —, havia diferenças importantes entre as duas. Quando passávamos por policiais alemães na rua, baixávamos a cabeça, e os meninos removiam o chapéu. Fora isso, não tínhamos nenhum contato com eles.

— Talvez ele vá embora — eu disse, desviando o olhar, mas o alemão bateu na vidraça e apontou para a porta.

Eu a abri, com o coração tão acelerado que tive certeza de que ele podia ouvir as batidas.

O oficial era jovem e esguio como Herr Bauer e, não fosse o fato de estar usando um uniforme escuro do qual eu aprendera a sentir terror, Darija e eu talvez estivéssemos dando risadinhas disfarçadas atrás da mão, por ele ser bonito.

— O que estão fazendo? — ele perguntou.

Respondi em alemão:

— Minha amiga é bailarina.

Ele ergueu as sobrancelhas, surpreso por me ouvir falar sua língua.

— Eu percebi.

Eu não sabia se talvez uma nova lei proibisse dançar ali no gueto. Ou se Darija havia ofendido o soldado sem querer, por tocar a música alto o bastante para ser ouvida através da janela, ou por ele não gostar de balé. Ou se ele simplesmente estava a fim de fazer mal a alguém. Eu tinha visto soldados chutarem idosos na rua quando passavam, apenas porque lhes dava vontade. Naquele momento, desejei desesperadamente estar com meu pai, que sempre tinha um sorriso pronto e algo novo no forno que podia usar para distrair os soldados que às vezes entravam na padaria para fazer perguntas demais.

O soldado pôs a mão no bolso e eu gritei. Abracei Darija e a puxei para o chão comigo. Sabia que ele estava pegando sua arma e que eu ia morrer.

Sem ter me apaixonado, ou terminado meu livro, ou estudado na universidade, ou segurado meu próprio bebê nos braços.

Mas não houve nenhum tiro; em vez disso, o soldado pigarreou. Quando tive coragem suficiente para dar uma espiada nele, vi que me estendia um cartão de visita. Pequeno e de cor creme, dizia: "ERICH SCHÄFER, BALÉ DE STUTTGART".

— Eu era o diretor artístico de lá, antes da ocupação — disse. — Se sua amiga quiser ajuda com a dança, terei muito prazer. — Ele fez um cumprimento com a cabeça e saiu, fechando a porta atrás de si.

Darija, que não tinha entendido nada que ele dissera em alemão, pegou o cartão de minhas mãos.

— O que ele queria comigo?

— Dar aulas de dança.

Os olhos dela se arregalaram.

— Você está brincando.

— Não. Ele trabalhava no Balé de Stuttgart.

Darija ficou em pé de um pulo e girou pela sala, sorrindo tanto que eu caí no abismo de sua felicidade. Mas então, com a mesma rapidez, a luz em seus olhos foi se tornando mais quente, mais furiosa.

— Então eu sou suficientemente boa para ter aulas, mas não para andar pela Rua Zgierska?

Ela rasgou o cartão ao meio e jogou-o no fogão a lenha.

— Pelo menos é algo para queimar — Darija disse.

※ ※ ※

Pensando em retrospecto, é surpreendente que Majer, meu pequeno sobrinho, não tenha ficado doente antes. Com minha irmã, Rubin e seis outros casais em um apartamento minúsculo, havia sempre alguém tossindo, ou espirrando, ou com febre. Mas Majer fora resistente e adaptável, feliz no colo de Basia ou, ao ter idade suficiente, em uma creche, enquanto ela trabalhava em uma fábrica de tecidos. Naquela semana, porém, Basia procurara minha mãe em desespero. Majer estava tossindo. Estava com febre. Na noite anterior, ficara sem ar e com os lábios arroxeados.

Era fim de fevereiro de 1941. Minha mãe e Basia ficaram acordadas a noite inteira com Majer, revezando-se com ele nos braços. Mas ambas tinham de ir para o trabalho, ou corriam o risco de perder o emprego. Com centenas de pessoas de outros países afluindo diariamente para o gueto, era fácil substituir um trabalhador. Algumas pessoas estavam sendo enviadas para trabalhar fora do gueto. Nós não queríamos nos arriscar a separar nossa família.

Como Majer estava doente, meu pai planejou mandar Rubin para casa mais cedo da padaria. Isso era complicado por várias razões, sendo as mais importantes que meu pai não tinha, de fato, autoridade para fazê-lo e que isso significava que haveria um homem a menos para transportar a carroça carregada de pão até o depósito de distribuição, na Rua Jakuba, 4.

— Minka — meu pai anunciou naquela manhã —, você virá ao meio-dia para assumir o lugar de Rubin.

Não havia mais escolas, então eu arranjara um emprego como entregadora em uma fábrica de artigos de couro que produzia e consertava sapatos, botas, cintos e coldres. Darija trabalhava lá comigo; éramos enviadas por todo o gueto para tarefas diversas, ou para fazer entregas. A ideia era que talvez não percebessem se eu escapasse, ou que Darija pudesse me cobrir naquela tarde. Secretamente, eu sabia que meu pai estava entusiasmado para me ter em sua padaria. Rubin não era padeiro de profissão; havia sido designado para trabalhar com meu pai simplesmente porque eles estavam juntos na fila de emprego. Embora não fosse necessário um diploma universitário avançado para assar pão, havia sem dúvida uma arte no trabalho, a qual eu tinha de sobra, segundo meu pai. Eu sabia instintivamente quanto pão pegar do volume amorfo de massa, a fim de fazer uma baguete de exatos trinta centímetros de comprimento. Podia trançar seis cordões de chalá até dormindo. Mas Rubin vivia misturando massa úmida demais ou seca demais, ou devaneando quando deveria estar usando a pá para remover os pães do forno de tijolos antes que as crostas inferiores queimassem.

Depois de cumprir uma tarefa na rua ao meio-dia, escapei para a padaria em vez de voltar para a fábrica de sapatos. Vi de relance minha imagem refletida na janela de vidro laminado de uma *Fabrik* onde se faziam artigos têxteis. Minha primeira reação foi desviar os olhos; era isso que eu fazia quase sempre, quando passava pelas pessoas na rua. Era muito triste olhar para os outros e ver sua própria dor escrita no rosto deles. Mas então me dei conta de que era apenas meu próprio reflexo; no entanto, estranhamente irreconhecível. As faces rechonchudas e as feições infantis que eu tivera até o ano anterior não existiam mais. Minhas maçãs do rosto estavam protuberantes e angulosas, meus olhos pareciam enormes no rosto. Meus cabelos, de que antes eu me orgulhava tanto, longos e volumosos, estavam opacos e secos, escondidos sob o gorro de lã. Eu estava magra o bastante para ser bailarina, como Darija.

Não sei como não percebi o peso me deixando, ou, na verdade, indo embora de todos os outros de minha família. Estávamos todos com fome, todo o tempo. Mesmo com nossa ração extra de pão, nunca havia comida suficiente, e a que havia estava estragada, podre ou rançosa. Ao entrar na padaria, vi meu pai, apenas com a camiseta de baixo, na frente dos fornos de tijolos, suando sob o calor intenso. Seus músculos não eram mais robustos, apenas estriados como corda. A barriga era reta, as faces, encovadas. No entanto, para mim, ele ainda era uma presença poderosa no recinto, enquanto gritava instruções para os funcionários e, simultaneamente, modelava a massa para fazê-la descansar sobre uma tábua.

— Minusia — disse ele, a voz soando sobre a mesa enfarinhada. — Venha aqui me ajudar.

Rubin acenou para mim com a cabeça e tirou o avental. Ele havia combinado com meu pai que sairia pela porta dos fundos, mas não ia anunciar sua partida, para que ninguém visse aquilo como um favor especial. Aproximei-me de meu pai e comecei a destacar habilmente pedaços de massa e modelá-las como baguetes.

— Como foi o trabalho hoje? — ele perguntou.

Dei de ombros.

— O mesmo de sempre. Tem notícias de Majer?

Meu pai meneou a cabeça.

— Nada. Mas isso é bom sinal. Notícias ruins chegam depressa.

E isso foi tudo o que falamos. Até conversar consumia energia demais quando tínhamos um número estabelecido de pães para produzir, antes do transporte para o depósito. Lembrei como costumava ser dentro da padaria de meu pai, como às vezes ele cantava com uma voz desafinada de barítono, e Basia, na caixa registradora, dizia que ele estava espantando os clientes. Lembrei-me de como a luz entrava, oblíqua, por volta das quatro e meia da tarde no verão, quando o sol começava a deslizar para trás dos prédios do outro lado da rua; como eu me acomodava no banco estofado ao lado da janela, com um dos livros de escola, e cochilava com o estômago cheio do pãozinho que meu pai tinha feito para mim e açúcar e canela polvilhando minha saia como purpurina. Como ele me sacudia para eu acordar, perguntando o que havia feito para merecer uma filha tão preguiçosa e sorrindo o tempo todo enquanto falava, para que eu soubesse que era bem o oposto.

E pensei em Majer, que tinha acabado de aprender a dizer meu nome.

Quando era quase hora de enchermos os cestos com os pães para transportá-los à Rua Jakuba, a porta se abriu, deixando entrar uma língua tremulante de ar frio. Rubin voltou à padaria, com as mãos enterradas nos bolsos, o queixo enfiado no cachecol em volta do pescoço.

— Rubin? — eu disse, sentindo um vazio no estômago. Se ele estava ali, só podia ser para nos contar algo terrível.

Ele sacudiu a cabeça.

— Tudo na mesma — respondeu. — Basia e sua mãe estão em casa agora, com Majer. — Ele se virou para meu pai e ergueu os ombros. — Não estava me fazendo nenhum bem ficar sentado ali.

— Então pegue um cesto — meu pai disse, apertando o ombro do genro.

Rubin, eu e os outros funcionários da padaria começamos a carregar o pão das prateleiras de arame onde eles esfriavam. Era um trabalho estafante; pães pesam mais do que se imagina quando estão juntos em quantidade. Transportei cestos da padaria para a carroça que estava parada diante da porta da frente. Três meninos pequenos reuniram-se nos degraus do outro lado da rua. Eles tremiam de frio, mas continuaram na neve, batendo os pés no chão, por todo o tempo em que estivemos ali. Sentiam o cheiro do vapor e da farinha, o que era a melhor coisa depois de comer o pão em si.

Quando ela ficou cheia, meu pai caminhou para trás da carroça e a empurrou, enquanto dois dos funcionários mais fortes seguravam a canga na frente para puxar. Ele fez um sinal para que eu fosse para o lado dele, porque eu não tinha força para puxar.

— Ah! — exclamei, lembrando que tinha esquecido meu cachecol pendurado em uma cadeira lá dentro. — Volto já.

Corri para a padaria de novo e encontrei Rubin lá dentro. Ele havia desabotoado uma parte do casaco e escondia um pão nele.

Nossos olhares se cruzaram.

Contrabandear pão era crime. Assim como qualquer especulação com alimentos no mercado negro. Mas, ocasionalmente, as pessoas vendiam suas rações no mercado negro, em geral porque alguma tragédia tornava aquilo necessário.

— Minka — Rubin disse calmamente. — Você não viu nada.

Concordei com a cabeça. Tinha de concordar. Porque, se eu entregasse Rubin para meu pai, ele fingiria não ter ouvido. E, se Rubin fosse pego trocando aquele pão por alguma outra coisa e descobrissem que meu pai tinha tomado conhecimento do roubo, ele poderia ser punido também.

Enquanto a carroça rangia em direção à Rua Jakuba, com uma nuvem de vapor subindo dos pães e atiçando nossas narinas, Rubin desapareceu. Em um minuto ele estava caminhando atrás de mim; no minuto seguinte, não estava mais. Meu pai não fez nenhum comentário, o que me fez pensar que ele talvez já soubesse o que eu estava me esforçando tanto para não lhe contar.

* * *

Menti para meu pai e disse a ele que precisava devolver um livro a Darija e o encontraria em casa antes do toque de recolher. Em vez disso, fui ao local na cidade onde tinha visto negócios acontecendo entre contrabandistas e ladrões, na esperança de encontrar Rubin antes que ele fizesse alguma tolice. Ao anoitecer, quando o céu era cinzento e confundia-se com os paralelepípedos e não se podia ter certeza de que o que se via era real, os desesperados moviam-se pelas sombras, dispostos a trocar sua comida, suas joias, sua alma.

Foi fácil encontrar o marido de Basia, com a barba ruiva e o pão embrulhado em papel pardo.

— Rubin! — gritei. — Espere!

Ele olhou para mim, assim como o homem de olhos pretos e vazios que pegava o pacote das mãos dele.

Em um momento o pacote estava ali e, no seguinte, estava escondido, enfiado entre as dobras gastas do casaco do outro homem.

— O que quer que você esteja fazendo — implorei, segurando Rubin pelo braço —, não faça. Basia não ia querer que você fizesse.

Ele me afastou.

— Você é uma criança, Minka. Não sabe de nada.

Mas eu não era uma criança. Não havia mais nenhuma naquele gueto, na verdade. Todos tínhamos crescido, por falta de opção. Até um bebê como Majer não era criança, porque não teria nenhuma lembrança de uma vida que não fosse como aquela.

— Livre-se da menina — o homem disse entre dentes. — Ou o negócio está desfeito.

Eu o ignorei.

— O que poderia valer sua própria vida?

Rubin — que havia me beijado na testa na noite em que ficara noivo de Basia e me dito que sempre quisera uma irmãzinha; que encontrara para mim um exemplar dos *Contos de fadas dos irmãos Grimm*, escrito em alemão, para me dar de presente em meu último aniversário; que prometera interrogar qualquer menino que ousasse me convidar para sair — me empurrou com tanta força que eu caí.

Minhas meias de lã se rasgaram. Eu me sentei no chão e passei a mão no joelho, que arranhara nos paralelepípedos. Vi o homem colocar um pequeno pacote pardo na mão de Rubin.

Nesse mesmo instante, houve um grito e um apito e, de repente, ele e o outro homem foram cercados por três soldados.

— Minka! — Rubin gritou e jogou o pacote para mim.

Eu o peguei no momento em que ele era derrubado no chão. O cabo de uma espingarda desceu com força sobre a lateral de sua cabeça, e eu comecei a correr.

Não parei, nem quando cheguei à ponte sobre a Rua Zgierska, nem mesmo quando percebi que nenhum dos soldados estava me perseguindo. Em vez disso, fui voando de volta para casa, entrei como louca pela porta e desabei nos braços de minha mãe. Soluçando, contei a ela sobre Rubin. Basia, que estava parada à porta, com Majer choramingando, começou a gritar.

Foi então que me lembrei do pacote que ainda segurava. Estendi a mão e meus dedos se abriram como as pétalas de uma rosa.

Minha mãe cortou o barbante com uma faca de cozinha. O papel, engordurado e manchado, caiu e revelou um pequeno frasco de remédio.

"O que poderia valer sua própria vida?", eu perguntara.

A vida de seu filho.

* * *

As informações no gueto se espalhavam como uma trepadeira de glicínias: retorcidas, convolutas e desabrochando de tempos em tempos, com improváveis explosões de cor. Foi por meio dessa rede que soubemos que Rubin havia sido preso. Embora Basia fosse vê-lo todos os dias, não a deixavam entrar.

Meu pai tentou usar todas as conexões profissionais que tinha fora do gueto para obter informações sobre Rubin, ou, melhor ainda, trazê-lo para casa. Mas as conexões que haviam conseguido me introduzir em uma escola católica em certa época não eram úteis agora. A menos que meu pai tivesse amizade com um oficial da SS, Rubin continuaria preso.

Isso me fez pensar no policial de Darija, o do Balé de Stuttgart. Não havia garantia nenhuma de que ele estivesse em posição de ajudar, mas, de qualquer modo, era um nome em um mar de uniformes alemães. Mas Darija havia queimado seu cartão, portanto mesmo essa fagulha de possibilidade estava perdida para mim.

Não sabíamos o que ia acontecer com Rubin, porém, mais cedo naquele mês, o presidente Rumkowski havia estabelecido uma regra: ladrões e criminosos seriam mandados para executar trabalhos braçais na Alemanha. Essa fora a maneira que o Ancião encontrara de remover a gentalha de nossa comunidade. Mas quem teria pensado em Rubin como gentalha? Eu me perguntava quantas pessoas na prisão seriam, de fato, criminosas.

A ideia de Rubin ser enviado para fora do país deixou Basia inconsolável, mesmo ela tendo de se ocupar com Majer, que havia melhorado depressa depois de começar a tomar o remédio. Uma noite, ela entrou em meu quarto. Passava um pouco das três horas da madrugada, e imediatamente imaginei que algo acontecera com o bebê.

— O que foi?

— Preciso da sua ajuda — Basia disse.

— Por quê?

— Porque você é inteligente.

Era raro Basia admitir que precisava de alguma coisa de mim, quanto mais de minha inteligência. Sentei-me na cama.

— Você está pensando em fazer alguma bobagem — adivinhei.

— Não é bobagem. É necessidade.

Isso me fez lembrar de Rubin vendendo o pão. Olhei furiosa para ela.

— Algum de vocês se *importa* com o fato de ter um bebê que depende de vocês? E se você acabar presa também?

— É por isso que estou pedindo para *você* ajudar — disse Basia. — Por favor, Minka.

— Você é esposa de Rubin. Se *você* não consegue entrar na prisão para vê-lo, não há nada que *eu* possa fazer.

— Eu sei — Basia respondeu baixinho. — Mas não é ele que eu preciso ver.

* * *

A reputação de Chaim Rumkowski, no gueto, situava-se exatamente sobre a linha tênue entre amor e ódio. Era preciso admirar publicamente o presidente, ou sua vida poderia se tornar um inferno, uma vez que era ele quem concedia favores, moradia e comida. Mas também era preciso ter um pé atrás com um homem que concordara de bom grado em fazer acordos com os alemães, matar de fome seu próprio povo e justificar as condições horríveis em que vivíamos, dizendo que pelo menos estávamos vivos.

Havia boatos, também, de que Rumkowski tinha um fraco por meninas bonitas. E era exatamente com isso que eu e Basia estávamos contando.

Não fora difícil pedir para minha mãe ficar com Majer, explicando que Basia ia tentar mais uma vez entrar na prisão para ver o marido. Também justificava o fato de ela querer usar sua melhor roupa e arrumar os cabelos, para parecer o mais bonita que pudesse para o marido. Eu não menti para minha mãe, só deixei de mencionar que nosso destino não era a prisão, mas o escritório do presidente Rumkowski.

Não havia nada que eu pudesse dizer que minha irmã não poderia ter ela mesma dito, a fim de conseguir uma audiência privada com o Ancião dos Judeus, mas eu entendi por que ela me queria lá. Para lhe dar coragem ao entrar e apoio ao sair.

O escritório dele parecia um palácio se comparado ao aperto de nosso apartamento ou da padaria. Havia funcionários, claro. Sua secretária, uma mulher que cheirava a perfume, e não a fuligem e fumaça como nós, deu uma olhada em mim e trocou um rápido olhar com um policial judeu, que se mantinha de sentinela diante de uma porta fechada.

— O presidente não está — ela informou.

Rumkowski passava muito tempo percorrendo o gueto, vendo crianças desfilando para ele, fazendo discursos, oficiando cerimônias de casamento ou visitando as *Fabriken*, que ele achava que nos fariam indispensáveis para os alemães. Portanto não era impossível que ele não estivesse presente quando Basia e eu chegamos à sua sede. Mas nós tínhamos ficado sentadas no frio por horas e vimos o presidente entrar no prédio, cercado por uma comitiva, não mais que quinze minutos antes.

Ele era facilmente reconhecível, com a cabeleira branca e os óculos de aros pretos redondos, vestindo o pesado casaco de lã com a estrela amarela na manga. Foi esse emblema que me fez segurar a mão de Basia quando ela estremeceu ao vê-lo passar.

— Está vendo — murmurei. — No fim, ele não é diferente de você ou de mim.

Então, olhei a secretária nos olhos e disse:

— Você está mentindo.

Ela ergueu as sobrancelhas.

— O presidente não está — repetiu. — E, se estivesse, não as receberia sem horário agendado. E ele não tem nenhum horário vago pelo próximo mês.

Eu sabia que isso também era mentira, porque a ouvira ao telefone marcando uma reunião com o chefe do Departamento de Abastecimento para a manhã seguinte, às nove horas. Abri a boca para dizer isso, mas Basia me deu uma cotovelada.

— Desculpe — disse ela, dando um passo à frente e desviando o olhar. — Será que não deixou cair isto?

Ela segurava um par de brincos. Eu sabia que a secretária não os havia deixado cair. Estavam nas orelhas de minha irmã quando ela se vestira para sairmos. Era um belo par de pérolas que ela ganhara de Rubin como presente de casamento.

— Basia! — exclamei. — Não!

Ela sorriu para a secretária e falou entre dentes comigo.

— Cale a boca, Minka.

A mulher apertou os lábios e pegou os brincos da mão de minha irmã.

— Sem promessas — disse.

A secretária caminhou para a porta fechada do escritório. Usava meias de seda, o que me surpreendeu. Eu mal podia esperar para contar a Darija que tinha visto uma judia tão bem-vestida quanto qualquer alemã. Ela bateu e, um momento depois, ouvimos uma voz grossa retumbando através da porta, dizendo-lhe para entrar.

Com uma olhada rápida para nós, ela entrou.

— O que você vai dizer a ele? — Basia sussurrou.

Tínhamos decidido que só eu ia falar. Basia estava ali como uma distração bonita, como a esposa zelosa, mas tinha medo de começar a gaguejar se tentasse explicar por que tínhamos vindo.

— Não sei nem se vamos entrar — respondi.

Eu tinha um plano. Ia pedir ao presidente que libertasse Rubin a tempo de seu aniversário de casamento, na semana seguinte, para que ele pudesse comemorá-lo com a esposa. Assim, ele seria visto como um defensor do amor verdadeiro e, se Chaim Rumkowski amava alguma coisa, era a própria imagem aos olhos do povo.

A porta se abriu e a secretária veio até nós.

— Tem cinco minutos — ela anunciou.

Avançamos de mãos dadas, mas a secretária me segurou pelo braço.

— *Ela* pode entrar — disse. — *Você* não.

— Mas... — Basia me lançou um olhar desesperado por sobre o ombro.

— Implore a ele — falei. — Fique de joelhos.

Levantando o queixo, Basia assentiu com a cabeça e entrou.

Enquanto a secretária sentava-se novamente e começava a datilografar, permaneci nervosamente em pé, no centro da antessala. O olhar do policial se encontrou com o meu, e ele o desviou na mesma hora.

Vinte e dois minutos depois que minha irmã havia entrado no escritório privativo do Ancião dos Judeus, ela saiu. Sua blusa estava solta do cós da saia na parte de trás. O batom vermelho, que eu havia pegado emprestado com Darija, tinha sumido de seus lábios, exceto por uma mancha no canto esquerdo.

— O que ele disse? — perguntei com ansiedade, mas Basia me tomou pelo braço e me arrastou para fora do escritório de Rumkowski.

Assim que chegamos à rua, com um vento cortante espalhando nossos cabelos em volta do rosto em um frenesi, eu repeti a pergunta. Basia soltou meu braço, inclinou-se e vomitou nos paralelepípedos.

Segurei os cabelos dela para trás. Imaginei que aquilo significava que ela não havia conseguido resgatar Rubin. Por isso me surpreendi quando ela se virou para mim um momento depois, o rosto ainda pálido e contraído, os olhos brilhantes.

— Ele não terá de ir para a Alemanha — disse ela. — O presidente vai enviá-lo para um campo de trabalho aqui na Polônia mesmo. — Basia agarrou minha mão e a apertou. — Eu o salvei, Minka. Eu salvei meu marido.

Eu a abracei e ela retribuiu, depois me afastou segurando-me pelos ombros.

— Você não pode contar à mamãe ou ao papai que viemos aqui — Basia disse. — Prometa.

— Mas eles vão querer saber como...

— Vão achar que o próprio Rubin fez algum acordo — ela insistiu. — Eles não iam gostar de saber que temos essa dívida com o presidente.

Isso era verdade. Eu tinha ouvido meu pai resmungando o suficiente sobre Rumkowski para saber que ele não ia querer dever favores àquele homem.

Mais tarde naquela noite, com Majer dormindo entre nós, escutei minha irmã chorando baixinho.

— O que foi?

— Nada, não se preocupe.

— Você devia estar feliz. Rubin vai ficar bem.

Basia concordou com a cabeça. Eu via seu perfil, prateado pelo luar, como se ela fosse uma estátua. Ela olhou para Majer e tocou os lábios dele com o dedo, como se o estivesse mantendo-o quieto ou dando-lhe um beijo.

— Basia? — sussurrei. — Como você convenceu o presidente?

— Como você me falou. — Uma lágrima escorreu por seu rosto e foi cair no lençol entre nós. — Fiquei de joelhos.

* * *

Quando Rubin foi mandado para um campo de trabalho, Basia e o bebê vieram morar conosco. Era como nos velhos tempos, minha irmã dormindo em minha cama, mas agora meu sobrinho ficava entre nós, como um segredo. Majer estava aprendendo as cores e os sons feitos pelos animais da fazenda que ele só tinha visto em figuras. Todos nós comentávamos o prodígio que ele era e como Rubin se orgulharia do filho quando voltasse para casa. Falávamos como se isso pudesse acontecer a qualquer momento.

Rubin não escrevia, e todos nós arrumávamos desculpas para isso. Ele estava muito cansado, estava muito ocupado. Ele não tinha acesso a papel e lápis. O serviço postal era praticamente inexistente. Só Darija foi corajosa o suficiente para dizer o que todos estávamos pensando: que talvez Rubin não escrevesse por já estar morto.

Em outubro de 1941, Darija e eu tivemos intoxicação alimentar. Dada a qualidade da comida, não era surpreendente que isso acontecesse, e sim que não tivesse acontecido antes, e ambas ainda fôssemos fortes o bastante para nos arrastar para fora do leito de doente depois de dois dias de vômitos incessantes. Mas, àquela altura, nosso emprego de entregadoras já havia sido preenchido por outras pessoas.

Fomos à Rua Lutomierska para ser designadas para novas posições. Conosco, em pé na fila, estava um menino que havia frequentado a mesma escola que nós. O nome dele era Aron, e costumava assobiar distraidamente na classe enquanto fazia seus exames, o que sempre lhe causava problemas. Tinha uma brecha entre os dentes da frente e era tão alto que ficava com os ombros arqueados, como um ponto de interrogação humano.

— Espero que eles me ponham em qualquer lugar, menos numa padaria — Aron disse.

Eu pulei na hora.

— Qual é o problema com uma padaria? — perguntei, pensando em meu pai.

— Nada, é só bom demais para ser verdade. Como um purgatório. Calor demais no inverno e um monte de comida ao redor que você não tem permissão para comer.

Meneei a cabeça, sorrindo. Eu gostava de Aron. Ele não era muito atraente, mas me fazia rir. Darija, que entendia dessas coisas, dizia que ele gostava de mim; por isso era sempre ele quem aparecia para segurar a porta da escola para mim quando eu saía, ou que me acompanhava até onde podia no gueto, antes de ter de virar na rua da própria casa. Certa vez ele até me dera um pedaço de sua ração de pão durante o almoço na escola, o que Darija disse que era praticamente um pedido de casamento, naqueles tempos.

Aron não era nenhum Herr Bauer. Nem um Josek. Mas, às vezes, quando eu estava deitada ao lado de Basia e Majer, à noite, e eles adormeciam, eu pressionava as costas da mão contra os lábios e me perguntava como seria beijá-lo. Não estava atraída por ele, na verdade, apenas pela ideia de que alguém pudesse olhar para uma garota de roupas gastas, botas desajeitadas e cabelos opacos e secos como cordas e ver, no lugar disso, alguma beleza.

Havia crianças até de dez anos de idade ali na praça, esperando; e idosos que mal podiam ficar em pé sem se apoiar na pessoa ao lado. Meus pais tinham me instruído sobre o que dizer, na esperança de que eu fosse encaminhada para a padaria de meu pai ou para a *Fabrik* de costura de minha mãe. Às vezes, os oficiais levavam em consideração nossos talentos ou experiência anterior. Às vezes, só encaminhavam aleatoriamente.

Darija segurou meu braço.

— Poderíamos dizer que somos irmãs. Então talvez nos ponham juntas outra vez.

Eu não achava que isso faria diferença. Além disso, já chegara a vez de Aron. Espiei pela lateral de seu corpo muito magro enquanto o oficial à mesa rabiscava algo em um pedaço de papel e lhe entregava. Quando ele se virou, estava sorridente.

— Têxteis — disse.

— Você sabe costurar? — Darija perguntou.

Aron deu de ombros.

— Não, mas parece que vou aprender.

— Próximo.

A voz interrompeu nossa conversa. Dei um passo à frente, puxando Darija comigo.

— Uma por vez — o homem diante de nós falou.

Então eu avancei na frente de Darija.

— Minha irmã e eu sabemos assar pão. E costurar...

Ele estava olhando para Darija. Mas todos olhavam para Darija; ela era tão bonita. O homem apontou para um caminhão no canto da praça.

— Vocês vão para aquele transporte.

Comecei a entrar em pânico. As pessoas que saíam do gueto, como Rubin, não voltavam mais.

— Por favor — implorei. — Uma padaria... a oficina de selas. — Pensei em um trabalho que ninguém mais fosse querer. — Posso até cavar túmulos. Só, por favor, não me mande para fora do gueto.

O olhar do homem avançou para trás de mim.

— Próximo — ele chamou.

Darija começou a chorar.

— Desculpe, Minka — ela soluçou. — Se não tivéssemos tentado ficar juntas...

Antes que eu pudesse responder, um soldado a segurou pelo ombro e a empurrou para a carroceria do caminhão. Eu subi atrás de Darija. As outras meninas tinham mais ou menos a nossa idade; algumas eu reconheci da escola. Algumas pareciam em pânico, outras quase entediadas. Ninguém falava; achei melhor não perguntar para onde estávamos indo. Talvez não quisesse ouvir a resposta.

Um momento depois, estávamos saindo pelos portões do gueto, um lugar que eu não deixava havia mais de um ano e meio.

A sensação, quando os portões foram fechados atrás de nós outra vez, foi visceral. O ar era mais fácil de respirar ali fora. As cores eram mais intensas. A temperatura, um pouco mais alta. Era uma realidade alternativa que atordoou a todas nós, dez meninas em silêncio, enquanto balançávamos e sacudíamos para longe de nossas famílias.

Imaginei quem iria contar a meus pais que eu tinha ido embora. Imaginei se Aron sentiria minha falta. Se Majer me reconheceria caso voltasse a me ver um dia.

Segurei a mão de Darija e a apertei.

— Se tivermos que morrer — eu disse —, pelo menos estaremos juntas.

Ao ouvir isso, a menina sentada ao lado de Darija riu.

— Morrer? Que idiota. Vocês não vão morrer. Eu ando neste caminhão todos os dias, há uma semana. Vocês só estão indo para o quartel dos oficiais.

Pensei em como o homem tinha olhado para Darija e me perguntei o que, exatamente, teríamos de fazer para os oficiais.

Seguimos pelas ruas da cidade onde eu tinha crescido, mas algo estava diferente. Os detalhes de que eu me lembrava de minha infância, o menino vendendo jornais, o mercador de peixes com seu chapéu enorme, o alfaiate saindo para fumar e apertando os olhos por causa da luz do sol, todos esses rostos conhecidos não estavam mais lá. Até as forcas, que tinham sido construídas na praça pelos soldados alemães, tinham sido desmontadas. Lembrei-me de uma história que tinha escrito certa vez sobre uma menina que acordou e descobriu que todos os seus traços haviam sido apagados do mundo em que ela vivera: uma família que não a conhecia; uma escola que não tinha nenhum registro dela; uma história que nunca acontecera. Era como se eu tivesse apenas sonhado a vida que costumava levar.

Quinze minutos mais tarde, cruzamos outro portão, que foi trancado depois de passarmos. Os alojamentos dos soldados alemães eram os antigos prédios do governo em Łódź. Fomos desembarcadas do caminhão e entregues a uma mulher de ombros largos, com mãos vermelhas e ressecadas. Ela falava em alemão, mas era evidente que algumas das outras meninas já conheciam a rotina, porque haviam sido designadas para esse trabalho antes. Cada uma de nós recebeu um balde, panos e amônia e ordens de segui-la. De tempos em tempos, ela parava e direcionava uma menina para um prédio. Darija e a menina que me chamara de idiota foram mandadas para um grande edifício de pedras, com uma bandeira nazista gigantesca balançando no topo.

Segui a mulher por vários corredores até chegarmos a uma área residencial, com pequenos apartamentos unidos um ao outro como dentes apertados.

— Você — ela ordenou em alemão. — Limpe todas as janelas.

Assenti num gesto de cabeça e virei a maçaneta. Ali devia ser onde os oficiais alemães viviam, porque não era como outros quartéis militares que eu já tinha visto. Não havia beliches ou baús, mas móveis de madeira belamente entalhados e uma cama de solteiro com as cobertas ainda desarrumadas. A louça estava organizada em um escorredor ao lado da pia. Sobre a mesa, havia um único prato com uma pelota roxa brilhante de geleia tingindo a superfície.

Comecei a salivar. Eu não comia geleia desde... sempre.

Até onde eu sabia, porém, alguém podia estar me observando por uma fresta na parede. Afastando da mente todos os pensamentos sobre comida, peguei o pano no balde e a amônia e caminhei para uma das oito janelas do apartamento.

Nunca havia limpado nada na vida. Minha mãe cozinhava, limpava, organizava e recolhia minhas coisas. Mesmo agora, era Basia quem puxava o cobertor sobre nossa cama e fazia as dobras nas pontas todas as manhãs.

Olhei para o frasco de amônia, abri a tampa e sufoquei com o cheiro. Fechei-o imediatamente, com os olhos lacrimejando. Sentei-me à mesa da cozinha e me vi cara a cara com aquele prato do café da manhã.

Com muita rapidez, levei o indicador até a pelota de geleia e enfiei-o na boca.

Ah, Deus. Meus olhos começaram a lacrimejar outra vez, por uma razão muito diferente. Cada pedacinho de meu cérebro começara a disparar lembranças. De comer os pãezinhos de meu pai, besuntados de manteiga fresca e conservas de morango que minha mãe fazia. De colher amoras no campo onde ficava a fábrica do pai de Darija. De ficar deitada de costas, imaginando que as nuvens no céu eram uma lambreta, um papagaio, uma tartaruga. De não ter nada para fazer, porque essa é a ocupação de uma criança.

Aquela geleia tinha gosto de um dia preguiçoso de verão. De liberdade.

Eu estava tão perdida em meus sentidos que não ouvi os passos anunciando a aproximação do oficial que, um segundo depois, girou a maçaneta e entrou no apartamento. Dei um pulo, agarrando meu balde tão depressa que a amônia caiu no chão.

— Ah! — gritei e caí de joelhos para limpar a bagunça com o pano.

Ele tinha mais ou menos a idade de meu pai, com cabelos grisalhos que combinavam com os botões do uniforme. Quando me viu, seus olhos percorreram rapidamente meu corpo abaixo.

— Termine seu trabalho logo — disse em alemão e então, porque esperava que eu não entendesse, apontou para a janela.

Assenti com a cabeça e me virei para a janela. Ouvi o rangido da cadeira quando ele se sentou a uma mesa e começou a folhear papéis. Com a mão trêmula, abri o frasco de amônia outra vez, apertei o nariz e tentei enfiar o pano pelo gargalo estreito, a fim de molhá-lo com o líquido de limpeza. Consegui molhar só uma ponta. Cuidadosa, pressionei-o contra a janela na parte mais suja, como se estivesse limpando uma ferida.

O oficial levantou os olhos depois de alguns momentos.

— *Schneller* — disse secamente. Mais rápido.

Eu me virei, com o coração acelerado.

— Desculpe — respondi, balbuciando na língua dele para evitar que ficasse mais bravo do que já estava. — Nunca fiz isso antes.

Ele ergueu as sobrancelhas.

— Você fala alemão.

Assenti.

— Era a matéria em que me saía melhor.

O oficial se levantou da cadeira e caminhou até mim. Eu já estava em desespero àquela altura, tremendo tanto que os joelhos batiam um no outro. Levantei a mão em direção ao alto da cabeça, a fim de me proteger do golpe que eu sabia que estava vindo, mas, em vez disso, o soldado puxou o pano de meu punho fechado. Despejou um pouco de amônia no pano e esfregou-o na janela com movimentos longos e suaves. O pano saiu sujo e preto, então ele o dobrou para expor um novo pedaço branco, tornando a despejar amônia nele. Continuou a limpar a própria janela e, quando terminou, pegou um jornal e começou a passá-lo pela vidraça.

— Isso seca sem deixar marcas — explicou.

— *Danke* — murmurei, estendendo a mão para pegar o pano e o frasco de amônia, mas ele apenas sacudiu a cabeça.

O oficial pôs-se a limpar as outras janelas até que estivessem perfeitas, até parecer que não havia nenhuma barreira entre o interior daquele apartamento, onde havíamos entrado em uma estranha trégua, e o mundo exterior, onde eu não podia ter certeza de nada.

Ele olhou, então, para mim.

— Repita tudo o que aprendeu.

Eu recitei cada passo do processo de limpeza das janelas, como se minha vida dependesse disso... e talvez dependesse mesmo. Impecável, na língua dele. Quando terminei, o oficial estava me olhando como se eu fosse um espécime de museu que ele nunca tivesse visto antes.

— Se eu não estivesse olhando diretamente para você — disse ele —, não saberia que não era *völkisch*. Você fala como um nativo.

Agradeci, pensando em todas as tardes que havia passado em conversas com Herr Bauer e estendendo, em silêncio, agradecimentos a meu ex-professor, onde quer que ele estivesse agora. Estiquei o braço para pegar o balde, com a intenção de continuar meu trabalho nos apartamentos dos outros oficiais antes que a chefe da limpeza voltasse para me recolher, mas o soldado balançou a cabeça e colocou-o no chão entre nós.

— Diga-me — perguntou ele —, você sabe datilografar?

* * *

Com um bilhete do oficial que havia me ensinado a lavar janelas, fui remanejada para uma oficina dirigida por Herr Fassbinder, um alemão étnico que tinha pouco mais de um metro e meio de altura e empregava um grande número de meninas, muitas mais novas que eu. Ele nos chamava de *meine Kleiner*, minhas pequenas. As crianças eram responsáveis por costurar os emblemas que eram pregados em uniformes alemães. Se, naquele primeiro dia, eu estremeci ao ver meninas de dez anos confeccionando distintivos com a suástica, depois isso se tornou comum.

Eu não era uma das costureiras. Em vez disso, fui enviada para trabalhar no escritório de Herr Fassbinder. Meu trabalho era processar os pedidos, atender telefonemas e distribuir os doces que ele trazia todas as sextas-feiras para as crianças.

No começo, Herr Fassbinder falava comigo apenas quando precisava de informações dos arquivos, ou quando queria ditar uma carta para ser datilografada. Mas, um dia, Aron apareceu com alguns outros rapazes, carregando rolos de tecidos que deveriam ser cortados e costurados de acordo com os pedidos feitos. Acho que Aron ficou tão surpreso ao me ver quanto eu ao vê-lo.

— Minka! — exclamou ele, enquanto conduzia os colegas para as salas de depósito. — Você trabalha aqui?

— No escritório — eu lhe disse.

— Ohh — ele me provocou. — Um trabalho chique.

Olhei para minha saia, gasta nos joelhos pelo excesso de uso.

— Ah, sim — brinquei. — Sou praticamente da realeza.

Mas nós dois sabíamos como eu tinha sorte, ao contrário de minha mãe, que perdera boa parte da visão por costurar quase no escuro; ou da linda Darija, que ainda estava limpando os alojamentos dos oficiais e cujas mãos graciosas de bailarina agora rachavam e sangravam por causa da soda cáustica e do sabão. Em comparação, doze horas em uma máquina de escrever, em um escritório aquecido, era um passeio no parque.

Nesse momento, Herr Fassbinder passou. Olhou de mim para Aron e de volta para mim. Em seguida me enxotou de volta para o escritório e instruiu as pequenas a retornarem ao trabalho. Eu havia me sentado à mesa para datilografar formulários de requisição quando percebi que Herr Fassbinder estava em pé a minha frente.

— Então... — disse ele, com um largo sorriso. — Você tem um namorado.

Sacudi a cabeça.

— Ele não é meu namorado.

— Como eu não sou seu patrão.

— É só um amigo de escola. — Eu estava nervosa, imaginando se Aron poderia ter algum problema com seu empregador por conversar comigo no local de trabalho.

Herr Fassbinder suspirou pesadamente.

— É uma pena — disse. — Porque ele está muito interessado em você. Ah, veja só, eu a fiz corar. Você devia dar uma chance ao rapaz.

Depois disso, sempre que precisávamos de suprimentos de tecidos, Herr Fassbinder especificava que Aron deveria entregá-los. E me designava, convenientemente, para destrancar o depósito para ele, embora houvesse outras pessoas na fábrica mais adequadas para esse trabalho do que uma secretária. Em seguida, Herr Fassbinder vinha até minha mesa e me bombardeava de perguntas, a fim de saber os detalhes. Ele tinha, como percebi, um coração de casamenteiro.

Aos poucos, enquanto nos sentávamos juntos no pequeno escritório, ele passou a confiar em mim. Contou-me de sua esposa, Liesl, tão bonita que as nuvens se dissipavam quando ela saía. Ela poderia ter escolhido o homem que quisesse, ele me disse, mas o escolhera porque ele sabia fazê-la rir. Apenas lamentava não terem tido um bebê antes de ela morrer, de tuberculose, seis anos antes. Passei a entender que todas nós na fábrica, das meninas menores até mim, éramos suas filhas.

Um dia, Herr Fassbinder e eu estávamos sozinhos no escritório. O trabalho das bordadeiras parava de tempos em tempos por falta de entrega de diversas matérias-primas; daquela vez, era a linha que não tinha chegado. Ele saiu um pouco e, quando voltou, estava nervoso.

— Precisamos de mais trabalhadoras — gritou, mais perturbado do que eu jamais o vira. Fiquei com medo dele pela primeira vez, porque não sabia o que faríamos com mais trabalhadoras se não conseguíamos ocupar nem as meninas que já tínhamos.

No dia seguinte, além das cento e cinquenta funcionárias habituais, Herr Fassbinder recrutara cinquenta mães com filhos pequenos. As crianças eram novas demais para ter qualquer valor em uma oficina de bordado, então ele as pôs para separar os fios por cor. Aron veio com rolos de tecido branco. As divisões de artigos têxteis haviam recebido a encomenda de fazer cinquenta e seis mil trajes de camuflagem para o Front Oriental durante o verão; nós produziríamos as insígnias para combinar.

Eu sabia, por ser quem processava todos os pedidos, que não havíamos sido contratados para fazer isso, e tínhamos nos tornado simplesmente uma creche disfarçada.

— Isso não é problema seu — Herr Fassbinder respondeu com secura, quando lhe perguntei.

Naquela semana, o anúncio foi feito: vinte mil judeus seriam deportados do gueto. O presidente Rumkowski havia negociado para reduzir o número pela metade, mas as listas dos dez mil que partiriam foram preparadas por oficiais do gueto. Os ciganos, que viviam em uma parte separada do gueto, foram os primeiros. Criminosos vieram em seguida. Depois, os que não tinham emprego.

Como as cinquenta mães que haviam acabado de chegar.

Algo me dizia que, se Herr Fassbinder tivesse condições de trazer todas as dez mil pessoas daquela lista para sua pequena *Fabrik*, ele o teria feito.

Na primeira semana de janeiro, todas as pessoas que haviam sido postas nas listas tinham recebido suas convocações, ou convites de casamento, como as chamávamos com ironia: uma festa a que ninguém queria ir. A cada dia, mil pessoas eram levadas até os trens que conduziam para fora do gueto. Àquela altura, nosso suprimento de linha havia chegado. Àquela altura, nossas novas funcionárias haviam se estabelecido ali e estavam bordando insígnias como se tivessem nascido para isso.

Uma noite, enquanto eu cobria minha máquina de escrever com a capa de proteção contra pó, Herr Fassbinder perguntou se minha família estava bem. Era a primeira vez que ele falava de minha vida fora daquelas paredes, e eu me assustei.

— Sim — respondi.

— Ninguém nas listas? — ele perguntou, sem rodeios.

Percebi então que ele sabia bem mais sobre mim do que eu sobre ele. Porque nas listas estavam também os *parentes* dos ciganos, dos que não tinham emprego e dos criminosos. Como Rubin.

Qualquer que tivesse sido o trato feito por Basia com o presidente, havia sido completo. Ela não sabia onde o marido estava, ou se ainda estava vivo, mas não fora recomendada para deportação por causa do crime dele.

Herr Fassbinder apagou a luz, de modo que eu só podia discernir sua silhueta ao luar que entrava pela pequena janela do escritório.

— O senhor sabe para onde eles estão sendo levados? — perguntei direto, repentinamente corajosa na escuridão.

— Para trabalhar em fazendas polonesas — disse ele.

Nossos olhares se encontraram em silêncio. Isso tinha sido o que nos disseram sobre Rubin, meses atrás. Herr Fassbinder deve ter notado, pela minha expressão, que não acreditei nele.

— Esta guerra... — Ele suspirou profundamente. — Não há como escapar dela.

— O senhor diria isso a alguém com documentos? — sussurrei. — Documentos cristãos?

Eu não tinha a menor ideia do que havia me feito contar a ele, um alemão, meu maior segredo, que eu não revelara nem a meus pais. Mas algo naquele homem, tudo o que ele já havia feito para proteger crianças que nem eram dele, me fez achar que ele era de confiança.

— Se alguém tivesse documentos cristãos — disse ele, depois de um longo momento —, eu diria a essa pessoa para ir para a Rússia até a guerra acabar.

Quando saí do trabalho naquela noite, comecei a chorar. Não porque sabia que Herr Fassbinder estava certo, ou porque sabia que, mesmo assim, eu não iria se isso significasse abandonar minha família.

Mas porque, quando estávamos trancando o escritório no escuro, quando ninguém mais podia nos ver, Herr Fassbinder havia segurado a porta para eu passar, como se eu ainda fosse uma jovem dama, não só uma judia.

* * *

Embora todos nós tivéssemos acreditado que as listas criadas em janeiro seriam um único momento horrível na história da guerra, e embora os discursos do presidente lembrassem a nós e aos alemães que éramos indispensáveis como força de trabalho, apenas duas semanas depois os alemães exigiram mais deportados. Àquela altura, os rumores corriam rápido como fogo pelas fábricas, quase paralisando a produção, porque nunca mais se ouvia falar das pessoas que tinham sido levadas nos transportes. Era difícil acreditar que alguém que fosse remanejado não tentaria fazer contato com a família.

— Eu ouvi dizer — Darija me falou uma manhã, quando esperávamos em um dos refeitórios por nossas rações — que eles estão sendo mortos.

Minha mãe estava cansada demais naqueles dias para ficar em pé por horas, no meio das enormes multidões que faziam fila para pegar comida. Às vezes, parecia que demorávamos mais tempo para pegar nossas rações do que para consumi-las. Meu pai ainda estava na padaria e Basia tinha ido pegar o bebê na creche — elas tinham sido desativadas, mas ainda funcionavam ilegalmente em muitas das *Fabriken*, incluindo a fábrica de artigos têxteis de Basia. Isso me deixou com a tarefa de pegar as rações e levá-las para casa. Pelo menos Darija estava comigo, para ajudar a passar o tempo.

— Como eles poderiam matar mil pessoas por dia? — zombei. — E por que fariam isso, se estamos trabalhando de graça para eles?

Darija se inclinou para perto de mim.

— Câmaras de gás — sussurrou.

Revirei os olhos em descrença.

— Achei que *eu* fosse a escritora de ficção.

Mas, embora eu acreditasse que as histórias de Darija eram malucas, havia partes do que ela dizia que soavam verdadeiras. Como o fato de que, agora, os oficiais estavam pedindo voluntários e prometendo uma refeição grátis para quem entrasse em um dos transportes. Ao mesmo tempo, as rações de comida estavam sendo cortadas, como se para persuadir quem estivesse indeciso quanto ao que fazer. Afinal, caso se levasse a sério o que Rumkowski dizia e fosse possível sair daquele inferno e encher a barriga ao mesmo tempo, quem *não* se apresentaria?

No entanto, havia também a nova lei que tornava crime esconder alguém que estivesse na lista de deportação. Ou o caso do rabino Weisz, que recebera a responsabilidade de encontrar trezentas pessoas em sua congregação para o transporte mais recente. Ele se recusara a dar um nome sequer e, quando os soldados chegaram para prendê-lo, encontraram o rabino e a esposa mortos na cama, com as mãos firmemente unidas. Minha mãe disse que fora uma bênção os dois terem ido ao mesmo tempo. Eu não podia acreditar que ela me considerasse tão boba a ponto de acreditar nisso.

No fim de março de 1942, todos conheciam alguém que havia sido deportado. Minha prima Rivka, a tia de Darija, os pais de Rubin, meu ex-médico. Era época da Páscoa, e aquela era a praga que estávamos enfrentando, mas não havia quantidade suficiente de sangue de cordeiro para salvar uma casa da tragédia. Parecia que o único sangue que satisfazia era o das famílias dentro dela.

Meus pais tentavam me proteger dando-me apenas informações limitadas sobre as *Aussiedlungin*, as deportações. "Seja uma *mensch*", uma pessoa correta, minha mãe me dizia, em qualquer situação. Seja gentil com os outros antes de cuidar de si própria; faça a pessoa que estiver com você sentir que ela importa. Meu pai me recomendava dormir de botas.

Foram várias horas até eu conseguir pegar a escassa porção de comida que deveria durar para todos nós pelas próximas duas semanas. Àquela altura, meus pés estavam congelados e os cílios grudados uns nos outros. Darija soprava as luvas para aquecer as mãos.

— Pelo menos não é verão — disse ela. — Menos chance de o leite já estar estragado.

Caminhei com Darija até ter de tomar um caminho diferente para casa.

— O que vamos fazer amanhã? — perguntei.

— Ah, não sei — ela disse. — Que tal fazer compras?

— Só se pudermos parar para um chá da tarde.

Darija fez uma careta.

— Sinceramente, Minka, você nunca para de pensar em comida?

Eu ri e virei a esquina. Sozinha, caminhei mais depressa, evitando olhar para os soldados por que passava e mesmo para os moradores que eu conhecia. Era muito difícil olhar para as pessoas naqueles dias. Elas pareciam tão ocas, às vezes, que eu tinha medo de cair dentro daqueles olhares vazios e nunca mais conseguir sair de lá.

Quando cheguei ao apartamento, pulei o degrau de entrada que não existia mais, já que a família de Darija o havia queimado em dezembro para fazer fogo, e notei de imediato que não havia ninguém em casa. Ou, pelo menos, não havia nenhuma luz, nenhum som, nenhuma vida.

— Olá? — chamei, enquanto entrava e colocava o saco de lona com nossas rações sobre a mesa da cozinha.

Meu pai estava sentado em uma cadeira, segurando a cabeça entre as mãos. Sangue escorria entre seus dedos, proveniente de um corte largo na testa.

— Papai? — gritei, correndo para ele e tirando sua mão da frente para poder ver o ferimento. — O que aconteceu?

Ele olhou para mim, com os olhos desfocados por um momento.

— Eles a levaram — disse com a voz trêmula. — Eles levaram sua mãe.

* * *

Ao que parecia, não era preciso nem estar na lista para preencher as cotas de deportação necessárias. Ou talvez minha mãe tivesse recebido seu "convite de casamento" e preferido não nos contar, para que não nos preocupássemos. Não tínhamos a história inteira; tudo o que sabíamos era que meu pai chegara do *shul* e encontrara a SS na sala, gritando com minha mãe e meu tio. Felizmente, Basia tinha saído com Majer para tomar ar, e eles não estavam em casa. Quando minha mãe tentou correr para meu pai, ele foi nocauteado com a coronha de uma espingarda e ficou inconsciente. Ao voltar a si, não a encontrou mais lá.

Ele me contou isso enquanto eu limpava o corte em sua testa e fazia um curativo. Depois, sentou-me em uma cadeira e ajoelhou-se a meus pés. Eu o senti desamarrando minhas botas. Ele tirou a bota esquerda de meu pé e bateu o salto contra o chão até ele se soltar, então o destacou para abrir o pequeno compartimento com o depósito de moedas de ouro. Enfiou a mão lá dentro e retirou o dinheiro.

— Você ainda terá o resto na outra bota — disse ele, como se estivesse tentando convencer a si mesmo de que fazia a coisa certa.

Depois de recolocar o calçado,, ele pegou minha mão e me levou para fora. Durante horas, caminhamos pelas ruas, tentando perguntar a todos que víamos se eles sabiam para onde tinham sido enviados os últimos recolhidos. As pessoas se afastavam de nós, como se o sofrimento fosse contagioso; o sol descia cada vez mais no horizonte, até quebrar-se como uma gema sobre os telhados.

— Papai — eu disse —, está quase na hora do toque de recolher. — Mas ele não parecia me ouvir. Eu estava aterrorizada; concluí que aquilo era, com certeza, um desejo de morte. Se não conseguisse encontrar minha mãe, ele não queria mais estar por aqui. Não demorou muito para que fôssemos confrontados por dois soldados da SS em patrulha. Um deles apontou para meu pai e começou a gritar:

— Saia da rua!

Quando meu pai continuou andando na direção dele, mostrando as moedas em sua mão, o soldado apontou a arma.

Eu me lancei entre eles.

— Por favor — implorei em alemão. — Ele não está pensando com clareza.

O segundo soldado avançou e pôs a mão no braço do colega, baixando a arma. Eu comecei a respirar outra vez.

— *Was ist los?* — ele perguntou. Qual é o problema?

Meu pai virou-se para mim, com a expressão tão sofrida que doía olhar em seus olhos.

— Pergunte para onde a levaram.

Eu fiz isso. Expliquei que minha mãe e meu tio haviam sido levados de casa por soldados e que estávamos tentando encontrá-los. Em seguida, meu pai falou a linguagem universal, colocando as moedas de ouro na mão enluvada do soldado.

À luz da lâmpada da rua, a resposta do soldado adquiriu uma forma. As palavras incharam no espaço entre nós.

— *Verschwenden Sie nicht Ihr Geld* — disse ele, largando as moedas no calçamento. Com um gesto de cabeça, indicou nosso apartamento, lembrando uma vez mais que estávamos desrespeitando o toque de recolher.

— Meu ouro é tão bom como o de qualquer outro! — meu pai gritou atrás deles, furioso, enquanto os soldados continuavam pela rua. — Vamos encontrar outra pessoa, Minka — ele prometeu. — Tem de haver um soldado no gueto disposto a ser pago por informações.

Eu me ajoelhei e recolhi as moedas que reluziam sobre os paralelepípedos.

— Sim, papai — respondi, mas eu sabia que não era verdade, porque entendera o que o soldado tinha dito.

Não desperdice seu dinheiro.

* * *

Um dia depois que minha mãe desapareceu, fui para o trabalho. Havia várias meninas faltando; outras choravam enquanto bordavam. Eu me sentei diante da máquina de escrever, tentando me perder nos formulários de requisição, mas fracassando terrivelmente. Depois de errar pela quinta vez seguida, bati o punho fechado nas teclas, que desceram todas ao mesmo tempo, datilografando uma linha sem sentido, como se o mundo todo tivesse começado a falar em línguas.

Herr Fassbinder veio do escritório interno e me encontrou aos soluços.

— Você está perturbando as outras meninas — disse. De fato, eu podia ver algumas delas me olhando assustadas através da janela que separava minha mesa do chão da fábrica. — Venha aqui.

Eu o segui até o escritório dele e me sentei do jeito que fazia quando ia anotar algum ditado.

Ele não fingiu não saber sobre a *Aussiedlung* da véspera. E não me disse para parar de chorar. Em vez disso, passou-me seu lenço.

— Hoje você vai trabalhar aqui dentro — anunciou e me deixou ali, fechando a porta ao sair.

Por cinco dias, eu me movi como um zumbi no trabalho e como um fantasma em casa, arrumando em silêncio as coisas de meu pai, que havia parado de comer e falar. Basia o alimentava com colheradas de sopa, do jeito que fazia com Majer. Eu não tinha ideia de como ele estava cumprindo seu turno na padaria, mas supus que os funcionários estivessem cobrindo o trabalho que ele não conseguia fazer. Não tinha certeza do que era pior: minha mãe desaparecer em um instante ou perder meu pai pouco a pouco.

Uma noite, enquanto eu caminhava para casa voltando da *Fabrik*, senti uma sombra atrás de mim, respirando em meu pescoço como um dragão. Toda vez que me virava, porém, via apenas vizinhos em andrajos tentando chegar em casa e fechar a porta antes que qualquer desgraça pudesse se esgueirar pela soleira. Ainda assim, não conseguia afastar a sensação de que estava sendo seguida, e o medo aumentava, dobrando, quadruplicando, preenchendo cada espaço de minha mente como a massa de meu pai crescia, se lhe fosse dado tempo suficiente. Meu coração batia apressado quando entrei correndo pela porta do apartamento, o que parecia errado, agora que meus primos não estavam lá, como se fôssemos invasores em vez de hóspedes.

— Basia? — gritei. — Papai? — Mas eu estava sozinha.

Desenrolei o cachecol e desabotoei o casaco, mas não os tirei, porque não havia aquecimento nenhum no ambiente. Então escondi uma faca dentro da manga, só por precaução.

Escutei o som de algo se quebrando em outro cômodo.

O barulho tinha vindo do único quarto do apartamento, o que era ocupado por meus primos quando nos mudamos para lá. Avancei pelo corredor o mais silenciosamente que pude, com minhas botas pesadas, e espiei pela porta. Uma das vidraças da janela estava quebrada. Olhei em volta para ver se tinham jogado alguma pedra, mas não havia nada no chão, exceto vidro. Eu me ajoelhei e comecei a recolhê-lo com cuidado, usando a saia como pano de chão.

Não tinha sido imaginação aquela sombra que vira de relance, com o canto do olho.

Levantando-me de um salto e fazendo o vidro se espalhar de novo pelo piso, puxei a porta do quarto e encontrei atrás dela o menino alto e magro que tinha quebrado a janela para se esconder do lado de dentro. Tirei a faca da manga e o mantive a distância.

— Não temos nada para você — gritei. — Nem comida, nem dinheiro. Vá embora.

Os olhos dele eram grandes; as roupas, gastas e rasgadas. Ao contrário do restante de nós, que passávamos fome, ele tinha músculos visíveis destacando-se sob a camisa. Deu um passo à frente.

— Pare ou eu mato você — falei e, naquele momento, acreditei que poderia mesmo fazer isso.

— Eu sei o que aconteceu com sua mãe — disse ele.

* * *

Eu, que tinha imaginado um romance sobre um *upiór* morto-vivo que se apaixona por uma humana, não conseguia acreditar na fantasia que aquele menino tecia com as palavras. Seu nome era Hersz, e ele estivera com minha mãe no trem de carga que saíra do gueto. O trem viajara setenta quilômetros de Łódź a Koło. Depois, todos foram levados para outro trem, que seguiu, por uma via de bitola estreita, para Powiercie. Quando chegaram lá, já era fim do dia e passaram a noite a alguns quilômetros de distância, em um moinho abandonado.

Foi ali que Hersz conheceu minha mãe. Ela disse que tinha uma filha mais ou menos da idade dele e que estava preocupada comigo. Esperava que houvesse alguma maneira de mandar notícias para o gueto. Ela perguntou a Hersz se ele também tinha família lá.

— Ela me lembrou minha mãe — Hersz disse. — Meus pais foram, ambos, na segunda leva de deportação. Achei que talvez estivéssemos sendo levados para o mesmo lugar para trabalhar, que eu os veria outra vez.

Estávamos sentados agora, com Basia e meu pai, que sorviam cada palavra que Hersz dizia. Afinal, se *ele* estava ali, isso não significava que minha mãe logo poderia estar também?

— Continue — meu pai insistiu.

Hersz cutucou uma casca de ferida em sua mão. Seus lábios estavam trêmulos.

— Na manhã seguinte, fomos divididos em grupos pequenos pelos soldados. Sua mãe foi com um grupo para um caminhão, e eu fui para outro, que levava dez homens jovens, todos altos e fortes. Seguimos até uma grande mansão de pedra. Fomos levados ao porão. Havia assinaturas por todas as paredes e uma frase escrita em iídiche: "Aquele que entra aqui não sai vivo". Havia uma janela também, fechada com tábuas pregadas. — Hersz engoliu em seco. — Mas eu ouvia através dela. Outro caminhão parou e, dessa vez, um dos alemães disse às pessoas que haviam sido transportadas que elas seriam levadas para o leste, para trabalhar. Tudo o que tinham de fazer era tomar um banho primeiro e vestir roupas limpas, que estavam desinfetadas. As pessoas no caminhão começaram a bater palmas e, um pouco mais tarde, ouvimos pés descalços passando pela janela do porão.

— Então ela está bem — meu pai respirou.

Hersz baixou os olhos para o colo.

— Na manhã seguinte, fui levado para trabalhar no bosque, com os outros que tinham passado a noite no porão. Quando saí, notei um grande furgão estacionado junto à casa. A porta do furgão estava aberta e havia uma rampa para entrar nele. Havia uma grade no chão, do tipo que se vê nos chuveiros de um banheiro comunitário — disse ele. — Mas nós não entramos nesse furgão. Em vez disso, fomos para um caminhão fechado, com lona nas laterais. Cerca de trinta homens da SS foram conosco. Uma vala enorme tinha sido cavada. Deram-me uma pá e ordens de aumentá-la. Pouco depois das oito da manhã, o primeiro furgão chegou. Parecia o que eu tinha visto na mansão. Alguns dos alemães abriram as portas e se afastaram rapidamente, enquanto uma fumaça cinza saía lá de dentro. Depois de uns cinco minutos, os soldados mandaram três de nós entrarmos. Eu fui um deles. — Ele sugou a respiração, como se ela estivesse vindo por um canudo. — As pessoas lá dentro tinham morrido com o gás. Algumas ainda estavam agarradas às outras. Vestiam a roupa de baixo, mais nada. E a pele delas ainda estava quente. Algumas ainda estavam vivas e, quando isso acontecia, um dos homens da SS atirava nelas. Depois que os corpos foram retirados, eles os revistaram em busca de ouro, joias e dinheiro. Então os enterraram na vala, e as toalhas e barras de sabão que tinham lhes dado para o *banho* foram reunidas e levadas de volta à mansão para o próximo transporte.

Fiquei olhando para Hersz, de queixo caído. Aquilo não fazia sentido. Por que eles teriam todo esse trabalho para matar pessoas? Pessoas que estavam produzindo itens para as atividades de guerra? E então comecei a raciocinar. Hersz estava ali, minha mãe não. Hersz vira os corpos serem descarregados dos furgões.

— Você está mentindo — falei com raiva.

— Gostaria de estar — ele murmurou. — Sua mãe estava no terceiro furgão do dia.

Meu pai apoiou a cabeça sobre a mesa e começou a chorar.

— Seis dos rapazes que tinham sido levados para trabalhar no bosque foram mortos naquele dia. Atiraram neles porque não estavam trabalhando com rapidez suficiente. Eu sobrevivi, mas não queria. Ia me enforcar naquela noite, no porão. Então lembrei que, embora eu não tivesse mais família, sua mãe tinha. E que talvez eu conseguisse encontrar você. No dia seguinte, no transporte para o bosque, pedi um cigarro. O homem da SS me deu um e, de repente, todos no caminhão estavam pedindo um cigarro. Enquanto as pessoas se aglomeravam em volta dele, peguei uma caneta no bolso e a usei para fazer um buraco na lona e abrir um longo rasgo. Então pulei do caminhão. Eles começaram a atirar, mas não me acertaram, e consegui correr pelo mato até que encontrei um celeiro, onde me escondi embaixo do feno, no andar de cima. Fiquei lá por dois dias, depois me esgueirei para fora e voltei para cá.

Ouvi a história de Hersz, mas queria lhe dizer que ele era um idiota por voltar *para* o gueto quando todos nós queríamos sair. Mas, pensando bem, se sair significava morrer em um furgão cheio de gás, talvez Hersz fosse o esperto. Havia uma parte de mim que ainda não conseguia acreditar no que ele dizia e continuava a descartar aquilo. Mas meu pai cobriu imediatamente o único espelho da casa. Ele se sentou no chão, não em uma cadeira. Ele rasgou a camisa. Basia e eu seguimos seu exemplo e choramos nossa mãe do jeito que nossa religião nos ensinava.

Naquela noite, quando ouvi meu pai chorando, sentei-me na borda do colchão que ele dividia com minha mãe. Nós, que havíamos estado tão espremidos naquele apartamento, agora tínhamos mais espaço do que precisávamos.

— Minka — meu pai disse, com a voz tão suave que eu poderia estar imaginando —, no meu funeral, não se esqueça... não se esqueça... — Ele parou, incapaz de me dizer o que queria que eu lembrasse.

Da noite para o dia, seu cabelo ficou totalmente branco. Se eu não tivesse visto com meus próprios olhos, não acreditaria que fosse possível.

* * *

Esta é, provavelmente, a coisa mais difícil de entender: a forma como até o terror pode se tornar comum. Antes eu tinha de imaginar como seria possível olhar para um *upiór* sugando o sangue do pescoço de um ser humano que acabara de ser morto e não ter de desviar os olhos. Agora, eu sabia por experiência própria: é possível ver uma senhora idosa levar um tiro na cabeça e lamentar que o sangue dela tenha respingado em seu casaco. É possível ouvir uma saraivada de tiros e nem piscar. É possível parar de esperar que a coisa mais terrível aconteça, porque ela já aconteceu.

Ou, pelo menos, eu achava que sim.

No primeiro dia de setembro, caminhões militares estacionaram nos hospitais do gueto e os pacientes foram arrastados para fora por soldados da SS. Darija me contou que, no hospital infantil, pessoas disseram ter visto bebês atirados pelas janelas. Acho que foi então que me dei conta de que Hersz não havia mesmo mentido. Aqueles homens e mulheres, andando com dificuldade em suas camisolas hospitalares, alguns muito fracos ou muito velhos para ficar em pé sozinhos, não poderiam estar sendo levados para trabalhar no leste. Na tarde seguinte, o presidente fez um discurso. Eu estava com minha irmã na praça, revezando Majer entre nós duas. Ele estava com tosse outra vez, e agitado. Meu pai, que se tornara uma sombra do que fora, ficara em casa. Ele se arrastava para a padaria e voltava, mas, fora isso, não saía em público. De certa forma, meu pequeno sobrinho podia cuidar de si melhor que meu pai.

A voz do presidente Rumkowski soou crepitante pelos alto-falantes que tinham sido instalados nos cantos da praça.

— Um golpe terrível se abateu sobre o gueto — disse ele. — Estão pedindo o melhor que possuímos: as crianças e os velhos. Não tive o privilégio de ter um filho e, por isso, dediquei meus melhores anos às crianças. Vivi e respirei com elas. Nunca imaginei que minhas próprias mãos teriam de entregar o sacrifício ao altar. Em minha idade avançada, tenho de estender as mãos e suplicar... Irmãos e irmãs, entreguem-nas para mim! Pais e mães, entreguem-me seus filhos.

Houve sons de espanto e gritos, guinchos agudos vindos da multidão a nossa volta. Majer estava em meu colo naquele momento; eu o apertei com força de encontro ao peito, mas Basia o arrancou de mim e enterrou o rosto em seus cabelos. Cabelos ruivos, como os de Rubin.

O presidente continuava a dizer que vinte mil pessoas teriam de ser deportadas. Que os doentes e os velhos só contavam treze mil. A meu lado, alguém gritou:

— Todos nós iremos!

Outra mãe gritou sua sugestão de que nenhum pai ou mãe perdesse o filho único, que os que tinham mais de um os cedessem.

— Não — Basia murmurou, com os olhos cheios de lágrimas. — Não vou deixar que o levem.

Ela apertou tanto Majer que ele começou a chorar. O presidente estava dizendo agora que essa era a única maneira de apaziguar os alemães. Que ele compreendia o horror de seu pedido. Que havia convencido os alemães a levar apenas crianças com menos de dez anos, porque elas não saberiam o que estava acontecendo.

Basia inclinou-se e vomitou no chão. Então, abriu caminho entre a multidão, afastando-se do pódio do presidente, ainda segurando Majer.

— Entendo o que significa arrancar um membro do corpo — Rumkowski dizia, tentando se defender.

Eu também entendia.

Significava sangrar até a morte.

* * *

No fim do dia de trabalho, Herr Fassbinder não nos deixou sair da fábrica, nem mesmo para ir para casa e avisar nossos pais que ficaríamos até mais tarde. Ele disse aos oficiais, que exigiram uma explicação, que tinha um prazo de emergência a cumprir e havia ordenado que todas nós passássemos a noite costurando. Ergueu barricadas nas portas e ficou na entrada, portando uma arma que eu nunca o tinha visto segurar. Acho que, se um soldado tivesse vindo para levar as pequenas que ele empregava, ele teria lutado contra seu próprio país. Aquilo era, eu sabia, para nossa própria proteção. Um toque de recolher tinha sido imposto para manter todos em casa, e a SS e a polícia estavam revistando casa por casa, a fim de selecionar as crianças que seriam deportadas.

Quando começamos a ouvir tiros e gritos, Herr Fassbinder disse a todas nós para permanecermos em silêncio. As jovens mães, à beira da histeria, embalavam seus filhos. Herr Fassbinder distribuiu balas para as crianças chuparem e deixou-as brincar com os carretéis vazios, empilhando-os como blocos.

No dia seguinte, quando começou a amanhecer, eu estava em desespero. Não suportava pensar em Basia e Majer, imaginando quem iria protegê-los, com meu pai ainda inutilizado.

— Herr Fassbinder — implorei —, por favor, deixe-me ir para casa. Eu tenho dezoito anos. Não tenho mais idade para ser considerada criança.

— Você é *meine Kleine* — Herr Fassbinder respondeu.

Fiz algo incrivelmente ousado, então. Toquei a mão dele. Por mais gentil que Herr Fassbinder tivesse sido comigo, nunca me permiti achar que fosse sua igual.

— Se eu for para casa amanhã, ou depois de amanhã, e descobrir que mais alguém foi levado enquanto eu estava fora, acho que não serei mais capaz de viver comigo mesma.

Ele me olhou por um longo momento, depois me conduziu para a porta. Ao sair da fábrica comigo, fez sinal para um jovem policial alemão.

— Esta menina deve chegar a seu apartamento em segurança — ele avisou. — Esta é uma prioridade, e vou considerá-lo responsável se isso não acontecer. Entendeu?

O policial não podia ser muito mais velho que eu. Assentiu num gesto de cabeça, apavorado com a ameaça de ser castigado por Herr Fassbinder. Caminhou com rapidez a meu lado e só parou quando chegamos aos degraus de entrada do prédio.

Agradeci-lhe baixinho em alemão e corri para dentro. As luzes estavam apagadas, mas eu sabia que isso não impediria os soldados alemães de entrarem e procurarem por Majer. Meu pai se pôs em pé no momento em que me ouviu entrar. Envolveu-me em seus braços e afagou meus cabelos.

— Minusia — disse ele. — Achei que tivesse perdido você.

— Onde está Basia? — perguntei, e ele me conduziu até a despensa, aquela de onde minha pobre prima Rivka havia removido o piso, mais de dois anos antes. Um pequeno tapete feito de jornais cobria o buraco do vão de ventilação abaixo. Puxei uma ponta dele e vi o brilho dos olhos de Basia me fitando, em pânico. Ouvi o som delicado de Majer sugando o polegar.

— Bom — falei. — Está muito bom. Vamos melhorar. — Procurando freneticamente pelo apartamento, deparei-me com o barril que meu pai tinha trazido da padaria. Antes cheio de farinha, agora servia como mesa de cozinha, já que havíamos queimado a original como combustível. Virei-o de lado e o fiz rolar para dentro da despensa, equilibrando-o sobre o buraco no chão. Não pareceria estranho guardar um barril de farinha na despensa, e era mais um obstáculo a evitar que algum soldado percebesse que havia um esconderijo sob ele.

Sabíamos que eles estavam chegando perto, porque ouvíamos as pessoas nos apartamentos próximos, tanto as que eram tiradas da família como as que ficavam para trás, gritando. Mesmo assim, passaram-se mais três horas até que entrassem em nossa casa, abrindo a porta à força e exigindo saber onde estava Majer.

— Eu não sei — meu pai disse. — Minha filha não veio para casa desde o começo do toque de recolher.

Um dos homens da SS virou-se para mim.

— Diga a verdade.

— Meu pai *está* dizendo a verdade — falei.

Então eu ouvi. A tosse e um choramingo muito baixo.

Imediatamente, cobri a boca com a mão.

— Está doente? — o soldado perguntou.

Eu não podia dizer que sim, porque isso me qualificaria como um dos doentes a ser transportados.

— Foi só um gole de água que desceu errado — falei, batendo no peito com o punho fechado para provar, até que o barulho desapareceu.

Os soldados me ignoraram depois disso. Começaram a abrir armários e gavetas, lugares pequenos demais para esconder uma criança. Rasgaram com as baionetas os colchões de palha em que dormíamos, para o caso de Majer estar escondido ali. Olharam dentro do forno a lenha. Quando chegaram à despensa, fiquei imóvel enquanto o soldado passava a arma pelas prateleiras, derrubando nossas escassas rações no chão e no barril vazio. Ele olhou para dentro da boca aberta do barril.

O homem da SS virou-se para mim sem emoção.

— Se a encontrarmos escondida com a criança, nós a mataremos — disse e chutou o barril.

Ele não virou. Não oscilou. Só se deslocou minimamente para a direita, puxando o jornal consigo e revelando uma fenda preta minúscula na borda, a pista para o buraco que cobria.

Prendi a respiração, certa de que ele veria aquilo, mas o soldado já estava chamando os outros para seguirem para o próximo apartamento.

Meu pai e eu ficamos olhando os homens da SS irem embora.

— Ainda não — meu pai sussurrou, quando fiz um movimento em direção à despensa. Apontou furtivamente para a janela, por onde ainda podíamos ver nossos vizinhos serem arrastados para a rua, levados embora, mortos a tiros. Depois de dez minutos, quando os soldados saíram da rua e o único som era o choro de outras mães, meu pai correu para a cozinha e puxou o barril para o lado.

— Basia — chamei. — Acabou. — Ela começou a soluçar e a sorrir entre as lágrimas. Sentou-se, ainda segurando Majer, enquanto meu pai a ajudava a sair do espaço estreito. — Achei que eles fossem ouvir a tosse — falei, abraçando-a com força.

— Eu também — Basia confessou. — Mas ele foi um menino muito bom. Não foi, meu rapazinho?

Nós duas olhamos para baixo, para o rosto de Majer, pressionado firmemente contra o pescoço da mãe, o único modo que ela encontrara de calá-lo. Majer não estava mais tossindo. Não estava chorando.

Mas minha irmã, olhando para os lábios roxos e os olhos vazios do filho, estava.

* * *

As crianças saíram em carroças pelo portão do gueto. Algumas delas estavam vestidas em suas roupas mais bonitas, ou o que havia restado delas àquela altura. Estavam chorando a plenos pulmões, chamando pelas mães. Essas mães tinham que ir trabalhar nas fábricas, como se nada fora do normal houvesse acontecido.

O gueto era uma cidade fantasma. Éramos um fluxo cinzento e abatido de trabalhadores que não queríamos lembrar nosso passado e não achávamos que tínhamos um futuro. Não havia risadas, não havia amarelinha. Não havia fitas no cabelo ou risinhos infantis. Nem cor nem beleza existiam mais.

E é por isso, disseram, que a morte dela foi tão linda. Como um pássaro, ela voou da ponte sobre a Rua Lutomierska, para a via onde judeus não eram permitidos. Disseram que os cabelos soltos de Basia flutuaram atrás dela, como asas, e sua saia tornou-se uma cauda em leque. Disseram que as balas, quando a atingiram em pleno ar, deram-lhe uma brilhante plumagem escarlate, como uma fênix destinada a ressuscitar.

No escuro, soou um rosnado suave, quase um ronronar. O acender de um fósforo. Um cheiro de enxofre. A tocha ganhou vida outra vez. Agachado diante de mim, em uma poça de sangue, estava um homem de olhos selvagens e cabelos emaranhados. Mais sangue pingava de sua boca e cobria suas mãos, que seguravam um pedaço de carne. Recuei, com dificuldade para respirar. Essa era a caverna na lateral do rochedo em que Aleks me contara que tinha feito sua modesta morada; eu viera na esperança de encontrá-lo, depois de ele ter escapado da praça da aldeia. Mas aquele... aquele não era Aleks.

O homem — será que eu poderia chamá-lo assim? — deu um passo em minha direção. Aquele pedaço de carne que ele devorava tinha mão, dedos. Estes ainda seguravam o alto de uma bengala dourada que eu não teria esquecido nem que tentasse. Baruch Beiler não estava mais desaparecido.

Senti a visão obscurecer, a cabeça girar.

"Não era um animal selvagem", consegui dizer. "Era você."

O canibal sorriu, com os dentes engordurados e tingidos de escarlate.

"Animal selvagem... upiór. Detalhes."

"Você matou Baruch Beiler."

"Hipócrita. Você pode dizer honestamente que não queria vê-lo morto?"

Pensei em todas as vezes que o homem tinha ido à minha cabana, cobrando impostos que não tínhamos como pagar, extorquindo acordos de meu pai que só nos arrastavam mais e mais fundo em dívidas. Olhei para aquela besta e, de repente, senti que ia vomitar.

"Meu pai", murmurei. "Você o matou também?" Quando o upiór não respondeu, voei para cima dele, usando as unhas e minha fúria como armas. Arranhei sua carne, bati e chutei. Ou vingaria a morte de meu pai, ou morreria tentando.

De repente, senti um braço em volta de minha cintura, puxando-me para trás.

"Pare", Aleksander gritou, com todo o seu peso me prendendo ao chão. Daquele ângulo, eu via as correntes em volta dos pés descalços e sujos do upiór, a pilha de ossos descarnados ao lado dele. Via também as tiras rasgadas da camisa de Aleksander, ensopadas de sangue. O que quer que ele tivesse feito para se soltar das cordas com as quais Damian o amarrara, devia ter sido doloroso.

"Solte-me", gritei. Eu não queria que Aleks me salvasse, não dessa vez, se isso significasse que eu não poderia vingar a morte de meu pai.

"Pare", Aleks suplicou, e percebi que não era a mim que ele tentava proteger. "Por favor. Ele é meu irmão."

Parei de lutar. Aquele era Casimir? O menino com problemas mentais com quem Aleks tinha de ficar durante o dia e trancar à noite, para que ele não comesse o que não devia? Era verdade que eu nunca tinha visto seu rosto sem a máscara de couro. E Aleks tinha dito que ele comia coisas como pedras, gravetos e terra, não seres humanos. Se isso havia sido uma mentira, como eu poderia confiar em qualquer coisa que Aleks me dissesse?

Balancei a cabeça, tentando entender. Aleks havia me protegido. Ele salvara minha vida quando eu fora ferida... por seu próprio irmão. No entanto, tinha os mesmos sobrenaturais olhos cor de âmbar dessa criatura a meu lado; tinha o mesmo sangue correndo nas veias.

"Ele é seu irmão", repeti, com a voz falhando. "Mas eu não tenho mais um pai." Empurrei Aleks e encarei Casimir. "Porque você o matou! Admita!" Eu tremia tanto que mal conseguia ficar em pé. Mas Casimir não falava, não me dava essa satisfação.

Comecei a correr às cegas na direção da qual tinha vindo, batendo em quinas afiadas, tropeçando em pedras e raízes no chão da caverna, aterrissando com força sobre as mãos e os joelhos. Enquanto tentava me levantar, os braços de Aleksander me envolveram. Enrijeci o corpo, lembrando que, indiretamente, ele era a causa de toda a minha dor.

"Você poderia tê-lo impedido", solucei. "Ele matou a única pessoa que já me amou."

"Seu pai não é a única pessoa que já amou você", Aleks confessou. "E não pode culpar Casimir pela morte dele." Ele desviou o olhar, de modo que seu rosto ficou na sombra. "Porque fui eu que o matei."

MINKA

Por um tempo, as pessoas desapareciam do gueto como impressões digitais em uma vidraça — mostrando-se à vista em um momento e desaparecidas no momento seguinte, como se nunca tivessem estado ali. A morte caminhava a meu lado enquanto eu seguia pela rua, sussurrava em meu ouvido enquanto eu lavava o rosto, abraçava-me enquanto eu estremecia na cama. Herr Fassbinder não era mais meu patrão; em vez de trabalhar em um escritório, eu tinha sido remanejada para uma fábrica de botas de couro. Minhas mãos tremiam mesmo quando eu não estava costurando, em decorrência da força que era preciso fazer para enfiar a agulha no couro duro. Vivíamos à espera de ser deportados a qualquer minuto. Algumas mulheres na fábrica tinham os diamantes de anéis de casamento implantados como obturações pelo dentista. Outras escondiam pequenas bolsas de moedas na vagina e iam trabalhar assim, para o caso de serem levadas enquanto estavam lá. E, no entanto, continuávamos vivendo. Trabalhávamos e comíamos e comemorávamos aniversários e comentávamos as novidades e líamos e escrevíamos e rezávamos e acordávamos a cada manhã, para repetir tudo outra vez.

Um dia, em julho de 1944, quando fui pegar Darija para ficarmos na fila das rações, ela havia sumido. Mas mal tive tempo para sofrer. Àquela altura, já era quase esperado perdermos as pessoas que significavam mais para nós. Além disso, três dias depois, eu e meu pai nos vimos na lista de deportações.

Estava quente, o tipo de calor que tornava impossível acreditar que, meses atrás, não conseguíamos nos aquecer, por mais que tentássemos. A *Fabrik* andava escaldante, janelas fechadas, o ar tão denso que parecia uma esponja na garganta. Ao sair do prédio pela primeira vez em doze horas, eu me senti agradecida pelo ar fresco e sem muita pressa de chegar em casa, onde meu pai e eu ficaríamos sentados a noite toda, imaginando o que aconteceria na manhã seguinte, quando deveríamos nos reunir na praça central.

Em vez disso, eu me surpreendi percorrendo um caminho intrincado pelas ruas estreitas e vielas sinuosas do gueto. Sabia que Aron morava em algum lugar por ali, mas não o via fazia muitas semanas. Era possível que ele, como Darija, já tivesse sido deportado.

Parei um homem na rua e lhe perguntei se ele conhecia Aron, mas o homem só balançou a cabeça e continuou andando. Eu estava fazendo o impensável. Não falávamos daqueles que haviam sido tirados de nós; era como aquelas culturas em que não se pronunciava o nome dos mortos por medo de que eles viessem nos assombrar para sempre.

— Aron — perguntei a uma velha senhora. — Aron Sendyk. A senhora o viu?

Ela olhou para mim. Percebi, chocada, que ela não era muito mais velha que eu, mas seu cabelo era branco, com falhas que expunham o couro cabeludo; sua pele pendia dos ossos como um tecido pesado demais para o cabide.

— Ele mora ali — disse ela, apontando para uma porta mais abaixo na rua.

Aron atendeu com terror nos olhos, e como não seria assim? Quando ouvíamos uma batida à porta, ela geralmente era seguida por um soldado entrando à força. Ao me ver, porém, sua expressão se suavizou.

— Minka. — Ele estendeu a mão para mim e me puxou para dentro. Era como um forno no interior da casa.

— Há alguém aqui?

Ele meneou a cabeça. Vestia uma camiseta sem mangas e calças presas com alfinete para não escorregarem pelos quadris esquálidos. Seus ombros estavam lisos de suor, brilhantes, como as extremidades arredondadas de um mastro de bronze.

Fiquei na ponta dos pés e o beijei.

Ele tinha gosto de cigarros e os cabelos em sua nuca estavam úmidos. Pressionei o corpo contra o dele e o beijei com mais intensidade ainda, como se tivesse sonhado com aquele momento por anos. Imagino que tivesse mesmo. Só que não com Aron.

Por fim, Aron deve ter percebido que não estava tendo uma alucinação, porque seus braços envolveram minha cintura e ele começou a retribuir os beijos, hesitante a princípio, depois avidamente, como um homem faminto que ganha acesso a um banquete.

Afastei-me dele e, olhando-o nos olhos, desabotoei a blusa e a deixei aberta.

Não havia nada interessante em mim para olhar. Minhas costelas estavam mais proeminentes que os seios. Havia círculos escuros sob meus olhos, que nunca desapareciam. Meus cabelos eram opacos e embaraçados, mas ainda longos, pelo menos.

Levei um momento para reconhecer a expressão nos olhos de Aron. Pena.

— Minka, o que está fazendo? — ele murmurou.

De repente constrangida, puxei as bordas da blusa para me cobrir. Eu estava feia demais para fazer com que até mesmo esse rapaz, que antes estivera interessado em mim, mordesse a isca.

— Se você não sabe, devo estar fazendo um péssimo trabalho — falei. — Desculpe se o incomodei...

Virei-me e me apressei para a porta enquanto abotoava a blusa, mas fui detida pelo toque da mão de Aron em meu braço.

— Não vá — ele disse baixinho. — Por favor.

Quando ele me beijou outra vez, pensei que, se tivesse tido tempo, e talvez uma vida diferente, talvez pudesse ter me apaixonado por ele, afinal.

Ele me deitou no tapete onde dormia, que ficava no centro do apartamento de um só cômodo. Não havia necessidade de perguntar por que agora, por que ele. Eu não queria dar a resposta, e ele não ia querer ouvi-la. Em vez disso, apenas sentou ao meu lado e segurou minha mão.

— Você tem certeza disso? — Aron perguntou.

Quando assenti com a cabeça, ele me despiu e deixou o suor secar em minha pele. Depois, tirou a camiseta, as calças e deitou-se sobre mim.

Doeu quando ele se moveu entre minhas pernas. Quando me penetrou, não entendi por que tanto alvoroço, por que os poetas escreviam sonetos sobre esse momento, por que Penélope esperou por Odisseu, por que cavaleiros iam para as batalhas com fitas das amantes amarradas no punho da espada. E então eu compreendi. Meu coração, acelerado como as asas de uma mariposa sob as costelas, acalmou-se para acompanhar o ritmo do coração dele. Eu sentia o sangue em suas veias movendo-se com o meu, como o coro inevitável de uma canção. Eu era diferente com ele, transformada de patinho feio em cisne branco. Fui, por um minuto, a garota dos sonhos de alguém. Eu era uma razão para viver.

Mais tarde, quando me vesti outra vez, Aron insistiu em me acompanhar até em casa, como se fosse de fato um namorado. Paramos do lado de fora de meu apartamento. Meu pai estava lá, eu sabia, arrumando a única mala permitida a cada um de nós para a deportação. Devia estar se perguntando por onde eu andava. Aron inclinou-se, ali mesmo em público, com os vizinhos passando na rua, e me beijou. Ele parecia tão feliz que achei que lhe devia algum grão de verdade.

— Eu queria saber como era — murmurei. *Porque essa pode ser minha última chance.*

— E?

Olhei para ele.

— Muito obrigada.

Aron riu.

— Isso parece um pouco formal. — Ele se curvou, em um exagero de cortesia. — Srta. Lewin, posso vir pegá-la amanhã?

Se eu sentia algum amor por ele, devia-lhe mais do que aquele grão de verdade. Devia-lhe o conforto de uma mentira.

Fiz uma reverência e forcei um sorriso, como se eu fosse estar ali no dia seguinte para ser cortejada.

— É claro, meu caro senhor — respondi.

Essa foi a última vez em que nos falamos.

* * *

Se você tivesse de carregar a vida inteira em uma mala, não só coisas práticas, como roupas, mas as lembranças das pessoas que perdeu e da menina que foi um dia, o que levaria? A última fotografia que tirou com sua mãe? Um presente de aniversário de sua melhor amiga, um marcador de livros bordado por ela? Um ingresso do circo itinerante que passara pela cidade dois anos antes, onde você e seu pai ficaram com a respiração suspensa enquanto moças de roupas brilhantes voavam pelo ar e um homem corajoso enfiava a cabeça na boca de um leão? Você os levaria para ter a sensação de estar em casa no lugar para onde fosse, ou porque precisava recordar de onde tinha vindo?

No fim, levei todas essas coisas, e *O diário de uma garota perdida*, e sapatinhos de Majer, e o véu de casamento de Basia. E, claro, meus escritos. Eles já enchiam quatro cadernos agora. Enfiei três deles na mala e o outro em uma mochila. Dentro das botas, escondi meus documentos cristãos, além das moedas de ouro. Meu pai estava em silêncio enquanto abria, pela última vez, a porta do apartamento que não era nosso.

Era verão, mas estávamos usando nossos casacos pesados. Por aí se vê como, apesar dos rumores que ouvíamos, ainda nos mantínhamos esperançosos. Ou trouxas. Porque continuávamos a imaginar um futuro.

Não fomos postos em carroças. Talvez fôssemos muitos para isso. Parecia haver centenas. Enquanto marchávamos, soldados seguiam ao lado a cavalo, com as armas cintilando ao sol.

Meu pai movia-se devagar. Ele nunca voltara a ser o que era depois que levaram minha mãe, e a perda de Majer e Basia também deixara sua marca. Ele não conseguia acompanhar uma conversa inteira sem que seus olhos ficassem distantes; seus músculos haviam se atrofiado; ele arrastava os pés em vez de caminhar. Era como se tivesse sido destituído de cor por uma exposição crônica a intempéries e, embora ainda fosse possível discernir o contorno do homem que ele havia sido, tornara-se não mais substancial que um fantasma.

Os soldados queriam que andássemos em um ritmo constante, e eu tinha receio de que meu pai não conseguisse. Eu estava fraca e desidratada, e a estrada em que viajávamos parecia ondular diante de meus olhos, mas era mais forte que meu pai.

— A estação de trem não está muito longe — animei-o. — Você consegue, papai. — Estendi o braço e peguei a mala dele com a mão livre, para que ele não tivesse de carregar peso.

Quando a moça na minha frente tropeçou e caiu, parei. Meu pai parou também. Isso causou um amontoamento, como uma maré elevando-se de encontro a uma represa.

— *Was ist los?* — o soldado mais próximo de nós perguntou. Ele chutou a moça, que estava deitada de lado. Então se inclinou e pegou um graveto na lateral da estrada. Cutucou-a e ordenou que se levantasse.

Quando ela não levantou, ele emaranhou o graveto nos cabelos dela e puxou-os, depois com mais força. Gritou para ela se levantar e, quando ela permaneceu no chão, girou o graveto até que ela começou a gritar, e seu couro cabeludo rasgou como uma bainha.

Outro soldado se aproximou, levantou a pistola e atirou na cabeça da garota.

De repente, tudo ficou quieto outra vez.

Comecei a chorar. Não conseguia recuperar o fôlego. Aquela garota, cujo nome eu não sabia... o cérebro dela estava em minhas botas.

Eu tinha visto dezenas de pessoas levarem tiros na minha frente, a ponto de isso nem ser mais tão chocante. Os que levavam tiros no peito caíam como pedras, limpamente. Os que eram atingidos na cabeça deixavam alguma sujeira para trás, um escorrimento de massa cinzenta e tecido rosa espumante, e agora aquilo estava em minhas botas, sujando os cordões, e eu me perguntava que parte da mente dela seria. A capacidade de linguagem? De movimento? A lembrança de seu primeiro beijo, ou de seu bichinho de estimação favorito, ou do dia em que ela se mudara para o gueto?

Senti a mão de meu pai fechar-se em volta de meu braço com uma força que eu não sabia que ele ainda tinha.

— Minusia — ele sussurrou —, olhe para mim. — Esperou até que eu estivesse olhando bem em seus olhos, até que o pânico em minha respiração se acalmasse. — Se você morrer, será com uma bala no coração, não na cabeça. Eu prometo.

Aquela era, percebi, uma versão macabra do jogo que costumávamos jogar, planejando a morte dele. Exceto que, daquela vez, ele estava planejando a minha.

Meu pai não falou mais nada até entrarmos nos trens. Nossas malas foram levadas para algum outro lugar, e estávamos espremidos nos vagões de carga como gado. Meu pai sentou-se e pousou o braço sobre meus ombros, do modo como fazia quando eu era pequena.

— Você e eu — ele disse calmamente — teremos outra padaria lá para onde estamos indo. E as pessoas virão de quilômetros de distância para comer o pão que fizermos. E, todos os dias, eu farei o seu pãozinho, com recheio de canela e chocolate, como você gosta. Ah, ele terá um perfume celestial quando sair do forno...

Percebi que o vagão tinha ficado em silêncio, que todos estavam ouvindo as fantasias de meu pai.

— Eles podem tirar minha casa — disse ele. — E meu dinheiro, e minha esposa, e minha filha. Podem tirar meu sustento e minha comida e — aqui sua voz falhou — meu neto. Mas não podem tirar meus sonhos.

Suas palavras eram uma rede, que arrastava todos para um coro de concordância.

— Eu sonho — disse um homem do outro lado do vagão — em fazer a eles o que eles fizeram conosco.

Houve uma batida na parede de madeira do vagão, assustando-nos.

Nós, eles.

Mas nem todos os judeus eram vítimas; era só olhar para o presidente Rumkowski, que se sentava em segurança, com a nova esposa, em sua casa confortável fazendo listas, com o sangue de minha família nas mãos. E nem todos os alemães eram assassinos. Era só pensar em Herr Fassbinder, que tinha salvado tantas crianças na noite em que muitas foram levadas.

Outra batida seca no vagão, esta bem atrás de onde minha cabeça descansava na madeira lascada.

— Saiam — uma voz sussurrou através das fendas estreitas, vinda do lado de fora. — Escapem se puderem. Seu trem está indo para Auschwitz.

* * *

Foi um caos.

A rampa por onde desembarcamos era um mar de humanidade. Estávamos entorpecidos, rígidos, sufocando de calor, ofegando por ar fresco. Todos falavam alto, tentando localizar membros da família, tentando ser ouvidos acima dos soldados que estavam parados a intervalos, com as armas apontadas para nós, gritando para os homens irem para um lado e as mulheres para o outro. A distância, havia uma longa fila de pessoas que haviam chegado antes de nós. Vi um prédio de tijolos com chaminés.

Vários homens com roupas listradas tentavam nos organizar. Eles pareciam vagens, plantas que talvez tivessem tido cor e vitalidade, mas agora estavam secas, esperando ser sopradas por uma brisa. Eles nos diziam, em polonês, para deixar nossos pertences na rampa. Agarrei a manga de um homem.

— Isto é uma fábrica? — perguntei, apontando para o prédio com as chaminés.

— Sim — disse ele, com os lábios se afastando dos dentes amarelos. — É uma fábrica em que se matam pessoas.

Naquele instante, lembrei-me do rapaz que havia me contado o que acontecera com minha mãe e de como eu achara que ele estava louco ou mentindo.

Meu pai começou a se mover para a esquerda, com os outros homens.

— Papai! — gritei, correndo para ele.

Quando a coronha de uma arma desceu sobre minha têmpora, eu vi estrelas. Tudo ficou branco, e, quando pisquei outra vez, meu pai já ia mais longe pela rampa, na fila de homens. Para minha surpresa, eu estava sendo arrastada por uma mulher que tinha trabalhado comigo na *Fabrik* de bordados de Herr Fassbinder. Virei e estiquei o pescoço bem a tempo de ver meu pai em pé diante de um soldado na frente da fila, que, com o dedo sobre os lábios apertados, avaliava cada homem que chegava ali. *Links*, ele murmurava para um. *Rechts*, para outro.

Vi meu pai indo para a esquerda, movendo-se com a fila mais longa de pessoas.

— Para onde o estão levando? — perguntei, frenética.

Mas ninguém respondeu.

Fui empurrada, arrastada e puxada para frente até me ver em pé diante de um dos guardas. Ele estava ao lado de um homem de casaco branco, que era quem nos direcionava. O soldado era alto e tinha cabelos loiros, e segurava uma pistola. Olhei para trás, tentando encontrar meu pai na massa de pessoas em movimento. O homem de casaco branco segurou meu queixo, e tive de me controlar para não cuspir nele. Ele olhou para o hematoma que já se formava em minha cabeça e murmurou:

— *Links* — e fez um gesto para a esquerda.

Fiquei eufórica. Eu estava indo na mesma direção que meu pai, o que certamente significava que íamos nos encontrar de novo.

— *Danke* — eu disse baixinho, por puro hábito.

Mas o soldado, o loiro, tinha ouvido o que eu dissera quase que inaudivelmente.

— *Sprichst du deutsch?* — perguntou.

— *J-ja, fließend* — gaguejei. Sou fluente.

O soldado inclinou-se para o homem de casaco branco e murmurou algo. Casaco Branco ergueu os ombros.

— *Rechts* — declarou, e fiquei em pânico.

Meu pai tinha sido mandado para a esquerda e, agora, eu estava sendo mandada para a direita, porque havia sido burra de falar alemão. Talvez eu os tivesse ofendido; talvez não devesse ter dito nada, muito menos em sua língua nativa. Mas eu estava claramente em minoria. Outras mulheres, inclusive a que tinha trabalhado comigo com Herr Fassbinder, estavam indo para a esquerda. Comecei a sacudir a cabeça para protestar, para pedir para ir para a esquerda, mas um dos homens poloneses de roupa listrada me empurrou para a direita.

Pensei nisso muitas vezes. No que teria acontecido se eu tivesse ido para a esquerda, para onde todos os músculos de meu corpo me impulsionavam a ir. Mas ninguém gosta de uma história sem final feliz, e eu sabia que tinha de fazer o que eles mandassem se quisesse ter alguma chance de ver meu pai outra vez.

Quando passei pelo soldado que tinha falado comigo, percebi que sua mão direita, a que segurava a pistola, estava se contraindo. Quase como um tremor. Tive medo de que ele atirasse em mim por acidente, se não de propósito. Então avancei depressa e me juntei ao grupo menor de mulheres, até que outro soldado nos encaminhou para um prédio de tijolos vermelhos, com formato da letra I. Do outro lado da rua, eu via pessoas se aglomerando em um pequeno bosque, sentando-se em silêncio na frente do prédio grande com chaminés. Imaginei se meu pai estaria entre elas, se poderia me ver em pé ali.

Fomos conduzidas para dentro do prédio e recebemos ordens de nos despir. Tudo: roupas, sapatos, meias, roupas de baixo, grampos de cabelo. Olhei em volta, constrangida de ver estranhas nuas diante de mim, e mais constrangida ainda quando percebi que os soldados homens que nos guardavam não tinham nenhuma intenção de nos dar privacidade. Mas eles nem olhavam para nosso corpo; pareciam indiferentes. Movi-me devagar, como se estivesse descascando camadas de pele, não apenas de tecido. Com uma mão, tentava me cobrir. A outra segurava as botas, como meu pai havia mandado.

Um dos guardas veio até mim. Seu olhar me percorreu como uma geada e se deteve nas botas.

— São boas botas — disse ele, e eu as apertei com mais força.

Ele estendeu a mão e as arrancou de mim, dando-me um par de tamancos de madeira no lugar delas.

— Boas demais para você — decretou.

Com aquelas botas, ia-se qualquer chance que eu pudesse ter de subornar alguém para sair de lá ou obter informações sobre meu pai. Com aquelas botas, iam-se os documentos cristãos que Josek havia arrumado para mim.

Fomos levadas a uma mesa onde mulheres judias com roupas listradas seguravam barbeadores elétricos. Quando me aproximei, vi que elas estavam raspando a cabeça das mulheres. Algumas saíam com os cabelos curtos; outras não tinham tanta sorte.

Eu não era uma menina vaidosa. Não havia crescido bonita; sempre estivera à sombra de Darija, ou mesmo de Basia. Até nos mudarmos para o gueto, tinha um rosto redondo e cheio, coxas que se roçavam quando eu andava. A fome me deixara muito magra, mas não mais bonita.

A única qualidade especial que eu tinha eram meus cabelos. Sim, eles estavam opacos e embaraçados, mas também tinham todos os tons de marrom, do castanho ao mogno e ao teca. Tinham uma ondulação natural que os fazia cachear nas pontas. Mesmo quando eu os trançava nas costas, a trança era espessa como um punho.

— Por favor — eu disse. — Não corte meu cabelo.

— Talvez você tenha algo para me convencer a só aparar um pouco. — A mulher se inclinou mais para perto. — Você parece o tipo de pessoa que traria alguma coisa escondida.

Pensei em minhas botas, agora nas mãos daquele soldado alemão. Pensei naquela mulher, que provavelmente já havia estado na fila como nós. Se aqueles alemães queriam nos transformar em animais, com certeza haviam conseguido.

— Mesmo que eu tivesse — respondi num murmúrio —, você seria a última pessoa na Terra a quem eu daria.

Ela olhou para mim, levantou o barbeador e raspou totalmente meus cabelos.

Foi naquele momento que me dei conta de que eu não era mais Minka. Era alguma outra criatura, algo não humano. Tremendo, soluçando, segui as ordens e me apressei, como que entorpecida, em direção aos chuveiros. Tudo que eu conseguia pensar era em minha mãe, no falso banheiro de que o rapaz me falara; aqueles furgões cheios de gás que foram esvaziados dos corpos no bosque. Levantei os olhos para os chuveiros, imaginando se deles sairia água ou veneno, imaginando se eu era a única pessoa que ouvira essas histórias e cujo coração ameaçava explodir no peito.

Então, um chiado. Fechei os olhos e tentei imaginar todas as pessoas que eu havia amado em minha curta vida. Meus pais, Basia, Darija. Rubin e Majer, Josek, Herr Bauer. Até Aron. Queria morrer com o nome deles na ponta da língua.

Senti um fio gotejante. Água. Era fria e esporádica. Os chuveiros ligaram e desligaram antes que eu conseguisse girar em um círculo completo. *Não é gás, não é gás,* eu pensava em uma ladainha. Talvez o rapaz estivesse enganado. Talvez o que acontecia aqui não fosse o mesmo que havia acontecido em Chełmno. Talvez isso fosse o que os soldados nos haviam dito: um campo de trabalho.

Lá estava ele outra vez: aquele gemido grito de esperança.

— *Raus!* — um guarda gritou. Pingando, saí apressada da sala dos chuveiros e recebi roupas. Um vestido de trabalho, uma touca para a cabeça, um casaco com listras azuis e cinza. Nada de meias ou roupas de baixo.

Vesti-me depressa. Queria cobrir a vergonha de estar nua, indistinguível das outras mulheres a minha volta. Ainda estava abotoando o casaco quando um guarda me segurou e me arrastou para uma mesa. Ali, um homem esfregou álcool em meu antebraço esquerdo e outro homem começou a escrever em mim. A princípio, não entendi o que ele estava fazendo; ardia e eu sentia cheiro de pele queimada. Olhei para baixo: A14660. Eu tinha sido marcada, como gado. Não tinha mais nome.

Fomos empurradas para um barracão sem luz e, quando meus olhos se ajustaram, vi beliches de três andares sobre os quais, em cada um dos andares, havia palha esparramada, como se estivéssemos num estábulo. Não havia janelas. O prédio cheirava mal e, amontoadas lá dentro, havia várias centenas de mulheres.

Pensei no vagão, em como havíamos ficado abafados lá dentro e passado dias sem ver o sol, sem descer para esticar as pernas ou ir ao banheiro. Eu não queria passar por todo aquele inferno outra vez apenas para morrer. *Melhor que seja agora,* pensei.

E, antes que eu me desse conta do que fazia, meus pés estavam se afastando da entrada do barracão e eu estava correndo com toda a energia que podia juntar, voando pelo chão de terra o mais rápido que podia, com meus sapatos de madeira, em direção à cerca eletrificada.

Eu sabia que, se chegasse suficientemente perto, estaria livre. Que Aron e Darija e (se Deus quisesse) meu pai se lembrariam de mim como Minka, não como aquele animal careca, não como um número. Meus braços se estenderam para frente, como se eu estivesse correndo para um amante.

Uma voz de mulher começou a gritar. Eu ouvia os gritos furiosos de um guarda que, um momento depois, colidiu comigo, me lançou ao chão e aterrissou com todo seu peso sobre mim. Ele me arrastou para cima, pela gola do vestido, e me jogou para dentro do barracão, de modo que caí esparramada, de cara no chão de concreto.

A porta foi fechada com força. Fiquei de joelhos e percebi que alguém me estendia a mão.

— O que você estava pensando?! — uma garota disse. — Você podia ter morrido, Minka!

Apertei os olhos. Por um momento, não consegui ver além da luz fraca, a cabeça raspada e os hematomas no rosto dela. E, no momento seguinte, reconheci Darija.

E assim, de repente, eu me tornei humana outra vez.

* * *

Darija estava ali dois dias a mais que eu e conhecia a rotina. A Aufseherin supervisionava os blocos das mulheres. Ela se reportava ao Schutzhaftlagerführer, o comandante homem do campo das mulheres. Em seu primeiro dia, Darija o vira espancar até a morte uma mulher que cambaleara para fora da formação em linha reta, durante a chamada. No interior dos barracões ficavam os Stubenältesten e os Blockältesten, que eram os judeus encarregados dos quartos individuais e dos barracões inteiros, respectivamente, e que eram, às vezes, piores que os guardas alemães. Nossa Blockälteste era uma húngara chamada Borbala, que me lembrava uma lula gigante. Ela ficava em um quarto separado no barracão e tinha um queixo que se ligava direto ao cilindro carnudo do pescoço e olhos que faiscavam como lascas de carvão. Sua voz era grave como a de um homem, e ela gritava às quatro horas da manhã para que levantássemos. Foi Darija quem me avisou para dormir com os sapatos calçados, para que outra prisioneira não os roubasse, e para enfiar minha tigela dentro da roupa durante o sono, pelo mesmo motivo. Ela explicou a *Bettenbau*, a cama militar que deveríamos arrumar com o colchão de palha e o cobertor fino. Era, claro, impossível fazer a palha ficar tão exata quanto um colchão real. Essa era uma desculpa para Borbala pegar alguém como exemplo para as outras. Darija foi quem me contou para correr para os banheiros, porque havia um número limitado deles para as centenas de nós e tínhamos poucos minutos antes da chamada geral. Atrasar-se era, também, motivo para ser espancada. Darija tocou a cabeça quando me disse isso, a têmpora ainda inchada com um hematoma em tons de roxo. Ela havia aprendido da maneira mais difícil.

No *Appell*, éramos contadas, às vezes por horas. Tínhamos de ficar em pé, em posição de sentido, enquanto Borbala chamava nossos números. Se alguém estivesse faltando, tudo parava enquanto essa pessoa era localizada, em geral doente ou morta no barracão. Ela era arrastada para sua posição, e a contagem recomeçava. Éramos forçadas a fazer "esportes": correr no lugar por horas a fio, depois baixar até o chão quando Borbala ordenava que fizéssemos saltos com agachamento. Só depois disso as rações eram distribuídas: uma água escura que passava por café e uma fatia de pão preto.

— Guarde metade — Darija me disse no primeiro dia, e eu achei que ela estivesse brincando, mas não estava. Aquele era o único alimento sólido que recebíamos. Haveria uma sopa rala de verduras podres no almoço, talvez um caldo de carne rançosa no jantar. Era melhor, Darija me garantiu, ir dormir com algo no estômago.

Às vezes havia exercícios, mesmo sem termos comida suficiente para nos manter fortes. Às vezes tínhamos de aprender canções e frases alemãs, incluindo ordens básicas.

Tudo isso era feito à sombra daquele prédio longo e baixo que eu vira quando desci do trem, o lugar com as chaminés que soltavam fumaça dia e noite. Por meio das que já estavam lá na quarentena havia mais tempo que nós, soubemos que eram crematórios. Que judeus os haviam construído. Que a única maneira de sair daquele inferno era em forma de cinzas, por aquelas chaminés.

Cinco dias depois que cheguei, e depois de termos terminado o *Appell* da manhã, Borbala ordenou que todas nós nos despíssemos por completo. Ficamos em fila no pátio, enquanto o homem de casaco branco, que eu me lembrava de ter visto na rampa, passava diante de nós. Com ele, estava o mesmo oficial da SS cuja mão tremia e que eu agora sabia ser o Schutzhaftlagerführer.

Perguntei-me se ele me reconheceria, se tentaria falar em alemão. Mas ele mal me olhou, e por que teria me reconhecido? Eu era só mais uma prisioneira careca e esquelética. Sabia que não deveríamos falar ou nos mover, especialmente com um homem da SS presente. Se causássemos alguma má impressão a Borbala, pagaríamos por isso depois.

O homem de casaco branco escolheu oito moças, que foram imediatamente retiradas do barracão e enviadas ao Bloco 10, o bloco clínico. Todas que tinham um arranhão, ou corte, ou queimadura, ou bolha foram retiradas também. Seus olhos passaram por Darija, depois pousaram em meu rosto. Senti o toque daquele olhar descendo da minha testa para o queixo e para o peito. Meus dentes começaram a bater, apesar do calor.

Ele passou adiante, e ouvi Darija exalar fortemente pelas narinas.

Depois de uma hora, aquelas dentre nós que haviam permanecido receberam ordens de se vestir e pegar as tigelas. Seríamos retiradas da quarentena, Borbala nos disse, depois da refeição matinal. Uma garota chamada Ylonka voluntariou-se para carregar o enorme caldeirão de café porque, com a tarefa, vinha uma porção extra de pão.

— Olhe só aquilo — murmurei para Darija, enquanto aguardávamos em fila com nossas tigelas. — O caldeirão é maior do que ela.

Era verdade. Ylonka era muito pequena, mas estava carregando o gigantesco caldeirão de aço como se estivesse cheio de maná do céu, em vez de refugo. Ela o baixava suavemente, sem derramar nenhuma gota.

Já Borbala não tinha tanto cuidado. Quando chegou a minha vez, quase metade do café foi derramada no chão. Olhei para a poça que a Blockälteste tinha feito, e foi o tempo suficiente para que ela notasse o desapontamento em meu rosto.

— Ah, sinto muito — disse ela, de uma maneira que deixou claro que não sentia nem um pouco, e estendeu minha fatia de pão. Só que, em vez de entregá-la a mim, ela a derrubou na poça barrenta formada pelo café.

Eu me abaixei para pegar o pão, porque, mesmo sujo, era melhor que perder toda a ração do dia. Mas, antes que meus dedos o segurassem, uma bota esmagou a fatia, afundando-a mais no barro e demorando-se tempo suficiente para que eu entendesse que a ação era deliberada. Apertei os olhos contra a luz do sol e vi a silhueta escura de um oficial alemão. Fiquei apoiada nos calcanhares, esperando que ele passasse.

Quando ele se foi, peguei o pão da lama e tentei pressioná-lo contra o vestido para tirar a maior parte possível da sujeira. Não dava mais para ver o rosto do oficial, mas eu sabia quem ele era. Sua mão direita ainda se contraía à medida que ele se afastava.

* * *

Darija e eu dividíamos um beliche com cinco outras mulheres. O barracão em que vivíamos não era diferente da quarentena, exceto por haver mais de nós, cerca de quatrocentas, espremidas no bloco. Os odores eram indescritíveis: corpos sem banho, suor, feridas infeccionadas, dentes podres e, sempre, no ar à nossa volta, o cheiro adocicado, carbonizado, enjoativo de carne queimando. A novidade, porém, era a condição dessas outras mulheres. Algumas estavam ali havia meses e não passavam de esqueletos, com a pele repuxada sobre as faces, costelas e quadris, os olhos fundos e escuros. À noite, o espaço para dormir era tão apertado que eu sentia os ossos dos quadris da mulher atrás de mim, enfiados como adagas gêmeas em minhas costas. Quando uma de nós rolava no sono, as outras tinham que fazer o mesmo.

Eu tinha passado a semana tentando descobrir notícias de meu pai. Será que ele estava em uma parte diferente do campo, trabalhando, como eu? Estaria imaginando se eu estava viva também? Foi Agnat, uma mulher que dividia a cama conosco, que me contou sem rodeios que meu pai já tinha se ido, que ele fora para a câmara de gás naquele primeiro dia mesmo.

— Para que você acha que serve este campo? — ela resmungou. — Morte.

Agnat estava ali havia um mês e era atrevida. Ela respondia à Blockälteste, uma mulher que chamávamos de A Besta, e era espancada com um cassetete; cuspia em um guarda e era chicoteada. Mas também havia lutado com uma prisioneira que tentara roubar meu casaco no meio da noite enquanto eu dormia um sono agitado. Por esse pequeno gesto de lealdade, eu lhe era grata.

Dois dias antes, acontecera uma inspeção no barracão. Tínhamos nos alinhado enquanto a Blockälteste e um guarda arrancavam as cobertas que havíamos arrumado ordeiramente na cama e puxavam os beliches da parede para ver o que tinha sido escondido. Eu sabia que prisioneiras mantinham itens em segredo; tinha visto mulheres com baralhos, dinheiro, cigarros. Tinha visto também uma garota, enjoada demais para comer a sopa no almoço, escondê-la com cuidado sob a palha que formava seu colchão, a fim de consumi-la mais tarde, embora manter qualquer comida nos barracões fosse uma infração grave.

Quando o guarda chegou a nosso beliche, começou a afastar as cobertas e encontrou, para minha surpresa, um livro de Maria Dąbrowska.

— O que é isso?

Ele virou um tapa violento no rosto de uma de nossas colegas de beliche, uma menina de apenas quinze anos. A face dela começou a sangrar onde o anel de ouro do soldado lhe cortara a pele.

— É meu — Agnat disse, dando um passo à frente.

Eu não estava convencida de que o livro fosse dela. Agnat tinha vindo de uma pequena aldeia na Polônia e mal sabia ler placas, quanto mais um romance. Mas ela se postou orgulhosa na frente do guarda, reivindicando o livro, até que foi arrastada para fora e chicoteada até ficar inconsciente. Pensei no conselho que minha mãe me dera quando o *Aussiedlung* começou: "Seja uma *mensch*". Agnat era isso, e muito mais.

Darija e eu, com Helena, a menina de quinze anos, levantamos Agnat e a carregamos para o barracão. Demos-lhe parte de nossa refeição da noite, porque ela não conseguiu levantar para pegar a sua. Outra mulher, que tinha sido enfermeira em sua vida anterior, fez o melhor que pôde para limpar as feridas abertas produzidas pelas chicotadas e cobri-las com bandagem.

Convivíamos com piolhos e ratos. Mal tínhamos água para nos lavar. Os cortes de Agnat ficaram vermelhos e feios, inchados com pus. À noite, ela não conseguia nenhuma posição confortável para ficar.

— Amanhã vamos levar você ao hospital — disse Darija.

— Não — Agnat declarou. — Se eu for, não vou voltar. — O hospital ficava ao lado dos crematórios. Por isso, era chamado de sala de espera.

Deitada no escuro ao lado de Agnat, eu sentia o calor da febre em seu corpo. Ela agarrou minha manga.

— Prometa — disse, mas não terminou a frase, ou talvez tenha terminado e eu já houvesse adormecido.

Na manhã seguinte, quando a Besta entrou gritando conosco, Darija e eu corremos para os banheiros como sempre, depois nos alinhamos para o *Appell*. Agnat, porém, não estava lá. A Besta chamou seu número duas vezes, depois apontou para nós.

— Vão encontrá-la — ordenou, e Darija e eu voltamos ao barracão.

— Talvez ela esteja doente demais para ficar em pé — Darija murmurou, quando percebemos os contornos de seu corpo sob o cobertor fino.

— Agnat — chamei baixinho, sacudindo seu ombro. — Você precisa levantar.

Ela não se moveu.

— Darija — falei —, acho que... acho que ela está...

Não consegui dizer a palavra, porque pronunciá-la tornaria o fato real. Uma coisa era ver a fumaça pútrida e distante e adivinhar o que estava acontecendo naqueles prédios. Outra era saber que uma mulher morta estivera pressionada contra mim a noite inteira.

Darija inclinou-se e fechou os olhos de Agnat. Depois, segurou seu braço, que já estava enrijecendo.

— Não fique aí parada — murmurou, e eu me inclinei sobre a cama e peguei o outro braço de Agnat. Não foi difícil descê-la; ela não pesava quase nada. Pusemos os braços dela em volta de nosso pescoço, como se fôssemos colegas de escola posando para uma fotografia. Então arrastamos o corpo erguido de Agnat entre nós para o pátio, para que ele ainda pudesse ser contado, porque, se houvesse uma prisioneira que fosse faltando, eles começariam tudo de novo. Nós a seguramos levantada durante as duas horas e meia do *Appell*, enquanto moscas zumbiam em volta de seus olhos e sua boca.

— Por que Deus está fazendo isso conosco? — murmurei.

— Deus não está fazendo nada conosco — Darija disse. — São os alemães.

Quando a contagem terminou, colocamos o corpo de Agnat em uma carroça com dez outras mulheres que tinham morrido durante a noite em nosso bloco. Imaginei o que teria acontecido com o livro de Dąbrowska. Se algum soldado alemão o teria confiscado e destruído. Ou se ainda haveria espaço para alguma beleza num mundo que se tornara aquilo.

* * *

Nada crescia em Auschwitz. Nem grama, nem cogumelos, nem ervas daninhas, nem flores. A paisagem era poeirenta e cinza, uma terra árida.

Eu pensava nisso todas as manhãs, enquanto caminhava para o trabalho, passando pelos barracões que eram os alojamentos dos homens e pela operação incessante dos crematórios. Darija e eu tivemos sorte, porque fomos designadas para o *Kanada*. Tratava-se de uma área em que os pertences que tinham vindo nos trens eram classificados. Os bens de valor eram registrados e dados aos guardas, que os levavam ao oficial da SS encarregado de remetê-los a Berlim. As roupas iam para algum outro lugar. E então havia os itens de que ninguém precisava: óculos, próteses, fotografias. Estes deveriam ser destruídos. A razão pela qual aquele lugar era apelidado de *Kanada* era porque todos imaginávamos o Canadá como a terra da fartura, e certamente era isso que víamos todos os dias quando as malas se empilhavam nos depósitos, a cada novo transporte. No *Kanada* também, se um guarda estivesse olhando para o outro lado, era possível roubar um par extra de luvas, roupas de baixo, um chapéu. Eu ainda não tivera coragem suficiente para isso, mas as noites estavam ficando mais frias. Ter uma camada quente sob o vestido de trabalho valeria o risco de um castigo.

Mas esse castigo era real, e sério. Já era ruim o bastante ter guardas nos vigiando, nos dizendo para trabalhar mais depressa e agitando suas armas. Além disso, o oficial da SS encarregado do *Kanada* também passava uma parte do dia andando entre nós enquanto trabalhávamos, para garantir que não roubássemos nada. Era um homem magro, não muito mais alto do que eu. Eu o tinha visto arrastar para fora uma prisioneira que havia escondido um castiçal de ouro na manga do casaco. Embora não tenhamos visto o espancamento, pudemos ouvi-lo. Ela foi largada inconsciente na frente dos barracões; o oficial voltou para caminhar pelos corredores onde trabalhávamos, com uma expressão nauseada no rosto. Isso o fazia parecer humano e, se ele era humano, como podia fazer aquilo conosco?

Darija e eu conversamos sobre isso.

— É mais provável que ele estivesse aborrecido por ter sujado as mãos. Mas que importa? — disse ela, dando de ombros. — Tudo que precisamos saber é que ele é um monstro.

Mas havia todo tipo de monstros. Durante anos, eu escrevera sobre um *upiór*, afinal. Mas *upiory* eram mortos-vivos. Havia monstros que se apossavam dos vivos também. Tínhamos uma vizinha em Łódź cujo marido fora hospitalizado e, quando ele voltou para casa, tinha esquecido o nome da esposa e onde morava. Ele chutava o gato da família e falava palavrões como um marinheiro, parecendo tão radicalmente diferente do homem que ela conhecia e amava que ela chamou uma curandeira. A velha que foi vê-lo disse que não havia nada a ser feito; um *dybbuk* — a alma de alguém morto, que faria nesse novo corpo todas as coisas horríveis que não teve tempo de fazer no antigo — tinha se ligado ao marido enquanto ele se encontrava no hospital. Ele estava possuído, sua mente usurpada por um espírito com direito a usucapião.

Secretamente, quando o oficial da SS encarregado do *Kanada* passava, eu pensava nele como Herr Dybbuk. Um ser humano fraco demais para expulsar o mal que fizera residência nele.

— Você é uma boba, uma tonta — Darija disse quando mencionei isso para ela uma noite, sussurrando na cama que dividíamos. — Nem tudo é ficção, Minka.

Eu não acreditei nela. Porque aquele campo, aquele horror, era exatamente o tipo de coisa em que ninguém teria acreditado como fato. Os Aliados, por exemplo. Se eles tivessem ouvido sobre pessoas morrendo em câmaras de gás, centenas por vez, já não teriam vindo nos salvar?

Naquele dia, recebi uma tesoura para cortar os forros das roupas. Havia uma pilha de casacos de pele em que eu estava trabalhando. Dentro deles, às vezes encontrava alianças de casamento, brincos de ouro, moedas, que entregava ao guarda. Às vezes me perguntava quem teria ficado com minhas botas e quanto tempo levaria para encontrarem o tesouro escondido nos saltos.

Sempre havia uma pequena onda de consciência quando Herr Dybbuk chegava ou saía, como se sua presença fosse um choque elétrico. Embora eu nem tenha virado para olhar, pude ouvi-lo se aproximando com outro oficial da SS. Eles estavam falando, e escutei sua conversa em alemão enquanto rasgava uma bainha.

— Então, na cervejaria?

— Às oito.

— Não vá me dizer que está muito ocupado outra vez. Estou começando a achar que você anda evitando seu próprio irmão.

Por sobre o ombro, dei uma espiada. Era raro ouvir dois oficiais conversando de maneira tão amistosa. Eles quase sempre gritavam uns com os outros como gritavam conosco. Mas aqueles dois, aparentemente, eram parentes.

— Estarei lá — Herr Dybbuk prometeu, rindo.

Ele estava falando com o oficial da SS que supervisionava o *Appell*. O homem encarregado do campo das mulheres. O que tinha o tremor na mão.

O que não era habitado por um espírito mau. Ele era mau, ponto-final. Ordenara o espancamento de Agnat e era implacável quando supervisionava o *Appell*. Ou parecia entediado e a contagem acontecia depressa, ou estava colérico e descontava sua fúria em nós. Naquela manhã mesmo, ele apontara a pistola e atirara em uma garota que estava fraca demais para ficar em posição de sentido. Quando a menina ao lado dela deu um pulo de susto, ele atirou nela também.

Aqueles oficiais seriam parentes?

Há uma leve semelhança, pensei. Ambos tinham o mesmo queixo, os mesmos cabelos loiros. E, naquela noite, depois de terem nos espancado, deixado com fome e humilhado, eles tomariam uma cerveja juntos.

Eu tinha parado enquanto pensava nisso, e o guarda que me observava examinar as malas e mochilas gritou para que eu voltasse ao trabalho. Então me virei para a pilha que nunca parecia diminuir e puxei uma valise de couro. Joguei de lado uma camisola e alguns sutiãs e calcinhas, um chapéu rendado. Havia um rolinho de seda com um colar de pérolas. Chamei o oficial, que estava fumando um cigarro recostado à parede, e lhe entreguei a peça para que fosse registrada e inventariada.

Puxei outra bagagem da pilha.

Essa eu reconheci.

Imagino que muitas pessoas poderiam ter a mesma maleta de viagem que meu pai, mas quantas teriam consertado a alça com um pedaço de arame, onde ela havia se partido depois que eu a usara, anos atrás, como parte de um forte de mentirinha dentro do qual queria brincar? Fiquei de joelhos, de costas para o guarda, e abri as correias.

Dentro estavam os castiçais que tinham vindo de minha avó, cuidadosamente enrolados no talit de meu pai. Embaixo estavam suas meias, suas cuecas. Um blusão que minha mãe tricotara para ele. Uma vez, ele me dissera que o detestava, que as mangas eram longas demais e a lã pinicava muito, mas ela tivera todo aquele trabalho, como ele poderia *não* fingir que o adorava mais que qualquer coisa?

Eu não conseguia recuperar o fôlego, não podia me mover. Apesar do que Agnat tinha me dito, apesar das evidências com que me confrontava todos os dias quando passava pelos crematórios e pela longa fila de recém-chegados esperando ingenuamente para entrar, eu não acreditara que meu pai estivesse realmente morto até abrir aquela mala.

Eu estava órfã. Não tinha mais ninguém no mundo.

Com mãos trêmulas, peguei o talit, beijei-o e acrescentei-o à pilha de lixo. Deixei os castiçais de lado, pensando em minha mãe dizendo a oração sobre eles, no jantar de Shabbat. Então, levantei o blusão.

As mãos de minha mãe tinham trabalhado com as agulhas, tecido a lã. Meu pai o usara sobre o coração.

Eu não podia deixar outro alguém usar aquilo, alguém que não soubesse que cada centímetro daquela roupa contava uma história. Aquele fio tinha também um segundo sentido, o de um fio narrativo, em que cada malha e cada ponto eram parte da saga de minha família. Era naquela manga que minha mãe estava trabalhando quando Basia caiu e bateu a cabeça na quina do banquinho do piano e precisou levar pontos no hospital. Aquele decote tinha sido tão complicado que ela pedira ajuda a nossa governanta, uma tricoteira muito mais habilidosa. Aquela bainha ela medira na cintura de meu pai, brincando em alta voz que não imaginara se casar com um homem com uma cintura de gorila.

Há uma razão para a palavra "história" significar também a narrativa de uma vida.

Pressionei o rosto na lã e comecei a soluçar, balançando para frente e para trás, mesmo sabendo que ia atrair a atenção dos guardas.

Meu pai confiara a mim os detalhes de sua morte e, no fim, eu não cheguei a tempo.

Enxugando os olhos, comecei a puxar a bainha do blusão até desfazer a malha. Enrolei o fio de lã no braço como uma bandagem, um torniquete para uma alma que estava sangrando.

O guarda mais perto de mim se aproximou, gritando, agitando a arma diante de meu rosto.

Faça isso, pensei. *Leve-me também.*

Continuei puxando o fio, até ele se amontoar como um ninho a minha volta, frisado e cor de ferrugem. De algum lugar, Darija talvez estivesse me observando, com medo demais por si própria para me mandar parar. Mas eu não podia parar. Estava desfazendo a mim mesma também.

O movimento atraiu alguns dos outros guardas, que vieram ver o que estava acontecendo. Quando um se inclinou para pegar os castiçais, eu os agarrei com uma das mãos e segurei a tesoura que vinha usando para cortar casacos de pele, abri bem suas lâminas e pressionei uma delas contra a garganta.

O guarda ucraniano riu.

De repente, uma voz calma falou:

— O que está acontecendo aqui?

O oficial da SS encarregado do *Kanada* abriu passagem em meio ao ajuntamento. Ele parou diante de mim, examinando a cena: a mala aberta, o blusão que eu havia destruído, os nós dos dedos brancos pela força com que eu agarrava os castiçais.

Por ordens dele, naquela manhã mesmo, eu vira uma prisioneira ser espancada com tanta força com um cassetete que vomitou sangue. A mulher tinha se recusado a jogar no lixo os tefilin encontrados em uma mala. O que eu estava fazendo — destruir propriedade que os alemães consideravam deles — era muito pior. Fechei os olhos, esperando o golpe, quase o desejando.

Em vez disso, senti o oficial tirar os castiçais de minha mão.

Quando abri os olhos, o rosto de Herr Dybbuk estava a poucos centímetros do meu. Eu via a contração espasmódica de um músculo em sua face, os pelos loiros de sua barba por fazer.

— *Wen gehört dieser Koffer?* — De quem é essa mala?

— *Meinem Vater* — murmurei.

Os olhos do oficial da SS se apertaram. Ele me fitou por um longo momento, depois virou-se para os outros guardas e gritou para que fossem cuidar de suas funções. Por fim, olhou de novo para mim.

— Volte ao trabalho — disse e foi embora em seguida.

* * *

Parei de contar os dias. Todos eles se juntavam, como giz na chuva: arrastar-se de um lado do campo para outro, ficar em pé na fila por uma tigela de sopa que não passava de água quente fervida com um nabo. Eu pensara que sabia o que era fome, mas não tinha a menor ideia. Algumas meninas roubavam latas de comida escondidas nas malas, mas eu ainda não tivera essa coragem. Às vezes sonhava com os pãezinhos que meu pai fazia para mim, a canela explodindo na língua como fogos de artifício gustativos. Fechava os olhos e via uma mesa rangendo sob o peso de um jantar de Shabbat; sentia o gosto da pele gorda e crocante do frango, que eu costumava puxar na hora em que saía do forno, mesmo sabendo que minha mãe ia me dar um tapa na mão e me dizer para esperar chegar à mesa. Em meus sonhos, eu provava todas essas coisas, e elas se transformavam em cinzas em minha boca, não as cinzas do carvão, mas aquelas retiradas com pás dos crematórios, dia e noite.

    Também aprendi como sobreviver. A melhor posição para o *Appell*, quando nos alinhávamos em filas de cinco, era no meio, fora do alcance das armas e chicotes da SS, mas perto de outras prisioneiras que poderiam segurá-la se você desmaiasse. Ao esperar pela comida, o meio da fila também era melhor. A frente era servida primeiro, mas o que elas recebiam era a parte mais aquosa, que flutuava. Se fosse possível ficar no meio da fila, você teria mais probabilidade de receber algo nutritivo.

    Os guardas e *kapos* estavam sempre vigilantes, para garantir que não conversássemos enquanto trabalhávamos, ou marchávamos, ou nos deslocávamos. Era somente no barracão, à noite, que podíamos conversar livremente. Mas, à medida que os dias se estendiam em semanas, descobri que manter uma conversa consumia muita energia. E, afinal, o que havia para dizer? Quando falávamos, era sobre comida: as coisas de que mais sentíamos falta, onde na Polônia era possível encontrar o melhor chocolate quente, ou o marzipã mais doce, ou os petits-fours mais saborosos. Às vezes, quando eu falava sobre a lembrança de uma refeição, notava as outras escutando.

    — É porque você não conta simplesmente as histórias — Darija explicou. — Você pinta com as palavras.

    Talvez, mas essa é a questão com a pintura. Ao primeiro golpe frio da realidade, ela se desfaz, e a superfície que você tentava cobrir mostra-se tão feia quanto sempre foi. Todas as manhãs, ao ser conduzida para o *Kanada*, eu via os grupos de judeus esperando por sua vez de entrar nos crematórios. Eles ainda usavam suas roupas, e eu me perguntava quanto tempo se passaria antes que eu estivesse rasgando o forro daquele casaco de lã ou revistando os bolsos daquela calça. Enquanto passava, mantinha meu olhar treinado no chão. Se eu levantasse a cabeça, eles teriam pena de mim, com meus cabelos raspados e o corpo de espantalho. Se levantasse a cabeça, eles veriam meu rosto e saberiam que a história que lhes contariam logo mais — que aquele banho de chuveiro era só uma precaução antes de serem mandados para o trabalho — não passava de mentira. Se eu levantasse a cabeça, ficaria tentada a lhes gritar a verdade, a lhes dizer que o cheiro não era de uma fábrica ou cozinha, mas de seus próprios amigos e parentes sendo incinerados. Eu começaria a gritar e talvez nunca mais parasse.

Algumas das mulheres rezavam. Eu não via o sentido disso, porque, se houvesse um Deus, ele não teria deixado aquilo acontecer. Outras diziam que as condições em Auschwitz eram tão horrendas que Deus preferiu não ir lá. Se eu rezasse por alguma coisa, seria para adormecer depressa sem me concentrar em meu estômago digerindo seu próprio revestimento. Então, em vez disso, eu seguia a rotina: a fila para o *Appell*, a fila para o trabalho, a fila para a comida, a fila para o trabalho, a volta para o barracão, a fila para o *Appell*, a fila para a comida, a ida para a cama.

O trabalho que eu executava não era duro, se comparado ao que algumas das outras mulheres tinham de fazer. Saíamos do frio e entrávamos nos galpões de classificação de pertences. Levantávamos malas e roupas, mas não pedras. A parte mais difícil do meu trabalho era saber que eu era a última pessoa que tocaria as roupas que alguém vestira, que veria seu rosto em fotografias, que leria as cartas de amor que sua esposa havia escrito. O pior de tudo, claro, eram os pertences de crianças, meninos e meninas: brinquedos, cobertores, bonitos sapatinhos de couro. Nenhuma criança sobrevivia ali; elas eram as primeiras a ser enviadas aos chuveiros. Às vezes, quando eu me deparava com seus pertences, começava a chorar. Era desolador segurar um ursinho de pelúcia, porque seu dono nunca o faria novamente, antes de jogá-lo em uma pilha para ser destruído.

Comecei a sentir uma grande responsabilidade, como se minha mente fosse um recipiente e eu tivesse o dever de manter um registro daqueles que haviam morrido. Tínhamos muitas oportunidades de roubar roupas, mas a primeira coisa que roubei do *Kanada* não foi um cachecol ou um par de meias quentes. Foram as lembranças de outras pessoas.

Eu prometera a mim mesma que, mesmo que isso significasse levar um murro na cabeça, eu demoraria um momento extra olhando os acessórios de uma vida que estava prestes a ser apagada da existência. Tocaria os óculos com reverência; amarraria os laços cor-de-rosa dos sapatinhos de tricô de bebê; memorizaria um dos endereços de uma pequena agenda de contatos profissionais com capa de couro.

Para mim, as fotografias eram a parte mais difícil. Porque constituíam a única prova de que aquela pessoa, que fora dona daquelas roupas íntimas e carregara aquela mala, estivera viva. Tinha sido feliz. E era meu trabalho eliminar aquelas provas.

Mas, um dia, eu não fiz isso.

Esperei o guarda se afastar da fileira onde eu estava trabalhando e abri um álbum de fotografias. Escritas com capricho, sob cada foto havia uma legenda e uma data. Nas fotos, todos sorriam. Vi uma jovem, que devia ter sido a dona daquela mala, sorrindo para um rapaz. Olhei seu retrato de casamento, e as fotos de uma viagem de férias no exterior, com a moça fazendo caretas engraçadas para a câmera. Imaginei quantos anos fazia que aquilo se dera.

Depois, vinha uma série de fotos de um bebê, caprichosamente identificadas. "Ania, três dias." "Ania sentou." "Primeiros passos de Ania." "Primeiro dia na escola." "Caiu o primeiro dentinho!"

E, então, as fotos terminavam.

Aquela criança tinha o mesmo nome da personagem de minha história, o que a tornou ainda mais atraente para mim. Ouvi o guarda gritando com uma das mulheres atrás de mim. Rapidamente, soltei uma das fotos das cantoneiras que a mantinham presa na página do álbum e a enfiei na manga.

Fiquei em pânico quando o guarda voltou, certa de que ele havia visto o que eu fizera. Mas, em vez disso, ele só me disse para acelerar o trabalho.

Naquela primeira noite, voltei com fotografias de Ania, de Herschel e Gerda, de um menininho chamado Haim, que não tinha os dois dentes da frente. No dia seguinte, fui corajosa o bastante para pegar oito fotos. Depois fui enviada para uma tarefa diferente, carregando roupas em carroças para transportá-las para os galpões. Assim que fui transferida de volta para a classificação dos pertences, recomecei a esconder várias fotos na manga e enfiá-las entre a palha da minha cama.

Eu não considerava aquilo um roubo. Considerava um arquivamento. Antes de dormir, pegava essas fotos, esse crescente baralho dos mortos, e sussurrava seus nomes. Ania, Herschel, Gerda, Haim. Wolf, Mindla, Dworja, Izrael. Szymon, Elka. Rochl e Chaja, os gêmeos. Eliasz, ainda chorando depois de seu *bris*. Szandla, no dia de seu casamento.

Enquanto eu me lembrasse deles, ainda estariam ali.

* * *

Darija estava trabalhando a meu lado, com dor de dente. Eu via os ombros dela tremendo com o esforço para não gemer. Quem demonstrasse estar doente era um alvo ainda maior que de hábito para os guardas, que detectavam um pequeno indício de fraqueza e o escancaravam.

Pelo canto do olho, eu a vi levantar um pequeno caderno de autógrafos com capa cintilante. Quando éramos pequenas, Darija tinha um igual. Nós às vezes ficávamos na porta do teatro ou de restaurantes finos e esperávamos que mulheres glamorosas de casacos de pele brancos e saltos prateados saíssem de braço dado com seus atraentes acompanhantes. Não tenho ideia se alguma delas era de fato famosa, mas pareciam ser, para nós. Darija olhou furtivamente para mim e deslizou o caderno sobre a bancada. Enfiei-o sob um casaco cujo forro estava retalhando.

O caderno estava cheio de ingressos de filmes e esboços de construções; o papel de uma bala de menta; e um pequeno poema que reconheci como um jogo de bater as mãos. Uma fita de cabelo, uma amostra de tule de um vestido elegante. Um tíquete para o brinde de uma padaria. No lado interno da contracapa, havia duas palavras: "NUNCA ESQUECER". Dentro da capa da frente, havia sido colada a foto de duas meninas. "Gitla e eu", dizia a legenda. Eu não sabia quem era "eu". Não havia dados de identificação, e a caligrafia, cuidadosa e cheia de curvas, era de uma menina bem jovem.

Decidi chamá-la de Darija.

Olhei para minha amiga e a vi enxugar uma lágrima com a manga. Ela podia estar pensando no que teria acontecido ao seu caderno de autógrafos de capa brilhante. Ou na menina feliz que um dia tinha sido dona deste.

Se eu mesma não tivesse visto a transformação, não reconheceria Darija. O corpo longo e flexível de bailarina, de que eu tinha tanta inveja, era agora um saco de ossos. Sob a roupa, os nós da coluna se destacavam como postes de uma cerca. Seus olhos eram fundos, e os lábios, secos e rachados. Ela agora roía as unhas até sangrar.

Tenho certeza absoluta de que eu estava tão horrível aos olhos dela quanto ela aos meus.

Rasguei a página com a fotografia e a enfiei na manga, num movimento que já executava com habilidade.

De repente, uma mão surgiu sobre meu ombro e pegou o caderno de autógrafos.

Herr Dybbuk estava em pé, tão perto de mim que eu sentia o cheiro de pinho de sua loção pós-barba. Não virei a cabeça, não falei nem dei sinal de ter notado a presença dele. Ouvi-o virando as páginas.

Com certeza ele notaria o lugar de onde algo havia sido arrancado.

Ele se afastou, jogando o caderno na pilha de itens a ser queimados. Mas, durante pelo menos mais um quarto de hora, eu ainda podia sentir o calor de seu olhar em minha nuca e, naquele dia, não roubei mais nada do *Kanada*.

* * *

À noite, Darija não conseguia dormir de tanta dor.

— Minka — sussurrou, com o corpo trêmulo contra o meu. — Se eu morrer, você não vai ter uma foto minha para guardar.

— Não vou precisar, porque você não vai morrer — eu lhe disse.

Eu sabia que o dente dela estava infeccionado. Seu hálito recendia como se ela estivesse apodrecendo por dentro, e a face estava com o dobro do tamanho por causa do inchaço. Se o dente não saísse, ela não sobreviveria. Abracei-a pelas costas, dando-lhe o pouco calor que meu corpo ainda tinha.

— Repita comigo — pedi. — Isso vai distraí-la.

Darija balançou a cabeça.

— Dói...

— Por favor — eu disse. — Só tente. — Eu nem precisava mais das fotos. Ania, Herschel, Gerda, Majer, Wolf. A cada nome que eu pronunciava, evocava o rosto na fotografia.

Então, o fiozinho de voz de Darija acrescentou:

— Mindla?

— Isso. Dworja, Izrael.

— Szymon — Darija falou. — Elka.

Rochl e Chaja. Eliasz. Fiszel e Liba e Bajla. Lejbus, Mosza, Brajna. Gitla e Darija.

Então ela parou de recitar comigo. O corpo dela ficou mole.

Verifiquei se ela ainda estava respirando e me permiti adormecer.

* * *

No dia seguinte, Darija acordou com a face vermelha e inchada, a pele em fogo. Ela não conseguiu se arrastar para fora da cama, então tive de ajudá-la, apoiando seu peso e levando-a ao banheiro e de volta ao beliche, para arrumar a cama. Quando a Besta entrou, eu já estava esperando para me voluntariar a ir buscar o mingau ralo, porque carregar a caçarola dava direito a uma ração extra. Eu a passei a Darija, que estava fraca demais até para levar a tigela aos lábios. Tentei convencê-la a abrir a boca cantando do jeito que Basia cantava para Majer quando ele se recusava a comer.

—Você não sabe cantar — ela murmurou, esboçando um sorriso, e aproveitei a chance para enfiar algum líquido entre seus lábios.

Eu a amparei em pé durante o *Appell*, rezando para que o comandante, o que tinha o tremor nas mãos e que eu agora chamava em pensamento de Herr Tremor, não percebesse que ela estava doente. Herr Tremor talvez tivesse algum problema que lhe provocava aquelas contrações, mas não era grave o bastante para impedi-lo de infligir castigos brutais com as próprias mãos. Na semana anterior, quando uma garota nova virou para a esquerda em vez de para a direita ao seu comando, ele castigou o bloco inteiro. Tivemos de fazer exercícios físicos por duas horas sob uma chuva fria e contínua. Desnecessário dizer que, com tantas mulheres passando fome, pelo menos dez desabaram e, quando isso aconteceu, Herr Tremor caminhou pela lama e as chutou ali onde estavam caídas. Mas agora ele parecia estar com pressa; em vez de nos usar para servir de exemplo, ou de selecionar mulheres para ser castigadas, ele fez a contagem com rapidez e dispensou os *kapos*.

Eu estava em uma missão. Não só tinha de cobrir Darija e fazer trabalho duplo, mas também precisava encontrar algo em particular que pudesse roubar. Algo pontudo e pequeno, capaz de arrancar um dente.

Consegui ajeitar Darija a meu lado, na bancada de trabalho, e sincronizei meu ritmo para que, toda vez que ela tivesse de levar um item de valor até a caixa trancada no centro do galpão, eu tivesse de ir também. No entanto, no fim do dia, ainda não havia encontrado nenhum objeto que pudesse funcionar. Três pares de dentes falsos, um vestido de casamento, batons, mas nada pontiagudo e forte.

E então...

Em uma mochila de couro, enfiada em um forro de seda rasgado, havia uma caneta-tinteiro.

Minha mão se fechou em torno dela com força. Segurar uma caneta era uma sensação tão normal que meu passado, que fora cirurgicamente separado do estado atual de minha existência, voltou de repente. Eu me vi aninhada no banco junto à janela da padaria de meu pai, escrevendo meu livro. Lembrava-me de mastigar a ponta de uma caneta enquanto o diálogo de Ania e Aleksander me passava pela cabeça. A história fluía como sangue de minha mão; às vezes, parecia que eu era apenas um canal para um filme que já estivesse passando, que eu era apenas o projetor, e não a criadora. Quando eu escrevia, sentia-me sem restrições, impossivelmente livre. E, naquele momento, mal podia me lembrar de como era essa sensação.

Não tinha me dado conta de quanto sentia falta de escrever nas semanas que estava ali. "Escritores de verdade não conseguem *não* escrever", Herr Bauer me dissera uma vez, quando estávamos conversando sobre Goethe. "É assim que você fica sabendo, Fräulein Lewin, se está destinada à vida de poeta."

Meus dedos coçavam, enrolando-se em volta do instrumento. Eu nem sabia se havia tinta. Para testar, pressionei a ponta contra os números que tinham sido gravados no meu antebraço esquerdo. A tinta fluiu, uma bela mancha preta de Rorschach cobrindo o que me haviam feito.

Escondi a caneta sob o casaco. Aquilo era para Darija, lembrei a mim mesma. Não para mim.

Naquele dia, pedi ajuda de outra garota para segurar Darija em pé, durante o *Appell* da noite. Ela mal conseguia se aguentar quando fomos enviadas de volta ao bloco, duas horas depois. Nem me deixou tocar seu rosto para que eu pudesse abrir seus lábios e verificar como estava a infecção.

Sua testa estava tão quente que formava bolhas sob minha mão.

— Darija — eu disse —, você tem que confiar em mim.

Ela sacudiu a cabeça, quase em delírio.

— Deixe-me em paz — resmungou.

— Vou deixar. Depois que arrancar essa porcaria de dente.

Meu comentário penetrou a névoa em que ela se encontrava.

— Mas não vai mesmo.

— Fique quieta e abra a boca — murmurei, mas, quando segurei seu queixo, ela se afastou.

— Vai doer? — choramingou.

Fiz que sim com a cabeça, olhando-a bem nos olhos.

— Vai. Se eu tivesse gás, daria a você.

Darija começou a rir. Fracamente a princípio, depois um ronco alto, que fez as outras mulheres olharem de suas camas.

— Gás — ela arfou. — Você não tem gás?

Eu percebi como era bobo aquilo, dado o extermínio em massa que estava acontecendo a poucos metros de nosso barracão. De repente, estava rindo também. Era um humor negro e inadequado, e não conseguíamos parar. Caímos uma em cima da outra, com roncos e gritinhos, até que todas as outras ficaram indignadas conosco e desviaram o olhar.

Quando finalmente pudemos nos controlar, tínhamos nossos braços magros em volta uma da outra, como os membros desengonçados de dois louva-deus emaranhados.

— Se não pode me anestesiar — Darija disse —, então me distraia, está bem?

— Posso cantar — sugeri.

— Quer aumentar minha dor ou evitá-la? — Ela me olhou, desesperada. — Conte uma história.

Assenti com a cabeça. Tirei a caneta do bolso e tentei limpá-la o melhor que pude, o que não era fácil, porque minhas roupas estavam imundas. Então olhei para minha melhor amiga, minha única amiga.

Não poderia lhe contar uma lembrança de nossa infância, porque isso seria muito perturbador. Não poderia inventar uma história sobre nosso futuro, porque mal tínhamos um.

Na verdade, só havia uma história que eu sabia de cor: a que vinha escrevendo, a que Darija vinha *lendo* havia anos.

— *Meu pai me confiou os detalhes de sua morte* — comecei, e as palavras iam subindo, como por hábito, de alguma caverna profunda em minha mente. — "*Ania*", ele dizia, "*nada de uísque no meu funeral. Quero o melhor vinho de amoras. Nada de choros, preste atenção. Só danças. E, quando me baixarem no chão, quero uma fanfarra de trombetas, e borboletas brancas." Meu pai era uma figura e tanto. Era o padeiro da aldeia e, todos os dias, além dos pães que fazia para a cidade, ele criava um especial para mim, tão exclusivo quanto delicioso: uma trança semelhante a uma coroa de princesa, a massa misturada com canela doce e o chocolate mais puro. O ingrediente secreto, dizia ele, era seu amor por mim, e isso o fazia mais saboroso do que qualquer outra comida que eu já tivesse provado na vida.*

Abri a boca de Darija com cuidado e posicionei a caneta na raiz da gengiva inchada. Levantei uma pedra que havia arrancado do banheiro.

— *Morávamos nos subúrbios de uma aldeia tão pequena que todos se conheciam pelo nome. Nossa casa era feita de pedras do rio, com telhado de palha; a lareira onde meu pai assava os pães aquecia a cabana inteira. Eu me sentava à mesa da cozinha, descascando ervilhas que plantava no pequeno jardim nos fundos, enquanto meu pai abria a porta do forno de tijolos, deslizava a pá para dentro e tirava pães arredondados e crocantes. As brasas vermelhas brilhavam, delineando os músculos fortes nas costas dele, suadas sob a roupa. "Não quero um funeral no verão, Ania", ele dizia. "Cuide para que eu morra em um dia fresco, quando houver uma brisa agradável. Antes que os pássaros voem para o sul, assim eles poderão cantar para mim." Eu fingia tomar nota de suas exigências. Não me incomodava com a conversa macabra; meu pai era forte demais para que eu acreditasse que alguma daquelas instruções tivesse de ser seguida um dia. Alguns habitantes da aldeia achavam estranha a relação que eu tinha com ele, o fato de podermos brincar com aquilo, mas minha mãe morrera quando eu era bebê, e tudo que tínhamos era um ao outro.*

Olhei para Darija e vi que ela estava finalmente relaxada, envolta pelo véu das palavras. Mas percebi também que todo o barracão tinha ficado em silêncio; todas as mulheres estavam ouvindo minha história.

— Meu pai me confiou os detalhes de sua morte — falei, erguendo a pedra diretamente sobre a caneta. — Mas, no fim, eu cheguei tarde demais.

Rapidamente, bati com força a pedra na caneta, como um cinzel improvisado. O som que Darija emitiu foi de arrepiar os cabelos. Ela ergueu o corpo como se tivesse sido trespassada por uma espada. Recuei, horrorizada pelo que havia feito, enquanto ela apertava a boca com as mãos e rolava para longe de mim.

Quando levantou a cabeça, seus olhos estavam muito vermelhos, os vasos sanguíneos rompidos pela força do grito. Também havia sangue escorrendo por seu queixo, como se ela mesma fosse um *upiór* depois de um ataque.

— Desculpe — falei, chorando. — Eu não queria machucar você...

— Minka — disse ela através do sangue, através das lágrimas. Segurou minha mão, ou pelo menos foi isso que pensei que estivesse fazendo, até perceber que estava tentando me dar algo.

Em sua palma, estava um dente podre e quebrado.

* * *

No dia seguinte, a febre de Darija tinha cedido. Carreguei de novo as rações de café da manhã da cozinha para receber uma porção extra, porque Darija precisava recuperar as forças. Quando ela sorriu para mim, vi a falha onde antes estava o dente, um espaço vazio.

Uma mulher nova chegou ao nosso bloco naquela noite. Ela era de Radom e tinha entregado seu filho de três anos para a mãe idosa na rampa de chegada, seguindo um conselho que lhe fora sussurrado por um dos homens de uniforme listrado. Ela não parava de chorar.

— Se eu soubesse — ela soluçava, sufocada pela verdade. — Se eu soubesse por que ele disse aquilo, nunca teria seguido o conselho.

— Então vocês dois estariam mortos — disse Ester, a mulher que, aos cinquenta e dois anos, era a mais velha no bloco. Ela trabalhava conosco no *Kanada* e tinha um negócio estável no mercado negro, trocando cigarros e roupas furtadas das malas por rações extras.

Essa mulher nova não parava de chorar. Isso não era incomum, mas essa, em particular, chorava alto. E todas estávamos exaustas da falta de comida e das longas horas de trabalho. Estávamos nos irritando por ouvi-la. Era pior que a filha do rabino de Lublin, que rezava alto a noite inteira.

— Minka — Ester disse por fim, quando aquela mulher já estava chorando havia horas —, faça alguma coisa.

— O que posso fazer? — Não podia trazer de volta o filho ou a mãe dela. Não podia desfazer o que tinha acontecido. Para ser honesta, eu estava incomodada com a mulher; tinha ficado desumana a esse ponto. Afinal, todas nós tínhamos sofrido perdas como aquela. O que a fazia tão especial que lhe dava o direito de nos roubar nossas preciosas horas de sono?

— Se não podemos calá-la — outra moça disse —, talvez possamos abafá-la.

Houve um coro de aprovação.

— Onde você estava mesmo, Minka? — Ester perguntou.

A princípio, não entendi do que ela estava falando. Mas então percebi que aquelas mulheres queriam ouvir a história que eu tinha escrito, a que usara para acalmar Darija na noite anterior. Se havia funcionado como anestésico, por que não funcionaria para amenizar a dor de escutar aquela mulher chorando por seu bebê?

Elas se sentaram como juncos à beira de um lago, frágeis e oscilando levemente umas contra as outras, em busca de apoio. Eu via o brilho de seus olhos no escuro.

— Vá em frente — Darija disse, cutucando-me com o cotovelo. — Você tem uma audiência cativa.

Então comecei a falar de Ania, para quem o dia tinha começado como qualquer outro. De como estava mais frio que o habitual para outubro; de como as folhas caíam dos galhos das árvores com o vento, em pequenos ciclones que dançavam como demônios em volta das botas dela; de como foi assim que ela soube que algo ruim ia acontecer. Seu pai lhe ensinara isso, bem como tudo o mais que ela sabia: como amarrar os sapatos, como se orientar pelas estrelas, como perceber um monstro oculto atrás do rosto de um homem.

Falei das pessoas da aldeia, que estavam em pânico. Alguns animais de criação tinham sido mortos; cães de estimação tinham sumido. Parecia haver um predador no meio deles.

Falei de Damian, o capitão da guarda, que queria que Ania se casasse com ele e não descartaria usar a força para que isso acontecesse. De como ele disse à multidão nervosa que, se todos ficassem dentro dos muros da aldeia, estariam seguros.

Eu escrevera essa parte pouco depois de me mudar para o gueto. Quando ainda acreditava nisso.

O bloco estava em silêncio. A filha do rabino não estava mais rezando; os soluços da mulher nova haviam se aquietado.

Descrevi Damian pegando a última baguete que Ania tinha para vender no mercado, como ele segurara as moedas fora de alcance até que ela concordasse em beijá-lo. Como ela saíra correndo com o cesto vazio e os olhos dele queimando-lhe as costas.

— *Havia um riacho antes da cabana* — eu disse, falando na voz narrativa de Ania. — *E meu pai tinha colocado uma tábua larga sobre ele para que pudéssemos atravessar. Mas, naquele dia, quando cheguei ali, eu me inclinei para beber, para lavar o gosto amargo de Damian que ainda estava em meus lábios.*

Uni as mãos em concha.

— *A água* — eu disse — *fluía vermelha. Pousei o cesto que carregava e segui a margem rio acima... e então eu vi.*

— Viu o quê? — Ester murmurou.

Lembrei, naquele minuto, o que minha mãe tinha me dito sobre ser uma *mensch*, sobre pôr o bem-estar dos outros acima do meu. Olhei para a mulher nova, até ela olhar também para mim.

— Vocês terão que esperar até amanhã para descobrir — falei.

Às vezes, tudo de que se precisa para viver mais um dia é uma boa razão para permanecer ali.

* * *

Foi Ester quem me aconselhou a escrever a história.

— Nunca se sabe — disse ela. — Talvez um dia você fique famosa.

Eu ri.

— Ou, mais provavelmente, a história morra comigo.

Mas eu sabia o que ela estava me pedindo. Que a narrativa existisse, para que pudesse ser lida e relida mesmo que eu fosse levada embora. Histórias sobrevivem a seus autores todo o tempo. Sabemos muito sobre Goethe e Charles Dickens pelas histórias que eles decidiram contar, embora estejam mortos há anos.

Acho que, no fim, foi por isso que o fiz. Porque não haveria nenhuma fotografia minha para alguém roubar ou memorizar. Não havia mais família em casa para pensar em mim. Talvez eu nem fosse notável o bastante para ser lembrada; com a aparência que tinha naqueles dias, era apenas mais uma prisioneira, mais um número. Se eu tivesse de morrer naquele inferno, e as probabilidades eram muito grandes de que isso acontecesse, talvez alguma outra pessoa sobrevivesse e contasse a seus filhos a história que uma garota lhes havia contado, à noite, no bloco. Ficção é assim, uma vez lançada ao mundo: contagiosa, persistente. Como o conteúdo da caixa de Pandora, uma história dada livremente não pode mais ser contida. Ela se torna infecciosa e se dissemina, da pessoa que a criou para a pessoa que a ouve e a passa adiante.

Ironicamente, foram as fotografias que tornaram isso possível. Um dia, enquanto eu recitava minha ladainha de nomes, derrubei o maço de rostos no chão. Na pressa de recolhê-lo, notei que algumas fotos estavam de face para baixo. No papelão branco do verso de uma delas, li: "Mosza, dez meses".

Alguém tinha escrito *aquilo*.

Era um quadrado pequeno, menor do que eu estava acostumada, mas era papel. E eu tinha dezenas delas, e uma caneta.

Ter algo pelo que viver funcionava para os dois lados. Eu seria a Scheherazade para o bloco, todas as noites tecendo uma parte da história de Ania e Aleksander até que eles vivessem e respirassem como nós. Mas, depois, escreveria à luz da lua por algumas horas, ouvindo o ressonar uniforme e os ocasionais choramingos das outras mulheres. Para proteger meu trabalho, escrevi em alemão. Se aqueles cartões fossem encontrados um dia, eu não tinha dúvida de que o castigo seria cruel, mas talvez pudesse ser amenizado se os guardas conseguissem ler a língua e reconhecer aqueles escritos como uma história, em vez de achar que fossem anotações secretas a ser passadas entre as prisioneiras para incitar uma rebelião. Eu escrevia de memória, acrescentando trechos aqui e ali à medida que ia editando a história, e sempre elaborando com cuidado as cenas em que havia descrição de comida. Eu descrevia nos mínimos detalhes o miolo daquele pãozinho delicioso que o pai de Ania assa para ela. O modo como ela sentia o sabor da manteiga em sua crosta flocada, o calor que se desprendia no palato mole, a explosão de canela na ponta da língua.

Escrevi até a caneta secar, até o máximo possível de minha história estar rabiscado em letras minúsculas e caprichadas no verso de mais de cem rostos de mortos.

* * *

— *Raus!*

Em um minuto eu estava dormindo, sonhando que tinha sido levada a uma sala com uma mesa de um quilômetro de comprimento, sobre a qual havia pilhas de comida, e que eu tinha de comer tudo de uma ponta à outra antes de ter permissão para sair. No minuto seguinte, a Besta estava batendo a esmo sobre a palha do beliche com uma barra de metal, e seus golpes desciam sobre minhas costas e coxas, antes de eu conseguir descer apressadamente de lá.

Ela estava de costas para mim, gritando. Vários guardas encheram o bloco e começaram a arrancar as mulheres do caminho enquanto puxavam os cobertores finos para fora das camas e removiam a palha de cima das pranchas de madeira. Estavam procurando contrabando.

Às vezes, sabíamos que ia haver uma inspeção. Não sei como, os rumores chegavam até nós e tínhamos tempo de esconder em nós mesmas, não nas camas, o que quer que tivéssemos roubado. Mas, naquele dia, não tivemos nenhum alerta. Lembrei-me do romance que havia sido confiscado semanas antes e que levara aos ferimentos que causaram a morte de Agnat. Em minha cama, enterrado sob a palha onde eu dormira aquela noite, estava o maço de fotos com minha história escrita no verso.

Uma garota foi arrastada para fora quando um guarda encontrou um rádio escondido. Nós o ouvíamos à noite, Chopin, Liszt e Bach, e uma vez um balé de Tchaikovsky que Darija dançara em um recital, em Łódź, o que a fez chorar durante o sono. Às vezes, entravam notícias no meio, e por elas eu soube que a ofensiva alemã não ia bem, que eles não haviam conseguido reconquistar a Bélgica. Soube que os Estados Unidos continuavam a avançar depois de chegar à França naquele verão. Dizia a mim mesma que era só uma questão de tempo, sem dúvida, até que aquela guerra terminasse.

Se eu conseguisse sobreviver a momentos como aquele, claro.

A Besta enfiou a mão na palha da cama abaixo da minha e puxou o que parecia uma pequena pedra embrulhada em papel. Ela a levou à boca e lambeu.

— Quem dorme aqui? — perguntou.

As cinco moças que se espremiam naquele pequeno espaço deram um passo à frente, dando-se as mãos com firmeza.

— Quem roubou este chocolate? — a Besta quis saber.

As moças pareciam totalmente desnorteadas. Era inteiramente possível que alguém mais esperto tivesse enfiado seu contrabando, no último minuto, sob a palha da cama delas para se salvar. De qualquer modo, elas ficaram mudas, olhando para o chão frio e sujo.

A Blockälteste agarrou os cabelos de uma das meninas. Nós, que trabalhávamos no *Kanada*, tínhamos autorização para deixá-lo crescer. O meu já estava com uns dois centímetros. Essa era uma das muitas coisas em nosso trabalho que deixavam as pessoas com inveja. Os guardas de lá nos chamavam de porcas gordas, porque parecíamos mais saudáveis que a maioria das prisioneiras, já que podíamos roubar pedacinhos de comida que encontrávamos em malas.

— Isto é seu? — a Besta gritou.

A menina sacudiu a cabeça.

— Eu não... não...

— Talvez isto refresque sua memória — disse ela e virou a barra de metal contra o rosto das cinco, quebrando dentes e narizes e fazendo-as cair de joelhos.

Ela chutou os corpos caídos para abrir espaço e procurar na palha de nossa cama. Meu coração começou a bater como uma metralhadora; o suor brotava em minhas têmporas. Vi a mão dela se fechar em torno das fotografias, que eu havia prendido com um fio tirado da bainha do uniforme.

Enquanto a Besta desfazia o laço, Darija deu um passo à frente.

— Isso pertence a mim.

Fiquei de queixo caído. Eu sabia exatamente o que ela estava fazendo: retribuindo por eu ter salvado sua vida. Antes que eu pudesse falar, outra mulher avançou também, a que chegara só três noites antes, a que não conseguia parar de chorar pela perda do filho e da mãe. Eu ainda nem sabia o nome dela.

— Ela está mentindo — a mulher disse. — É meu.

— As duas estão mentindo — falei. Olhei para a mulher, pensando em qual seria sua motivação. Estaria tentando me salvar? Ou apenas morrer? — Ela não trabalha no *Kanada*. E ela — fiz um sinal com a cabeça indicando Darija — não fala alemão.

Em um momento, eu estava em pé, cheia de bravura, e no seguinte sendo arrastada para fora do bloco. Chovia lá fora, e o vento rugia como um dragão. Um de meus sapatos de madeira ficou preso na lama; tive apenas o tempo suficiente para pegá-lo antes que ficasse para trás. Se não se tinha sapatos, não se sobrevivia. Ponto-final.

No centro do pátio, com a chuva batendo em seu uniforme de lã, estava o oficial da SS que eu chamava de Herr Tremor. Não havia estremecimento em seu punho enquanto ele levantava o chicote e o descia nas costas da menina do bloco que escondera o rádio. Ela estava deitada, com o rosto enfiado em uma poça. Depois de cada golpe, ele gritava para que ela se levantasse e, a cada vez que ela obedecia, ele a açoitava outra vez.

Eu seria a próxima.

Um estremecimento incontrolável me percorreu o corpo inteiro. Meus dentes estavam batendo, o nariz escorrendo. Imaginei se ele ia matar a menina que roubara o rádio.

Ou eu.

Era estranho contemplar a morte. Eu me vi pensando nas instruções que anotava para meu pai, como uma piada interna. Tinha minhas próprias instruções agora:

Quando eu morrer, por favor, que seja rápido.

Se for por bala, mire meu coração, não minha cabeça.

Seria bom se não doesse.

Seria melhor morrer de um golpe súbito que de uma infecção. Eu aceitaria de bom grado até o gás. Talvez fosse como ir dormir e não acordar mais.

Não sei quando comecei a pensar no extermínio em massa naquele campo como algo humano — na lógica dos alemães, imaginava —, mas, se a alternativa era ir se deteriorando até morrer, com a mente parando de funcionar aos poucos por causa da fome, talvez fosse melhor acabar logo de uma vez.

Quando nos aproximamos de Herr Tremor, ele nos olhou, com a chuva caindo copiosamente pelo rosto. Seus olhos, eu notei, eram como vidro. Pálidos e praticamente prateados, como um espelho.

— Ainda não terminei aqui — ele disse em alemão.

— Devemos esperar, Schutzhaftlagerführer? — perguntou o guarda.

— Não tenho a menor intenção de ficar o dia inteiro nesta chuva horrível porque alguns animais não sabem seguir regras — disse ele.

Ergui o queixo. Muito precisamente, em alemão, falei:

— *Ich bin kein Tier.*

Eu não sou um animal.

Os olhos dele me fuzilaram. Imediatamente, baixei o olhar para os pés.

Ele ergueu a mão direita, a que segurava o chicote, e o estalou em meu rosto, jogando minha cabeça para o lado.

— *Da irrst du dich.*

Você está errada.

Caí de joelhos na lama, levando uma das mãos ao rosto. A ponta do chicote havia aberto um rasgo sob meu olho. O sangue misturou-se com a chuva, descendo pelo queixo. A menina no chão, a meu lado, atraiu meu olhar. O uniforme dela estava rasgado; a carne das costas se abria como pétalas de rosa.

Atrás de mim, ouvi uma conversa; os guardas que me haviam trazido até ali contavam a outra pessoa, alguém novo, qual tinha sido minha infração. Esse novo oficial veio até mim.

— Schutzhaftlagerführer — uma voz disse. — Vejo que está ocupado aqui. Com sua permissão, talvez eu possa ajudá-lo?

Eu só via a parte de trás de seu uniforme, as mãos enluvadas unidas nas costas. As botas eram tão brilhantes que fiquei olhando fixamente para elas, pensando em como ele conseguia andar por todo aquele barro sem sujá-las.

Eu não acreditava que era naquilo que estava pensando um minuto antes de ser morta.

Herr Tremor deu de ombros e voltou para a menina no chão, a meu lado. O outro oficial se afastou. Fui puxada do chão e arrastada, passando pelo *Kanada*, até o prédio administrativo em que esse oficial entrou. Ele gritou uma ordem para os guardas, e fui levada escada abaixo até uma espécie de cela. Ouvi uma trava pesada cerrando a porta.

Não havia luz. As paredes e o chão eram feitos de pedra; parecia uma velha adega de vinhos, ligeiramente úmida, coberta de um musgo que deixava tudo escorregadio. Sentei-me com as costas apoiadas na parede, às vezes pressionando a face inchada contra as pedras frias. Na única vez em que cochilei, fui acordada com a sensação de que um camundongo corria por minha perna sob o vestido de trabalho. Depois disso, resolvi ficar em pé.

Várias horas se passaram. O corte em meu rosto parou de sangrar. Eu me perguntava se o oficial havia se esquecido de mim, ou se só estava me guardando para o castigo depois que a chuva parasse, de modo que Herr Tremor pudesse ficar à vontade me ferindo. Minha face estava tão inflamada que o inchaço fechava um dos olhos. Quando ouvi a porta ser aberta outra vez, contraí o rosto diante do facho de luz que entrou no espaço apertado.

Fui levada para um escritório. "HAUPTSCHARFÜHRER F. HARTMANN", dizia a placa na porta. Havia uma grande mesa de madeira e muitos móveis de arquivo, e uma cadeira ornada do tipo em que sempre se veem advogados sentados. Nessa cadeira, estava o oficial encarregado do *Kanada*.

E, espalhadas diante dele, sobre o forro verde da mesa e vários papéis e arquivos, estavam todas as minhas fotografias, viradas para baixo a fim de revelar minha história.

Eu sabia do que Herr Tremor era capaz; via todos os dias no *Appell*. De certa forma, Herr Dybbuk era mais assustador, porque eu não tinha ideia do que esperar dele.

Era o responsável pelo *Kanada*, e eu tinha roubado dele, e as provas estavam expostas sobre a mesa entre nós.

— Deixe-nos — ele disse ao guarda que havia me trazido.

Havia uma janela atrás do oficial. Vi a chuva bater no vidro, revelando o fato simples de que eu estava do lado de dentro e aquecida. Encontrava-me em uma sala onde havia música clássica tocando baixinho no rádio. Se não fosse o fato de que eu provavelmente estava prestes a ser espancada até a morte, teria contado este como o primeiro momento desde minha chegada ao campo em que me senti normal.

— Quer dizer que você fala alemão — disse ele, em sua língua nativa.

Assenti com a cabeça.

— *Ja, Herr Hauptscharführer.*

— E, aparentemente, escreve também.

Meus olhos fitaram de relance as fotografias.

— Estudei alemão na escola — respondi.

Ele me entregou um bloco de papel e uma caneta.

— Prove. — E começou a andar pela sala, recitando um poema. — *Ich weiß nicht, was soll es bedeuten,/ Daß ich so traurig bin,/ Ein Märchen aus uralten Zeiten,/ Das kommt mir nicht aus dem Sinn.*

Eu conhecia o poema. Tinha-o estudado com Herr Bauer e fizera uma vez um exame com esse mesmo ditado, pelo qual recebi a nota mais alta. Traduzi-o mentalmente: "Quem dera eu soubesse o sentido, uma tristeza caiu sobre mim. O fantasma de uma lenda antiga que não me deixa em paz".

— *Die Luft ist kühl und es dunkelt* — o Hauptscharführer prosseguiu. — *Und ruhig fließt der Rhein...*

"O ar é fresco ao crepúsculo. E flui gentilmente o Reno..."

— *Der Gipfel des Berges funkelt* — acrescentei baixinho — *im Abendsonnenschein.*

Ele me ouviu. Pegou o bloco e conferiu minha transcrição. Então levantou os olhos e me encarou como se eu fosse uma criatura que ele nunca tivesse visto antes.

— Você conhece essa obra.

Assenti com a cabeça.

— "O Lorelei", de Heinrich Heine.

— *Ein unbekannter Verfasser* — ele corrigiu. De autor desconhecido.
Foi quando lembrei que Heinrich Heine era judeu.
— Você compreende que roubou material do Reich — ele murmurou.
— Sim, eu sei — falei. — Perdão. Foi um erro.
Ele levantou as sobrancelhas.
— Foi um erro roubar algo deliberadamente?
— Não. Foi um erro achar que as fotografias não importavam para o Reich.
Ele abriu a boca e tornou a fechá-la. Não podia admitir que as fotografias eram valiosas, porque isso seria equivalente a admitir que os que foram mortos tinham valor; mas também não podia admitir que as fotos não valiam nada, porque afirmar isso diluiria seus argumentos para me castigar.
— Essa não é a questão — ele disse por fim. — A questão é que elas não pertencem a *você*.
O oficial tornou a se sentar e tamborilou sobre a mesa. Pegou uma das fotos e observou a escrita.
— Esta história. Onde está o resto dela?
Imaginei os guardas revistando o bloco, tentando encontrar mais fotografias com escritos. Quando não encontrassem, será que começariam a simplesmente machucar as pessoas até que alguém lhes desse a resposta que queriam?
— Não escrevi ainda — confessei.
Isso o surpreendeu; percebi que ele achara que eu simplesmente havia transcrito uma história lida em algum lugar. Eu não devia ser inteligente o bastante para criar algo assim.
— Foi você? — ele perguntou. — *Você* que criou esse monstro... esse *upiór*?
— Sim — respondi. — Bem, quer dizer, não. Na Polônia, todos conhecem o *upiór*. Mas este, especificamente, é criação de minha imaginação.
— A maioria das meninas escreve sobre amor. Você escolheu escrever sobre um monstro — ele comentou, pensativo.
Estávamos falando em alemão. Estávamos tendo uma conversa, sobre escrita. Como se ele não pudesse, a qualquer momento, pegar sua pistola e atirar na minha cabeça.
— Sua escolha do tema me faz lembrar outra criatura mítica — disse ele. — O Donestre. Já ouviu falar dele?

Seria aquilo um teste? Uma armadilha? Seria um eufemismo para algum tipo de castigo corporal? Será que meu castigo dependeria de minha resposta? Eu conhecia Wodnik, o demônio da água, e Dziwożona, as dríades, mas essas eram lendas polonesas. E se eu mentisse e confirmasse? Seria pior do que se falasse a verdade e dissesse que não conhecia?

— Os gregos antigos, que era o que *eu* estudava na escola, escreveram sobre o Donestre. Tinha cabeça de leão e corpo de homem. Sabia falar todas as línguas da raça humana, o que, como você pode imaginar — o Hauptscharführer disse secamente —, era-lhe muito conveniente.

Olhei para o colo. Imaginei o que ele acharia de meu apelido para ele, Herr Dybbuk, referência a mais uma criatura mítica.

— Como seu *upiór*, essa fera matava sem dó e devorava sua presa. Mas o Donestre tinha uma característica peculiar. Guardava a cabeça cortada de sua vítima, sentava-se ao lado dela e chorava. — Ele fixou o olhar em mim até que eu levantasse a cabeça. — Por que você acha que ele fazia isso?

Engoli em seco. Nunca tinha ouvido falar desse Donestre, mas conhecia o *upiór* Aleksander melhor do que a mim mesma. Eu havia vivido, respirado, gerado esse personagem.

— Talvez alguns monstros — falei baixinho — ainda tenham consciência.

As narinas do oficial se dilataram. Ele ficou em pé, deu a volta na mesa, e eu me encolhi de imediato, levantando o braço para aparar o golpe.

— Você entende — disse ele, a voz praticamente transformada num sussurro — que, pelo roubo, eu poderia usá-la para servir de exemplo. Açoitá-la publicamente, como a prisioneira que o Schutzhaftlagerführer estava castigando mais cedo. Ou matá-la.

Lágrimas me vieram aos olhos. Descobri que eu não era orgulhosa o bastante para não implorar por minha escassa vida.

— Por favor, não. Eu faço qualquer coisa.

O Hauptscharführer hesitou.

— Então me conte — falou ele. — O que acontece depois?

* * *

Dizer que fiquei espantada seria muito pouco. Não só o Hauptscharführer não encostou a mão em mim como me manteve em seu escritório pelo resto do dia, datilografando listas de todos os itens que tinham sido recuperados no *Kanada*. Estas, como eu viria a saber, eram enviadas para vários lugares na Europa que ainda estavam sob o controle alemão, assim como os itens propriamente ditos. Ele me disse que aquele era meu novo trabalho. Eu anotaria ditados, digitaria cartas, atenderia o telefone (em alemão, claro) e receberia recados para ele. Quando ele saiu para supervisionar os galpões do *Kanada*, sua rotina habitual, não me deixou sozinha. Em vez disso, mandou que outro oficial ficasse de guarda dentro do escritório, para se assegurar de que eu não fizesse nada suspeito. Todo o tempo, enquanto eu datilografava, meus dedos tremiam sobre as teclas. Quando o Hauptscharführer voltou, se sentou à mesa sem dizer nada. Começou a apertar números em uma máquina de somar. A tira de papel caía como uma língua branca enrolada pela borda da mesa, enquanto ele ia inserindo os números de uma pilha de documentos.

No fim da tarde, minha cabeça estava rodando. Ao contrário do que acontecia no *Kanada*, eu não tinha recebido a sopa no almoço. Por mais limitada que fosse essa refeição, ainda era comida. Quando o Hauptscharführer voltou de uma de suas patrulhas no *Kanada* com um muffin e um café, meu estômago roncou tão alto que eu sabia que, naquele espaço pequeno, ele devia ter ouvido.

Pouco depois, houve uma batida à porta do escritório e dei um pulo na cadeira. O Hauptscharführer disse para o visitante entrar. Mantive os olhos fixos na página diante de mim, mas reconheci de imediato a voz do Schutzhaftlagerführer, que soava como fumaça caindo na ponta de uma lâmina.

— Que dia horrível — disse ele, abrindo a porta. — Vamos, preciso embotar meus sentidos na cantina antes de enfrentar o tormento do *Appell*.

Os pelos em minha nuca se eriçaram. *Ele* tinha de enfrentar o tormento do *Appell*?

Ele me viu, com a cabeça baixa, datilografando diligentemente.

— O que é isso? — indagou.

— Eu precisava de uma secretária, Reiner. Avisei a você um mês atrás. A quantidade de papéis que precisam ser processados neste escritório fica maior a cada dia.

— E eu lhe disse que cuidaria disso.

— Estava demorando muito. Registre uma advertência contra mim, se isso o fizer se sentir melhor. — Ele deu de ombros. — Agi por minha conta.

O Schutzhaftlagerführer fez um meio círculo ao meu redor.

— Pegando uma das minhas trabalhadoras?

— Uma das *minhas* trabalhadoras — o Hauptscharführer corrigiu.

— Sem minha permissão.

— Pare com isso, Reiner. Você pode arrumar outra. Esta aqui é fluente em alemão.

— *Wirklich?* — disse ele. Sério?

Ele estava se dirigindo a mim, mas, como eu estava de costas, não sabia que esperava por uma resposta. De repente, algo bateu com força em minha nuca. Caí da cadeira, de joelhos no chão, atordoada.

— Responda quando falarem com você! — O Schutzhaftlagerführer estava inclinado sobre mim com a mão levantada.

Antes que ele pudesse bater de novo em mim, seu irmão lhe segurou o braço com firmeza.

— Gostaria que você deixasse a meu encargo disciplinar meus empregados.

Os olhos do Schutzhaftlagerführer faiscaram.

— Você pediria isso a seu superior, Franz?

— Não — o Hauptscharführer respondeu. — Pediria a meu irmão.

A tensão se dissipou então, como vapor saindo por uma janela.

— Quer dizer que você decidiu adotar uma mascote. — O Schutzhaftlagerführer riu. — Não seria o primeiro oficial a fazer isso, mas eu questiono seu discernimento quando há ótimas meninas *volksdeutsche* que não se recusariam.

Eu me arrastei para a cadeira outra vez, passando a língua pelos dentes para me certificar de que nenhum tivesse caído. Perguntei-me se era isso que o Hauptscharführer planejava para mim. Se eu fora trazida ali para ser sua amante.

Aquele era um nível totalmente novo de castigo, em que eu não havia pensado.

Não tinha ouvido nada ainda sobre alguma prisioneira sofrer abusos sexuais por parte de um oficial. Não que eles fossem cavalheiros. Mas essas relações eram contra as regras, e esses oficiais eram bons em regras. Além disso, nós éramos judias e, portanto, completamente indesejáveis. Deitar com uma de nós era deitar com um verme.

— Vamos falar sobre isso na cantina — o Hauptscharführer sugeriu. Deixou o resto do muffin sobre a mesa. Quando passou por mim, falou: — Limpe minha mesa enquanto eu estiver fora.

Assenti com a cabeça, desviando o olhar. Podia sentir os olhos do Schutzhaftlagerführer percorrendo meu rosto, meu corpo ossudo sob o vestido de trabalho.

— Só se lembre, Franz — disse ele. — Cães de rua mordem.

Dessa vez, o Hauptscharführer não deixou um oficial inferior tomando conta de mim. Em vez disso, ele me trancou dentro do escritório. Aquela confiança me perturbava. O interesse por meus escritos, a notícia de que eu seria sua secretária, um trabalho que me permitiria ficar aquecida o dia inteiro, agora que o inverno estava chegando, e que não poderia ser considerado um trabalho duro em nenhuma hipótese. Por que demonstrar gentileza comigo se ele planejasse me estuprar?

Então não se trata de estupro.

O pensamento caiu como uma pedra no poço de minha mente.

Jamais aconteceria. Eu preferia rasgar minha garganta com um abridor de cartas a criar qualquer tipo de relacionamento com um oficial da SS.

Silenciosamente, enviei um obrigado a Aron, que havia sido meu primeiro, para que esse alemão não tivesse de ser.

Fui até a mesa dele. Quanto tempo fazia que eu não comia um muffin? Meu pai às vezes os assava com farinha de milho moída na pedra e o mais fino açúcar branco. Aquele era escuro, com groselhas na massa.

Pressionei os dedos no papel-manteiga da base, juntando os farelos. Metade deles embrulhei em um pedacinho rasgado do papel e escondi no vestido. Mais tarde, dividiria com Darija. Então lambi os dedos até limpá-los. O sabor quase me pôs de joelhos. Bebi também os últimos goles do café, antes de jogar com cuidado o papel no lixo e secar a xícara.

Imediatamente, comecei a entrar em pânico. E se isso não fosse uma demonstração de confiança, mas mais um teste? E se ele voltasse para conferir a lata de lixo e verificar se eu havia roubado sua comida? Cenas me vinham à imaginação. Os dois irmãos iam entrar, e o Schutzhaftlagerführer diria: "Eu avisei, Franz.". E então o Hauptscharführer daria de ombros e me entregaria ao irmão para as chicotadas que eu havia esperado naquela manhã. Se roubar fotografias dos mortos era ruim, certamente pegar comida que pertencia a um oficial era muito pior.

Quando o Hauptscharführer destrancou a porta do escritório e entrou de novo, sozinho, eu estava tão nervosa que meus dentes batiam. Ele franziu a testa.

— Está com frio?

Senti cheiro de cerveja em seu hálito.

Assenti com a cabeça, embora não estivesse tão aquecida havia semanas.

Ele não olhou o cesto de lixo. Deu uma olhada rápida pela sala, depois se sentou a um canto da mesa e pegou a pilha de fotografias.

— Preciso confiscar isto. Você entende?

— Sim — murmurei.

Demorei um instante para perceber que ele estava estendendo algo para mim. Uma pequena agenda com capa de couro e uma caneta-tinteiro.

— Pode ficar com isto no lugar.

Hesitante, peguei os presentes. A caneta me pesava na mão. Tive de me controlar para não levar a agenda até o nariz e sorver o cheiro do papel e do couro.

— Acha que assim está adequado para você? — ele perguntou, com um jeito formal.

Como se eu tivesse escolha.

Estaria disposta a dar meu corpo em troca de alimentar minha mente? Porque aquele era o trato que ele estava propondo, ou pelo menos fora o que seu irmão dissera. Por um preço, eu poderia escrever tudo o que quisesse. Teria um trabalho pelo qual qualquer outra seria capaz de matar.

Quando não respondi, ele suspirou e se levantou.

— Venha — disse.

Comecei a tremer de novo, com tanta violência que ele se afastou de mim. Chegara a hora de eu pagar. Cruzei os braços, apertando a agenda contra o peito, imaginando para onde ele me levaria. Para o alojamento dos oficiais, supus.

Eu ia conseguir. Iria para algum outro lugar em minha mente. Fecharia os olhos e pensaria em Ania e Aleksander e em um mundo que eu pudesse controlar. Assim como minha história havia acalmado Darija, assim como ela havia aliviado as outras em meu bloco, eu a usaria para entorpecer a mim mesma.

Apertei os dentes enquanto saíamos do prédio. Embora não estivesse mais chovendo, havia enormes poças de lama. O Hauptscharführer caminhava a passos largos diretamente sobre elas com suas botas pesadas, enquanto eu me esforçava para acompanhá-lo. Mas, em vez de virar para o outro lado do campo, onde os oficiais moravam, ele me conduziu até a entrada de meu bloco. As mulheres já haviam voltado do trabalho e esperavam pelo *Appell*.

O Hauptscharführer chamou a Blockälteste, que começou imediatamente a se mostrar solícita.

— Esta prisioneira agora vai trabalhar para mim — ele anunciou. — Este livro e a caneta que ela está segurando são meus. Se eles desaparecerem, a senhora vai responder pessoalmente a mim e ao Schutzhaftlagerführer. Fui claro?

A Besta concordou com a cabeça, muda. Atrás dela, havia um zumbido de silêncio; a curiosidade das outras mulheres era palpável. Então o Hauptscharführer se virou para mim.

— Para amanhã? Mais dez páginas.

E então, em vez de me levar a seu alojamento e me estuprar, ele foi embora.

A Besta fez um muxoxo de desprezo.

— Ele pode estar protegendo você agora, mas, quando se cansar do que está entre suas pernas, encontrará outra.

Eu passei por ela e fui até onde Darija me esperava.

— O que ele fez com você? — ela perguntou, agarrando meus braços. — Quase fiquei doente de preocupação o dia todo.

Eu desabei na cama, tentando absorver tudo que tinha acontecido, aquele rumo tão estranho dos acontecimentos.

— Ele não fez absolutamente nada — contei a ela. — Nenhum castigo. Na verdade, até ganhei uma promoção porque sei falar alemão. Estou trabalhando para um oficial que recita poesia e me pediu para continuar minha história do *upiór*.

Darija franziu a testa.

— O que ele quer?

— Não sei — respondi, ainda espantada. — Ele não me tocou. E olhe... — Peguei os farelos do muffin que estavam escondidos na cintura de meu vestido e os entreguei a ela. — Ele deixou isto para mim.

— Ele lhe deu comida? — Darija surpreendeu-se.

— Não exatamente. Mas deixou para trás.

Darija provou o bolinho e seus olhos se fecharam de puro êxtase. Mas, um momento depois, ela fixou o olhar em mim.

— Cuidado com os lobos em pele de cordeiro, Minka.

* * *

Na manhã seguinte, depois do *Appell*, eu me apresentei no escritório do Hauptscharführer. Ele não estava lá, mas um oficial inferior me esperava e abriu a porta para eu entrar. Imaginei que ele devia estar no *Kanada*, patrulhando os galpões onde Darija e as outras trabalhavam.

Havia uma pilha de formulários a ser datilografados sobre minha mesa improvisada ao lado da máquina de escrever.

Pendurado na cadeira, estava um casaco de lã feminino.

* * *

Foi assim que minha rotina se estabeleceu: todas as manhãs, eu comparecia ao escritório do Hauptscharführer. Havia trabalho esperando por mim enquanto ele supervisionava o *Kanada*. Ao meio-dia, o Hauptscharführer trazia o almoço do campo principal para o escritório. Muitas vezes, ele pegava uma segunda ração de sopa ou uma fatia de pão. Mas nunca os terminava; em vez disso, deixava-os para ser jogados no lixo, sabendo muito bem que eu os comeria.

Todo dia, enquanto ele almoçava, eu lia em voz alta o que havia escrito na noite anterior. E então ele me fazia perguntas: "Ania sabe que Damian está tentando pegar Aleksander? Nós vamos ver Casimir cometendo um assassinato?"

Mas a maioria das perguntas era sobre Aleksander.

"O amor que se sente por um irmão é diferente do amor que se sente por uma mulher? Você sacrificaria um pelo outro? O que deve custar a Aleks esconder quem ele realmente é, a fim de salvar Ania..."

Eu não podia admitir isso nem mesmo para Darija, mas começava a esperar com ansiedade a hora de ir para o trabalho e, em particular, a hora do almoço. Era como se o campo se distanciasse enquanto eu lia para o Hauptscharführer. Ele ouvia com tanta atenção que me fazia esquecer que lá fora havia guardas maltratando prisioneiros e pessoas morrendo nas câmaras de gás e homens puxando seus corpos das salas de banho e empilhando-os como madeira nos crematórios. Quando eu estava lendo minha própria obra, ficava perdida na história e poderia estar em qualquer lugar: no meu quarto em Łódź; rabiscando ideias no corredor, do lado de fora da classe de Herr Bauer; tomando um chocolate quente em um café com Darija; enrodilhada no banco ao lado da janela, na padaria de meu pai. Eu não era idiota a ponto de achar que o oficial e eu éramos iguais, mas, durante aqueles momentos, sentia pelo menos que minha voz ainda importava.

Um dia, o Hauptscharführer inclinou a cadeira para trás e apoiou as botas sobre a mesa enquanto eu lia para ele. Eu tinha chegado a um ponto de suspense, o momento em que Ania entra na caverna fria e úmida à procura de Aleksander e, em vez dele, encontra seu brutal irmão. Minha voz estremeceu enquanto eu a descrevia, tateando o caminho no escuro, as botas esmagando as carapaças duras de besouros e os rabos de ratos.

— *Uma tocha tremeluziu nas paredes úmidas da caverna...*

Ele franziu a testa.

—Tochas não tremeluzem. É a luz do fogo que tremeluz. E, de qualquer modo, isso é muito clichê.

Olhei para ele. Eu nunca sabia bem o que dizer quando ele criticava meus escritos dessa forma. Será que deveria me defender? Ou isso seria presumir que eu tivesse alguma voz naquela parceria estranha?

— A luz do fogo dança como uma bailarina — o Hauptscharführer disse. — Ela paira como um fantasma. Percebe?

Assenti com a cabeça, fazendo uma anotação à margem da página.

— Continue — ele mandou.

— *Houve uma súbita corrente de ar e a tocha que iluminava meu caminho se extinguiu. Fiquei parada no escuro, trêmula, incapaz de enxergar um metro sequer à frente. Então ouvi um ruído, um movimento, e me virei. "Aleksander?", sussurrei. "É você?"*

Levantei os olhos e vi que o Hauptscharführer estava atento às minhas palavras.

— *No escuro, soou um rosnado suave, quase um ronronar. O acender de um fósforo. Um cheio de enxofre. A tocha ganhou vida outra vez. Agachado diante de mim, em uma poça de sangue, estava um homem de olhos selvagens e ca-*

belos emaranhados. Mais sangue pingava de sua boca e cobria suas mãos, que seguravam um pedaço de carne. Recuei, com dificuldade para respirar... Aquele pedaço de carne que ele devorava tinha mão, dedos. Estes ainda seguravam o alto de uma bengala dourada que eu não teria esquecido nem que tentasse. Baruch Beiler não estava mais desaparecido.

Houve uma batida à porta; um oficial inferior enfiou a cabeça dentro da sala.

— Herr Hauptscharführer — disse ele. — Já são duas horas...

Fechei o livro e comecei a colocar um novo formulário na máquina de escrever.

— Sou totalmente capaz de ver as horas — o Hauptscharführer disse. — Será hora de ir quando *eu* disser que é hora de ir. — Ele esperou até que a porta se fechasse. — Você não vai começar a datilografar ainda — falou. — Continue.

Assenti com a cabeça, abrindo apressadamente a agenda outra vez e pigarreando.

— Senti a visão obscurecer, a cabeça girar. "Não era um animal selvagem", consegui dizer. "Era você." O canibal sorriu, com os dentes engordurados e tingidos de escarlate. "Animal selvagem... upiór. Detalhes."

O Hauptscharführer riu.

— "Você matou Baruch Beiler." "Hipócrita. Você pode dizer honestamente que não queria vê-lo morto?" Pensei em todas as vezes que o homem tinha ido à minha cabana, cobrando impostos que não tínhamos como pagar, extorquindo acordos de meu pai que só nos arrastavam mais e mais fundo em dívidas. Olhei para aquela besta e, de repente, senti que ia vomitar. "Meu pai", murmurei. "Você o matou também?" Quando o upiór não respondeu, voei para cima dele, usando as unhas e minha fúria como armas. Arranhei sua carne, bati e chutei. Ou vingaria a morte de meu pai, ou morreria tentando.

Prossegui, descrevendo a chegada de Aleks, a angústia de Ania enquanto tentava conciliar o homem por quem estava se apaixonando com aquele cujo irmão era um monstro. E o que, afinal, isso fazia *dele*?

Falei de sua fuga frenética da caverna, de Aleks correndo atrás dela, da acusação dela de que ele havia tido o poder de impedir que seu pai fosse morto e não o fizera.

— "Seu pai não é a única pessoa que já amou você" — eu li. — "E não pode culpar Casimir pela morte dele." Ele desviou o olhar, de modo que seu rosto ficou na sombra. "Porque fui eu que o matei."

Quando terminei, minhas palavras finais pairavam no escritório como a fumaça do charuto de um homem rico, fragrante e penetrante. O Hauptscharführer aplaudiu: devagar, duas vezes, depois com prolongado entusiasmo.

— Bravo — disse ele. — Essa me pegou desprevenido.

Eu enrubesci.

— Obrigada. — Fechei a agenda novamente e sentei-me com as mãos no colo, aguardando ser dispensada.

Mas, em vez disso, o Hauptscharführer inclinou-se para frente.

— Fale-me mais sobre ele — pediu. — Aleksander.

— Mas eu já li tudo que escrevi até agora.

— Sim, mas você sabe mais do que escreveu. Ele já nasceu um assassino?

— Não é assim que funciona com um *upiór*. É preciso ter sido vítima de uma morte não natural.

— No entanto — o Hauptscharführer reparou —, tanto Aleksander como Casimir sofrem o mesmo destino infeliz. Coincidência? Ou apenas má sorte?

Ele falava de meus personagens como se fossem reais. E para mim eles eram.

— Casimir morreu ao vingar o assassinato de Aleksander — expliquei. — É por isso que Aleks sente a necessidade de protegê-lo agora. E, como Casimir é o *upiór* mais jovem, ele ainda não é capaz de controlar seu apetite como Aleksander faz.

— Então, em teoria, esses dois homens tiveram infâncias normais. Tinham pais que os amavam, que os levavam à igreja e comemoravam seu aniversário. Iam para a escola. Trabalharam como entregadores de jornais, ou operários, ou artistas. E então, um dia, devido às circunstâncias, despertaram com uma terrível sede de sangue.

— É o que a lenda diz.

— Mas você, você é a *escritora*. Pode dizer o que quiser — ele comentou. — Veja Ania. Naquele momento preciso, ela estava pronta para matar o homem que acreditava ter matado seu pai. No entanto, é mostrada como uma heroína.

Eu não tinha pensado nisso, mas era verdade. Não havia preto e branco. Alguém que houvesse sido bom durante toda a vida poderia, de fato, fazer algo mau. Ania era tão capaz de cometer assassinato, nas circunstâncias adequadas, quanto qualquer monstro.

— Haveria algo em sua criação, em sua história, em sua genética, que os tenha feito do jeito que se tornaram? — o Hauptscharführer perguntou. — Alguma falha escondida e fatal? Com certeza, há muitos homens que morrem e não sofrem o destino de renascer como um *upiór*.

— Eu... eu não sei — admiti. — Talvez seja o fato de Aleksander não *querer* ser um *upiór* que o faz diferente.

— Quer dizer, um monstro com remorso — o Hauptscharführer refletiu. Então ele se levantou e pegou o pesado casaco de lã no cabide. Sobre sua mesa estava uma segunda ração de sopa que ele não havia tocado. — Amanhã — anunciou. — Mais dez páginas.

Ele saiu do escritório e trancou a porta. Amarrei caprichosamente a agenda com a fita que a envolvia e a coloquei ao lado da máquina de escrever. Depois fui até a mesa e peguei a sopa.

De repente, ouvi a chave virar na porta. Derrubei a sopa, derramando-a no chão de madeira embaixo da mesa. O Hauptscharführer ficou parado ali, esperando que eu me virasse.

Estremeci, pensando no que ele ia dizer quando visse a poça a meus pés. Mas ele nem pareceu notar.

— Como você acha que foi na primeira vez em que Aleksander sangrou uma de suas vítimas? — perguntou. — Acha que nesse momento ele sentiu vergonha? Repugnância?

Balancei a cabeça.

— Ele não tinha como evitar.

— Isso torna o ato menos detestável?

— Para a vítima? — perguntei. — Ou para o *upiór*?

O oficial me encarou, apertando os olhos.

— Faz alguma diferença?

Não respondi. Momentos depois, quando a chave girou de novo na fechadura, fiquei de quatro e lambi tudo o que pude do chão.

* * *

Uma manhã, depois de uma tempestade, quando a neve cobria o campo, Darija e eu saímos do bloco para ir ao trabalho. Caminhávamos atrás das outras mulheres, todas enroladas em camadas de roupas em andrajos, congelando. O caminho, que seguíamos todos os dias, conduzia-nos ao longo do lado extremo da cerca, na rampa de entrada para o campo. Algumas vezes, víamos os novos vagões chegando; outras, havia uma seleção acontecendo quando passávamos. Às vezes, cruzávamos uma fila de pessoas esperando pelo banho ao qual não sobreviveriam.

Naquele dia, quando passamos, um novo grupo de prisioneiros estava sendo descarregado de um dos carros. Estavam como nós havíamos estado na plataforma, carregando seus pertences, gritando os nomes dos entes queridos.

De repente, nós a vimos.

Ela estava vestida de seda branca da cabeça aos pés. Da cabeça, um véu descia pelas costas, agitando-se ao vento frio. Ela olhava em volta enquanto era levada com o grupo na fila para a seleção.

Todas nós, mulheres, paramos, fascinadas pela visão.

Por mais incrível que parecesse, aquela não foi a cena mais deprimente que já tínhamos visto: uma noiva, arrancada do próprio casamento, separada de seu noivo e colocada em um transporte para Auschwitz.

Ao contrário, aquilo nos deu esperança.

Significava que, independentemente do que acontecia naquele campo, independentemente de quantos judeus eles conseguissem recolher e matar, ainda havia mais de nós lá fora: vivendo suas vidas, apaixonando-se, casando, acreditando que haveria um amanhã.

* * *

O campo principal de Auschwitz era uma vila. Havia uma quitanda, uma cantina, um cinema e um teatro que apresentava cantores de ópera e músicos, alguns dos quais eram judeus. Havia uma câmara escura de revelação de fotografias e um campo de futebol. Havia um clube esportivo que os oficiais podiam frequentar e competições: prisioneiros que haviam sido boxeadores, por exemplo, eram postos para competir entre si, e os oficiais faziam apostas. Havia álcool também. Os oficiais recebiam rações, mas, pelo que eu via, às vezes as reuniam para se embebedar juntos.

Eu sabia tudo isso porque, com o passar das semanas, o Hauptscharführer às vezes me mandava cumprir tarefas para ele. Ia pegar cigarros em um dia, a roupa lavada no outro. Tornei-me sua Läuferin, uma mensageira, que levava recados sempre que necessário. Ele me mandava ao *Kanada* de tempos em tempos, para entregar bilhetes aos oficiais inferiores que patrulhavam enquanto ele estava no escritório. Quando o inverno chegou e as temperaturas caíram, eu jogava a precaução pela janela e fazia o que podia por Darija e as outras. Quando o Hauptscharführer saía para uma refeição no Clube dos Oficiais, ou para uma reunião do outro lado do campo, e eu sabia que ficaria fora por um período longo, datilografava um bilhete no papel timbrado dele solicitando que a prisioneira A18557, Darija, fosse encaminhada para interrogatório. Darija e eu corríamos de volta ao escritório, onde, durante pelo menos meia hora, ela podia se aquecer antes de precisar voltar ao trabalho nos congelantes galpões do *Kanada*.

Havia outras como eu, prisioneiras privilegiadas. Nós nos cumprimentávamos com movimentos de cabeça quando passávamos pela vila, cumprindo nossas tarefas. Andávamos sobre uma linha muito tênue: pessoas nos odiavam por termos facilidades, mas nos valorizavam porque conseguíamos roubar coisas que tornavam a vida delas melhor: comida com que poderiam se alimentar, cigarros e uísque que poderiam usar para subornar os guardas. Por uma garrafa de vodca que Darija pegou de uma mala no *Kanada*, consegui obter uma casca de abóbora e um pouco de óleo de lamparina, de uma prisioneira que trabalhava no Clube dos Oficiais. Abrimos oito buracos na casca com os dedos, acrescentamos um pavio feito com o fio de um blusão e, dessa maneira, fizemos velas para celebrar o Hanukkah. Diziam que uma secretária judia que trabalhava para um oficial, em outra parte do campo, tinha conseguido trocar óculos de leitura por um gatinho, que ainda estava inexplicavelmente vivo no bloco onde ela vivia. Éramos consideradas intocáveis, por causa de nossos protetores, homens da SS que, por algum motivo, nos tinham achado úteis. Para algumas, eu imaginava, era em troca de sexo. Mas, conforme as semanas se transformavam em meses, o Hauptscharführer ainda não tinha posto a mão em mim, nem por raiva, nem por luxúria. Tudo o que ele realmente queria era minha história.

De tempos em tempos, ele mencionava casualmente algo sobre si, o que era interessante, porque eu havia esquecido que nós, prisioneiros, não éramos os únicos que tinham tido uma vida antes daquela. Ele pretendia estudar em Heidelberg, letras clássicas. Queria ser poeta; ou, se não desse certo, editor de uma publicação literária. Estava escrevendo uma tese sobre a *Ilíada* quando foi obrigado a lutar por seu país.

Ele não gostava muito do irmão.

Eu soube disso observando suas interações. Sempre que o Schutzhaftlagerführer aparecia para falar com ele, eu me encolhia mais na cadeira, como se pudesse me fazer desaparecer. Ele nem me notava, na maior parte do tempo. A seus olhos, eu era insignificante. O Schutzhaftlagerführer bebia muito e, quando o fazia, ficava irritado. Eu já tinha visto isso, claro, no *Appell*. Mas, às vezes, o Hauptscharführer recebia um telefonema e tinha de ir à vila trazer o irmão de volta para o alojamento dos oficiais. No dia seguinte, o Schutzhaftlagerführer vinha ao escritório. Dizia que eram os pesadelos que o levavam a fazer aquilo, que ele tinha de beber para esquecer o que vira no campo. Eu imaginava que aquilo era o mais perto que ele podia chegar de um pedido de desculpas. Mas então, como se a própria contrição fosse detestável, ele começava a se enraivecer outra vez. O Schutzhaftlagerführer dizia que *ele* era o chefe do campo das mulheres e que todos respondiam a *ele*. Às vezes, para enfatizar isso, passava a mão sobre a mesa jogando todos os papéis no chão, ou derrubava o cabideiro, ou atirava a máquina de somar para o outro lado da sala.

Eu me perguntava se os outros oficiais sabiam que aqueles dois homens eram parentes. Se, como eu, eles se perguntavam como duas pessoas tão diferentes poderiam ter saído do mesmo útero.

Um dos benefícios de meu trabalho era saber quando o Schutzhaftlagerführer, provavelmente, estaria em um acesso de fúria, uma vez que esses acessos se seguiam a seus surtos de contrição privada, de forma infalível.

Eu não era burra. Sabia que o que o Hauptscharführer via em meu livro não era apenas entretenimento, mas uma alegoria, uma maneira de entender a relação complicada entre ele e seu irmão, entre seu passado e seu presente, sua consciência e suas ações. Se um irmão era um monstro, disso decorria que o outro tinha de o ser também?

Um dia, o Hauptscharführer me mandou à vila para pegar um frasco de aspirina na farmácia. Nevava forte, e os montes de neve eram tão fundos que meus pés estavam ensopados nos tamancos de madeira. Eu usava o casaco que tinha ganhado, e um gorro e luvas de lã cor-de-rosa que Darija roubara do *Kanada* para mim, como presente de Hanukkah. O trajeto, que geralmente levava apenas dez minutos, demorava o dobro do tempo devido ao vento uivante e ao gelo cortando a pele.

Peguei o pacote e estava voltando para o escritório do Hauptscharführer quando a porta da cantina se abriu de repente e o Schutzhaftlagerführer voou por ela, dando um soco no rosto de um oficial inferior.

Acredite-se ou não, havia regras em Auschwitz. Um oficial podia bater em qualquer prisioneiro por simplesmente achar que ele o olhara de modo estranho, mas não podia matá-lo sem razão, porque isso significava eliminar um trabalhador da grande engrenagem que era aquele campo. Podia tratar um prisioneiro como lixo e ser grosseiro com um guarda ucraniano ou um *kapo* judeu, mas não tinha permissão para mostrar desrespeito por outro homem da SS.

O Schutzhaftlagerführer era claramente importante, mas devia haver alguém mais importante que ele e que ficaria sabendo daquele incidente.

Comecei a correr. Disparei pelo campo, escorregando em poças de gelo, com as faces e o nariz amortecidos pelo frio, até chegar ao prédio da administração onde ficava o escritório do Hauptscharführer.

Estava vazio.

Corri para fora de novo, dessa vez para os galpões do *Kanada*. Encontrei o Hauptscharführer conversando com vários dos guardas, mostrando-lhes uma imprecisão em seu relatório.

— Com licença, Herr Hauptscharführer — murmurei, com o pulso incontrolavelmente acelerado. — Posso lhe falar em particular?

— Estou ocupado — disse ele.

Assenti com a cabeça e fui embora.

Se eu não dissesse nada, ninguém jamais saberia o que eu havia testemunhado.

Se eu não dissesse nada, o Schutzhaftlagerführer seria repreendido. Talvez até rebaixado ou transferido. O que certamente seria bom para todas nós.

Mas talvez não para seu irmão.

Não sei o que foi mais visceralmente chocante para mim: o fato de ter feito meia-volta e caminhado de novo para os galpões ou a constatação de que eu me preocupava com o bem-estar do Hauptscharführer.

— Desculpe-me, Herr Hauptscharführer — murmurei. — Mas é uma questão de máxima importância.

Ele dispensou os oficiais e me arrastou pelo braço. O vento e a neve uivavam à nossa volta.

— Não me interrompa em meu trabalho. Está claro?

Assenti com a cabeça.

— Talvez eu tenha lhe dado a impressão errada. Sou eu quem dá ordens a *você*, e não o contrário. Não quero oficiais pensando por trás de mim que eu...

— O Schutzhaftlagerführer... — interrompi. — Ele está brigando do lado de fora da cantina.

O sangue sumiu do rosto do Hauptscharführer. Ele começou a andar a passos rápidos na direção da vila, passando a correr assim que virou a esquina.

Meus dedos se apertaram em volta do frasco de aspirina, ainda seguro em minha luva cor-de-rosa. Voltei para o prédio da administração e entrei no escritório. Tirei o casaco, o gorro e as luvas e os coloquei para secar sobre o radiador. Então me sentei e comecei a datilografar.

Passei a hora do almoço trabalhando. Dessa vez não houve leitura, não houve ração extra para mim. Era fim de tarde quando o Hauptscharführer retornou. Bateu a neve do casaco e o pendurou com o quepe de oficial, depois se sentou pesadamente atrás da mesa e uniu as mãos, formando um triângulo.

— Você tem irmão ou irmã? — perguntou.

Olhei para ele.

— Eu tinha.

O Hauptscharführer encontrou meu olhar e concordou com a cabeça. Rabiscou uma mensagem em uma folha de papel e dobrou-a dentro de um envelope.

— Leve isto ao escritório do Kommandant — disse, e eu empalideci. Nunca tinha estado lá antes, embora soubesse onde ficava. — Explique que o Schutzhaftlagerführer está doente e indisposto e não poderá estar presente no *Appell*.

Assenti com a cabeça. Vesti o casaco, ainda molhado, as luvas e o gorro.

— Espere — a voz do Hauptscharführer me chamou de volta quando eu já virava a maçaneta. — Não sei seu nome.

Eu já trabalhava para ele havia doze semanas.

— Minka — murmurei.

— Minka. — Ele baixou os olhos para os papéis na mesa, dispensando-me. Foi, percebi, o mais próximo que ele poderia chegar de me agradecer.

Ele nunca mais me chamou pelo nome.

* * *

Os itens obtidos no *Kanada* eram despachados para vários lugares da Europa, com listas meticulosas do que estava incluído nos carregamentos, as quais tinham sido datilografadas por mim. De tempos em tempos, havia uma discrepância. A culpa geralmente recaía em uma prisioneira que houvesse roubado um item, mas, com mais probabilidade, tinha sido um oficial da SS. Darija disse que sempre via oficiais inferiores enfiando algo nos bolsos quando achavam que ninguém estava olhando.

Quando as listas não correspondiam ao conteúdo, um telefonema era dado ao Hauptscharführer. Cabia a ele aplicar o castigo necessário, mesmo que o furto tivesse ocorrido semanas atrás.

Uma tarde, quando Herr Hauptscharführer estava pegando seu almoço na vila, atendi a um desses telefonemas. Em meu alemão preciso, como sempre, falei:

— *Herr Hauptscharführer Hartmann, guten Morgen.*

O homem do outro lado da linha apresentou-se como Herr Schmidt.

— Sinto muito. Herr Hauptscharführer não está no escritório. Gostaria de deixar um recado?

— Sim, pode lhe dizer que o carregamento chegou intacto. Mas, antes de desligar, devo dizer, Fräulein... estou tendo dificuldades para situar seu sotaque.

Não o corrigi quando ele me chamou de Fräulein.

— *Ich bin Berlinerin* — respondi.

— É mesmo? Porque sua pronúncia faz com que eu me envergonhe da minha — Herr Schmidt comentou.

— Estudei em uma escola interna na Suíça — menti.

— Ah, sim. Talvez o único lugar na Europa que não foi totalmente devastado. *Vielen Dank, Fräulein. Auf Wiederhören.*

Pousei o fone no gancho, sentindo-me como se tivesse passado por um interrogatório. Quando me virei, o Hauptscharführer estava de volta.

— Quem era?
— Herr Schmidt. Confirmando o carregamento.
— Por que você disse que era de Berlim?
— Ele perguntou sobre meu sotaque.
— Ele ficou desconfiado? — o Hauptscharführer indagou.

Se tivesse ficado, isso significaria o fim de meu tempo como secretária? Seria mandada de volta para o *Kanada*, ou pior, teria de passar por outra seleção?

— Acho que não — respondi, com o coração acelerado. — Ele acreditou quando eu disse que tinha estudado no exterior.

O Hauptscharführer concordou com a cabeça.

— Nem todos veem com bons olhos sua posição aqui. — Ele se sentou, arrumou o guardanapo e começou a fatiar um frango assado no prato. — Bem, onde paramos?

Virei a cadeira de madeira da máquina de escrever em sua direção e abri a agenda de capa de couro. Eu havia escrito as dez páginas requeridas na noite anterior, mas, pela primeira vez, não me sentia à vontade para compartilhá-las em voz alta.

— Vamos, vamos — o Hauptscharführer insistiu, acenando com o garfo para mim.

Pigarreei para limpar a garganta.

— *Eu nunca estivera tão consciente de minha própria respiração, ou de minha pulsação.* — Isso foi o máximo que consegui antes de o calor me subir ao rosto e eu baixar os olhos.

— O que foi? — ele perguntou. — Não está bom?

Meneei a cabeça.

Ele estendeu o braço sobre a mesa e pegou a agenda de minha mão.

— *Claro, não havia batimento cardíaco para eu ouvir. Apenas um vazio, um entendimento de que nunca seríamos iguais. Poderia isso significar que ele não havia se sentido do mesmo jeito que eu enquanto se movia entre...*

De repente ele parou a leitura, enrubescendo tanto quanto eu.

— Ah — o Hauptscharführer disse. — Talvez esta parte seja melhor ler em silêncio.

Ele me beijou como se estivesse envenenado e eu fosse o antídoto. Talvez, pensei, isso fosse verdade. Seus dentes mordiscaram meu lábio, fazendo-o san-

grar outra vez. Quando ele sugou o corte, eu arqueei o corpo dentro de seu abraço, imaginando-o bebendo uma parte de mim.

Depois, fiquei deitada junto dele, com a mão sobre seu peito, como se estivesse medindo o vazio lá dentro.

"Eu faria qualquer coisa para ter meu coração de volta", Aleksander disse. "Mesmo que fosse só para entregá-lo a você."

"Você é perfeito assim."

Ele pressionou o rosto na curva de meu pescoço.

"Ania", disse ele, "eu estou longe de ser perfeito."

Há uma mágica na intimidade, um mundo construído de suspiros e de pele que é mais espesso que tijolo, mais forte que ferro. Há apenas você, e ele, tão impossivelmente próximos que nada pode entrar no meio. Nem o inimigo, nem seus aliados. Nesse paraíso seguro, nesse local e tempo sagrados, eu poderia até mesmo fazer as perguntas cujas respostas temia.

"Conte-me como foi", sussurrei. "Sua primeira vez."

Ele não fingiu não ter entendido. Virou de lado, enrolando seu corpo no meu, de modo a não ter que me olhar nos olhos enquanto falava.

"Era como se eu tivesse estado em um deserto durante meses e fosse morrer se não pudesse beber. Mas água não adiantava nada. Eu poderia consumir um lago e não teria sido suficiente. O que eu desejava era aquilo cujo cheiro podia sentir através da pele, encorpado como conhaque." Ele hesitou. "Tentei resistir à vontade. Mas já estava tão faminto, tão fraco, que mal ficava em pé. Rastejei para um celeiro, desejando morrer outra vez. Ela estava carregando um balde de comida de galinha, espalhando-a no galinheiro, e eu a via de onde estava agachado nas vigas. Caí como um arcanjo, cobri seu grito com o tecido de minha capa e a arrastei para o meio do palheiro no alto, onde eu estivera escondido.

Ela implorou por sua vida. Mas a minha era mais importante. Então rasguei sua garganta. Bebi-a até secá-la e mastiguei seus ossos e devorei sua carne até não restar nada, consumido por minha fome. Eu estava enojado; não podia acreditar no que havia me tornado. Tentei me limpar, mas seu sangue deixou uma mancha em minhas mãos. Enfiei o dedo na garganta, mas não consegui vomitar. No entanto, pela primeira vez em um longo tempo, não sentia mais fome; e, por causa disso, finalmente pude dormir. Na manhã seguinte, quando seus pais vieram procurá-la, chamando seu nome, eu acordei. A meu lado estava tudo *que restava dela: a cabeça, com a grossa trança loira, a boca redonda paralisada em terror. Aqueles olhos de mármore, olhando para o monstro que eu agora era. Sentei-me a seu lado, velando-a, e chorei."*

O Hauptscharführer olhou para mim, surpreso.

— O Donestre — disse ele, e eu assenti com a cabeça, satisfeita por ele ter entendido a referência à fera mítica sobre a qual me contara.

"A segunda vez, foi uma prostituta que tinha parado para ajeitar as meias em uma viela. Foi mais fácil, ou assim eu disse a mim mesmo, porque, caso contrário, teria de admitir que o que eu havia feito antes era errado. A terceira vez, meu primeiro homem: um banqueiro que trancava a porta do estabelecimento para encerrar o dia. Houve uma menina adolescente uma vez, que estava no lugar errado na hora errada. E uma moça da sociedade que eu ouvi chorando em um terraço de hotel. E, depois disso, parei de me preocupar com quem eles eram. Importava apenas que estavam ali, naquele momento, quando eu precisava deles." Aleksander fechou os olhos. *"Na verdade, quanto mais se repete a mesma ação, por mais repreensível que seja, mais se consegue arrumar uma desculpa para ela em sua mente."*

Eu me virei em seus braços. "Como posso saber se um dia você não vai me matar?"

Ele me olhou fixamente, hesitante. "Não pode."

Aquele era o final, até então. Eu tinha parado de escrever nesse ponto, para poder ter algumas horas de sono antes do *Appell*. O Hauptscharführer pôs a agenda sobre a mesa entre nós. Suas faces ainda estavam muito coradas.

— Bem — disse ele.

Eu ainda não conseguia olhar para ele. Tinha me despido na frente de estranhos ali; tinha sido desnudada em um pátio por um guarda para um castigo; no entanto, nunca me sentira tão exposta.

— É muito interessante, pois tudo que é realmente descrito é um beijo. O que torna a cena gráfica é a maneira como você fala dos... outros feitos de Aleksander. — Ele inclinou a cabeça. — É fascinante pensar na violência como sendo tão íntima quanto o amor.

Quando ele disse isso, fiquei surpresa. Eu não podia afirmar que escrevera aquilo intencionalmente, mas não era verdade? Em ambas as relações, havia apenas duas pessoas: uma que dava e uma que sacrificava. Pensei em todas aquelas horas que passávamos no *Gymnasium*, analisando o texto de um grande escritor: *Mas o que Thomas Mann quis de fato dizer aqui?* Talvez não quisesse dizer nada. Talvez só quisesse escrever uma história que ninguém conseguisse parar de ler.

— Imagino que você tivesse um namorado.

A voz do Hauptscharführer me surpreendeu. Não consegui gaguejar uma resposta. Por fim, apenas balancei a cabeça.

— Então isso só torna essa seção ainda mais impressionante — ele respondeu. — Ainda que imprecisa.

Meus olhos voaram em direção aos dele. Ele desviou o olhar abruptamente, levantando-se, como de costume depois do almoço, para me deixar os restos enquanto patrulhava o *Kanada*.

— Não a... mecânica — disse ele, formalmente, enquanto abotoava o casaco. — A última parte. Quando Aleksander diz que fica mais fácil na segunda vez. — O Hauptscharführer virou-se de costas, colocando o quepe na cabeça. — Nunca fica.

* * *

Minha máquina de escrever não estava lá.

Fiquei parada na frente do lugar que o Hauptscharführer havia designado como meu próprio cubículo de escritório, imaginando o que eu teria feito de errado.

Darija tinha me avisado para não me acostumar com aquele tratamento, e eu desconsiderara sua preocupação. Quando outras mulheres zombavam ou faziam comentários sarcásticos sobre mim e a estranha *amizade* que desenvolvera com o Hauptscharführer, eu as ignorava. Que me importava o que outras pessoas pensavam de mim, desde que eu soubesse a verdade? Eu estava iludida o bastante para me convencer de que, enquanto prosseguisse com minha história, minha vida prosseguiria também. No entanto, até Scheherazade ficara sem histórias depois de mil e uma noites. Só que, a essa altura, o rei, que a havia poupado da execução a cada amanhecer para que ela pudesse lhe contar o restante da história na noite seguinte, tinha ficado mais sábio e mais bondoso por causa das lições contidas nas narrativas.

Ele fez dela sua rainha.

Eu só queria que os Aliados chegassem antes que eu não tivesse mais reviravoltas para inserir no enredo.

— Você não trabalha mais aqui — disse o Hauptscharführer, sem rodeios. — Deve se apresentar imediatamente no hospital.

Empalideci. O hospital era a sala de espera da câmara de gás. Todas nós sabíamos disso; por essa razão, por mais doente que uma mulher estivesse, ela resistia a ser levada para lá.

— Não estou doente — falei.

Ele me olhou de relance.

— Isso não é uma negociação.

Mentalmente, repassei meu trabalho da véspera: os formulários de solicitação que tinha preenchido, as mensagens que havia anotado. Não encontrava nada que pudesse ter feito errado. Tínhamos conversado por meia hora sobre meu livro também, como sempre, e isso estimulara o Hauptscharführer a me contar sobre seu breve período na universidade, quando ganhara um prêmio de poesia.

— Herr Hauptscharführer — implorei. — Por favor, dê-me outra chance. O que quer que eu tenha feito de errado, vou corrigir...

Ele olhou para a porta aberta atrás de mim e fez sinal para um jovem oficial, que estava lá para me conduzir para fora.

Não me lembro de muitos detalhes de minha chegada ao Bloco 30. Meu número foi anotado nos registros por uma prisioneira judia, que cuidava da recepção. Fui levada a uma sala pequena, lotada e suja. As pacientes se amontoavam umas sobre as outras sobre faixas de papel, com os uniformes manchados de diarreia sanguinolenta ou vômito. Algumas tinham longas cicatrizes, que haviam sido rudimentarmente costuradas. Ratos percorriam o corpo daquelas exaustas demais para se mover. Outra prisioneira, que devia ter sido designada para trabalhar lá, carregava uma pilha de curativos de pano e seguia uma enfermeira que trocava bandagens. Tentei chamar sua atenção, mas ela se recusou a olhar para mim.

Provavelmente com medo de ser substituível, como eu.

A moça a meu lado tinha um olho faltando. Ficava arranhando meu braço.

— Tanta sede — ela dizia, repetidamente, em iídiche.

Minha temperatura foi medida e registrada.

— Quero ver um médico — gritei, minha voz elevando-se sobre os gemidos das outras. — Estou saudável!

Eu diria ao médico que estava bem. Que podia voltar ao trabalho, qualquer tipo de trabalho. Meu pior medo era ter de ficar ali, com aquelas mulheres que pareciam brinquedos quebrados.

Uma delas empurrou para o lado o corpo esquelético da jovem sem um olho e sentou-se a meu lado.

— Cale a boca — sussurrou. — Você é idiota?

— Não, mas preciso dizer a eles...

— Se continuar fazendo todo esse barulho sobre não estar doente, um dos médicos vai ouvir.

Aquela mulher só podia estar louca. Porque não era exatamente isso que eu queria?

— Eles querem as saudáveis — ela continuou.

Sacudi a cabeça, totalmente confusa.

— Cheguei aqui por causa de umas erupções na perna. O médico que me examinou decidiu que o resto de mim estava suficientemente saudável. — Ela ergueu o vestido para que eu pudesse ver bolhas causadas por queimaduras em seu abdômen. — Ele fez isso em mim com raios-X.

Estremecendo, comecei a entender. Eu tinha de agir como se estivesse doente, pelo menos o bastante para que os médicos não me notassem. Mas não o suficiente para ser selecionada pelos guardas.

Parecia uma corda impossivelmente fina para me equilibrar.

— Algum figurão está vindo de Oranienburg hoje — ela prosseguiu. — Isso é o que estão dizendo. Se você sabe o que é bom para você, tente não chamar atenção. Eles querem passar uma boa impressão para seus superiores, se entende o que quero dizer.

Eu entendia. Significava que eles precisavam de bodes expiatórios.

Imaginei se Darija ficaria sabendo que eu tinha sido levada para lá. Se tentaria subornar alguém com um tesouro do *Kanada* para me soltar. Se é que isso era possível.

Depois de um tempo, deitei-me sobre o papel. A garota sem um olho tinha febre, seu corpo emitia ondas de calor.

— Sede... — ela continuava murmurando.

Virei-me para o outro lado e me encolhi, puxando os joelhos contra o peito. Peguei a agenda de capa de couro de dentro do vestido e comecei a ler minha história, desde o começo. Eu a usava como um anestésico, tentando não ver nada além das palavras na página e o mundo que elas criavam.

Senti uma agitação na enfermaria, quando as enfermeiras entraram, apressadas, arrumando a sala e movendo prisioneiras para que elas não ficassem deitadas umas sobre as outras. Guardei minha agenda sob o vestido outra vez, imaginando que o médico devia estar vindo.

Em vez disso, chegou uma pequena falange de soldados. Eles escoltavam um homem mais velho que eu nunca vira antes, um oficial cheio de condecorações. A julgar pelo número de subalternos que o cercavam e o modo como os oficiais do campo estavam praticamente beijando suas botas, devia ser alguém muito importante.

Um homem de casaco branco — o famoso médico? — guiava o que parecia ser um tour.

— Continuamos a fazer progressos em métodos de esterilização em massa usando radiação. — Eu traduzia do alemão enquanto ele falava. Pensei na moça que havia me alertado para ficar de boca fechada, nas queimaduras em sua barriga.

Quando os outros entraram na pequena sala, vi o Schutzhaftlagerführer em pé entre eles, com as mãos cruzadas nas costas.

O oficial de alta patente levantou a mão e o chamou com um aceno.

— Sim, Herr Oberführer? Alguma pergunta?

Ele apontou para a judia que estava carregando as bandagens para a enfermeira.

— Esta.

O Schutzhaftlagerführer, por sua vez, fez um sinal com a cabeça para um dos guardas que acompanhavam o pequeno batalhão. A prisioneira foi levada da sala.

— Está... — o Oberführer entoou — ... adequado.

Os outros oficiais relaxaram infinitesimalmente.

— Adequado não é admirável — o Oberführer acrescentou.

Ele saiu da sala e os outros o seguiram.

Na hora do almoço, peguei o caldo que me deram. Havia um botão flutuando dentro, em vez de qualquer vegetal ou carne visível. Fechei os olhos e imaginei o que o Hauptscharführer estava comendo. Porco assado, eu sabia, porque tinha sido eu quem lhe trouxera o cardápio do refeitório dos oficiais, no começo da semana. Eu só havia comido porco uma vez, na casa dos Szymanski.

Perguntei-me se os Szymanski ainda estariam morando em Łódź. Se eles às vezes pensavam em seus amigos judeus e no que teria acontecido com eles.

Porco assado com feijões verdes e cerejas demi-glace; isso era o que o cardápio prometia. Eu não sabia o que era demi-glace, mas podia sentir o sabor das cerejas se abrindo na língua. Lembrei-me de uma vez em que pegamos uma carroça para o campo onde era a fábrica do pai de Darija, com Josek e os outros meninos. Tínhamos arrumado um piquenique sobre uma toalha de mesa xadrez, e Josek havia brincado de jogar uma cereja para o ar e pegá-la na boca. Eu lhe mostrei como conseguia dar um nó no cabo da cereja com a língua.

Estava pensando nisso, e no porco assado, e nos piqueniques que fazíamos no verão, quando a governanta de Darija embalava tanta comida que dávamos as sobras para os patos da lagoa. Dá para *imaginar* ter sobras? Estava pensando nisso e tentando com tanta força lembrar o gosto de uma noz e como ela diferia de um amendoim, e refletindo se seria possível perder o sentido do paladar do mesmo modo como se perdia a função de um membro por falta de uso. Estava pensando nisso, e foi por essa razão que não ouvi, a princípio, o que acontecia na entrada da enfermaria.

O Hauptscharführer estava gritando com uma das enfermeiras.

— Você acha que eu tenho tempo para essa incompetência? — ele se irritou. — Será que preciso recorrer ao Schutzhaftlagerführer para resolver um problema que deveria estar tão abaixo das incumbências dele?

— Não, Herr Hauptscharführer. Tenho certeza de que podemos localizar...

— Esqueça. — Ao me ver, ele foi até o papel onde eu estava deitada e me segurou com rispidez pelo punho. — Você vai se apresentar ao trabalho imediatamente. Não está mais doente — determinou e me puxou para fora da enfermaria, escada abaixo, pela frente do hospital e através do pátio até os prédios da administração. Tive de correr para acompanhá-lo.

Quando cheguei, minha cadeira, mesa e máquina de escrever tinham sido recolocadas no lugar de costume. O Hauptscharführer sentou-se a sua mesa. Seu rosto estava vermelho e ele suava, apesar da temperatura abaixo de zero do lado de fora. Não falamos no que havia acontecido até o fim do dia.

— Herr Hauptscharführer — perguntei, hesitante —, devo comparecer aqui amanhã de manhã?

— Para onde mais você iria? — ele respondeu, e não levantou os olhos da lista de números que estava somando.

Darija tinha suas próprias notícias para mim naquela noite. A Besta estava morta. O homem que eu vira no Bloco 30 era o SS-Oberführer, o representante de Gluecks na inspetoria dos campos de concentração. Ele também tinha ido aos barracões fazer uma inspeção. De acordo com uma das mulheres de nosso bloco, que era parte do movimento clandestino de resistência do campo, esse representante tinha a fama de tirar judeus de trabalhos confortáveis e mandá-los para a câmara de gás. Nós tínhamos uma nova Blockälteste, que tentava se mostrar para o Aufseherin obrigando-nos a fazer exercícios de polichinelo, por mais de uma hora, e espancando quem se desequilibrasse ou caísse de exaustão. Mas foi só uma semana mais tarde, quando eu estava cumprindo uma tarefa para o Hauptscharführer, que percebi que não fora apenas a Blockälteste que tinha sido morta. Quase todas as outras judias em trabalhos privilegiados — das secretárias como eu às que serviam as refeições dos oficiais no refeitório, da violoncelista que tocava no teatro à assistente de enfermaria no hospital — tinham desaparecido.

O Hauptscharführer não estava me punindo ao me demitir e me enviar para o hospital. Ele estava salvando minha vida.

* * *

Dois dias depois, com o campo coberto por uma camada espessa de neve, nós nos reunimos no pátio entre os blocos para assistir a um enforcamento. Meses antes, houvera uma revolta dos prisioneiros que trabalhavam nos *Sonderkommandos*, retirando os corpos que saíam das câmaras de gás. Nós não os víamos, já que eram mantidos separados do resto de nós. Pelo que ouvi, os homens atacaram os guardas e explodiram um dos crematórios. Prisioneiros escaparam também, embora a maioria tenha sido recapturada e morta. Mas, na ocasião, isso criou uma grande agitação. Três oficiais foram mortos, incluindo um que tinha sido empurrado vivo para um dos fornos, o que significava que os prisioneiros não tinham morrido em vão.

Aquela tinha sido uma semana ruim para todos os demais, já que os oficiais da SS descontaram sua raiva sobre todos os prisioneiros do campo. Mas depois passou, e consideramos que o caso estivesse encerrado, até sermos reunidas no frio, com a respiração congelando a nossa frente, e vimos as mulheres sendo conduzidas para as forcas.

Haviam investigado a proveniência da pólvora para as explosões e chegaram a quatro moças que trabalhavam em uma fábrica de munições. Elas roubavam pequenas quantidades de pólvora, enrolada em tecido ou papel, e escondiam em si próprias. Depois a passavam para uma moça que trabalhava na divisão de roupas de nosso campo, que, por sua vez, a repassava a prisioneiras que eram parte do movimento de resistência, as quais a fizeram chegar aos líderes do *Sonderkommando* em tempo para a revolta. A moça que trabalhava na divisão de roupas vivia em meu bloco. Ela era uma coisinha pequena e tímida que não dava nenhum indício de ser uma rebelde. "É por isso que ela é boa", Darija comentara. Um dia, a garota fora arrastada do *Appell* matinal. Soubemos que tinha sido posta nas celas da prisão por um tempo, sofrido torturas violentas e, por fim, enviada de volta ao nosso bloco; mas, então, estava completamente destruída. Não conseguia falar, não conseguia olhar para nós. Puxava longos fios de pele dos dedos e mastigava as unhas até tirar sangue. Todas as noites, sem falhar uma, ela gritava durante o sono.

Naquele dia, ela havia ficado no bloco e, ainda assim, eu continuava ouvindo seus gritos. Sua irmã era uma das duas garotas que seriam enforcadas.

Foram conduzidas às forcas usando seus vestidos de trabalho normais, mas sem casaco. Olhavam para nós de olhos límpidos e cabeça erguida. Eu podia ver a semelhança familiar entre uma delas e a garota de meu bloco.

O Schutzhaftlagerführer estava em pé, na base das forcas. A seu comando, outro oficial amarrou as mãos das moças nas costas. A primeira foi erguida para a mesa que se encontrava sob as forcas, e um laço foi passado por seu pescoço. Em um momento ela estava em pé e, no seguinte, foi puxada para baixo. A segunda moça veio em seguida. Elas se debateram, como peixes presos na linha.

Durante o dia todo, trabalhando no escritório, eu imaginava que podia ouvir os gritos da irmã mais nova, cuja execução havia sido adiada. Era impossível àquela distância, mas eles estavam gravados em minha mente, em um looping infinito. Isso me fez pensar em minha própria irmã. Pela primeira vez, achei que Basia talvez estivesse certa, pois se poupara dos horrores de um lugar como aquele. Quando já se sabe que se vai morrer, não é melhor escolher a hora e o lugar, em vez de esperar que o destino caia sobre você como uma bigorna? E se o ato de Basia não tivesse sido de desespero, mas um momento final de autocontrole? O Hauptscharführer tinha decidido me salvar na semana anterior, mas isso não significava que, da próxima vez, ele teria a mesma generosidade. Realmente, eu só podia contar comigo mesma.

Imaginei que tinha sido isso que a irmã mais nova, que ficava em meu bloco, sentiu quando começou a passar a pólvora para a resistência. Ela não era diferente de Basia. Ambas só estavam procurando uma saída.

Eu me sentia tão perturbada que o Hauptscharführer perguntou se eu estava com dor de cabeça. Eu estava, mas sabia que ficaria ainda pior quando voltasse para o bloco no fim do dia.

Como vim a descobrir depois, não precisava ter me preocupado. A irmã e uma quarta garota tinham sido enforcadas logo depois do pôr do sol, antes do *Appell*. Tentei não olhar quando passei, mas podia ouvir o rangido da madeira ao giro dos corpos, como se fossem bailarinas macabras cujas saias cantavam sob o vento cortante.

* * *

Uma noite, ficou tão frio que acordamos com gelo nos cabelos. De manhã, quando recebemos nossas rações, a Blockälteste pegou o copo de café de uma das mulheres e lançou-o no ar, e ele congelou instantaneamente, em uma grande nuvem branca. Os cachorros que patrulhavam com os oficiais agora ganiam e batiam as patas no chão gelado, com a cauda entre as pernas, enquanto esperávamos em pé durante o *Appell*, com as extremidades amortecidas. Quando caminhamos, depois, para o trabalho, tivemos de enrolar o cachecol em volta da cabeça para não nos arriscarmos a queimaduras de frio na pele exposta.

Naquela semana, a temperatura caiu tanto que vinte e duas mulheres em nosso bloco morreram. Outras catorze que trabalhavam ao ar livre caíram no chão e congelaram até a morte. Darija me trouxe calças de malha e um blusão, do *Kanada*, para que eu pudesse contar com uma camada extra. O preço de um cobertor no mercado negro do campo quadruplicou.

Nunca agradeci tanto por meu trabalho de escritório com o Hauptscharführer, mas sabia que Darija, nos galpões sem aquecimento do *Kanada*, ainda corria perigo de congelar. Então, como eu já fizera algumas vezes antes, quando o Hauptscharführer saiu para pegar seu almoço, datilografei rapidamente uma nota em uma folha roubada de seu bloco de papel timbrado, solicitando que a prisioneira A18557 comparecesse ao escritório. Enrolando-me em meu casaco, gorro, luvas e cachecol, corri pelo campo até o *Kanada* a fim de entregar a mensagem e tirar minha melhor amiga do frio, nem que fosse apenas por alguns minutos.

Nós nos apertamos uma à outra, de braços dados, e Darija enfiou em minha luva um pedacinho de chocolate que havia conseguido esconder durante o trabalho. Não conversamos; isso consumia muita energia. Mesmo depois de termos entrado no prédio, era preciso manter a aparência de que Darija havia sido chamada pelo Hauptscharführer.

Passamos por oficiais e guardas da SS e mantivemos os olhos baixos. Eu já era conhecida deles, portanto não levantava suspeitas. Como de hábito, ao chegar à porta do escritório, girei a maçaneta e dei uma olhada para dentro, para garantir que não houvesse calculado mal e o Hauptscharführer já tivesse voltado.

Havia alguém na sala.

Atrás da mesa do Hauptscharführer, havia um cofre. Nele ficava o dinheiro encontrado no *Kanada*, que era despachado diariamente para fora do campo a sete chaves. Cada vez que o Hauptscharführer fazia suas rondas no *Kanada*, ele esvaziava a caixa que ficava no centro dos galpões, em que os itens de valor eram mantidos. Os itens menores, como notas, moedas e diamantes, eram levados para seu escritório. Até onde eu sabia, a única pessoa que tinha a combinação do cofre era o próprio Hauptscharführer.

Mas, naquele momento, quando vi o Schutzhaftlagerführer em pé diante da porta aberta do cofre, percebi que estava errada.

Ele estava enfiando um maço de notas no bolso interno de seu casaco.

Vi seus olhos se arregalarem quando ele me encarou, como se eu fosse um fantasma.

Um *upiór*.

Algo que deveria estar morto.

Percebi que ele havia dado como certo que eu tivesse sido morta na semana anterior, quando o Oberführer de Oranienburg viera para liquidar sistematicamente todas as judias que faziam trabalhos de escritório.

Comecei a recuar para fora da sala, em pânico. Eu precisava sair dali e tirar Darija dali também. Mas, mesmo que conseguíssemos atravessar as cercas e escapar para a Rússia, não teria sido longe o bastante. Uma vez que eu sabia que o Schutzhaftlagerführer estava roubando, e uma vez que eu trabalhava para seu irmão, eu poderia entregá-lo. O que significava que ele teria de se livrar de mim.

— Corra — gritei para Darija quando o punho do Schutzhaftlagerführer se fechou sobre meu pulso. Ela hesitou, e foi tempo suficiente para o oficial agarrá-la pelos cabelos com a outra mão e puxá-la para dentro do escritório.

Ele fechou a porta atrás de nós.

— O que você acha que viu? — perguntou.

Balancei a cabeça, olhando para o chão.

— Fale!

— Eu... eu não vi nada, Herr Schutzhaftlagerführer.

A meu lado, Darija estendeu a mão em direção à minha.

O Schutzhaftlagerführer viu o pequeno movimento, o ruído do tecido entre nossos vestidos. Não sei o que ele pensou naquele momento. Que estaríamos passando algum bilhete? Que tínhamos alguma espécie de código? Ou simplesmente que, se nos deixasse ir, eu contaria para minha amiga o que ele havia feito, e então haveria *duas* pessoas conhecendo seu segredo.

Ele puxou a pistola do coldre e atirou no rosto de Darija.

Ela caiu, ainda segurando minha mão. A parede de estuque atrás de nós explodiu em uma chuva de pó. Eu comecei a gritar. O sangue de minha melhor amiga respingou em meu rosto e meu vestido; eu não conseguia ouvir nada depois do barulho do tiro. Caí sobre as mãos e os joelhos, oscilante, abraçando o que restava de Darija, esperando pela bala destinada a mim.

— Reiner? O que está fazendo aqui, pelo amor de Deus?

A voz do Hauptscharführer soou como se estivesse vindo por um túnel, como se eu tivesse sido enrolada em camadas de revestimento de algodão. Levantei os olhos para ele, ainda gritando. O Schutzhaftlagerführer me puxou para cima pela garganta.

— Peguei essas duas roubando de você, Franz. Foi uma sorte eu ter entrado na hora.

Ele mostrou o maço de notas que havia enfiado no casaco.

O Hauptscharführer pousou uma bandeja de comida sobre a mesa e me fitou.

— Você fez isso?

Percebi que não importava o que eu dissesse. Mesmo que o Hauptscharführer acreditasse em mim, seu irmão ficaria à minha espreita a cada momento, à espera de uma oportunidade de fazer comigo o que tinha feito com Darija, para que eu não contasse ao Hauptscharführer o que tinha visto.

Ah, meu Deus, Darija.

Balancei a cabeça, soluçando.

— Não, Herr Hauptscharführer.

O Schutzhaftlagerführer riu.

— O que você achou que ela ia dizer? E por que se dar o trabalho de perguntar?

Um músculo se contraiu na mandíbula do Hauptscharführer.

— Você sabe que há procedimentos — disse ele. — A prisioneira deveria ter sido presa, não morta.

— E o que você vai fazer? Me denunciar? — Quando o irmão não respondeu, o rosto do Schutzhaftlagerführer ficou vermelho como quando ele estava bêbado. — *Eu* faço os procedimentos. Quem me contestaria? Essa prisioneira foi pega roubando propriedade do Reich.

Era a mesma infração que havia me trazido àquele escritório.

— Eu a detive no momento em que ela cometia um crime. O mesmo deveria ser feito com sua cúmplice, ainda que ela seja sua putinha. — O Schutzhaftlagerführer deu de ombros. — Se você não a castigar, Franz, eu o farei. — Para enfatizar esse ponto, ele armou o gatilho da pistola outra vez.

Senti algo quente correr por minha perna e percebi, para minha consternação, que havia urinado. Uma pequena poça se espalhou pelo chão entre meus sapatos de madeira.

O Hauptscharführer veio em direção a mim.

— Eu não fiz o que ele está dizendo — sussurrei.

Enfiada dentro de meu vestido, estava a agenda com as dez páginas que eu tinha escrito na noite anterior. Aleksander trancado em uma cela. Ania invadindo a prisão para vê-lo de manhã, antes de sua execução pública. "Por favor", ele lhe implorou. "Faça uma coisa por mim."

"Qualquer coisa", Ania prometeu.

"Mate-me", disse ele.

Se aquele fosse um dia como outro qualquer, o Hauptscharführer estaria se acomodando para me ouvir ler isso em voz alta. Mas aquele não era absolutamente um dia comum.

Nos quatro meses em que eu havia trabalhado para o Hauptscharführer, ele nunca pusera a mão em mim. Mas agora ele pôs. Colocou a mão em torno de meu queixo com tanta delicadeza que me trouxe lágrimas. Seu polegar afagou minha pele do modo como se tocaria uma amante, e ele olhou bem em meus olhos.

Em seguida, me deu um soco com tanta força que quebrou meu maxilar.

* * *

Quando eu não consegui mais ficar em pé, quando já estava cuspindo saliva mesclada a sangue na manga para não sufocar, quando o Schutzhaftlagerführer se mostrou satisfeito, o Hauptscharführer parou. Afastou-se de mim, como se estivesse saindo de um transe, e olhou ao redor do escritório devastado.

— Arrume essa bagunça — ordenou.

Ele me deixou sob a supervisão de outro guarda, que recebeu ordens de me levar para a prisão assim que eu terminasse. Endireitei com cuidado a mobília, fazendo uma careta quando me virava ou me movia depressa demais. Removi o pó de estuque com as mãos. Tentava não olhar para onde Darija estava caída e, toda vez que a via, sentia vontade de vomitar. Então tirei meu casaco e envolvi a parte superior de seu corpo nele. Ela já estava enrijecendo, seus membros frios e duros. Comecei a tremer. De frio, de sofrimento, de choque? Forcei-me a ir até o armário do material de limpeza e trazer removedores, panos, um balde. Esfreguei o chão. Duas vezes desmaiei da dor causada pelo esforço e duas vezes o guarda me cutucou com a bota para me trazer de volta à consciência.

Quando o escritório ficou limpo de novo, levantei Darija nos braços. Ela não pesava nada, mas nem eu, e cambaleei com a carga adicional. Com o guarda me direcionando, carreguei minha melhor amiga, ainda envolta em meu casaco, do prédio da administração, no frio glacial, até uma carroça que ficava parada além do *Kanada*. Nela, havia outros corpos: pessoas que tinham morrido durante a noite, pessoas que haviam morrido durante o dia de trabalho. Com toda a força que tinha, ergui-a para dentro da carroça. A única coisa que me impedia de entrar ali com Darija era saber que ela odiaria me ver desistir.

O guarda agarrou meu braço, puxando-me para eu a deixasse. Eu me soltei dele, arriscando-me a mais castigos. Tirei o casaco que envolvia o corpo de Darija e me vesti com ele. Não havia mais calor corporal nela para ser transferido a mim. Segurei sua mão, salpicada de manchas vermelhas de seu próprio sangue, e a beijei.

Antes de ser enforcada, a garota que havia voltado ao nosso bloco depois de ser presa sussurrara loucamente sobre a *Stehzelle*, a cela da fome na qual se tinha de entrar por uma porta minúscula como a de uma casinha de cachorro. A cela era estreita e alta, de modo que não era possível sentar. Em vez disso, era preciso ficar de pé a noite toda, com camundongos correndo por seus pés, até ser solta na manhã seguinte para um dia de trabalho normal. Quando fui levada a uma dessas, em um prédio em que nunca tinha entrado durante os meses que já passara ali, eu estava entorpecida. O frio me roubara a sensação das mãos, dos pés e do rosto, o que era bom, porque evitava que meu maxilar doesse. Eu não conseguia falar sem me rasgar de dor, mas isso não me incomodava, porque eu não tinha mais nada a dizer.

Entrando e saindo do estado de consciência, imaginei que minha mãe estava ali. Ela me abraçava e me mantinha aquecida. Sussurrava em meu ouvido: *Seja uma mensch, Minusia*. Pela primeira vez, entendi o que aquilo realmente significava. Enquanto se punha o bem-estar de alguém na frente do seu, isso significava que se tinha alguém por quem viver. Quando se perdia isso, qual era o sentido?

Eu me perguntava o que seria de mim. O Kommandant poderia emitir um decreto para minha punição: espancamento, açoitamento, morte. Mas o Schutzhaftlagerführer talvez nem se importasse em seguir regras e simplesmente me tirasse de lá ele mesmo e me desse um tiro. Ele podia dizer que me pegara tentando fugir, mais uma mentira, impossível de acreditar, já que eu estava trancada naquela cela, e no entanto... quem iria detê-lo? Quem se importava de fato se ele matasse mais um judeu? Apenas o Hauptscharführer, talvez. Ou assim eu pensara, até aquele dia.

Eu estava dormindo em pé, sonhando com Darija. Ela entrava correndo no escritório onde eu trabalhava e me dizia para sair de lá imediatamente, mas eu não parava de datilografar. A cada tecla que batia, mais uma bala explodia no peito dela, em sua cabeça.

Herr Dybbuk, era assim que eu o chamara antes de saber seu título e nome. Alguém cujo corpo tinha sido possuído, contra sua vontade, por um demônio.

Eu não sabia dizer qual homem era o real — o oficial que batia em uma trabalhadora até ela perder a consciência, ou aquele que ultrapassava suas funções para ver uma prisioneira como um ser humano. Ele havia tentado me dizer, durante todas aquelas sessões literárias na hora do almoço, que havia bem e mal em todos nós. Que um monstro é apenas alguém para quem o mal pesou mais na balança.

E eu... eu fora ingênua o bastante para acreditar nele.

* * *

Acordei assustada ao sentir uma mão em meu tornozelo. Emiti um som de espanto, e a mão me apertou com mais força, indicando que queria silêncio. A grade da cela se abriu e eu me abaixei para passar por ela. Em pé, do lado de fora, estava um guarda, que amarrou minhas mãos nas costas. Imaginei que tivesse amanhecido — eu não tinha ideia, pois não havia janelas ali dentro — e que fosse hora de me levar para o trabalho.

Mas onde? Será que eu deveria voltar para o Hauptscharführer? Não sabia se suportaria ficar no mesmo pequeno espaço que ele. Não tinha sido o espancamento que me fizera sentir isso, afinal eu já fora machucada por outros oficiais e continuara a vê-los dia após dia; esse era simplesmente o modo de vida ali. Não, não fora a brutalidade do Hauptscharführer, mas a gentileza que viera antes dela que tornava tão difícil, para mim, entender.

Comecei a rezar para que talvez, em vez disso, eu fosse colocada em um dos grupos penais que tinham de trabalhar no frio brutal, carregando pedras pelas próximas doze horas. Eu poderia aceitar a impiedade das intempéries. Mas não a de um alemão em que eu fora burra o bastante para confiar.

Não fui levada ao prédio da administração. E também não fui levada ao grupo penal. Em vez disso, conduziram-me à rampa onde os vagões chegavam ao campo e as seleções eram feitas.

Havia outros prisioneiros ali, sendo enfiados nos carros. Aquilo não fazia sentido para mim, porque eu sabia que o processo nunca funcionava no sentido contrário. Os vagões esvaziavam-se ali, e as pessoas que saíam deles nunca mais deixavam o campo.

O guarda puxou-me para trás da plataforma e desamarrou minhas mãos. Pareceu ter muita dificuldade para fazer isso, levando mais tempo que o necessário. Depois me empurrou para uma fila de mulheres que estavam sendo carregadas em um dos vagões. Eu tive sorte; ainda estava usando meu casaco, no qual o sangue de Darija havia secado, e o gorro, as luvas e o cachecol; tinha a agenda com minha história enfiada sob as roupas de baixo. Agarrei o braço de um dos prisioneiros homens, cujo trabalho envolvia nos enfiar dentro do carro.

— Para onde? — rangi, com os dentes apertados por causa da dor no maxilar.

— Gross-Rosen — ele murmurou.

Eu sabia que esse era outro campo, porque tinha visto o nome em documentos. Não poderia ser pior do que ali.

Dentro do vagão, eu me movi para um lugar perto da janela. Estaria frio, mas haveria ar fresco. Deslizei pela parede até me sentar, sentindo as pernas arderem de tantas horas passadas em pé, e me perguntei por que estaria sendo levada para lá.

Era possível que aquele fosse o castigo dado pelo Kommandant por roubo.

Ou era possível que alguém estivesse tentando me salvar de um destino pior, certificando-se de que eu estivesse em um trem que me levasse para longe do Schutzhaftlagerführer.

Depois do que ele havia feito comigo, eu não tinha razão para acreditar que o Hauptscharführer estivesse pensando em mim, ou mesmo se interessasse em saber se eu havia sobrevivido àquela noite. Aquilo provavelmente era produto da minha imaginação.

Mas, de qualquer modo, fora minha imaginação que me mantivera viva por tantos meses naquele inferno.

Somente horas mais tarde, quando chegamos a Gross-Rosen e ficamos sabendo que lá não havia um campo feminino e seríamos transferidas para um subcampo chamado Neusalz, retirei as luvas para testar com cuidado meu maxilar e algo caiu em meu colo.

Um papelzinho enrolado, um bilhete.

Percebi que o guarda que havia desamarrado meus pulsos não estava tendo dificuldade com os nós. Ele tinha enfiado aquilo em minha luva.

Era uma tira de papel timbrado, do mesmo tipo que eu colocava em minha máquina de escrever todos os dias durante os últimos meses.

"O QUE ACONTECE DEPOIS", dizia.

Nunca mais vi o Hauptscharführer.

* * *

Em Neusalz, eu trabalhava na fábrica têxtil de Gruschwitz. Meu trabalho, a princípio, envolvia fazer fios, com uma tinta vermelha intensa que manchava minhas mãos, mas, como eu tinha trabalhado em uma função de escritório e tido acesso a alimentos, era mais forte que a maioria das outras mulheres e logo fui enviada para carregar vagões com caixas de munição. Trabalhávamos ao lado de prisioneiros políticos, poloneses e russos, que descarregavam os suprimentos que chegavam por trem.

Um dos poloneses flertava comigo sempre que eu me aproximava dos trilhos. Embora não tivéssemos autorização para falar uns com os outros, ele me passava bilhetes quando os guardas não estavam olhando. Chamava-me de Rosinha, por causa da cor de minhas luvas. Sussurrava quadrinhas humorísticas para me fazer rir. Algumas das outras mulheres brincavam comigo, falando de meu namorado, e diziam que ele devia gostar de garotas difíceis. Na verdade, eu não estava me fazendo de difícil. Não falava por medo de ser punida, e porque mover meu maxilar ainda doía.

Eu estava na fábrica havia apenas duas semanas quando, um dia, ele chegou mais perto de mim do que os guardas permitiam.

— Fuja se puder. Este campo vai ser evacuado.

Eu não sabia o que isso significava. Seríamos levados para algum lugar e mortos? Seríamos transferidos para outro campo, um campo da morte, como aquele de onde eu tinha vindo? Ou eu voltaria para Auschwitz e para o Schutzhaftlagerführer?

Eu me afastei do prisioneiro o mais rápido que pude, antes que ele me arrumasse problemas. Não contei às outras mulheres do barracão o que ele havia me dito.

Três dias depois, em vez de sermos levadas para o trabalho, as novecentas mulheres do campo foram reunidas e, sob guarda, saíram a pé pelos portões.

Caminhamos uns quinze quilômetros antes do amanhecer. Mulheres que haviam recolhido seus escassos pertences, cobertores e vasilhas e o que mais tivessem conseguido esconder no campo, começaram a abandoná-los à beira da estrada. Estávamos indo na direção da Alemanha, e isso foi tudo o que pudemos conjeturar. Na frente do comboio, prisioneiros puxavam uma carroça que preparava refeições para os oficiais da SS. Outra carroça, no fim do grupo, levava os corpos das pessoas que caíam de exaustão e morriam. Os alemães estavam tentando não deixar pistas, supus. Pelo menos foi assim que funcionou nos primeiros dias, porque depois os oficiais ficaram negligentes e começaram a atirar naquelas que caíam e deixá-las por ali mesmo. O restante de nós simplesmente desviava, como água dividida por uma pedra na correnteza.

Andamos por florestas. Andamos por campos. Andamos por cidades, onde as pessoas vinham olhar quando passávamos, algumas com lágrimas nos olhos, outras cuspindo em nós. Quando havia aviões Aliados sobrevoando, os oficiais se enfiavam entre nós, usando-nos como camuflagem. A fome era pior, mas a condição de meus pés não ficava muito longe. Algumas das mulheres tinham a sorte de calçar botas. Eu ainda usava o tamanco de madeira que recebera em Auschwitz. Minha pele estava cheia de bolhas sob as várias meias que eu usava; lascas da madeira haviam aberto buracos nos calcanhares, pelo menos em duas das camadas. Onde a neve penetrara a lã, minha pele estava quase congelada. E, ainda assim, não era tão mau para mim quanto para algumas das outras mulheres. Uma, que usava um único par de meias, teve um congelamento tão sério que seu dedinho se soltou como um pingente de gelo que cai de um telhado.

Isso prosseguiu por uma semana. Eu já não dizia a mim mesma que tinha de sobreviver ao dia, mas apenas mais uma hora. Todo aquele exercício e a ausência de comida cobraram seu preço; eu me sentia deteriorar, enfraquecer. Não acreditava que seria possível ter mais fome do que eu já sentia, mas ainda não havia entendido como seria aquela marcha. Nas paradas para descanso, quando os oficiais preparavam as próprias refeições, éramos deixadas para derreter neve e produzir alguma água para beber. Procurávamos, entre a neve, bolotas de carvalho e pedaços de musgo que pudéssemos comer. Nunca falávamos; estávamos cansadas demais para ter alguma energia. Depois de cada uma dessas paradas, havia pelo menos uma dúzia de mulheres que não conseguiam mais se levantar. Então o executor da SS, um ucraniano com nariz largo e achatado e pomo de adão saltado, dava um fim nelas com um único tiro nas costas.

Após dez dias de marcha, em uma de nossas paradas de descanso, os oficiais acenderam uma fogueira. Jogaram batatas nas chamas e nos desafiaram a pegá-las. Havia mulheres tão desesperadas para conseguir uma batata que puseram fogo nas mangas dos vestidos, rolando em seguida pela neve para apagar as chamas, o que fazia os oficiais rirem. Algumas que obtiveram sucesso em pegar uma batata acabariam morrendo das queimaduras. Depois de um tempo, as batatas carbonizaram-se em cinzas, porque ninguém mais tentava alcançá-las. Foi pior, acho, ver aquela comida desperdiçada do que simplesmente morrer de fome.

Naquela noite, uma mulher que sofrera queimaduras de terceiro grau nas mãos gritava de dor. Eu estava deitada ao lado dela e tentei acalmá-la cobrindo seus braços com neve fresca.

— Isso vai ajudar — falei. — Você só tem que parar de se debater.

Mas ela era húngara e não me entendia, e eu não sabia o que mais fazer para ajudá-la. Depois de horas de gritos, o executor se aproximou. Passou por cima de mim e atirou nela, depois voltou para o lugar onde os oficiais estavam dormindo. Eu tossi, incapaz de respirar qualquer coisa a não ser resíduo de pólvora, e enrolei o cachecol sobre a boca como um filtro. As outras mulheres à minha volta nem reagiram.

Inclinei-me e desamarrei as botas que a mulher morta usava. Ela não precisaria mais delas.

Eram grandes demais para mim, mas, ainda assim, melhores que os tamancos de madeira.

Na manhã seguinte, antes de deixarmos o acampamento que os oficiais haviam montado, mandaram-me apagar o fogo. Eu o fiz, usando neve, mas notei os restos carbonizados das batatas entre as cinzas. Estendi o braço e peguei uma. Ela desmanchou ao toque, mas talvez ainda guardasse algum valor nutricional, pensei. O mais rápido que pude, enfiei punhados de cinzas nos bolsos e, durante dias depois disso, enquanto caminhava, levava os dedos ao bolso do casaco e tirava pequenas porções para comer.

Quando já estávamos marchando havia duas semanas, pensei no prisioneiro que havia me dito para fugir, e agora eu entendia. Havia níveis gradativos de rendição. Das mulheres que abandonavam seus tamancos porque as bolhas nos pés tornavam impossível continuar a andar, e então sofriam queimaduras de gelo e gangrenas tão sérias que morriam, àquelas que simplesmente se deitavam e não levantavam mais, sabendo que estariam mortas em minutos; de fato, parecia que todas nós estávamos morrendo pouco a pouco. Logo não restaria mais nenhuma.

O que, talvez, fosse o propósito daquela marcha.

E então pareceu haver um grão de misericórdia, sob a forma de primavera. Os dias ficaram mais quentes; a neve ia se derretendo em partes. Era uma bênção, porque eu sabia que logo as coisas começariam a crescer, e isso significava comida. Por outro lado, também acabava com nossa reserva ilimitada de água e criava poças de lama que tínhamos de atravessar. Marchamos através de aldeias, onde dormíamos nas ruas enquanto os homens da SS se revezavam dormindo dentro de casas e igrejas. Então acordávamos e entrávamos na floresta outra vez, onde era mais difícil os aviões nos avistarem.

Uma tarde, eu estava encarregada de puxar a carroça na frente do comboio quando vi algo despontando no meio da lama.

Uma maçã comida.

Alguém devia tê-la jogado no mato. Um agricultor, talvez. Um menino, assobiando enquanto corria entre as árvores.

Olhei para os oficiais da SS que caminhavam ao lado da carroça. Se eu a soltasse por um segundo, poderia correr, pegá-la e enfiá-la no bolso sem que eles notassem. Estava plenamente ciente de que, em seis passos... cinco... quatro..., teríamos passado por ela e seria tarde demais. Também sabia, pela tensão que corria por nossa fila trôpega, que eu não tinha sido a única a vê-la.

Larguei o cabo da carroça e corri para pegá-la.

Não fui rápida o bastante. Um homem da SS me puxou para cima antes que meus dedos pudessem se fechar em volta da maçã. Ele me arrastou de minha posição na frente do comboio para trás, onde dois outros oficiais seguraram meus braços para que eu não pudesse me misturar com a linha de prisioneiras. Eu sabia o que ia acontecer, porque já tinha visto antes: quando parássemos de novo para descansar, o executor me levaria para o mato e me daria um tiro.

Meus joelhos estavam batendo, dificultando o andar. Quando a carroça da frente parou na lateral da estrada, para a preparação da refeição do fim do dia, o executor pegou meu braço e me afastou das outras mulheres.

Eu era a única esperando para ser executada naquela tarde. Era hora do crepúsculo, e o céu tingia-se de um roxo escuro que me deixaria maravilhada em qualquer outra circunstância. O executor fez um sinal para que eu me ajoelhasse na frente dele. Obedeci, mas apertei as mãos e comecei a implorar.

— Por favor. Se poupar minha vida, eu lhe darei algo em troca.

Não sei por que fiz essa promessa; eu não tinha nada de valor. Tudo o que eu trouxera de Neusalz estava vestido em meu corpo.

Então me lembrei da agenda de capa de couro, presa na cintura do vestido.

Não havia nada naquele homem grosseiro que sugerisse que ele fosse um apreciador de literatura, ou mesmo que soubesse ler. Mas levantei os braços em sinal de rendição e, lentamente, pus a mão dentro do casaco e retirei o livro em que havia escrito minha história.

— Por favor — repeti. — Pegue isto.

Ele franziu a testa, a princípio descartando a troca. Mas a maioria das prisioneiras não trazia uma bela agenda de capa de couro consigo. Eu podia vê-lo pensando que talvez houvesse algo importante escrito ali.

Ele estendeu o braço em minha direção. Assim que sua mão tocou a agenda, peguei no chão um punhado de terra com a outra mão e joguei nos olhos dele.

Então, corri mais rápido que nunca pela noite, que sangrava como uma ferida mortal entre as árvores.

* * *

Eu não teria escapado se não fosse por várias condições favoráveis:

1. Estava escurecendo, a hora mais difícil do dia para meus captores enxergarem. Árvores tornavam-se soldados apontando armas, e os olhos aguçados das corujas podiam ser confundidos com fugitivos; rochas pareciam-se com tanques inimigos, e cada passo de animal os fazia temer ter caído em uma emboscada.

2. Os oficiais não tinham cachorros, porque a marcha havia sido considerada cruel demais para os animais, portanto não poderiam seguir meu cheiro.
3. A lama.
4. O fato de que os oficiais estavam tão cansados daquela marcha quanto eu.

Corri até cair e então ouvi os gritos dos homens da SS que estavam atrás de mim. Tropecei e rolei no quase escuro, descendo por uma ravina e aterrissando em uma vala na base. Cobri o corpo e o rosto com barro molhado e puxei galhos e plantas sobre mim. Fiquei o mais imóvel que pude. Em certo momento, os alemães passaram tão perto que um dos oficiais pisou em minha mão, mas não emiti um som sequer, e ele não percebeu que eu estava escondida sob suas botas.

Eles acabaram indo embora. Esperei um dia inteiro antes de acreditar de fato nisso e então comecei a procurar um caminho pela floresta. Caminhei ao luar, com medo de dormir, por causa dos animais selvagens cujos chamados eu escutava. Quando tive certeza de que precisaria me deitar, mesmo que fosse para me arriscar com os lobos, vi algo a distância. Uma grande sombra, um telhado de quatro vertentes, um palheiro.

O celeiro recendia a porcos e galinhas. Quando entrei, as aves estavam acomodadas para a noite, fofocando entre si como velhas senhoras, ocupadas demais para sequer dar o alarme de minha presença. Tateei no escuro lamacento, fazendo uma careta quando meu pé bateu em um balde de metal. Mas, apesar do barulho, ninguém veio; nenhuma luz na casa no fim do caminho se acendeu, e assim continuei a explorar.

Um barril de madeira fundo, cheio de grãos, estava encostado do lado de fora da cerca do chiqueiro. Enfiei as duas mãos no barril e comi grandes porções do alimento, que tinha gosto de serragem, melaço e aveia. Fiz um grande esforço para não comer depressa demais, porque sabia que isso só me deixaria doente. Pulei a cerca baixa, afastei dois grandes porcos do caminho e enterrei as mãos em um cocho. Cascas de batata. Cascas de frutas. Pontas de pão.

Era um banquete.

Por fim, deitei-me no meio dos porcos, aquecida por seus dorsos de cerdas e protegida por seu volume. Pela primeira vez em cinco anos, adormeci com o estômago tão cheio que, mesmo que tentasse, não poderia ter comido nem mais um pedacinho.

Sonhei que, afinal, tinha sido fuzilada pelo executor, porque certamente aquilo era o paraíso. Ou foi o que pensei, até acordar com um forcado apontado para minha garganta.

* * *

A mulher tinha mais ou menos a mesma idade que minha mãe teria, com um diadema de tranças em torno da cabeça e linhas de expressão em volta da boca. Ela pressionou a ferramenta contra minha garganta e eu recuei, com os animais grunhindo e guinchando a minha volta.

Levantei as mãos, em sinal de rendição.

— *Bitte* — gritei, levantando-me com algum esforço. Estava tão fraca que tive de me segurar na cerca do chiqueiro para isso.

Ela manteve o forcado erguido, mas então, devagar, muito devagar, baixou os dentes da arma e a manteve diante do corpo como uma barreira. Inclinou a cabeça, me examinando.

Eu só podia imaginar o que ela estava vendo. Um esqueleto cheio de barro na pele e nos cabelos. Um casaco listrado de prisioneira e as luvas e o gorro cor-de-rosa sujos.

— *Bitte* — murmurei outra vez.

Ela baixou o forcado e saiu correndo do celeiro, fechando a porta pesada atrás de si.

Os porcos estavam mastigando os cordões de minhas botas roubadas. As galinhas pousadas na cerca, entre o galinheiro e o chiqueiro, batiam as asas e cacarejavam. Fui até o portão de madeira e abri a tranca, a fim de escapar. A mulher do fazendeiro provavelmente havia ido embora porque ficara aterrorizada, mas isso não significava que não estivesse voltando agora mesmo com o marido e uma espingarda. Apressada, enchi os bolsos com os grãos dos porcos que eu comera na noite anterior, porque não sabia quando teria comida outra vez. Antes que eu pudesse sair, porém, a porta se abriu de novo.

A mulher do fazendeiro estava lá com um pão, uma jarra de leite e um prato de salsichas. Ela caminhou até mim.

— Você precisa comer — sussurrou.

Hesitei, com medo de que fosse uma armadilha. Mas, afinal, eu estava com fome demais para deixar a chance passar. Peguei uma salsicha do prato e enfiei na boca. Parti um pedaço do pão e o introduzi no canto da boca, junto à bochecha, porque o maxilar ainda estava muito dolorido para mastigar. Sequei a jarra de leite, sentindo-o escorrer por meu queixo e pescoço. Quanto tempo fazia que eu não tomava leite fresco? Então limpei a boca com as costas da mão, constrangida por ter agido como um animal na frente daquela mulher.

— De onde você veio? — ela perguntou.

Ela falava alemão, o que significava que devíamos ter cruzado a fronteira da Alemanha. Seria possível que houvesse cidadãos comuns que não tivessem ideia do que estava acontecendo na Polônia? Será que a SS havia mentido para eles, como mentira para nós? Antes que eu pudesse pensar no que dizer, ela meneou a cabeça.

— É melhor você não me dizer. Fique. Será seguro.

Eu não tinha razão para confiar nela. Era verdade que a maioria dos alemães que eu conhecera eram terroristas violentos sem consciência. Mas também houvera um Herr Bauer, um Herr Fassbinder, um Hauptscharführer.

Então, assenti com a cabeça. Ela fez um sinal indicando o palheiro no piso superior. Havia uma escada para subir e um raio de sol entrando por uma fenda no teto. Ainda segurando o pedaço de pão que ela tinha me dado, comecei a subir. Deitei-me em uma cama de feno e dormi antes mesmo que a mulher do fazendeiro tivesse saído do celeiro e fechado a porta outra vez.

Foram horas antes de eu acordar com o som de passos abaixo. Dei uma espiada pela escada e vi a mulher do fazendeiro trazendo um balde de metal. Havia uma toalha branca em volta de seu pescoço e, no braço livre, uma pilha de roupas dobradas. Ela me fez um sinal quando viu meu rosto.

— Venha — disse com gentileza.

Eu desci a escada, apreensiva. A mulher bateu com a mão em um fardo de feno, chamando-me para que eu me sentasse nele. Então ela se ajoelhou a meus pés. Mergulhou um pano na água do balde e, inclinando-se para frente, limpou cuidadosamente minha testa, minhas faces, meu queixo. O pano, escuro de lama e fuligem, ela limpou no balde outra vez.

Deixei-a lavar meus braços e pernas. A água era quente, um luxo. Quando ela começou a desabotoar meu vestido de trabalho, recuei, mas ela me segurou pelos ombros com suas mãos fortes.

— Shh — murmurou, virando-me de costas. Senti o tecido áspero sendo tirado de meu corpo, caindo como uma poça a meus pés. Senti o pano molhado passar por todos os ossos de minha espinha, nos ângulos de meus quadris, na ossatura das costelas.

Quando ela me virou de frente, vi que havia lágrimas em seus olhos. Cruzei os braços na frente do corpo nu, envergonhada de ver a mim mesma pelos olhos dela.

Depois de eu estar vestida em roupas limpas, algodão macio e lã, como se tivesse sido embrulhada em uma nuvem, ela trouxe outro balde de água limpa e uma barra de sabão e lavou meus cabelos. Usou os dedos para remover o barro e cortou os emaranhados que não poderiam ser desfeitos. Depois, sentou-se atrás de mim, como minha mãe fazia, e me penteou.

Às vezes, tudo o que é preciso para ser humano outra vez é alguém que possa vê-lo assim, qualquer que seja sua aparência na superfície.

* * *

Por cinco dias, a mulher do fazendeiro veio me trazer as refeições. Cafés da manhã com ovos frescos e torradas de centeio e geleia de groselha, almoços de queijo fatiado sobre grossas fatias de pão, jantares de coxas de galinha com tubérculos. Lentamente, fiquei mais alerta, mais forte. As bolhas em meus pés cicatrizaram, o maxilar parou de doer. Eu era capaz de me controlar, de modo que não enfiava mais a cara na comida assim que era colocada a minha frente. Não falávamos sobre de onde eu viera ou para onde iria. Eu tentava me convencer de que poderia ficar ali, naquele celeiro, até que a guerra terminasse.

Estava uma vez mais à mercê de uma alemã, mas, como um cachorro chutado tantas vezes que se retrai diante de qualquer mão gentil, eu ia sendo convencida, pouco a pouco, de que talvez pudesse confiar.

Em troca, tentava demonstrar gratidão. Limpava o galinheiro, um trabalho que me tomava horas, porque tinha de me sentar muitas vezes para descansar. Recolhia os ovos e os empilhava cuidadosamente em um balde, para quando a mulher do fazendeiro chegasse, todas as tardes. Removia teias de aranhas das vigas e varria o palheiro para que se pudesse ver o chão de madeira sob os fardos de feno.

Uma noite, a mulher não veio.

Senti uma pontada de fome, mas não era nada como o que eu havia experimentado no campo ou durante a marcha. Ficara sem comer por tanto tempo que perder uma única refeição, agora, era quase imperceptível. Talvez ela estivesse doente; talvez tivesse viajado. Na manhã seguinte, quando a porta do celeiro se abriu, eu desci rapidamente as escadas, consciente de que havia sentido falta da companhia dela mais do que eu mesma me permitira saber.

A mulher do fazendeiro estava em pé como uma silhueta contra o sol, então levei um momento para perceber seus olhos vermelhos e inchados e para notar que ela não estava sozinha. Um homem de camisa de flanela e suspensórios, apoiado pesadamente em uma bengala, encontrava-se em pé atrás dela. Com ele, havia um policial.

A luz sumiu de meu sorriso. Fiquei paralisada no chão do celeiro, segurando a escada com tanta força que a madeira comprimiu a pele sob minhas unhas.

— Sinto muito — a mulher do fazendeiro soluçou, mas foi tudo o que ela disse, porque o marido lhe deu uma sacudida firme. O policial amarrou minhas mãos, depois abriu bem a porta do celeiro e me conduziu para um caminhão que esperava do lado de fora.

Minha mãe dizia que, às vezes, se você virar entre as mãos uma tragédia, poderá ver um milagre passando no meio dela, como ouro de tolo no fragmento mais duro de rocha. Isso certamente era verdade sobre as mortes em minha família, no mínimo porque eles não viveram para me ver naquele estado, para ver o *mundo* naquele estado. O assassinato de outra mulher havia me dado a chance de obter um par de botas resistentes. Se não fosse a marcha de Neusalz, eu nunca teria encontrado aquele celeiro e tido, por quase uma semana, três refeições completas na barriga.

E, ainda que de fato o fazendeiro tenha acabado descobrindo a fugitiva clandestina de sua esposa e chamado a polícia para me entregar, pelo menos isso significava que eu viajaria para o próximo campo na traseira de um caminhão, conservando a força que nunca teria se tivesse percorrido a pé toda aquela distância. E foi por isso que, quando chegamos a Flossenbürg, em 11 de março de 1945 — no mesmo dia, ironicamente, que as prisioneiras que haviam começado a marcha em Neusalz —, mais da metade daquelas mulheres estava morta, mas eu continuava viva.

* * *

Uma semana depois, fomos embarcadas em trens e levadas para outro campo.

Chegamos a Bergen-Belsen na última semana de março. Nos vagões, havíamos sido empilhadas como latas em uma prateleira de supermercado, de modo que mudar de posição, um pouco que fosse, significava um pé em seu rosto ou um resmungo de outra pessoa, e todas estavam tentando desesperadamente se afastar do balde transbordante que usávamos como latrina. Quando o trem parou, saímos cambaleando, nos segurando umas às outras como se estivéssemos bêbadas. Consegui dar apenas alguns passos antes de desabar.

A primeira coisa que notei foi o cheiro. Não poderia descrevê-lo, mesmo que tentasse. A carne queimada de Auschwitz não era nada comparada àquilo, o fedor de doença, urina, fezes e morte. Penetrava pelas narinas e pela garganta e deixava a gente respirando apenas superficialmente pela boca. Em toda parte havia pilhas de mortos, alguns jogados de qualquer jeito, outros arrumados em ordem, como blocos de construção ou uma casa de cartas. As prisioneiras suficientemente saudáveis para se mover estavam removendo os corpos.

Todos naquele campo tinham tifo. Como poderia ser diferente, se havia centenas de pessoas amontoadas em barracões com capacidade para cinquenta, se o banheiro era um buraco do lado de fora, se não havia comida ou água limpa o suficiente para os milhares de prisioneiras que haviam sido levadas para lá?

Não trabalhávamos. Apodrecíamos. Enrolávamo-nos como caracóis no chão dos barracões, porque era a única maneira de todas nós cabermos. Guardas entravam para retirar as mortas. Às vezes, retiravam as vivas também. Era um erro compreensível; nem sempre sabíamos diferenciar uma coisa da outra. Durante toda a noite, havia gemidos baixinhos, pele estourando de febre, alucinações. Depois, saíamos de manhã para o *Appell*, alinhando-nos durante horas para ser contadas.

Fiquei amiga de uma mulher chamada Tauba, que, com sua filha Sura, antes vivia em Hrubieszów. Tauba tinha um pertence precioso, a que se agarrava tão fortemente quanto, antes, eu havia me agarrado a minha agenda com capa de couro. Era um cobertor gasto e infestado de piolhos. Ela e Sura o haviam usado na marcha que as levara até ali, enfrentando a neve e as intempéries e sobrevivendo às noites em que outras morriam de frio. Agora, Tauba o usava para aquecer Sura, que ficara doente poucos dias depois de chegarem ao campo. Enrolava a filha no cobertor e a embalava para frente e para trás, cantando canções de ninar. Na hora do *Appell*, Tauba e eu mantínhamos Sura em pé entre nossos corpos, como se fôssemos um torno.

Uma noite, em seu estado de delírio, Sura implorou por comida. Tauba a abraçou com força.

— O que quer que eu cozinhe para você? — ela murmurou. — Talvez um frango assado. Com molho e cenouras em conserva e purê de batatas. — Seus olhos brilhavam de lágrimas. — Com manteiga, um grande punhado, como neve no alto da montanha. — Ela apertou Sura ainda mais, e a cabeça da menina pendeu para trás em seu caule delicado. — De manhã, quando você estiver com fome outra vez, vou lhe fazer minhas panquecas especiais, recheadas de queijo cottage e salpicadas com açúcar. Feijões cozidos, ovos, pão integral e amoras frescas. Haverá tanta comida, Surele, que você nem conseguirá comer tudo.

Eu sabia que algumas das mulheres mais fortes tinham conseguido entrar nas cozinhas e encontrar comida nas latas de lixo. Não sei por que elas não eram castigadas. Talvez porque os guardas não quisessem chegar muito perto de nós e se arriscar a ficar doentes, ou por não se importarem mais. Mas, na manhã seguinte, depois de conferir que Sura ainda respirava, segui um pequeno grupo até a cozinha.

— O que fazemos? — perguntei, nervosa por estarmos ali em plena luz do dia. Mas não era como se estivéssemos escapando de uma equipe de trabalho. Não havia nada para fazermos naquele campo a não ser esperar. Importaria que estivéssemos ali, sob a janela de uma cozinha, em vez de estar nos barracões?

A janela se abriu e uma mulher corpulenta jogou para fora um balde de restos. Cascas de batata, borra de café barato, cascas de salsicha e laranja, os ossos de um assado. As mulheres se jogaram ao chão como animais, agarrando o que podiam. Em meu momento de hesitação, perdi a maior parte dos pedaços valiosos de restos, mas consegui um osso de frango em forma de forquilha e um punhado de cascas de batata. Enfiei-os no bolso e corri de volta para Tauba e Sura.

Entreguei as cascas de batata para Tauba, que tentou convencer a filha a sugar uma. Mas Sura estava inconsciente.

— Então coma você — insisti. — Quando ela melhorar, vai precisar da sua força.

Tauba sacudiu a cabeça.

— Gostaria de poder acreditar nisso.

Pus a mão no bolso e tirei o osso que tinha trazido.

— Quando eu era pequena e eu e Basia, minha irmã, queríamos muito alguma coisa, como um carrinho novo ou uma viagem ao campo, fazíamos um acordo — contei a Tauba. — Quando minha mãe cozinhava o frango do Shabbat, pegávamos o osso de forquilha e segurávamos cada uma em uma ponta, desejando as duas a mesma coisa. Desse jeito, não tinha como não se realizar.

— Levantei o osso e segurei um dos lados da forquilha, deixando Tauba envolver o outro com os dedos. — Pronta?

O osso quebrou em favor dela. Mas não teria importado, de qualquer maneira.

Naquela noite, quando o *kapo* veio remover os mortos, o corpo de Sura foi o primeiro a ser levado.

Escutei Tauba chorando, devastada pela perda. Ela enterrou o rosto no cobertor, tudo o que lhe sobrara da filha. Mas, mesmo abafado, seu choro se transformou em gritos; cobri os ouvidos e, mesmo assim, não conseguia bloqueá-los. Os gritos tornavam-se lâminas, postadas como adagas no alto de meu rosto. Observei com espanto elas penetrarem minha pele flácida, liberando não sangue, mas fogo.

Minka. Minka?

O rosto de Tauba surgiu flutuando em minha visão como se eu estivesse deitada no fundo do mar, olhando para o sol.

Minka, você está com a febre.

Eu tremia incontrolavelmente, com as roupas encharcadas de suor. Sabia como aquilo ia acabar. Em poucos dias, eu estaria morta.

Então, Tauba fez uma coisa surpreendente. Pegou aquele cobertor, rasgou-o ao meio e enrolou parte dele em meus ombros.

Se eu ia morrer, queria fazer isso do meu jeito. Nisso, afinal, eu era como minha irmã. Não seria em um barracão fétido, cercada de doentes. Não deixaria que a última pessoa a tomar uma decisão sobre mim fosse um guarda, arrastando meu corpo para se decompor em algum lugar sob o sol do meio-dia.

Então, cambaleei para fora, onde o ar era mais fresco em minha pele. Enrolei-me no cobertor e desabei no chão.

Sabia que estava poupando a alguém o trabalho de remover meu corpo do barracão, pela manhã. Mas, naquele momento, tremendo no auge da febre, olhei para o céu noturno.

Não havia muitas estrelas visíveis em Łódź. Era uma cidade muito grande e dinâmica. Mas meu pai me ensinara as constelações, quando eu era pequena e viajávamos para o campo nas férias. Ficávamos apenas nós quatro, em uma cabana alugada junto ao lago, pescando, lendo, fazendo caminhadas e jogando gamão. Minha mãe sempre ganhava de nós nos jogos de cartas, mas meu pai sempre pegava o maior peixe.

À noite, às vezes, meu pai e eu dormíamos na varanda, onde o ar era tão fresco que a gente o bebia, em vez de simplesmente respirar. Meu pai me ensinou sobre Leão, a constelação bem no alto. Seu nome derivava de outro monstro mítico, o Leão da Neméia, uma fera gigante e feroz cuja pele não podia ser penetrada por facas ou espadas. O primeiro trabalho de Hércules foi matá-lo, mas ele logo percebeu que o leão não podia ser abatido com flechas. Em vez disso, ele perseguiu o monstro até uma caverna, atordoou-o com um soco na cabeça e o estrangulou. Como prova de sua vitória, usou as garras do próprio leão para tirar-lhe o couro.

"Está vendo, Minka", meu pai dizia. "Tudo é possível. Até a fera mais terrível pode um dia ser uma lembrança distante." Ele envolvia minha mão na sua e fazia meu dedo apontar o contorno das estrelas mais brilhantes da constelação. "Olhe", dizia. "Aqui estão a cabeça e a cauda. Aqui está o coração."

* * *

Eu estava morta e olhava para a asa de um anjo. Branca e etérea, ela ondulava e mergulhava no canto de minha visão.

Mas, se eu estava morta, por que minha cabeça parecia pesada como uma bigorna? Por que eu ainda sentia o fedor horrível daquele lugar?

Esforcei-me para sentar e percebi que o que eu imaginara como uma asa era uma bandeira, um pedaço de pano flutuando ao vento. Estava amarrado à torre da guarda, diante do barracão onde eu estivera alojada.

A torre da guarda estava vazia.

Assim como a que ficava atrás dela.

Não havia oficiais andando pelo campo. Não havia nenhum alemão, ponto-final. Era como uma cidade fantasma.

Algumas das outras prisioneiras já haviam começado a entender o que tinha acontecido.

— Levantem-se! — uma mulher gritou. — Levantem-se, eles foram embora!

Fui arrastada por uma maré de humanidade em direção à cerca. Eles haviam nos abandonado ali para morrer de fome? Será que alguma de nós tinha força suficiente para romper os arames farpados?

A distância, havia caminhões com cruzes vermelhas pintadas nas laterais. Naquele momento, eu soube que não importava se não tivéssemos força suficiente. Havia outros, agora, que seriam fortes *por* nós.

Há uma foto minha naquele dia. Eu a vi uma vez, em um documentário da PBS sobre o dia 15 de abril de 1945, quando os primeiros tanques britânicos se aproximaram de Bergen-Belsen. Fiquei chocada ao ver meu rosto no corpo de um esqueleto. Até comprei uma cópia do vídeo para poder vê-lo e pausá-lo no momento certo, para ter certeza. Mas, sim, era eu, com meu gorro e as luvas cor-de-rosa e o cobertor de Sura enrolado nos ombros.

Não contei a ninguém que era eu ali, na filmagem da câmera de alguém, até hoje.

Eu pesava trinta quilos no dia em que os britânicos nos libertaram. Um homem de uniforme se aproximou e eu caí em seus braços, incapaz de ficar mais tempo em pé. Ele me ergueu no colo e me carregou para uma tenda que servia de enfermaria.

"Vocês estão livres", diziam pelos alto-falantes, em inglês, em alemão, em iídiche, em polonês. "Vocês estão livres, fiquem calmas. A comida está chegando. A ajuda está a caminho."

* * *

Você vai me perguntar, depois disso, por que eu não lhe contei antes.

É porque eu sei como uma história pode ser poderosa. Ela pode mudar o curso da história. Pode salvar uma vida. Mas também pode ser um sumidouro, uma areia movediça em que se fica preso, incapaz de se libertar.

Seria de imaginar que ter testemunhado algo assim faria diferença, no entanto não é o que se vê. Nos jornais, li sobre a história se repetindo no Camboja. Em Ruanda. No Sudão.

A verdade é muito mais dura que a ficção. Alguns sobreviventes querem falar apenas do que aconteceu. Eles vão a escolas, museus, templos e fazem palestras. Imagino que seja a maneira de encontrarem um sentido naquilo. Já os ouvi dizer que sentem que essa é sua responsabilidade, talvez até a razão de terem sobrevivido.

Meu marido, seu avô, costumava dizer: "Minka, você era escritora. Imagine a história que poderia contar".

Mas é exatamente *porque* eu era escritora que nunca poderia fazer isso.

As armas que um escritor tem à disposição são falhas. Há palavras que parecem informes e desgastadas pelo uso. *Amor*, por exemplo. Eu poderia escrever a palavra *amor* mil vezes e ela significaria mil coisas diferentes, para leitores diferentes.

De que serviria tentar pôr no papel emoções que são complexas demais, enormes demais, esmagadoras demais para ser confinadas a um alfabeto?

Amor não é a única palavra que falha.

Ódio também.

Guerra.

E *esperança*. Ah, sim, *esperança*.

Então, veja, é por isso que jamais contei minha história.

Se você passou por isso, sabe que não há palavras que possam chegar sequer perto de descrever a experiência.

E, se não passou, jamais compreenderá.

PARTE III

Como é maravilhoso que ninguém precise esperar um único minuto para começar a melhorar o mundo.

— ANNE FRANK, *O diário de Anne Frank*

Ele era mais rápido que eu, e mais forte. Quando por fim me alcançou, tampou minha boca com a mão para que eu não pudesse gritar e me arrastou para um celeiro abandonado, onde me jogou sobre um leito de feno empoeirado. Olhei fixamente para ele, imaginando quem ele de fato seria e como eu não tinha percebido antes.

"Você vai me matar também?", desafiei.

"Não", Aleks respondeu em voz baixa. "Estou fazendo o que posso para salvá-la."

Ele enfiou a mão pelo vidro quebrado da janela para pegar um punhado de neve. Esfregou-a nos braços, depois se enxugou com os farrapos de sua camisa.

Era fácil ver as feridas frescas em seus ombros, peito e costas. Mas havia pelo menos uma dúzia de outras, cortes estreitos que desciam pela parte interna do braço, pelo pulso, até a palma da mão.

"Depois que ele atacou você, comecei a fazer isso", Aleks disse. "A assar pão."

"Eu não entendo..."

Ao luar, as cicatrizes em seu braço eram uma escada prateada.

"Eu não pedi para ser quem sou", ele disse, sério. "Tento manter Casimir trancado e escondido. Alimento-o com carne crua, mas ele está sempre com fome. Faço o que posso para evitar que ele deixe sua natureza dominá-lo. Tento manter controle sobre mim mesmo também. Na maior parte do tempo, consigo. Mas um dia ele fugiu quando eu estava tentando arrumar-lhe comida. Segui os rastros dele até a floresta. Ele foi atrás do seu pai, que estava cortando madeira para o forno, mas seu pai tinha a vantagem de um machado. Quando entrei no meio, tentando distrair Casimir, isso deu a seu pai uma oportunidade de reagir. Ele conseguiu acertar um golpe na coxa de Casimir. Avancei para tirar o machado dele. Não sei se foi o cheiro do sangue ou a adrenalina em seu sistema..." Aleks desviou o olhar. "Não sei por que aconteceu, por que eu não consegui me controlar. Ele ainda é meu irmão. Essa é minha única desculpa." Aleks passou a mão pelos cabelos, deixando-os em pé como a crista de um galo. "Eu sabia que, se acontecesse outra vez, mesmo uma vez, seria demais. Tinha que encontrar uma maneira de proteger os outros, como precaução. Então, pedi para trabalhar com você."

Olhei para as cicatrizes dele e pensei no pãozinho que ele assava para mim todos os dias, no modo como insistia para que eu o comesse inteiro. Pensei nas baguetes que eu tinha vendido naquela semana, nos clientes que haviam me dito que o sabor delas era algo como uma experiência religiosa. Pensei na velha Sal, dizendo que a única maneira de ficar imune a um upiór era consumindo seu sangue. Pensei no tom rosado da massa e entendi o que Aleks estava me dizendo.

Ele estava literalmente dando o próprio sangue para salvar todos nós dele mesmo.

SAGE

Minha avó era duas vezes sobrevivente. Muito antes de eu saber de qualquer relação sua com o Holocausto, ela lutara contra um câncer.

Eu era pequena, uns três ou quatro anos. Minhas irmãs ficavam na escola durante o dia, mas minha mãe me levava à casa da vovó todas as manhãs, quando meu avô saía para trabalhar, para que ela não ficasse sozinha durante sua recuperação. Ela fizera uma mastectomia. No período de recuperação, ficava deitada no sofá enquanto eu via *Vila Sésamo* e brincava de colorir na mesinha de centro a sua frente, e minha mãe limpava a casa, lavava a louça e preparava as refeições. De hora em hora, minha avó fazia seus exercícios, que consistiam em subir com os dedos pela parede atrás do sofá e se esticar o mais alto que pudesse, a fim de reconstruir os músculos danificados pela cirurgia.

A cada manhã, depois que chegávamos, minha mãe ajudava a vovó a tomar banho. Ela fechava a porta e abria o zíper do roupão de minha avó, depois a deixava se lavando sob a água quente. Quinze minutos depois, batia de leve na porta e entrava outra vez, e então as duas saíam: vovó cheirando a talco, vestida em um roupão limpo, os cabelos da nuca molhados, mas o restante dele misteriosamente seco.

Um dia, depois que minha mãe pôs a vovó no chuveiro, ela subiu com uma pilha de roupas lavadas.

— Sage — ela me disse —, fique aqui até eu voltar. — Eu nem tirei os olhos da televisão; o Gugu estava na tela, e eu morria de medo dele. Se desviasse o olhar, ele poderia sair de sua lata de lixo quando eu não estivesse olhando.

Mas, assim que minha mãe saiu de vista e Gugu saiu da tela, fui até o banheiro. A porta estava destrancada, para minha mãe poder entrar. Abri só uma frestinha e imediatamente senti meu cabelo se enrolar com o vapor.

A princípio, não consegui enxergar. Era como se eu tivesse entrado em uma nuvem. Mas, quando minha visão clareou, notei minha avó do outro lado do boxe, sentada em um banquinho de plástico. Ela já tinha desligado a água, mas em sua cabeça havia uma touca que parecia um cogumelo de desenho animado, vermelho com bolas brancas. Havia uma toalha em seu colo. Com a mão boa, ela aplicava talco no corpo.

Eu nunca a tinha visto nua. Na verdade, nunca tinha visto nem minha mãe nua. Então, fiquei olhando, porque havia tantas diferenças entre seu corpo e o meu.

A pele, para começar, que formava pregas em seus joelhos, cotovelos e barriga, como se não houvesse material suficiente para preenchê-la. A brancura das coxas, como se ela nunca tivesse andado ao ar livre de shorts, o que provavelmente era verdade.

O número em seu braço, que me fez lembrar os que a caixa do supermercado passava no scanner quando comprávamos comida.

E, claro, a cicatriz onde o seio esquerdo havia estado.

A pele enrugada, ainda recente e vermelha, cobria um abismo, uma parede íngreme.

A essa altura, minha avó já tinha me visto. Ela abriu a porta do chuveiro com a mão direita, e eu quase sufoquei com o cheiro de talco.

— Chegue mais perto, Sagele — disse. — Não há nada em mim que eu queira esconder de você.

Dei um passo à frente e parei, porque as cicatrizes em minha avó eram muito mais assustadoras até que o Gugu.

— Você nota que há algo diferente em mim, não é? — ela falou.

Concordei com um gesto de cabeça. Eu não tinha as palavras, naquela idade, para explicar o que não estava vendo, mas entendia que não era como devia ser. Apontei para a cicatriz.

— Está faltando — eu disse.

Minha avó sorriu, e bastou isso para que eu parasse de ver a cicatriz e a reconhecesse outra vez.

— Sim — disse ela. — Mas você vê quanto de mim ainda existe?

* * *

Espero no quarto de minha avó enquanto Daisy a apronta para dormir. Com carinho, sua cuidadora ajeita os travesseiros do jeito que ela gosta e a envolve nos cobertores antes de ir embora. Eu me sento à beira da cama e seguro a mão de minha avó, que é fria e seca ao toque. Não sei o que dizer. Não sei o que *resta* para dizer.

Sinto a pele de meu rosto formigar, como se as cicatrizes se reconhecessem uma à outra, embora as que minha avó revelou dessa vez sejam invisíveis. Quero agradecer a ela por ter me contado. Quero agradecer a ela por ter sobrevivido, porque, sem ela, eu não estaria aqui para ouvir. Mas, como ela disse, às vezes as palavras não são grandes o bastante para conter todos os sentimentos que se está tentando despejar nelas.

A mão livre de minha avó dança sobre a borda do lençol, puxando-o até o queixo.

— Quando a guerra terminou — diz ela —, foi com isso que demorei a me acostumar. O conforto. Não consegui dormir no colchão por um longo tempo. Em vez disso, pegava um cobertor e dormia no chão. — Ela olha para mim e, por um segundo, vejo a menina que ela era. — Foi seu avô quem me consertou. "Minka", ele dizia. "Eu amo você, mas não vou dormir no chão."

Lembro-me de meu avô como um homem de fala mansa que adorava livros. Seus dedos estavam sempre manchados de tinta dos recibos que fazia para os clientes em sua livraria de livros antigos e raros.

— Vocês se conheceram na Suécia, não é? — digo, pois essa é a história que nos foi contada.

Ela assente com a cabeça.

— Depois que me recuperei do tifo, fui para lá. Nós, sobreviventes, naquela época, podíamos viajar para qualquer lugar da Europa de graça. Fui com algumas outras mulheres para uma pensão em Estocolmo e, todos os dias, tomava o café da manhã em um restaurante, só porque podia. Ele era um soldado em licença. Disse que nunca tinha visto uma garota comer tantas panquecas. — Um sorriso enruga seu rosto. — Ele vinha todos os dias ao restaurante e se sentava ao meu lado no balcão, até eu concordar em sair para jantar com ele.

— Você o encantou.

Minha avó ri.

— Dificilmente. Eu era só ossos. Sem peitos, sem curvas, nada. Meus cabelos tinham dois centímetros de comprimento, o melhor que consegui fazer depois de eliminar todos os piolhos. Eu mal parecia uma garota — diz ela. — Em nosso primeiro encontro, perguntei o que ele tinha visto em mim. E ele respondeu: "Meu futuro".

De repente, eu me lembrei de estar dando uma volta pela vizinhança com minha avó e minhas irmãs, quando era bem menor. Não queria ir; estava lendo um livro, e caminhar sem um destino em mente me parecia sem sentido. Mas minha mãe nos pressionou, então fomos nos arrastando, ao passo de lesma de minha avó, pelo quarteirão. Ela ficou horrorizada quando quisemos correr pelo meio da rua.

— Por que ficar na sarjeta — disse ela — quando vocês têm esta bela calçada?

Na época, achei que fosse excesso de cautela, preocupação com carros em uma rua residencial que nunca via tráfego. Agora, percebo que ela não entendia por que não usávamos a calçada se *podíamos* fazer isso.

Suponho que, quando uma liberdade lhe é tirada, você a reconhece como um privilégio, não um direito.

— Quando chegamos aos Estados Unidos, seu avô sugeriu que eu entrasse para um grupo de outras pessoas como eu, que tivessem estado, você sabe, nos campos. Eu o levei comigo. Fomos a três reuniões. Todos falavam do que havia acontecido e de como odiavam os alemães. Eu não queria aquilo. Estava em um país novo e belo. Queria falar de filmes, do meu lindo marido e dos meus novos amigos. Então saí e toquei a vida em frente.

— Depois do que os alemães lhe fizeram, como você pôde perdoá-los? — Dizer isso em voz alta me faz pensar em Josef.

— Quem disse que perdoei? — minha avó responde, surpresa. — Eu jamais poderia perdoar o Schutzhaftlagerführer por ter matado minha melhor amiga.

— Não a culpo por isso.

— Não, Sage. Eu estou dizendo que eu *não poderia*, literalmente, porque não cabe a mim perdoá-lo. Isso só poderia ser feito por Darija, e ele tornou isso impossível. Pela mesma lógica, eu *deveria* ser capaz de perdoar o Hauptscharführer. Ele quebrou meu maxilar, mas também salvou minha vida. — Ela balança a cabeça. — No entanto, eu não consigo.

Ela fica em silêncio por tanto tempo que acho que adormeceu.

— Quando eu estava na cela da fome — minha avó diz, baixinho —, eu o odiei. Não por ter me levado a confiar nele, ou mesmo por ter me batido. Mas porque ele me fez perder a compaixão que eu tinha pelo inimigo. Não pensei mais em Herr Bauer ou em Herr Fassbinder; acreditei que um alemão era igual a todos os outros e odiei todos eles. — Ela olha para mim. — O que significa que, naquele momento, eu não era melhor do que nenhum deles.

* * *

Leo me vê sair e fechar a porta do quarto depois que minha avó adormece.

— Você está bem?

Noto que ele arrumou a cozinha, lavou os copos que usamos para o chá, recolheu as migalhas da toalha da mesa, limpou o balcão.

— Ela dormiu agora — digo, sem responder de fato sua pergunta. Como eu poderia? Como qualquer pessoa poderia estar bem depois de ouvir o que nós ouvimos hoje? — E Daisy está aqui, se ela precisar de alguma coisa.

— Escute, eu sei como deve ser difícil ouvir algo assim...

— Você não sabe — interrompo. — Esse é o seu trabalho, Leo, mas não é pessoal para você.

— Na verdade, é muito pessoal — ele diz, e na mesma hora eu me sinto culpada.

Ele dedicou a vida a encontrar as pessoas que cometeram esses crimes; eu nem me importei o bastante para insistir que minha avó se abrisse comigo, nem na adolescência, quando descobri que ela era uma sobrevivente.

— Ele é Reiner Hartmann, não é? — pergunto.

Leo apaga as luzes da cozinha.

— Bem — diz ele —, vamos ver.

— O que você está escondendo de mim?

Ele sorri levemente.

— Sou um agente federal. Se eu contar a você, tenho que matá-la.

— Mesmo?

— Não. — Ele abre a porta para mim e verifica se ficou bem fechada depois de sairmos. — Tudo o que sei neste momento é que a sua avó esteve em Auschwitz. Houve centenas de oficiais da SS lá. Ela ainda não identificou o seu Josef como um deles.

— Ele não é o meu Josef — digo.

Leo abre a porta de passageiros de seu carro alugado para eu entrar, depois dá a volta e senta no banco do motorista.

— Eu sei que você tem um interesse pessoal nisso e sei que queria o processo terminado ontem. Mas, para que meu departamento possa avançar, precisamos cumprir todos os procedimentos. Enquanto você estava com sua avó, liguei para uma de minhas historiadoras em Washington. Genevra está selecionando uma série de fotografias e vai enviá-las para mim, no hotel, por FedEx. Se tivermos sorte amanhã, se sua avó estiver disposta e conseguir fazer uma identificação, talvez tenhamos a prova de que precisamos para fazer a bola começar a rolar. — Ele liga o carro e sai.

— Mas Josef confessou para mim — argumento.

— Exato. Ele não queria ser extraditado ou processado, ou teria confessado para *mim*. Não sabemos quais são os planos dele; se isso é alguma ilusão que ele criou dentro de si, se apenas tem um desejo de morte... Pode haver uma dúzia de razões para ele querer que você participe de um suicídio assistido, e talvez ele ache que precisa criar uma imagem reprensível de si próprio para você considerar a possibilidade. Eu não sei.

— Mas todos aqueles detalhes...

— Ele tem mais de noventa anos. Pode ter assistido ao History Channel durante os últimos cinquenta anos. Há muitos especialistas em Segunda Guerra Mundial. Detalhes são bons, mas só se puderem ser restritos a um indivíduo específico. E é por isso que, se conseguirmos corroborar a história dele com um testemunho ocular de alguém que de fato o viu em Auschwitz, então teremos um caso.

Cruzei os braços sobre o peito.

— As coisas andam mais depressa em *Law & Order: SVU*.

— É porque está na época de renovar o contrato de Mariska Hargitay — Leo diz. — Escute, na primeira vez em que ouvi o testemunho de um sobrevivente, eu me senti da mesma maneira. E *não era* minha avó. Eu queria matar todos os nazistas. Até mesmo os que já estão mortos.

Enxugo os olhos, constrangida por estar chorando na frente dele.

— Não posso nem imaginar algumas das coisas que ela nos contou.

— Eu já ouvi coisas assim algumas centenas de vezes — Leo diz com suavidade. — E não fica mais fácil.

— Então simplesmente vamos para casa agora?

Ele assente.

— E temos uma boa noite de sono e esperamos meu pacote chegar aqui. Depois, podemos visitar sua avó outra vez e torcer para que ela consiga fazer uma identificação.

E, se ela fizer, quem estaremos ajudando? Não minha avó, com certeza. Ela passou anos se reinventando para não ser mais uma vítima; mas não estaremos redefinindo-a como vítima, se lhe pedirmos essa identificação? Penso em Josef, ou Reiner, ou qualquer que seja seu nome. Todos têm uma história; todos escondem o passado como meio de autopreservação. Alguns apenas fazem isso melhor, e mais completamente, do que outros.

Mas como se pode existir em um mundo em que ninguém é quem parece ser?

O silêncio cresce entre nós, enchendo todo o espaço vazio dentro do carro alugado. Dou um pulo quando o GPS nos diz para virar à direita na estrada. Leo mexe no rádio.

— Talvez seja bom ouvirmos música.

Ele faz uma careta quando um rock soa dentro do carro.

— Que pena que não temos CDs — digo.

— Eu nem sei mexer nessas coisas. Não tenho no meu carro.

— Um CD player? Está falando sério? Que carro é o seu, um Ford Modelo T?

— Tenho um Subaru. Com toca-fitas.

— Isso ainda existe?

— Não me julgue. Sou um cara vintage.

— Então você gosta dos antigos — comento, intrigada. — The Shirelles, The Troggs, Jan and Dean...

— Epa — interrompe Leo. — Esses aí não são antigos. Cab Calloway, Billie Holiday, Peggy Lee... Woody Herman...

— Pois eu vou lhe fazer uma surpresa — respondo e sintonizo o rádio em outra estação. Quando Rosemary Clooney canta para nós, Leo arregala os olhos.

— Isso é incrível — diz ele. — É uma estação de Boston?

— É a Sirius XM. Rádio por satélite. Uma tecnologia muito legal. Aliás, tenho mais uma novidade. Agora estão fazendo filmes que *falam*.

Leo faz uma careta.

— Eu *sei* o que é rádio por satélite. Só que nunca...

— Imaginou que valeria a pena ouvir? Não é meio perigoso viver no passado?

— Não mais perigoso do que viver no presente e perceber que nada mudou — diz Leo.

Isso me faz pensar em minha avó outra vez.

— Ela disse que era por isso que não queria falar sobre o que lhe aconteceu. Porque não parecia adiantar muito.

— Não acredito inteiramente nela — diz Leo. — Ver a história se repetir pode mesmo ser decepcionante, mas costuma haver outra razão para os sobreviventes guardarem suas experiências para si.

— Qual?

— Proteger a família. Na verdade, é transtorno de estresse pós--traumático. Alguém que ficou traumatizado dessa maneira não tem como desligar algumas emoções e deixar outras intactas. Sobreviventes que parecem perfeitamente bem do lado de fora podem ainda estar emocionalmente vazios por dentro. E, por causa disso, nem sempre conseguem se conectar com os filhos ou o cônjuge... ou tomam a decisão consciente de *não* se conectar, para não decepcionar as pessoas que eles amam. Eles têm receio de transmitir os pesadelos, ou de se ligar demais e perder alguém outra vez. Mas, como resultado disso, seus filhos crescem e imitam esse comportamento com as próprias famílias.

Eu tento, mas não consigo me lembrar de meu pai sendo distante. Mas ele manteve guardados os segredos de minha avó. Será que vovó tentara poupá-lo ficando em silêncio e ele sofrera mesmo assim? Será que essa desconexão emocional teria pulado uma geração? Eu escondia meu rosto das pessoas; arrumei um trabalho que me permitia trabalhar à noite, sozinha; me permiti me apaixonar por um homem que eu sabia que nunca seria meu, porque achava que nunca teria a sorte de encontrar alguém que pudesse me amar para sempre. Será que eu vivia me escondendo porque era estranha, ou era estranha porque vivia me escondendo? Minha cicatriz seria apenas parte disso, o gatilho de um trauma transmitido pela linhagem familiar?

Não percebo que estou soluçando até o carro cortar três pistas e, de repente, pegar uma saída.

— Desculpe — diz Leo, parando junto à guia. Um reflexo do espelho retrovisor incide em seus olhos. — Foi uma estupidez dizer isso. Só para você saber, nem sempre acontece assim. Olhe para você. Saiu-se perfeitamente bem.

— Você não me conhece.

— Mas gostaria de conhecer.

A resposta de Leo parece chocá-lo tanto quanto a mim.

— Imagino que você diga isso a todas as garotas que choram histericamente na sua frente.

— Ah, você descobriu meu *modus operandi*.

Ele me passa um lenço. Quem ainda anda com um lenço de pano? Um cara que tem um toca-fitas no carro, imagino. Enxugo os olhos e assoo o nariz, depois enfio o pequeno quadrado em meu bolso.

— Tenho vinte e cinco anos — digo. — Fui dispensada do meu trabalho. Meu único amigo é um ex-nazista. Minha mãe morreu três anos atrás, e parece que foi ontem. Não tenho nada em comum com minhas irmãs. O último relacionamento que tive foi com um homem casado. Sou uma solitária. Prefiro fazer um tratamento de canal a tirar uma fotografia — continuo, chorando tanto que fico com soluços. — Não tenho nem um bicho de estimação.

Leo inclina a cabeça.

— Nem um peixinho dourado?

Sacudo a cabeça.

— Bem, muitas pessoas perdem o emprego — Leo diz. — Sua amizade com um nazista pode levar à deportação ou extradição de um criminoso de guerra. Acho que isso lhe daria algo para conversar com suas irmãs. E também aposto que deixaria sua mãe orgulhosa, onde quer que ela esteja agora. Fotos são tão retocadas atualmente que a gente nunca pode mesmo confiar no que vê. E, quanto a ser uma solitária — ele acrescenta —, você não parece ter nenhum problema de conversar comigo.

Penso nisso por um momento.

— Sabe do que você precisa? — pergunta ele.

— Um choque de realidade?

Leo põe o carro em movimento outra vez.

— Perspectiva — ele responde. — Não vamos mais para casa. Tenho uma ideia melhor.

* * *

Lembro-me de pensar, quando criança, que igrejas eram incrivelmente belas, com suas janelas de vitrais e altares de pedra, seus tetos em abóbada e bancos polidos. Em contraste, o templo para onde fui arrastada para os bat mitzvás de minhas irmãs, a uma hora inteira de viagem, era totalmente sem graça. Seu telhado subia até uma enorme ponta de metal marrom; uma espécie de obra abstrata de ferro, provavelmente pretendendo ser uma sarça ardente, mas com cara mais de arame farpado, decorava o saguão. O esquema de cores era azul-claro, laranja e ocre, como se a década de 70 tivesse sido vomitada sobre as paredes.

Agora, enquanto Leo segura a porta para eu entrar, decido que ou judeus são universalmente péssimos decoradores, ou todos os templos foram construídos em 1972. As portas do santuário estão fechadas, mas ouço a música se infiltrando por baixo delas.

— Parece que já começaram — diz Leo —, mas não tem problema.

— Você está me trazendo para um encontro em um culto de sexta à noite?

— Isso é um encontro? — Leo responde.

— Você é uma dessas pessoas que procuram o hospital mais próximo antes de viajar, exceto que não é um hospital que você procura, mas um templo?

— Não. Estive aqui uma vez antes. Tive um caso que envolvia o testemunho de um homem que tinha sido parte de um *Sonderkommando*. Quando ele morreu, alguns anos depois, um contingente do meu escritório veio para o funeral aqui. Eu sabia que não podíamos estar muito longe.

— Eu já lhe disse, religião não é bem a minha praia...

— Devidamente anotado — ele responde e segura minha mão, abre a porta do santuário e me puxa para dentro.

Sentamos no último banco à esquerda. No bema, o rabino está dando as boas-vindas à comunidade e dizendo a todos como é bom estarem juntos. Ele começa a ler uma oração em hebraico.

Lembro-me do momento em que insisti com meus pais para não ir mais ao templo. Minha testa começa a suar. Penso que estou tendo um flashback. A mão de Leo aperta a minha.

— Só dê uma chance — ele sussurra.

Ele não me solta.

Quando não se entende a língua que está sendo falada, tem-se duas opções. Pode-se resistir contra o isolamento, ou pode-se ceder a ele. Eu deixo as orações fluírem sobre mim como vapor. Observo as pessoas quando é a vez delas de responder lendo um trecho, como atores que memorizaram suas deixas. Quando o cantor avança e canta, a música é a melodia de dor e lamento. De repente, vem-me um pensamento: essas palavras são as mesmas com que minha avó cresceu. Essas notas são as mesmas que ela ouviu. E todas essas pessoas — os casais idosos e as famílias com crianças pequenas, os pré-adolescentes à espera de seus bar e bat mitzvás, e os pais que sentem tanto orgulho deles que não conseguem parar de tocar seus cabelos, seus ombros — não estariam aqui se as coisas tivessem acontecido do jeito que Reiner Hartmann e o resto do regime nazista planejaram.

A história não é feita de datas, lugares e guerras. É feita das pessoas que preenchem os espaços entre eles.

Há uma oração para os doentes e os convalescentes, um sermão do rabino. Há uma bênção sobre a chalá e o vinho.

Então é hora do *kaddish*. A oração para os entes queridos que morreram. Sinto Leo se levantar a meu lado.

Yisgadal v'yiskadash sh'mayh rabo.

Leo me puxa para cima também. Imediatamente fico em pânico, certa de que todos estão olhando para mim, a garota que não sabe as falas da peça de que está participando.

— Só repita o que eu disser — Leo sussurra, e eu faço isso, sílabas desconhecidas que parecem seixos que eu poderia encaixar nos cantos da boca. — Amém — ele diz por fim.

Eu não acredito em Deus. Mas, sentada ali, em uma sala cheia de gente que sente diferente de mim, percebo que eu *acredito* em pessoas. Em sua força de ajudar umas às outras, de seguir em frente contra todas as adversidades. Acredito que ter uma esperança, nem que seja apenas em um amanhã melhor, é a droga mais poderosa deste planeta.

O rabino faz a oração de encerramento e, quando levanta o rosto para a comunidade, sua expressão está clara e renovada: a superfície de um lago ao amanhecer. Para ser honesta, eu me sinto um pouco assim também. Como se tivesse virado uma página, encontrado um novo começo.

— *Shabbat shalom* — o rabino diz.

A mulher sentada a meu lado, que tem mais ou menos a idade de minha mãe e uma espiral de cabelos muito ruivos que desafia a lei da gravidade, dirige a mim um sorriso tão largo que posso ver suas obturações.

— *Shabbat shalom* — ela diz, apertando minha mão com força, como se me conhecesse desde sempre.

Um menininho a nossa frente, que ficou se agitando a maior parte do tempo, ajoelha-se no banco e levanta os dedinhos rechonchudos abertos, em um cumprimento de bebê. Seu pai ri.

— Como se diz? — ele incentiva. — *Shabbat...?* — O menino esconde o rosto na manga da camisa do pai, subitamente envergonhado.

— Fica para a próxima — o homem conclui, sorrindo.

A toda nossa volta, as mesmas palavras são repetidas, como uma fita que se estende pela multidão, um laço unindo a todos. Quando as pessoas começam a sair, agrupando-se no saguão, onde o Oneg Shabbat — chá, biscoitos e conversas — está servido, eu me levanto.

Mas Leo continua sentado.

Ele está observando a sala, e seu rosto tem uma expressão que não consigo identificar direito. Melancolia, talvez. Orgulho. Por fim, ele olha para mim.

— Isso — diz ele. — É por isso que eu faço o que faço.

* * *

No Oneg Shabbat, Leo me traz chá gelado em um copo plástico e um rugelach que eu educadamente rejeito, porque é evidente que foi comprado em uma loja, e sei que eu poderia fazer melhor. Ele me chama de padeira esnobe, e ainda estamos rindo disso quando um casal idoso se aproxima. Começo a desviar o rosto, instintivamente tentando esconder a face ruim, mas a súbita recordação de uma frase de minha avó me passa pela mente, explicando sua cicatriz da mastectomia tantos anos antes e, hoje, suas lembranças do Holocausto: *Mas você vê quanto de mim ainda existe?*

Levanto o queixo e encaro diretamente o casal, desafiando-o a fazer algum comentário sobre minha pele defeituosa.

Mas eles não fazem. Perguntam se somos novos na cidade.

— Estamos só de passagem — Leo responde.

— É uma boa comunidade para morar — a mulher diz. — Muitas jovens famílias.

É evidente que ela supõe que somos um casal.

— Ah, nós não... Quer dizer, ele não é...

— Ela está querendo dizer que não somos casados — Leo completa.

— Mas não por muito tempo — o homem diz. — Terminar as frases delas é o primeiro passo.

Pessoas vêm falar conosco mais duas vezes, perguntando se nos mudamos para lá há pouco tempo. Na primeira vez, Leo diz que íamos ao cinema, mas não havia nada passando, então resolvemos vir ao templo. Na segunda vez, ele responde que é um agente federal e eu o estou ajudando a resolver um caso. O homem que conversava conosco ri.

— Boa — diz ele.

— Você ficaria surpresa se soubesse como é difícil fazer as pessoas acreditarem na verdade — Leo me diz mais tarde, enquanto caminhamos para o estacionamento.

Mas não estou surpresa. Lembro-me de como resisti a Josef quando ele tentou me contar o que havia sido no passado.

— Acho que é porque, na maior parte do tempo, não queremos admiti-la para nós mesmos.

— É verdade — Leo concorda, pensativo. — São surpreendentes as coisas de que conseguimos nos convencer quando resolvemos aceitar uma mentira.

Pode-se acreditar, por exemplo, que um emprego sem futuro é uma carreira. Pode-se pôr a culpa na própria feiura para se manter distante das pessoas, quando, na verdade, se está paralisada pelo medo de deixar outra pessoa se aproximar o suficiente, vindo a produzir, talvez, uma cicatriz ainda mais profunda. Pode-se dizer a si mesma que é mais seguro amar alguém que nunca a amará realmente de volta, porque não se pode perder alguém que nunca se teve.

Talvez porque Leo seja um profissional em guardar segredos; talvez porque eu tenha ficado tão emocionalmente machucada hoje; talvez apenas por ele escutar com mais atenção do que qualquer outra pessoa que já conheci... seja como for, eu me vejo lhe contando coisas que nunca admiti em voz alta. Enquanto retomamos a direção norte, conversamos sobre como eu sempre me senti deslocada, mesmo dentro de minha família. Conto-lhe que me preocupo que meus pais tenham morrido sem saber se um dia eu seria capaz de sustentar a mim mesma. Admito que, quando minhas irmãs vêm me visitar, eu me desligo de suas conversas sobre caronas solidárias e tratamentos de beleza e sobre o que o dr. Oz tem a dizer a respeito da saúde do cólon. Conto-lhe que, uma vez, passei uma semana inteira sem dizer uma palavra sequer, só para ver se conseguiria e se reconheceria minha voz quando voltasse a falar. Conto que o momento em que o pão sai do forno, quando ouço cada um deles estalar e cantar ao entrar em contato com o ar fresco, é o mais próximo que já cheguei de acreditar em Deus.

São quase onze horas quando chegamos a Westerbrook, mas não estou cansada.

— Café? — sugiro. — Há um ótimo lugar na cidade que fica aberto até meia-noite.

— Se eu tomar café agora, vou rolar na cama até amanhecer — Leo diz.

Olho para minhas mãos no colo, sentindo-me impossivelmente ingênua. Outra pessoa que não eu teria sido capaz de ler as pistas sociais e saberia que aquele clima de camaradagem entre nós é decorrência do caso que Leo está investigando, não amizade de fato.

— Mas — ele acrescenta — talvez um chá de ervas?

Westerbrook é uma cidade pacata, e há pouca gente no café, embora seja sexta-feira à noite. Uma garota de cabelo roxo absorta em um livro de Proust parece incomodada quando a interrompemos para fazer o pedido.

— Eu ia fazer um comentário depreciativo sobre a juventude americana — Leo diz, depois de insistir em pagar meu latte —, mas estou muito impressionado pelo fato de ela estar lendo outra coisa que não *Cinquenta tons de cinza*.

— Talvez esta venha a ser a geração que salvará o mundo — comento.

— Todas as gerações acham que será ela a fazer isso, não?

Será que a minha achava? Ou estávamos tão envolvidos em nós mesmos que não pensamos em procurar respostas nas experiências dos outros? Eu sabia o que era o Holocausto, claro, mas, mesmo depois de ficar sabendo que minha avó era uma sobrevivente, evitara cuidadosamente fazer perguntas. Será que eu era apática demais — ou medrosa demais — para pensar que essa história antiga tivesse alguma coisa a ver com meu presente ou meu futuro?

Será que a geração de Josef achava? A julgar por seu próprio relato, ele acreditara, quando menino, que um mundo sem judeus seria um lugar melhor. Será que ele vê o resultado, agora, como um fracasso? Ou como uma bala que não acertou o alvo?

— Eu fico me perguntando quem seria o homem *real* — murmuro. — Aquele que escreveu recomendações para centenas de garotos enviarem às faculdades e que levou um time de beisebol às finais estaduais e que divide seu pão com o cachorro, ou o que minha avó descreveu.

— Pode não ser um ou outro — Leo diz. — Ele pode ser ambos.

— Então ele teve que perder a consciência para fazer o que fez nos campos? Ou será que nunca teve uma?

— Isso importa mesmo, Sage? Ele claramente não tem noção de certo e errado. Se tivesse, teria recusado as ordens para cometer homicídio. E, se cometeu homicídio, não poderia desenvolver uma consciência depois, porque isso seria estranho. É como encontrar Deus quando já se está no leito de morte no hospital. Então, e daí se ele foi um santo nos últimos setenta anos? Isso não traz de volta à vida as pessoas que ele matou. Ele *sabe* disso, ou não teria se preocupado em pedir o seu perdão. Ele sente que ainda carrega essa mancha. — Leo inclina-se para a frente. — No judaísmo, há dois erros que não podem ser perdoados. O primeiro é assassinato, porque é preciso pedir perdão à pessoa contra quem o mal foi cometido e, obviamente, não é possível fazer isso se a vítima estiver sete palmos abaixo do chão. Mas o segundo mal imperdoável é arruinar a reputação de alguém. Assim como uma pessoa morta não pode perdoar o assassino, uma boa reputação não pode nunca ser recuperada. Durante o Holocausto, judeus foram mortos e sua reputação foi destruída. Portanto, por mais que Josef se arrependa do que fez, ele está condenado pelos dois motivos.

— Então, por que tentar? — pergunto. — Por que ele passaria setenta anos fazendo boas ações e contribuindo para a comunidade?

— Essa é fácil — Leo diz. — Culpa.

— Mas, se você se sente culpado, significa que tem consciência — destaco. — E você acabou de dizer que isso é impossível para Josef.

Os olhos de Leo se iluminam com nossa batalha verbal.

— Você é esperta demais para mim, mas só porque já passou da minha hora de dormir.

Ele continua falando, mas eu não o escuto. Não escuto nada porque, de repente, a porta do café se abre e entra Adam, com o braço em volta da esposa.

A cabeça de Shannon está inclinada perto da dele, e ela está rindo de algo que ele acabou de dizer.

Uma manhã, quando estávamos enroscados um no outro sob os lençóis de minha cama, Adam e eu fizemos uma disputa de quem contaria a pior piada de todos os tempos.

"O que é verde e tem rodas? Grama. Eu menti sobre as rodas."

"O que é vermelho e tem cheiro de tinta azul? Tinta vermelha."

"Um pato entra em um bar e o atendente pergunta: 'O que vai querer?' O pato não responde, porque é um pato."

"Você viu a casa nova do Stevie Wonder? Não? É uma beleza."

"O que o Batman disse para o Robin quando chegaram a Gotham City? Robin, chegamos a Gotham City."

"Como você faz um palhaço chorar? Mata a família dele."

"Como você chama um homem sem braços e sem pernas? Pelo nome dele."

Nós rimos tanto que comecei a chorar e não conseguia parar, o que talvez não tivesse nada a ver com as piadas.

Será que ele havia acabado de contar uma dessas para Shannon? Talvez uma das piadas que contei a ele?

Essa é apenas a terceira vez que vejo Shannon pessoalmente, a primeira sem uma grande distância ou uma vidraça entre nós. Ela é uma daquelas mulheres bonitas sem esforço, como as modelos da Ralph Lauren, que não precisam de maquiagem, têm todos os reflexos certos nos cabelos loiros e podem usar uma camisa para fora do cós como uma opção de moda, não como sinal de desmazelo.

Sem pensar de fato no que estou fazendo, deslizo minha cadeira para mais perto da de Leo.

— Sage? — Adam diz. Não sei como ele pode falar meu nome sem corar. Imagino se seu coração está acelerado como o meu e se sua esposa percebe.

— Ei — respondo, tentando parecer surpresa. — Olá.

— Shannon, esta é Sage Singer. A família dela foi nossa cliente. Sage, esta é minha esposa. — Sinto o estômago enjoado ao ouvir sua descrição de mim. Mas o que eu poderia esperar que ele dissesse?

Adam olha para Leo, esperando uma apresentação. Escorrego o braço sob o dele. Para seu crédito, ele não me olha como se eu tivesse ficado louca.

— Este é Leo Stein.

Leo estende a mão para cumprimentar Adam, depois a esposa.

— Prazer.

— Acabamos de ver o novo filme do Tom Cruise — Adam diz. — Vocês já viram?

— Ainda não — Leo responde. Tenho que abafar um sorriso; Leo provavelmente acha que o "novo" filme do Tom Cruise é *Negócio arriscado*.

— Foi um trato — diz Shannon. — Armas e alienígenas para ele, e Tom Cruise para mim. Mas a verdade é que eu teria aceitado até ver tinta secar se isso significasse arrumar uma babá e sair um pouco de casa. — Ela está sorrindo, sem nunca romper o contato visual comigo, como se estivesse tentando provar para ambas que minha cicatriz não a incomoda em nada.

— Eu não tenho filhos — digo. *E nunca tive seu marido, de fato.*

Leo põe o braço sobre meus ombros e dá uma apertadinha.

— *Ainda*.

Fico boquiaberta. Quando me viro para ele, noto um sorriso movendo os cantos de sua boca.

— Como é mesmo que você conhece a Sage? — ele pergunta a Adam.

— Negócios — dizemos em uníssono.

— Querem sentar conosco? — Leo convida.

— Não — digo depressa. — Quer dizer, não estávamos indo embora?

Seguindo minha deixa, Leo se levanta, sorrindo.

— Sabe como é a Sage. Ela não gosta de esperar. Se entende o que quero dizer. — Ele me envolve a cintura com o braço, despede-se e me conduz para fora do café.

Assim que viramos a esquina, fico furiosa.

— Que *merda* foi aquilo?

— Pela sua reação, estou pressupondo que era o namorado que você me disse que não tinha. Com a esposa.

— Você me fez parecer uma maníaca sexual... como se nós... você e eu...

— Estivéssemos transando? Não era isso que você queria que ele pensasse?

Escondo o rosto nas mãos.

— Não sei o que eu quero que ele pense.

— Ele é policial? Percebi uma vibe...

— Ele é diretor de funerais — respondo. — Nos conhecemos quando minha mãe morreu.

As sobrancelhas de Leo se erguem em surpresa.

— Uau. Meus instintos erraram *muito* dessa vez.

Vejo o habitual jogo de emoções percorrer seu rosto enquanto ele liga os pontos: aquele homem toca corpos mortos; aquele homem me tocou.

— É só um trabalho — digo. — Ninguém vai achar que *você* reencena a vitória dos Aliados na cama.

— Como você sabe? Eu faço uma imitação razoável de Eisenhower. — Leo para de andar. — Falando sério, desculpe. Imagino que tenha sido um choque e tanto descobrir que o cara com quem você está envolvida é casado.

— Eu já sabia — confesso.

Leo meneia a cabeça, como se não soubesse bem como me dizer o que precisa ser dito. Posso garantir que ele está mordendo a língua.

— Não é da minha conta — ele diz por fim e sai andando a passos rápidos para o carro.

Ele está certo. Não é da conta dele. Ele não sabe como é o amor para alguém com a minha aparência. Tenho três opções: 1) ficar triste e solitária; 2) ser a mulher traída; 3) ser a outra.

— Ei — grito, correndo atrás dele. — Você não tem o direito de me julgar. Não sabe nada sobre mim.

— Na verdade, eu sei muito sobre você — Leo corrige. — Sei que você é corajosa. Corajosa o suficiente para ligar para o meu escritório e mexer em um vespeiro que poderia ter ficado quieto por toda a sua vida. Sei que você ama a sua avó. Sei que você tem um coração tão grande que está se perguntando se pode ou não perdoar um sujeito que fez algo imperdoável. Você é excepcional em vários aspectos, Sage, por isso terá que me perdoar se estou um pouco decepcionado por descobrir que você não é tão esperta quanto achei que fosse.

— E você? Nunca fez nada errado na vida? — retruquei.

— Fiz muitas coisas erradas. Mas não voltei e fiz de novo.

Não sei por que ver Leo decepcionado comigo me traz uma sensação ainda pior do que dar de cara com Adam e Shannon.

— Não estamos juntos — explico. — É complicado.

— Você ainda o ama? — Leo pergunta.

Abro a boca, mas nada sai.

Eu amo me sentir amada.

Não amo saber que virei sempre em segundo lugar.

Amo o fato de que, pelo menos às vezes, quando estou em casa, não estou sozinha.

Não amo o fato de que isso não aconteça sempre.

Amo não ter de dar satisfações a ele.

Não amo ele não dar satisfações a mim.

Amo o modo como me sinto quando estou com ele.

Não amo o modo como me sinto quando não estou.

Quando não respondo, Leo desvia o olhar.

— Então não é tão complicado assim — diz ele.

* * *

Naquela noite, durmo como não dormia há meses. Não escuto o alarme, e só quando o telefone toca eu desperto e me sento, imaginando que seja Leo. Depois de nossa discussão na noite anterior, ele foi educado comigo, mas a atmosfera de tranquila camaradagem havia desaparecido. Quando me deixou em casa, falou sobre o trabalho e o que aconteceria depois que ele recebesse as fotos por FedEx.

Provavelmente é melhor assim: tratá-lo como colega e não como amigo. Eu só não entendo como posso sentir falta de algo que nem cheguei a ter.

Acho que talvez tenha sonhado com um pedido de desculpas para ele. Mas não sei bem pelo que estou me desculpando.

— Eu queria falar sobre ontem à noite — disparo assim que atendo o telefone.

— Eu também — diz Adam do outro lado da linha.

— Ah. É você.

— Você não parece muito entusiasmada. Estou como louco aqui a manhã inteira, tentando encontrar cinco minutos livres para ligar para você. Quem era aquele cara?

— Você está brincando, certo? Não pode estar reclamando porque eu saí com outra pessoa...

— Ouça, sei que você está brava. E sei que me pediu um tempo. Mas sinto sua falta, Sage. É com você que eu quero estar — Adam garante. — Só que não é tão simples quanto você pensa.

Lembro no mesmo instante de minha conversa com Leo.

— Na verdade é — digo.

— Se você saiu com Lou...

— Leo.

— Que seja... para chamar minha atenção, deu certo. Quando posso vê-la?

— Como eu poderia estar tentando chamar sua atenção se nem sabia que você e sua esposa tinham combinado uma noite romântica?

— Não consigo acreditar que Adam esteja agindo como se tudo tivesse a ver só com ele. Mas, na verdade, sempre tem a ver só com ele.

Ouço um bipe no telefone, em minha outra linha. Reconheço o número do celular de Leo.

— Preciso desligar — digo a Adam.

— Mas...

Enquanto desligo, percebo que sempre fui eu ligando para Adam, e não o contrário. Será que de repente fiquei mais atraente por não estar disponível?

E, se for assim, o que isso revela sobre minha atração por ele?

— Bom dia — diz Leo.

A voz dele parece esquisita, como se precisasse de uma xícara de café.

— Dormiu bem? — pergunto.

— Tão bem quanto possível em um hotel cheio de pré-adolescentes que estão aqui para um torneio de futebol. Estou com olheiras bem impressionantes. Mas, vendo pelo lado bom, agora eu sei a letra inteira da música nova do Justin Bieber.

— Imagino que isso será útil em seu trabalho.

— Se eu não conseguir fazer criminosos de guerra confessarem enquanto canto aquilo, nada mais conseguirá.

Ele parece... bem, como estava antes de encontrarmos Adam na noite passada. O fato de que isso me deixa inexplicavelmente feliz é algo que não entendo nem pretendo questionar.

— Então, de acordo com o recepcionista aqui do luxuoso Courtyard by Marriott, que tem cara de estar violando as leis contra trabalho infantil, o caminhão da FedEx chega um pouco antes das onze — diz Leo.

— O que eu devo fazer enquanto isso?

— Não sei — responde Leo. — Tome um banho, pinte as unhas, leia a revista *People*, alugue um filme romântico. É o que eu vou fazer.

— Meus impostos estão sendo *tão* bem utilizados em seu salário...

— Certo, está bem. Então vou ler a *Us Weekly* em vez disso.

Eu rio.

— Estou falando sério, Leo.

— Ligue para sua avó e veja se ela ainda está disposta a receber uma visita nossa. E então... bem, se realmente quiser fazer algo, você poderia visitar Josef Weber.

Sinto minha respiração ficar presa na garganta.

— Sozinha?

— Você não costuma visitá-lo sozinha?

— Sim, mas...

— Vai levar tempo para construir nosso caso, Sage. O que significa que, durante o processo, Josef precisa acreditar que você ainda está considerando a ideia de fazer o que ele pediu. Se eu não estivesse aqui hoje, você teria ido vê-lo?

— Provavelmente — admito. — Mas isso foi antes... — Minha voz falha.

— Antes de você saber que ele era um nazista? Ou antes de você entender o que isso realmente significa? — A voz dele é séria agora, sem nenhum tom de brincadeira. — É por isso mesmo que precisa manter as aparências. Agora você sabe o que está em jogo.

— O que devo dizer a ele? — pergunto.

— Nada — Leo aconselha. — Deixe-o falar. Veja se ele conta algum detalhe que esteja de acordo com o que sua avó nos contou, ou que possamos perguntar a ela.

Só depois de desligar e vir para o chuveiro, com a água quente descendo por minhas costas, lembro que não tenho meio de transporte. Meu carro ainda está na oficina para ser consertado depois do acidente. A casa de Josef é muito longe para ir caminhando. Eu me enxugo, seco o cabelo e visto shorts e uma camiseta regata, embora possa apostar cem dólares que Leo vai estar de novo de terno quando eu o vir outra vez. Mas se, como ele disse, aparências fazem parte do jogo, eu tenho de vestir o que costumava vestir quando ia à casa de Josef.

Em minha garagem, procuro a bicicleta que usei pela última vez quando estava na faculdade. Os pneus estão murchos, mas encontro uma bomba manual para inflá-los razoavelmente. Depois, preparo em poucos minutos uma massa na cozinha e asso muffins com cobertura de farofa de canela. Eles ainda estão soltando vapor quando os embrulho em papel-alumínio, coloco-os com cuidado na mochila e começo a pedalar para a casa de Josef.

Enquanto subo as ladeiras da Nova Inglaterra, enquanto meu coração bate acelerado, penso no que minha avó me contou ontem. Lembro-me da história da infância de Josef. Eles são dois trens em velocidade, um vindo em direção ao outro, destinados a colidir. Não tenho como impedir, mas não consigo parar de olhar.

Quando chego à casa de Josef, estou ofegante e suada. Ele franze a testa, preocupado, ao me ver.

— Você está bem?

Essa é uma pergunta difícil.

— Vim de bicicleta. Meu carro está na oficina.

— Bem — diz ele —, fico contente em ver você.

Gostaria de poder dizer o mesmo. Mas agora, quando vejo as rugas no rosto de Josef, elas se alisam diante de meus olhos no maxilar rígido do Schutzhaftlagerführer que roubou, mentiu e matou. Percebo, ironicamente, que ele conseguiu o que esperava: eu acredito em sua história. Acredito tanto que mal posso estar ali sem sentir enjoo.

Eva sai correndo pela porta e dança em volta de meus pés.

— Eu lhe trouxe algo — digo e tiro da mochila o pacote de muffins recém-assados.

— Acho que ser seu amigo não é bom para minhas medidas — comenta Josef.

Ele me convida a entrar. Sento-me em meu lugar habitual na frente dele, junto ao tabuleiro de xadrez. Ele põe água para ferver e volta com café para nós.

— Sinceramente, eu não tinha certeza se você ia voltar — diz ele. — O que eu lhe contei na última vez... foi demais para absorver.

Você não tem nem ideia, penso.

— Muitas pessoas ouvem Auschwitz e já pressupõem de imediato que você é um monstro.

Suas palavras me trazem à mente o *upiór* de minha avó.

— Achei que era isso que você queria que eu pensasse.

Ele se retraiu.

— Eu queria que você me odiasse o suficiente para querer me matar. Mas não imaginei como eu me sentiria com isso.

— Você chamou aquele lugar de "cu do mundo".

Josef fica com a respiração entrecortada.

— É minha vez, certo? — Ele se inclina para a frente e derruba um de meus peões com um cavalo pégaso. Ele se move devagar, com cuidado, um velho. Inofensivo. Lembro-me de minha avó falando de como a mão dele tremia e observo enquanto ele levanta meu peão do tabuleiro de madeira entalhada, mas seus movimentos são instáveis demais, de modo geral, para que eu possa identificar se ele tem alguma sequela permanente específica de alguma lesão.

Ele espera até que minha atenção esteja focada no tabuleiro antes de começar a falar.

— Apesar da reputação que Auschwitz tem agora, eu achei na época que tinha sido uma boa colocação para mim. Era seguro, eu não levaria um tiro de um russo. Havia até uma pequena vila no campo, onde podíamos fazer as refeições, beber e mesmo assistir a concertos. Quando nós estávamos relaxando ali, era quase possível acreditar que não havia uma guerra acontecendo.

— Nós?

— Meu irmão, o que trabalhava na Seção Quatro, a administração. Ele fazia a contabilidade, somava números e enviava os registros de contagens para o Kommandant. Minha posição era muito mais elevada que a dele. — Josef sacode as migalhas do guardanapo no prato. — Ele se reportava a mim.

Toco com o dedo um bispo-dragão, e Josef emite um som baixo.

— Não? — pergunto.

Ele balança a cabeça. Então ponho a mão nas costas amplas de um centauro, a única torre que me resta.

— Quer dizer que você era o chefe da administração?

— Não. Eu estava na Seção Três. Era o SS-Schutzhaftlagerführer do campo das mulheres.

— Você era o chefão de uma fábrica da morte — digo diretamente.

— Não o chefe — diz Josef. — Mas estava alto na cadeia de comando. E, além disso, eu não sabia o que estava acontecendo no campo quando cheguei lá, em 1943.

— Espera que eu acredite nisso?

— Só posso lhe dizer o que sei. Meu trabalho não era nas câmaras de gás. Eu supervisionava as prisioneiras que eram mantidas vivas.

— Você participava da seleção?

— Não. Eu estava presente quando os trens chegavam, mas essa tarefa era dos médicos do campo. Basicamente, eu só andava por lá. Era um supervisor. Uma presença.

— Um supervisor — repito, e a palavra soa amarga em minha boca. Um gerente do não gerenciável.

— Precisamente.

— Achei que você tinha sido ferido na linha de frente.

— E fui. Mas não tão gravemente que não pudesse fazer isso.

— Então você estava encarregado das prisioneiras mulheres.

— Isso ficava por conta de minha subordinada, a SS-Aufseherin. Duas vezes por dia, ela supervisionava a chamada.

Em vez de mover minha torre, pego a rainha branca, a belamente entalhada sereia. Sei o bastante sobre xadrez para entender que o que vou fazer desafia todos os parâmetros, que, de todas as peças a sacrificar, a valiosa rainha é a última que devo considerar.

Deslizo a sereia para uma casa vazia, sabendo muito bem que ela está no caminho do cavalo pégaso de Josef.

Ele olha para mim.

— Você não quer fazer isso.

Sustento o olhar dele.

— Talvez eu queira aprender com meus erros.

Josef captura minha rainha, como esperado.

— O que *você* fazia? — pergunto. — Em Auschwitz?

— Já lhe contei.

— Na verdade, não — digo. — Você me contou o que *não* fazia.

Eva deita-se aos pés de Josef.

— Você não precisa me ouvir dizer isso.

Eu apenas continuo olhando para ele.

— Eu castigava as que não conseguiam fazer seu trabalho.

— Porque estavam morrendo de fome.

— Eu não criei o sistema — diz Josef.

— Também não fez nada para detê-lo — observo.

— O que você quer que eu lhe diga? Que sinto muito?

— Como acha que posso perdoá-lo, se você não sente? — Percebo que estou gritando. — Não posso fazer isso, Josef. Encontre outra pessoa.

Josef bate o punho fechado na mesa, fazendo as peças do xadrez saltarem.

— Eu as matava. Sim. É isso que você quer ouvir? Que, com minhas próprias mãos, eu matei? Pronto. Isso é tudo o que você precisa saber. Eu fui um assassino e por isso mereço morrer.

Respiro fundo. Leo vai ficar bravo comigo, mas ele, entre todas as pessoas, deveria entender como me sinto agora, ouvindo Josef falar sobre a alegria das refeições e concertos de violoncelo dos oficiais, enquanto minha avó, ao mesmo tempo, lambia o chão onde a sopa havia caído.

— Você *não* merece morrer — digo com os dentes apertados. — Não do jeito que escolheu, pelo menos, já que não deu esse luxo a mais ninguém. Espero que você tenha uma morte lenta e dolorosa. Não, na verdade espero que você viva para sempre, para que aquilo que você fez o consuma por dentro por muito, muito tempo.

Deslizo meu bispo pelo tabuleiro para uma posição que não está mais protegida pelo cavalo de Josef.

— Xeque-mate — digo e levanto-me para ir embora.

Do lado de fora, monto na bicicleta e olho para trás, vendo-o em pé diante da porta aberta.

— Sage. Por favor, não...

— Quantas vezes *você* ouviu essas palavras, Josef? — pergunto. — E quantas vezes *você* as atendeu?

* * *

É só quando vejo Rocco na máquina de espresso que percebo como senti falta de trabalhar na Pão Nosso de Cada Dia.

— Meus olhos se enganam? — diz ele. — Seja bem-vinda de volta/ Sumida padeira. — Dá a volta no balcão para me abraçar e, sem nem perguntar, começa a me preparar um café com leite de soja e canela.

Está mais movimentado do que eu me lembrava de estar antes, mas, a essa hora do dia, eu geralmente estava a caminho de casa para dormir. Há mães em roupa de corrida, rapazes digitando diligentemente em seus laptops, um punhado de senhoras da sociedade feminina Red Hat dividindo um único croissant de chocolate. Isso me faz dar uma espiada na parede atrás do balcão, nos cestos cheios de baguetes habilmente coradas, brioches amanteigados, pães de semolina. Será que essa recente popularidade deve-se ao padeiro que ficou em meu lugar?

Rocco parece que lê minha mente, porque faz um sinal com a cabeça na direção de uma faixa plástica pendurada na parede atrás de mim: "LAR DO PÃO DE JESUS".

— Temos muita gente/ Mas quem vem por devoção/ Nem sempre tem fome — diz ele. — E tudo que eu quero/ É que você volte logo./ Mary está em transe.

Eu rio.

— Também senti sua falta, Rocco. Onde está a abençoada patroa, afinal?

— Lá no santuário/ Lamentando que o adubo/ Não faça milagres.

Despejo meu café em um copo descartável e atravesso a cozinha em direção ao santuário. A cozinha está impecável. Os recipientes de poolish e outros pré-fermentos estão organizados perfeitamente por data; diferentes frascos de grãos e farinhas estão rotulados e dispostos em ordem alfabética. O balcão de madeira onde modelo a massa está limpo; o enorme misturador de massa repousa como um dragão adormecido no canto. O que quer que Clark ande fazendo aqui, está fazendo bem.

Isso me faz sentir ainda mais derrotada.

Se fui ingênua o bastante para achar que a Pão Nosso de Cada Dia não era nada sem mim e minhas receitas, agora percebo que isso não é verdade. Pode ser diferente, mas, em última análise, eu sou substituível. Este lugar sempre foi o sonho de Mary; eu só estou vivendo às margens dele.

Subo a Escada Santa e a encontro ajoelhada entre os acônitos. Ela está removendo as ervas daninhas, com luvas de borracha que sobem alto nos braços.

— Que bom que passou por aqui. Estive pensando em você. Como está sua cabeça? — Ela dá uma olhada para o hematoma do acidente de carro, que cobri com a franja.

— Estou bem — respondo. — Rocco disse que o Pão de Jesus ainda está ajudando nos negócios.

— Em pentâmetros iâmbicos, tenho certeza...

— E parece que Clark está cuidando bem da cozinha.

— Ele está — Mary diz sem rodeios. — Mas, como eu disse na outra noite: ele não é você. — Ela se levanta e me dá um grande abraço. — Tem certeza de que está bem?

— Fisicamente, sim. Emocionalmente? Não sei — admito. — Houve um pequeno drama com minha avó.

— Ah, Sage, sinto muito... Há algo que eu possa fazer?

Embora a ideia de uma ex-freira se envolvendo com uma sobrevivente do Holocausto e um ex-nazista pareça um roteiro de comédia, isso foi de fato o que me trouxe à padaria hoje.

— Na verdade, é por isso que estou aqui.

— Pode contar comigo — Mary garante. — Vou começar a rezar um terço por sua avó hoje mesmo.

— Está bem, quer dizer, você *pode* fazer isso se quiser, mas eu estava querendo pedir a cozinha emprestada por mais ou menos uma hora.

Mary põe as mãos em meus ombros.

— Sage — diz ela. — É a *sua* cozinha.

Dez minutos mais tarde, estou com o forno esquentando, um avental amarrado na cintura e suja até os cotovelos de farinha. Poderia ter cozinhado em casa, é verdade, mas os ingredientes de que preciso estão aqui; só a massa lêveda ia levar dias para preparar.

É estranho trabalhar com uma quantidade tão pequena de massa. É mais estranho ainda ouvir, do lado de fora, a cacofonia da multidão entrando para a hora do almoço. Movo-me pela cozinha, passando de armário para prateleira para a despensa. Corto e misturo chocolate meio-amargo e canela em pó, acrescento uma pitada de baunilha. Crio uma pequena caverna com a profundidade de meu polegar no nó da massa e tranço suas pontas para formar uma coroa ornada. Deixo-a crescer e, enquanto isso, em vez de me esconder na sala dos fundos, vou à loja conversar com Rocco. Trabalho na caixa registradora. Falo com clientes sobre o calor e os Red Sox, sobre como Westerbrook fica bonita no verão, nem uma só vez tentando cobrir o rosto com os cabelos. E me maravilho ao ver como todas essas pessoas podem seguir a vida como se não estivessem sentadas sobre um barril de pólvora; como se não soubessem que, quando se abrem as cortinas de uma vida comum, pode haver algo terrível escondido atrás delas.

"A segunda vez", Aleks me contou, enquanto eu estava deitada a seu lado depois de fazermos amor, "foi uma prostituta que tinha parado para ajeitar as meias em uma viela. Foi mais fácil, ou assim eu disse a mim mesmo, porque, caso contrário, teria de admitir que o que eu havia feito antes era errado. A terceira vez, meu primeiro homem: um banqueiro que trancava a porta do estabelecimento para encerrar o dia. Houve uma menina adolescente uma vez, que estava no lugar errado na hora errada. E uma moça da sociedade que eu ouvi chorando em um terraço de hotel. E, depois disso, parei de me preocupar com quem eles eram. Importava apenas que estavam ali, naquele momento, quando eu precisava deles." Aleksander fechou os olhos. "Na verdade, quanto mais se repete a mesma ação, por mais repreensível que seja, mais se consegue arrumar uma desculpa para ela em sua mente."

Eu me virei em seus braços. "Como posso saber se um dia você não vai me matar?"

Ele me olhou fixamente, hesitante. "Não pode."

Não falamos mais depois disso. Não sabíamos que alguém estava lá fora escutando tudo o que dizíamos, e a sinfonia de nossos corpos. Assim, enquanto Damian deslizava de onde estivera nos ouvindo e ia para a caverna capturar um frenético e assustado Casimir, eu me ergui sobre Aleks como uma fênix. Senti-o mover-se dentro de mim e não pensei em morte, só em ressurreição.

LEO

Meu celular toca assim que acabo de espalhar as fotos mandadas por Genevra sobre a cama do hotel.

— Leo — minha mãe diz —, sonhei com você na noite passada.

— É mesmo? — respondo, apertando os olhos para tentar enxergar melhor Reiner Hartmann. Genevra usou a fotografia do arquivo da SS, agora apoiada em um travesseiro que foi decididamente desconfortável e me deixou com dor no pescoço. Olho para a primeira página do arquivo, com suas informações pessoais e a fotografia de uniforme, tentando comparar essa foto com a que estou planejando mostrar para Minka.

HARTMANN, REINER
Westfalenstrasse 1818
33142 Büren-Wewelsburg
DOB 20/04/18
Blutgruppe AB

Não dá para ver seus olhos muito bem na fotografia; há uma estranha sombra na granulação. Mas a reprodução que está no arquivo de suspeitos não é mal feita, como eu tinha pensado a princípio; é que o original não é muito bom.

— Eu estava com seu filho, brincando na praia. Ele ficava me dizendo. "Vovó, você tem que enterrar os pés ou nada vai crescer". Então eu pensei: *Ele quer brincar, tudo bem.* E deixei-o empilhar a areia até meus tornozelos e despejar água de um balde. E adivinha o que aconteceu?

— O quê?

— Quando eu sacudi a areia, havia minúsculas raízes crescendo na sola dos meus pés.

Eu me pergunto se Minka terá dificuldade para fazer uma identificação, por causa da qualidade da fotografia.

— Impressionante — digo, distraído.

— Leo, você não está me ouvindo.

— Estou. Você teve um sonho comigo em que eu não estava presente.

— Seu *filho* estava nele.

— Eu não tenho filho.

— Precisa me lembrar disso? — minha mãe suspira. — O que você acha que isso significa?

— Que não sou casado?

— Não, o sonho. As raízes crescendo na sola dos meus pés.

— Sei lá, mãe. Que você está vegetando?

— Tudo é uma piada para você — minha mãe diz, ofendida. Posso sentir que, se não dedicar alguns minutos a ela agora, vou ter de aguentar uma ligação de minha irmã também, dizendo-me que mamãe está zangada. Afasto as fotografias.

— Talvez porque o meu trabalho é tão difícil de entender que preciso de uma maneira de espairecer no fim do dia — digo a ela, e percebo que é verdade.

— Você sabe que eu me orgulho de você, Leo. Do que você faz.

— Obrigado.

— E sabe que eu me preocupo com você.

— Acredite, você deixa isso perfeitamente claro.

— E é por isso que acho importante você tirar um tempinho para si mesmo.

Não gosto do rumo que isso está tomando

— Estou trabalhando.

— Você está em New Hampshire.

Franzo o cenho para o telefone.

— Juro por Deus que vou te contratar. Acho que você é melhor rastreadora do que qualquer pessoa que eu tenha no escritório.

— Você ligou para sua irmã pedindo uma recomendação de hotel, e ela me contou que você estava viajando a trabalho.

— Não existe segredo.

— Seja como for, talvez você queira uma massagem quando estiver de volta ao hotel no fim do dia...

— Quem é ela? — pergunto, desanimado.

— Rachel Zweig. Filha de Lily Zweig. Ela está se formando em massoterapia em Nashua...

— O sinal do celular anda péssimo por aqui — digo, segurando o telefone com o braço estendido. — Não estou mais ouvindo direito.

— Eu sou boa não só em rastrear você, mas também em saber quando está tentando me enrolar, Leo.

— Eu amo você, mãe — digo, rindo.

— Eu amei você primeiro — ela responde.

Enquanto junto as fotos no arquivo, penso no que minha mãe acharia de Sage Singer. Ela adoraria o fato de que Sage poderia me manter bem alimentado, já que sempre me acha magro demais. Olharia a cicatriz e pensaria nela como uma sobrevivente. Admiraria o modo como Sage ainda está de luto pela própria mãe e sua relação próxima com a avó, uma vez que, para minha mãe, a família é o átomo de carbono que está na base de todas as formas de vida. Por outro lado, ela sempre quis que eu me casasse com uma judia, e Sage, que se considera ateia, não se qualifica. No entanto, ela tem uma avó que sobreviveu ao Holocausto, o que lhe acrescentaria alguns pontos...

Interrompo meus pensamentos, perguntando-me por que estou imaginando me casar com uma mulher que conheci ontem, que é para mim apenas o meio para chegar a uma testemunha e que, como ficou claramente evidente na noite passada, está apaixonada por outra pessoa.

Adam.

Um cara de um metro e noventa de altura e ombros que poderiam ser usados como mesa no banquete de Ação de Graças. *Goyishe*, não judeu, minha mãe o chamaria, com os cabelos loiros e o sorriso constrangido. Vê-lo na noite passada, e observar Sage reagir como se tivesse sido eletrocutada, trouxe de volta todos os flashbacks pós-traumáticos cheios de acne do ensino médio: da líder de torcida que me disse que eu não era seu tipo depois de eu ter publicado um soneto para ela na revista literária da escola à minha acompanhante no baile do colégio, que começou a dançar com um garoto do time de futebol enquanto eu pegava um copo de ponche para ela e acabou indo embora para casa com ele.

Não tenho nada contra Adam, e o que Sage quer fazer para ferrar sua vida é problema dela. Também sei que são necessários dois para cometer um erro dessa magnitude. Mas... Adam tem uma *esposa*. A expressão no rosto de Sage quando viu a mulher me fez querer abraçá-la e lhe dizer que poderia ter coisa tão melhor do que aquele cara.

Como, talvez, eu.

Certo, tudo bem, fiquei interessado por ela. Ou talvez seja seu pão. Ou sua voz quente, rouca, incrivelmente sexy, que ela nem sequer percebe que é sexy.

Essa sensação me pega de surpresa. Passei a vida caçando pessoas que querem ficar perdidas, mas tive consideravelmente menos sorte para encontrar alguém que eu gostaria de manter por perto por um tempo.

Guardo o arquivo na pasta e sacudo a cabeça para afastar esses pensamentos. Talvez minha mãe esteja certa e eu *de fato* precise de uma massagem, ou qualquer outro tipo de relaxamento que consiga me fazer separar de novo minha vida profissional da vida particular.

Todos os meus melhores planos, porém, voam pela janela assim que chego à casa dela e a encontro a minha espera. Ela está usando shorts jeans desfiados. Suas pernas são longas, bronzeadas e musculosas e eu não consigo parar de olhá-las.

— O que foi? — ela diz, baixando os olhos para as pernas. — Eu me cortei quando me depilei?

— Não. Você é perfeita. Quer dizer, você *está* perfeita. Quer dizer... — Balanço a cabeça. — Você falou com sua avó esta manhã?

— Falei. — Sage me faz entrar em sua casa. — Ela se mostrou um pouco assustada, mas está nos esperando.

Na noite passada, antes de sairmos, Minka tinha concordado em olhar as fotos.

— Vou deixá-la tão à vontade quanto possível — prometo.

A casa de Sage é a representação visual daquele seu blusão favorito, aquele que você revira a gaveta para encontrar, porque é muito confortável. O sofá é macio, as luzes são suaves. Há sempre algo assando. É o tipo de lugar onde se poderia entrar por alguns momentos e acordar anos depois, porque nunca mais se foi embora.

É totalmente diferente de meu apartamento em Washington, cheio de couro preto, cromados e ângulos retos.

— Gosto de sua casa — falei.

Ela me lança um olhar de estranhamento.

— Você esteve aqui ontem.

— Eu sei. É que é... muito aconchegante.

Sage olha em volta.

— Minha mãe era boa nisso. Em atrair as pessoas para dentro. — Ela abre a boca, mas a fecha logo em seguida.

— Você ia dizer que você não é — adivinho.

Ela dá de ombros.

— Eu sou boa em fazer as pessoas irem embora.

— Nem *todas* as pessoas — digo, e nós dois sabemos que estou falando da noite passada.

Sage hesita, como se estivesse prestes a me contar algo, mas então se vira e vai para a cozinha.

— Então, que cor você escolheu? — ela pergunta.

— Cor?

— Do esmalte. — Ela pega uma caneca de chá e a entrega a mim.

Tomo um gole e percebo que ela pôs leite, mas não açúcar, do jeito que pedi na noite anterior, no café. Há algo nisso, no fato de ela ter *lembrado*, que me faz sentir como se estivesse voando.

— Eu ia escolher cereja, mas isso é tão FBI — respondo. — Um pouco extravagante demais para nós, do Departamento de Justiça.

— Sábia decisão.

— E você? — pergunto. — Colheu alguma sabedoria da revista *People*?

— Fiz o que você me disse — ela responde, e de repente o clima cai como uma pedra em um lago. — Fui ver o Josef.

— E?

— Eu não consigo. Não posso conversar com ele e fingir que não sei o que sei agora. — Sage meneia a cabeça. — Acho que ele pode estar bravo comigo.

Nesse momento, meu telefone toca e vejo o número de meu chefe piscando.

— Tenho que atender — desculpo-me e saio para a sala de estar.

Ele tem uma pergunta logística sobre um memorando de abertura de processo que revisei para outro caso. Eu o oriento sobre algumas das alterações que fiz e por quê, e, quando desligo e volto para a cozinha, vejo Sage bebendo seu café e olhando a primeira página do arquivo da SS de Reiner Hartmann.

— O que está fazendo? — pergunto. — Isso é confidencial.

Ela levanta os olhos, como um veado diante dos faróis de um carro.

— Eu queria ver se conseguia identificá-lo também.

Pego a pasta. Não posso lhe mostrar o arquivo de Reiner; ela é uma civil. Mas destaco aquela primeira página, a de seu arquivo na SS que informa nome, endereço, data de nascimento, tipo sanguíneo e foto.

— Aqui — digo, oferecendo-lhe uma olhada rápida na imagem: o cabelo repartido, os olhos pálidos que mal se consegue ver.

— Ele não parece nem um pouco com o Josef de agora — Sage murmura. — Não sei se eu o identificaria em uma fila de pessoas.

— Bem — respondo —, esperamos que sua avó não pense a mesma coisa.

* * *

Uma vez, um historiador em meu escritório, chamado Simran, trouxe-me uma foto de Angelina Jolie. Estava em seu iPhone, e se tratava de uma cena em uma festa. Havia balões por toda parte e um bolo de aniversário sobre a mesa e, em primeiro plano, fazendo biquinho, estava Angelina.

— Uau — eu disse. — Como você conseguiu isso?

— É minha prima.

— Angelina Jolie é sua prima? — perguntei.

— Não — respondeu Simran. — Mas se parece com ela, não acha?

De fato, a identificação por testemunhas é, com frequência, uma porcaria. É muitas vezes a parte mais fraca da fase de provas na aplicação do direito penal. É por isso que os testes de DNA vivem derrubando as condenações de estupradores que foram positivamente identificados pelas vítimas. Há, na verdade, um número muito limitado de variações faciais, e tendemos a cometer erros de julgamento. Isso é ótimo para a prima de Simran, mas menos ótimo se você trabalha para o Departamento de Justiça e está tentando obter uma identificação com uma testemunha ocular.

A bengala de Minka está pendurada na borda da mesa da cozinha, sobre a qual há uma caneca de vidro de chá e um prato vazio. Estou sentado ao lado dela; Daisy, sua cuidadora, está de pé, com os braços cruzados, na porta da cozinha.

— *Voilà* — Sage anuncia, e coloca no prato de porcelana um pãozinho assado à perfeição.

O pãozinho tem uma espiral no alto. Cristais de açúcar salpicam a superfície. Não preciso esperar Minka parti-lo para saber que dentro há canela e chocolate e que esse é o pãozinho que seu pai costumava fazer para ela.

— Achei que talvez você estivesse com saudades disso — Sage diz.

Minka emite um som de surpresa. Gira o pãozinho nas mãos.

— Você fez isso? Mas como...?

— Eu tentei adivinhar — Sage admite.

Quando ela teve tempo para assar aquilo? Durante a manhã, talvez, depois de ter visitado Josef? Olho para Sage, observando seu rosto enquanto a avó parte a massa e dá a primeira mordida.

— Está igualzinho ao que meu pai fazia — Minka suspira. — Do jeito que eu me lembro...

— É com sua memória que estou contando — digo, sentindo um momento perfeito para essa transição. — Sei que não é fácil e entendo bem o sacrifício que está fazendo. Está pronta?

Espero Minka olhar para mim. Ela assente com a cabeça.

Na frente dela, coloco uma folha com fotos de oito criminosos de guerra nazistas. Genevra se superou, tanto em velocidade como em precisão. A foto de Reiner Hartmann, a mesma que Sage viu mais cedo no arquivo da SS, está no canto inferior esquerdo. Há quatro fotos na fileira de cima e mais três ao lado da dele, que mostram outros homens de aparência geral semelhante, usando uniformes nazistas idênticos. Desse modo, estou pedindo que Minka compare semelhantes com semelhantes. Se a foto de Reiner fosse a única de um homem de uniforme, isso seria tendencioso.

Sage, sentada ao lado da avó, também olha para as fotos. Os oito indivíduos têm os mesmos cabelos loiros, lisos e repartidos ao meio, como os de Reiner Hartmann, e estão todos olhando na mesma direção. Parecem jovens astros do cinema da década de 40: bem barbeados e de queixo forte, ídolos de matinê em um documentário macabro.

— Nem todos os homens dessas fotos estavam necessariamente no campo, Minka, mas gostaria que você olhasse os rostos e visse se alguma coisa a faz lembrar...

Minka levanta o papel com mãos trêmulas.

— Nós não os conhecíamos pelo nome.

— Isso não importa.

Ela passa o dedo sobre cada um dos oito rostos, como se fosse uma pistola apontada para a testa de cada homem. É impressão minha, ou seu dedo se demora mais sobre o retrato de Reiner Hartmann?

— É muito difícil — Minka diz, sacudindo a cabeça. Ela afasta as fotos de si. — Não quero mais me lembrar.

— Eu entendo, mas..

— Você *não* entende — ela interrompe. — Você não está só me pedindo para apontar uma fotografia. Está me pedindo para abrir um buraco em uma represa, porque está com sede, mesmo que eu acabe me afogando no meio disso.

— Por favor — imploro, mas Minka esconde o rosto nas mãos.

A angústia no rosto de Sage é ainda mais profunda que a de Minka. Mas amor é isso, não é? Quando dói mais ver alguém sofrer do que enfrentar a dor pessoalmente?

— Vamos parar — Sage anuncia. — Desculpe, Leo, mas não posso fazê-la passar por isso.

— Dê-lhe uma chance para tomar a decisão por si mesma — sugiro.

Minka desviou o olhar, perdida em lembranças. Daisy aproxima-se como um anjo vingador e envolve com o braço sua frágil tutelada.

— Quer descansar, sra. Minka? Estou achando que precisa se deitar um pouco.

Ela me lança um olhar furioso enquanto ajuda a avó de Sage a se levantar, entrega-lhe a bengala e a conduz pelo corredor.

Sage parece estar se partindo ao meio enquanto observa a avó se afastar.

— Eu nunca devia ter trazido você aqui — ela murmura.

— Eu já vi isso antes, Sage. É um choque ver o rosto de alguém que te machucou. Outros sobreviventes tiveram a mesma reação, mas conseguiram se recompor e fazer uma identificação válida. Ela passou mais de meio século mantendo esses sentimentos enterrados. Eu entendo isso. E entendo que é doloroso arrancar o curativo da ferida...

— Não é um curativo — Sage corrige. — É uma cirurgia sem anestesia. E pouco me importam os outros sobreviventes que você já viu passando por isso. Só o que me importa é minha avó.

Ela se levanta abruptamente e segue pelo corredor, deixando-me com as fotos.

Eu olho para os retratos, para o rosto de Reiner Hartmann. Não há nada nele que sugira o mal oculto sob a superfície. Somos forçados a tentar avaliar que coquetel tóxico de células e aprendizagem poderia fazer com que um garoto criado com escrúpulos fosse levado a um ato de genocídio.

O pãozinho não comido que Sage assou está no prato, aberto em duas metades, como um coração partido. Suspiro e pego minha pasta, pronto para guardar novamente as fotos. Mas, no último minuto, paro. Levanto da mesa o prato com o pãozinho e caminho até o quarto de Minka. Por trás da porta, ouço vozes baixas. Respiro fundo e bato.

Minka está sentada em uma cadeira almofadada, com os pés apoiados sobre um divã.

— Pare com isso, Sage — ela diz, irritada, enquanto Daisy abre a porta do quarto para mim. — Eu estou bem!

Adoro ver que ela está soltando faíscas. Adoro o jeito como é durona em um momento e doce e frágil no momento seguinte. Foi isso que a fez atravessar a pior época da história, tenho certeza; e foi o que a manteve seguindo em frente desde então.

E foi isso que ela transmitiu para a neta, embora Sage não tenha se dado conta.

Ambas levantam os olhos quando eu entro, segurando o pãozinho e as fotos.

— Você só pode estar de brincadeira — Sage murmura.

— Minka — digo, passando-lhe o prato —, achei que ia querer isto. Sage teve a atenção de assá-lo porque achou que lhe daria um pouco de paz. É o que eu queria fazer hoje também. Tudo o que você viveu não foi justo. Mas também não é justo você viver em um país onde tem de compartilhar a terra com seus ex-torturadores. Ajude-me, Minka. Por favor.

Sage se levanta.

— Leo — ela diz, séria. — Saia daqui *agora*.

— Espere, espere. — Minka faz um sinal para eu me aproximar e estende a mão para pegar as fotos.

O prato com o pãozinho equilibra-se em seu colo. Em suas mãos estão as fotografias. Ela passa o dedo pelos rostos, como se os nomes dos homens pudessem ser lidos em braile. Lentamente, Minka desce o dedo sobre o retrato de Reiner Hartmann. Bate em seu rosto duas vezes.

— É ele.

— Quem?

Ela levanta os olhos para mim.

— Eu já disse a você. Não conhecíamos os oficiais da SS pelo nome.

— Mas você reconhece o rosto?

— Em qualquer parte — Minka diz. — Eu jamais esqueceria o homem que matou minha melhor amiga.

* * *

Almoçamos sanduíches de atum com Minka. Conto que meu avô me ensinou a jogar bridge e como eu era ruim nisso.

— Dizer que nossa dupla perdia catastroficamente seria pouco — eu lhe digo. — Então, quando íamos embora, eu perguntava a meu avô como *devia* ter jogado a mão. Ele dizia: "Com um nome falso".

Minka ri.

— Um dia você vai voltar aqui, Leo, e ser meu parceiro. Eu vou lhe ensinar tudo o que você precisa saber.

— Está marcado — prometo. Limpo a boca com o guardanapo. — E obrigado por... bem, por tudo. Mas acho que Sage e eu precisamos ir agora.

Ela abraça a avó para se despedir. Minka aperta Sage com um pouco mais de força que o normal, o que observei em outros sobreviventes também. É como se, agora que têm algo bom na vida, não suportassem vê-lo ir embora.

Seguro as mãos dela, frias e secas como folhas caídas.

— O que você fez hoje... Eu nem sei como agradecer. Mas...

— Mas ainda não terminei — Minka diz. — Você quer que eu vá ao tribunal fazer tudo outra vez.

— Se você estiver disposta, sim — admito. — No passado, os testemunhos dos sobreviventes foram extremamente importantes. E o seu não é apenas uma identificação. Você tem a experiência direta de tê-lo assistido cometer um assassinato.

— Eu vou ter que vê-lo?

Hesito.

— Se não quiser, podemos providenciar a filmagem do seu testemunho.

Minka olha para mim.

— Quem estaria presente?

— Eu. Uma historiadora do meu escritório. Um câmera. O advogado de defesa. E Sage, se você quiser.

Ela concorda com a cabeça.

— Isso eu posso fazer. Mas, se tiver que vê-lo... acho que não... — A voz dela falha.

Assinto, respeitando sua decisão. Em um impulso, dou-lhe um beijo no rosto.

— Você é o máximo, Minka.

No carro, Sage parte para o ataque.

— E agora, o que acontece em seguida? Você já tem tudo de que precisava, certo?

— Temos *mais* do que precisávamos. Sua avó foi uma mina de ouro. É uma coisa conseguir uma identificação de uma testemunha ocular e vê-la apontar o Schutzhaftlagerführer. Mas ela fez ainda melhor. Ela nos contou algo que está no arquivo da SS e que ninguém, exceto meu escritório, poderia saber.

Sage meneia a cabeça, confusa.

— O quê?

— Parece quase ridículo, mas havia um modo certo e um modo errado de matar os prisioneiros nos campos de concentração. Os oficiais que não seguiam as regras cometiam infrações disciplinares. Uma coisa era matar um prisioneiro que não tinha mais forças para ficar em pé, mas matar um prisioneiro sem nenhuma razão era matar um trabalhador, e os nazistas precisavam desses trabalhadores. Claro que nenhum dos responsáveis se importava com os prisioneiros o bastante para fazer muito mais do que dar um tapa na mão do oficial infrator, mas, vez por outra, no arquivo de um homem da SS, aparece a menção ao procedimento disciplinar. — Olho para Sage. — No arquivo de Reiner Hartmann, há um parágrafo sobre ele ter comparecido diante de um comitê de avaliação por causa da execução não autorizada de uma prisioneira.

— Darija? — Sage pergunta.

Confirmo num gesto de cabeça.

— Com o testemunho da sua avó, há uma indicação muito forte de que esse sujeito específico que ela identificou e o homem que disse a você que se chamava Reiner Hartmann sejam a mesma pessoa.

— Por que você não me contou que isso estava no arquivo?

— Porque você não tem autorização do governo — explico. — E porque eu não podia me arriscar que você influenciasse o que sua avó tinha a dizer

Sage se deixa afundar no banco do passageiro.

— Então ele estava me dizendo a verdade. Josef. Reiner. Qualquer que seja o nome dele.

— Parece que sim. — Vejo um redemoinho de emoções passar como uma tempestade pelo rosto dela, enquanto Sage tenta conciliar Josef Weber com sua personalidade anterior. É diferente, de alguma maneira, depois que a confirmação é obtida. E, no caso de Sage, ela está lutando também com a sensação de ter traído um homem que considerava seu amigo. — Você fez a coisa certa — digo — quando me procurou. O que ele lhe pediu para fazer não é justiça. *Isso* é.

Ela não levanta os olhos.

— Você vai prendê-lo agora mesmo?

— Não. Vou para casa.

Quando digo isso, a cabeça de Sage se levanta.

— Agora?

— Sim. Há muita coisa que preciso fazer antes de seguirmos adiante.

Eu não quero ir. Na verdade, queria convidar Sage para jantar comigo. Queria vê-la assar alguma coisa. Só queria vê-la, ponto-final.

— Então você vai para o aeroporto? — Sage pergunta.

Seria impressão minha o fato de ela também parecer um pouco decepcionada por saber que estou indo embora?

Mas claro que é só minha leitura da situação. Ela tem namorado. É verdade que ele, por acaso, tem esposa, mas o fato é que Sage não está procurando alguém neste momento.

— Sim — respondo. — Vou ligar para minha secretária. Deve ter um voo de volta a Washington no fim da tarde.

Peça-me para ficar, penso.

Sage me olha de frente.

— Bem, se você precisa ir, acho que devia ligar o carro.

Meu rosto fica vermelho de constrangimento. A pausa carregada entre nós não estava cheia de palavras não ditas; era apenas um carro que ainda não havia sido ligado.

De repente, o telefone dela toca. Ela franze a testa e move-se no banco, para alcançá-lo no bolso do shorts.

— Sim... é Sage Singer. — Os olhos dela se arregalam. — Ele está bem? O que aconteceu? Eu... sim, eu entendo. Obrigada. — Quando ela desliga, fica olhando para o telefone em sua mão como se fosse uma granada. — Era do hospital — Sage anuncia. — Josef foi internado.

De onde estávamos escondidos, atrás de um galpão na propriedade de Baruch Beiler, podíamos ver tudo: Casimir acorrentado na plataforma improvisada; a fúria selvagem nos olhos de Damian enquanto ele gritava com o adolescente, sua saliva salpicando o rosto do rapaz. Embriagado de poder, Damian falava com os aldeões, que se acotovelavam sob o luminoso céu azul. Seu capitão da guarda havia encontrado não um criminoso, mas dois. Isso certamente significava que estavam seguros agora, não? Que tudo poderia voltar a ser como era antes?

Seria eu a única pessoa a saber que aquilo não era possível?

Não. Aleks sabia também. Por isso tentara reparar os pecados de seu irmão.

"Meus amigos", Damian anunciou, abrindo bem os braços. "Acabamos com a fera!" Houve um alarido enquanto a multidão absorvia suas palavras. "Vamos enterrar o upiór do jeito que ele deveria ter sido enterrado na primeira vez: com o rosto para baixo em uma encruzilhada, e uma estaca de carvalho fincada no coração."

A meu lado, Aleks estava fumegando de raiva. Eu o contive pousando a mão em seu braço.

"Não", sussurrei. "Não vê que isso é uma armadilha para pegar você?"

"Meu irmão não pode evitar. Isso não elimina o erro do que ele fez, mas não posso ficar aqui parado..."

Damian fez um gesto chamando um soldado atrás de si.

"Primeiro, vamos garantir que ele permaneça morto. E há uma única maneira de fazer isso."

O soldado avançou, segurando uma foice curva e assustadora. A lâmina faiscava como uma joia. Ele a ergueu sobre a cabeça enquanto Casimir apertava os olhos contra o sol ardente, tentando ver o que acontecia acima dele.

"Três", Damian contou. "Dois." Ele se virou, fixando o olhar diretamente no arbusto onde estávamos escondidos, e foi quando percebi que ele sabia o tempo todo que nos encontrávamos ali. "Um."

A lâmina rasgou o espaço, um grito de metal que separou a cabeça de Casimir de seu corpo em um único golpe.

O sangue inundou a plataforma. Derramou-se pela borda da madeira e escorreu em canais pelo chão, em direção à multidão.

"Nãããão!", Aleks gritou. Ele se soltou de mim e correu para a plataforma e, nesse momento, soldados avançaram para capturá-lo. Mas ele não era mais um homem. Ele mordeu e golpeou, derrubando sete homens com a força de um exército inteiro, enquanto a multidão se dispersava em busca de abrigo. Quando apenas Damian restava, sem sua escolta protetora, Aleks se aproximou dele e rosnou.

Damian levantou a espada. Mas logo a largou, deu meia-volta e correu.

Aleks estava em cima dele antes de Damian chegar ao meio da praça da aldeia. Ele agarrou o capitão e virou-o de modo que Damian caísse de costas no chão; de modo que o céu claro e brilhante fosse a última coisa que ele visse. Em um único rasgo dilacerante, Aleks arrancou-lhe o coração.

SAGE

Hospitais cheiram a morte. Um pouco limpo demais e um pouco frio demais. No minuto em que entro, voltei três anos em minha vida e estou aqui, vendo minha mãe morrer pouco a pouco.

Leo e eu paramos no corredor, perto do quarto de Josef. Os médicos me disseram que Josef fora trazido para fazer uma lavagem estomacal. Aparentemente, teve uma reação adversa a medicamentos, e uma voluntária do programa de entrega de refeições Meals on Wheels o encontrou inconsciente no chão. Isso me faz pensar em quem está com Eva. Se alguém vai cuidar dela esta noite.

Leo não tem permissão para entrar no quarto, mas eu tenho. Josef informou meu nome como seu parente mais próximo, o que é uma relação muito interessante com alguém a quem você pediu que o matasse.

— Não gosto de hospitais — digo.

— Ninguém gosta.

— Não sei o que fazer — sussurro.

— Você precisa falar com ele — Leo responde.

— Você quer que eu o convença a melhorar, para que você possa mandá-lo para fora do país morrer em uma cela em algum outro lugar?

Leo reflete um pouco sobre isso.

— Sim. Depois que ele for condenado.

Talvez por ele ter sido tão direto, sou jogada de volta ao presente. Concordo com um gesto de cabeça, respiro fundo e entro no quarto de Josef.

Apesar do que minha avó disse, apesar daquela fotografia no painel de fotos que Leo lhe mostrou, ele é apenas um homem velho, uma casca do homem cruel que foi. Com os membros magros projetando-se da veste hospitalar azul-clara, os cabelos brancos desalinhados, é difícil imaginar que a mera visão desse homem paralisasse os outros de medo, no passado.

Josef está dormindo com o braço esquerdo erguido sobre a cabeça. A cicatriz que ele me mostrou uma vez, na parte interna do braço, está claramente visível, um círculo escuro e brilhante do tamanho de uma moeda, com bordas irregulares. Olhando sobre o ombro, vejo Leo no corredor, ainda me observando. Ele me dirige um aceno com a mão, mostrando-me que está atento.

Com o celular, tiro uma foto da cicatriz de Josef, para que Leo possa examiná-la mais tarde.

Guardo depressa o telefone no bolso do shorts quando uma enfermeira entra no quarto.

— Você é a moça de quem ele falou? — pergunta ela.

— Sim, Sage — informo com ar amistoso, imaginando se ela me viu tirar a foto.

— Seu amigo, o sr. Weber, teve muita sorte de ter sido encontrado logo.

Eu é que deveria tê-lo encontrado.

O pensamento desliza por minha mente como a lâmina de uma faca. Como sua única boa amiga, eu deveria ter estado lá quando ele precisou de mim. Mas, em vez disso, eu fui aquela que discutiu com ele e saiu furiosa de sua casa.

O problema é que sou amiga de Josef Weber. Mas Reiner Hartmann é meu inimigo. Então o que devo fazer, agora que eles são o mesmo homem?

— O que aconteceu com ele? — pergunto.

— Ingeriu um substituto do sal com Aldactone. Isso fez seus níveis de potássio dispararem. Ele podia ter tido uma parada cardíaca.

Sento-me à beira da cama e seguro a mão de Josef. Há uma pulseira do hospital em seu pulso."JOSEF WEBER, NASC. 20/04/18, B+"

Se eles soubessem que esse não era de fato ele...

Os dedos de Josef mexem-se sob os meus, e largo sua mão como se estivesse pegando fogo.

— Você veio — ele ofega.

— Claro que vim.

— E Eva?

— Vou levá-la para casa comigo. Ela vai ficar bem.

— Sr. Weber? — a enfermeira interrompe. — Como está se sentindo? Alguma dor?

Ele balança a cabeça.

— Poderíamos ficar a sós por um minuto? — peço.

Ela assente.

— Voltarei para medir sua temperatura e pressão sanguínea em cinco minutos — a enfermeira diz.

Esperamos até ela sair para falar outra vez.

— Isso não aconteceu por acidente, não é? — sussurro.

— Não sou burro. O farmacêutico me avisou das interações medicamentosas. Decidi ignorá-lo.

— Por quê?

— Se você não ia me ajudar a morrer, eu tinha de fazer isso sozinho. Mas eu devia saber que não ia adiantar. — Ele faz um gesto com o braço mostrando o quarto de hospital. — Eu lhe disse antes. Este é meu castigo. Não importa o que eu faça, sempre sobrevivo.

— Eu nunca disse que não ia ajudá-lo — respondo.

— Você estava brava comigo por eu lhe contar a verdade.

— Sim — admito. — Eu estava. É muito difícil de ouvir.

— Você saiu furiosa da minha casa.

— Você teve quase setenta anos para viver com isso, Josef. Tem que me dar mais do que cinco minutos. — Baixo a voz. — O que você fez... o que você disse que fez... me deixa enojada. Mas se eu... há... fizer o que você me pediu para fazer... agora, vou estar fazendo por raiva, por ódio. E isso me faz descer ao seu nível.

— Eu sabia que você ia ficar perturbada — Josef confessa. — Mas você não foi minha primeira escolha.

Isso me surpreende. Há alguém mais nesta cidade que sabe o que Josef fez... e não o entregou?

— Sua mãe — ele diz. — Foi a primeira a quem pedi.

Meu queixo cai.

— Você *conheceu* minha mãe?

— Eu a conheci anos atrás, quando trabalhava no colégio. A professora de religiões do mundo a convidou para falar sobre sua religião. Eu a encontrei na sala dos professores durante o almoço, muito rapidamente. Ela disse que não era bem uma judia modelo, mas que era melhor do que nada.

Parece mesmo se tratar de minha mãe. Lembro-me vagamente de ela ter ido falar na classe de minha irmã e de como Pepper ficara constrangida por isso. Aposto que minha irmã daria qualquer coisa para ter minha mãe tão perto assim agora. O pensamento faz minha garganta se apertar.

— Nós conversamos, e ela, claro, percebeu meu sotaque e disse que sua sogra era uma sobrevivente da Polônia.

Noto que ele fala de minha avó no passado. Não o corrijo. Não quero que ele saiba nada sobre ela.

— O que você contou a ela?

— Que fui mandado ao exterior para estudar durante a guerra. Por anos tentei cruzar meu caminho com o dela outra vez. Parecia destino que houvéssemos nos encontrado. Não só ela era judia, mas relacionada por casamento a uma sobrevivente. Ela era o mais próximo que eu podia chegar do perdão.

Penso em qual seria a reação de Leo a isso: *Um judeu não pode servir de substituto para outro.*

— Você ia pedir que ela o matasse?

— Que me ajudasse a morrer — Josef corrige. — Mas depois soube que ela havia falecido. E aí conheci *você*. Não sabia, a princípio, que você era filha dela, mas, quando isso ficou claro, eu soube que havia uma razão para termos nos encontrado. Soube que tinha de pedir a você o que não tive a chance de pedir a sua mãe. — Seus olhos, azuis e aquosos, enchem-se de lágrimas. — Eu não vou morrer. Não consigo morrer. Sei que você deve achar ridículo de minha parte acreditar nisso, mas é verdade.

Eu me vejo pensando na história de minha avó; no *upiór* que pedia por libertação, em vez de uma eternidade de sofrimento.

— Você não é um vampiro, Josef...

— Isso não significa que não fui amaldiçoado. Olhe para mim. Eu devia estar morto agora, já várias vezes. Estou trancado há quase setenta anos; e há quase setenta anos procuro uma chave. Talvez você seja a pessoa que a tem.

Leo diria que Josef andou espreitando a mim e a minha família.

Ele diria que, mesmo agora, Josef vê os judeus como apenas um meio para alcançar alguma coisa, não como indivíduos, mas como peões.

Mas, se você busca perdão, isso não significa automaticamente que você não pode ser um monstro? Por definição, esse desespero não o torna humano outra vez?

Imagino o que minha mãe teria pensado de Josef Weber.

Seguro a mão dele. Essa mão que empunhou a arma que matou a melhor amiga de minha avó, e Deus sabe quantos outros.

— Eu vou fazer — digo, embora a essa altura não tenha certeza se estou mentindo por causa de Leo ou dizendo a verdade por minha causa.

* * *

Leo e eu seguimos para a casa de Josef, mas ele não entra comigo.

— Sem um mandado de busca? Nem morto.

Acho que para mim é diferente, porque estou aqui só para pegar a cadela, não para procurar material incriminador. A chave extra de Josef fica em um compartimento que se abre deslizando a base de um sapo de pedra na varanda. Quando abro a porta, Eva vem correndo a meu encontro e late freneticamente.

— Tudo bem — digo à pequena dachshund. — Ele vai ficar bem.

Hoje, pelo menos.

Quem ficará com o cachorro se ele for extraditado?

Dentro da casa, a cozinha está uma bagunça. Um prato foi virado e quebrado, a comida sumiu do chão (como um extra para Eva, imagino); há uma cadeira caída de lado. Sobre a mesa, está o substituto de sal que Josef deve ter ingerido.

Levanto a cadeira, recolho a louça quebrada e varro o chão. Depois jogo o substituto de sal no lixo, lavo os pratos e limpo os balcões. Procuro na despensa de Josef a comida de cachorro de Eva. Há caixas de aveia instantânea e arroz, mostarda, macarrão. Há pelo menos três pacotes de Doritos. Parece incrivelmente... comum, embora eu não saiba o que estava esperando que um ex-nazista comesse.

Enquanto procuro uma caixa ou caminha de cachorro, vejo-me parada diante do quarto de Josef. A cama está asseadamente arrumada com um cobertor branco; os lençóis são floridos com minúsculas violetas. Há ainda duas cômodas no quarto, uma delas com uma caixa de joias em cima e uma escova de cabelos feminina. Em uma das mesinhas de cabeceira, há um despertador, um telefone e um brinquedo de cachorro. Na outra, um romance de Alice Hoffman, ainda com o marcador, e um frasco de hidratante para mãos com perfume de rosas.

Há algo tão comovente nisso, na incapacidade de Josef de se desfazer das lembranças da vida de sua mulher. Mas esse homem, que amava a esposa e ama sua cadelinha, e que come porcarias, também matou outros seres humanos sem nem piscar.

Pego o brinquedo e, com Eva dançando entre minhas pernas, volto para o carro onde Leo está esperando. Com a cadelinha no colo, mordendo a barra desfiada de meu shorts, voltamos para minha casa.

— Ele disse que conheceu minha mãe — conto a Leo.

Ele me fita.

— O quê?

Explico o que Josef me contou.

— O que ele faria se soubesse que minha avó está viva?

Por um momento, Leo fica em silêncio.

— Como você sabe que ele não sabe?

— Como assim?

— Ele pode estar jogando com você. Já mentiu para você antes. Caramba, ele mentiu para o mundo inteiro por bem mais de meio século. Talvez tenha descoberto quem Minka é e esteja sondando o terreno com você para saber se ela se lembra do que ele fez.

— Você acha mesmo que, depois de todos esses anos, ele ainda estaria tentando limpar o nome dele de uma acusação de roubo?

— Não — Leo diz —, mas, depois de todos esses anos, ele ainda pode querer silenciar qualquer um que possa vir a identificá-lo como nazista.

— Isso é um pouco irrealista, não acha?

— A Solução Final também era, mas chegou bem longe — ele lembra.

— Talvez eu acreditasse em você se Josef não tivesse me pedido para matá-lo.

— Porque ele sabe que você não consegue. Então, em vez disso, ele te manipula. Consegue iludir você, de um jeito que não poderia iludir sua avó — diz Leo. — Ela estava lá. Ela não conheceu o Josef Weber novo e melhorado. Conheceu um animal, uma besta. Se em algum momento ele conseguir chegar a ela através de você, pode matá-la, ou pode fazer você convencê-la de que ele é um homem mudado, que merece perdão. De um modo ou de outro, ele sai ganhando.

Olho fixamente para ele, um pouco magoada por ele pensar isso de mim.

— Você acha mesmo que eu faria isso?

Ele para diante de minha casa, mas já há um carro esperando lá. Adam sai dele segurando um buquê de lírios.

— As pessoas precisam de perdão por todo tipo de motivos — Leo diz, com ar sério. — Acho que você, entre todas as pessoas, entende isso. E acho que Josef Weber percebeu isso em você.

Ele põe ambas as mãos no volante e fica olhando para frente. Em meu colo, Eva começa a latir para o estranho do lado de fora, que levanta a mão em um aceno desajeitado.

— Eu entro em contato — Leo diz.

Pela primeira vez em dois dias, ele não me olha nos olhos.

— Tenha cuidado — acrescenta, numa expressão de despedida que eu sei que não tem nada a ver com Josef.

* * *

Os lírios seriam bacanas, se não fosse por eu saber que Adam compra com grande desconto em uma florista local, algo que ele nos contou quando providenciávamos o funeral de minha mãe. Na verdade, esse buquê pode bem ser uma sobra da cerimônia da manhã.

— Não estou com muita vontade de conversar — digo, passando por ele, mas Adam segura meu braço, me puxa para perto e me beija. Pergunto-me se Leo já se afastou o suficiente, ou se ainda pode nos ver.

Pergunto-me por que isso importa.

— Aí está ela — Adam murmura de encontro a meus lábios. — Eu sabia que a garota pela qual eu sou louco estava aí dentro, em algum lugar.

— Na verdade, ela está do outro lado da cidade, assando um frango para você comer hoje à noite. Entendo que você confunda de vez em quando.

— Eu mereço isso — Adam diz, seguindo-me para dentro de casa. — Mas é por isso que estou aqui, Sage. Você precisa me ouvir.

Ele me conduz até a sala de estar. Eu me dou conta de que não passamos muito tempo aqui. Quando ele chega, quase sempre vamos direto para o quarto.

Ele me senta no sofá e segura minha mão.

— Eu amo você, Sage Singer. Amo o jeito como você dorme com um pé descoberto e como monopoliza a pipoca quando assistimos a um filme. Amo seu sorriso e a linha em V que o seu cabelo faz na testa. Sei que é clichê, mas ver você com aquele cara, ontem, me fez perceber quanto tenho a perder. Não quero que outra pessoa chegue e leve você embora enquanto eu me arrasto para tomar uma decisão. Pura e simplesmente, eu te amo e quero ficar com você para sempre. — Adam se põe de joelhos. — Sage... quer casar comigo?

Fico olhando para ele, atordoada. E então começo a rir, o que, com certeza, não é a reação que ele esperava.

— Você não está esquecendo de algo?

— A aliança... Eu sei, mas...

— Não é a aliança. É o fato de que *você já tem uma esposa*.

— Bom, claro que não — diz Adam, sentando-se no sofá outra vez. — Foi por isso que eu vim. Vou entrar com o pedido de divórcio.

Caio para trás sobre as almofadas, em choque.

Há tantas maneiras de uma família se desfazer. Tudo o que é preciso é um minúsculo corte de egoísmo, um rasgo de ganância, um furo de má sorte. No entanto, quando o tecido é firme, a família pode ser o mais forte vínculo imaginável.

Perdi minha mãe e meu pai, afastei minhas irmãs. Minha avó teve os pais arrancados dela. Passamos décadas remendando os buracos. No entanto, aqui está Adam, inconsequentemente jogando fora as pessoas que ama para poder começar de novo. Tenho vergonha de mim mesma, pelo papel que desempenhei em trazê-lo até esse ponto. Só espero que não seja tarde demais para ele perceber o que eu mesma estou começando a ver: ter uma família significa nunca estar sozinho.

— Adam — digo docemente. — Vá para casa.

* * *

Dessa vez é para valer.

Eu já disse antes para Adam que estava tudo terminado, mas agora é sério. E eu sei que é diferente, porque não consigo respirar, não consigo parar de soluçar. É como se estivesse de luto por alguém que eu amava, o que imagino que seja inteiramente verdade.

Adam não queria ir embora.

— Você não está falando sério — ele me disse. — Não está pensando com clareza. — Mas eu estava, talvez pela primeira vez em três anos. Via a mim mesma como Mary tinha me visto, e Leo, e me sentia envergonhada. — Eu te amo o suficiente para me casar com você — ele argumentou. — O que mais você pode querer?

Havia tantas maneiras de responder a essa pergunta.

Eu queria andar pela rua de braço dado com um homem bonito sem que outras mulheres se perguntassem o que ele tinha visto em alguém como eu.

Queria ser feliz, mas não se significasse causar sofrimento para outra pessoa.

Queria me sentir bonita, não apenas sortuda.

Adam só foi embora porque eu o convenci, com minhas lágrimas, de que ele só estava tornando aquilo mais difícil ainda para mim. Que, se ele realmente gostava de mim, deveria ir.

— Você não quer fazer isso — ele insistiu.

As mesmas palavras que Josef tinha me dito durante nosso jogo de xadrez. Mas, às vezes, para vencer é preciso fazer sacrifícios.

Com os olhos já tão vermelhos que nem consigo enxergar direito e o nariz entupido de tanto chorar, eu me encolho no sofá e abraço Eva junto ao peito. Meu celular começa a tocar no bolso, e o número de Adam pisca na tela; eu o desligo. Meu telefone fixo começa a tocar também e, antes de ouvir a voz de Adam na secretária eletrônica, eu puxo o fio da tomada. Neste momento, tudo o que preciso é ficar sozinha.

Engulo metade de um comprimido para dormir que sobrou do funeral de minha mãe e tenho um sono agitado no sofá. Sonho que estou em um campo de concentração, usando o vestido listrado de prisioneira de minha avó, quando Josef vem me procurar em seu uniforme de oficial. Embora esteja velho, ele segura meu braço com muita força. Não sorri e só fala em alemão, e eu não consigo entender o que ele está me pedindo. Ele me arrasta para fora até um pátio, enquanto eu caio e machuco os joelhos nas pedras. Ali, Adam está de pé ao lado de um caixão. Ele me levanta e me coloca dentro. "Está na hora", diz. Quando começa a fechar a tampa, percebo suas intenções e começo a lutar para sair. Mas, embora eu consiga arranhá-lo e fazê-lo sangrar, ele é mais forte que eu. Fecha a tampa, enquanto eu ofego por ar.

"Por favor", grito, batendo com os punhos no revestimento de cetim. "Estão me ouvindo?"

Mas ninguém vem. Continuo batendo, socando.

"Você está aí?", ouço e acho que pode ser Leo, mas tenho medo de gritar e consumir muito oxigênio. Faço esforço para respirar, e meus pulmões se enchem do cheiro do talco de minha avó.

Acordo e encontro Adam me sacudindo, a luz do dia entrando pelas janelas. Dormi por horas.

— Sage, você está bem?

Ainda estou tonta, sonolenta, com a boca seca.

— Adam — murmuro. — Eu lhe disse para ir embora.

— Eu estava preocupado, porque você não atendia o telefone.

Procuro com a mão entre as dobras do sofá, encontro meu iPhone e o ligo. Há dezenas de ligações perdidas. Uma de Leo, três de minha avó. Várias de Adam. E, estranhamente, meia dúzia de cada uma das minhas irmãs.

— Pepper me ligou para tomar as providências — ele diz. — Ah, Sage, eu sei como você era próxima dela. E quero que saiba que pode contar comigo.

Começo a balançar a cabeça, porque, mesmo com os pensamentos ainda enevoados, tudo começa a se encaixar. Respiro fundo e só o que sinto é o cheiro de talco.

* * *

O que Daisy diz a mim e às minhas irmãs é que vovó se sentiu cansada e se deitou para um cochilo, às duas horas da tarde. Quando não acordou a tempo para o jantar, Daisy teve receio de que ela não conseguisse dormir direito à noite, então foi ao quarto e acendeu a luz. E tentou acordar minha avó, mas não conseguiu.

— Aconteceu durante o sono — Daisy nos contou, chorando. — Eu sei que ela não sentiu dor.

Mas eu não estou tão certa.

E se o estresse a que eu e Leo a submetemos foi excessivo para ela? E se as lembranças que trouxemos de volta a esgotaram?

E se ela estivesse pensando *nele*, momentos antes de morrer?

Não posso deixar de pensar que é minha culpa; e, por causa disso, estou arrasada.

Mas não posso dizer nada a Pepper e Saffron, porque sinto que elas já me culpam pela morte de minha mãe, embora digam que não. Não posso deixá-las me culpar pela morte de minha avó também. Então, procuro ficar fora do caminho delas, sofrendo em particular, e elas me deixam em paz. Acho que estão com um pouco de medo do zumbi que me tornei após a morte da vovó. Não me importo quando elas invadem minha casa e arrastam a mobília para podermos fazer o shivá, o luto de sete dias; não reclamo quando elas remexem minha geladeira, jogando fora iogurte vencido ou resmungando porque não tenho café descafeinado. Paro de comer, mesmo quando Mary chega com suas condolências e uma cesta cheia de pães doces recém-assados e me diz que acendeu uma vela para minha avó antes de cada missa, desde que soube de seu passamento. Não conto a minhas irmãs sobre Leo ou Reiner Hartmann. Não tento ligar para Josef no hospital. Digo apenas que andava passando bastante tempo com a vovó ultimamente e queria um momento de privacidade com ela na casa funerária, antes da cerimônia.

Minha avó teve uma vida notável. Viu sua nação desmoronar e, mesmo quando se tornou dano colateral, acreditou no poder do espírito humano. Deu quando não tinha nada; lutou quando mal conseguia ficar em pé; agarrou-se ao amanhã quando não tinha onde se apoiar na saliência rochosa do ontem. Foi um camaleão, vivendo na pele de menina privilegiada, adolescente assustada, romancista sonhadora, prisioneira orgulhosa, esposa de soldado, mãe protetora. Tornou-se o que precisava ser para sobreviver, mas nunca deixou que ninguém definisse quem ela era.

Pela visão de qualquer pessoa, sua existência tinha sido plena, rica e importante, mesmo que ela tenha escolhido não gritar sobre seu passado, mas preferido mantê-lo escondido. Não tinha sido da conta de ninguém, só dela, e continuava não sendo da conta de ninguém.

Eu ia garantir isso. Depois de tudo o que eu havia feito, envolvendo Leo e deixando-o entrevistá-la, aquilo era o mínimo que eu poderia fazer.

Tonta de fome, calor e tristeza, movo-me pesadamente do carro alugado de Pepper para o saguão da casa funerária, onde Adam está esperando, vestido em um terno escuro. Ele cumprimenta Pepper primeiro.

— Sinto muito por sua perda — diz gentilmente.

Será que isso ainda significa algo para ele? Se você repete incessantemente as mesmas palavras, será que elas se tornam tão descoradas que não sobra mais nenhuma cor nelas?

— Obrigada — Pepper responde, apertando a mão que ele oferece. Ele se vira, então, para mim.

— Soube que você deseja um momento sozinha com seu ente querido?

Adam, sou eu, penso, e então lembro que fui eu que o afastei.

Ele me conduz até uma porta nos fundos da casa, enquanto Pepper senta-se e começa a escrever uma mensagem no celular: talvez para a florista, o fornecedor da comida, ou seu marido e filhos, que pousarão no aeroporto a qualquer momento. Só depois que a porta da sala se fecha e estamos sozinhos, Adam me abraça. Fico rígida a princípio, depois me entrego. É mais fácil do que resistir.

— Você parece péssima — ele sussurra junto a meus cabelos. — Dormiu alguma vez nos últimos dois dias?

— Não acredito que ela se foi — digo, desabando. — Estou sozinha agora.

— Você pode ter a mim...

Essa conversa? *Agora?* Mordo o lábio e me afasto dele.

— Tem certeza que quer fazer isso? — ele pergunta.

Confirmo com a cabeça.

Adam me leva para a antessala onde está o caixão de minha avó, à espera de ser transferido para o santuário na hora da cerimônia. O pequeno espaço cheira como o interior de uma geladeira, frio e ligeiramente antisséptico. Minha cabeça gira e tenho de me apoiar na parede.

— Posso ficar um minuto sozinha com ela?

Adam faz um gesto afirmativo com a cabeça e abre delicadamente a parte superior do caixão, de modo que estou olhando para minha avó. Ele sai e fecha a porta.

Ela está vestindo uma saia de lã vermelha com arremates pretos. A blusa amarrada ao pescoço alarga-se como uma flor na frente da garganta. Seus cílios lançam sombras no rosto, que parece ligeiramente corado. Os cabelos brancos estão penteados e arrumados, do jeito que ela costumava fazer duas vezes por semana no cabeleireiro, desde que tenho lembrança. Adam e sua equipe se superaram. Olhando para ela, eu me vejo pensando na Bela Adormecida, na Branca de Neve, em mulheres que acordaram de um pesadelo e recomeçaram a viver.

Se isso acontecesse a minha avó, não seria a primeira vez.

Quando minha mãe morreu, eu não quis tocá-la. Sabia que minhas irmãs iam se inclinar e beijar-lhe o rosto, abraçá-la uma última vez. Mas, para mim, o momento de contato físico com um corpo morto era aterrorizante. Seria diferente de todas as outras vezes em que eu a tinha procurado em busca de conforto, porque ela não poderia me abraçar de volta. E, se ela não pudesse me abraçar de volta, eu teria que parar de fingir que aquilo era possível.

Agora, porém, não tenho escolha.

Estico o braço para dentro do caixão e levanto a mão esquerda de minha avó. Ela está fria e estranhamente firme, como as bonecas que eu tinha quando pequena, que, segundo as propagandas, davam a sensação de serem pessoas vivas quando tocadas, mas nunca eram assim de verdade. Desabotoo o punho da blusa para afastar a manga, expondo a pele de seu braço.

O caixão estará fechado no funeral. Ninguém verá a tatuagem que lhe fizeram em Auschwitz. E, mesmo que alguém olhasse dentro, como eu fiz, sua blusa de seda cobriria os sinais. Mas minha avó fez tantos esforços para não ser definida por sua experiência como sobrevivente que eu sinto que é meu dever garantir que continue assim, o que quer que venha depois.

Tiro de minha bolsa um pequeno tubo de corretivo e passo o creme com cuidado na pele de minha avó. Espero até que ele seque, para ter certeza de que os números ficaram escondidos. Então abotoo o punho outra vez e, apertando suas mãos nas minhas, deposito um beijo em sua palma, para que ela o leve consigo.

— Vovó — digo —, quando eu crescer, vou ser tão corajosa quanto você.

Fecho o caixão e enxugo as lágrimas embaixo dos olhos com os dedos, tentando não borrar o rímel. Depois respiro fundo algumas vezes e caminho, vacilante, para o corredor que leva ao saguão da casa funerária.

Adam não está esperando por mim do lado de fora da antessala. Mas isso não importa, porque conheço bem o caminho. Sigo pelo corredor, com os tornozelos oscilando sobre os sapatos pretos de salto alto, que não estou acostumada a usar.

No saguão, vejo Adam e Pepper concentrados em uma conversa em voz baixa com uma terceira pessoa que o corpo deles esconde de minha visão. Imagino que seja Saffron, que chegou antes dos outros convidados. Quando ouve meus passos, Adam se vira e, de repente, vejo que a pessoa com quem eles estão conversando não é Saffron.

A sala gira como um carrossel.

— Leo? — murmuro, certa de tê-lo imaginado, até que ele me segura um momento antes de eu atingir o chão.

Por um longo tempo, eu só chorei.

Todos os dias, ao meio-dia, Aleks era levado à praça da aldeia e castigado pelo que seu irmão tinha feito. Aquilo teria matado um homem comum. Em vez disso, para Aleks, era apenas um novo círculo do inferno.

Parei de fazer pão. A aldeia, sem pão, ficou mais amarga. Não havia nada para partilhar à mesa com a família, para digerir com uma conversa. Não havia pães doces para dar a uma namorada. As pessoas se sentiam vazias por dentro, quaisquer que fossem os outros alimentos que comessem.

Um dia, saí da aldeia e fui a pé até a cidade mais próxima. Foi o último lugar de onde Aleks e seu irmão tinham vindo, onde os prédios eram tão altos que doía tentar ver o topo deles. Havia um prédio especial lá, cheio de livros, tantos livros quanto havia grãos em um saco de farinha. Eu disse à mulher no balcão da recepção o que procurava e ela me conduziu para o andar de baixo, por uma escada curva de ferro, até um lugar onde volumes encadernados em couro aninhavam-se nas paredes.

Descobri que havia mais de uma maneira de matar um upiór.

Podia-se enterrar um corpo bem fundo no chão, com um peso de solo fértil sobre a barriga.

Podia-se enfiar um prego em seu cérebro.

Podia-se moer uma membrana fetal, como aquela com que Casimir tinha nascido, e alimentá-lo com ela.

Ou podia-se encontrar o corpo original e abrir seu coração. O sangue das vítimas escorreria dele.

Algumas dessas podiam ser mera lenda, mas a última eu sabia ser verdadeira: porque, se Aleks abrisse seu coração, eu tinha certeza de que seria eu quem sangraria até a morte.

LEO

Ela parece um guaxinim.

Um guaxinim exausto, atordoado e lindo.

Há círculos pretos sob seus olhos, imagino que de maquiagem e de falta de sono, e duas manchas de cor no alto das faces. O diretor do funeral (que, por acaso, é o namorado casado que conheci algumas noites atrás, como se esta cidade já não fosse pequena o bastante) deu-me uma compressa úmida para aplicar na testa dela, o que molhou sua franja e respingou no decote do vestido preto.

— Ei — digo, quando Sage abre os olhos. — Soube que você tem o hábito de fazer isso.

Só vou dizer que estou fazendo todo o possível para não vomitar bem aqui no escritório do diretor do funeral. Todo esse lugar me dá arrepios, o que é bem surpreendente para alguém que investiga fotografias de vítimas de campos de concentração o dia inteiro.

— Você está bem? — Sage pergunta.

— Eu é que devia lhe perguntar isso

Ela se senta.

— Onde está Adam?

Uau. No mesmo instante, uma muralha invisível corta o espaço entre nós. Dou um passo para trás, pondo alguma distância entre mim e o sofá em que ela está deitada.

— Claro — digo, formalmente. — Vou chamá-lo para você.

— Eu não disse que queria que você o chamasse. — A voz de Sage é frágil como um graveto. — Como você soube...

Ela não termina a frase; não precisa.

— Eu te liguei quando cheguei a Washington, mas você não atendeu. Fiquei preocupado. Sei que você acha que um homem de noventa e cinco anos não é uma ameaça, mas já vi gente dessa idade apontar uma arma para um agente federal. Até que alguém finalmente atendeu. Sua irmã Saffron. Ela me contou sobre Minka. — Olho para ela. — Sinto muito, Sage. Sua avó foi uma mulher muito especial.

— O que você está fazendo aqui, Leo?

— Acho que deve ser óbvio...

— Sei que você está aqui para o funeral — ela interrompe. — Mas por quê?

Várias razões passam por minha cabeça: porque estar aqui é a coisa certa a fazer; porque há um precedente, no escritório, de ir aos funerais de sobreviventes que foram testemunhas; porque Minka era parte de minha investigação. Mas, na verdade, a razão de eu estar aqui é que quero estar, por causa de Sage.

— Eu não conhecia sua avó, claro, do jeito que você conhecia. Mas podia dizer, pelo modo como ela a olhava quando você não sabia que ela estava olhando, que a família, para ela, vinha em primeiro lugar. É assim para muitos judeus. Quase como se estivesse no inconsciente coletivo, porque uma vez a família lhes foi tirada. — Olho para Sage. — Hoje, eu achei que talvez eu pudesse ser sua família.

A princípio, Sage não se move. Então percebo as lágrimas descendo por seu rosto. Estendo o braço, atravessando aquela parede invisível, e seguro sua mão.

— Então, só para saber, esse é um choro bom, tipo quando você fica feliz ao colocar mais um lugar na mesa no Dia de Ação de Graças, ou um choro ruim, tipo quando você acabou de descobrir que o seu parente sumido há tanto tempo é um cara insuportável?

Uma risada escapa dela.

— Não sei como você faz isso.

— Isso o quê?

— Me fazer respirar outra vez — Sage responde. — Mas obrigada.

Qualquer barreira que eu achei que houvesse entre nós desaparece por completo agora. Sento-me ao lado dela no sofá, e Sage apoia a cabeça em meu ombro, simplesmente, como se tivesse feito isso a vida inteira.

— E se fomos nós que causamos isso a ela?

— Por fazê-la falar sobre o que aconteceu?

Ela assente.

— Não consigo afastar a sensação de que, se eu não tivesse falado dessa história, se você não tivesse mostrado a ela as fotografias...

— Você não tem como saber isso. Pare de se torturar.

— É tão anticlimático, percebe? — diz ela, com a voz fraca. — Sobreviver ao Holocausto e, depois, morrer durante o sono. O que significa isso?

Penso por um momento.

— Significa apenas que ela morreu dormindo. Depois de almoçar com a neta e um advogado muito charmoso e elegante. — Ainda estou segurando a mão de Sage Singer. Seus dedos parecem se encaixar perfeitamente entre os meus. — Talvez ela não tenha morrido perturbada. Talvez tenha se libertado, Sage, porque finalmente sentiu que tudo ficaria bem.

* * *

É sem dúvida uma cerimônia bonita, mas não presto atenção. Estou ocupado demais olhando pela sala para ver se Reiner Hartmann aparece, porque ainda há uma parte de mim que considera isso possível. Quando percebo que ele provavelmente não virá, volto a atenção para Adam, que está em pé, discretamente perto dos fundos do santuário, como um diretor de funeral deve ficar, esforçando-se para não fixar os olhos em mim toda vez que Sage segura meu braço ou encosta o rosto na manga de meu terno.

Não vou mentir; a sensação é muito boa.

Quando eu era dispensado no colégio por uma garota que preferia sair com alguém mais popular e atraente em uma sexta-feira à noite, minha mãe dizia: "Leo, não se preocupe. Os inteligentes herdarão a terra". Estou começando a acreditar que isso talvez seja verdade.

Minha mãe também diria que tentar ganhar uma mulher que está de luto, no funeral da avó dela, é uma passagem só de ida para o inferno.

Não reconheço nenhuma das pessoas presentes, exceto Daisy, que soluça baixinho em um lenço de tecido. No fim da cerimônia, Adam anuncia quando e onde as visitas de shivá podem ser feitas. Também indica duas instituições de caridade, sugeridas por Pepper, para onde doações podem ser feitas em memória de Minka.

No enterro, fico atrás de Sage, que se senta entre as duas irmãs mais velhas. Elas se parecem com ela, porém mais vistosas; como aves-do-paraíso ladeando uma prímula. Quando é hora de Sage jogar terra dentro do túmulo, suas mãos estão trêmulas. Ela lança três punhados. Os outros presentes, um grupo de pessoas idosas e amigos dos pais de Sage, pelo que posso imaginar, jogam punhados de terra também. Depois da minha vez, caminho até o lado de Sage, que, sem dizer nada, desliza a mão na minha outra vez.

A casa de Sage, que foi confiscada por suas irmãs para abrigar uma reunião pós-funeral para amigos e familiares, não se parece nada com o lar em que estive poucos dias atrás. A mobília foi rearranjada para poder acomodar as pessoas. Os espelhos foram cobertos devido ao luto. Há comida espalhada sobre todas as superfícies. Sage olha para a multidão de pessoas que entra pela porta da frente, e noto um tremor em sua respiração.

— Todos vão querer falar comigo. Não vou aguentar.

— Vai, sim. Vou ficar sempre por perto — prometo.

Assim que entramos, as pessoas se aglomeram em volta de Sage para lhe oferecer condolências.

— Sua avó era minha parceira de bridge — diz uma mulher nervosa, com jeito de passarinho.

Um homem gordo, com um relógio de bolso de ouro e um bigode espesso que me faz lembrar o cara das cartas de sorte ou azar do jogo Monopoly, abraça Sage com força e balança seu corpo franzino para frente e para trás.

— Pobrezinha — diz ele.

Um homem careca, com uma criança pequena dormindo no colo, vem até mim.

— Não sabia que a Sage estava namorando. — Ele estende a mão, meio atrapalhado, sob o joelho gorducho do filho. — Bem-vindo ao circo. Sou Andy, a cara-metade da Pepper.

— Leo — respondo, apertando-lhe a mão. — Mas a Sage e eu...

Percebo que não tenho ideia do que ela falou para sua família. Certamente, cabe a ela contar ou não o que está acontecendo com relação a Josef Weber, conforme achar adequado. Não serei eu a lhes dar a notícia antes dela.

— Só estamos trabalhando juntos — completo a frase.

Ele olha para meu terno, com ar de estranhamento.

— Você não parece um padeiro.

— Não sou. Nós nos conhecemos por meio de... de Minka.

— Ela era uma figura e tanto — diz Andy. — No ano passado, no Hanukkah, Pepper e eu a levamos a uma manicure, em um salão elegante. Ela gostou tanto que pediu se, no aniversário dela, poderíamos levá-la a um "pedófilo".

Ele ri.

Mas Sage escutou.

— Você acha engraçado que o inglês não fosse a primeira língua dela, Andy? Quanto de polonês, alemão ou iídiche você fala?

Ele parece perplexo.

— Eu não acho engraçado. Achei bonitinho.

Ponho o braço em volta dos ombros de Sage e a levo na direção oposta.

— Não quer ver se suas irmãs precisam de ajuda na cozinha?

Enquanto a conduzo para longe do marido de Pepper, Sage franze a testa.

— Ele é um imbecil.

— Talvez — digo —, mas, se ele prefere se lembrar da sua avó com um sorriso, qual é o mal?

Na cozinha, Pepper está colocando cubos de açúcar em uma tigela de vidro.

— Eu entendo que você não compre creme de leite por causa da gordura, mas você não tem nem leite, Sage? — ela pergunta. — Todo mundo tem leite, pelo amor de Deus.

— Sou intolerante a lactose — Sage murmura. Noto que, quando ela fala com as irmãs, seus ombros se arqueiam e ela parece uma versão menor e mais pálida de si mesma. Como se estivesse tentando ser ainda mais invisível que de hábito.

— Leve logo — diz Saffron. — O café já está frio.

— Oi — anuncio-me. — Meu nome é Leo. Há algo em que eu possa ajudar?

Saffron olha para mim, depois para Sage.

— Quem é esse?

— Leo — repito. — Um colega.

— *Você* é padeiro? — ela diz, desconfiada.

Eu me volto para Sage.

— Acho que ainda não entendi. Padeiros usam roupas de palhaço ou algo assim, ou sou eu que me visto como um contador?

— Você se veste como um advogado — ela responde. — Sei lá.

— Ótimo — diz Saffron, passando por nós com a bandeja —, porque é realmente criminoso que não haja uma única loja decente de comidas prontas neste estado inteiro. Como vou alimentar sessenta pessoas com pastrami do supermercado?

— Você também morava aqui, lembra? — Sage diz, enquanto ela se afasta.

Quando suas irmãs saem da cozinha e ficamos sozinhos, ouço um choro. Mas não é Sage, e ela ouve também. Ela segue o som até a despensa, abre a porta e encontra Eva, a dachshund, presa lá dentro.

— Aposto que isto é um pesadelo para você — ela murmura, pegando a cadelinha nos braços, mas está olhando para todas as pessoas reunidas para celebrar a vida de sua avó. Pessoas que querem fazer dela o centro das atenções, enquanto compartilham suas lembranças.

Enquanto ela ainda segura a dachshund em um braço, eu a puxo pela porta dos fundos da cozinha, desço as escadas e atravesso o gramado até o lugar onde estacionei meu carro alugado.

— Leo! — ela grita. — O que está fazendo?

— Quando foi a última vez que você comeu? — pergunto, como se ela não tivesse dito nada.

* * *

É só um hotel executivo, mas peço uma garrafa de vinho tinto barato e uma garrafa de vinho branco ainda pior; sopa de cebola e salada Caesar com frango; asinhas de frango fritas, bastões de muçarela e uma pizza de queijo; fettuccine Alfredo, três bolas de sorvete de chocolate e uma enorme fatia de torta de limão. Há comida suficiente para mim, Sage, Eva e o resto do quarto andar, se eu quisesse convidá-los.

Qualquer dúvida que eu pudesse ter quanto a haver raptado uma garota de luto da própria casa, onde ela deveria estar participando do shivá para sua avó, e quanto a contrabandear um cachorro para dentro de um hotel que não permite animais, é aliviada pelo fato de que a cor começa a voltar ao rosto de Sage, enquanto ela se serve do banquete a sua frente.

O quarto, feito para viajantes a negócios, tem uma pequena saleta com sofá e televisão. Nós a ligamos em um canal de filmes clássicos, com o volume baixo. Jimmy Stewart e Katharine Hepburn estão na tela, discutindo um com o outro.

— Por que, nos filmes antigos, as pessoas sempre parecem estar falando com a boca meio fechada? — Sage pergunta.

Eu rio.

— É fato sabido que Cary Grant tinha problemas na articulação da mandíbula.

— Ninguém da década de 40 jamais fala como um caipira pobretão — Sage comenta.

Quando James Stewart se inclina para perto de Katharine Hepburn, ela inventa uma fala sobre a dele:

— Diga que vai sair comigo, Mabel. Eu sei que você não é da minha turma, mas... posso começar a jogar boliche nas noites de terça-feira, se você quiser.

Eu sorrio e falo sobre a resposta de Katharine Hepburn:

— Desculpe, Ralph, mas eu nunca poderia amar um homem que pensa que dar um tapa no visual quer dizer bater na cara da esposa.

— Mas, querida — Sage continua —, o que eu vou fazer com esses ingressos para a NASCAR?

Katharine Hepburn joga os cabelos para trás.

— Não estou nem aí — digo.

Sage sorri.

— Hollywood desperdiçou nosso talento.

Ela desligou o telefone, porque suas irmãs certamente vão ficar telefonando sem parar assim que perceberem sua ausência. Em uma das pontas do sofá, a cadelinha está cochilando. Subitamente, a tela se enche das cores alegres de uma propaganda. Depois de assistir a algo tão preto e branco, aquilo é excessivo.

— Acho que acabou — Sage diz.

Olho meu relógio.

— Ainda tem mais meia hora de filme.

— Estou falando de Reiner Hartmann.

Pego o controle remoto e tiro o som da televisão.

— Não podemos mais contar com o depoimento de sua avó, nem um testemunho em vídeo.

— Eu poderia dizer no tribunal o que ela contou.

— Isso é prova indireta — explico.

— Não parece justo. — Sage senta-se sobre a perna. Ela ainda está com o vestido preto do funeral, mas descalça. — Que ela morra e ele continue vivo. Parece um desperdício. Ela devia ter vivido para contar a história.

— Ela fez isso — lembro. — Contou a você, para que você a guardasse. E, agora que ela se foi, talvez a história seja sua para contar.

Posso perceber que Sage não tinha pensado na morte de sua avó desse jeito. Ela franze a testa e se levanta do sofá. Sua bolsa é um enorme buraco negro, pelo que posso ver; não consigo imaginar o que há lá dentro. Mas ela a remexe e tira um caderno de capa de couro. Parece algo que Keats poderia ter carregado na bolsa *dele*, se isso fosse moda na época.

— Sabe a história, aquela que ela disse que salvou a vida dela? Ela a reescreveu depois da guerra. Na semana passada, pela primeira vez, mostrou para mim. — Sage senta-se outra vez. — Acho que ela gostaria que você ouvisse. *Eu* gostaria que você ouvisse.

Quando foi a última vez que alguém leu em voz alta para você? Provavelmente quando você era criança e, se pensar nisso, poderá se lembrar de como se sentiu seguro, quentinho sob o cobertor, ou aconchegado nos braços de alguém, enquanto a história era tecida a sua volta como uma teia. Sage começa a me contar sobre um padeiro e sua filha; um soldado inebriado pelo poder que a ama; uma série de assassinatos ligados como um fio de contas por toda a aldeia.

Eu a observo enquanto ela lê. Sua voz começa a assumir os papéis dos personagens cujos diálogos ela diz. A história de Minka me faz lembrar Grimm, Isak Dinesen, Hans Christian Andersen; do tempo em que os contos de fadas não eram diluídos com princesas da Disney e animais dançarinos, mas eram sombrios, sangrentos e perigosos. Nesses velhos livros, o amor cobrava seu preço e finais felizes tinham um custo. Há uma lição nisso, que está me cutucando; mas estou distraído, fascinado pela pulsação na garganta de Sage que bate um pouco mais rápido na primeira vez que Ania e Aleks, o mais improvável dos casais, se encontram.

— Ninguém — Sage lê — *que olha para um fragmento de sílex caído embaixo de uma saliência na rocha, ou que encontra um galho partido na beira da estrada, jamais encontraria magia em sua solidão. Mas, nas circunstâncias certas, se você os unir, pode iniciar um fogo que consome o mundo.*

Tornamo-nos os *upiory* da história, acordados a noite inteira. O sol já está subindo no horizonte quando Sage chega à parte em que Aleks cai na armadilha dos soldados. Ele é preso e condenado a ser torturado até a morte. A menos que possa convencer Ania a matá-lo primeiro, por compaixão.

De repente, Sage fecha o livro.

— Você não pode parar aí! — protesto.

— Não tem outro jeito. Foi tudo o que ela escreveu.

Seus cabelos estão bagunçados; os círculos sob seus olhos são tão escuros que ela parece ter levado um murro.

— Minka sabia o que aconteceu — digo, resoluto. — Mesmo que tenha decidido não contar para o restante de nós.

— Eu ia perguntar a ela por que nunca terminou a história... mas não perguntei. E agora não posso mais. — Sage olha para mim, com o coração nos olhos. — Como *você* acha que acaba?

Prendo os cabelos de Sage atrás da orelha.

— Assim — digo e beijo a trilha irregular de sua cicatriz.

Ela suspende a respiração, surpresa, mas não se afasta. Beijo o canto de seu olho, onde a pele repuxa para baixo por causa de um enxerto. Beijo as manchas lisas e prateadas em seu rosto, que me lembram estrelas cadentes.

E, então, beijo sua boca.

A princípio, eu a seguro nos braços como algo frágil. Tenho de controlar todas as fibras de meu corpo para não esmagá-la com força contra mim. Nunca me senti assim com uma mulher, como se precisasse consumi-la. *Pense em beisebol*, digo a mim mesmo, mas não sei nada interessante sobre beisebol. Então começo a listar mentalmente os juízes da Suprema Corte, só para não assustá-la sendo rápido demais.

Mas Sage, para meu alívio, envolve meu pescoço com os braços e pressiona o corpo contra o meu. Seus dedos se enfiam em meus cabelos; sua respiração me preenche. Ela tem gosto de limão e canela; cheira a loção de coco e poentes preguiçosos. É um fio desencapado e, onde quer que me toque, eu me sinto queimar.

Quando ela aperta os quadris contra os meus, eu me rendo. Com suas pernas presas em torno de mim e o vestido enrolado em volta da cintura, eu a carrego para o quarto e a deito sobre os lençóis engomados. Ela me puxa sobre seu corpo como um eclipse do sol, e meu último pensamento consciente é que não poderia haver um final melhor para esta história.

* * *

No casulo do quarto, criado pelas cortinas corta-luz, somos colhidos em uma bolha no tempo. Às vezes acordo abraçando Sage; às vezes ela acorda me abraçando. Às vezes, tudo que posso ouvir são as batidas de seu coração; às vezes sua voz me envolve e me aperta tanto quanto os lençóis emaranhados.

— Foi minha culpa — ela diz em certo ponto. — Foi depois da formatura, e minha mãe e eu tínhamos carregado tudo no carro para voltar para casa. Estava tão cheio que ela não conseguia enxergar pela janela traseira, então eu lhe disse que eu dirigiria. Era um dia lindo. Isso piorou tudo ainda mais. Não havia chuva nem neve, nada mais em que pôr a culpa. Estávamos na estrada. Eu tentava ultrapassar um caminhão, mas não vi o carro na outra pista, aí virei o volante para desviar. E então...

Um tremor percorre sua espinha.

— Ela não morreu, não de imediato. Passou por uma cirurgia, depois teve uma infecção e seu corpo começou a parar de funcionar. Pepper e Saffron disseram que foi um acidente. Mas eu sei que, lá no fundo, elas ainda me culpam. E minha mãe me culpava também.

Eu a abraço com força.

— Tenho certeza que isso não é verdade.

— Quando ela estava no hospital — diz Sage —, quando estava morrendo, ela me disse: "Eu perdoo você". Não há razão para perdoar alguém se essa pessoa não tiver feito algo errado.

— Às vezes coisas ruins simplesmente acontecem — digo. Passo o polegar por seu rosto, traçando a topografia de elevações e vales de suas cicatrizes.

Ela segura minha mão, leva-a à boca e a beija.

— E, às vezes, coisas boas acontecem também.

* * *

Tenho mil desculpas.

Foi o vinho tinto.

O branco.

A tensão do dia.

A tensão do trabalho.

O jeito como seu vestido preto se ajustava às suas curvas.

O fato de que estávamos solitários/com tesão/sublimando a dor.

Freud teria muito a dizer sobre minha indiscrição. Meu chefe também. O que eu fiz — aproveitar-me de uma mulher que é parte de um caso de investigação em aberto, que estivera em um *funeral* apenas horas antes — é inconcebível.

Pior: eu faria tudo outra vez.

Eva, a cadelinha, está me olhando de cara feia. E por que não o faria? Ela testemunhou toda a cena sórdida, intensa, surpreendente.

Sage ainda está dormindo no quarto. Como não confio em mim mesmo perto dela, estou no sofá de cueca e camiseta, examinando o arquivo de Reiner Hartmann com cada grama de culpa judaica que consigo acumular. Não tenho como desfazer o que fiz na noite passada para me aproveitar de Sage, mas posso encontrar uma maneira de não arruinar todo o caso por causa disso.

— Oi.

Quando me viro, lá está ela vestindo minha camisa branca, abotoada na frente. Ela a cobre quase inteira. Quase.

Levanto-me, dividido entre a vontade de agarrá-la e levá-la de volta para a cama e a decisão de fazer a coisa certa.

— Desculpe — digo. — Foi um erro.

Os olhos dela se arregalam.

— Não me pareceu um erro.

— Você não está em condição nenhuma de pensar com clareza neste momento. Eu devia saber disso, mesmo que você não soubesse.

— Marge diz que é normal desejar a vida quando se está nas garras da morte. E o que fizemos foi bem vivo.

— Marge?

— É a facilitadora do grupo de luto.

— Ah — suspiro. — Ótimo.

— Escute, quero que você saiba que, apesar do que viu nos poucos dias em que me conhece, eu não sou geralmente... assim. Eu não... você sabe.

— Certo. Porque você está apaixonada pelo diretor de funeral casado — digo, passando a mão pelos cabelos e eriçando-os. Eu tinha me esquecido dele também, na noite passada.

— Acabou — ela diz. — Completamente.

Levanto a cabeça na hora.

— Tem certeza?

— Absoluta. — Ela dá um passo em minha direção. — Isso faz parecer menos um erro?

— Não — respondo. — Porque você ainda está envolvida em um de meus casos.

— Eu achei que isso também estivesse acabado, já que não há mais como identificar Josef como Reiner Hartmann.

Isso não é verdade.

A ressalva esvoaça como uma bandeira vermelha no campo de batalha de minha mente.

Sem o testemunho de Minka, o assassinato de Darija não pode ser ligado a Reiner Hartmann. Mas a prisioneira não foi a única pessoa a testemunhar a infração.

Reiner estava lá também.

Se alguém o fizesse confessar esse incidente, que foi registrado em seu arquivo da SS, isso seria uma bola enterrada na cesta.

— Talvez haja outra maneira — digo. — Mas teria que envolver você, Sage.

Ela se senta no sofá, afagando distraidamente as orelhas da cadelinha.

— Como assim?

— Poderíamos colocar um microfone em você e gravar a conversa. Faça-o admitir que recebeu uma advertência por matar uma prisioneira judia de uma maneira que não era permitida.

Ela olha para o colo.

— Gostaria que você tivesse me pedido isso antes, para que não precisássemos envolver minha avó.

Não vou explicar a ela que essa é uma tentativa por exclusão; nunca teria sido minha primeira escolha. Não só por causa da força do testemunho de uma sobrevivente, mas porque há boas razões para não usarmos civis em campo como agentes disfarçados.

Particularmente civis por quem podemos estar nos apaixonando.

— Farei o que for preciso, Leo — Sage diz. Ela se levanta e começa a desabotoar a camisa. *Minha* camisa.

— O que está fazendo?

— Francamente. Você tem um diploma de Harvard e não consegue entender isso?

— Não. — Dou um passo para trás. — De jeito nenhum. Agora você é uma testemunha-chave.

Ela enrola os braços em meu pescoço.

— Vou lhe mostrar minhas fontes em primeira mão, se você me mostrar as suas.

Essa garota vai acabar comigo. Com um esforço sobre-humano, eu a empurro.

— Sage, eu não posso.

Ela recua, derrotada.

— Ontem à noite, só por um tempinho, eu fiquei feliz. Realmente feliz. Nem me lembro da última vez em que tinha me sentido assim.

— Desculpa. Eu amo você, mas este é um enorme conflito de interesses.

Ela me olha de imediato.

— Você me ama?

— O quê? — Meu rosto, de repente, está pegando fogo. — Eu nunca disse isso.

— Você disse. Eu ouvi.

— Eu disse que *amaria* fazer o que você quer, mas...

— Não — Sage insiste, com um largo sorriso no rosto. — Não disse.

Não? Estou tão cansado que nem sei mais o que sai de minha boca. O que provavelmente significa que não tenho as condições necessárias para ocultar o que realmente sinto por Sage Singer, com uma intensidade que me aterroriza.

Ela pousa a mão aberta sobre meu peito.

— E se eu lhe disser que não vou usar o microfone se você não voltar para a cama?

— Isso é chantagem.

Sage está radiante. Ela dá de ombros.

É fácil dizer que se vai fazer o que é certo e evitar o que é errado, mas, quando se chega perto o bastante de qualquer situação específica, percebe-se que *não há* preto ou branco. Há gradações de cinza.

Hesito. Mas só por um segundo. Então, seguro Sage pela cintura e a levanto do chão.

— As coisas que faço por meu país — digo.

Não era fácil invadir uma prisão.

Primeiro, eu tinha assado os croissants, com o sabor intenso do recheio de amêndoas mascarando o gosto do veneno de rato que havia misturado nele. Deixei-os do lado de fora da porta onde o guarda estava vigiando Aleks, até o dia seguinte de manhã.

E era então que o novo capitão da guarda, o segundo em comando depois de Damian, ia torturá-lo até a morte.

Silvando como um animal preso, fiz o guarda abrir a porta para ver o que era aquele barulho. Como não encontrou nada, ele deu de ombros e levou a cesta de croissants para dentro. Meia hora mais tarde, estava deitado de lado, com a boca espumando, nos estertores da morte.

Ninguém que olha para um fragmento de sílex caído embaixo de uma saliência na rocha, ou que encontra um galho partido na beira da estrada, jamais encontraria mágica em sua solidão. Mas, nas circunstâncias certas, se você os unir, pode iniciar um fogo que consome o mundo.

Sim, agora eu tinha matado um homem. Sem dúvida isso significava que pertencíamos um ao outro. Eu teria de bom grado apodrecido naquela cela ao lado de Aleks, se esse fosse todo o tempo que me restasse com ele.

Pela janela da cela, observei-o sentado, com as costas apoiadas na parede úmida, os olhos fechados. Ele era um esqueleto, enfraquecido depois de um mês de torturas diárias. Parecia que seus captores haviam se cansado do jogo antes de o corpo de Aleks ceder; agora, não iam apenas brincar com ele, iam matá-lo.

Quando ouviu minha aproximação, ele se levantou. Pude notar o esforço que isso lhe custou.

"Você veio", disse ele, enlaçando os dedos nos meus através das grades.

"Recebi seu bilhete."

"Eu o mandei duas semanas atrás", disse ele. "E levei duas semanas antes disso para atrair o passarinho até o parapeito da janela."

"Eu sinto tanto", falei.

As mãos de Aleks estavam marcadas e quebradas pelos espancamentos, mas mesmo assim ele me segurava com força.

"Por favor", sussurrou. "Faça uma única coisa por mim esta noite."

"Qualquer coisa", prometi.

"Mate-me."

Respirei fundo.

"Aleks", eu disse. "...

SAGE

Se alguém tivesse me dito um mês atrás que eu ia cumprir uma missão disfarçada como agente de campo do FBI, eu teria rido em sua cara.

No entanto, se alguém tivesse me dito que eu me apaixonaria por outro homem que não Adam, eu o teria considerado maluco. Leo, sem que eu precise lembrá-lo, pede leite de soja toda vez que pedimos café com leite. Ele liga o chuveiro antes de sair do banheiro, para que a água esteja quente quando eu entrar. Segura a porta aberta para mim e não sai com o carro até que eu tenha afivelado o cinto de segurança. Às vezes, há uma expressão em seu rosto como se ele não pudesse acreditar em sua sorte. Não sei bem o que ele vê quando olha para mim, mas quero ser essa pessoa.

E minhas cicatrizes? Eu ainda as vejo quando olho no espelho. Mas a primeira coisa que noto é meu sorriso.

Estou nervosa com a ideia de gravar minha conversa com Josef. Vai acontecer, por fim, depois de três dias de espera. Primeiro, minhas irmãs tinham de terminar as visitas de shivá. Depois, Leo precisou obter permissão para usar escuta eletrônica por meio do Escritório de Operações Policiais da Divisão Criminal do Departamento de Justiça. E, por fim, Josef tinha de receber alta do hospital.

Serei eu a levá-lo para casa e então, espero, conseguirei que ele confesse o assassinato de Darija.

Leo está cuidando de todos os detalhes em minha casa, para onde nos mudamos depois daquela primeira noite no hotel. Foi por um acordo tácito que decidimos que ele sairia do hotel e viria ficar comigo. Ainda que eu estivesse pronta para enfrentar os comentários e perguntas de minhas irmãs, nem tive de fazer nenhum controle de danos. Leo encantou Pepper e Saffron após dez minutos de conversa sobre como um famoso escritor de livros de suspense o havia acompanhado em seu trabalho, feito anotações e, depois, ignorado totalmente a realidade para criar um best-seller que, embora repleto de imprecisões, chegara ao topo da lista do *New York Times*.

— Eu sabia! — Saffron lhe disse. — Li no meu clube de leitura. Todos nós achamos que seria impossível um espião russo conseguir entrar no Departamento de Justiça usando credenciais falsas.

— Na verdade, esse nem foi o pior ponto. Mas o personagem principal com o armário cheio de ternos Armani? Com o salário do governo? Sem chance — Leo declarou.

Claro que eu não poderia explicar de fato a presença de Leo, ou mesmo de Eva, sem contar às minhas irmãs sobre Josef. E, para minha surpresa, isso fez de mim uma celebridade instantânea.

— Não acredito que você está caçando nazistas — disse Saffron na noite passada, na última refeição que fizemos juntas antes que ela e Pepper fossem para o aeroporto pela manhã, a fim de voltar para casa. — A minha irmãzinha.

— Não estou exatamente caçando nazistas — corrigi. — Isso meio que caiu em cima de mim.

Eu tinha telefonado para Josef duas vezes, por sugestão de Leo, e explicado minha ausência com a verdade. Uma parente próxima morrera inesperadamente. Tive questões familiares para resolver. Disse a ele que Eva sentia sua falta, perguntei o que os médicos afirmaram sobre seu estado de saúde e cuidei das providências para sua alta hospitalar.

— Mesmo assim — Pepper concordou. — O papai e a mamãe ficariam contentes. Considerando toda a confusão que você armou para não ir para a escola hebraica...

— Isso não tem a ver com religião — tentei explicar. — Tem a ver com justiça.

— Uma coisa não precisa excluir a outra — Leo comentou com gentileza. E, sem mais, fez o assunto mudar de uma análise de minha pessoa para uma avaliação da última eleição.

É um luxo estranho saber que tenho alguém do meu lado. Ao contrário de Adam, que eu vivia defendendo para os outros, Leo, sem nenhum esforço, defende *a mim*. Ele sabe o que me incomodará mesmo antes que aconteça e, como um super-herói, desvia os trilhos do trem desenfreado antes que ocorra a colisão.

Esta manhã, quando Pepper e Saffron estão indo embora, tenho uma caixa de croissants de chocolate recém-assados para lhes dar de presente. Minhas irmãs se despedem de Leo com um abraço, depois eu as acompanho até o carro alugado estacionado na frente da casa. Pepper me abraça com força.

— Não deixe este aí escapar, Sage. Quero saber de tudo, está bem? Você me liga?

É a primeira vez que me lembro de minha irmã me pedindo para manter contato, em vez de apenas me criticar.

— Claro — prometo.

Na cozinha, Leo acaba de desligar o telefone quando entro.

— Podemos pegar a van no caminho para o hospital. Depois, enquanto você leva Josef... Sage, o que foi?

— Para começar — digo —, não estou acostumada a me dar bem com minhas irmãs.

— Você as fez parecer monstros, como Cila e Caríbdis — Leo comenta, rindo. — Elas são apenas mães normais.

— É fácil para você dizer isso. Elas ficaram encantadas com você.

— Eu soube que tenho esse efeito sobre as mulheres Singer.

— Ótimo — respondo. — Então podia usar essa mágica para me hipnotizar, para que eu não estrague tudo hoje.

Ele dá a volta no balcão e massageia meus ombros.

— Você não vai estragar tudo. Quer repassar o plano?

Concordo num gesto de cabeça.

Já ensaiamos essa conversa meia dúzia de vezes, algumas com o equipamento de gravação para garantir que ele funcione direito. Leo fez o papel de Josef. Às vezes ele se mostra cooperativo, às vezes agressivo. Às vezes apenas se fecha e se recusa a falar. Digo que estou perdendo a coragem; que, para encarar o que ele me pede e realmente matá-lo, preciso conseguir pensar no que ele fez com um exemplo concreto, não um genocídio global; que preciso ver o rosto ou ouvir o nome de uma de suas vítimas. Em todos os cenários que montamos até agora, eu o fiz confessar.

Só que Leo não é Josef.

Respiro fundo.

— Eu pergunto como ele está se sentindo...

— Isso, ou qualquer outra coisa que pareça natural. O que você *não* quer é que ele ache que você está nervosa.

— Que ótimo.

Leo senta-se no banquinho ao lado do meu.

— Você quer que ele se abra sem que você o conduza à resposta.

— O que digo sobre minha avó?

Ele hesita.

— Normalmente, eu lhe diria para nem mencionar Minka. Mas você falou de uma morte na família. Então decida conforme a situação for se desenrolando. Mas, se você a mencionar, não revele que ela era uma sobrevivente. Não sei como ele interpretaria isso.

Escondo o rosto nas mãos.

— Você não pode simplesmente interrogá-lo?

— Claro — diz Leo. — Mas tenho certeza que ele vai saber que há algo errado quando eu aparecer no hospital em vez de você.

O plano é que Leo fique estacionado em uma van do outro lado da rua, na frente da casa de Josef. Desse modo, o receptor, uma caixa do tamanho de uma maleta pequena, estará ao alcance do transmissor em meu corpo. Enquanto Leo fica escondido no carro fazendo a escuta, eu estarei na casa de Josef.

Temos um código de segurança também.

— E se eu disser "Vou me encontrar com a Mary hoje"...

— Eu corro para dentro e saco minha arma, mas vai ser difícil atirar sem acertar você. Então, em vez disso, uso os golpes de jiu-jítsu que me deram uma faixa azul na sétima série. Arremesso Josef como uma roupa velha e o seguro contra a parede pelo pescoço. Digo: "Não me obrigue a fazer algo de que nós dois vamos nos arrepender depois", o que parece uma fala de filme, e é, mas já usei em situações tensas de cumprimento da lei e realmente funcionou. Solto Josef, que cai a meus pés e confessa não só todos os crimes de guerra em Auschwitz, mas também ter sido responsável pelos erros colossais da New Coke e do *Sex and the City 2*. Ele assina na linha pontilhada, chamamos a polícia para fazer a prisão e você e eu partimos de carro em direção ao pôr do sol.

Sacudo a cabeça, sorrindo. Leo tem, de fato, uma arma, mas me garantiu que, desde o Acampamento Wakatani, na quinta série, qualquer arma para ele não passa de jogo de cena; que ele não conseguiria acertar um alvo nem que fosse do tamanho da Austrália. É difícil dizer, mas imagino que ele esteja mentindo. Não posso imaginar que o Departamento de Justiça o deixe carregar uma arma sem que tenha aprendido a usá-la direito.

Ele olha para o relógio.

— Temos que ir. Está pronta para ser equipada?

É difícil usar um equipamento de escuta no verão. Meus trajes habituais, regata e shorts jeans, são justos demais para esconder o microfone que será pregado com fita adesiva sob a blusa. Optei, então, por um vestido de verão solto.

Leo me passa o transmissor, do tamanho de um iPod mini, com um pequeno gancho que pode ser fixado a um cós ou cinto, nenhum dos quais eu tenho.

— Onde vou pôr isso?

Ele afasta o decote do vestido e prende o transmissor na lateral do sutiã.

— Que tal assim?

— *Muito* confortável — respondo, de cara feia.

— Você parece que tem treze anos. — Ele passa o fio com o pequeno microfone sob meu braço e em volta da cintura. Eu baixo a parte de cima do vestido para que ele tenha melhor acesso. — O que está fazendo? — Leo pergunta, recuando.

— Facilitando para você.

Ele engole em seco.

— Acho melhor *você* terminar.

— Por que ficou tímido de repente? Não é um pouco tarde para isso?

— Não estou tímido — Leo responde. — Estou me esforçando muito para chegarmos ao hospital na hora, e você não está ajudando. Será que pode prender isso com a fita adesiva? E puxar para cima essa droga de vestido?

Com o microfone e o transmissor posicionados, conferimos se os canais estão sincronizados com o receptor que ele terá na van. Vou dirigindo o carro alugado; Leo senta-se no banco de passageiro com o receptor no colo. Vamos primeiro à casa de Josef, onde deixamos Eva e testamos o transmissor na distância correta.

— Funciona — Leo diz, quando volto para o carro, depois de ter enchido de água a vasilha de Eva e espalhado seus brinquedos pela sala, prometendo-lhe que Josef está a caminho.

Sigo as instruções do GPS até o estacionamento onde Leo vai encontrar alguém do Departamento de Justiça. Ele está em silêncio, conferindo mentalmente os planos. O único outro carro ali é uma van, o que me faz pensar em como o colega de Leo voltará para casa. Ela é azul e tem o escrito "TAPETES DON" na lateral. Um homem sai do veículo e mostra seu crachá.

— Leo Stein?

— Sim — ele confirma pela janela aberta. — Só um segundo.

Pressiona o botão para fechar a janela outra vez, de modo que nossa conversa seja privativa.

— Não se esqueça de verificar se não tem nenhuma interferência de fundo — Leo diz.

— Eu sei.

— Então, se ele gostar de ouvir a CNN ou a NPR no rádio, dê um jeito de desligar. Desligue o celular. Não moa café. Não use nada que possa afetar a transmissão.

Concordo com um gesto de cabeça.

— Lembre-se: "por que" é uma pergunta que você pode fazer sem que esteja induzindo uma resposta.

— Leo — digo. — Não vou conseguir me lembrar de tudo isso. Não sou profissional...

Ele fica pensativo por um momento.

— Você só precisa de um pouco de inspiração. Sabe o que J. Edgar Hoover faria, se estivesse vivo hoje?

Balanço a cabeça.

— Gritaria e bateria na tampa do caixão.

A resposta é tão inesperada, tão irreverente, que uma risada me escapa antes que eu possa me controlar.

— Não acredito que você está fazendo piadas enquanto eu morro de nervoso.

— Não é exatamente quando você mais precisa delas? — pergunta Leo. Ele se inclina e me dá um beijo rápido. — Seu instinto foi rir. Siga seu instinto, Sage.

* * *

Enquanto o médico nos dá as instruções pós-alta, eu imagino se Josef está pensando o mesmo que eu: que um homem morto, que ele espera ser, não precisa se preocupar com ingestão de sal, ou descanso, ou qualquer outra coisa que está no papel que o médico nos entrega. A enfermeira voluntária que vai levar Josef de cadeira de rodas até o saguão para que eu possa trazer o carro até a porta o reconhece.

— Herr Weber, certo? — ela pergunta. — Meu irmão mais velho fez alemão com o senhor.

— *Wie heißt er?*

Ela sorri, tímida.

— Eu fiz francês.

— Eu perguntei qual o nome dele.

— Jackson — a garota responde. — Jackson O'Rourke.

— Ah, sim — Josef diz. — Ele era um excelente aluno.

Quando chegamos ao saguão, assumo o controle e levo a cadeira de Josef até um lugar à sombra do lado de fora.

— Você realmente se lembrou do irmão dela?
— De jeito nenhum — ele admite. — Mas *ela* não precisa saber disso.

Ainda estou pensando nessa conversa quando chego ao carro de Leo no estacionamento e o trago até a entrada do hospital, para que Josef não precise andar muito. O que fez de Josef um professor tão memorável e um cidadão tão dedicado foi sua capacidade de se conectar dessa maneira com as pessoas. Esconder-se à plena vista.

Pensando em retrospectiva, foi um plano brilhante.

Quando você olha alguém nos olhos, aperta sua mão e lhe diz seu nome, a pessoa não tem nenhuma razão para achar que você está mentindo.

— Carro novo? — Josef comenta, enquanto o ajudo a se acomodar no banco de passageiro.

— É alugado. O meu está na oficina. Acabei com ele.

— Um acidente? Você está bem? — ele pergunta.

— Estou bem. Bati em um veado.

— Seu carro, o falecimento da sua parente... Aconteceu tanta coisa na última semana que eu não fiquei sabendo. — Ele une as mãos no colo. — Sinto muito por sua perda.

— Obrigada — digo, rígida.

O que quero dizer é:

A mulher que morreu era minha avó.

Você a conheceu.

Nem sequer se lembra, provavelmente.

Seu filho da puta.

Em vez disso, mantenho os olhos na pista enquanto minhas mãos apertam o volante.

— Acho que precisamos conversar — Josef diz.

Eu o olho de relance.

— Está bem.

— Sobre como e quando você vai fazer o que eu pedi.

O suor começa a escorrer por minhas costas, embora o ar-condicionado esteja ligado no máximo. Não posso falar sobre isso agora.

Leo não está próximo o bastante, com o receptor, a fim de gravar a conversa.

Então, em vez disso, faço exatamente o que ele me disse para não fazer.

Olho para Josef.

— Você disse que conheceu minha mãe.

— Sim. Não devia ter feito segredo disso.

— Eu diria que *essa* mentirinha é o menor dos seus problemas, Josef. — Reduzo a velocidade no sinal amarelo. — Você sabia que a minha avó era uma sobrevivente.

— Sim — ele diz.

— Você estava procurando por ela?

Ele olha pela janela.

— Eu não conhecia nenhuma delas pelo nome.

Fico parada no semáforo muito depois de ele já ter ficado verde, até um carro buzinar atrás de mim, pensando que ele não respondeu de fato a minha pergunta.

* * *

Quando paro na frente da casa de Josef, a van de tapetes está exatamente onde deveria estar, do outro lado da rua. Não vejo Leo; ele deve estar na cavernosa parte traseira do veículo, com o receptor preparado e esperando.

Ajudo Josef a subir os degraus da varanda, dando-lhe um braço para se apoiar quando ele não consegue aguentar o próprio peso. Leo, tenho certeza, está observando. Apesar de sua brincadeira anterior sobre super-herói, sei que ele está pronto para me resgatar se necessário, e que ele não acha insensato pensar que um homem idoso que mal consegue andar seja capaz de me fazer algum mal. Ele me contou que um homem de oitenta e cinco anos, certa vez, saiu de casa e começou a atirar, mas por sorte tinha catarata e pontaria ruim. "Temos um dito no escritório", Leo me falou. "Depois que já se mataram seis milhões, o que são seis milhões e um?"

Assim que a chave é girada na fechadura, Eva vem correndo recepcionar seu dono. Levanto seu corpinho irrequieto e a coloco nos braços de Josef, para que ela possa lamber-lhe o rosto. O sorriso dele é tão largo quanto o oceano.

— Ah, *mein Schatz*, fiquei com saudade — Josef diz. Percebo, assistindo ao reencontro, que essa é a relação perfeita para ele. Alguém que o ama incondicionalmente, que não tem nenhuma noção do monstro que ele foi e que pode escutar qualquer confissão lacrimosa sem jamais trair sua confiança.

— Venha — Josef me convida. — Vou fazer chá para nós.

Sigo-o para a cozinha, onde ele vê as frutas frescas sobre o balcão e encontra leite, suco, ovos e pão quando abre a geladeira.

— Você não precisava fazer isso — diz.

— Eu sei. Mas eu quis.

— Não — ele corrige. — Eu disse que você não *precisava* fazer. Isto é, se eu estava disposta a matá-lo logo.

Comecei mal, penso.

— Josef. — Puxo uma cadeira e faço um gesto para ele se sentar. — Precisamos conversar.

— Você não está em dúvida, espero?

Desabo em uma cadeira diante dele.

— Como posso não estar?

Escuto o zumbido de um cortador de grama do lado de fora. As janelas da cozinha estão abertas.

Droga.

Finjo um enorme espirro. Levanto-me e fecho todas as janelas.

— Espero que não se importe. A alergia ao pólen está me matando.

Josef franze o cenho, mas é educado demais para reclamar.

— Tenho medo do que vai acontecer depois — admito.

— Ninguém desconfia de nada quando um homem de noventa e cinco anos morre. — Josef ri. — E não há mais ninguém em minha família para fazer perguntas.

— Não estou falando do aspecto jurídico. Só do moral. — Vejo que estou irrequieta e me forço a parar, pensando no ruído do microfone contra o tecido que Leo pode estar ouvindo. — Eu me sinto um pouco boba por ter que lhe fazer essa pergunta, mas você é a única pessoa que poderia entender, porque passou por isso. — Olho-o diretamente nos olhos. — Quando você mata alguém... como consegue superar depois?

— Eu lhe pedi para me ajudar a morrer — Josef esclarece. — Há uma diferença.

— Há mesmo?

Ele expira pesadamente.

— Talvez não — admite. — Você pensará nisso todos os dias. Mas achei que poderia ver esse ato como misericórdia.

— Você via assim? — pergunto, seguindo o fluxo natural da conversa, e então seguro a respiração à espera da resposta.

— Às vezes — Josef diz. — Eles estavam tão fracos, alguns deles. Queriam ser libertados, como eu quero agora.

— Talvez isso seja apenas o que você disse a si mesmo para poder dormir à noite. — Inclino-me para a frente, com os cotovelos sobre a mesa da cozinha. — Se você realmente quer que eu o perdoe pelo que fez, tem que me contar tudo.

Ele meneia a cabeça e seus olhos ficam úmidos.

— Já contei. Você sabe o que eu fui. O que sou.

— Qual foi a pior coisa que você fez, Josef?

Assim que faço a pergunta, ocorre-me a ideia de que estamos arriscando. Só porque o assassinato de Darija foi a infração registrada no arquivo, não significa que tenha sido o crime mais terrível que Reiner Hartmann cometeu contra uma prisioneira. Só significa que foi nesse que ele foi pego.

— Havia duas moças — diz ele. — Uma delas trabalhava para... para meu irmão, em seu escritório, onde havia um cofre com o dinheiro que era tirado dos pertences dos prisioneiros.

Ele massageia as têmporas.

— Todos nós fazíamos isso. Pegávamos coisas. Joias ou dinheiro, até diamantes soltos. Alguns oficiais ficaram ricos trabalhando nos campos por essa razão. Eu ouvia as notícias, sabia que o Reich não ia durar muito mais tempo, agora que os americanos tinham entrado na guerra. Então fiz planos para o futuro. Eu ia pegar tanto dinheiro quanto pudesse e o converteria em ouro antes que perdesse o valor.

Dando de ombros, Josef olha para mim.

— Não foi difícil conseguir a combinação do cofre. Eu era o SS-Schutzhaftlagerführer, afinal de contas. Havia apenas o Kommandant acima de mim e, quando eu pedia algo, a questão não era se eu ia ou não obter, mas com que rapidez. Então, um dia, quando eu sabia que meu irmão não estava na sala, fui até o cofre para pegar o que pudesse. A moça, a secretária, me viu. Ela havia pegado sua amiga no trabalho dela, do lado de fora, e trazido para o escritório enquanto meu irmão estava ausente, para se aquecer, imagino — diz ele. — Eu não podia deixar a garota contar para o meu irmão que tinha me visto. Então eu atirei nela.

Percebo que estive segurando a respiração.

— Você atirou na moça que era secretária?

— Era minha intenção. Mas eu tinha sido ferido na linha de frente. Meu braço direito não era mais tão firme com a pistola como costumava ser. As moças estavam se movendo, assustadas, se segurando uma à outra. Então a bala acertou a outra moça.

— Você a matou.

— Sim — ele confirma num gesto de cabeça. — E teria matado a outra também, mas meu irmão chegou. Quando ele me viu ali, com a arma em uma das mãos e o dinheiro na outra, que escolha eu tinha? Disse a ele que tinha surpreendido as moças roubando dele, do Reich.

Josef cobre os olhos com uma das mãos. As palavras se atropelam em sua garganta.

— Meu irmão não acreditou em mim. Meu próprio irmão me entregou.

— Entregou?

— Para o comitê disciplinar do campo. Não por roubar, mas por matar uma prisioneira em condições fora do protocolo — diz ele. — Não aconteceu nada, uma simples reunião onde fui lembrado de quais eram minhas ordens. Mas você percebe, não? Por causa do que fiz, meu próprio irmão me traiu.

Não estou bem certa de qual elemento da história, na mente deturpada de Josef, faz dela a pior coisa que ele já fez: ter assassinado

Darija ou ter destruído a relação que tinha com o irmão. Tenho medo de perguntar. Tenho mais medo ainda de ouvir a resposta.

— O que aconteceu com seu irmão?

— Nunca mais falei com ele depois disso. Soube que ele morreu muito tempo atrás. — Josef está chorando baixinho; suas mãos tremem, pousadas sobre a mesa. — Por favor — ele implora —, você me perdoa?

— O que isso vai mudar? Não trará de volta a moça que você matou. Não consertará o que aconteceu com o seu irmão.

— Não. Mas significa que pelo menos uma pessoa saberá que eu gostaria que nunca tivesse acontecido.

— Vou pensar — respondo.

* * *

Entro no carro alugado e ligo o ar-condicionado no máximo. No fim do quarteirão de Josef, viro à direita em uma rua sem saída e estaciono. Leo está vindo atrás de mim, na van. Ele faz a curva em tanta velocidade que o carro sobe na calçada. Depois sai do veículo, me puxa para fora do carro e me gira em um círculo.

— Você conseguiu — ele se entusiasma, pontuando cada sílaba com um beijo. — Caramba, Sage. Eu não teria feito um trabalho mais limpo.

— Está contratando? — pergunto, relaxando pela primeira vez em duas horas.

— Depende da posição que você está procurando. — Leo franze a testa. — Bom, deixe para lá... Venha aqui. — Ele abre a porta traseira da van e volta a gravação digital, e eu ouço minha própria voz e a de Josef.

Você a matou.

Sim, e teria matado a outra também.

— Então está feito — digo. Minha voz soa oca, sem nem um pouco da animação que escuto na voz de Leo. — Ele será deportado?

— Falta só mais um passo. Já chamei Genevra, minha historiadora, e ela vem para cá esta noite. Agora que temos a confissão de Josef gravada, vamos ver se ele está disposto a cooperar e falar conosco voluntariamente. Costumamos aparecer sem avisar, em geral, para ver se a pessoa tem um álibi, mas não é o caso aqui. É só uma maneira de obtermos ainda mais informações, se for possível, para auxiliar no caso. Depois Genevra e eu voltamos para Washington...

— Voltam? — repito como um eco.

— Preciso escrever um memorando de acusação, para que o subprocurador-geral da Justiça aprove, dê início aos procedimentos legais e emita um comunicado à imprensa. E então, eu prometo a você, Josef Weber *vai* morrer — diz ele. — Miseravelmente, na prisão.

* * *

Genevra, a historiadora, chega a Boston e não a Manchester, porque esse foi o voo mais rápido que ela conseguiu reservar. Isso significa uma viagem de ida e volta de cinco horas para Leo ir buscá-la, mas ele diz que não se importa. Usará o tempo para informar a ela os aspectos do caso que ela ainda não conhece.

Fico atrás dele, observando-o dar o nó na gravata diante do espelho do banheiro.

— Depois — diz Leo —, vou deixá-la no hotel. Soube que as camas de lá são muito confortáveis.

— Você vai ficar lá também?

Ele faz uma pausa.

— Você quer que eu fique?

No espelho, parecemos um casal em um quadro.

— Achei que talvez você não quisesse que a sua historiadora soubesse sobre mim.

Ele me abraça.

— Quero que ela saiba tudo sobre você. De como você é uma agente dupla perfeita a como você arrasa cantando John Mellencamp no chuveiro e errando a letra inteira.

— Eu não erro...

— Erra, acredite em mim. Além disso, Genevra vai conhecer você melhor quando sairmos juntos depois do trabalho, em Washington...

Demoro um momento para entender.

— Eu não moro em Washington.

— Mero detalhe — Leo diz, um pouco tímico. — Temos padarias lá.

— Eu... Não parece certo, Leo.

— Está mudando de ideia? — Ele congela. — Estou indo com muita pressa, sei disso. Mas acabei de encontrar você, Sage. Não quero perdê-la. Não pode ser uma coisa ruim saber o que se quer e lutar por isso. Um dia, daqui a anos, poderemos ler o comunicado à imprensa sobre Reiner Hartmann em voz alta para nossos filhos e dizer a eles que a mamãe e o papai se apaixonaram por causa de um criminoso de guerra. — Ele olha para meu rosto e faz uma careta. — Ainda está excessivo?

— Eu não estava falando de me mudar. Embora isso ainda precise ser discutido...

— Tudo bem. Se você conseguir encontrar um trabalho no Departamento de Justiça aqui, *eu* me mudo...

— É o Josef — interrompo. — Não parece... certo.

Leo segura minha mão, me conduz para fora do banheiro e me faz sentar na beira da cama.

— É mais difícil para você do que para mim, porque você o conheceu como outra pessoa antes de conhecê-lo como Reiner Hartmann. Mas era *isso* que você queria, não é?

Fecho os olhos.

— Não lembro mais.

— Então vou ajudá-la. Se Reiner Hartmann for deportado, ou mesmo extraditado, isso vai ser notícia. Grande notícia. Todos vão ficar sabendo, não só no país, mas no mundo inteiro. Gosto de pensar que talvez a próxima pessoa que esteja pensando em fazer algo horrível, o soldado que recebe uma ordem de cometer um crime contra a humanidade, se lembre desse comunicado à imprensa sobre o nazista que foi pego, mesmo aos noventa e cinco anos de idade. Talvez nesse momento ele perceba que, se cumprir a ordem, o governo dos Estados Unidos ou algum outro vai caçá-lo pelo resto da vida também, para onde quer que ele fuja. E talvez ele pense: *Vou ter que passar a vida inteira olhando para trás, como Reiner Hartmann*. Então, em vez de fazer o que lhe mandaram, ele dirá não.

— Não conta nada o fato de Josef desejar não ter feito isso?

Leo me olha diretamente.

— O que conta — diz — é que ele *fez*.

* * *

Mary está na gruta do santuário quando chego. Estou me sentindo grudenta e horrível; o ar está tão úmido que parece condensar-se através de minha pele. Sinto como se tivesse substituído toda minha hemoglobina por cafeína, de tanto que estou elétrica.

Tenho muito a fazer antes que Leo volte esta noite.

— Graças a Deus você está aqui — digo, assim que chego ao alto da Escada Santa.

— Isso significa muito, vindo de uma ateia — Mary diz. Vejo sua silhueta contra o entardecer, no tipo de luz que faria um pintor cair de joelhos: faixas de roxo, rosa e azul forte, como a salva de que ela está cuidando. — Tentei ligar para saber como você estava, por causa da sua avó, mas você não responde mais as mensagens.

— Eu sei, eu recebi. É que ando muito ocupada...

— Com aquele cara.

— Como você soube? — pergunto.

— Minha querida, qualquer um com dois neurônios funcionais que esteve no funeral, ou na reunião depois dele, teria percebido. Só tenho uma pergunta a fazer. — Ela me encara. — Ele é casado?

— Não.

— Então eu já gosto dele. — Ela tira as luvas de jardinagem e coloca-as na borda do balde que está usando para coletar as ervas daninhas para compostagem. — E aí, onde é o incêndio?

— Tenho uma pergunta para um padre — explico —, e você é o mais perto disso que conheço.

— Não sei se devo me sentir lisonjeada ou pensar em mudar de cabeleireiro.

— É sobre a confissão...

— É um sacramento — Mary responde. — Mesmo que eu pudesse lhe dar uma penitência, você não é católica. Não é como se pudesse entrar do jeito que quiser em um confessionário e sair com a alma limpa.

— Não é para mim. Alguém me pediu perdão. Mas o pecado é muito, muito horrível.

— Um pecado mortal.

Confirmo num gesto de cabeça.

— Não estou perguntando como a confissão funciona para a pessoa que está se confessando. Quero saber como o padre faz, como ele escuta algo que faz seu estômago revirar e deixa passar.

Mary senta-se a meu lado no banco de madeira. O sol já desceu tanto que tudo na colina do santuário está incandescente e dourado. Só de olhar para aquilo, para tanta beleza em um só lugar, o aperto em meu peito se alivia um pouco. Com certeza, se há mal no mundo, ele é contrabalançado por momento como este.

— Sabe, Sage, Jesus não nos disse para perdoar a todos. Ele nos disse para dar a outra face, mas só se fosse você a pessoa atingida. Até o pai-nosso diz isso claramente. "Perdoai as nossas ofensas assim como nós perdoamos a quem *nos* tem ofendido." Não a outros. O que Jesus nos desafia a fazer é deixar para lá o mal que lhe foi feito pessoalmente, não o mal feito a alguma outra pessoa. Mas a maioria dos cristãos entende, de modo incorreto, que ser um bom cristão significa perdoar todos os pecados e todos os pecadores.

— E se, mesmo indiretamente, o mal que foi feito *tiver* algo a ver com a gente? Ou com alguém próximo?

Mary cruza os braços.

— Eu sei que eu lhe contei como saí do convento, mas já contei como entrei? — pergunta. — Minha mãe criava três filhos sozinha, porque meu pai nos abandonou. Eu era a mais velha, com treze anos. Sentia tanta raiva que, às vezes, acordava no meio da noite com o gosto dela em minha boca, como metal. Não tínhamos dinheiro para comida. Não tínhamos televisão e a luz havia sido cortada. Nossa mobília tinha sido confiscada pela empresa de cartão de crédito e meus irmãos usavam calças acima dos tornozelos, porque não podíamos comprar roupas novas para a escola. Mas meu pai estava de férias com sua namorada, na França. Então, um dia, procurei o padre e perguntei o que poderia fazer para sentir menos raiva. Eu esperava que ele dissesse algo como "Arrume um emprego" ou "Escreva seus sentimentos no papel". Em vez disso, ele me disse para perdoar meu pai. Fiquei olhando para o padre, convencida de que ele estava maluco. "Não posso fazer isso", eu lhe disse. "Faria o que ele fez parecer menos horrível."

Fico examinando o perfil de Mary enquanto ela fala.

— O padre disse: "O que ele fez foi errado. Ele não merece o seu amor. Mas merece o seu perdão, porque, caso contrário, isso crescerá como uma erva daninha em seu coração, até sufocá-la e vencê-la. A única pessoa que sofre, quando você guarda dentro de si todo esse ódio, é você mesma". Eu tinha treze anos e não sabia muita coisa sobre o mundo, mas sabia que, se havia tanta sabedoria na religião, eu queria ser parte dela.

Ela olha para mim.

— Não sei o que essa pessoa fez para você e não sei se quero saber. Mas perdoar não é algo que se faça pelo outro. É algo que se faz para si mesmo. É como dizer: "Você não é tão importante para manter essa opressão sobre mim". É como dizer: "Você não vai me aprisionar ao passado. Eu mereço um futuro".

Penso em minha avó, cujo silêncio durante todos esses anos tinha alcançado essa mesma meta.

Por bem ou por mal, Josef Weber é parte de minha vida. De minha história familiar. Será que a única maneira de removê-lo dela é fazer o que ele pede, é perdoá-lo por suas ações?

— Será que ajudei? — Mary pergunta.

— Sim. Surpreendentemente.

Ela dá um tapinha em meu ombro.

— Desça comigo. Conheço um lugar que tem um ótimo café.

— Acho que vou ficar aqui em cima um pouco. Ver o pôr do sol.

Ela olha para o céu.

— Vale a pena.

Eu a observo descer pela Escada Santa até não conseguir mais vê-la. Está escurecendo e os contornos de minhas mãos parecem indistintos; o mundo todo parece estar se desfazendo.

Pego as luvas de jardinagem de Mary, que estão dobradas na borda do balde como lírios murchos. Inclino-me sobre a grade do jardim de Monet e corto alguns talos de acônito. Na palma pálida da luva de Mary, as pétalas azul-escuras parecem os estigmas de Cristo — outra dor que não pode ser justificada, por mais que se tente.

* * *

Há tantas maneiras de trair alguém.

Pode-se sussurrar pelas costas.

Pode-se enganá-lo de propósito.

Pode-se entregá-lo nas mãos do inimigo depois de ele ter confiado em você.

Pode-se quebrar uma promessa.

A questão é: Quando se faz uma dessas coisas, está-se também traindo a si mesmo?

Posso dizer, quando Josef abre a porta, que ele sabe por que vim.

— Agora? — ele pergunta, e eu confirmo com a cabeça. Ele fica parado por um momento, com as mãos ao lado do corpo, incerto do que fazer.

— A sala de estar — sugiro.

Sentamo-nos um de frente para o outro, com o tabuleiro de xadrez entre nós, arrumado para um novo jogo. Eva se deita, enrolada a seus pés.

— Você a levará? — ele pergunta.

— Sim.

Ele assente, com as mãos cruzadas sobre o colo.

— Você sabe... como?

Faço um gesto afirmativo com a cabeça e pego a mochila que trouxe nas costas enquanto pedalava até aqui, no escuro.

— Tenho algo a dizer primeiro — Josef confessa. — Eu menti para você.

Minhas mãos se detêm no zíper.

— O que eu lhe contei hoje cedo... Aquela não foi a pior coisa que eu fiz — Josef diz.

Espero que ele continue.

— Eu falei com meu irmão de novo, depois. Não tivemos contato após a investigação, mas uma manhã ele me procurou e disse que precisávamos fugir. Imaginei que ele tivesse alguma informação que não chegara a mim, então fui com ele. Eram os Aliados. Eles estavam liberando os campos, e os oficiais que tiveram sorte conseguiram escapar em vez de ser mortos por eles ou pelos prisioneiros que restavam.

Josef baixa os olhos.

— Caminhamos durante dias, atravessando a fronteira para a Alemanha. Quando chegamos a uma cidade, nos escondemos nos esgotos. No campo, nós nos escondíamos em estábulos, com o gado. Comemos lixo, só para ficar vivos. Havia os que ainda estavam do nosso lado, e acabamos conseguindo documentos falsos. Eu disse que precisávamos deixar o país o mais rápido possível, mas ele queria voltar para casa, para ver o que tinha restado.

O lábio inferior dele começa a tremer.

— Pegamos cerejas azedas, roubadas de um fazendeiro que nunca notaria um punhado faltando em sua colheita. Foi nosso jantar. Estávamos discutindo, enquanto comíamos, sobre a rota que tomaríamos. E meu irmão... ele começou a engasgar. Caiu no chão, segurando a garganta, ficando azul — Josef diz. — Fiquei olhando para ele. Mas não fiz nada.

Eu o observo passar a mão sobre os olhos, enxugando-os.

— Eu sabia que seria mais fácil viajar sem ele. Sabia que ele seria mais uma carga do que uma bênção para mim. Talvez eu soubesse disso a minha vida inteira — Josef diz. — Fiz muitas coisas de que não me orgulho, mas foram durante tempos de guerra. As regras não se aplicam então. Eu poderia arrumar desculpas, ou pelo menos racionalizar, para poder permanecer são. Mas isso... isso foi diferente. A pior coisa que eu já fiz, Sage, foi matar meu próprio irmão.

— Você não o matou — digo. — Você decidiu não salvá-lo.

— Não é a mesma coisa?

Como posso lhe dizer que não, se eu mesma não acredito nisso?

— Eu lhe disse, algum tempo atrás, que mereço morrer. Você entende isso agora. Sou um animal, um monstro. Matei meu próprio irmão. E isso nem é o pior. — Ele espera até que eu o olhe. — O pior — ele diz com frieza — é que eu queria ter feito isso antes.

Ouvindo-o falar, percebo que, não importa o que Mary diga, o que Leo afirme ou o que Josef queira, no fim a absolvição não está em minhas mãos. Penso em minha mãe na cama do hospital, perdoando-me. Penso no momento em que o carro saiu de controle, quando eu sabia que ia bater e não tinha como detê-lo.

Não importa quem o perdoa, se *você* não consegue esquecer.

Na história que Leo me contou antes de ir embora, percebo que *eu* serei a que estarei olhando para trás para sempre. Mas este homem, que ajudou a matar milhões, que matou a melhor amiga de minha avó e reinou em terror, este homem, que viu seu irmão sufocar até a morte diante de seus olhos, não tem remorso.

Há uma ironia no fato de que uma garota como eu, que resistiu ativamente à religião a vida toda, tenha se voltado para a justiça bíblica: olho por olho, morte por morte. Abro o zíper da mochila e tiro dela um pãozinho perfeito. Ele tem a mesma coroa elaborada no alto, o mesmo açúcar salpicado do que assei para minha avó. Mas este não é recheado de canela e chocolate.

Josef pega-o de minha mão.

— Obrigado — diz, com os olhos cheios de lágrimas. Ele aguarda, esperançoso.

— Coma — digo-lhe.

Quando ele o abre, vejo as manchas do acônito, que foi cortado bem fino e misturado à massa.

Josef parte um quarto do pãozinho e o coloca sobre a língua. Mastiga e engole, mastiga e engole. Faz isso até terminar o pão inteiro.

É sua respiração que noto primeiro, difícil e pesada. Ele começa a ficar sem ar. Dobra o corpo para frente, derrubando várias peças do tabuleiro de xadrez, e eu o amparo e o coloco no chão. Eva late e puxa a perna de suas calças com os dentes. Eu a afasto quando os braços dele se enrijecem e ele se contorce diante de mim.

Mostrar compaixão me elevaria acima do monstro que ele foi. Mostrar vingança provaria que não sou melhor. No fim, ao usar ambas, só posso esperar que elas se cancelem mutuamente.

— Josef — digo, inclinando-me sobre ele e falando alto, para ter certeza de que ele me ouve. — Eu nunca, jamais vou perdoá-lo.

Em um último esforço desesperado, Josef consegue segurar minha blusa. Aperta o tecido no punho fechado, puxando-me para baixo, e sinto o cheiro da morte em sua respiração.

— Como... termina? — ele ofega.

Momentos depois, ele para de se mover. Seus olhos viram para trás. Eu passo sobre ele e pego minha mochila.

— Assim — respondo.

* * *

Tomo um comprimido para dormir quando chego em casa e, na hora em que Leo desliza para a cama a meu lado, já apaguei faz tempo. Na verdade, continuo tonta na manhã seguinte, quando ele me acorda, o que provavelmente é melhor.

Genevra, a historiadora, não é de forma alguma como eu esperava. É jovem, recém-saída da faculdade, e tem uma tatuagem no braço que é o preâmbulo inteiro da Constituição.

— Estava na hora — diz ela, quando somos formalmente apresentadas. — Detesto fazer papel de Cupido.

Vamos até a casa de Josef no carro alugado, com Genevra sentada no banco de trás. Devo parecer um zumbi, porque Leo procura minha mão e a aperta.

— Você não tem que entrar.

Eu tinha lhe dito ontem que queria entrar. Que achava que Josef teria mais chance de colaborar se me visse.

— Talvez não tenha, mas preciso.

Se eu estava preocupada que Leo me achasse esquisita, vejo que isso é desnecessário. Seu entusiasmo é tanto que nem sei se ele me ouve responder. Estacionamos diante da casa de Josef, e ele se volta para Genevra.

— Hora do jogo — diz.

O motivo de tê-la ali, ele me explicou, é que, se Josef entrar em pânico e começar a alterar detalhes para se mostrar menos culpado, a historiadora pode indicar as imprecisões para o investigador. O qual pode, por sua vez, interpelar Josef sobre suas mentiras.

Saímos do carro e caminhamos para a porta da frente. Leo bate.

"Quando ele abrir a porta, vou perguntar se ele é o sr. Weber", Leo me disse esta manhã, enquanto nos vestíamos. "E, quando ele confirmar, direi: 'Mas esse não é o seu nome real, é?'"

Mas ninguém atende a porta.

Genevra e Leo se entreolham. Então ele se volta para mim.

— Ele ainda dirige?

— Não — respondo. — Não mais.

— Tem alguma ideia de onde ele possa estar?

— Ele não me disse nada — respondo, e é verdade.

— Acha que ele caiu fora? — Genevra pergunta. — Não seria a primeira vez...

Leo sacode a cabeça.

— Acho que ele não tinha a menor ideia de que ela estava usando uma escuta...

— Há uma chave — interrompo. — No sapo, ali.

Caminho meio atordoada até o canto da varanda, onde o sapo fica, em um vaso de plantas. Penso no acônito. A chave é fria na palma de minha mão. Abro a porta e Leo entra na frente.

— Sr. Weber? — ele chama, cruzando o saguão em direção à sala de estar.

Eu fecho os olhos.

— Sr... Ah, merda. Genevra, ligue para a emergência. — Ele solta a pasta no chão.

Josef está deitado exatamente como o deixei, na frente da mesa de centro, com as peças de xadrez espalhadas em volta. Sua pele tem um tom azulado; seus olhos ainda estão abertos. Ajoelho-me e seguro sua mão.

— Josef — grito, como se ele pudesse me ouvir. — Josef, acorde!

Leo põe os dedos no pescoço de Josef, para sentir a pulsação. Depois, olha para mim por sobre o corpo.

— Sinto muito, Sage.

— Mais um que bateu as botas, chefe? — Genevra pergunta, espiando sobre o ombro dele.

— Acontece. É uma corrida contra o tempo, a essa altura.

Percebo que ainda estou segurando a mão de Josef. Em torno de seu pulso, está a pulseira do hospital, que ele não chegou a tirar.

"JOSEF WEBER, NASC. 20/04/18, B+"

De repente, não consigo respirar. Largo a mão de Josef e recuo para o saguão, onde Leo largou a pasta quando viu o corpo estendido no chão da sala. Pego-a e me afasto da porta da frente bem no momento em que a polícia e a emergência chegam. Eles começam a falar com Genevra e Leo enquanto eu sigo pelo corredor até o quarto de Josef.

Sento-me na cama, abro a pasta de Leo e tiro o arquivo da SS que ele não tinha me deixado ler alguns dias antes.

Na primeira página está a foto de Reiner Hartmann.

Um endereço em Wewelsburg.

A data de nascimento, a mesma de Hitler, como Josef uma vez me disse.

E um tipo sanguíneo diferente.

Reiner Hartmann era AB. Isso era algo que a SS saberia e que aparecia não só no arquivo, mas também na tatuagem do *Blutgruppe*, que Josef disse que tinha raspado com um canivete depois da guerra. No entanto, na semana passada, quando ele foi internado inconsciente no hospital, os hematologistas coletaram seu sangue e fizeram a tipagem: B+.

O que significava que Josef Weber não era Reiner Hartmann, afinal.

Penso em minha avó, contando-me sobre o Schutzhaftlagerführer e a arma que tremia em sua mão direita. Então visualizo Josef sentado a minha frente na Pão Nosso de Cada Dia, segurando o garfo com a mão esquerda. Eu tinha sido tão burra de não notar as discrepâncias? Ou será que não quis enxergá-las?

Ainda ouço vozes no fim do corredor. Sem fazer barulho, abro a porta da mesa de cabeceira ao lado da cama de Josef. Dentro, há uma caixa de lenços de papel, um frasco de aspirinas, um lápis e o diário que ele sempre levava consigo à Pão Nosso de Cada Dia, o que ele havia esquecido naquela primeira noite.

Antes de abri-lo, sei o que vou encontrar.

Os pequenos cartões, com as bordas curvas, foram cuidadosamente pregados na página com fita adesiva nos cantos, com a fotografia para baixo. A caligrafia minúscula e caprichada, que eu reconheço, com seus picos e vales destacados, cobre cada quadrado. Não sei ler alemão, mas não preciso para saber o que encontrei.

Solto com cuidado um cartão da folha amarelada e viro-o. Há um bebê na fotografia. Escrito em caneta esferográfica na base, está um nome: "Ania".

Cada um dos cartões é uma foto, com a legenda. Gerda, Herschel, Haim.

A história se interrompe antes da versão que minha avó me deu. A versão que ela recriou quando já estava vivendo aqui e se considerava segura.

Josef nunca foi Reiner Hartmann, ele era Franz. Por isso não podia me contar o que fazia o dia inteiro como um SS-Schutzhaftlagerführer — ele nunca tinha sido um. Toda a história que ele me narrou foi a vida de seu irmão. Exceto a que me contou ontem, sobre ver Reiner morrer diante de seus olhos.

O pior é que eu queria ter feito isso antes.

O quarto gira em torno de mim. Eu me inclino para frente e apoio a testa nos joelhos. Eu matei um homem inocente.

Não inocente. Franz Hartmann foi um oficial da SS também. Ele talvez tenha matado prisioneiros em Auschwitz e, mesmo que não tenha, foi uma engrenagem em uma máquina de mortes, e qualquer tribunal de guerra internacional o consideraria culpado. Eu sabia que ele tinha espancado minha avó, além de outras. Ele próprio admitiu que deixara, intencionalmente, o irmão morrer. Mas qualquer uma dessas coisas desculpava o que eu tinha feito? Ou será que, como ele, eu estava tentando justificar o injustificável?

Por que Franz teria tido todo o trabalho de pintar a si mesmo como seu irmão, mais cruel? Seria porque se culpava tanto quanto ao irmão pelo que havia acontecido na Alemanha? Porque se sentia responsável pela morte dele? Será que ele achava que eu não o ajudaria a morrer se soubesse quem ele de fato era?

Eu *teria* ajudado?

— Desculpe — sussurro. Talvez fosse o perdão que Franz procurava. E talvez seja de perdão que *eu* preciso, por matar o homem errado.

O livro cai de meu colo e aterrissa, aberto, no chão. Ao pegá-lo, percebo que, embora a parte escrita por minha avó termine abruptamente, há mais texto no fim do diário. Depois de três páginas em branco, a escrita é retomada em inglês e com uma caligrafia mais uniforme e precisa.

No primeiro fim que Franz criou, Ania ajuda Aleks a morrer.

No segundo, Aleks vive e sofre a tortura pelo resto da eternidade.

Há um episódio em que Aleks, já quase sem sangue, é ressuscitado com o sangue de Ania e torna-se bom outra vez. Em outro, embora ela faça uma transfusão de seu sangue para ele e o deixe saudável de novo, ele não consegue vencer o mal que corre por suas veias e a mata. Há uma dúzia de cenários, cada um diferente do outro, como se Franz não conseguisse se decidir sobre a conclusão que se encaixaria melhor.

"Como termina?", Josef perguntou. Agora percebo que ele mentiu duas vezes para mim ontem: ele sabia quem era minha avó. Talvez esperasse que eu o levasse até ela. Não para matá-la, como Leo desconfiava, mas para um encerramento. O monstro e a garota que poderia resgatá-lo: era óbvio que ele lia sua história de vida na ficção criada por ela. Por isso ele a salvara anos atrás; por isso, agora, ele precisava saber se seria redimido ou condenado.

No entanto, o tiro saiu pela culatra, porque minha avó nunca terminou sua história. Não porque não soubesse o fim; e não porque, como Leo imaginou, ela *soubesse*, mas não aguentasse escrevê-lo. Ela o deixou em branco de propósito, como uma pintura pós-moderna.

Quando se termina uma história, ela é uma obra de arte estática, um círculo finito. Mas, quando não se termina, ela pertence à imaginação de todos. Permanece viva para sempre.

Pego o diário e coloco-o em minha bolsa, ao lado da versão recriada. Ouço passos no corredor e, de repente, Leo está parado à porta.

— Aí está você — diz ele. — Tudo bem?

Tento assentir com a cabeça, mas não obtenho muito sucesso.

— A polícia quer falar com você.

Minha boca fica seca como lixa.

— Eu lhes disse que você é praticamente o parente mais próximo dele — Leo continua, olhando em volta. — O que você está fazendo aqui?

O que devo lhe dizer? A esse homem que talvez seja a melhor coisa que já me aconteceu, que vive dentro dos limites estreitos do certo e do errado, da justiça e do engano?

— Eu... eu estava olhando a mesa de cabeceira dele — gaguejo. — Achei que talvez ele tivesse alguma agenda. Pessoas que pudéssemos contatar.

— Encontrou alguma coisa? — Leo pergunta.

A ficção tem todas as formas e tamanhos. Segredos, mentiras, contos. Todos nós a usamos. Às vezes, porque esperamos entreter. Às vezes, porque queremos desviar a atenção.

E, às vezes, porque precisamos.

Olho para Leo e nego com um gesto de cabeça.

NOTA DA AUTORA

Os leitores que quiserem aprender mais talvez estejam interessados nas fontes a seguir, as quais foram úteis enquanto eu escrevia *A menina que contava histórias*:

DOBROSZYCKI, Lucjan (org.). *The Chronicle of the Łódź Ghetto, 1941-1944*. New Haven: Yale University Press, 1984.

GILBERT, Martin. *O Holocausto: história dos judeus da Europa na Segunda Guerra Mundial*. São Paulo: Hucitec, 2010.

GRAEBE, Hermann. "Evidence Testimony at Nuremberg War Crimes Trial". Nuremberg, documento PS-2992, 10 e 13 nov., 1945. Disponível em: <http://www.holocaustresearchproject.org/einsatz/graebetest.html>.

KLEIN, Gerda Weissmann. *All but My Life*, ed. ampliada. Nova York: Hill & Wang, 1995.

MICHEL, Ernest W. *Promises to Keep*. Nova York: Barricade Books, 1993.

_____. *Promises Kept*. Fort Lee: Barricade Books, 2008.

SALINGER, Mania. *Looking Back*. Northville: Nelson Pub. and Marketing, 2006.

TRUNK, Isaiah. *Łódź Ghetto: A History*. Bloomington: Indiana University Press, 2006.

WIESENTHAL, Simon. *Os girassóis*. Lisboa: Editorial Futura, 1972.

AGRADECIMENTOS

Este livro começou com outro: *Os girassóis*, de Simon Wiesenthal. Enquanto era prisioneiro em um campo de concentração nazista, Wiesenthal foi levado até o leito de morte de um soldado da SS, que queria se confessar e ser perdoado por um judeu. O dilema moral em que Wiesenthal se viu foi o ponto de partida para muitas análises filosóficas e morais sobre a dinâmica entre vítimas de genocídio e seus perpetradores — e me fez pensar no que aconteceria se o mesmo pedido tivesse sido feito, décadas mais tarde, à neta de uma prisioneira judia.

    Desenvolver um romance baseado em um dos mais terríveis crimes contra a humanidade da história é uma tarefa monstruosa, porque, mesmo quando se está escrevendo ficção, transmitir os detalhes certos torna-se um exercício de honrar aqueles que sobreviveram e os que não sobreviveram. Sou grata às pessoas a seguir pela ajuda para trazer à vida tanto o mundo de Sage, no presente, como o mundo de Minka, no passado.

    Agradeço a Martin Philip por me ensinar a assar pão e pela mais deliciosa sessão de pesquisa da minha carreira. A Elizabeth Martin e à One More Page Books, em Arlington, Virgínia, por me ensinarem a assar com perversas intenções.

    A Katie Desmond, pelas histórias sobre a escola católica. A Allyson Sawyer, por me ajudar com a nomenclatura relativa à dança de Darija. A Susan Carpenter, por me ensinar sobre a dinâmica de um grupo de luto. A Alex Whiting, Frank Moran e Lise Gescheidt, pelo auxílio com questões sobre aspectos jurídicos, aplicação das leis e tribunais de guerra.

Enquanto escrevia este livro, pus em leilão o nome de um personagem para ajudar a levantar fundos para os Advogados e Defensores de Gays e Lésbicas. Obrigada a Mary DeAngelis por sua generosidade e por ceder seu nome à melhor amiga de Sage.

Eli Rosenbaum, diretor da Seção de Estratégia e Política para os Direitos Humanos e Procedimentos Especiais do Departamento de Justiça, é um caçador de nazistas da vida real, que encontrou tempo para me ensinar o que ele faz e me concedeu autorização para criar um personagem baseado em suas experiências, enquanto prosseguia com seu árduo trabalho. Sinto-me imensamente grata por saber que há alguém como ele fazendo incansavelmente o que faz. (E agradeço por ele ter me deixado recorrer à licença poética no que se refere ao tempo que os historiadores levam para conseguir informações dos Arquivos Nacionais e Administração de Documentos dos Estados Unidos. Na vida real, seriam dias, não minutos.)

A Paul Wieser, por minha primeira aula sobre a história do Terceiro Reich, e a Steffi Gladebeck, que me proporcionou a perspectiva alemã. Mas acima de tudo ao dr. Peter Black, historiador sênior do Museu Memorial do Holocausto dos Estados Unidos, que aguentou minhas intermináveis perguntas, me corrigiu com grande paciência, me ajudou a construir a formação de um nazista de maneira verossímil e leu partes do livro para assegurar a precisão histórica. Sou absolutamente sincera quando afirmo que não poderia ter escrito este livro sem sua contribuição.

Ao "Time Jodi" da Emily Bestler Books/Simon & Schuster: Carolyn Reidy, Judith Curr, Kate Cetrulo, Caroline Porter, Chris Lloreda, Jeanne Lee, Gary Urda, Lisa Keim, Rachel Zugschwert, Michael Selleck e os muitos outros que me ajudaram a desenvolver minha carreira. À equipe de RP nota dez de David Brown, Valerie Vennix, Camille McDuffie e Kathleen Carter Zrelak, tão boa quanto eu em fazer com que todos se entusiasmem com um novo livro. A Emily Bestler: dou muito valor a sua orientação, sua amizade, seu comprometimento com meu trabalho e sua capacidade de encontrar os melhores sites de compras possíveis.

Laura Gross, feliz aniversário. Obrigada pelas informações sobre o Oneg Shabbat, por deixar Sage contagiá-la e, acima de tudo, por ser minha parceira.

Agradeço a meu pai, que de fato conduziu um Seder com voz de Pato Donald quando éramos pequenas. Quanto a minha mãe, eu já sabia que ela era formidável, mas, quando lhe pedi que encontrasse para mim alguns sobreviventes do Holocausto, recebi nomes e números em questão de um dia. Ela pavimentou o caminho para este livro e lhe sou agradecida.

É a estes homens e mulheres, porém, que mais devo. As extensas pesquisas que fiz para este romance incluíram conversar com um grupo de pessoas incríveis — sobreviventes do Holocausto, cujas experiências durante a guerra, nos guetos, aldeias, cidades e campos de concentração, alimentaram minha imaginação e me permitiram criar a personagem Minka. Embora Minka sofra horrores similares aos que me foram descritos pelos sobreviventes e pelos caçadores de nazistas, ela não é baseada em ninguém que eu tenha conhecido pessoalmente ou de quem tenha ouvido falar; trata-se realmente de uma obra de ficção. Assim, aos sobreviventes que abriram seus lares e corações, estou honrada por terem escolhido compartilhar *suas* histórias comigo. Obrigada, Sandy Zuckerman, por me fornecer a transcrição das experiências de sua mãe, Sylvia Green, durante o Holocausto. Obrigada, Gerda Weissman Klein, pela coragem e criatividade como escritora. Obrigada, Bernie Scheer, pela sinceridade e generosidade de espírito ao me contar suas experiências. E obrigada, Mania Salinger, pela bravura, por me deixar remexer os fragmentos de sua vida e por se tornar uma amiga querida.

E, por fim, agradeço a minha família: Tim, Kyle (que teve a grande iniciativa de aprender alemão enquanto eu escrevia este livro), Jake e Samantha (que escreveu alguns parágrafos vampirescos para que eu usasse). Vocês quatro são a história da *minha* vida.